비원이야기

비원이야기 2

| 지은이_강버들 | 초판 1쇄 찍은 날_2016년 11월 3일 | 초판 1쇄 펴낸 날_2016년 11월 14일
| 발행처_도서출판 청어람 | 펴낸이_서경석 | 편집책임_조윤희 | 편집_이은주, 최고은
| 디자인_박보라 | 경기도 부천시 원미구 부일로 483번길 40 서경B/D 3F (우) 420-822
| 등록_1999년 5월 31일(제387-1999-000006호) | 전화_032-656-4452
| 팩스_032-656-4453 | http://www.chungeoram.com | chungeorambook@daum.net
| 어람번호_제8-0075호

ISBN 979-11-04-91018-0 04810
ISBN 979-11-04-91016-6 (SET)

2

비원이야기

강버들 장편소설

도서출판 청어람

목차

9장
햇살처럼 그대 물들어 (下)

새침한 겨울 햇살이 내리쬐었다. 한양 최고의 기루라 쉴 새 없이 바쁜 비원이지만 아직은 시간이 일러서인지, 이따금 종종거리며 청소를 하는 종 한둘을 제외하고는 사방이 고요했다. 큰 강당이 있는 건물을 마주하고 방 여러 개가 조르르 늘어선 동기 숙소도 인기척 하나 없었다. 밤마다 열리는 연회에 다들 지친 것인지, 본격적인 영업을 시작하기 전 낮에는 겨울바람을 피해 따끈한 방에서 꾸벅꾸벅 조는 것이 일상이었다. 한 달 전까지만 해도 일찍부터 바지런을 떨던 동기들이 없는 것은 아니었으나, 매일 같은 하루가 반복되니 점차 시들해져 자연히 해가 떠 있는 동안에는 휴식을 취하는 것이 규칙 아닌 규칙이 되었던 것이다.

어느새 성큼 다가온 겨울이 느껴지는 날씨였지만 하늘은 맑디맑았다. 저 멀리 길거리에서 뛰어노는 아이들의 웃음소리만 아스라이 들려오던 공기에, 어느 순간 나뭇결이 부딪치는 소리가 섞여들었다.

끼익—

소녀는 간신히 드나들 정도로만 연 틈 사이로 조심스레 빠져나오고
는 살그머니 손을 뻗어 문을 닫았다. 부드러운 흰색 설한단(雪寒緞)에
명주 안감과 솜으로 누빈 겨울용 저고리와 동그란 원형에 당초문(唐草
文)이 우아하게 새겨진 남색 견직 치마를 갖춰 입은 차림새가 수려했
다. 곱게 땋아 드리운 붉은 댕기를 매만지던 소녀는 곧장 신을 신으려
다 멈칫하고선, 방문 사이사이 벽에 걸린 간이 거울에 제 모습을 비추
어 보았다.

결 좋은 비단보다도 고운 흰 피부에 오목조목 자리 잡은 이목구비
가 생기 넘쳤다. 특히 버들가지같이 가지런한 눈썹 아래 설렘을 담은
영롱한 눈동자는 무어 기쁜 일이라도 있는가 궁금함을 가질 정도로
생생해 보였다. 혈색이 돌아 발그레한 뺨, 복숭앗빛 도톰한 입술을 지
닌 소녀에게선 으레 화려하고 진한 낯의 기루 여인들과는 다르게 맑은
기운이 풍겼다. 이리저리 낯을 비춰본 소녀는 옷자락을 매만져 치마의
주름을 펴고, 댕기를 다시 한 번 꼭 맸다. 그러고선 댓돌로 내려가 신
에 발을 끼워 넣고 마당으로 걸음을 옮기려는데, 등 뒤에서 달카닥 문
이 열렸다.

"지금 가?"

문고리를 잡은 채 잠에 젖은 목소리로 연의가 눈을 비비며 물었다.
하품을 하며 감기려는 눈을 억지로 떠 살핀 연의는 곧 엄지손가락을
척 펴들었다. 그에 작게 웃음을 터뜨린 연리는 신을 벗고 도로 마루로
올라가 비몽사몽한 연의의 손에서 살짝 문고리를 빼냈다.

"응, 운종가에 다녀올게. 돌아오면 깨울 테니까 자고 있어."

고개를 끄덕인 연의는 얌전히 문고리를 놓고 도로 이불 속으로 돌아
가 파고들었다. 흡사 겨울잠에 빠진 나른한 아기 곰 같았다. 연리는

미소를 지으며 소리 나지 않게 문을 닫고는 마당으로 내려섰다.

"어머 얘, 이 시간에 어딜 가니?"

때마침 잠이 묻은 얼굴로 연신 하품을 하며 마당을 가로질러 가던 기녀가 궁금하다는 듯 물어왔다.

"약속이 있어서요. 늦지 않게 돌아올게요!"

두근거림이 묻은 목소리로 답하고선 연리는 가벼운 걸음으로 발을 옮겼다. 가뿐하던 걸음은 어느새 총총걸음으로 바뀌어 대문을 넘고 있었다.

운종가(雲從街). 사람이 구름같이 몰린다 하여 붙은 이름처럼 고작 초입에 겨우 가까웠을 뿐이거늘 인산인해가 따로 없었다. 북적이는 인파에 섞여 운종가로 들어서는 강의 다리를 건너며 연리는 열심히 주위를 살폈다.

'운종가 초입에서 보자고 했는데, 오셨으려나?'

본격적으로 눈이 내리기 전에 열리는 큰 장이라 그러한지, 당최 다들 어디서 모인 것인지 모를 사람들이 끝없이 북적였다. 연리는 오늘 한양 사람들이 죄다 운종가에 모인 것이 아닌가 생각하며 치맛자락을 밟히지 않게 잡았다. 수없이 오가는 인파에 떠밀리다시피 다리를 건넌 연리는, 정(丁)자 모양으로 빼곡히 들어선 상가로 향하는 입구에서 걸음을 멈췄다.

"아직 안 오셨나?"

고개를 갸웃하며 주위를 훑어본 연리는 시간을 가늠해 보았다. 조금 빨리 나섰으니 신시가 되기까지는 조금 남았을 터였다. 모처럼 오랜만인 바깥나들이에 기분이 들뜬 연리는 시간도 보낼 겸, 골목 어귀로 조금씩 보이는 장터를 구경하며 주원을 기다리기로 했다. 상쾌한 날씨, 즐거운 장소 그리고 좋아하는 사람까지. 입가에 웃음이 스며들었다. 누군가 제게 마음껏 행복해하라 속삭이는 것 같았다. 자꾸만 곡선을 그리는 입꼬리를 느끼며, 연리는 부지런히 지나가는 사람들을 살폈다. 하나 머릿속으로 온통 오늘 하루 어떤 기꺼운 일이 일어날지를 상상하느라 건성으로 얼굴을 살필 뿐이었다.

그러다 문득, 주위를 스쳐 가는 사람들의 힐끔대는 시선이 날아와 꽂히는 것을 느끼곤 연리는 찔끔하여 시선을 거두었다. 아무래도 들 뜬 탓에 너무 빤히 쳐다봤나 보다. 미안한 마음에 연리는 조금 고개를 숙여 분주하게 오가는 신발들만 가만히 쳐다보다 물결이 쓸리듯 인파가 바뀐 후에야 다시 고개를 들었다. 정작 사람들은 지체 높은 규수, 아니면 가세가 넉넉한 집안의 여식으로 보이는 소녀가 어찌 홀로 장터에 서 있나 궁금해서 쳐다본 것이었지만, 당연히 연리 본인은 알 턱이 없었다.

"아."

겨울 햇살이 조각조각 부서져 맑은 하늘을 더욱 선연하게 만드는 순간, 다리 위를 건너오는 한 무리 사이로 익숙한 모습이 눈에 들어왔다. 백색 철릭 위로 짙은 남색 답호를 덧입은 이가 하얀 합죽선을 펴 햇살을 가리며 걸어오고 있었다. 쏟아지는 햇살에 눈이 부셔 가느스름하게 눈을 뜨고 살피는 사이, 어느새 가까이 다가온 이가 익숙한 목소리로 말을 건넸다.

"많이 기다리셨습니까?"

주원이 눈가를 조금 찡그린 연리의 머리 위로 합죽선을 옮겨 햇살을 막아주며 물었다.

"아니에요. 저도 방금 도착했는걸요."

기분 좋게 뛰는 박동이 두근두근 울렸다. 머리 위로 드리워진 작은 그늘에 연리가 여상히 눈을 뜨고 대답하자, 주원이 눈썹을 찡긋하며 웃었다.

"다행입니다. 혹시나 기다렸으면 어떡하나 했지요. 다행히 오늘 날씨가 그리 춥지 않아 잘되었습니다. 모처럼 큰 장이 서는데 재미난 구경을 놓치면 아까우니까요."

주원이 합죽선을 들지 않은 손을 들어 운종가로 들어서는 길을 가리켜 보였다.

"가실까요?"

왁자하고 푸근한 운종가의 분위기처럼, 주원은 무척이나 활기차 보였다. 매일 해가 떨어진 밤에 기루에서 볼 때는 진중하고 신중한 사내로 보였는데, 이리 맑은 하늘 아래 탁 트인 곳에서 보니 생기 넘치는 또래 부잣집 도령 같았다.

"예."

시선을 맞춰오는 부드러운 눈에 자꾸만 뛰어오르는 가슴을 몰래 진정시키며 연리는 밝게 대답했다. 연리가 몸을 돌려 눈부신 햇살의 각도에서 벗어나자, 주원은 머리 위에서 햇살을 가리던 합죽선을 좌르륵 접어 품 안에 넣었다.

"혹 운종가에 와보신 적이 있으십니까?"

"아니요, 이렇게 직접 오거나 큰 장이 서는 걸 보는 건 처음이에요."

그리고 저렇게 많은 사람들을 보는 것도요. 연리는 운종가를 가득 메우고 잠깐 사이에도 이리저리 바뀌는 인파에 신기하다는 듯 시선을 떼지 못하고 대답했다. 주원은 그 모습이 갓 태어난 제 오촌 조카가 나비를 처음 보고 홀린 듯 눈을 떼지 못하던 모습과 똑 닮았다고 생각하며 슬쩍 웃었다. 들리지 않게 빙글 웃은 것이었는데 소리가 새어 나갔는지 연리가 갸웃하며 뒤의 주원을 돌아다보았다. 주원은 재빨리 웃음을 갈무리하고는 괜히 흠흠 헛기침을 하며 앞장섰다.

"그럼 제가 안내해 드리겠습니다. 길이 많이 혼잡하니 꼭 제 곁에 있으셔야 합니다."

"네!"

주원의 말이 끝나기 무섭게 연리는 쪼르르 달려와 주원의 뒤에 바싹 붙었다. 본격적으로 구경하려는지 풍성한 비단 치마가 구겨지는 것은 아랑곳하지도 않고 아무렇게나 모아 쥔 채였다. 끝없이 늘어진 점포들로 향한 반짝반짝 빛나는 눈을 보니 이미 마음은 한달음에 운종가 한복판으로 나서 있는 듯했다.

여러 겹 갖춰 입은 의복에도 불구하고 가느다란 숨결이 느껴질 정도로 가까이 붙은 둘이었지만, 장시 구경에 아마 연리는 제 행동을 자각하지 못하는 것 같아 주원은 차마 무어라 내색하지도 못하고 그저 피식 웃고 말았다. 워낙에 어릴 때 입궁하여 궁녀가 되었는지, 장시 풍경에 저토록 신기해하는 모습이 퍽 귀엽다는 생각이 들었다.

"그럼, 이쪽으로."

주원은 슬쩍 어깨 너머로 말을 건네 여전히 구경에 한창인 연리의 시선을 잡아오고는, 시원스레 길게 뻗은 거리로 들어섰다. 어쩐지 오늘은 무척이나 간간한 하루가 될 것 같은 예감이 들었다.

"자, 어제 새로 들어온 고급 육촉(肉燭)이오! 이걸로 과거 공부를 하고 낙방한 이가 하나도 없다 하니, 내년에 과거 보는 유생님네들 얼른 얼른 사십시오!"

"일 년에 딱 한 번 파는 물 좋은 석수어(石首魚)요! 요거 하나면 다른 반찬이 필요 없다오. 싸다 싸!"

"명나라 황궁에서도 즐긴다는 서호용정차와 벽라춘차 한번 맛보고 가시오. 달콤한 해마궁차와 향 좋은 백란화차도 있으니 찾으시는 게 있으면 말만 하시지요!"

이 층 목조 기와집이 빼곡하게 들어찬 거리. 상층은 창고인지 쉴 새 없이 장정들이 무거운 상자를 나르고, 갖가지 물건들을 늘어놓은 하층은 휘황찬란한 점포를 꾸리고 행인들을 붙잡으려 열띤 경쟁을 펼쳤다.

고소한 윤기가 흐르는 쌀·콩·보리 등 곡물상, 척 보기에도 품질 좋은 색색의 면포·마포·모시·명주 등 포전(布廛)과 선전(線廛), 바닷내음이 코끝까지 밀려드는 오적어·석수어·석화·대하 등 어물전, 어둠 속에서도 빛을 낼 듯한 호박·산호·노리개·은장도 등 도자전(刀子廛). 이외에도 채 이름조차 열거하기 어려울 정도로 수많은 물건을 진열한 점포가 한가득이었다.

겨우내 월동 준비를 하는지 장을 보러 나온 상민들과 시종을 거느리고 나온 부잣집 마나님, 이리 기웃 저리 기웃하며 콩고물을 얻어먹으려는 꼬마들까지 그야말로 운종가는 눈코 뜰 새 없이 북적였다.

여느 때보다 많이 복잡하다는 것을 제하면 그다지 드문 풍경은 아니었지만, 여유롭게 운종가 한복판을 거닐고 있는 남녀 한 쌍으로 인해 상인들은 물론 행인들까지 시선이 몰렸다. 외양으로 보니 엇비슷한 연배에다 옷까지 비슷한 색채로 갖춘 것을 보면 언뜻 남매 사이인가 착각할 법하였다.

그러나 완연한 반가의 자제로 보이는 사내 쪽에 비해, 여인 쪽은 기품은 있어 보이나 반가의 규수치고는 쓰개라든지 하는 가림막을 전혀 지니고 있지 않아 대체 무슨 사이인가 하는 궁금증을 자극하였다. 사실 아무래도 상관없는 일이라 그다지 관심 가질 법한 일은 아니지만, 둘의 생김이 뒤돌아 한 번 더 쳐다볼 정도로 출중한 고로 운종가의 온갖 시선이란 시선은 두 남녀에게 모여들고 있었다.

"우와."

무엇이 그리도 신기한지, 아직 앳된 티가 나는 여인이 걸음을 옮길 때마다 탄성을 뱉으며 감탄했다.

"정말 이렇게 많은 과일을 다 모아놓고 한 번에 파는 건가요?"

"보시는 대로요. 지금 그대 눈앞에 놓여 있지 않습니까."

순진한 여인의 물음에 사내는 잔잔한 웃음을 띠고 꼬박꼬박 답해주었다. 몰래 둘의 대화를 엿듣던 호기심 많은 주인 아낙은 고개를 갸웃하고선 바로 옆에 붙은 상점 아낙에게 소곤거렸다. 양갓집 아가씬가 보구먼, 장시 구경도 한 번 못 해본 것 같애. 어머, 그려?

"우와."

연리는 입이 슬몃 벌어지는 것도 알아채지 못하고 반짝이는 눈으로 정신없이 과일 상점을 둘러보았다.

"그렇게 신기하십니까?"

겨울철이라 제철보다는 부실하지만 그래도 색색의 과일이 쌓인 진열대로 다가서며 주원이 물었다. 연리는 제일 안쪽에 있는 귤부터 시작해 맨 앞에 나와 있는 노란빛의 울퉁불퉁한 모과까지 보아 내리며 대답했다.

"네, 이전에는 장원서(掌苑署)에서 곧장 재배해 수라간이나 생과방에 올리는 것만 보았거든요. 궐 밖에선 한 번에 이리 많은 종류를 모아 파는 줄 몰랐어요."

"매양 이리하는 것은 아닙니다. 오늘처럼 큰 장이 설 때를 빼고는 보통 이런 걸 팔지요."

주원이 신기한 것을 보듯 살짝 모과를 쓰다듬는 연리를 쓱 쳐다보고는 손을 뻗어 모과를 집어 들었다. 작지만 반들반들 윤이 나게 닦아 가장 안쪽에 한두 알 놓은 귤과는 반대로, 개수도 많고 알도 훨씬 굵지만 거친 표면의 모과를 보며 연리가 말했다.

"그건 무슨 과일인가요?"

보통 사람은 한 번 보기도 어렵다는 귤은 보는 둥 마는 둥 하고, 조선에서 가장 흔해 길에 굴러다닐 정도인 모과에 어찌 저리 관심을 가지는가 했더니. 주원은 흥미롭게 물었다.

"모과입니다. 처음 보십니까?"

"아, 이게 모과인가요?"

이제야 알았다는 듯 연리는 눈을 크게 뜨며 놓여 있던 모과를 하나 집었다.

"항상 말려 향기 내는 것만 보다가 이리 생생한 건 처음 보아서요."

"궁궐에서는 모과를 먹지 않습니까?"

주원이 흥미롭다는 듯 물었다. 가끔 차나 술로 만든 것 외에 생으로 먹어본 적은 없다 사실대로 대답하려던 연리는 주원의 의외라는 표정을 보고 말을 바꾸었다.

"다…… 당연히 먹지요! 그런데 제가 별로 좋아하지 않아서요……."

어물전 망신은 꼴뚜기가 시키고, 과일 망신은 모과가 시킨다는 말처럼 모과는 흔하디흔한 과일이었다. 당연히 금지옥엽 공주가 생 모과를 먹을 리는 없지만, 일개 궁녀가 먹은 적이 없다 하는 것은 제가 생각해도 수상했다. 연리는 주원이 무어라 더 캐물을까 싶어 얼른 손에 든 것을 굴리며 별 특이한 점도 없는 모과를 뜯어보는 척했다.

"모과는 시고 떫은 데다 외양도 그다지 뛰어나지 않아 과일 중에도 보잘것없는 축에 속하지요."

"그래 보여요. 다른 과일보다 훨씬 울퉁불퉁하게 생겼네요."

어쩐지 안쓰러운걸. 주원과 연리가 모과 하나를 두고 이야기를 나누는 사이에도 행인들이 다가와 다른 빛깔 좋은 과일들을 여럿 골라

구매해 갔다. 그러나 모과는 단 하나도 팔리지 않아 진열대에 한가득 남아 있는 것이 확연히 눈에 띄었다.

"하나 몸에는 아주 좋은 과일입니다. 동의보감에 모과는 구토와 설사를 진정시키고, 경련을 풀어주며 소화를 돕는다고 적혀 있어요. 본초강목에서는 속을 가라앉히는 데 특효약이며, 기래와 주독(酒毒)에도 효과가 있다고 하더군요. 피로와 고뿔에도 좋다고 합니다."

"어머."

뜻 모를 감탄사에 주원은 어리둥절한 표정으로 연리를 바라보았다. 연리는 흥미로운 눈빛으로 모과를 만지작거리며 말했다.

"이제 보니 유학뿐만 아니라 의학이나 약학에도 관심이 있으신가 봐요. 특히 동의보감은 편찬된 지 얼마 되지 않은 책인데 읽으신 걸 보면요."

"아."

주원은 별것 아닌 지식을 뽐낸 것 같아 민망해졌다. 본래 남에게 지식을 떠들며 잰 척하는 성격은 아닌데 연리의 호기심 어린 얼굴을 보니 뭐라도 더 말해주고 싶은 마음이 들어 길게 말하고 만 것이다.

"특별하게 잘 아는 편은 아닙니다. 그저 학문은 모두 귀하다 생각하는 편이라서요. 혹자들은 유학이 아닌 서적은 읽지 않는 것이 좋다 하지만, 무엇이든 제각기 쓸모가 있는 법이니까요."

주원이 머쓱한 얼굴로 답했다. 괜히 날씨를 살피는 척하며 하늘로 시선을 돌린 주원은 혹시나 연리가 저를 제 잘난 맛에 사는 이로 알까 살짝 눈치를 보았다. 하지만 연리는 걱정과는 달리 싱그러운 웃음을 한가득 띠고 있었다.

"맞는 말씀이에요. 그 덕에 지난번 저도 천리향 도움을 받았으니 공자님께서 그런 생각을 가지신 것이 제겐 행운이네요."

"그리 말씀해 주시니 혹여 빈말이라 해도 기분은 좋군요."

제 말에 수긍하며 오히려 칭찬하는 연리의 말이 마음에 쏙 든 주원은 기분 좋게 농을 던졌다. 빈말 아닌데요! 능청스러운 말에 연리가 억울하다는 듯 항변했지만, 주원은 빙긋 웃으며 상점 아낙에게 연리가 든 모과 한 개 값을 치르고 다른 곳에 가보자며 손짓했다.

"아이참, 정말 아닌데……."

연리는 입을 삐죽이며 하는 수 없이 모과를 손에 들고 앞장서 걸어가는 주원의 뒤를 따라갔다. 그런 연리를 짐짓 모르는 체하며 뒷짐을 지고 걷던 주원은 연리가 가까이 다가오자 문득 생각났다는 듯 물었다.

"참, 그런데 동의보감과 본초강목은 어떻게 아셨습니까? 말씀대로 유학 서적도 아닌 데다 나온 지 얼마 되지 않아 선비들도 잘 모르는 이들이 많은데 말입니다."

아무렇지 않게 던진 말이었지만 연리는 말문이 막혔다. 아까 모과 일은 잘 넘겼는데! 이번엔 무어라 답해야 한담?

"지, 지밀이다 보니 어깨너머로 듣는 게 많았습니다. 윗전분들께서 그쪽에 관심이 많으셔서……."

괜히 말을 덧붙일수록 어정쩡한 꼬투리가 잡힐까 싶어 연리는 말을 뭉뚱그리며 시선을 피했다.

"그렇군요."

다행히 주원은 별 의심 없이 제 말을 믿는 듯했다. 연리는 가슴을 쓸어내리며 보이지 않게 안도의 한숨을 내쉬었다. 주원이 궁궐의 일을 잘 모르니 뭐든지 궁 핑계를 대면 얼렁뚱땅 넘어가게 되어 다행이었다.

하지만 이런 일이 계속되다간 자칫 의심이 쌓여 말이 어긋날 수도 있으니 연리는 앞으로 모르는 것이 있어도 티를 내지 않으리라 마음먹었다. 다행히 운종가는 넓디넓었고, 연리와 주원의 흥미를 끌 만한 것은 충분히 많고도 넘쳤다.

흔한 약초부터 귀한 삼까지 다루는 약전(藥廛), 각종 종이를 파는 지전(紙廛), 간략한 것부터 쾌 화려한 육 첩 병풍까지 신얼된 병풍선(屏風廛) 등 둘은 각종 다양하고 진귀한 물품들을 구경하며 대로를 거닐었다.

"저건 십장생도(十長生圖)네요? 장터에서 판매하는 것치곤 꽤 상등품 같아요."

"안료와 품질을 보아하니 그래 보이는군요. 그린 이가 누군지는 모르나 실력도 상당하니 아마 재력을 갖춘 관리들이 서로 사려 다투지 않을까요."

진지하게 물건을 품평하는가 싶으면 곧 장난스러운 우스갯소리도 따라붙었다. 열심히 물건을 구경하던 연리는 진지하게 돌아오는 답변인가 싶어 집중해 듣다가 꼭 마지막에 덧붙는 실없는 소리에 웃음을 터뜨렸다. 근엄한 선비처럼 소맷자락에서 합죽선을 꺼내 자세를 취하며 걷던 주원도 연리의 생기발랄한 웃음에 빙그레 웃음을 머금었다.

어느새 반 시진 동안 운종가를 구경한 주원과 연리는 정(丁)자 거리의 가운데 위치한 포목점에 당도했다. 왼쪽은 주로 양반들이 입는 옷감을 파는 선전, 오른쪽은 보통 상민들이 자주 입는 포를 파는 포전이었다.

"아, 여긴 포목점이네요. 이런 곳은 주로 아녀자들이 오는 곳이니 공자님께서도 처음 오실 것 같아요."

드디어 제가 주원보다 잘 아리라 자신하는 물건을 발견한 연리였다. 자신도 동기가 되면서부터 본격적으로 알게 된 것이긴 하지만, 비단

당의나 스란치마, 대란치마처럼 공주 시절 보고 지닌 귀한 의복의 경험으로 안목이 있어 꽤 자신 있는 분야기도 했다. 실제로 좋은 옷감을 고르는 데 일가견이 있어 다른 동기들뿐 아니라 기녀들까지 조언을 받으러 올 정도였으니 말이다.

들뜬 표정으로 선전과 포전을 오가며 질 좋은 옷감을 골라낸 연리는 서 있는 주원의 소맷자락을 끌며 열심히 설명을 늘어놓았다. 좋은 명주며 비단은 어떻게 윤이 나야 하고, 좋은 포는 어떻게 결이 살아 있어야 하며 어떤 색이 나야 상등품인지 따위를. 물건을 팔러 나온 주인 아낙은 제 설명이 필요 없는 연리의 지식에 본분을 잊고 고개를 끄덕이며 열심히 맞장구를 쳤다.

"아가씬 어쩜 이리 옷감을 잘 아슈? 십 년 넘게 포목점을 한 나보다도 더 안목이 있는 것 같소그래."

옷감에는 그다지 관심이 없는 주원이었지만, 책이나 그림 등을 얘기할 때처럼 눈을 반짝이며 옷감을 설명하는 연리를 보면 피식 웃음이 나왔다. 연리는 여태까지 받은 지식이 많으니 이번에는 자신이 지식을 알려주겠다는 의무감이라도 가진 듯 보였다. 주원은 눈까지 맞춰오며 설명하는 연리를 보며 옷감에 대한 정보를 성실하게 귀담아들었다. 앞으로는 입은 옷감의 질로 신분을 가늠할 수 있겠다는 생각도 들었다. 뭐, 그리고 의외로 꽤 중요한 쓰임새가 있는 것 같기도 하고. 평소보다 훨씬 길게 맞추어오는 눈길이 마음에 들어 주원은 미소를 띤 채 고개를 끄덕였다.

가벼운 설명이 끝나고 주원의 몇 가지 질문에 대답도 하고 나자 포목점 나들이는 끝난 듯 보였다. 연리는 마침 나온 김에 새 옷감을 사 갈까 고민했다. 이만큼 질 좋은 옷감은 사기도 쉽지 않은데. 하지만 생각보다 가격이 비쌌다. 다른 동기들이나 기녀들과는 다르게 벌어들인 돈의 일부만 치장하는 데 쓰는 연리는 좋은 만큼 가격도 비싼 명주를 살피며 망설였다. 그사이 안쪽에서 그를 본 포목점 아낙은 입에 침이 마르도록 연리의 안목에 대해 칭찬했다.

"아유, 아가씨는 안목이 정말 나 대신 포목점 해도 될 것 같소. 궁궐에 사는 중전마마나 후궁마마들도 아가씨보단 한 수 밑일 거요!"

딴에는 극상의 칭찬을 한다고 한 것이었겠으나, 금기와도 비슷한 말을 들은 연리는 저도 모르게 멈칫하였다. 아낙의 말을 들은 주원이 자신을 쳐다보는 것이 느껴졌다. 연리는 주원에게 또 궁궐에 대한 것을 말하게 될까 싶어 얼른 옷감을 놓았다. 포목점 밖으로 나온 연리는 애써 태연히 다른 곳으로 가자 입을 열려 했으나, 간발의 차로 아무것도 모르는 주원이 먼저 입을 열었다.

"저 말이 맞을지도 모르겠습니다. 그대가 대비마마나 생전의 공주자가께 입은 은혜가 컸던 모양이지요? 아무리 지밀이라 하나 친밀한 관계가 아니었다면 그대가 이리 해박하고 팔방미인일 수 있겠습니까."

혹시나 아낙이 들을까 말을 낮추며 주원은 연리에게 한쪽 눈을 찡긋했다. 앞의 말은 그저 하는 말이고 진짜 의도는 해박하고 팔방미인이라 칭찬하는 것이었겠지만, 연리는 주원의 말에 기분 좋게 두근거리면서도 가슴 한편이 뜨끔했다. 어찌 더 보지 않느냐 포목점을 향해 눈짓하는 주원에게 괜찮다는 의미로 살래살래 고개를 저어 보인 연리는 입술을 물었다 놓으며 주저했다.

해볼까? 아냐, 그러지 마! 그래도 살짝 아무렇지 않게 말하면 괜찮지 않을까? 짧은 시간 여러 번 갈팡질팡한 연리는 마침내 마음을 정하고선 아무렇지 않은 척 말했다.

"생전 공주자가께서 제게 도움을 주신 것이 많았지요. 대비마마의 지밀이었지만 공주자가와 보낸 시간도 꽤 많았어요."

눈에 띄게 실망하는 포목점 아낙의 눈치에, 어린 조카를 위해 부드러운 면이라도 사 갈까 하고 옷감을 살펴보던 주원이 연리의 말에 흥미롭다는 듯 고개를 돌렸다.

"공주께서요?"

"네."

부드러운 눈빛 때문인지, 아니면 옥을 깎은 듯한 얼굴의 미남자여서인지, 그도 아니면 연모하는 이가 진정한 자신을 처음으로 말하는 순간이어서 그러한지. 연리는 가슴이 쿵쿵거리는 소리가 귓가에 울리는 것만 같아, 얼른 주원의 반대편으로 가 아무 옷감이나 살펴보는 척해 보였다.

"고, 공주께서는 저와 연치가 비슷하시어 저를 동무로 여겨주셨어요. 그래서 서책도 빌려주시고, 글도 가르쳐 주시고, 좋은 음식이나 옷을 나누어주시기도 하셨지요."

"그랬군요."

주원이 묘한 얼굴로 대답했다. 연리는 어쩐지 조바심이 나 말을 이었다.

"대비마마도 잘해주셨지만, 저는 공주자가 덕분에 궁에서 버틸 수 있었던 것 같아요. 지밀이라고는 하지만 나인 일이 고되기는 마찬가지여서……."

항상 저를 돌보느라 애를 먹던 김 상궁을 떠올리며 연리는 한껏 힘들었던 것처럼 말해보았다. 사실 지밀나인이 뭘 하는지는 잘 몰랐지만. 연리는 스스로도 왜 제가 이런 말을 하고 있는지 이해가 가지 않았다. 매끄러운 명주의 감촉만이 손끝에서 느껴졌다.

'하지만, 그러니까……. 역천이 성공하면 다시는 만나지 못할 거잖아.'

미처 깨닫지 못했던 현실이, 아니 어쩌면 무의식적으로 외면해 왔던 현실이 찬물을 뒤집어쓴 듯 생생하게 느껴졌다. 연리는 그제야 자신이 역천이 성공하길 바라면서도, 그리되어 궁궐로 돌아가 공주가 되면 필연적으로 헤어져야만 하는 이 인연을 놓지 않길 바란다는 것을 깨달았다. 그러니까 사실 내가 공주란 것도 모르는 이 사내에게, 나의, 공주의 좋은 평판을 말하고 있는 거겠지.

며칠 전 상세하게 전해 들은 거사의 진행 계획이 다시금 떠오르며 현실이 자각되었다. 반드시 무슨 일이 있어도 성공해야 하는 역천이지만……. 주원과 헤어지는 것은 싫었다. 갑자기 조금 울적한 기분이었다. 연리는 주원의 얼굴을 다시 한 번 살폈다.

"미처 몰랐습니다. 아직 벼슬을 하지 못해 궁 안의 사정을 잘 알지도 못할뿐더러, 서궁의 생활이 곤궁하다는 것만 전해 들었기에."

주원은 씁쓸한 표정이었다. 어찌 그런 분이 유명을 달리했는지 통탄하는 듯했다. 공주의 기구한 운명을 슬퍼하는 근심과 애수의 눈빛이 깊게 가라앉아 있었다. 아냐, 이게 아냐! 물론 저 표정도 멋있긴 하지만! 연리는 빠져들 듯한 눈에 정신을 빼앗길 뻔하다가 본연의 목적을 깨닫고 다급히 외쳤다.

"그, 그러니까 제 말은 공주께서 참 좋은 분이셨다는 거예요. 공자님께서 괜히 속상해하실 필요는 없으신데……."

주원의 입에서 '공주님께서는 참으로 따뜻하고 다정하신 분이었군요' 하는 칭찬을 듣고 싶었던 연리는 풀이 죽었다. 가당치도 않은 욕심을 부려 괜히 주원의 기분까지 울적하게 만든 것 같았다. 연리는 쓸데없이 거짓말까지 한 자신을 탓하며 옷감을 내려놓았다. 이게 무슨 추태람.

왠지 모르게 가라앉은 연리의 얼굴을 본 주원은 제가 괜히 궁궐의 일을 꺼내 아픈 기억을 들추었나 걱정이 되었다. 어린 나이에 세상을 떠났다는 선왕의 공주, 저를 잘 챙겨주었던 윗전이 생각나 쓸쓸해진 것이리라 여긴 주원은 연리를 위로하려 입을 열었다.

"이미 세상을 떠나시긴 했으나, 공주께서는 저승에서나마 그대가 자가를 위해 이리 목숨까지 걸며 노력하는 것을 아시면 분명 고마워하실 겁니다."

"그럴까요?"

따뜻한 주원의 말에 연리가 희미하게 웃었다. 연리의 얼굴이 밝아진 것을 본 주원은 제 위로가 도움이 되었나 싶어 조금 더 말을 보탰다.

"그럼요. 공주자가께선 참으로……."

주원이 진심을 담아, '아마도' 공주가 느낄 고마움을 표현하려는 찰나였다.

"비켜! 비키라지 않소!"

주원은 반사적으로 찢어질 듯한 고함과 함께 커다란 굉음이 욱여드는 눈앞을 직시했다.

다그닥, 다그닥―

히히히힝!

영문을 모르는 연리는 소란스러운 뒤를 돌아다보았고, 정확히 자신을 향해 시시각각으로 달려오는 커다란 말의 모습에 얼어붙었다. 말, 연리, 주원. 일직선으로 놓인 말과 연리의 간격이 점점 좁아지고 있었다. 겁에 질린 얼굴과 떨리는 어깨를 눈에 담은 주원은 더는 생각지 않고 땅을 박찼다.

"피하십시오!"

거친 동물의 투레질 소리와 하얗게 피어오르는 뜨거운 콧김이 사고를 마비시켰다. 마치 남의 일인 양 느리면서도 딴 세상 같은 상황은 눈 깜짝할 새 시시각각 다가와 어지러운 경고 신호를 울려댔다. 주위가 아수라장이 되어 사람들이 저마다 비명을 질러대는 것이 희미하게 느껴졌다.

'피, 피해야……'

하지만 다급한 머릿속과는 달리 손발은 말을 듣지 않았다. 보통보다 두 배는 족히 큰 말이 순식간에 덮칠 것 같은데도, 연리는 굳어버린 전신을 떨며 가까스로 비척비척 두어 걸음 뒷걸음질 칠 뿐이었다.

"꺄아악!"

누가 내지르는지도 모를 찢어질 듯한 비명과 함께, 연리는 제 턱 끝까지 다다른 말을 목도한 순간 질끈 눈을 감았다.

흥분한 말이 곧 달려들려는 찰나 연리의 어깨를 붙잡은 손이 몸을 낚아채 갔다. 확 쏠리는 강한 힘을 느끼며 뒤로 빠지게 된 연리는 영문도 모른 채 눈을 번쩍 떴다.

히히히힝!

자신을 보호하듯 막은 팔과 시야를 가로막은 등 너머로 흥분한 말의 울음이 쏟아지고 있었다.

"공자님!"

"지, 지, 진정! 진정해라, 이놈아!"

연리의 외침과 동시에 말의 등 위에 탄 주인이 혼비백산한 얼굴로 고삐를 세게 틀어쥐었다. 뛰어든 주원을 보고 사람이 치일지도 모른다 생각한 주인은 말의 폭주를 막으려 젖 먹던 힘을 냈다. 자칫 고삐를 놓치면 말이 튀어나가 눈앞에서 사람을 걷어찰 것이었다.

"끄응!"

주인의 얼굴이 붉게 달아올랐다. 눈에 실핏줄까지 돋을 정도로 힘을 다하자, 다행히도 아슬아슬 가까스로 발굽 밑으로 깊은 홈이 패이며 말이 멈추었다. 하나 몸은 멈추었으나 잔뜩 흥분한 감정이 여전히 잔류한 말은 좌우로 머리를 흔들며 울음을 토했다.

히히히힝!

말이 가까스로 멈추자 한쪽 팔로 연리를 보호하듯 막은 주원은 얼른 손목에 힘을 주어 더 뒤로 밀었다. 하여 빠르면서도 유연히 연리는 발밑의 흙먼지와 함께 가뿐히 물러섰다. 하지만 연리는 아직 안전한 위치로 물러나지 못한 주원에게서 눈을 떼지 않고, 그도 함께 뒤로 물러나게 하려 손을 뻗으며 다급히 입을 열었다.

"괜찮……."

순간, 급히 투레질한 말이 상체를 급격하게 들어 올리며 용틀임을 하듯 앞발을 거세게 치켜들었다.

퍽-

군중의 비명, 놀란 웅성거림이 귓가에 꽂히는 것이 느껴졌다.

"공자님!"

연리는 한 손으로 입을 틀어막은 채 앞을 향해 달려갔다. 눈앞에서 주원이 왼팔을 감싸고 주저앉아 있었다.

"다, 다치셨어요? 많이 다치신 거예요?"

연리는 머릿속이 하얗게 되어 손을 떨었다. 어떻게 하면 좋을지 몰라 그저 황망하고 또 황망할 뿐이었다. 다친 거야? 나 때문에? 연리는 어느새 흐려지는 시야를 하고 땅에 주저앉은 주원의 얼굴을 살폈다.

"괜찮…… 습니다."

미간을 찡그린 주원은 오른쪽 손으로 왼쪽 팔을 꾹 압박하듯 쥐었다. 묵직한 고통이 어깻죽지부터 팔꿈치까지 진하게 자리 잡는 것이 느껴졌다. 미처 완전히 벗어나지 못한 사정권에 있던 팔이 상체를 치드는 말의 앞발에 비껴 맞은 것 같았다. 피한다고 피했는데. 작게 혼 잣말하며 주원은 통증의 정도를 천천히 가늠해 보았다.

'다행히 뼈는 상하지 않은 모양이군.'

"어떡해요, 괜히 저 때문에……."

주원이 퍼뜩 고개를 들자 상기된 얼굴로 눈물 고인 눈의 연리가 보였다. 까딱하면 펑펑 흐느낄 것 같은 얼굴에 주원은 찡그렸던 표정을 펴고 서둘러 입을 열었다.

"크게 다치지 않았으니 걱정하지 마십시오."

아직 고통이 남은 팔이었지만 주원은 가뿐히 자리에서 일어나 보였다. 걱정을 가득 담은 얼굴로 연리가 따라 일어서자 주원은 별 대수롭지 않다는 듯 말했다.

"몸 하나 건사할 호신술은 완벽히 익혔다 여겼는데, 자만이었나 봅니다. 눈앞의 말이 흥분한 걸 알면서도 빨리 몸을 피하지 못해 이렇게 얻어맞기까지 하고요."

주원이 싱긋 웃고선 다치지 않은 팔로 품 안에서 수파(手帕)를 꺼내 건넸다.

"정말로 괜찮으니 진정하십시오."

머뭇거리다, 곱게 접힌 부드러운 하얀 천을 받아 쥔 연리는 기필코 눈물 한 방울을 흘리고 말았다.

"괜히 저 때문에……."

후. 주원은 지그시 미간을 모았다. 그리고는 성큼 다가가 연리의 손에서 수파를 도로 가져간 후 젖은 눈가를 부드럽게 닦아주었다.

"그대 잘못이 아닙니다. 소중한 벗이 위험에 처했는데 어느 누가 그냥 두고 보겠습니까."

가까이 닿은 섬세한 손길에 연리는 아이같이 울컥한 자신이 부끄러

워졌다. 도움은 되지 못할망정 울기나 하고. 부상자를 앞에 두고 짐이
될 수야 없는 노릇이었다. 연리는 물기 어린 낯으로 얼른 고개를 끄덕
인 후 수파를 받아 남은 눈물을 말끔히 닦아냈다.

"감사합니다, 저……."

"아이고, 거 괜찮으시오?"

마음을 가다듬은 연리가 감사와 걱정의 말을 전하려는 찰나, 다시
날뛰려는 말을 가까스로 진정시킨 주인이 말 등에서 허겁지겁 내려왔
다. 장에서 새 말을 사려 시범 삼아 타본다는 것이, 아직 덜 길들여진
말이라 갑작스레 흥분하여 폭주를 벌였다는 것이었다. 소심한 성정인
듯 얼굴이 새빨개진 주인은 우물쭈물 시선을 피하며 사죄했다.

다친 듯 팔을 감싸 쥔 주원을 보고 대경실색한 주인에게, 주원은 크
게 놀란 것은 연리라며 연리에게 먼저 사과할 것을 청했다. 반듯하게
보이는 주원을 보고 연리 또한 반가의 규수인 줄로만 안 주인은 어쩔
줄 모르며 연리와 주원에게 번갈아 가며 사과의 말을 했다.

"정말 미안하게 되었소, 내 고의는 아니었는데……."

"일부러 그러신 것이 아니니 되었습니다. 크게 다치지도 않았고요."

조바심을 내며 안타깝다는 표정을 지어 보인 주인에게 주원은 이만
되었다며 손을 저어 보였다. 그러자 땅바닥만 쳐다보고 있던 주인이
살았구나 하며 둘을 곁눈질하더니 반색하였다.

"그…… 그럼 몸조리 잘하길 바라겠소. 나는 그럼 이만……."

혹여 대단한 고관대작 자제라 끌려가 곤욕이라도 당할까 싶었던지,
주인은 걸음아 날 살려라 하며 재빨리 말고삐를 쥐었다. 단박에 눈앞
에서 사라질 듯한 모양새였다. 연리는 까딱 잘못하면 크게 다칠 수 있
었던 일을 사과 한마디로 얼렁뚱땅 모면하려는 작태가 어처구니없어
그를 날카롭게 노려보았다.

"잠깐만요."

말을 데리고 얼른 반대편으로 몸을 돌려 달아나려던 주인은 새치름한 목소리에 엉거주춤 뒤를 돌아보았다.

"아무리 고의가 없었다고는 하나, 사람이 다쳤으면 마땅히 도리는 하고 가셔야지요."

"부러 이리하지 않으셔도 되는데요."

등 뒤에서 난처하면서도 웃음기 어린 주원의 목소리가 들려왔다. 아니긴! 연리는 단단히 벼른 목소리로 야무지게 대답했다.

"부상은 언제 어떻게 덧날지 모르는 법이에요. 다른 것도 아니고 말에게 입은 상처인데 어찌 그냥 둘 수 있겠어요?"

연리와 주원은 지금 운종가에서 가장 큰 약방에 와 있었다. 흔히 약재를 파는 상점과 약을 조제·처방하는 곳은 함께 있게 마련이었고, 판매를 원활히 하기 위해서인지 뒤에 딸린 방에 의원이 함께 있는 경우가 많았다. 답싹 내빼려는 주인을 말로 붙잡은 연리는 기필코 그가 도리를 하고 가도록 만들었다. 혀 씹은 얼굴로 미리 주원의 약값을 낸 주인은 저지른 잘못이 있어 무어라 항변하지도 못하고 씩씩대며 말을 끌고 먼저 약방을 떴다.

겨울철이라 겹겹이 입은 옷이 많아, 자세하게 살펴보는 것이 혹시 있을지도 모르는 내상을 살피기에 좋다는 의원의 말에 주원은 철릭과 답호, 저고리를 벗고 얇은 속적삼만을 입은 채였다. 밖에서 바로 문을 등지고 앉은 연리는 방 안의 의원이 무어라 말하는지 열심히 귀를 기울였다.

"다행히 정통으로 맞은 것이 아니라 비껴 맞아 뼈는 상하지 않은 듯하오. 하나 타격이 워낙 세어 멍이 들고 며칠간 근육통이 좀 있을 것이외다."

"운신하는 데 어려움은 없겠습니까?"

"무리하지만 않는다면 괜찮을 것이오. 내 멍에 좋은 약재와 통증을 줄여주는 환약을 처방해 주리다."

속적삼을 들추고 왼팔의 부상을 살핀 의원은 침을 놓은 후, 약재를 물에 개어 붙이고 천으로 팔을 동여맸다. 의원의 말대로 팔을 아예 움직이지 못하는 것은 아니었지만 조금만 격하게 움직여도 통증이 잇따랐다. 무관이 아니니 내일 거사가 있어도 말을 타거나 격하게 움직일 일은 아마 없을 테지만, 아무리 그러해도 중요한 일을 앞두고 다쳤다는 사실이 신경 쓰이긴 했다.

'어쩔 수 없지.'

주원은 팔을 가급적 건드리지 않으려 노력하며 옷을 도로 입었다. 약방 서랍을 연 의원이 환약을 약포에 싸주자, 주원은 감사의 말을 전하고는 방을 나왔다.

"괜찮으세요?"

밖에서 기다리고 있던 연리가 후닥닥 일어나 살폈다. 아까 말 주인에게 도리를 다하라며 당당하게 쏘아붙일 때는 언제고, 안절부절못하며 오로지 부상 입은 제 팔에만 시선이 가 있는 것을 보니 어쩐지 다른 사람 같아 웃음이 비어져 나왔다. 어차피 치료한 팔 위로 속적삼, 저고리, 철릭에 답호까지 덧입어 다친 부위는 보이지도 않건만 연리는 투시라도 하는 듯 뚫어져라 제 팔만 쳐다보았다.

"큰 문제는 없다고 합니다."

주원이 으쓱하며 아무렇지 않다는 듯 왼팔을 움직여 보았다. 괜히 걱정을 끼칠까 싶어 팔을 앞뒤로 휙휙 뻗어 보이는데, 무리했는지 날카로운 감각이 살을 파고들어 주원은 저도 모르게 미간을 찡그렸다.

"문제가 아예 없지는 않아 보이는걸요."

"이런."

태평한 척하다 곧바로 들킨 주원의 행동에 밉지 않게 눈을 흘긴 연리가 속상하다는 표정을 지었다.

"죄송해요…… 그리고 감사합니다."

저고리 고름을 만지작거리며 연리가 작은 목소리로 말했다.

"저는 아무것도 한 게 없는데 공자님께 자꾸 받기만 해서……."

"그런 말씀 마십시오."

즉각 말을 부정한 주원이 부드럽게 말했다.

"빚진다 생각하지 마세요. 벗 사이에 서로 돕는 것이야 당연하지 않습니까. 다음에 제가 그대의 도움을 받을 수도 있는 일이고요."

그보다, 제 일로 시간을 지체했으니 늦기 전에 다른 곳에도 가보는 것이 어떻겠습니까? 주원은 시원스레 말하고선 약방을 나서자 손짓해 보였다. 혹여나 연리가 더 쉬어야 한다 고집을 부릴까 봐 주원은 얼른 마루를 지나와 신을 신으려 했다. 하지만 스쳐 지나가려던 주원을 본 연리는 곧 눈을 크게 뜨며 주원의 소맷자락을 붙잡았다.

"잠깐만요."

"예?"

흰 소맷자락을 붙잡고 늘어진 연리는 조심스레 긴 옷자락을 가리켜 보였다.

"아까 말이 흥분하여 옷을 더럽힌 모양이에요."

그 말에 주원은 제 옷자락을 내려다보았다. 흰 철릭뿐만 아니라 남색 답호에도 흙물이 튀어 번져 있었다. 말이 서 있던 곳, 늦은 새벽에 이슬이 내렸을 때 젖었던 땅이 아직 마르지 않았던 모양이었다.

"보기엔 그다지 좋지 않지만…… 괜찮습니다. 집에 들러 갈아입기에는 시간이."

"안 돼요!"

연리가 품이 큰 철릭의 소맷자락을 꼭 붙잡으며 단호하게 외쳤다.

"이런 의복으로 다니시면 체면이 서지 않을 거예요. 혹여 아는 분이라도 만나면 어쩌시려구요."

"체면이야 사람에게 있는 것이지 의복에 있는 건 아니잖습니까. 저는 괜찮……."

어쩌려고 이러는 거지. 물러서지 않고 우기는 연리가 곤란하여 주원은 열심히 설득하기 시작했다. 흰옷이라 눈에 띄기는 했지만 당장 마주쳐서 곤란할 사람을 만날 것도 아니고, 보이지 않게 잘 가리고 다니면 될 것인데…….

"저만 따라오세요!"

여러 번 괜찮다며 만류하던 주원은, 왠지 모르게 열의를 불태우는 연리에게 손목까지 턱 붙잡혔다. 대체 이게 무슨? 어안이 벙벙한 주원은 무어라 말해야 좋을지 몰랐다. 게다가 어느 순간 잡힌 손목까지! 일부러 머리를 쓴 것인지, 아프지 않은 오른쪽 손목을 살짝 잡은 탓에 주원은 아픈 왼쪽 손을 움직일 수도 없어 결국 속절없이 끌려가고 말았다.

"아주머니!"

"어? 아까 왔던 아가씨 아니유? 거기 공자님은 아까 다친 덴 괜찮으시우?"

연리의 부름에 어쩐지 귀에 익은 목소리가 되돌아왔다. 주위를 둘러보니 아까 왔던 포목점이 아닌가. 걱정스레 괜한 부산을 떠는 아낙에게 아무 일 없다 답해 안심시킨 주원은 어리둥절하며 물었다.

"여긴 왜…… 무얼 두고 오셨습니까?"

"아뇨. 두고 온 게 아니라, 찾아가려고요."

"예?"

갈수록 알아듣지 못할 말만 한다. 의문스런 눈길을 보내자 연리는 짐짓 못 본 척 휙 고개를 돌렸다. 그리곤 드디어 주원의 손목을 놓고는 포목점 아낙에게 쪼르르 달려가는 것이있다. 손으로 가려가며 소곤소곤 아낙에게 귓속말하는 연리를 지그시 바라보며, 주원은 대체 무엇 때문에 저러는 것인가 생각했다. 대체 뭘 찾아간다는 거지?

"원래는 옷감만 취급하지만, 가끔 딱 좋은 천이 있으면 드물게 한두 벌 만들어놓기도 하지요. 마침 오랜만에 좋은 옷감을 구해 어제 완성한 도포가 있기는 한데 값이 워낙 비싸서 말이오."

아낙이 연리의 귓속말을 들으며 주원의 옷을 훑더니 번진 흙물을 보고 은근하게 말을 건넸다. 연리는 아무래도 상관없다는 듯 고개를 끄덕였다.

"값은 걱정하지 마시고요. 어떤 색인지 알 수 있나요?"

"치자색과 옅은 연둣빛이유."

연리는 휙 고개를 돌려 주원을 뚫어져라 보며 열심히 머리를 굴렸다. 졸지에 두 여인의 시선을 받은 주원은 영문을 모를 뿐이었다.

"좋아요, 그럼 연둣빛으로 할게요."

"아유, 잘 생각하셨소!"

신이 난 아낙이 어깨춤을 추며 안으로 뛰어들어 갔다. 물끄러미 아낙이 하는 양을 보고 있던 주원은 다가오는 연리에게 서둘러 물었다.

"무얼 하시는 겁니까? 어찌 저 아낙은 저를 저리 뚫어지게……."

"자, 얼른 따라오세요."

하지만 연리는 방긋 웃으며 주원의 등을 떠밀 뿐이었다. 아까부터 쭉 의도를 모를 연리의 행동에, 주원은 하는 수 없이 걸음을 옮기면서도 고개만 갸웃할 뿐이었다.

포목점 안쪽에는 이 층으로 올라가는 계단이 마련되어 있었다. 앞장선 아낙을 따라 계단을 오르니, 이곳은 다른 곳들처럼 위층을 창고로 쓰는 것이 아니라 공방으로 사용하는 듯했다. 가위며 실 등 옷을 짓는 데 쓰이는 도구들이 가득했고, 옆에는 작은 방 하나가 딸려 있었다.

"자, 여기 있소."

연리와 주원이 잠시 흥미롭게 공방을 살펴보던 중, 큰 탁자 옆에 두었던 농에서 아낙이 상자를 꺼내 들고 다가왔다. 연리는 아낙에게서 상자를 받아 품에 안고는, 작은 방 쪽으로 다가갔다.

"그게 무엇입니까?"

자리를 옮기는 연리를 멀거니 바라보던 주원은, 왠지 모르게 제 옆에 멈춰 선 아낙의 눈이 가늘어지며 샐샐거리자 얼른 연리의 뒤로 다가갔다. 대답 없이 살짝 웃으며 방 앞에 다가선 연리는, 방의 문을 활짝 열고서 주원에게 상자를 건넸다.

"이걸 왜 제게?"

"공자님 거예요."

"제 것이요?"

고개를 갸웃하는 사이, 연리가 주원이 든 상자의 뚜껑을 열었다. 안에는 반들반들 윤이 나고 두꺼운 옷감으로 지어진 옅은 연둣빛 도포가 들어 있었다.

"기루에서 가끔 들으니, 포목점에서는 옷감뿐만 아니라 가끔 옷도 한두 벌 판다는 얘기가 있어서요. 혹시나 하고 와봤는데 마침 운이 좋네요."

연리가 도포를 꺼내 보이며 웃었다. 그제야 연리의 의도를 깨달은 주원이 화사하게 웃었다.

"어쩐지. 갑자기 끌고 가길래 대체 무얼 생각하시나 했습니다."

"아무리 괜찮다고 하셔도 제가 두고 볼 수가 있어야지요. 어떠세요? 색이 공자님께 잘 어울릴 것 같지 않아요?"

연리가 상자를 가져가고 도포를 안겨주며 눈을 반짝 빛냈다. 아까 포목점에서 옷감에 대해 이것저것 설명을 늘어놓더니, 누군가 제가 직접 고른 옷을 입는다는 것에 잔뜩 신이 나 보였다.

"아유, 그러믄요. 내가 보기에도 공자님께 아주 잘 어울릴 것 같소. 그나저나 내 처음 볼 때 두 분이 남매인 줄 알았는데 이제 보니 아니었구먼?"

남매는요. 아낙의 붙임성 있는 말에 연리가 배시시 웃었다. 그런 연리를 살짝 본 주원도 잔잔히 미소를 지었다.

"어서요."

연리가 도포를 든 주원의 등을 살짝 밀며 갈아입어 보라 재촉했다. 옥면(玉面) 같은 미남자에게 제가 만든 옷을 입힐 수 있다는 생각에 잔뜩 기대한 아낙도 맞장구를 쳤다.

"그래요, 어서 입어보시우. 아, 공자님께서 아까 팔도 다치셨으니 웬만하면 아가씨가 입혀주시지 그러오? 어차피 겉옷인 도포이고 둘이 정인 사이인데 무어 거리낄 것이 있나그래."

"네?"

아낙이 넉살 좋게 말하며 척척 다가와 연리에게 눈을 찡긋해 보였다. 아낙의 오해 가득한 말에 화들짝 놀란 연리는 당황한 목소리로 되물었다.

"단둘이 나들이까지 나올 정도면 곧 혼약도 맺을 것 같은데, 내 소문나지 않도록 입단속 철저히 해드리리다. 걱정 마시우!"

오해해도 정말 단단히 오해한 아낙의 말에, 연리는 어쩔 줄 몰라 쩔쩔매며 서둘러 말을 늘어놓았다.

"아니, 아니에요. 저희는 그런 사이가……!"

"그래주시겠습니까?"

다급한 변명이 끝나기도 전에, 훅 말을 끊으며 가까이 다가온 주원이 연리의 어깨를 감쌌다.

"예?"

소스라치게 깜짝 놀란 연리는 딸꾹질이라도 할 기세로 높아진 음성이었다. 쿡쿡거리며 그런 연리를 지긋이 바라보던 주원이 허리를 조금 굽혀 눈을 맞추었다. 엉겁결에 마주친 눈은 재미있다는 듯 담뿍 유쾌함을 담고 반달이 되어 있었다.

"팔이, 아파서요."

답지 않게 나른하고 권태로운 목소리였다. 놀랍게도 제가 설레어 마지않는 주원의 눈꼬리에서는 여인이었다면 교태라고 불러도 좋을 느낌이 묻어났다. 자, 잠깐. 이분이 지금 무슨…….

어쩔 줄 몰라 눈만 또록 굴리자 웃음기를 담은 눈동자가 그대로 따라온다. 설상가상으로 어깨를 감싼 그의 손이 주는 자극까지 또렷이 감각되었다. 기어이 목덜미가 홧홧하게 달아오르기 시작해, 연리는 제 안에 손톱만큼 남아 있던 침착함이 급속도로 사라지는 것을 느꼈다.

"네?"

아랑곳하지 않는다는 듯 매끈한 목소리가 다시 한 번 재촉했다. 아득한 연리에게, 지금 이 순간 떠오른 생각은 하나뿐이었다.

……양귀비.

군자는 미녀에게 약하다고 했던가. 연리는 당장 그 말을 수정해야 한다고 생각했다. 다시 공주로 돌아가면 진지하게 주장해 봐야겠다.

그러니까, '여인도 미남에 약하다'는 말도 격언으로 올릴 수 있을지 말이다.

'이게 뭐야……'

연리는 어느새 손에 들린 연둣빛 도포를 들고 울상 지었다. 처음 만났을 때처럼 능청스럽게 구는 주원 때문에, 밍하니 있는 사이 연리는 함박웃음을 짓는 아낙에게 떠밀려 방에 넣어지고 말았다.

"에헴, 그럼 천천히들 갈아입고 나오슈!"

싱글벙글 웃음이 밴 목소리와 함께 경쾌하게 미닫이문이 닫혔다. 어, 어쩌라는 거야! 탁 하는 소리와 함께 정신이 번쩍 든 연리는 재빨리 문을 향해 돌진했다. 아무리 기루 생활에 익숙해졌대도, 지아비도 아닌 사내 옷을 어떻게 벗긴단 말인가!

"어딜 가십니까?"

은근한 주원의 목소리가 뒷덜미를 낚아채는 듯했다. 동시에 부드러운 손길이 뛰쳐나가려는 자신을 붙잡았다. 사냥꾼의 덫에 다가가는 사슴의 심정이 꼭 이러하지 않을까. 달콤한 미끼에 이끌려, 그래선 안 된다는 걸 알면서도 헤어 나올 수가 없는.

"도와주셔야지요."

뻣뻣이 굳은 연리를 주원이 살며시 돌려세웠다. 그러고선 순식간에 한 손으로 답호의 여밈을 풀어 내리는 것이었다.

"자, 잠깐만요!"

견고한 긴 손가락이 하늘하늘 옷자락을 풀어내는 것을 보며 연리는 속으로 비명을 질렀다.

"저, 저는 아무래도 안 되겠습니다. 남녀가 유별한데 어떻게……!"

한껏 당황한 채로 연리는 횡설수설 다급하게 변명을 뱉어냈다. 지금은 답호지만 그다음은 철릭을 벗을 테고, 그리되면 그 안에는 저고리와 속적삼이 있을 테다. 굳이 면경을 보지 않아도 제 얼굴이 온통 노을빛이 된 것을 알 수 있었다. 연리는 그 와중에 아낙이 도포와 함께 챙겨준 깨끗한 새 철릭에 눈길을 주며 꿀꺽 침을 삼켰다.

안절부절못하는 연리와는 반대로, 주원은 살짝 고개를 기울이며 평온한 얼굴로 천천히 입을 열었다.

"남녀가 아니라 벗으로서 부탁하는 것입니다. 보시다시피 제가 왼팔을 운용하기 어려워서요."

그래도 그게 아니잖아요……. 연리는 허탈하게 웃었다. 난처하게도 주원은 무엇이 문제냐는 듯 망설이는 자신을 빤히 바라보고만 있었다. 그도 그럴 것이, 자꾸만 벗을 들먹이는 데는 딱히 답할 변명이 없었다. 주원은 진정 저를 편안한 벗으로 여기는 것 같았다. 아무리 겉옷이라고는 하지만 혈연도 아닌 여인에게 개복(改服)을 부탁하는 양상이 조금도 불순해 보이지 않았으니까.

그렇게 생각하니 조금 심통이 났다. 다른 여인을 은애하고 있으니 나는 여인으로도 보이지 않는다는 걸까. 생글생글 웃으며 주원에게 가까이 다가서던 모란이 불현듯 떠오르자 연리는 시큼한 식초를 삼킨 것처럼 미간을 찡그렸다. 내일이 거사일이니 함께할 날이 정말로 얼마 남지도 않았건만, 야속하게도 이 사내는 제 마음을 한 톨도 모른다.

"내키지 않으신다면 어쩔 수 없지요. 힘들고 아프지만 저 혼자……."

"아니에요! 제가 해드릴게요."

그래도 간절하게 한두 번 더 부탁하면 못 이기는 척 들어줄까 했는데. 깔끔하게 부탁을 거두어들이고 정말로 한 손으로라도 힘겹게 옷을 갈아입으려는 주원을 본 연리는 엉겁결에 승낙을 소리치고 말았다.

"정말이십니까?"

주원이 기다렸다는 듯 한 걸음 더 다가서며 눈을 빛냈다. 연리는 반쯤 풀린 고름에 눈길이 가 갑자기 바짝 긴장이 되었다.

"하면 사양치 않고 부탁드리지요."

지나치게 예사롭다. 자신과는 달리 평화롭기만 한 저 태도와 목소리가 마음에 들지 않았다. 그렇다고 나는 당신을 사내로 보는데, 당신은 나를 여인으로 보지 않으니 그리 태평한 것이냐고 따져 물을 수도 없는 노릇이었다. 이미 도와주겠다 말을 했으니 엎질러진 물이나 다름없어 연리는 하는 수 없이 주원의 세조대를 풀었다.

검은 끈을 풀어 옆의 탁자에 올려놓은 연리는, 자신도 모르게 입이 댓 발 나온 채 그다음으로 답호 고름을 풀었다. 앞서 망설였던 것이 무색하게 고름은 스르르 매끄럽게 풀려 나왔다. 반비(半臂) 형식이라 소매가 거의 없는 답호는 앞자락만 젖히면 쉽게 벗길 수 있는 옷이었다. 사내 옷을 만져 본 적은 없지만 기루에서 기녀들이 취객들의 옷을 다루는 것을 본 기억을 떠올리며 연리는 사무적으로 앞자락을 양손에 쥐었다. 그렇게 답호 양쪽 자락을 젖혀 야무지게 어깨 너머로 벗겨내려던 연리는 생각보다 높이 위치한 어깨에 아차 하는 표정을 지었다. 저보다 여섯 치는 큰 주원의 키 때문에 팔을 뻗어도 도통 벗기기 어려운 것이 아니었다.

'어떻게 하지?'

연리가 어떻게 할지 망설이는 사이, 주원은 먹이라도 잡은 것처럼 제 앞섶을 잡고 멈춰 선 연리를 의문스럽게 응시했다. 팔을 살짝 뻗어 옷자락을 옆으로 펼쳐 보았다가, 고개를 갸웃하고선 다시 위로 쓱 올려 보이는 것이었다. 아무래도 옆으로 펼쳐 벗기려면 저를 감싸 안다시피 해야 하고, 그렇다고 위로 올려 벗기기에는 키가 닿지 않는 모양이었다. 어느새 댓 발 나왔던 입이 쏙 들어가고 당황한 눈을 한 연리가 말갛게 예뻤다.

시간이 부족하니 되었다는 제 말은 아랑곳하지도 않고 멋대로 포목점으로 끌고 온 것이 내심 섭섭하여 살짝 농을 친 것인데, 주원은 이 상황이 못내 마음에 들었다. 어찌하여 이런 마음이 드는지는 알 수 없었지만 운종가의 모든 풍경에 신기해하고 즐거워하는 다채로운 표정이, 저를 향해 터뜨리는 명랑한 웃음이 자꾸만 기억에 남아 미소를 짓게 만들었다. 제멋대로 정인 사이라 오해한 아낙의 말도 전연 불쾌하지 않아 스스로도 놀라울 정도였다.

주원은 여전히 말없이 조심조심 옷자락을 벌려보는 연리를 내려보며 소리 없는 웃음을 흘렸다. 그냥 조금만 굽혀달라고 하면 될 텐데. 긴장했는지 말을 건넬 생각도 못 하는 것 같아 주원은 이쯤에서 놀리는 것을 그만두어야겠다 생각했다.

"되었을까요?"

주원은 말을 마침과 함께 무릎을 굽혀 연리와 시선을 맞추었다. 눈을 굴리며 열심히 무언가를 궁리하던 연리의 얼굴이 정면으로 더 잘 담겨와, 의도하지 않게 싱긋 미소가 배어 나왔다. 머리 위에 있던 시선이 갑자기 내려와 마주하자 연리는 화들짝 놀랐다. 하마터면 옷자락을 놓칠 뻔해 연리는 서둘러 손에 힘을 주어 옷자락을 잡았다.

"되…… 되었습니다!"

마주한 얼굴에 웃음기가 담긴 것도 눈치채지 못하고, 연리는 쉴 새 없이 빨라지는 심장박동에 아연하여 재빨리 손을 놀렸다. 수월해진 높이 덕에 연리는 주원의 답호 자락을 잡고 어깨 너머로 넘겨 미끄러뜨렸다. 수월하게 떨어지는 옷자락을 조심스럽게 모아 거두려는 찰나, 둘 사이에 차마 생각지 못한 자세가 연출되고 말았다.

연리는 속눈썹을 깜빡였다. 의식하지 못한 새 반듯한 얼굴이 자연스레 다가와 있었다. 그도 예상하지 못한 듯, 미미한 웃음을 담은 입가와 부드럽게 접힌 눈이 그대로 얼어붙은 채였다. 연리는 지금 자신이 주원과 숨결이 닿을 정도로 맞닿아 있다는 사실도 잊은 채, 그의 얼굴에 정신을 빼앗겼다.

활을 닮은 가지런한 눈썹에 말끔한 눈매, 몇 번을 보아도 질리지 않을 눈동자. 여태 본 사내들 중에 제일 수려하게 뻗은 콧대와 그 아래 자리 잡은 부드러운 입술. 여인이라 해도 믿을 만한 결 좋은 피부에, 오목조목 귀티 있으면서도 사내답게 강인한 생김이 삽시간에 숨을 멈추게 만들었다.

"항아님."

아. 주원의 부름에 연리는 퍼뜩 의식을 찾았다. 한껏 당황함을 담은 얼굴이 오롯이 저를 보고 있었다.

"죄…… 죄송해요."

화르륵 열이 올라 저절로 숨이 가빠졌다. 연리는 화다닥 고개를 숙여 시선을 피하고는 재빨리 옷을 거두어 냈다. 다행히 꼼짝 않는 주원 덕에 연리는 서둘러 답호를 탁자에 올려놓고 단숨에 철릭마저 벗겨냈다. 생각하지 말자, 생각하지 마! 새 철릭을 들어 올리자 주원이 헛기침을 하며 뒤로 돌았다. 철릭 안에 저고리를 덧입긴 했지만 양갓집에서는 그것마저 쉽게 보아서는 안 될 옷이라, 정면을 보는 것이 아니니 차라리 다행이라 생각하며 연리는 훨씬 수월하게 철릭을 주원에게 입혔다.

주원이 다시 정면으로 몸을 돌리기 전에 재빨리 자신이 뒤쪽으로 돌아간 연리는, 주원의 가슴팍에만 시선을 고정한 채 철릭의 고름을 맸다. 그리고선 또다시 탁자로 되돌아가 옅은 연둣빛 도포를 가져와 주원에게 입혔다. 마지막 절차라 주원이 뒤로 빙글 돌자, 연리는 저돌적으로 도포의 고름을 매었다. 그리고선 도포 자락을 정리하는 주원을 기다렸다가, 세조대를 집어 들었다.

이건 아무 뜻도 없는 거야! 들리지 않는 절규 아닌 절규를 외친 연리는 눈을 질끈 감았다가 떴다. 연리는 다친 팔을 건드리지 않게 검은 끈을 조심스레 주원의 앞섶에 두른 후, 단단히 매듭지어 가지런히 정리했다.

끝났다! 머리가 아찔했다. 연리는 후다닥 주원에게서 떨어졌다. 다행히 주원은 별 거리낌이 없었던 것 같았다. 평온해 보이는 얼굴로 갈아입은 새 옷을 이리저리 살펴보는 주원 몰래, 연리는 파닥파닥 손바람을 내어 열 오른 얼굴을 식혔다.

"이…… 이제 다 입었으니 이만 나가요."

"그러지요."

도와주셔서 감사합니다. 어질거리는 머리를 이고 연리는 주원의 말이 채 끝나기도 전에 왈칵 미닫이문을 열어젖히고 재빨리 방을 나갔다. 이 좁은 곳에서 조금만 더 단둘이 있었다간, 아무래도 제가 그를 연모한다는 사실을 꼼짝없이 들킬 것만 같았다. 때문에 연리는 등 뒤의 주원이 엷게 상기된 얼굴로 목덜미를 만지작거리는 모습을 발견하지 못하였다.

어서 가요. 방을 나온 연리는 묘하게 웃음 짓는 아낙에게 서둘러 옷값을 지불하고는, 무어라 짓궂은 말을 건네려는 아낙을 피해 뒤따라 나온 주원을 끌고 포목점을 나섰다.

사실 속적삼도 아닌 저고리야, 상민들은 겉옷으로 입으므로 보았다고 해도 그다지 호들갑 떨 일은 아니었다. 더구나 제 신분은 지금 동기이니 오히려 그걸 가지고 얌전을 빼는 것이 오히려 더 우스운 일일지도 몰랐다. 하지만 겉이 동기라고 속까지 완전한 동기는 아니었으니 연리는 얼떨떨하기도 하고 묘한 기분이었다. 어쩌면 당연하기도 했다. 직접 제 옷을 챙겨 입은 지도 얼마 되지 않았는데, 하물며 타인의 옷을 입혀준 것은 처음이었으므로. 물론 감히 공주가 사내의 옷을 벗기게 되어 모욕적이라 그랬다기보다는 단연 제가 품은 감정 때문에 그러하였지만 말이다.

연리는 대로를 앞장서 걸으며, 어느새 서늘해진 바람을 얼굴 정면으로 맞으며 심정을 진정시켰다. 진정하자, 진정해. 벗이 몸이 불편해 도와준 것뿐이잖아!

그런 연리의 상태를 아는지 모르는지, 바로 뒤에서 이따금 헛기침하며 따라 걷던 주원은 주원대로 혼란스러울 따름이었다. 아까 연리의 숨결이 닿았던 목덜미가 괜스레 화끈거리는 것 같아 주원은 어색하게 목덜미를 쓸어보았다. 주원은 기억을 더듬었다.

무어라 나타내기 어려운 묘한 기분이, 최근 들어 언젠가 몇 번이고 느껴졌던 것 같았다. 그리고 그 기분은 꼭 연리와 관련되어 있었다. 주원은 바로 앞에서 걷는 연리를 바라보며 생각했다. 아무래도 제가 생각보다 연리를 훨씬 더 많이 신경 쓰고 있는 것 같다고. 생소한 이 기분이 무엇을 의미하는지, 주원은 선뜻 정의할 수가 없었다.

두 사람은 각자 비슷하면서도 조금 다른 생각으로 말없이 고민하며 걸었다. 그러다 잠깐, 주원이 연리의 팔을 가볍게 잡아 멈춰 세우며 짧고도 어색했던 침묵을 깼다.

"어, 어찌 그러세요?"

갑자기 닿아오는 손길에 자연스레 목소리 끝이 올라갔다. 연리가 조심스레 주원에게 눈을 맞추자, 주원이 손을 들어 옆을 가리켜 보였다.

"오늘 운종가는 제가 그대에게 선물을 하기 위해서 온 것인데, 어째 또 제가 도움을 받은 것 같아서요."

참, 그랬었지. 말에, 도포에, 신경 쓰이는 일이 굵직하게 있었던 터라 주원이 제게 주기로 했던 선물은 까맣게 잊고 있었다. 연리는 주원의 손끝이 가리키는 곳으로 시선을 옮겼다. 다른 곳보다는 작지만 꽤 호화롭게 꾸며진 패물 상점이었다. 연리의 시선이 그곳에 머무르는 것을 보자 주원이 가보자는 눈짓을 하며 먼저 패물상으로 다가갔다. 연리는 잠깐 멈칫했다가 주원을 따라 뒤이어 걸음을 옮겼다.

"어서 오십시오!"

안쪽에 앉아 있던 주인이 호탕하게 손님을 맞았다. 명이나 서역의 수입품은 물론이고, 조선에서 만든 최고의 패물들까지 모두 제 상점에서 취급한다며 허풍 섞인 자랑을 한 주인의 말에 웃으며 연리는 진열된 물건들을 살펴보았다.

과연, 주인의 말이 거짓은 아니었는지 연리가 보기에도 썩 귀한 장식물들이 즐비하게 진열되어 있었다. 반짝반짝 빛나는 금, 은, 옥, 비취, 호박 등으로 만든 가락지, 목걸이, 팔찌 등이 찬란한 위용을 뽐냈다. 보석, 산호, 호톱, 은장도 등을 달아 꾸민 귀한 노리개들도 종류별로 주르륵 놓여 품격을 자랑했다. 각종 세밀한 방법으로 세공하여 우아하고 날렵한 자태를 뽐내는 비녀와, 명에서 들여온 듯한 고급 분과 연지, 서역에서 들여온 것인지 이름 모를 좋은 향이 나는 향낭과 향유 등도 눈을 사로잡았다.

생각해 보니 옷이나 문방사우는 필요할 때마다 아낌없이 구매해 많이 가지고 있었지만, 패물은 가진 게 많지 않은 터였다. 연리는 주원이 저를 패물상으로 데려온 것이 이를 알고 그런 것일까 생각하며, 물론 그럴 리가 없다는 것을 알면서도 생긋 웃었다. 그렇지 않아도 능양군에게 제가 지녔던 모후의 노리개를 주어버렸던 터라, 쓸쓸하여 새 노리개가 필요했던 참이었는데.

주원의 눈을 닮은 황옥이 달린 짙은 초록 노리개를 집으려던 연리는, 그 옆의 물건을 보고 뻗던 손을 멈추었다. 곱고 부드럽게 생긴 백옥 가락지가 가는 비단 끈에 묶여 가지런히 놓여 있었다. 금이니 은이니 하는 더 값나가는 물건들이 귀한 빛을 뽐으며 유혹했지만 연리의 눈길은 백옥 가락지에서 떨어질 줄 몰랐다. 자칫 수수해 보일 수 있는 가락지는, 투명하면서도 흰 두 몸체에 굽이치며 가지를 맞댄 두 나무를 부드럽게 양각하여 고결한 미를 드러냈다.

　연리지(連理枝). 연리는 백옥 가락지를 집어 들며 읊조렸다. 가지를 견고하게 맞대 얽힌 나무 두 그루가 나타내는 것은 연리지였다. 화목한 부부의 사랑을 뜻하는. 부왕과 모후께서 지어주신 제 이름자였다. 연리는 가락지 겉면에 새겨진 연리지를 손가락으로 쓰다듬어 보았다. 손끝으로 느껴지는 새김이, 풍부한 달빛같이 제 마음을 채워 주는 것 같았다.

　"그 가락지가 마음에 드십니까?"

　연리가 가락지를 집어 든 것을 본 주원이 빙긋 웃으며 말을 건넸다. 홀린 듯 연리가 가락지를 꼭 쥐고 고개를 끄덕이자, 주원은 더 묻거나 재고하지도 않고 주인을 불러 값을 치렀다. 주원이 꽤 많은 액수의 돈을 주인에게 건네자, 그제야 제가 꽤 고가의 물건을 골랐음을 안 연리는 당황하여 주원을 말렸다.

　"너무 비싸요. 이렇게 비싼 물건인 줄 모르고…… 다른 것으로 다시 고를게요."

　하지만 주원은 단호한 표정을 지으며 거절했다.

　"지금까지 그대가 제게 준 도움이 그 가락지보다 훨씬 비싸니 괜찮습니다."

　그리고는 연리가 가락지를 무르지 못하도록 얼른 자리를 피해 앞서

가버리는 것이었다. 연리는 그렇게 당당하고도 태연하게 말하고선 얼른 자리를 뜬 주원에게 당황하면서도 풋 웃음을 흘렸다. 얼른 가볍게 뛰어 주원의 옆에 선 연리가 진심을 담아 활짝 웃어 보였다. 이제 굳이 말로 하지 않아도 느꼈는지, 주원도 따뜻하게 미소를 돌려주었다.

그렇게 소중히 가락지를 품은 연리와 연둣빛 새 도포를 입은 주원은 마지막으로 입소문이 자자한 주막에 들렀다. 이제 곧 저녁이 될 것이니, 비원으로 돌아가기 전에 따뜻한 식사로 운종가 나들이를 마무리하려는 것이었다. 연리는 호기심 어린 눈빛으로 주위를 살피며, 주원이 이끄는 대로 입소문 난 큰 주막으로 들어섰다.

이 주막 주모의 음식 솜씨가 한양 제일이라며, 불룩해진 배를 두드리며 나오는 사람들을 보니 명성이 정말인 모양이었다. 연리와 주원은 눈을 마주치며 웃었다. 한쪽 평상에 자리 잡고 앉은 둘은 곧 가장 인기 있는 국밥 두 그릇을 주문했다.

연리는 주원이 선물한 백옥 가락지를 만지작거렸다. 연리지가 새겨진 문양도 맘에 들고, 색깔도 은은하며 고운 것이 마음에 쏙 들었다. 꼭 탐내던 장난감을 손에 넣은 어린아이 같다고 생각하며 주원은 순수하게 기뻐하는 연리를 보며 흐뭇하게 웃었다. 가락지를 품에 안은 채, 국밥이 나오는 동안 주위를 구경하던 연리가 문득 생각났다는 듯이 주원을 불렀다.

"공자님."

"예?"

주원이 자상한 목소리로 대답했다. 연리는 돌연 미간을 모으며 진지하게 물었다.

"분명, 이 가락지 비싸지 않았나요?"

"그렇기는 합니다만."

주원은 미심쩍은 표정을 지으며 순순히 대답했다. 설마 이제 와서 부담이 된다거나, 아무리 생각해도 이건 아닌 것 같다며 다른 걸 갖겠다고 하는 건 아니겠지.

"분명 제게 과거를 준비하는 유생이시라고······. 한데 어떻게 그런 큰돈을 가지고 계신 거예요?"

의심스럽다는 목소리로 연리는 정확하게 주원의 오류를 지적했다. 그에 웃는 낯으로 고개를 끄덕였던 주원은, 예상치 못한 마지막 말에 쩍 굳고 말았다.

"어머, 그러고 보니까 군 나리의 일에 동참하시는 것도······. 어떻게 한낱 유생의 몸으로."

점차 세세한 사실까지 짚어내는 연리의 목소리가 의심을 확신하는 듯 진중해졌다. 주원은 소리 없이 당황을 감추려 갖은 애를 썼으나, 집요하게 따라붙는 연리의 시선에 하는 수 없이 항복을 선언하고 말았다.

"미안합니다. 일부러 속이려 한 것은 아닌데······."

결국 주원으로부터 부친이 김포의 현령이라는 고백을 받아내고 만 연리는 소리 내 웃음을 터뜨렸다. 혹여나 제가 사대부라는 배경을 숨겨 연리가 화라도 낼까 싶어 전전긍긍했던 주원은 명랑한 반응에 마음을 놓았다. 뭐, 속았다고는 해도 주원이 그로 인해 제게 폐를 끼친 것도 없으니 연리는 그다지 거리낄 것은 없다고 생각했다. 무엇보다 저도 지금 주원에게 진짜 신분을 숨기고 있지 않은가.

"마음 상하시진 않으셨습니까?"

"아니요, 사정이 있으셨겠지요. 대업을 이루기 위해 하신 거짓말일 텐데요."

이해한다 다독이면서 장난스레 농을 곁들이는, 종소리처럼 듣기 좋은 웃음소리를 내는 연리였다. 그에 무심코 밝게 웃는 연리가 참으로 수려하다 생각한 주원도 풍부하게 웃음 지었다. 환하게 웃는 둘을, 웃음에서 나온 따뜻한 기운이 가득 감싸고 있었다.

앞으로는 제게 거짓말하시면 안 돼요. 짐짓 엄하게 말하는 연리를 향해 주원이 피식 웃으며 알았다는 듯 고개를 끄덕였다. 마침 주막 옆에 하나씩 걸리기 시작하는 등롱을 구경하며, 연리는 빛에 반사되어 담갈색으로 변한 주원의 눈을 시선에 담으며 키득거렸다. 아무리 봐도 저 눈, 정말 이루 다 말할 수 없을 정도로 꼭 마음에 들었다. 이 가락지보다도 더 마음에 드는데. 어찌 들으면 이상하게 들릴 법한 말을 조용히 중얼거리며, 연리는 국밥을 기다리며 웃는 낯으로 주막 안 사람들을 구경했다.

각양각색의 사람들을 흥미롭게 둘러보던 연리는, 주원이 무어라 제게 말을 건네는 찰나 다른 사람들의 왁자지껄한 소리에 말을 놓치고 말았다. 연리는 주원의 말을 제대로 들으려 고개를 돌렸다. 하지만 그때, 뜻밖에도 낯익은 얼굴이 홀연 눈에 들어왔다.

시야에 들어온 얼굴을 기억 속에서 끄집어내는 순간, 연리는 웃음을 잃었다. 삽시간에 얼어붙은 연리의 표정을 본 주원이 의아한 얼굴로 연리의 시선이 향하는 곳을 흘깃 보았다. 하지만 특별히 별다른 점은 찾을 수 없었다. 주원은 걱정스러운 얼굴로 물었다.

"어찌 그러십니까?"

하지만 연리는 사람 한 무리에게서 시선을 떼지 못한 채 말이 없었다. 주원은 미간을 좁히며 재차 물었다.

"대체 무슨 일……."

"박순우예요."

연리가 속삭이듯 작은 목소리로 말했다. 스러질 듯한 작은 음성이라 주위 사람들은 듣지 못하였으나, 마주 앉아 있던 주원은 실낱같은 목소리를 분명히 잡아내었다. 주원은 재빨리 기억을 더듬었다. 박순우라면…….

"병조 참판 박정길의 장남이에요."

연리는 하얗게 질린 얼굴이었다. 입술을 떨며 간신히 말을 뱉어낸 연리가 흔들리는 눈빛으로 주원을 마주 보았다. 연리의 말을 들은 주원은, 마침내 결코 마주하고 싶지 않은 사실을 떠올렸다.

"병조 낭청."

주원은 이를 악물었다. 지금 궐에서 내일 거둥의 호위를 준비해야 할 낭청이, 대체 왜 여기 궁 밖에 있단 말인가.

심상치 않은 상황이었다. 주원은 목소리를 낮추고 속삭였다.

"저자와 안면이 있습니까?"

연리는 여전히 혼란스러웠지만, 입술을 꼭 깨문 후 정신을 다잡았다.

"네. 주연을 몇 번 함께 했고, 얼마 전 병조 주관 연회에서도 본 적이 있어요. 저를 꽤 마음에 들어 했고요."

"그렇다면 저자도 그대를 잘 알겠군요."

연리가 고개를 끄덕였다. 주원은 박순우가 있는 쪽을 향해 신경을 집중했다. 바짝 조인 긴장 탓인지, 북적이는 인파 속에서도 그들 무리가 자신들로부터 조금 떨어진 평상에 자리를 잡고 앉는 것을 알 수 있었다. 어느새 자신의 등 뒤로 시선을 옮긴 연리가 바라보는 방향을 보니, 아마도 제 짐작이 들어맞는 것 같았다.

"분명 무슨 일이 생긴 것 같아요. 제가 가서 무슨 일인지 알아……."

"기다리십시오."

주원이 당장 자리에서 일어나려는 연리를 저지해 앉히며 말했다.

신중하시만 날카롭게 변한 눈빛이 빠르게 상황을 분석하고 있는 듯했다. 연리는 멈칫하며 도로 자리에 앉았다.

"지금 저자에게 간다면 필시 이목을 끌 것입니다. 혹여 정체가 들통날 수 있으니 보는 눈이 없는 곳을 고르는 편이 현명합니다. 하니 여기서 기다렸다가, 저자가 일행과 헤어지기를 기다려 접근하는 편이 안전할 겁니다."

주원이 말을 마치자마자 주막의 계집종이 국밥 두 그릇을 가져왔다. 혼란에 휩싸여 꼼짝도 않는 연리를 향해, 먼저 수저를 든 주원이 우선 식사를 하라는 듯 눈짓했다.

자연스럽게 보여야 합니다. 주원이 속삭이는 말에 연리는 하는 수 없이 수저를 들었다. 근방에 명성이 자자한 주막의 국밥이었지만, 모래알을 씹는 듯 아무 맛도 느껴지지 않았다. 주원의 말대로 왁자지껄 음식을 먹는 사람들 사이에 파묻혀 있으니 과연 박순우는 제가 근방에 있는 것을 전혀 눈치채지 못하는 듯했다.

음식이 코로 들어가는지 입으로 들어가는지도 모를 정도로 헛손질을 여러 번 하며 기다리자, 길게 머무를 생각은 없었는지 박순우가 동료들과 함께 자리에서 일어나려는 것이 보였다. 연리는 즉시 수저를 놓고 주원에게 눈짓했다. 주원은 그들이 자리를 정리하며 주막을 나서려는 것을 흘긋 쳐다보고는, 곧바로 고개를 돌려 연리에게 일렀다.

"함께 있는 것을 보이면 저들이 주목할 테니 먼저 나가 있겠습니다. 주막 뒤편에서 기다리고 있을 테니, 그를 만난 후 그쪽으로 오십시오."

연리는 박순우에게서 눈을 떼지 않은 채로 고개를 끄덕였다. 대체 무슨 일일까. 입안이 바짝바짝 말라와 참을 수 없이 초조해졌다. 어서 빨리 다가가 무슨 일인지 알아내야 하는데. 그런데 갑자기 따뜻한 온기가 손을 감싸 안았다. 연리는 멈칫하며 제 손을 내려다보았다.

"걱정하지 마세요. 다 잘될 겁니다."

저를 안심시키려는 듯 주원이 눈을 맞추어왔다. 무의식중에 떨고 있었나 보다. 주원이 힘주어 손을 꼭 잡았다. 언제나 어렵고 힘든 일들을 해결해 주었던 사람이어서일까. 가늘게 떨리던 손이 잠잠히 진정되었다. 연리는 혼란스럽기만 했던 머리가 조금 맑아지는 것을 느끼며 애써 입꼬리를 올려 웃어 보였다.

"공자님도요."

연리가 한층 진정된 듯 보이자 주원은 고개를 끄덕인 후 곧바로 손을 놓았다. 그리고는 다른 이들에게 주목을 사지 않으려 노력하며, 박순우 무리가 나가기 전 재빨리 먼저 주막을 나갔다. 연리는 주원이 나가는 것을 지켜보고 있다가, 주모에게 값을 치르고 주막을 빠져나가려는 박순우의 뒤를 쫓았다.

"나으리!"

"음?"

동료들과 함께 떠들며 설음을 옮기던 박순우가 자신을 부르는 여인의 목소리에 뒤를 돌아보았다.

"오, 너는……."

연리를 알아본 듯 박순우가 반색했다. 그러자 옆의 동료들이 연리를 힐끔거리며 슬금슬금 가까이 다가와 물었다.

"무언가, 아는 여인인가?"

"자네가 이런 아리따운 여인을 어찌 아는 겐가? 누구야, 응?"

동료들이 휘파람까지 불며 부럽다는 티를 내자, 박순우가 헛기침하며 어깨를 으쓱댔다. 자신보다 적어도 열 살은 많은 사내들이 추근거리려 하자 연리는 썩 기분이 좋지는 않았으나, 억지로 환히 웃어 불편하고 불안한 속내를 감췄다.

"크흠, 흠. 비원의 동기 아이네. 곱고 재주가 있어 내 아끼는 계집이지."

기루의 여인이란 말을 듣자 사내들의 눈빛이 음험하게 바뀌었다. 외양으로 봐서는 양반 댁 규수나 부유한 중인으로 보였던 터라 예를 차리는 시늉이나마 하였지만, 마음대로 탐할 수 있는 신분이라는 사실을 알자마자 그들은 앞다투어 탐하려는 기색을 뿜었다.

연리는 눈을 내리깔고 공손하게 손을 모아 예를 올렸다. 치맛자락이 스칠 때마다 사내들이 침을 꿀꺽 삼키며 실실 추파를 던져 왔다. 그러자 동료들의 그러한 탐욕을 알아차린 박순우는 연리를 빼앗길 생각은 추호도 없었던지 동료들을 향해 손을 내저었다.

"아, 우린 이만 파하도록 하세. 다음에 보자고."

박순우는 급하게 말을 내뱉고는 동료들을 남기고 앞장서 걸어 나갔다. 연리는 아쉬운 표정을 하는 사내들을 향해 살짝 고개를 숙여 보이고는, 재빨리 박순우의 뒤를 따랐다.

"네가 여기 무슨 일이야? 게다가 내게 아는 체를 다 하고 말이야."

두세 번 보기는 했으나 그때마다 동기 연은 제게 특별한 관심을 보이지 않았었다. 그래서 박순우는 저 혼자 안달 내는 느낌에 불퉁했었던 터였다. 그런 연이 기루 밖에서 제게 먼저 다가왔으니 어찌 기쁘지 않을 수 있으랴. 박순우는 찢어져라 벌어지는 입을 억지로 다물었으나 실실거리는 표정을 숨기지는 못하고 연리에게 말을 건넸다.

"모처럼 큰 장이 선다길래 구경할 겸 나왔습니다. 한데 나리께서 계시니 반가운 마음에."

연리는 수줍은 듯 살짝 시선을 아래로 했다. 은은하게 미소를 띠니, 수려한 이목구비가 돋보여 박순우는 꿀꺽 침을 삼켰다.

"그, 그래?"

연리의 미모에 홀랑 넘어간 박순우가 헤벌쭉 웃었다. 연리의 마음은 조급하고 또 조급했지만, 그런 속내와 다르게 겉으로는 더할 나위 없는 평온함을 유지했다. 한층 진하게 미소 지으며 천천히 고개를 끄덕인 연리가 정말로 궁금하다는 듯 의문을 가득 담아 물었다.

"하온데 나리께서는 어찌 이곳에 계십니까? 얼마 전 병조 주관 연회에서 뵈었을 때는 이제 곧 중요한 일이 있어 바깥에 걸음하기 어려우시다고……."

긴 속눈썹을 깜빡이며 순진한 얼굴로 묻자, 박순우는 연회에서는 도도하기만 했던 기녀 연이 제 말을 귀담아듣고 있었다는 사실에 뛸 듯이 기뻐했다.

"허, 참! 네가 그걸 다 기억하고 있었단 말이더냐?"

혹여 제게 연심이 있어 그러한 것은 아닐까 망상으로 들떠 있는 것이 한눈에 간파될 정도였다. 연리는 얼른 고개를 끄덕인 후, 더는 세차게 뛸 수 없을 것만 같은 가슴을 부여잡고 박순우의 이어질 대답을 초조하게 기다렸다. 다시, 입안이 바짝 말라붙는 것 같았다.

"내일 궐에 중요한 행사가 있어 의금부에서부터 병조, 한성부까지 달달 볶아대더니 그게 오늘에서야 취소되었다고 명이 내려왔지 무어냐. 미리 알려주었으면 요 며칠 밤을 새워가며 예행연습을 한다고 번거롭게 생난리를 칠 일도 없을 텐데 말이다. 그 때문에 이제야 퇴청하여 회포를 풀러 기루에 가는 길이었지."

'취소…… 라고?'

집에 들렀다 비원에 가려던 참인데, 마침 만났으니 함께 가자꾸나. 박순우가 곁에 다가오며 은근히 물어왔으나 연리에게 그의 목소리 따위는 들릴 여유가 없었다. 청천벽력 같은 이야기에 연리는 덜덜 떨려오는 손끝을 황급히 다잡았다.

"소…… 송구하옵니다. 나리를 모시려면 준비를 해야 하는데, 그러자면 먼저 비원에 도착해야 할 것 같아서요."

"그 차림도 색달라 좋다만."

규수의 차림을 하고 술을 따르는 모습도 꽤 마음에 드는데 말이다. 박순우가 입맛을 다시며 눈을 가늘게 떴다. 평소 같았으면 싫어도 참으며 손님을 모셨겠지만, 당장 코앞으로 거사가 다가와 있는 마당에 이 사실을 빨리 알리지 않았다간 큰 사달이 날 것이 자명했다.

"아닙니다. 손님을 함부로 모실 수는 없지요."

연리는 애써 눈웃음을 지었다. 아쉽다는 듯 입맛을 다시며 곧 뒤따라가겠다는 박순우를 향해 연리는 살짝 고개를 숙여 보였다. 이윽고 그가 뒷짐을 지고 주막을 나서 저 멀리 멀어지자, 연리는 치맛자락을 잡고 서둘러 주막 사립문을 나섰다.

뒤로 돌아가는 거리는 짧디짧았으나 마치 천 리를 걷는 듯 다리가 후들거렸다. 머릿속은 뒤죽박죽 혼란스러워 무엇부터 해야 할지 알 수가 없었다. 능양군이 서신으로 알려준 대로라면 이미 내일 있을 거둥을 대비해 평산과 김포 등에서 군사가 올라오고 있을 것이었다.

사전에 제가 거둥에 쓰일 군사를 수원과 강화에서 징발한다는 정보를 입수하여, 이미 능양군은 그쪽 현령을 매수해 세력을 심어놓은 터였다. 그리하여 내일 밤 거둥이 이루어지면 호위를 맡은 그들과 역천 세력의 군사들이 급습하여 함께 칼을 빼 들고 주상을 칠 계획이었다.

한데 이 상황에서 거둥이 미뤄진다면? 그 많은 군사들이 사전에 고지한 대로 왕의 거둥 경로로 집결하게 될 것이다! 그리된다면 필시 한성부에서 알아차리지 못할 리 없었다. 감히 왕의 허락 없이 무장한 죄로 그들은 모두 사로잡힐 것이고, 필연적으로 반역의 올가미를 뒤집어

쓰게 된다. 반역의 죄는 참수로 다스린다. 고문과 극형을 받게 된 이들이 어디까지 실토할지 알 수 없는 일이다. 혹여 반역의 수괴가 누구냐는 물음에 능양군의 이름이 올려지기라도 한다면……!

꼬리에 꼬리를 물고 이어지는 최악의 가정에 연리는 피가 나도록 입술을 깨물었다. 아니 된다. 그리되어서는 절대 안 된다!

"어찌 되었습니까?"

눈앞에 연둣빛 도포가 보였다. 하얗게 질린 연리의 핏기 없는 얼굴을 본 주원이 놀라며 뛰어 다가왔다. 다리에 힘이 풀려 주저앉으려는 연리를 받아 안으며 주원이 얼굴을 딱딱히 굳혔다. 사시나무 떨듯 덜덜 떠는 몸에서 예삿일이 아님을 직감한 주원은, 가볍게 등을 토닥이며 참을성 있게 연리가 입을 열기만을 기다렸다.

차향이 났다.

이전 같았으면 주원의 품에 안겨 있다는 사실만으로도 온통 물들었을 얼굴이 미동 없이 창백하기만 했다. 그러나 다행히 안온한 품과 다정한 손길, 그리고 익숙한 향이 마음을 다독여 마침내 연리는 입술을 뗄 수 있었다.

"거둥이 취소되었어요."

입술을 달싹인 연리가 자신을 안은 주원의 품에서 벗어나 말했다.

"지금 뭐라고……."

언제나 온유하던 그의 눈이 경직되었다. 자신과 다르지 않을 감정과 생각을 품었을 그가 눈으로 진정 사실이냐 묻고 있었다. 연리는 울컥 물기가 어리어 흐려지는 시야를 밝히려 수없이 눈을 깜빡거리며 고개를 크게 끄덕였다. 숨 막히는 정적이 흘렀다. 울타리를 사이에 두고 잔뜩 흥에 겨운 웃음과 수다가 어렴풋하게 들려왔다.

"먼저 가십시오."

말을 잇지 못하던 주원이 갑작스레 연리의 손을 잡고 끌었다. 정처 없이 끌려가면서도 연리는 영문을 몰라 다급하게 물었다.

"어딜 가시게요? 함께 군 나리께 이 사실을 알리러 가는 게 아닌가요?"

"그대가 나리께 알려주십시오. 저는 백악산 쪽으로 가 한양으로 향하는 군사들을 멈추겠습니다."

주원은 빠르게 말하며 사람들을 살펴 운종가를 벗어났다. 비원으로 향하는 길의 다리 앞에서, 주원은 연리의 손을 놓아주었다.

"곧장 가십시오. 능양군께서 비원에 당도해 다른 이들과 내일의 거사를 의논하고 있을 것입니다. 가서 능양군께 거둥이 취소되었음을 알리고, 모든 일을 즉시 중지하라 하십시오."

"같이 가셔야지요!"

연리가 떨리는 목소리로 외쳤다.

"백악산 근처에 있다가 시각이 되면 숙정문을 통해 진입하기로 하지 않았나요? 이 시간쯤 되었으면 군사들이 당도했을 거예요. 지금 그쪽에 갔다가 만에 하나 한성부, 아니 금군에게 들통 나기라도 한다면 공자님도 위험하세요!"

"시간이 없습니다."

주원이 단호하게 말했다. 연리가 도로 붙잡은 제 팔을 부드럽게 떼어내며, 주원은 연리의 어깨를 잡고 두 눈을 맞추었다.

"이제 저와 항아님에게 달렸습니다. 지금 당장 거사를 중지하지 않으면 모든 일이 물거품이 될 겁니다."

수없이 흔들리는 연리의 눈을 단단히 붙잡으며, 주원이 깊은 눈동자로 말했다. 자신을 믿고 어서 달려가라고. 또다시 울음이 차오를 것 같아 연리는 세게 입술을 깨물었다. 정신을, 정신을 차려야 한다.

마침내 연리는 고개를 끄덕였다. 그에 주원이 안심한 듯 따스하게 웃어 보이고는, 재빨리 몸을 돌려 달려가려 했다. 눈앞에서 봄날 같은 연둣빛 도포 자락이 휘날렸다. 아직 오지 않은 봄처럼, 따스하고 다정한 저 온기가 스러질 것만 같아 연리는 불안하고 또 불안했다. 그래서 연리는 그를 다시 한 번 잡았다.

곧장 달려가려던 주원이 연리의 손길에 붙잡혀 멈칫했다. 연리는 그를 멈춰 세운 후, 물기에 젖으려는 음색을 감춘 채 고운 음색과 고운 미소를 보였다.

"무사하세요."

주원이 싱긋 웃었다.

"무사히 돌아오겠습니다."

그러고는 대답과 함께, 서느런 북풍 너머로 사라졌다.

제발, 제발…… . 아무 일 없이 돌아오기를. 털끝 하나, 옷자락 하나 상하지 않고 돌아오기를. 거사는 훗날을 도모해도 좋으니 제발 그분이 온전히 내 곁으로 돌아오기를. 천지신명이시여, 그분을 지켜주소서.

❖

"마마! 군 마마!"

"어찌 되었느냐!"

"마마, 변고가 났습니다! 지금 한성부와 금군이 모두 숙정문으로 나아가 역적들을 추포했다 합니다. 소인이 방금 옥여 대감이 의금부로 끌려가는 것을 보고 오는 길입니다!"

……천지신명이시여, 그분을 지켜주소서.

"당장 평산으로 사람을 보내야 합니다."

"누굴 보내지요? 빠른 시일 내에 국문이 열릴 테니 서둘러 움직여야 말을 맞출 수 있습니다!"

탁.

방 안에서 목소리를 높이며 논쟁하는 사람들의 소리가 복도까지 시끄럽게 울렸다. 방문을 닫고 나온 연리는 멍한 얼굴로 몇 걸음 걷다 이내 다리가 풀려 주르륵 주저앉고 말았다.

어찌 된 영문인지 의금부와 한성부에서 눈치를 챘다. 백악산 근처에 숨어 있다가 도성의 북쪽 문인 숙정문을 통해 들어오기로 했던 거사가 채 이루어지지도 못하고 모조리 잡혀 압송된 것이다. 선봉에 섰던 옥여 대감, 이귀는 물론이고 김포 등 다른 지역에서 모은 군사들도 빠짐없이 잡혀갔다고 했다. 그리고 공자님까지.

창백하게 굳은 낯빛으로 연리는 입술을 깨물었다. 어디서 잡힌 걸까? 숙정문 안쪽? 아니면 백악산? 설마 군사들과 함께 있다가 잡힌 건 아니겠지?

다행히 군사들은 각 지역에서 한양으로 몰래 모여들기 위해 눈에 띄는 중무장 대신 가벼운 무장을 하고, 대부분의 병장기는 숨겨왔다고 했다. 의금부에서 추국을 받더라도 이를 변명 삼아 역모죄는 아니었다고 둘러댈 수 있을지도 모른다. 그래서 그것을 위해 지금 방 안에서 사람들이 방도를 논의하고 있는 것이었고.

머리가 지끈거리고 손발이 차가워졌다. 평화롭던 하루의 끝에 감당하기 어려운 충격이 물밀듯 밀려들어 머리가 어질했다. 연리는 가까스로 벽을 잡고 몸을 일으켜 세웠다. 능양군은 연리가 달려와 사태를 알리자마자 몇 명을 제외하고는 모여 있던 사람들을 모두 돌려보냈다. 그리고 역천 세력들에게 모두 연통을 넣어 거둥은 취소되었으니 다시 부르기 전까지는 무조건 집에서 근신하고 있으라는 명을 내렸다. 때문에 지금 저 방 안에 있는 자들은 능양군의 최측근들이었다.

연리는 후들거리는 발을 간신히 떼어 동기 처소로 향했다. 저들이 무슨 결론을 낼지는 모르겠지만, 그 전까지 무언가라도 해야겠다는 생각이 강하게 들었다. 대체 이 계획이 어떻게 새어 나간 것인지, 지금 사태는 어떻게 돌아가고 있는 것인지. 정신없이 수만 가지 가정과 생각을 떠올리자 의금부로 끌려가고 있을 주원이 떠올라 연리는 더욱 조급해졌다.

'박순우에게 가볼까? 병조 참판의 아들이니 그를 이용하면 궐내 상황이 어떻게 돌아가는지 알 수 있을지도 몰라.'

돌풍이 몰아치는 자신의 속내와는 달리 동기 처소는 평화로웠다. 불이 꺼진 다른 방의 동기들은 연회에 들어갔는지 잠잠했고, 오늘 지명이 없어 노는 동기들은 도란도란 저마다 정겹게 시간을 보내고 있었다. 평소 같았으면 단연 일 위의 인기를 누리는 연리는 자정이 되어서야 돌아왔을 것이었다. 요사이 바빴던 터라 오랜만에 얼굴을 보는 동료들도 있었지만, 연리는 그들에게 신경 쓸 틈도 없이 서둘러 제 방으로 향했다.

일직선으로 마당을 가로질러 제 방 앞으로 다가간 연리는 서둘러 신을 벗고 마루로 올라서려다 멈칫했다. 분명 오늘 연의는 지명이 있다고 했는데. 방 동무인 연의가 없는데 빈방에서는 불빛이 새어 나오고 있었고, 심지어 방문은 채 닫히지도 않은 터였다. 연의가 서두르다 잊었다고 볼 수도 있겠으나 연리는 왠지 모를 불길한 느낌에 급하게 방 안으로 달려들었다.

방 안은 온통 난장판이었다. 도둑이라도 든 것처럼 장이며 농이며 활짝 문이 열려 있었고, 이불과 옷가지들도 어지럽게 흩어져 있었다.

한구석에 놓인 서안도 서랍이 열려 훤히 속을 내보이고 있었다. 방 안의 광경에 말을 잃었던 연리는, 정갈하게 정리해 두었던 서안 위가 어지럽혀지고 안에 넣어두었던 물건들이 방바닥에 떨어져 있는 것을 보고 번뜩 불길한 예감이 뇌리에 스쳤다.

연리는 화다닥 달려들어 허겁지겁 서안 맨 아래 서랍을 살폈다. 능양군으로부터 받은 서신을 넣어두는 서랍이었다. 대부분의 서신은 읽은 후 곧바로 태워 버리지만 며칠 전 능양군이 보냈던, 거사의 계획을 담은 서신은 아직 채 없애 버리지 않은 터였다. 중요한 것이니 자세히 반복해 읽으려 그러했고, 무엇보다 방 동무인 연의도 모르게 숨겨놓은 데다, 비원의 그 누구도 제가 역천에 동참하고 있다는 사실을 모르니 꿈에도 들킬 염려는 없다고 생각했기 때문이었다. 더구나 하필, 오늘 주원과 만난 후에 돌아와 태워 버리려 생각했던 것이었는데…….

'없어.'

다른 서랍과 마찬가지로 텅 비어 있었다. 갖가지 종이들 틈에 숨겨 두었던 서신이, 감쪽같이 사라지고 없었다. 혹시나 바닥에 떨어져 섞인 것은 아닌가 하고 발아래 치이는 종이들을 죄다 살펴보았지만, 쓸모없는 잡다한 것들 외에 서신은 보이지 않았다.

'대, 대체 누가…….'

어떻게 내가 능양군과 함께 움직이고 있다는 걸 알았지? 대체 누가, 어떻게! 종잇조각들을 주워 든 손이 잘게 떨려왔다. 머릿속으로는 아는 사람들의 얼굴이 휙휙 지나갔다. 비원의 인물들 수십 명을 빠르게 떠올리며 하나씩 지워 나가던 도중 불현듯 한 사람의 얼굴이 멈추었다. 그녀의 얼굴을 떠올리는 순간, 연리는 낮은 침음을 흘렸다.

'조모란.'

동기 처소는 기루 안쪽에 있어 외부인이 쉽게 들어올 수 있는 곳이 아니다. 특히 사내라면 눈에 띄었을 것이 분명했다. 제가 나가기 전까지만 해도 연의가 방에서 자고 있었고, 다들 낮잠을 자고 있던 터라 조용했지만 그 뒤 각자 지명을 받아 나갈 준비를 하였을 테니 오가는 사람들이 생겼을 것이었다. 하니 눈을 피하기 어려운 상황이었을 것이다. 남의 방에 들어와 물건을 뒤지고 서신을 훔쳐 낼 정도라면 은밀히 아무도 없는 틈을 노릴 테니 사내가 굳이 들어와 시선을 모으는 위험을 감수할 리가 없었다.

아무리 생각해도 그 아이 말고는 제게 이런 짓을 할 사람이 없었다. 대부분의 동기나 기녀들과 유달리 친하지는 않아도 그럭저럭 평이한 관계였고, 원한을 가질 정도로 삐걱대는 관계는 모란 단 한 명뿐이었다. 그러고 보니 능양군이 모란에게 관심을 가져 모란이 몇 번 능양군에게 지명을 받았던 것이 기억났다. 맞아, 그때 역천과 관련된 정보를 들은 것이 틀림없어. 그리고 내가 능양군을 도와 역천에 가담하고 있다는 사실까지도!

연리는 피가 나도록 입술을 깨물었다. 자신이 모란 제가 사모하는 분과 친하게 지냈으니 질투심에 눈이 멀어 저지른 일임이 분명했다. 모란이 서신을 훔쳐 내 고변한 것이라면 결국 자신의 부주의로 거사가 무너진 꼴이었다. 분노에 덧입혀진 자괴감과 모욕감이 전신을 휘감았다. 서신을 받자마자 태워 버렸으면 이런 일이 없었을까. 아니, 애초에 모란과 다투지 않았으면 그 애가 서신을 가져가지도 않았겠지.

허탈함에 헛웃음이 새어 나왔다. 거사를 망치다 못해 제 잘못으로 주원까지 위험에 빠뜨렸다. 이를 어떡하면 좋을까, 대체 어떡하면. 눈앞이 깜깜했지만 눈물을 흘리는 것조차 사치로 느껴졌다. 시간이 흐르는 것도 모르고 멍하니 바닥에 주저앉아 허망하게 자책하던 연리에게, 어느 순간 타박거리는 발소리가 들려오더니 곧이어 문이 열렸다.

"어, 연리 너 벌써 왔⋯⋯."

이게 무슨 일이야! 익숙한 연의의 경악한 목소리가 울렸다. 후다닥 방으로 들어와 난장판이 된 물건들을 그러모으던 연의가 망부석처럼 앉아 있는 연리에게 다가왔다.

"연리야, 무슨 일이야? 방 안이 왜 이래!"

잔뜩 놀란 연의가 떨리는 목소리로 다가와 물었다. 둘도 없는 친우의 겁에 질린 얼굴을 마주한 연리는 눈을 감았다.

더 이상 자신 혼자서 이 일을 짊어지기 버거웠다. 지금 자신에게 필요한 것은 위로도, 격려도, 책망도 아니었다. 굳세어야 한다, 참아야 한다 수없이 되뇌면서 견뎌왔다. 나는 공주니까, 대의를 짊어질 책임이 있는 사람이니까. 그러나 아무에게도 말하지 못했던 힘겨움에 파묻혀 있을 때, 한 줄기 휴식을 주었던 주원마저 사라지고 없었다. 힘들었다. 나약하다 비난해도 어쩔 수 없었다. 이제는 그저 누구에게 조금이라도 털어놓고 기대고 싶을 뿐이었다.

"어, 어떻게 그런⋯⋯."

차마 입을 다물지 못한 연의가 충격받은 얼굴로 연리를 응시했다. 아무 걱정 없이 해맑게만 지냈던 연의는 제가 서궁의 궁녀이자 종친을 도와 왕위 찬탈에 가담하고 있다는 사실을 듣자 적잖이 놀란 듯 보였다. 왜 아니 그러겠는가. 연리는 힘없이 웃어 보였다. 사실은 내가 공주라는 사실을 알면 뭐라고 할까. 너무 놀라 기절이라도 하는 것은 아닌지 모르겠다고 연리는 생각했다.

"그러니까⋯⋯ 그럼, 모란이가 그 서신을 훔쳐다 관에 고발했다는 얘기야? 거사를 망치려고?"

"⋯⋯그런 것 같아."

연리가 고개를 주억이자 놀람을 진정시키던 연의의 얼굴에 공분이 서렸다.

"솔직히 너무 큰일이라 잘 와 닿지는 않지만 말이야."

눈썹이 하늘 끝까지 치솟은 연의가 벌떡 일어나 연리를 일으켜 세웠다.

"그래도 지금 당장 무얼 해야 할지는 알겠어."

연의는 문을 벌컥 연 후 연리의 손목을 끌고 밖으로 나왔다.

"여기서 이러지 말고 모란이한테 가. 가서 정말 걔가 그런 건지 물어보기라도 해. 이미 벌어진 일, 연리 네가 자책해 봤자 달라질 건 없잖아. 가서 모란일 끌고 군 나리께 가든지, 아니면 군 나리께 고변한 사람이 있다고 일러바치기라도 해."

논리 정연하게 현실을 짚어내는 말에 멍하니 서 있던 연리의 눈에 점차 생기가 찾아왔다. 모든 게 무너져 내린 것 같던 패배감에 젖어 있었으나, 여전히 제가 할 일이 남아 있음을 깨달은 탓이었다.

"고마워. 정말 고마워, 연의야."

연리는 연의를 꼭 끌어안았다가, 고개를 끄덕어 보이는 연의를 뒤로 하고 신도 신지 않고 마당에 뛰어 내려갔다. 버선발에 차갑게 언 땅과 돌이 밟혀 쓰린 감각이 느껴졌지만 그런 것쯤은 아무것도 아니었다. 연리는 가슴이 뜨끔거리고 숨이 모자라 호흡이 터져 버릴 정도로 전력을 다해 뛰었다.

마침내 능양군이 있던 건물이 눈에 들어왔다. 방 안에서 능양군과 함께 향후 계획을 논의하던 회의가 끝났는지 이미 사람들은 뿔뿔이 흩어져 기루를 벗어나고 있었다. 아직 능양군은 남아 있겠지? 잠시 멈추어 헉헉대며 숨을 고르던 연리는 미친 듯이 건물로 달음박질쳤다.

복도로 들어서니 다행히 방에는 불이 켜져 있었고 능양군의 것으로 보이는 그림자가 홀로 비쳤다. 불행 중 다행이었다. 연리는 가슴을 쓸어내리며 서둘러 복도 끝에서 조금 떨어져 있는 방을 향해 뛰었다. 목적지에 거의 당도했을 즈음, 반대쪽 문을 통해 복도로 들어선 누군가가 방문 앞에 막 멈춘 것이 보였다. 어두운 복도에서 연리는 눈을 크게 떠 그의 정체를 살폈다.

'조모란!'

숨이 턱 막혔다. 연리는 단숨에 남은 거리를 날듯이 뛰어 모란을 붙잡았다.

"뭐야!"

갑자기 달려든 연리의 손에 화들짝 놀라 소리친 모란은 눈이 마주치자 불쾌하다는 표정을 지었다.

"너, 내 서신 가져갔지?"

연리는 부들거리며 모란의 팔을 세게 붙잡았다. 과도한 힘이 실려 모란이 작게 신음을 내는 것도 모르고 연리는 매섭게 모란을 노려보았다.

"무슨 서신?"

"똑바로 말해. 지금 네 입에 군 나리까지 포함한 모든 사람들의 목숨이 달려 있어."

능양군을 말하자 놀람과 불쾌가 섞여 동그래진 눈에 어처구니없음이 섞였다.

"이제 군 나리까지 가로채시겠다? 너 진짜 이기적이다. 내가 그분께 총애받으니 질투라도 났어? 공자님 한 분으로는 직성이 안 차?"

"대답해! 네가 서신 가져갔잖아! 너 때문에 네가 연모하는 공자님까지 위험에 처했어, 그런데도 잡아뗄 거야?"

주원을 언급하는 모란의 말에 폭발한 연리가 이성을 잃고 소리쳤다. 양팔을 휘어잡고 흔드는 연리의 모습에 놀란 모란이 잠시 할 말을 잃고 허둥댔다. 항상 차분했던 연리가 이토록 감정에 휘둘리는 모습을 처음 보아서인지 모란은 자신도 모르게 당황하여 입을 열었다.

"대체 무슨 말을 하는 거야! 난 네 물건엔 손도 안 댔어! 오늘 온종일 연회 준비하느라 시간도 없었고, 이리저리 지명에 불려 다녔다고. 그리고 난 네가 공자님 채간 이후로 그분이랑 말도 섞은 적 없어! 내게 널 괴롭히지 말라 하고는 다시는 접근하지 말라고 한 사람한테 내가 무슨 배알이 있어 매달리겠어? 이제 상관도 없는 분 이야기를 왜 나한테 하는 건데!"

앙칼지게 쏘아붙인 모란이 씩씩대며 연리를 뿌리쳤다. 갑작스러운 행동에 휘청거린 연리는 몸의 충격보다 말의 충격에 몸을 가누지 못했다. 간신히 정리한 머리가 다시 뒤죽박죽이 되었다.

"그게 무슨 말이야? 너 공자님과 서로 연모하는 사이잖아."

어처구니없다는 표정으로 무섭게 눈을 부라린 모란이 콧방귀를 뀌었다.

"아직도 속고 있었니? 눈치가 없는 건지, 멍청한 건지. 그까짓 돈도 권력도 없는 선비 따위 난 이미 관심 버린 지 오래야. 너나 마음껏 가져, 난 이미 멋진 새 기둥서방을 찾았으니까."

씹어뱉듯 말을 마친 모란이 팔짱을 끼고 오만하게 연리를 내려다보았다. 믿기지 않았으나 거짓을 말하는 얼굴은 아닌 것 같았다. 아냐, 상황을 모면하려고 하는 연기일 수도 있어. 그러나, 비록 모란에 대한 의심을 버리지는 않았지만 저 말이 사실일 경우엔 어떻게 되는 것일까 하는 생각이 스멀스멀 밀려들었다.

'그럼 대체 누가?'

주원과 모란이 연모하는 사이가 아니라는 사실도 충분히 경악할 일

이었으나, 모란이 서신을 가져간 것이 아닐 수도 있다는 사실에 생각
이 쏠렸다. 누군가 머릿속에 세상의 모든 충격을 집어넣어 마구 휘젓
고 있는 것 같았다. 갈피를 잡지 못하고 심하게 놀란 듯한 연리를 보던
모란이 쯧 하고 혀를 차더니 눈앞의 방문을 잡아 열며 말했다.

"생사람 잡지 말고 저리 꺼져. 난 군 나리께서 부르셔서 왔으니까."

드르륵 문이 열리자 충분히 밖의 소란을 들었을 능양군이 홀로 술
을 들이켜다 고개를 들었다.

"왔느냐."

"예, 나으리."

순식간에 교태스런 웃음과 몸짓을 갖춘 모란이 얌전하게 대답하며
방 안으로 발을 들였다. 그사이 모란의 뒤에 선 제게 무슨 일이냐 눈
으로 묻는 능양군은 몹시도 피곤해 보였다. 그와 눈이 마주친 순간,
연리는 막 안으로 들어가려는 모란을 잡아 제치고 소리쳤다.

"마마! 드릴 말씀이 있습니다!"

좀처럼 내지 않았던 큰 소리를 연리가 제 앞에서 낼 줄은 몰랐던지
능양군이 미간을 좁혔다. 당황한 모란이 뒤를 돌아보며 무섭게 연리
를 노려보았다.

"정말 중요한 사안입니다, 제발 소녀의 말을 들어주십시오!"

한 치의 망설임 없이 외침과 동시에 바닥에 엎드려 읍하자, 능양군
이 들고 있던 술잔을 내려놓았다.

"들어와라. 모란이 너는 반 시진 뒤에 다시 오고."

능양군이 연리에게 손짓하자, 모란이 화가 오른 얼굴로 표정을 일
그러뜨렸다. 말아 쥔 주먹을 부들거리며, 모란은 능양군에게 보이지
않게 몸을 돌려 속삭였다. 두고 봐. 분노를 남겨놓고 모란은 문을 닫
고 나갔다. 자박거리는 발소리가 복도를 타고 멀어졌다. 오래 지나지

않아 주위가 고요해졌다. 적막한 분위기가 흐르자 능양군이 주자를 잡아 술을 따랐다.

"이리 오너라. 무슨 일인데 너답지 않게 목소리를 높이느냐?"

짧은 순간, 소용돌이치는 수많은 생각 중 연리는 지금 이 상황에서 제일 중요한 한 가지를 뽑아냈다. 그리고 능양군에게 다가가 무릎을 꿇었다.

"그분을 살려주십시오."

"누구를?"

감미로운 목소리가 위험하게 내려앉는다. 제가 왜 청을 올리는지 모를 리가 없을 텐데도, 우아하게 묻는 품이 마치 아무것도 모른다는 양 천진스러웠다.

"마마."

"와서 술이나 따르거라. 악재를 겪어 기분이 영 불쾌하니, 술로나마 씻어내야겠구나."

저를 향해 긴 팔을 뻗어 보인 능양군이 술잔을 들어 재촉했다. 연리는 범의 앞발에 제압당한 새끼 사슴이라도 된 것처럼, 형언할 수 없는 중압감에 자리에서 일어날 수밖에 없었다. 곁으로 가 주자를 들어 술잔을 채우니 능양군이 기다렸다는 듯 단숨에 잔을 비웠다. 목을 타고 흐르는 청량함에 불편한 심기를 여과 없이 드러내던 눈빛이 잠시 태세를 늦추었다. 그 틈을 파고들어, 연리는 다시 한 번 능양군에게 말을 꺼냈다.

"마마, 오늘 압송된 이들은 어찌 되는 것입니까?"

"왜, 네 기둥서방이 염려되느냐?"

역시 알고 있었다. 능양군은 느긋하지만 날카로움이 박힌 어조로 응수했다.

"이귀가 부사로 있는 평산은 범이 자주 출몰하여 군사들이 무장을 한 채로 활동할 수 있도록 이미 예전에 조정으로부터 허가를 받아두 었다. 하나 무장한 채로 한양까지 들어왔다는 것이 문제가 되니, 백악 산 근처에 범 떼가 나타나 그것을 일망타진하러 내려온 것이라 둘러댈 게다. 심기원과 김자점을 평산으로 보내 범을 두셋 사 백악산에 풀어 두라 보냈으니 상황을 정리할 수 있을 것이야. 국문이야 좀 받겠지만, 사헌부와 후궁에 청탁을 넣을 테니 이귀는 차질 없이 풀려날 것이다."

불행 중 다행이었다. 역시 공으로 역천의 주인에 오른 것이 아니듯, 능양군은 역모죄에서 벗어날 완벽한 판을 만들어놓았다. 하지만 차근 차근 설명한 그 빈틈없는 판에 주원은 제외되어 있었다. 이를 알아차 린 연리는 능양군이 입을 다물자 덜컥 불안감이 엄습하여 서둘러 물 었다.

"하면…… 홍 공자님은 어찌 되는 것입니까? 신분 조사를 하면 그 분은 평산의 군사가 아니라는 것이 드러날 테니 빠져나갈 방법이 요원 하지 않습니까?"

연리의 가는 떨림을 애써 감추고 물었다. 하나 그에 눈을 길게 늘인 능양군은 삐뚜름하게 웃었다.

"나는 정의를 위해, 사사로이는 내게 백부가 되는 주상을 왕위에서 끌어내리는 패륜을 감수했다. 그렇다면 너도 능히 사사로운 감정은 털 어내 버려야 하지 않겠느냐?"

"무슨 말씀이시온지, 소녀는 이해하지 못하겠사옵니다."

"모르겠다?"

피식 비웃음을 흘린 능양군이 일어나 천천히 걸음을 떼었다.

"역천, 그러니까 왕위를 바꾸는 일은 말이다. 모두가 견고하게 짜 맞춰진 틀 안에서 서로를 신뢰해야 마침내 작품을 완성할 수 있다. 그런데 분명 물샐 틈 없이 비밀리에 진행한 일이 어찌 대궐로 새어들어 갔을꼬?"

뒷짐을 지고 방 전체를 천천히 산책하듯 걷던 능양군은, 자리에 앉아 꼼짝하지 않고 있는 연리와 비틀린 표정으로 시선을 맞추었다.

"필시 내부에 고변자가 있었다는 게지. 그러니 그 고변자를 색출하지 못하면 역천에 대한 신뢰가 무너질 거다. 너라도 그러하지 않겠느냐? 일을 벌이기 직전에 계획이 유출되는 마당에 누가 목숨을 내걸고 역천에 나서겠는가? 종내에는 동참하겠다는 스스로의 결정을 의심하여 마침내는 무리 전체가 분열될 것이야. 그러니 내 필히 고변자를 찾아야지."

사태를 설명하는 능양군의 냉정한 말은 거침이 없었다.

"여기로 모이기로 했던 홍문의, 그자가 왜 그 자리에 나타났을까? 충분히 의심스럽지 않느냐."

말을 하며 천천히 다가온 능양군이 한쪽 다리를 굽히고 눈높이를 맞추어 앉았다. 차가운 손가락을 뻗은 능양군은 검지로 연리의 턱을 톡 치켜들어 세웠다.

"네 기둥서방은 고변의 죄를 쓰고 처단될 것이다."

사사로운 감정에 얽매여 배신자를 옹호하지 않길 바란다. 능양군이 입꼬리를 끌어 올리며 다짐받듯 웃어 보였다. 그에 경악을 금치 못한 연리의 눈이 크게 놀라 휘둥그레졌다. 배신자라니!

"마마, 오해이십니다!"

덜덜 떨리는 팔로 연리가 고개를 숙이고 엎드려 다급히 외쳤다.

"네가 아무리 감싸도 소용없……."

"거사를 망친 것은 그분이 아니라 소녀이옵니다!"

"……뭐?"

예상치 못한 말에, 능양군의 얼굴이 참을 수 없을 정도로 일그러졌다. 거친 몸짓으로 연리의 턱을 쥐어 올린 능양군은 천천히 말을 뱉었다.

"혹여 네 기둥서방을 살리려 내게 거짓을 고하는 것이라면 아무리 너라도 용서하지 않겠다."

속 깊은 곳에서부터 끓어오르는 으르렁대는 울음이 전하는 경고는 오금이 저릴 정도로 위협적이었다. 결연한 눈빛의 연리를 쏘아본 능양군이 시선을 떼지 않은 채 세게 연리의 턱을 놓았다.

"말해."

기운까지 짓누르는 고압적인 명령이었으나, 연리는 그와 정면으로 맞서 버렸다.

"그분은 오늘 소녀와 함께 운종가에서 병조 낭청을 보았습니다. 분명 궁에서 거둥 호위를 준비해야 할 자가 저자에 나왔길래 알아보았더니, 마침내 그자로부터 거둥이 취소된 사실을 알았습니다. 하여 그분은 곧장 군사들을 멈추려 백악산으로 향했고 소녀는 비원으로 와 마마께 이를 알린 것입니다."

"그것이 그자의 혐의를 벗길 만한 이유가 된다 생각하느냐?"

비소를 머금고 되묻는 말에, 연리는 얕은 숨을 뱉으며 신중히 말을 골랐다.

"……소녀의 방에 있던 서신이 사라졌사옵니다. 마마께서 친히 적어 주셨던, 거사의 계획이 담긴 서신이옵니다."

"뭐라?"

대노한 기운이 사정없이 주위를 짓누르기 시작했다. 거친 기세가 숨이 막힐 정도로 목줄을 움켜쥐어 턱 숨이 막혀왔다. 하지만 받은 호흡에도 연리는 말을 이어 나갔다. 제 말에 주원의 목숨이 달려 있다는 생각에 다른 생각 따위는 할 겨를이 없었다.

"바로 태워 없애지 못한 소녀의 실책입니다. 제 방에 있던 서신을 빼낸 침입자가 궐에 고변하여 일이 이리된 것입니다. 그러니, 그러하오니 중차대한 일을 그르친 소녀를 벌하시옵고 그분은 구명하여 주소서!"

짝―

단숨에 제 기운을 잠식하려는 폭압에 맞서, 미약하나마 강단 있게 말을 끝맺자마자 차가운 손이 공기를 갈랐다. 세차게 뺨을 내리친 힘에 순식간에 고개가 반대편으로 돌아갔다. 얼얼한 고통이 얼굴 전체로 퍼졌다. 입술이 터진 것인지 입안에 선혈의 비릿함이 느껴졌다. 난생처음 접하는 고통이었지만 연리는 이를 악물었다.

"소녀의 죄이옵니다. 무고한 그분 대신 소녀를 벌하시……."

말이 채 끝나기도 전에 반대편 뺨에 불꽃이 찾아들었다. 고개가 저항 없이 반대편으로 꺾였다. 더 많은 혈향이 울컥 솟아올랐다.

"처음은, 실책을 저지른 벌이요."

다가와 연리의 고개를 들어 올린 능양군이 스산하게 말했다. 피가 비쳐 붉게 달아오른 뺨을 쓰다듬는 손길이 느껴졌다.

"둘째는, 내 의도를 알고도 내게 대항한 벌이니라."

손자국이 남은 반대쪽 뺨도 쓰다듬으려 능양군이 손을 뻗자, 연리는 고개를 틀어 그를 피했다. 멈칫한 능양군이 피식 웃으며 뒤로 물러났다.

"진짜 서방도 아닌 자를 위해 목숨까지 거는 지조가 대단하구나. 과연 너답다."

그러하니 한양 제일 기루라는 비원에서 그만한 인기를 누리는 것이 아니겠느냐? 빈정대듯 말한 능양군이 제자리로 돌아가 스스로 술을 따라 잔을 비웠다. 그리고는 입가에 흘러내린 술을 엄지로 닦아내고

선, 잔을 빙글빙글 돌리며 무심히 입을 열었다.

"비록 네 실수로 거사가 틀어지긴 했으나, 기루의 연락원이자 유용한 간자인 너를 잃을 수야 없지. 더구나 대비의 지지를 나타내는 이가 바로 너인데 여기서 버릴 패는 못 되지 않느냐?"

"마마."

제 말에 끼어들려는 연리를 손을 펴 제지한 능양군은 아랑곳하지 않고 진한 미소와 함께 말을 이었다.

"범인이 누군지 밝혀내 스스로 치죄하라."

"그럼……!"

그분을 구명해 주시는 것입니까? 이어지려는 연리의 말을 단칼에 잘라 다시 한 번 멈춘 능양군이 어느새 무표정한 얼굴로 말했다.

"그래도 그자는 구하지 않을 것이다."

"마마!"

연리는 아찔한 기분이 되어 외쳤다. 어느새 화끈거리고 쓰라린 고통 따윈 잊히고 없었다. 식은땀이 흘러 얼굴이 창백해진 것도 모르고 연리는 무릎걸음으로 능양군에게 다가갔다.

"어떻…… 어떻게 그러십니까! 분명 그분은 아무 죄도 없다 말씀드렸사온데 사지에서 구명하지 않겠다니요!"

언제나 도도했던 연리의 간절한 애원에 능양군은 흥미로움 반, 불쾌함 반이었다. 이 애원이 자신을 향한 것이었다면 모를까, 다른 사내를 향한 것이 영 마음에 들지 않았다. 감히 내 수청은 거부해 놓고 이리 다른 사내를 마음에 담았다 이거지. 심기가 참을 수 없이 저조해졌으나, 위신이 있어 억지로 취할 생각은 추호도 없었던 능양군은 마침내 연리를 탐했던 마음을 털어버리기로 마음먹었다.

"균열이 생긴 도자기를 도로 붙이는 제일 쉬운 방법이 무엇인지 아느냐?"

능양군은 부드러운 음성으로 어린아이 달래듯 말을 건넸다. 물론 그 부드러움 속에 서느런 칼날이 숨겨져 있음은 두 사람 다 모르지 않았다.

"균열을 만든 놈을 찾아내 없애는 깃이다. 깨지려는 틈을 메워 붙이는 것이 아니라. 물론 진범이면 더할 나위 없이 좋겠으나, 아니라도 상관없다."

잘 보라는 듯, 슬쩍 고갯짓으로 제 손에 들린 술잔을 가리켜 보인 능양군이 자기로 만든 잔을 상에 내려쳐 실금을 만들었다. 그리고는 이내 바닥으로 던져 버렸다.

챙그랑─

얇은 비명을 지르며, 잔이 금이 가 산산조각 났다.

"사람이란 놀랍도록 총명하면서도, 놀랍도록 아둔하거든. 일단 조그만 균열이라도 생긴 도자기는 약한 충격에도 쉽게 깨진다. 그러니 계속 가질 생각이라면, 깨질 위협을 없애 버리는 편이 훨씬 안전하지."

파편에 생채기가 난 약지를 살피며 능양군은 쯧 혀를 찼다. 슬멋 피가 배어 나오는 손으로, 능양군은 연리와 정면으로 시선을 마주치며 무표정하게 말했다.

"정의에도 기만(欺瞞)은 있는 법이다."

속내를 알 수 없는 낯과 음성이 몹시도 건조하게 느껴졌다. 창백하게 질린 연리는 순간 크게 어질해 휘청이다 간신히 한쪽 팔로 몸을 지탱했다.

"내게는 성취해야 할 정의가 있다. 그러니 네 서방이 그를 위한 기만이다."

능양군은 말을 마치고 몸을 일으켰다. 곁을 스치며 바람결에 속삭인 말이 남아 연리의 귓가에 맴돌았다. 그의 희생으로 신뢰를 회복할 것이야.

살갗에 닿는 북풍이 차디찼다. 쫓겨나듯 나온 방은 곧 어둠이 내리고 열락으로 물들었을 것이 뻔하기에 도로 찾아갈 수도 없었다. 연리는 깨진 파편을 모은 술상을 들고 복도를 걸었다.

참으로 냉혹한 자다. 자신을 위해서라면 타인의 사정이나 억울함 따위는 당연하게 희생시킬 수 있는. 다른 이들은 그마저도 왕의 자질이라 옹호할까? 저를 왕으로 만들겠다는 사람도 필요에 따라 헌신짝처럼 버리는 사람을? 자질도 검증되지 않은 자를 섣불리 지지하고 나선 것이 아닌가 하는 후회가 밀려들었다. 상황을 적절하게 이용하는 자질이야말로 더할 나위 없이 훌륭하나, 왕이란 좀 더 먼 미래를 보아야 하는 사람이 아니던가.

능양군은 공자님을 구할 생각 따위는 없어. 그자에게 더 빌어보았자 묵살할 게 뻔해. 이귀야 뇌물과 청탁으로 풀려난다지만, 나머지는? 이미 모두를 역모죄로 처단하라는 상소가 빗발치는 판국에 이귀 외 다른 사람들의 목숨은 장담할 수 없었다. 아마 심기원과 김자점이 갖은 애를 써 구사일생으로 이귀만 간신히 빼내어올 테고, 나머지는 허락 없이 무장한 채 한양에 들어온 죄로 처벌받을 것이 분명했다. 고문은 기본 전제일 것이고 운 좋으면 귀양이나 위리안치, 그렇지 않으면 처형이나 사사(賜死)…….

'어떻게 하면 좋을까, 대체 어떻게!'

가슴이 터질 것처럼 쉴 새 없이 뛰고 초조함이 밀려들어 견딜 수가 없었다. 어린아이라도 된 것처럼 주저앉아 울음을 터뜨리고 싶은 심정이었다. 걱정이 되고 염려가 되어 무엇이라도 해야 했지만 아무것도 할 수 없는 자신이 비참하고 괴로웠다. 공주든 기녀든 쓸모없기는 마찬가지구나. 새삼 깨달은 진리에 쓴웃음이 배어 나왔다. 머리가 깨질 듯이 아파져, 연리는 대청마루에 무너지듯 털썩 주저앉았다. 아무 일도 없다는 듯 평소와 다를 바 없이 환히 빛나는 달이 야속했다. 연리는 술상 따위는 밀어놓고 마루 끄트머리에 앉았다. 무릎을 세워 끌어안고는 험한 풍랑이 몰아치는 머리를 기댔다.

"항아님!"

얼마나 그러고 있었을까. 찬바람에 둔감해진 의식 속을 익숙한 목소리가 파고들었다.

누구지?

고개를 들고 싶었지만, 몸이 말을 듣지 않아 연리는 머릿속으로만 멍하니 생각했다. 제가 움직이지 않자 누군가 다가와 몸을 흔드는 것이 느껴졌다. 하지만 찬바람에 손발이 얼고 의식마저 몽롱해져 손가락 하나 까닥일 수가 없었다. 수차례 빠르게 외부에서 가해지는 자극과는 달리 묵직한 무언가에 파묻힌 듯 의식은 제자리걸음을 반복했다. 여러 번 연리를 흔들어 깨우려던 자는 연리의 상태가 좋지 않은 것을 느꼈는지 마침내 손을 떼었다. 그리고 잠깐 고민하는 듯하더니, 가까이 다가가 연리의 무릎 뒤로 팔을 두르고 허리를 받친 후 달싹 들어 올렸다.

누군가 저를 안아 들었다는 것을 느꼈지만 역시 상대를 살필 기운은 나지 않았다. 둥실 떠오른 몸이 저벅저벅 발소리와 함께 앞으로 나아가는 것이 느껴졌다. 몇 번이나 눈 뜨기를 시도했으나, 굳게 닫힌 눈은 속눈썹 하나 흔들리지 않았다. 연리는 마침내 눈 뜨기를 포기했다. 점점 감각이 옅어졌다. 그리고 오래 지나지 않아, 연리는 끝없는 무의식 속으로 빠져들었다.

"괜찮을까요?"

"별문제 없을 걸세. 추운 곳에 오래 있어 몸이 놀란 것뿐이니 조금 쉬면 괜찮아질 거야."

타닥타닥 화로 불씨와 함께 도란거리는 목소리가 의식을 파고들었다. 흠칫 현실로 끄집어 올려진 의식에 연리는 발작하듯 눈을 번쩍 떴다.

"다행이에요. 그렇잖아도 일이 심각해서 걱정…… 연리야!"

안도하듯 작게 숨을 내쉰 연의가 말을 잇다 눈을 뜬 연리를 발견하고선 놀란 듯 외쳤다.

"괜찮아?"

"응."

재빨리 다가와 손으로 이마를 짚으며 걱정스레 묻는 연의에게, 잔뜩 껄끄러운 목구멍에 침을 삼켜 가다듬은 연리는 가라앉은 목소리로 답해주었다.

"큰일 날 뻔했습니다. 겨울날 그렇게 밖에 나와 있으시다니요. 대체 얼마나 그러고 있으셨던 겁니까."

연의 위로 옅은 그림자가 지며 그늘이 덮였다. 피곤한 눈을 깜빡여 시선을 맞추니, 깊은 근심으로 어두워진 얼굴의 석윤이 내려다보고 있었다.

"조…… 공자님."

석윤이 저를 안아다 방으로 데려다 놓았음을 짐작한 연리가 감사의 의미로 고개를 숙여 보였다. 석윤이 가볍게 고개를 맞끄덕여 보이자 연리는 누워 있던 자리에서 서둘러 일어났다.

"어, 더 누워 있어!"

"그러시지요. 몸이 많이 놀랐을 텐데요."

놀란 연의와 염려하는 듯한 석윤이 연리를 만류했으나, 연리는 고개를 저어 보인 후 몸을 일으켰다. 연의가 얼른 다가와 연리가 움직이는 것을 도와주었다. 연리가 자리에 앉자, 석윤과 연의도 연리가 잠들어 있는 동안 앉아 이야기를 나누었던 자리로 돌아왔다.

"균 마마를 뵈었다고 들었습니다."

"……네."

"뭐라고…… 하더이까?"

형제나 다름없는 친우의 비보를 듣고 기함하듯 놀랐던 석윤이었다. 이분도 능양군이 사태 수습의 결론을 어찌 지었는지는 이미 알고 있겠지. 그러기에 제가 능양군에게 무어 희망적인 반응이라도 얻어냈는지 궁금한 모양이었다. 석윤에게 자초지종까지 다 들었는지, 덩달아 꿀꺽 침을 삼키며 긴장하는 연의의 모습까지 곁눈으로 보였다. 연리는 죄인이 된 심정으로 말문을 열 수밖에 없었다.

"공자님을 이용해 무리의 불신을 없애겠다 했어요."

"이용이라고요?"

대경한 일굴로 석윤이 차마 입을 닫지 못하고 밀을 잃었다. 연리는 설핏 자조를 띠우며 말했다.

"실체 없는 고변자는, 확신 없는 자들에겐 저승사자나 마찬가지겠지요. 언제 또 계획을 팔아넘길지 모르니까요. 범인을 잡지 못하면 불안에 물든 자들이 맹세를 깨고 하나둘 무리를 이탈할 테고, 그래서…… 진범 대신 죄를 덮어쓸 희생자가 필요한 모양입니다."

짐작하지 못할 바도 아니건만 연리는 괜스레 주절주절 설명을 덧붙였다. 그리고는, 망설이다 제가 서신을 잃어버려 이리된 일이다 고백하듯 마지막에 덧붙였다. 희생자라는 말에 일의 전말을 익히 짐작한 석윤이 고개를 저었다.

"어찌 항아님 잘못이라 하겠습니까. 서신을 훔쳐다 고변한 간자의 잘못이지요."

그러나 이내 석윤의 얼굴도 흙빛으로 어둡게 가라앉았다.

"들으니 이귀는 능히 풀려날 것 같더군요. 주축 인사를 그리 쉽게 버릴 리야 없으니 당연한 결정일까요."

고민하듯 검지로 서안을 가볍게 두드리던 석윤이 중얼거렸다. 무겁기만 한 침묵 속에 연리와 석윤은 해답 없는 문제를 풀기 위해 고군분투했다. 사태의 심각성은 잘 알았으나 직접 관련도 없었고 아는 바도 없는 연의만 눈을 굴리며 둘의 눈치를 살필 뿐이었다.

"저어……. 그, 대장 되는 이가 풀려나면 유리한 일이 아닐까요? 풀려나면 곧장 거사를 일으켜 홍 공자님을 구해오면 안 되는 건가요?"

절친한 동무와 나름대로 안면이 있는 이 두 명이 세상의 종말이라도 맞은 듯한 표정으로 있자 연의가 열심히 머리를 굴려 의견을 냈다. 평생 기루에서만 지낸 소녀의 순진함에 석윤은 바람 빠지는 소리를 내며 짧게 웃었다.

"거사가 그리 쉬운 일이라면 왜 아니 되겠나. 다만 군사를 일으켜 궁궐을 침범하는 일이 어려우니, 주상이 궁 밖으로 나오는 때를 노리는 것이라네."

동무끼리는 닮는다는 말이 맞는지, 석윤이 주원을 생각나게 하는 다정한 목소리로 연의에게 일러주었다. 연의는 민망함에 뺨을 붉히면서도 이해했다는 듯 고개를 끄덕였다. 둘의 모습을 지켜본 연리도 힘없이 피식 웃어 보였다. 자신도 마음 같아서는 당장에라도 거사를 일으켜 주원을 구하자고 주장하고 싶었다. 그러나 반역의 움직임이 포착된 마당에 근시일 내에 주상이 궁 밖으로 나올 것 같지는 않았다. 그럼에도 불구하고, 연리는 주원을 희생시키겠다 마음먹은 능양군을 설득하느니 차라리 지금 당장 궁궐에 쳐들어가는 것이 주원을 구할 더 쉬운 방법이 아닐까 하는 생각이 들었다.

없애야 할 사람과 살려야 할 사람이 같은 곳에 있다는 사실은 참으로 역설적이었다. 궁궐, 가장 끔찍한 곳이면서도 가장 원하는 곳. 지금은 악이지만 후에는 선으로 칭송받을 그곳. 호랑이를 잡으려면 호랑이 굴로 들어가야 한다고 했었나. 능양군은 절대 큰 위험을 감수하려고 하진 않을 테지만, 이렇게 된 이상 언제 기회를 잡게 될지 모르니 차라리 무리하더라도 궁궐로 바로 들어가는 게 더 낫……

잠깐.

"조 공자님, 혹시 앞으로 거사는 어찌 되는지 들으셨나요?"

이마를 짚으며 생각에 잠겨 있던 석윤은 갑자기 눈을 빛내며 묻는 연리에게 어리둥절한 표정으로 답했다.

"예. 다시 거둥하는 날짜를 알아내 거사를 일으키거나, 여의치 않으면 해를 넘겨서라도 다음 기회를 엿보기로 하였습니다."

머릿속에서 하얀 섬광이 터지는 것 같았다. 연리는 그제야 잔뜩 경직되었던 몸 근육들이 풀어지는 것을 느꼈다. 안도의 숨을 뱉으며 가슴을 짚는 연리를 의문스럽게 바라보던 석윤이 무엇이라도 짐작한 듯 황급하게 물었다.

"무슨 좋은 생각이라도 있으십니까?"

찬바람에 초췌해진 얼굴이 다시 밝게 피어났다. 어쩌면 모든 걸 완벽하게 해결할 수 있을지도 모른다. 연리는 찰나의 순간에 머릿속에 떠오른 절묘한 계책을 둘에게 차근차근 설명하기 시작했다.

"예?"

아까보다 한층 더 대경한 얼굴로 석윤이 입을 딱 벌렸다.

"직접……"

차마 말을 잇기조차 어려웠던지 석윤이 한 번 입을 열었다 닫으며 주저했다. 마치 제가 들은 것이 사실이 맞는지 확인하는 듯한 태세였다. 연리가 태연한 얼굴로 고개를 끄덕이자 석윤은 얼떨떨한 표정으로 되물었다.

"항아님께서 직접 궁궐로 잠입하시겠단 말씀입니까?"

"네."

당연하다는 듯 연리가 고개를 끄덕여 보이자 석윤이 아연한 낯빛으로 말했다.

"불가한 일입니다. 여인 혼자서 가능한 일도 아닐뿐더러, 만일 들킨다면 목숨을 담보하지 못할 게 뻔합니다."

"불가하지 않아요. 저는 어릴 때부터 궁궐에서 지냈어요. 저보다 궁궐을 잘 아는 사람이 또 있나요? 비록 창덕궁이 아닌 서궁에서 지냈지만 지밀이었던 만큼 누구보다도 궁궐의 지리와 생태에 익숙해요. 사직단으로의 거둥은 언젠가는 꼭 해야 할 일이니 분명 다시 날을 잡았을 거예요."

"하지만, 아무리 그래도 그건 위험합니다. 다른 방도를 찾아보는 게."

"공자님께서는 위험하신 줄 알면서도 하셨잖아요."

연리가 고요한 눈빛으로 석윤을 바라보며 말했다. 한 티끌 망설임도 없는 맑은 눈에 석윤은 목구멍 끝까지 올라왔던 만류를 꺼내지 못하고 망설였다. 연리는 초연하게 말을 이었다.

"거사는 급하고, 거둥은 언제 하게 될지 모르니 능양군께서도 속이 타시겠지요. 그러니 제가 궁궐에 들어가 다음 거사가 언제인지 알아내겠어요. 그리고 군 마마께 거사일을 알려드리는 대신, 공자님도 구명해 달라고 말씀드릴 거예요. 다른 이들에겐 공자님께서 다음 거사일을 알아내려고 일부러 옥에 갇히신 거라고 알리고요. 그러면 앞으로 능양군께선 더는 공자님을 건드리지 못할 거예요."

머릿속에 떠올린 계획들을 이야기하며 연리는 마지막 말을 덧붙였다.

"애꿎은 한 사람에게 책임을 떠넘기면, 후에 또 같은 일이 생겼을 때 무의미한 희생을 반복하게 될 뿐이란 것은 군께서도 아시겠지요."

또박또박 상황을 짚어내는 논리 정연한 말에 석윤은 반박할 말을 찾지 못했다. 흠잡을 데 없는 이상적인 해결책이긴 했으나 아무래도 위험도가 너무나 컸다. 저 계획대로라면 연리 한 사람에게만 너무 큰 책임을 지우는 것이 아닌가.

"공자님을 구할 방법은 이것밖에 없어요."

도와주세요. 결연한 음성과 간절한 얼굴로 연리가 말했다. 친우의 목숨과 거사의 성공, 그러나 한 여인의 목숨이 달린 일. 둘을 수없이 재어보며 망설이던 석윤이었지만 그는 어쩔 수 없이 그에 동의할 수밖에 없었다. 연리의 말처럼, 현시점에서 그보다 더 나은 수는 없었으니까.

"알겠습니다."

얕은 한숨을 내쉬며 석윤이 영 시원치 않다는 표정으로 동의했다.

"그렇다면 제가 능양군께 말씀드려 허락을 받도록 하지요. 아무래도 항아님이 혼자 겪으시기엔 무리일 듯하여."

"감사합니다. 하지만 제가 직접 하는 것이니 아무래도 제가 말씀드리는 편이……."

"사내가 되어 하는 것도 없는 마당에 이런 것이라도 해야지요. 어찌 항아님께만 맡겨두겠습니까. 또 결국에는 능양군께서도 허락하시겠지만, 뭐, 그 성미에 쉽사리 허락하시지는 않을 게 눈에 선해서요."

석윤의 눈길이 연리의 뺨으로 향했다. 연리는 그제야 능양군이 손 댄 제 얼굴이 조금 부어올랐음을 알고 뺨을 만지작거렸다. 그를 못 본 척한 석윤이 애써 얼굴을 펴고 믿음직하게 말했다.

"무엇이든 필요하시면 제게 말씀하십시오. 어떤 것이든 힘이 되어드 리겠습니다."

"정말 감사합니다. 덕분에 자신이 생겨요."

석윤이 제 생각에 지지를 표하자, 연리는 희망적인 계획이 머릿속에 척척 세워져 기분이 밝아졌다.

"한데 아무래도 혼자 가시는 것이 마음에 걸립니다. 궁내에 있는 나 인 하나를 매수해 함께 움직이는 것은 어떻습니까?"

"저도 함께 갈래요!"

근심을 떨치지 못한 석윤의 제의가 떨어지자마자, 둘의 이야기를 가 만히 듣고 있던 연의가 갑작스레 끼어들었다. 생각지도 못한 벗의 발 언에 연리는 어안이 벙벙한 얼굴로 연의를 돌아보았다. 연리와 다르지 않은 얼굴로 쳐다보는 석윤을 힐끔 바라본 연의는 결심한 얼굴로 말 했다.

"너 혼자만 위험하게 거길 가도록 둘 순 없어. 네가 이렇게 힘든 일 을 하고 있다는 걸 오늘에서야 알았어. 너만을 위한 일도 아닌데, 다 시 너 혼자만 그 짐을 지도록 두는 건 못 할 짓이야. 궁녀를 매수한대 도 그 궁녀를 어떻게 다 믿겠어? 너랑 가장 잘 맞는 사람은 나잖아. 도 움이 되면 됐지, 절대 피해는 안 가도록 할게. 그러니까 나도 돕게 해 줘."

"그야…… 맞는 말입니다. 매수한다 하더라도 외부 사람인 이상 다 믿을 수는 없는 노릇이고……."

석윤이 고개를 끄덕이며 중얼거렸다. 그 말에 얼굴이 확 밝아진 연의는 연리에게 다가가 손을 꼭 잡았다.

"제발, 연리야. 같이 가게 해줘."

엉겁결에 연의와 손을 맞잡고 눈을 마주한 연리는, 연의의 눈에서 신의와 미안함을 읽었다. 힘들었던 궁 밖 생활에서 제일 먼저 다가와 준 사람. 그리고 자신은 책임이 전혀 없음에도 불구하고, 진실된 미안한 마음을 전하고 있는 사람. 거짓 없는 순수한 감정에 연리는 마침내 고개를 끄덕였다.

시간이 흐른 방. 아까는 세 명의 온기가 채우고 있던 방에는 이제 한 사람이 떠나가고 두 명만이 자리를 지키고 있었다. 규칙적으로 작게 들리는 숨소리와 함께 진한 주향이 방을 가득 채워, 언뜻 보기에는 술독에 빠져 기루에서 밤을 새우는 한량으로 보일 법했다. 연의는 방문을 닫고 들어와 술잔을 쥔 채로 멍하니 보료에 기댄 석윤을 빤히 바라보았다.

"항아님은 가셨어?"

"네."

연리에게는 깍듯이 예를 갖추던 사내가 제게는 부담 없이 말을 한다. 연리가 궁녀였다는 사실을 몰랐을 때는 이상했지만 이제야 이해가 갔다. 연의는 주원이 연리에게 그러하듯 종종 제게 재주를 가르쳐 준다며 저를 몇 번 지명했을 때를 떠올렸다. 물론 원체 술을 좋아해 재주는커녕 주연만 즐겁게 열곤 했지만 말이다.

"그만 드시고 일어나세요. 너무 많이 마시면 큰일 나요."

연의는 흐트러진 술상을 정리하며 석윤에게 말을 건넸다.

"걱정하는 건가?"

여상스러운 음성이었지만 왠지 민망해져 연의는 얼른 시선을 피하며 손만 빠르게 놀렸다.

"아, 아무래도 그렇지요. 모르는 분도 아닌데요."

뭐야, 저런 말은 갑자기 왜 하는 거야. 연의는 재빨리 상을 정리해 한쪽으로 밀어놓고는, 까딱 잘못하면 술에 취해 잠들 것만 같은 석윤에게로 다가갔다.

"어서요, 여기서 주무실 수는 없잖아요. 댁에 가셔야지요."

"고마워, 걱정해 줘서."

흔들어 깨워야 하나, 고민하던 연의는 갑자기 튀어나온 말에 눈을 동그랗게 떴다.

"예?"

된통 취했나 봐. 얼굴은 별로 안 붉은데. 고개를 갸웃하며 연의는 나른하게 풀린 석윤의 얼굴을 빤히 바라보았다. 주향이 올라오는 석윤에게서 어쩐지 슬픈 분위기가 풍겨, 연의는 한껏 당황했다.

"아무것도 못 하는 날, 걱정해 줘서 고맙다고."

가까이 다가온 연의에게 씩 웃어 보인 석윤이 곧 고개를 떨구고는 혼잣말하듯 중얼거렸다.

"내 벗은 의협심을 타고난 사내지. 신념은 죽어도 굽히지 않는 사내고. 그래서 자기 안위 따윈 신경도 쓰지 않고 전진하곤 해."

연의는 아까까지만 해도 괜찮은 듯 보였던 석윤이 왜 갑자기 이러는 줄 몰랐지만, 옥에 갇힌 친구가 걱정된 탓이리라 짐작하고 잠자코 맞장구를 쳐 주기로 했다.

"네, 정말 대단한 분이에요."

피식.

"그래."

제 칭찬이라도 들은 것처럼 웃어 보인 석윤이 잠시 고개를 들어 고개를 한 번 느리게 끄덕였다.

"그런데 나는 그러지 못해. 옳은 게 무엇인지 알면서도, 그렇게 나아가지 못하는 겁 많은 사내지. 머리와 입으로는 무엇이 정의다, 무엇이 불의다 외치면서도 막상 그처럼 망설임 없이 나서지는 못해."

석윤은 앞의 잔을 들어 간신히 바닥을 채운 술 한 모금을 넘겼다.

"그래서 괴롭다. 그 친구는 지금 생사를 넘나들고 있는데, 용기도 능력도 없는 나는 편히 기루에 앉아서 술이나 마시고 있으니 천하의 소인배가 아니겠나 싶어서."

짧은 자조를 터뜨린 석윤이 잔을 바닥에 떨어뜨리고는 보료에 기대 천장에 시선을 두고 말을 이었다.

"여인의 몸인 항아님도 자신의 안위 따위는 우려하지 않고 나서는데, 사내인 나는 할 수 있는 게 없구나."

연리를 말하는 목소리에 자괴감이 더해지자, 연의는 울컥해져 자신도 모르게 대답했다.

"공자님이 왜 할 수 있는 게 없으세요. 군 나리께 허락을 받아주시기로 하신 분도 공자님이고, 저흴 도와주시기로 하신 분도 공자님이시잖아요."

마치 저를 위해 역성이라도 드는 듯한 연의를 돌아보며 석윤이 놀랍다는 듯 미약한 미소를 지어 보였다. 그에 마음이 조금 진정된 연의는 목소리를 누그러뜨렸다.

"뭐, 저는 이런 거 잘 모르긴 하지만요. 꼭 앞장서서 위험을 무릅써야만 대단한 사람인 건 아니잖아요. 자기가 옳다고 생각하는 일을 무슨 일이 있어도 해내고 마는 사람도 있는 거고, 상황에 맞게 행동하는 사람도 있는 거고요. 그게 잘못된 건가요? 자기 자신한테 부끄럽지만 않으면 된 거 아니에요?"

낯뜨거움을 눌러 참고, 이미 말을 꺼냈으니 매듭은 지어야 한다는 생각으로 다다다 말을 쏟아낸 연의가 석윤의 눈치를 보았다.

"그래, 네 말이 맞구나……. 네가 나보다 영특한 것 같다."

고마워. 점점 잦아드는 목소리로 다시 한 번 말한 석윤이 스르르 눈을 감더니 곧장 잠에 빠져들었다. 아마 제 발로 집에 들어가기는 그른 것 같았다. 연의는 한숨을 쉬며 기녀 언니들에게 오늘 하루만 사정을 보아 이부자리를 펴달라고 부탁해야겠다고 생각했다.

불도 지펴달라고 하고, 이불이랑 베개랑. 아, 술 드셨으니 꿀물이랑 자리끼도 준비해 둬야겠다. 열심히 준비할 목록들을 머릿속으로 되뇌며 방문을 열던 연의는 살짝 뒤를 돌아보았다. 어슴푸레한 방 안에 묻힌 석윤이 한눈에 들어왔다. 환하게 잘생긴 얼굴의 주원과는 조금 다르게, 시원스럽고 훤칠한 미남자인 석윤이 무방비로 잠들어 있는 모습에 불현듯 볼이 붉어졌다.

아이참! 예상치 못한 모습을 본 여파라고 생각하며 연의는 제 볼을 가볍게 때렸다. 그러다 불현듯 아까 전 제가 석윤에게 한 말이 떠올랐다.

"상황에 맞게 행동하는 사람도 있고, 자기 자신한테 부끄럽지 않으면 되는 거잖아요."

의협심, 신념. 조금 전 석윤이 했던 말이 입가에 맴돌았다. 문득, 연의는 자신을 둘러싼 세상이 너무나 얕고 좁다는 것을 느꼈다. 아무래도 나랑은 좀 먼 말인 것 같아. 연의는 마음속으로 중얼거렸다. 괜스레 싱숭생숭 마음이 오묘해져, 연의는 머리를 흔들어 생각을 떨쳐내고는 서둘러 방문을 닫았다.

"공······. 흠, 흠. 항아님, 갑자기 무슨 일이세요?"

애린은 괜한 헛기침을 하며 물었다. 줄곧 어색하기 짝이 없는 그녀의 눈길은 맞은편의 연리와 연의에게서 떠나지 않았다. 공주는 기루에 들어간 후 생활에 보태라며 금전을 정기적으로 보내오곤 했으나, 이렇게 직접 마주한 것은 실로 오랜만이었다.

애린은 며칠 전 뜻밖의 서신이 날아들었을 때를 떠올렸다. 도망친 궁녀라는 정체가 들킬까 주위에 눈곱만큼도 티를 내지 않고 살았건만, 다짜고짜 궁녀 의복을 구해달라니! 서궁을 나올 때 입었던 궁녀 옷도 태워 없앤 지 오래라 애린은 아연실색할 수밖에 없었다.

"부탁해, 정말 급한 일이야."

하지만 궁인이었던 습성 때문인지, 그간 생활비를 받아 쓴 고마움인지, 그도 아니면 정말 간절해 보여서인지 애린은 공주의 요청을 끝내 무시하지 못했다. 결국 애린은 창덕궁에 궁녀로 들어간 이의 가족을 비밀리에 수소문해 찾아냈다. 그리고는 연리가 준 금전을 주어 그 궁녀로 하여금 결국 궁녀 옷 두 벌과 출입패 두 개를 손에 넣고야 말았다.

그런데 기루에 이 소식을 보내자마자 이렇게 불쑥 나타난 것이 아닌가! 어쩐지 지난날 몰래 서궁 월담을 했던 기억이 떠오르는 건 왜일까. 애린은 불길한 예감이 솟아올라 공주의 기루 동무로 보이는 소녀를 곁눈질하며 물었다.

"그 옷은 갑자기 왜 입으시고……."

연리는 흔들리는 눈빛의 애린을 발견하고는 희미하게 웃어 보였다. 하지만 연리의 미소를 본 애린의 낯빛은 점점 더 불안해질 뿐이었다.

"저기, 항아님. 설마 그 차림으로 궁궐에 가시려는 건 아니겠죠?"

하지만 연리는 연의의 차림새를 이리저리 매만져 줄 뿐 묵묵부답이었다. 마침내 옷을 완벽히 차려입은 두 소녀는 이제 영락없는 궁녀로 보였다. 그를 알아차린 애린은 갈피를 잡을 수 없어 갈팡질팡했다. 틀림없어, 저 공주가 또 뭔가 일을 꾸미고 있는 게 분명해! 당장 그만두라고 말해야…… 아니지, 이제 내 소관도 아닌데 말려야 하나? 애린이 공주의 막무가내를 막아야 하나 말아야 하나 고민할 새, 단장을 마친 연리가 말했다.

"고마워, 애린아. 내 부탁을 다 들어주었으니 넌 이제 신경 쓰지 않아도 돼."

"자, 잠깐만요!"

눈 깜짝할 새 사립문을 나서는 연리를 향해 애린이 엉겁결에 소리를 쳤다. 하지만 연리는 걱정하지 말라는 듯 가볍게 웃어 보이고는 그대로 멀어져 갈 뿐이었다. 기억 속 공주와는 사뭇 다른 모습에 얼떨떨했으나, 곧 불안감이 엄습한 애린은 두 손을 맞잡으며 안절부절못했다.

'제발, 공주자가! 사고 치지 마세요!'

자신도 모르게 정이라도 들었는지, 애린은 물가에 내놓은 여동생을 걱정하는 양 초조함이 아른거려 공주가 처음으로 제 이름을 불러주었다는 사실도 눈치채지 못하고 말았다.

"연리야, 우린 이제 창덕궁으로 가는 거야?"

호기롭게 함께 하게 해달라고 할 때와는 달리 연의는 한껏 긴장한 모습이었다. 연리는 그런 연의를 물끄러미 바라보다가 천천히 고개를 끄덕였다. 그에 후- 숨을 내뱉은 연의는 곧 씩씩하게 걸음을 내디뎠다.

"그래, 이판사판이야. 우리 반드시 성공하고 돌아오자!"

"응, 반드시."

저라고 긴장되지 않을 리 없었다. 아무리 궁궐이라고 해도, 창덕궁은 서궁만큼 잘 아는 곳이 아니었고 더구나 몰래 스며들어야 하는 처지이니 말이다. 하지만 이 방법이 아니면 다른 선택지는 없으니까. 연리는 계획을 차근차근 되짚어보며 부정적인 생각을 떨치려 노력했다.

오래 지나지 않아 창덕궁 정문인 돈화문이 보였다. 과연 역모 주범자들이 압송되었다는 사실이 퍼져서인지 궁 주변 분위기는 삼엄했다. 평소보다 문을 지키는 병사들도 훨씬 늘어난 듯했다. 그 와중에도 지나가는 둘을 향해 종종 병사들의 짓궂은 추파가 끈덕지게 달라붙었지만, 연리는 수줍어하는 궁녀인 양 재빨리 연의와 함께 그들을 지나쳤다.

오늘과 내일은 궁녀들이 일 년에 한 번 봉급을 받는 날이었다. 평생을 궁에서 수절해야 하는 궁녀들도 봉급을 받은 날은 원하는 자에 한해 하룻밤을 가족과 함께 지낼 기회가 주어졌다. 때문에 돈화문을 지나 뒤편의 조금 한적한 성문으로 다가가니, 보따리를 들고 오가는 궁녀들 여럿이 보였다.

연리는 품에 넣어두었던 출입패를 꺼내 들었다. 자신을 따라 출입패를 꺼내 쥔 연의가 꿀꺽 침을 삼키는 것이 느껴졌다. 연리는 한 번 심호흡을 한 후, 연의에게 눈짓하며 출입패를 검사하는 수문(守門) 군졸에게 다가갔다.

궁에서 밖으로 나가는 궁녀들을 검사하던 군졸은 반대 방향에서 다가오는 연리와 연의를 알아차리고 의아한 표정으로 물었다.

"뭔가? 왜 벌써 돌아왔어?"

하루라는 기간을 아쉬워하며 궁으로 돌아가기 싫다며 떼를 쓰는 어린 나인들이 더러 있기는 했지만, 시간이 되기도 전에 미리 돌아오는 궁녀는 없었다. 더구나 출궁이 시작된 지 몇 시진 되지도 않았음에야. 군졸은 드문드문 이어지던 출궁 행렬이 끊긴 틈을 타, 의심스럽다는 기색으로 가까이 다가온 둘을 재차 살폈다.

"저희는 한 시진 전에 출궁했사온데, 갑자기 상궁 마마님께서 시키신 일을 끝마치지 않은 게 생각나서요. 부모님을 뵐 생각에 너무 들떠서 그만……. 문이 닫히기 전에 돌아올 테니 다시 잠시만 들어갔다 오면 안 될까요?"

연리는 시치미를 뚝 떼고 간절하게 말했다. 연의도 한술 더 떠 실감나게 울상을 지으며 말을 보탰다.

"제대로 일을 끝내지 않고 나간 것을 들키면 저흰 마마님께 죽습니다! 딱 한 번만 봐주세요!"

"무슨 소리야? 한 번 나왔으면 끝이지 어떻게 다시 들여보내 줘? 쓸데없는 소리 말고 돌아들 가게."

군졸은 단호하게 고개를 저으며 휘휘 손을 내저었다. 그가 미련없이 몸을 돌려 이제 막 출궁하려는 궁녀들에게 다가가려 하자, 연의가 다급한 표정으로 연리를 바라보았다. 연리는 재빨리 품속에서 주머니 하나를 꺼내 쥐고는 덥석 군졸의 팔을 잡았다.

"아, 안 된다니……."

"부탁이에요."

연리는 은근한 목소리로 속삭이며 그의 손에 주머니를 쥐여주었다. 인상을 찡그리고 단박에 거절하려던 군졸은 묵직한 주머니의 무게에 멈칫하며 연리를 쳐다보았다. 연리는 열어보라는 듯 눈짓하며 꽃같이 방긋 웃어 보였다. 궁녀치고는 빼어나게 고운 얼굴에 잠깐 넋을 빼앗긴 군졸은 자신도 모르게 슬며시 주머니를 끌러 안을 확인해 보았다.

"헉."

세찬(歲饌)으로 받은 것을 제외하고 받은 봉납을 몽땅 내주었는지 꽤 묵직했다. 재빨리 주머니를 여며 품에 넣은 군졸은 멋쩍은 듯 헛기침하며 물었다.

"이, 이거 꽤 많은 것 같은데. 이리 다 써도 되오? 가족들은?"

"이번에 받은 세찬이 꽤 되어서 괜찮아요. 봉급은 또 받으면 되지요."

꽤 많은 액수의 금전에, 어여쁘게 생긴 여인이 나긋나긋하게 부탁하자 마침내 군졸의 눈빛이 흔들리기 시작했다. 눈치를 살피고 있던 연의까지 냉큼 다가와 합세하자, 마침내 군졸은 에라 모르겠다 하는 심정으로 둘의 출입패를 받아 들었다.

"크흠, 흠. 내 특별히 눈감아주리다. 두 시진 후에 문이 닫힐 것이니 그 전엔 쏙 와야 하오."

"감사합니다!"

합창하듯 입을 모아 외친 둘은 다른 이가 볼세라 얼른 성문으로 들어섰다. 안쪽에서 문을 향해 오던 궁녀들 몇몇이 의아한 눈길을 보냈으나 둘은 당당한 보폭으로 태연하게 걸어갔다.

"다행이다. 혹시나 안 된다고 할까 봐 속이 벌렁벌렁했어."

"그러게. 역시 돈을 많이 챙겨 넣길 잘했어."

둘은 은밀하게 속삭이며 궁궐 안쪽으로 향했다. 출궁하는 궁녀들 반, 남아서 일하는 궁녀들 반이 섞여 다행히 주변은 적당히 부산스러웠다. 둘은 출궁하지 않고 궁에 남은 궁녀인 양 천연스럽게 안쪽으로,

안쪽으로 들어갔다. 궁녀들에게 허용된 길은 왕과 신료들이 사용하는 길을 피하느라 궐내각사와 금천교를 빙 둘러야 했다.

연리와 연의는 미리 파악해 둔 길을 떠올리며, 크고 좋게 난 문 대신 상궁나인들이 지나는 샛문을 따라갔다. 다행히 궁 안에는 출궁하지 않은 궁녀들도 많아 길을 잃을 걱정은 하지 않아도 되었다. 평온해 보이는 겉과 다르게 바짝 긴장한 연리는 길을 따라 걷는 데 모든 정신을 집중했다. 혹여나 지나가는 상궁나인들이 이상함을 눈치채진 않을까, 처음 보는 얼굴이라며 말을 걸어오지는 않을까 여간 신경이 쓰이는 게 아니었다.

하지만 그것도 잠시, 넓디넓은 궁 안을 빠르게 걷다 보니 시간이 얼마간 지나자 다리가 아파왔다. 궁궐에 들어왔다는 사실에 바짝 얼어 말없이 연리의 뒤만 따르던 연의도 조금씩 걸음이 느려졌다.

둘은 어느새 궁궐 안쪽으로 접어들었다. 연리는 연의를 불러 발을 맞추며 조금 걸음을 늦추었다. 주변에 와 닿는 풍경이 새삼 오랜만이라 연리는 잠시 향수에 잠겼다. 저 멀리 이 층으로 얹은 화려한 팔작지붕의 끄트머리가 보였다. 인정전. 입가에 맴도는 단어를 차마 뱉어내지는 못하고 연리는 마음속으로 가만히 발음해 보았다.

왜란 이후 경복궁 대신 조선의 법궁이 된 창덕궁은, 운명대로라면 마땅히 공주인 자신의 집이 되어야 옳았다. 하지만 비극적이게도 자신은 임시 행궁이었던 서궁에 머물러야만 했고 왕실의 큰 어른인 모후는 그곳에 감금당해 있다. 하여 대비도 공주도 없는, 반듯한 새 전각들은 낯설기 그지없으면서도 사무치게 그리웠다. 살아본 적도 마음을 준 적도 없는 낯선 궁이지만 궁궐이라는 이유 하나만으로도 향수에 젖기는 충분했나 보다. 연리는 싱숭생숭하기도 하고 울적하기도 하여, 머리를 흔들어 잡념을 떨쳐 냈다.

인정전 옆의 공식 집무실인 선정전을 지나자 비로소 궁녀들이 일하는 건물들이 나타났다. 임금의 내전인 희정당, 그리고 그 뒤 침전인 대조전과 그 서쪽의 수라간, 침방 등이 궁녀들이 주로 일하는 곳이었다. 연리와 연의는 지나가는 궁녀를 따라 작은 뒷길로 돌아갔다. 각자 배당된 소속에 따라 궁녀들이 부산스럽게 움직이는 길목에 다다르자, 둘은 시선을 교환했다.

"어디로 가야 하는 거야?"

연의가 소곤대는 목소리로 물었다. 연리는 재빨리 가능성을 따져 보았다. 지금은 정무를 볼 시간이니 침전은 비어 있을 것이다. 하나 거둥 날짜가 언제인지 알아내려면 적어도 침전인 대조전은 아니겠지. 공식 집무실인 선정전에 관련 문서가 있을 가능성이 제일 컸지만 궁녀의 신분으로 출입이 가능한 곳이 아니었다. 그렇다면 남은 곳은 딱 하나.

"희정당으로 가자."

연리는 역대 군왕들도 희정당을 애용하며 휴식과 업무를 겸용하는 공간으로 쓰곤 했다는 사실을 떠올렸다. 그러니 왕의 내전인 희정당이라면 분명 문서가 남아 있을 것이다. 그렇다면 궁녀가 그곳에 들어가기 위해서는 어떤 명분이 가장 그럴듯할까. 조금 뒤면 수라를 들여야 할 시간이라 그런지 대조전 서쪽의 수라간은 오가는 인원이 많아 분주했다. 연리와 연의는 일단 그 틈에 섞여 수라간으로 향하며 희정당으로 빠질 궁리를 했다.

"그, 뭐라더라? 아, 지밀. 지밀나인이라고 하면 안 될까? 그럼 임금님과 가까이 있을 수 있는 위치라며."

"그건 안 돼. 지밀은 숫자가 적어서 누가 대전 지밀인지 다 알고 있을 거야."

비켜, 비켜! 쌀가마니를 짊어지고 수라간으로 내달리던 사옹원(司饔院) 소속 일꾼이 소리치며 연리와 연의 사이를 파고들었다. 깜짝 놀라 둘이 후다닥 자리를 비키는 사이, 맞은편에서 마뜩잖다는 표정의 한 나인이 걸어오며 큰소리를 쳤다.

"너희 지금 뭐 하는 거야?"

앙칼지게 눈을 부라리며 다가오는 나인의 모습에 연리와 연의는 눈을 마주쳤다. 누구지?

"너네 수라간 나인 맞지? 바빠 죽겠는데 여기서 뭐 하고 있어!"

당장 따라와! 잔뜩 골이라도 난 듯 나인은 신경질적으로 말하며 손짓했다. 둘이 머뭇거리고만 있자, 나인은 냅다 연의의 한쪽 팔을 잡아 끌었다.

"뭐 해?"

막무가내로 연의를 끌어당기자, 연의는 무어라 대답해야 좋을지 몰라 연리에게 애타는 눈빛을 보내며 우물쭈물 조금씩 끌려갔다. 나인은 연리에게도 따라오라는 듯 턱짓했다. 안 돼, 이대로 수라간에 가면 희정당엔 가지도 못하는데!

"넌 안 와?"

순간, 번뜩 어릴 적 기억이 떠올랐다.

"저, 저는 수라간이 아니라 세수간 나인이에요."

뭐? 의심스레 눈을 가늘게 뜬 나인이 연리를 머리부터 발끝까지 훑어 내렸다. 따갑게만 느껴지는 시선이 저를 더듬는 짧은 순간, 궁녀들의 차림이 소속별로 다르다는 사실을 얼핏 기억해 낸 것이다. 차림이 다르면 어쩌지? 이미 세수간이라고 말해 버렸는데! 하지만 아무리 기억을 짜내어 봐도 상세한 부분까지는 생각이 나지 않아 연리는 혹여 거짓이 들통 날까 가슴이 뜨끔거렸다.

"뭐야, 머리 모양이 같아서 수라간 나인인 줄 알았잖아."

고개를 갸웃한 나인이 도로 고개를 돌리고는 연의를 끌고 멀어져 갔다. 말할 기회를 놓쳐 속절없이 끌려가고 있는 연의에게 연리는 재빨리 입 모양으로 외쳤다. 여기서 봐!

어안이 벙벙한 얼굴로 끌려가던 연의는 얼떨떨하게 고개를 끄덕이며 수라간 쪽으로 사라졌다. 연리는 예상치 못한 상황에 당황하여 잠시 서 있다가, 퍼뜩 정신을 차리고 주위를 살폈다. 분주히 뛰어다니는 궁녀들, 짐을 나르는 사옹원 일꾼들, 내관과 상궁들이 바삐 곁을 스쳐 지나갔다. 제게 관심을 가지는 사람은 아무도 없었다. 연리는 분주히 일하는 다른 사람들을 따라 이리저리 발길을 움직이다, 눈치를 살피며 조금씩 희정당 쪽으로 몸을 옮겨갔다. 저리 비켜! 몸이 부딪치자 갖은 신경질을 다 내는 나인에게 미안하다는 듯 얼른 고개를 숙여 보인 연리는, 어느 순간 희정당으로 향하는 나인 무리가 나타나자 얼른 그들 뒤에 몸을 묻었다.

워낙 사람이 많은 틈에 나인들은 제 뒤에 다른 사람이 붙은 줄은 꿈에도 알아차리지 못했다. 연리는 신중에 신중을 기하며 발을 옮겼다. 그리고 마침내 그들이 전각 모퉁이를 도는 순간, 재빨리 기둥 뒤로 숨어 자취를 감췄다. 살짝 고개를 빼고 주변을 살피니 내전이라 그러한지 확실히 아까보다는 인적이 드물었다. 연리는 가만히 숨어 인적이 완전히 사라지기를 기다렸다가, 마침내 주위가 잠잠해지자 지체 없이 계단을 뛰어올랐다. 내전인 만큼 지키는 별감, 하다못해 내관이나 상궁은 있을 줄 알았는데. 예상외로 아무도 없는 횡한 광경에 의문스러워져 연리는 재차 주위를 살폈다. 살짝 문틈 사이로 눈을 가져다 대어 안도 살폈지만 역시 자리를 지키는 사람은 없었다.

'내전이 비어서 그런가?'

정무 중인 왕이 업무를 마치고 행차하면 궁인들도 그제야 오는 모양이라고 생각하며, 연리는 신발을 벗어 품에 안고 문을 조심스레 열었다. 문은 끼익거리는 잡음 없이 부드럽게 열렸다. 연리는 까치발을 하고 살그머니 안으로 들어갔다. 재빨리 문을 닫고 복도로 들어서자 반질반질 윤이 나는 마룻바닥이 보였다.

잘 찾아온 모양이야. 혼잣말로 중얼거린 연리는 신발을 구석에 잘 숨겨두고 소리 나지 않게 복도를 걸었다. 희정당은 틀림없는데 도무지 어느 방이 무엇을 하는지 알 도리가 없었다. 마주친 인적 없는 방을 두어 군데 살짝 열어보았으나 창고로 쓰이는 모양인지 잡다한 집기 외에는 온기조차 없이 서늘했다.

혹시 여긴 안 쓰는 공간인가? 연리는 불현듯 불안해졌다. 아니야, 분명 대조전과 희정당, 이 두 군데가 왕의 가장 사적인 공간이라 들었는데. 지난날 정릉동 행궁의 이름을 가졌던 서궁에서도 부왕은 내전에서 많은 시간을 보냈었다. 공식 집무실은 신료들과 회동을 가질 때 썼고, 사적으로 정무를 볼 때는 내전에서 머무르는 것이 일반적이었다.

대조전에 가야 하나? 연리가 지금이라도 당장 목표를 바꾸어 대조전으로 달려가야 하는 것은 아닌가 고민하던 찰나, 모퉁이를 돌아 만난 커다란 방과 방문 앞을 지키고 선 지밀나인들이 보였다.

'헉!'

생각지 못하게 사람들을 만나자 미처 숨길 틈도 없이 급하게 숨이 들이켜졌다. 재빨리 입을 막았지만 방문 앞에 서 있던 궁녀들은 이미 이쪽을 쳐다보고 있었다.

"무슨 일이죠?"

새앙머리를 한 지밀나인 한 명이 연리를 똑바로 바라보며 말했다.

연리는 이대로 도망칠까 잠깐 생각했으나, 그러다 수상한 사람으로 몰릴 수도 있다는 생각에 침을 꿀꺽 삼키고 입을 열었다.

"세수간 나인입니다. 상궁마마님께서 내전을 정돈하라 하셔서……."

세수간 나인이 세숫물 준비 외에도 내전 청소도 한다는 사실을 떠올리고는 급작스럽게 지어낸 말이었다. 걸레 하나 들지 않은 터에 엉겁결에 지어낸 말이라 과연 먹혀들까 조마조마해, 연리는 고개를 깊숙이 숙여 시선을 피했다.

"들어가 봐요."

다행히 나인은 별다른 의심 없이 문을 열어주었다. 연리는 고개를 주억인 후 뛰지 않으려 노력하며 서둘러 빈방으로 들어갔다.

탁 소리와 함께 등 뒤로 방문이 닫혔다. 넓디넓은 방 안은 왕의 내전치고는 소박한 편이었다. 각종 자개장이나 귀한 병풍, 자기 따위로 장식했을 것이라 예상한 것과는 달리 검은 칠을 한 서안과 잔뜩 쌓인 서책과 종이, 상소문 더미가 눈을 사로잡았을 뿐 나머지는 평범한 물건들로 채워진 방이었다.

연리는 자리를 지키고 선 문 너머 지밀나인들의 희미한 형체를 힐끔 돌아보았다. 한 치의 미동도 없는 것을 보고 마음을 놓은 연리는 재빨리 서안을 향해 다가섰다. 집무뿐만 아니라 술자리라도 했는지, 연리는 어지럽게 놓인 종잇조각에 술 자국이 번져 있음을 눈치챘다. 저절로 인상이 찌푸려졌다. 정말로 이이는 자격이 없는 사람이다. 한 나라의 군주가 업무를 보는 공간에서 술이나 마시다니. 지금까지 직접 보았던 참상들과 풍문으로 들었던 폭정들을 다시 한 번 확인하는 순간이었다. 언짢아진 연리는 거칠게 서안 위를 헤치며 도움이 될 만한 것이 있는지 살폈다.

'서책은 아니고, 종이는 허섭스레기뿐이야. 상소문을 어디…….'

연리는 날짜도 뒤죽박죽 섞여 경황이 없는 상소문들을 하나하나 훑어보았다. 각 도에서 기근과 가뭄이 발생하였으니 구제를…… 근래에 도적 떼가 출몰해 민심이 크게 동요하고 있사오니 대책이 필요…….

"주상전하 납시오!"

갑자기, 바닥을 타고 흐르는 진동과 함께 여러 무리를 이끈 걸음이 방으로 다가오는 것이 느껴졌다. 얇고도 힘 있는 내관의 목소리가 걸음의 주인이 누구인지를 너무도 명확히 알리고 있었다. 연리는 머리에서 울리는 경고 신호에 벌떡 자리에서 일어났다.

'어떻게? 지금은 정무 시간인데!'

망설일 시간이 없었다. 연리는 서둘러 서안 뒤편에 놓인 병풍 뒤로 뛰어들려 했다. 하지만 안타깝게도, 몸을 돌린 순간 연리는 활짝 열린 문을 마주하고 말았다.

느리게 펼쳐지는 연극을 보는 것 같았다. 조금 닳은 듯한 나무틀이 자리를 비켜 공간을 열었다. 연리는 못 박힌 듯 그 자리에 서 있을 수밖에 없었다. 식은땀이 흐르고 체온이 차갑게 식어갔다. 순리인 것처럼, 의지와는 반대로 강제로 멈춰 버린 시선이 꼼짝없이 한 사람에게 사로잡혔다.

붉은 옷의 사락거림과 함께 주상이 방으로 들어섰다. 머리 아픈 정무에라도 시달리다 온 것인지 두 눈을 감고 있었다. 양옆에는 대전 소속으로 보이는 상궁 둘이 팔을 들어 부축한 채였다.

이윽고 얼어붙은 듯 굳어 있는 연리를 발견한 상궁들이 무심한 눈길로 쳐다보았다. 당장에라도 네년은 누구냐며 큰소리를 칠 것으로 예상한 연리는 주춤했다. 그러나 상궁들은 처음 보는 침입자에게 더 이상 관심을 주지 않고 본연의 역할에 충실했다. 그들은 기묘하게도 주상을 부축해 보료에 앉히고는 뒷걸음질 쳐 물러났다.

"이만 나오너라."

곁을 스쳐 가던 상궁 하나가 낮은 목소리로 말했다. 여전히 눈을 감은 채 앉아 있는 주상에게 시선을 빼앗겼던 연리는 화들짝 놀라며 고개를 숙였다. 나인 차림을 하고 있어서인지 익히 내전 청소를 위해 들어온 것으로 생각하는 듯했다. 연리는 혹여라도 주상이 눈을 뜨고 자신을 알아볼까 봐 덜컥 겁이 났다. 하여 더욱더 고개를 깊숙이 숙인 채 얼른 상궁들을 따라 급하게 걸음을 떼었다.

"두어라."

난데없는 목소리가 발걸음을 붙들었다. 잊어버릴 수 없는, 꿈에도 잊히지 않는 목소리가 굴러와 귀에 박혔다. 가슴이 쾅 내려앉았다. 한눈에도 수상할 정도로 손발이 벌벌 떨렸으나, 다행히 상궁들은 주상의 말이 떨어지자 별다른 반발 없이 순식간에 방을 나가 문을 닫았다.

들키면 끝이다! 연리는 주상에게 등을 돌린, 나가던 자세 그대로 뻣뻣하게 서 있었다. 얼굴을 보이는 순간 모든 것이 수포가 될지도 몰랐다. 연리는 사시나무 떨듯 떨리는 손을 조심스레 소매로 가렸다.

"하던 것 계속하거라."

담담한 목소리였다. 연리는 얼굴을 가린 채 청소하는 척을 해야 하나, 아니면 아무 핑계나 대고 서둘러 방을 빠져나가야 하나 고민했다.

'말을 하면 나인 걸 눈치챌지도 몰라. 하지만 아무 말도 안 하고 나갈 수는 없……'

갈팡질팡하며 어찌해야 좋을지 선택을 미루던 연리는 불현듯 이상함을 느꼈다. 궁녀가 아무 말도 없이 우두커니 서 있는데 말없이 보아 넘기다니? 그러고 보니 아까 자리에 앉은 후로 어찌하는 인기척조차 들리지 않았다.

뭐지? 연리는 잠자코 그 자리에 가만히 서 있었다. 하지만 그리 짧지 않은 시간이 흘렀음에도 불구하고 방 안은 쥐 죽은 듯 조용했다. 이쯤 되니 이 방에 자신 외에 다른 사람이 있는 것이 맞는지 헷갈릴 정도였다. 하는 수 없이 연리는 조심스레 몸을 돌렸다. 잔뜩 굳어 끼긱 소리가 날 정도인 고개를 조심스레 돌리자, 변함없이 보료에 앉은 붉은 용포가 눈에 들어왔다.

흠칫 놀란 연리는 움찔하며 재빨리 고개를 숙여 눈길을 피했다. 얼굴을 봤으면 어쩌지? 연리는 초조하게 입술을 짓씹으며 주상의 반응을 기다렸다. 하지만 눈앞에선 아무런 기척도 보이지 않았다. 그제야 상황이 수상함을 느낀 연리는 천천히 고개를 들어 주상을 바라보았다.

놀랍게도 주상은 여전히 두 눈을 감은 채로 보료에 앉아 등을 기대고 있었다. 잠이라도 든 것일까. 연리는 규칙적으로 고른 숨을 내쉬며 눈을 감은 주상을 살피며 살짝 걸음을 움직여 보았다. 옷자락이 스치며 인기척이 났음에도 주상은 눈을 뜨지 않았다. 그제야 주상이 잠에 빠졌다고 판단한 연리는 겨우 숨을 돌렸다.

'잠든 것 같으니 좀 더 살펴보고 나가자.'

아직 살펴보지 못한 문서가 많아 이대로 자리를 뜰 수는 없었다. 자칫 잘못하면 얼굴이 노출될 위험이 존재하기는 했으나, 아슬아슬하게 주어진 기회를 차버리기에는 한시가 급했다. 연리는 주상에게서 시선을 떼지 않으며 경계를 늦추지 않기로 마음먹었다. 그래, 주상이 눈을 뜨는 순간 얼굴을 가리고 재빨리 물러가면 될 것이다.

연리는 무릎을 굽혀 제 발치에 흩어진 상소문들을 그러모았다. 그리고 그것들을 종류별로 모아 분류하는 척하며 내용을 훑었다. 비록 혹한이나 궁궐의 중건은 중대한 일이므로 하루빨리 재촉하여…… 조정에 청탁을 받아 삿된 인사가 이루어진다는 괴소문이 퍼지나 사실이 아니므로 감히 혹세무민하는 자들을 잡아들여…….

글자만으로도 역겨워지는 부패함이 가득했다. 가슴이 답답해져 왔으나 지금은 참을 수밖에 없었다. 연리는 입술을 깨물고 버렸다. 간신들이 올린 것이 분명한 상소문에 손끝이 닿기만 해도 제 몸이 오염되는 것 같았다. 연리는 억지로 하나하나 상소를 살피며 한시라도 빨리 거둥과 관련된 문서를 찾기를 바랐다.

어느새 방 안에 널려 있던 상소문 대부분은 제 손을 거쳐 얌전히 정리되었다. 남은 건 서안 위에 놓인 것들 뿐. 연리는 여전히 눈을 감고 있는 주상을 흘낏 쳐다보았다. 부스럭거리는 소리에도 미동 없이 있는 걸 보니 깊은 잠에 빠진 것 같았다. 가까이 가도 괜찮은 걸까? 혹여라도 주상의 눈이 예기치 못하게 번쩍 떠질 것을 대비하여, 연리는 멀찌감치 떨어진 곳에서 일부러 잡음을 내며 남은 물건을 정리해 보았다. 바스락, 달칵, 그리고 쾅. 굳이 정리할 필요가 없는 서랍과 촛대까지 들었다가 놓으며 소리를 냈지만 주상은 움직임 없이 그대로였다. 그에 연리는 비로소 마음을 놓았다. 꿀꺽 침을 삼킨 연리는 까치발을 들고 살금살금 주상의 바로 앞에 놓인 서안으로 다가갔다.

방에 뒹굴던 것들과는 확연히 달라 보이는 재질의 상소들이 널려 있었다. 정사에 대해 잘 모르는 자신도 단번에 느낄 정도였다. 두근두근 다듬이질하듯 가슴이 뛰었다. 변함없이 굳게 눈감은 주상에게서 눈을 떼지 않으며, 연리는 만약의 경우 얼굴을 가릴 용도로 종잇장 하나를 엉거주춤 왼손에 든 채로 오른손을 살며시 뻗었다.

"다른 것들은 다 정리했느냐?"

나지막한 목소리에 연리는 까무러칠 듯 놀라 비명을 지를 뻔했다. 잠든 게 아니었어? 소리가 새어 나가기 전 가까스로 한 손으로 입을 틀어막은 연리는 허겁지겁 종이로 제 얼굴을 가렸다. 새가 날갯짓하듯 화다닥거리는 소리만이 고요한 방 안을 채웠다. 그리고 또 이어지는 침묵.

'왜……'

이해하지 못할 침묵이었다. 연리는 용기 내 얼굴을 가린 종이를 치웠다. 정면에 마주한 주상의 얼굴이 보였으나 그는 여전히 눈을 감은 채였다. 왜 눈을 안 뜨는 거지? 의구심이 샘솟았다. 설마하니 잠꼬대는 아닐 테고. 연리는 다시 한 번 시도해 보기로 했다. 이번에는 정확히 상소문을 향해 손을 뻗어 슬그머니 하나를 낚아챘다.

"새로 온 아이인가 보구나."

상소문을 막 읽으려는 찰나 또다시 주상이 말을 툭 건네왔다. 궁녀에게 하는 말치고는 어쩐지 곰살궂은 어조였다. 연리는 멈칫하며 자신도 모르게 주상을 바라보았다.

"대답이 없는 걸 보니 말을 못 하는 게로구나. 내 일전에 희정당에 드는 궁녀들은 입이 무겁다 못해 말이 없었으면 한다고 제조상궁에게 일렀거늘, 이제야 내 원을 들어준 모양이로고."

희미한 웃음기가 느껴지는 목소리였다. 연리는 눈을 깜빡였다. 무슨 뜻이지? 등을 기대고 앉았던 주상은 허리를 곧추세우더니 두 손을 들어 서안에 올렸다. 그리고는 서안 위를 빼곡히 채운 상소문들과 종이들을 손으로 훑기 시작했다. 연리는 그의 하는 양을 물끄러미 바라보고 있다가 미간을 좁혔다. 주상은 서안을 더듬거리고 있었다.

눈을 감은 채로.

'눈이……'

긴장을 늦추지 않던 표정에 금이 가기 시작했다. 연리는 혼란을 숨길 수가 없었다. 왜? 연리는 흔들리는 눈동자로 정신없이 주상을 살폈다. 굳게 감긴 눈, 어색한 몸짓, 확신 없는 손끝.

"종이와 상소들뿐이구나. 이것만 치우면 나가도 좋다."

눈이 된 손으로 서안 위를 탐색한 주상이 손을 거두며 말했다. 떨리는 손으로 상소들을 제 앞으로 끌어당긴 연리는 그것들을 바닥에 와그르르 쏟았다. 그것을 긴장한 어린 나인의 실수쯤으로 여겼는지 다시 한 번 희미한 웃음기가 들려왔다.

어찌 앞을 보지 못하게 된 것인지, 아니, 정말로 앞을 보지 못하는 것인지 묻고 싶었다. 자꾸만 눈길이 상소가 아니라 주상에게로 머물렀다. 뜨일 기미가 보이지 않는 서글픈 눈과 대조되는 어렴풋한 미소가 처연했다. 하지만 연리는 가까스로 시선을 끊어냈다. 지금 신경 써야 하는 것은 이런 무용한 감정이 아니었다.

아랫입술을 꽉 깨물고 연리는 억지로 상소문에 눈을 고정했다. 불필요한 내용을 휙휙 넘기기 몇 차례, 찾던 글자들이 드디어 차츰 눈에 들어오기 시작했다.

전 평산 부사 이귀가 옥중에서 상소하오니, 사특한 이들이 신과 김자점이 서궁을 부호(扶護)했다고 하면서 근거 없는 망측스러운 말을 신에게 덮어씌워…… 이귀를 모함한 말의 출처를 찾아내 허위와 사실을 변명케 하고 실상을 규명하여 국법의 지엄함을…… 허위로 인해 무산된 사직단으로의 거둥을 속히 거행하시어 종묘사직과 만백성의 평온을…….

이거다! 마침내 연리는 단서를 발견했다. 쌓인 다른 상소문들 위로 꺼내 본 한 상소는 족히 한 자를 넘는 길이였다. 연리는 서둘러 상소문을 첫머리부터 자세히 살펴보기 시작했다.

"바깥은 어떠하더냐."

뜻밖에도 주상이 혼잣말하듯 말을 건네왔다. 바깥이라니? 연리는 멈칫하였으나 이내 생각을 끊고 읽던 상소문을 도로 읽어내렸다.

"모두들 내 목에 칼을 대려 하겠지……."

바람에 흔들리는 촛불처럼 꺼질 듯한 음성이었다. 빠르게 사그라든 말이었으나 연리는 번뜩 정신이 들어 주상을 바라보았다. 아찔함이 머리를 강타했다. 설, 설마. 눈치챈 건 아니겠지?

"너도 같은 생각이겠지? 하긴, 과인 같은 무지렁이가 왕이랍시고 권좌에 앉아 있는 꼴을 누군들 용납하겠느냐."

응답하는 이 하나 없건만 주상은 아무래도 괜찮다는 끊임없이 혼잣말을 이었다.

"내 이미 알았느니라. 기껏해야 두세 마리 범을 잡으려 그 많은 군사가 한양까지 올 턱이 있을까."

쓸쓸한 너털웃음이 말끝을 장식했다. 들려오는 그의 목소리를 엉겁결에 듣던 연리는 가슴이 울렁거렸다. 혼란스럽기 이를 데 없었다. 연리는 다시 상소문으로 고개를 돌렸다.

"하나 그냥 풀어주기로 했다."

신경 쓰지 말자, 들을 필요 없는 말이야. 덜덜 떨리는 손으로 글자를 짚어가며 연리는 필사적으로 글에 정신을 쏟으려 노력했다.

"과인이 그를 역도로 인정하면…… 쥐 죽은 듯 엎드려 있던 인사들이 자극을 받을 것이야. 그리고 생각하겠지. 이귀는 왜 반역을 일으키려 했나? 어떻게 일으키려 했을까? 새로이 왕으로 세울 이는 얼마나 훌륭한 자길래?"

자조를 섞은 그의 목소리가 가늘게 떨렸다. 연리는 더는 상소문을 읽을 수가 없었다. 머릿속에서 글자가 뒤범벅되어 도무지 무슨 뜻인지 읽히지가 않았다.

안 돼, 이래선 안 돼! 이를 부서져라 앙다문 채, 연리는 닥치는 대로 글자를 훑어 내렸다. 그러다 마침내 숫자를 뜻하는 글자를 발견하고

선, 뜻도 해석해 내지 않고 상소문을 거칠게 말아 품 안에 숨겼다. 부들부들 떨리는 손으로 옷자락을 갈무리한 연리는 어느새 가빠진 숨결로 주상을 보고 있었다.

"아무리 잘은 물결이라 한들, 파동은 끝내 수면을 일렁이게 할 것이니…… 나는 그게 두렵나."

주상이 헛헛하게 웃었다. 하지만 곧 그의 얼굴은 서글프게 일그러졌다. 연리는 세차게 고개를 저었다. 무소불위의 권력을 휘두르고 있으면서, 백성들의 고혈을 빨아먹는 폭군이면서!

"과인은 왕이다. 다른 그 누구도 아닌 과인이 왕이니라. 과인은 잘해보려고 했다. 평생을 성군이 되기 위해 노력했어. 하니 나는 아무것도 잘못하지 않았느니라……."

헐떡이는 목소리가 길게 잔상을 남겼다. 제 앞의 사람을 벙어리 궁녀로 알고 있을 텐데도 그는 마치 동의라도 구하는 것처럼 간절한 얼굴이었다. 아냐, 저자는 동정할 이유가 없는 사람이야. 고독할 리도, 슬플 리도 없는 냉혈한이야! 그러나 연리는 제게 하릴없는 애수가 젖어들고 있음을 알았다.

"아니, 다 내 잘못이지……."

이만 나가거라. 잔뜩 쉰 목소리로 축객령을 내리고 주상은 천천히 고개를 서안 위로 떨어뜨렸다. 연리는 주춤주춤 뒷걸음질 쳤다. 바닥이 늪이라도 되는 것처럼 발이 빠져드는 것 같았다. 어렵사리 한두 걸음 떼던 연리는 마침내 등을 돌려 달아났다.

벌컥-

"어머!"

방문을 열어젖히자 깜짝 놀란 듯 지밀나인들이 놀란 소리를 질렀다. 문 앞에 시립하고 섰던 상선과 지밀상궁들이 눈을 부라렸다.

무, 물러가라 하시어……. 고개를 푹 숙인 연리는 작은 목소리로 아무렇게나 말을 던지고는 소맷자락으로 품을 가리고서 뒷걸음질 쳤다. 못마땅하다는 듯 쯧 소리를 낸 상선이 시선을 거두자, 지밀상궁들과 나인들도 시선을 떼고 정 자세로 시립했다.

뒷걸음질 치던 연리는 그제야 홱 몸을 돌려 정신없이 뛰기 시작했다. 왔던 복도를 따라 모퉁이를 돈 연리는 숨겨두었던 신을 찾아 신은 후 밖으로 통하는 문을 벌커덕 열었다.

돌아가자, 이제 돌아가기만 하면 돼. 뺨이 축축이 젖어드는 것을 느꼈지만 연리는 거칠게 손등으로 물기를 문질러 닦았다. 아무것도 기억하지 않을 거야. 난 아무것도 못 들었어.

정신없이 중얼거리며 연리는 계단을 내려와 땅을 박찼다. 기둥 사이사이를 지나 희정당에서 대조전으로 향하는 길을 내달렸다. 길을 지나가던 궁녀들이 희한하다는 눈빛으로 쳐다보았지만 연리는 아랑곳하지 않았다.

오래 지나지 않아 연리는 연의와 헤어졌던 곳에 당도했다. 희정당과 대조전을 잇는, 수라간으로 빠지기 전의 길목에 다다른 연리는 주위를 살폈다. 하늘이 어둑해지려 했다. 성문이 닫히기까지 얼마 남지 않은 시각이었다. 연리는 거친 숨을 고르며 연의를 찾아 사방을 둘러보았다. 그러다 멀지 않은 곳에서 연의의 옆모습을 발견해 냈다.

"연……!"

연의를 소리쳐 부르려던 연리는 급히 입을 막았다. 연의는 혼자가 아니었다. 잔과 그릇이 두어 개 올려진 작은 상을 든 연의가 상궁 복색의 누군가와 말을 하고 있었다. 연리는 천천히 시선을 옮겨 상궁의 얼굴을 살폈다.

'김개시!'

얼음물을 뒤집어쓴 듯 머리가 차가워졌다. 연리는 당장에라도 달려가 개시를 향해 한바탕 몸싸움이라도 하고 싶은 충동이 들었다. 교활하게만 보이는 그녀의 얼굴이 미치도록 증오스러웠다. 하지만 연의와 무어라 말을 나누던 개시는 곧 상을 빼앗아 들고는 궁녀들을 이끌고 희정당으로 사라졌다.

무리 끝에 선 나인까지 까마득하게 멀어질 즈음, 주위를 이리저리 살피던 연의가 그제야 연리를 발견하고는 급하게 뛰어왔다.

"왜 거기 서 있었어! 일은 잘 끝난 거야?"

"응, 이제 돌아가자."

불꽃이 튈 정도로 개시의 뒷모습을 노려보고 있던 연리가 힘겹게 시선을 떼어내며 대답했다. 연의에게서 음식 냄새가 희미하게 났다. 연리는 숨을 내쉬며 마음을 진정시키고는 연의에게 물었다.

"근데 아까 저 상궁은 누구야? 왜 너한테 말을 거는 건데?"

"나도 모르는 사람이야. 수라간에서 나한테 식전 차를 내가라고 상을 들려줬는데, 엉겁결에 희정당으로 가는 길에 갑자기 저 상궁이 상을 빼앗아가지 뭐야."

얼떨떨한 얼굴로 별사람 다 보겠다는 듯 연의가 대답했다.

'희정당……'

주상에게 가는 거겠지. 마지막으로 본 그의 모습이 선명하게 떠올라 연리는 머리가 아파왔다.

"얼른 돌아가자, 조금 있으면 문이 닫힐 거야."

고운 눈썹을 찡그리는 연리를 알아채지 못한 연의가 팔을 잡아끌며 재촉했다. 연리는 머리를 흔들어 묵직한 감정을 털어내려 애쓰며 고개를 끄덕였다. 마침내 둘은 왔던 길을 되돌아가, 노을이 내리는 성문으로 달려갔다.

성문을 지나 돌아오는 길은 믿을 수 없을 만큼 수월했다. 전혀, 아무것도 문제가 없었다. 때문에 잔뜩 들뜬 연의는, 다른 위험보다도 제 발에 제가 걸려 넘어지지 않는 것을 더 조심해야 할 판이었다. 연리는 의식적으로 머릿속을 게워냈다. 스멀스멀 파고들려는 잡념을 필사적으로 떨쳐 내며 그저 눈앞에 보이는 일에만 집중했다. 다행히 머리는 의지대로 잘 움직여 주어, 마침내 연리는 앞으로의 판도에 대한 생각에만 몰두한 채 무사히 도착할 수 있었다.

"항아님!"

비원에서 기다리고 있던 석윤이 문을 들어서는 연리를 향해 외쳤다. 아직 기루가 열리기에는 조금 이른 편이라 주위엔 아무도 없었지만, 석윤은 행여 누가 볼세라 재빨리 둘을 향해 성큼성큼 다가왔다.

"어찌 되었습니까?"

석윤이 초조한 목소리로 물었다. 긴장한 눈으로 둘을 번갈아 보던 석윤은 연리가 품 안에서 상소문을 꺼내자 얼굴이 눈에 띄게 밝아졌다.

"어떻게!"

탄성을 지른 석윤은 크게 감격한 표정이었다. 연의가 연리의 팔을 껴안으며 말했다.

"이게 다 연리 덕이에요. 직접 희정당까지 가서 가져왔다니까요?"

"정말이야?"

만면에 화색을 띤 석윤이 연의에게 되물었다. 연의가 기쁘게 고개를 끄덕이자, 감격한 얼굴로 고개를 끄덕여 보인 석윤이 연리에게서 상소문을 받아 들고 싱글벙글 웃음 지었다.

"정말, 정말로 대단한 일을 하셨습니다! 아, 이럴 때가 아니지. 얼른 능양군께 이 소식을 전해야겠습니다."

석윤은 말을 던지고 재빨리 안쪽을 향해 달려갔다. 발걸음이 날개라도 단 듯 즐거워 보여, 멀어져 가는 그를 보던 둘도 그제야 긴장을 풀고 안도감을 나누었다.

"아! 뿌듯해. 이제 다 잘된 거네."

연의가 기지개를 켜며 말했다. 홀가분해 보이는 모습이 햇살 아래 느긋하게 기지개 켜는 고양이를 닮아 보였다. 그 모습을 보자 큰 짐을 덜어 한층 가벼워진 마음에 목소리가 울려왔다. 이제 다 잘된 거야.

'맞아. 이제 정말 다 잘된 거야.'

다짐하듯 다시 한 번 되뇐 연리는, 곧 둘도 없는 친우에게 살갑게 말했다.

"정말 고마워, 연의야."

"에이, 내가 뭘 했다고 그래."

따뜻하게 어깨를 토닥인 연의가 방긋 웃어 보였다. 연리는 마치 제 일처럼 두 팔 걷고 나서준 벗이 진심으로 고마웠다. 혼자 했다면 떨거나 방심해 일을 망쳤을지도 모른다. 실제로 얼마나 도움이 되었든, 이해득실을 따지지 않고 오직 나를 위해 주는 사람은 살면서 몇 명 만나지 못할 소중한 인연이니까. 이러니저러니 해도 결국은 의지가 되는 사람이 있다는 것이 가장 큰 힘이 되었다. 혈육도 아닌 사람에게 혈육보다도 더 큰 애정을 받는다는 것이 얼마나 큰 행운인지를 모르지 않았다. 때문에 연리는 지금 제 앞에서 환하게 웃는 연의를, 둘도 없는 벗을 만나게 해준 하늘에 감사했다.

❖

"하늘이 도우셨습니다."

석윤이 함박웃음을 지으며 말했다. 혹여나 잘못된 문서를 가져온 것은 아닐까, 걱정으로 지난밤을 꼬박 새운 연리는 급하게 물었다.

"새 거둥일은 언제라고 하나요? 홍 공자님은요? 능양군께서는 뭐라고 하셨어요?"

"하하, 숨넘어가시겠습니다. 하나씩 물으시지요."

놀란 듯 눈을 동그랗게 뜨던 석윤이 곧 웃음을 터뜨렸다. 그러자 연리는 자신이 다소 성급하게 굴었음을 알아차렸지만, 이젠 아무래도 괜찮다는 생각이 강했던 터라 아랑곳하지 않고 눈빛으로 석윤을 재촉했다.

"공교롭게도 수일 내로 이루어질 것 같습니다. 도성 밖에서 데려온 군사들을 내보내지 않는 게 수상하다 싶었는데 일이 이리된 모양입니다. 정황이 가라앉을 때까지 기다릴 줄 알았는데. 늦어도 삼사일 내로는 출발할 것 같습니다."

"그러면…… 홍 공자님은요? 거사는 그대로 진행되는 건가요?"

삼사일이라니! 예상보다 너무나도 이른 날짜에 연리는 아연하게 물었다. 그 모습에 석윤은 불쑥 장난기가 일었다.

"아마도 그렇지 않을까요. 능양군께서는 사람 몇 명을 잃더라도 하루빨리 대의를 실행하는 것이 중요하다고 믿으시는 모양입…… 어디 가십니까?"

진지한 얼굴로 목소리를 낮게 깔던 석윤은 말이 끝나기도 전에 자리를 박차고 달려가는 연리를 보고 깜짝 놀라 붙잡았다.

"농입니다, 농."

"네?"

연리가 어처구니없는 표정으로 되묻자 석윤이 씩 웃으며 말했다.

"거사는 해를 넘겨 다음으로 미루기로 했습니다. 이귀가 하옥되어 있어 거사를 이끌 선봉장도 마땅치 않은 터라, 성급하게 서둘러 봤자 득보다 실이 더 많을 거라고요. 아, 이귀는 내일쯤 방면될 거라 합니다. 주원 그 친구도요. 역시 평산에서 호랑이를 가져와 풀기를 잘했지 뭡니까? 넉분에 수월하게······."

석윤이 능청스레 하나하나 사정을 말해주었다. 놀라게 한 미안함에서인지 이것저것 설명해 주는 통에, 연리는 어이가 없었지만 픽 웃음을 흘리며 귀를 기울였다. 그런데 듣던 도중 언뜻 거슬리는 단어가 있어 연리는 눈을 굴리며 갸웃했다.

"주원······."

"네, 둘이 함께 풀려날 겁니다. 김자점이 여러모로 수를 잘 쓴 모양인지 빨리 혐의를 벗길 수 있었답니다. 그 친구도 애초에 능양군께서 그러시지만 않았어도 이렇게 애태울 일은 없었을 텐데······."

낯선 단어였지만 앞뒤 맥락으로 보아 대상은 확실했다. 연리는 새침하게 입을 삐죽였다. 이름은 대체 왜 감춘 거야? 갑자기 토라진 듯한 연리의 얼굴에 석윤은 의아해하면서도 이어서 말을 건넸다.

"아, 혹시 오늘내일 다른 일이 있으십니까?"

"예?"

연리는 뜬금없는 질문에 의아했지만 곧 살래살래 고개를 흔들었다. 그러자 석윤이 잘되었다는 듯 씩 웃어 보였다.

"다행입니다. 하면 반 시진 뒤 정문에서 볼 수 있을까요?"

"네. 그런데 무슨 일로······?"

요 며칠간 밤잠을 설친 데다 어제는 궐에까지 다녀온 터라 쌓아두었던 피로가 한꺼번에 몰려왔다. 급격한 피로감을 물리치려 애쓰며, 연리는 조금 지친 목소리로 되물었다.

"가셔야 할 곳이 있어서요."

하지만 석윤은 알쏭달쏭한 대답을 하고는 연리가 무어라 말할 새도 없이 조금 이따 보자며 어딘가로 걸음을 옮겼다. 가야 할 곳? 다시 한 번 고개를 갸웃한 연리는 피로로 뭉친 어깨를 주무르며, 어딘지는 모르지만 먼 곳만 아니면 좋겠다고 생각했다.

"저기…… 여기가 어디라구요?"

어디에 가느냐는 질문에 별로 먼 곳은 아니라며 호기롭게 앞장선 석윤을 따라 걸은 연리는 곧 흰칠한 대문 앞에 멈춰 섰다. 제가 잘못 들은 것이기를 바라며 귀를 의심하는 사이, 석윤은 목청을 가다듬고 이리 오너라 외쳤다. 잠깐 멍한 사이 안쪽에서 인기척이 가까워졌다. 연리는 화들짝 놀라 석윤의 소맷자락을 붙잡았다.

"홍 공자님 댁이요? 이 집이 말인가요?"

"예. 무슨 문제라도?"

도리어 천연덕스럽게 되묻는 석윤이었다. 연리는 너무나 갑작스러운 상황에 할 말을 잃고 입을 뻐끔거렸다.

"그러니까, 저를 왜 여기에 데려오신……."

간신히 더듬거리며 말을 잇는 사이 대문이 활짝 열렸다. 깜짝 놀란 연리가 옷자락을 놓고 후다닥 뒤로 물러나자, 석윤이 자연스럽게 앞으로 나섰다.

"아이구, 도련님 오셨습니까?"

행랑아범으로 보이는 이가 허리를 숙이며 반가운 얼굴로 석윤을 맞았다. 석윤도 온화하게 웃으며 아는 체를 했다.

"그간 잘 지냈는가? 참, 자네도 들었지? 주원 그 친구 내일쯤 풀려난다는 거. 우리 집 하인을 시켜 소식을 전했으니 아버님도 내일쯤 오시겠네?"

"그럼은요, 조금 전 주인마님께 기별이 와 집 전체를 청소하는 중입니다. 도련님 일로 어찌나 걱정했던지, 쇤네들 모두 꼭 저승에서 살아 돌아온 심정이었습죠. 아, 그러면 오늘 여기서 주무셨다가 우리 도련님 만나고 가시렵니까?"

"그러잖아도 그럴 생각으로 왔네. 그 녀석이 내 애를 좀 태웠어야지. 집에 오자마자 아주 제대로 혼쭐을 내줄걸세."

으름장을 놓는 석윤의 말에 허허 웃음을 터뜨린 행랑아범이 어서 들어오라는 듯 비켜섰다. 석윤이 고개를 끄덕이며 걸음을 떼자, 당황하며 뒤에 서 있던 연리가 드러났다. 어쩔 줄 모르고 우두커니 서 있는 연리를 보고 행랑아범이 궁금한 얼굴로 물었다.

"저분은……."

"아! 내 정신 좀 보게. 이쪽은 우리 주원이 은인 되시는 분이네."

석윤이 너스레를 떨며 연리에게 어서 안쪽으로 들라는 손짓을 해 보였다. 석윤이 장난기 다분한 목소리로 '은'과 '연' 사이의 애매한 발음을 말한 탓에 귓불과 목덜미가 화끈 달아올랐다. 붉어진 제 모습이 들킬까 당황한 연리는 종종걸음으로 얼른 대문을 넘어 마당으로 들어섰다. 뒤에서 어리둥절한 얼굴의 행랑아범을 보고 석윤이 파안대소하는 소리가 들려와 연리는 더 민망해졌다.

"이분은 별당으로 안내해 주게."

석윤의 말에 고개를 끄덕인 행랑아범이 앞장서 안내했다. 별당까지 데려다주겠다며 동행한 석윤을 향해 연리는 황당한 심정으로 물었다.

"대체 저는 여기 왜 온 거예요?"

토끼처럼 동그래진 눈에서 당황스러움이 물씬 묻어났다. 한양 제일 기루에서 난다 긴다 하는 이름 높은 동기임에도 불구하고 너무나 순진한 반응이라, 석윤은 다시 한 번 웃음이 터져 나오려는 것을 간신히 참았다.

"내일 주원이가 풀려나면 곧바로 항아님을 만나러 가려 할 텐데, 내일이면 주원이 아버님께서도 한양에 오실 겁니다. 아들이 옥에 갇혔다가 풀려나자마자 기루에 간다고 하면 분명 대노하시며 근신을 내리실 게 뻔하지 않습니까. 며칠간 요양이나 하라며 집 밖으론 한 발자국도 나오지 못하게 하실 겁니다. 그러니 아예 집에서 기다렸다가 만나는 편이 더 낫지요. 아버님께서는 별당에 오시지 않으니 여기 계셨다가 주원이를 만나고 돌아가시면 될 겁니다."

워낙 엄하신 분이시라서. 은인인데 얼굴도 한 번 못 보면 안 되지요. 석윤은 한쪽 눈까지 찡긋해 가며 말했다. 또다시 은근슬쩍 발음을 흐린 석윤을 향해 연리는 밉지 않게 눈을 흘겼다. 하기야 듣고 보니 석윤은 자신과 주원을 배려한 것이니 참으로 사려 깊다 할 것이었다. 연리는 실실 웃는 석윤에게 감사의 말을 전했다.

"신경 써주셔서 정말 감사드려요."

"뭘요. 주원이를 구해주신 은인이신데."

또! 이제는 뺨까지 화끈거려 왔지만, 그런 것 아니다 구구절절 설명하면 더 이상해 보일 것 같아 연리는 아무렇지 않은 척하며 스스로에게 최면을 걸었다. 그냥 내 기둥서방이고, 괜찮으신지 염려되어 온 것뿐이야. 다른 목적은 없어. 하지만 '연인'의 연 자만 들어도 얼굴이 달아오르는 것을 자제할 수는 없었다.

"아마 내일 아침 일찍 방면될 겁니다. 아버님은 정오쯤 오실 테고요. 아침에 제가 나가서 집까지 데려올 테니 기다리고 계시면 됩니다."

석윤은 친절하게 말을 일러주고는, 행랑아범에게 별당에 계집종들을 붙여 연리를 살펴달라 부탁한 후에 자리를 떴다. 어느새 날이 저물어 연리는 별당에서 저녁상까지 받았다. 석윤이 특별히 이른 탓인지 기루의 것보다 훨씬 좋은 상이 올라와 연리는 얼떨떨할 따름이었다. 익숙지 않은 곳에 예상치 못하게 온 탓인지 자꾸만 신경이 쓰였다. 게다가 양갓집 규수 대하는 것처럼 계집종들이 극진히 시중을 들어, 연리는 그 옛날 궁궐의 익숙함마저 떠오를 정도였다.

한 치의 부족함도 없는 정성스러운 시중을 받은 탓에 어느새 연리는 깨끗하게 소세까지 마치고 좋은 이부자리에 누웠다. 안녕히 주무시라며 작은 촛불 하나만 남기고 계집종이 타박타박 발소리와 함께 멀어져 갔다. 희미한 빛을 곁에 두고 이불을 덮은 연리는 천장을 보며 눈을 깜빡였다. 익숙한 동기 숙소의 천장 대신 부드러운 빛깔의 천장이 보였다.

"어쩌다 여기까지 온 거지."

정말 여기 있어도 되는 건가. 김포에 있는 부친까지 오신다고 하는데 그럼 내가 안 오는 게 더 낫지 않을까. 아들이 기녀와 어울리는 걸 좋아하는 부모가 어디 있다고. 지금이라도 몰래 나갈까? 이런저런 생각을 떠올리던 중 따스한 방 안 어디선가 은은한 차향이 풍겨왔다.

이긴…… 궁에 있을 때 많이 맡던 향인데. 씁쓸한 향이지만 포근하다 해야 할지, 달콤하다 해야 할지 모를 독특한 향. 낯선 곳에서 익숙한 것 한 가지를 찾은 연리가 누운 채로 이리저리 시선을 굴렸다. 방 모퉁이에 놓인 탁자 위, 장식용으로 둔 듯한 작은 상자 안에 말린 찻잎이 들어 있는 것이 보였다. 연리는 도로 시선을 천장에 두고는 익숙한 차향을 흠뻑 들이마셨다.

'아, 그러고 보니 궁 밖에서도 맡은 적이 있었지…….'

어디서였더라. 연리는 뭉근한 온기 아래서 향에 취해 기억을 더듬었다. 얼마 지나지 않아 깜빡거리던 긴 속눈썹이 점차 느려졌고, 천천히 운동을 반복하던 눈꺼풀이 총명한 눈빛을 덮었다. 가물가물 정신이 흐려지고, 연리는 곧 고른 숨소리를 내며 까무룩 잠에 빠져들었다.

칠흑 같은 어둠이 내렸다. 섬광처럼 불현듯 찾아든 의식에 연리는 번쩍 눈을 떴다. 사방이 망망대해처럼 끝없이 잠겨 있었다. 여기가 어디지? 연리는 자리에서 일어나 주위를 살폈다. 그러다 문득, 연리는 제 눈앞에 누군가 있는 느낌을 받았다. 저건…….

나는 아무것도 잘못하지 않았느니라.

울고 있었다. 시리도록 선명한 물빛에 잠긴 눈동자가 분명하게 자신을 향하고 있었다. 흐른 시간은 그렇게까지 길다 할 것이 못 되었음에도, 지친 그의 눈에는 너무나 많은 세월이 담겨 있었다.

'오라버니.'

무슨 일이 있었던 걸까. 연리는 떨리는 팔을 뻗으며 그를 불렀지만 목소리는 말이 되어 나오지 못했다.

너도 내가 잘못했다고 생각하느냐?

임금의 모습이 아니라, 언젠가 제게 소학을 읽어주던 그 시절의 모습이 된 주상이 속삭였다.

'모르겠어요.'

벙어리가 된 것처럼 벌린 입에서 아무 소리도 나오지 않았다. 연리는 멀거니 눈앞의 울고 있는 주상을 바라보고 있을 수밖에 없었다. 그러다 갑자기, 어디선가 나타난 희뿌연 연기가 주상의 옆에 모여들어 똬리를 틀더니 곧 아이의 형체로 바뀌었다.

누님.

어리디어린 아이가 자신을 보고 웃었다. 말간 미소를 보자 속에서 울컥하는 무엇인가가 올라와 연리는 저고리 앞섶을 부여잡았다.

'의야.'

손을 뻗어 안고 싶었지만 의는 뒷걸음질 쳤다. 어디 가는 거니? 이리 와. 애타게 불렀지만 여전히 목소리는 바람처럼 흩어졌다. 연리가 주춤주춤 다가서려던 찰나, 주상이 손을 뻗어 옆에 앉은 의를 안아 들었다. 방글방글 웃으며 주상에게 안겨드는 의가 낯설었다.

다 내 잘못이구나.

슬픔이 방울져 내렸다. 제 뺨에 와 닿은 물기에 의가 고개를 들어 물끄러미 주상을 쳐다보았다. 젖은 그의 얼굴을 보고 갸웃하던 의는 손을 뻗어 물기를 닦아주었다. 그러자 놀랍게도 주상은 환히 웃음을 지었다. 마주 보고 웃음 짓는 주상과 의의 모습이 어색한 그림처럼 낯설고 또 낯설었다.

'이제 와 그러지 말아요! 이미 늦었어요. 그런다고 내가 오라버닐 용서할 거라고 생각해요?'

어느새 목이 메어 와, 연리는 토하듯 외쳤다. 하지만 여전히 목소리는 나오지 않았다. 갑갑해 죽을 것 같은데 흐르는 눈물에 시야마저 가려져 답답했다. 연리는 손등으로 눈물을 훔쳐 냈다. 하지만 깨끗해진 시야 앞에는 더 이상 아무도 없었다.

'의야!'

안 돼. 가지 마, 가지 마! 의야! 정신없이 주위를 둘러보아도 아무것도 없었다. 아득해진 연리는 그 자리에 주저앉았다. 울컥울컥 소리 없는 울음이 목구멍을 타고 올라와 숨조차 쉬기 힘들었다.

모르겠다. 오라버니인지, 어마마마인지, 아바마마인지, 아니면 나인지. 누가 잘못한 것인지 모르겠다. 연리는 퍼뜩 고개를 들었다. 모르겠지만 모든 것이 오라버니 잘못만은 아니라고 말해주어야 할 것 같았다. 연리는 사라져 버린 주상을 찾으려 사방을 애타게 헤맸다.

'오라버니!'

짹짹-

희끄무레한 새벽빛이었다. 어둠은 온데간데없고 하루를 밝히는 빛이 밤의 장막을 걷어내고 있었다.

연리는 잠시 멍하게 그대로 누워 있다가 비척비척 이불을 걷고 일어났다. 눈가가 촉촉해 연리는 잠시 당황했다. 그러다 물밀듯이 쏟아진 기억에 말을 잇지 못하고 입을 막았다. 무어라 말해야 할까. 혼자였음에도 불구하고 누구에게 무언가 말해야만 할 것 같았다. 여러 번 입을 열었다 닫기를 반복한 연리는 머리맡에 있던 자리끼를 조금 마시고는 경대를 열어 얼굴을 비췄다. 잠결에 울었는지 촉촉한 눈가가 발그스름했다. 피식 작은 웃음을 터뜨린 연리는 소매로 눈물을 닦아내고는 방문을 열었다.

쌀쌀한 여느 때의 새벽과는 달리 날씨는 선선한 정도였다. 아직 밤의 장막이 온전히 걷히지 않은 탓에 흰 달이 하늘을 지키고 있었다. 조금이기는 했지만 별들도 달의 곁에 남아 총총히 빛을 내고 있었다. 연리는 문을 닫고 걸어 나와 마루 끄트머리에 앉아 하늘을 바라보았다.

조금 있으면 풋눈이 내릴 것 같아. 눈이 내리고, 그다음엔, 새로운 봄이 오겠지.

사라질 듯 말듯, 동쪽에서 터 오는 햇빛에 달이 하늘로 몸을 묻고 있었다. 자연의 순리에 미약하게나마 달이 저항하며 조금이라도 제 빛을 내보이려 애를 썼다. 하지만 순리는 순리였다. 연리는 달이 마침내 저항을 멈추고 희미하게 사라지는 모습을 말끄러미 바라보고 있었다.

바스락.

옅은 바람결이 발걸음을 싣고 날아들었다. 연리는 하늘에서 눈을 떼고 고요하게 찾아든 손님을 찾아 시선을 돌렸다.

"어찌 나와 계십니까."

호수같이 잔잔하고 평온한 눈이 말했다. 포근히게 김싸오는 음성이 사무치도록 그리워, 도리어 연리는 어리광 부리는 어린아이처럼 울고 싶어졌다. 연리는 신도 신지 않고 마당으로 걸어 내려갔다. 멀리 멈춰서 있던 주원도 자박자박 걸어 다가왔다.

연리는 발그스름한 눈가가 더 붉어질까 걱정이 되었다. 더 이상 우는 모습을 보이고 싶지도 않았다. 연리는 고이는 눈물을 도로 불러들이려 노력하며 가만가만 걸었다.

"내가 잘하고 있는 건지 모르겠어요."

물기가 묻어나는 음성이 가늘게 떨렸다.

"나는 이미 아무것도 없는데, 믿었던 모든 걸 잃었는데. 정말, 아무것도."

마주 선 주원이 아무 말 없이 연리를 바라보았다. 흔들림 없는 눈동자가 마지막 남은 달빛을 받아 선명한 담갈색으로 빛났다. 그를 눈에 담는 순간, 그토록 그렸던 그리움의 무게가 톡 터져 나왔다. 연리는 방울방울 솟아나는, 그토록 누르려 애쓰던 감정을 놓아주었다.

"무서웠어요. 당신을 잃을까 봐."

해사하게 웃는 고운 뺨에 한 줄기 그리움이 촉촉이 젖어들었다. 지나치던 엷은 잔바람이 이를 보고는 달래려 다가섰다. 하지만 그보다 먼저 유려한 손이 여린 뺨을 감쌌다. 연리는 갑작스레 다가온 몸짓에 눈을 크게 떴다. 숨결이 느껴질 정도로 가까이 온 담갈색 눈이 보였다. 눈을 깜빡이는 순간이었다. 마침내, 예고 없이 다가온 따스한 온기가 입술 위로 부드럽게 겹쳐졌다.

조그맣게 닿은 온기에 맥이 걷잡을 수 없이 뛰었다. 스르르 감긴 눈

대신 온몸의 감각이 생생한 두근거림을 선사했다. 녹아내릴 정도로 부드러운 온기가 마음을 건드려 연리는 가늘게 몸을 떨었다. 그러자 온화한 손길이 다가와 가볍게 등을 받쳤다. 다독이듯 살짝 안아드는 몸짓에, 전신을 둘러싸고 있던 중압감이 어느새 사르르 풀려 사라졌다.

연리는 주원의 팔에 기대어 작게 웃었다. 가벼운 움직임을 느꼈는지, 그가 입꼬리를 올려 웃는 것이 느껴졌다. 이윽고 촉 하는 소리와 함께 닿았던 온기가 사라졌다. 연리는 가만히 눈을 떴다. 담갈색 눈이 부드럽게 휘어져 자신을 보고 있었다. 연리는 은방울을 굴리는 것처럼 듣기 좋은 웃음소리를 냈다. 그런 제 웃음에 주원이 감미롭게 웃었다. 연리는 스르르 다시 눈을 감았다. 그리고 온화한 그의 품에 안겨, 다시 한 번 찾아든 따스함을 받아들였다.

10장
이화우(梨花雨)

"어떻게 이리 일찍 오셨어요?"

별당 마루 끄트머리에 앉아 연리는 곁에 있는 주원에게 물었다. 점점 하늘은 밝아졌고 이제는 완연한 아침이었다. 밝게 내리쬐는 햇살에 선선한 기온이 기분 좋게 포근했다. 주원이 손을 뻗어 연리의 얼굴로 내리쬐는 겨울 햇살을 가려주었다.

"생각보다 빨리 풀어주더군요."

"아."

그리 강하지 않은 햇살인데도 손수 차양을 만들어주는 주원의 행동에, 연리는 갑자기 아까의 제 모습이 떠올라 부끄러워졌다. 연리는 시선을 슬몃 아래로 떨어뜨리고는 고개를 끄덕였다. 어찌 그러한지 이유를 단번에 눈치챈 주원은 피식 웃음을 흘렸으나 짐짓 못 본 척해 주었다. 어쩐지 자꾸만 가슴이 뛰어오르기 시작했다. 연리는 두근대는 박동을 숨기려 얼른 입을 열었다.

"제가 공자님에 대해 모르는 것이 또 있나요?"

"예?"

갑자기 바뀐 뜬금없는 주제에 주원이 의아하게 되물었다.

"이름이요. 조 공자님께 들었어요."

그제야 알겠다는 듯 주원이 곧 선선하게 웃어 보였다.

"사실대로 알려드린다는 것을 잊고 있었습니다. 원래는 기루에서 제 신분을 숨기려 부러 가명을 썼던 것인데……."

그간 일이 하도 풍성하게 벌어진 터라 정신이 없어서. 주원이 늦게나마 변명을 덧붙이며 용서해 달라는 듯 눈을 찡긋하자, 연리는 장난스럽게 도끼눈을 떠 보이다 웃음을 터뜨렸다. 그에 주원이 따라 웃음을 머금으며 제 이름을 하나하나 일러주었다.

"기둥 주에, 으뜸 원을 써 주원이라 합니다."

그리고는 석윤의 본명까지 친절하게 일러주었다. 그간 가명으로 썼던 문의와 문효는 둘이 서로 지어준 별명이라는 설명과 함께.

"이제 그대에게 숨기는 것은 없습니다."

홍주원. 연리가 천천히 입속으로 그의 이름을 불러보는 사이, 주원이 잔잔하게 말했다. 연리는 눈을 천천히 깜빡이며 그와 시선을 마주했다. 기뻤다. 소중한 한 사람을 오롯이 알게 되었다는 사실이. 그러나 동시에 체한 것처럼 마음이 조금 얹히었다. 거짓이나 숨기는 것 없는 오롯한 자신으로 그에게 저도요, 라고 말하고 싶었지만…….

연리는 화제를 돌렸다. 순리처럼, 마음을 확인한 연인은 천천히 그간 있었던 자신들의 만남을 회상하고 그때마다 느꼈던 감정을 나누었다. 그렇게 연리는 온전한 진실의 선사를 함께하는 소중함으로 갈음했다. 묵히고 간직해 두었던 사실들을 공유하다, 마침내 모란과 연시 사건의 곡절까지 말끔하게 알게 된 둘은 싱그러운 웃음을 머금으며 시간 가는 줄 모르고 서로를 만끽했다.

"진시예요. 더 있으면 실례일 것 같으니 이만 가볼게요."

연리는 목구멍까지 차오른 설부른 소망을 삼키며 따스하게 웃었다. 연리가 옷자락을 정리하며 일어나자 주원이 햇빛을 가려주던 손을 내리고 따라 일어섰다.

"아침상, 여기서 들고 가시지요."

주원이 마당으로 내려서는 연리를 따라 내려서며 권하였다. 은애하는 이와 좀 더 시간을 보내고 싶은 마음이야 굴뚝 같았으나, 연리는 가볍게 고개를 저었다.

"아니에요. 부친께서 오신다고 들었는데, 제가 오래 있으면 좋게 보이지 않을 테니 서둘러 가는 게 나을 것 같아요."

"왜 그리 생각하십니까?"

주원이 의아하다는 듯 한쪽 눈썹을 올리며 물었다.

"그대는 제 은인이니 환대를 받아야 마땅한 것을요."

"그치만."

제 신분이. 굽히지 않고 의사를 표현하려던 연리는 갑자기 저를 당겨 품에 안은 주원의 행동에 깜짝 놀라 말을 삼켰다. 넓고 따스한 품이 두근두근 기분 좋게 울렸다. 제 것인지 주원의 것인지 알 수는 없었지만, 코끝에 감겨온 향과 닿는 느낌이 좋아 연리는 얼굴을 붉혔다. 연리가 얌전히 안겨 있자, 주원은 손을 들어 연리의 머리를 감싸고는 제 품으로 더 가까이 당겨 안았다.

"그런 말 마십시오. 일전에 말하지 않았습니까?"

무릇 사람의 가치는 신분보다 마음으로 결정되는 거라고. 귓가에 들려오는 다정한 음성에 연리는 쿡 웃음을 터뜨렸다. 그러니 걱정하지 마십시오. 이어지는 말에 연리가 키득거리며 속삭였다. 네. 주원이 만족스러운 웃음을 지은 채 팔을 풀어주었다. 연리는 살짝 민망하고 어색하기도 했지만 기분은 더할 나위 없이 좋았다.

"그래도 오늘은 가볼게요. 피곤하실 텐데, 제가 오래 있으면 신경 쓰이실 거예요."

부드러운 목소리였지만 꿋꿋한 주장이 배어 나오는 어조였다. 주원은 못내 아쉬웠으나, 결연해 보이는 연리의 눈빛에 어쩔 수 없이 져 주기로 했다.

연리와 주원은 나란히 발을 맞추며 별당을 나섰다. 안채에서 나올수록 오며 가며 일하는 하인들이 조금씩 나타났다. 눈치 빠른 하인들은 꾸벅 고개를 숙이며 물러났지만, 개중에 야물지 못한 자들은 옆에 선 연리를 흘깃 훔쳐보며 시선을 던졌다. 한둘은 애써 모른 척하였으나 점점 모여드는 그들의 시선이 신경 쓰인 연리는 주저하며 속도를 늦추었다.

오래 지나지 않아 주원은 점점 연리가 걸음을 늦추어 뒤에서 따라오는 것을 눈치챘다. 주변을 휘둘러보고 사정을 알아챈 주원은 흠흠 헛기침을 하고는 손을 뒤로 돌려 뒷짐을 졌다. 그리고는 살짝 한 손을 펴 보였다. 그를 본 연리가 어리둥절한 표정으로 주원을 올려다보았다. 시선이 마주치자 주원이 눈짓하며 손을 까딱해 보였다.

얼떨결에 주원의 손에 손가락을 살며시 갖다 대자, 주원이 그대로 손을 꼭 잡았다. 놀란 연리가 반사적으로 손을 빼려 했지만 주원은 아프지 않게 손에 힘을 주어 짐짓 모른 척 걸음을 옮겼다. 주위 사람들이 볼까 조바심이 난 연리는 얼른 등 뒤로 가까이 다가가 말했다.

"놓아주세요. 이러시면……."

혹여나 기녀를 집까지 끌어들인다는 좋지 않은 소문이 돌까 걱정한 연리는 애가 탔으나 주원은 아무렇지 않다는 듯 당당하게 걸었다.

"자꾸 그러시면 손잡고 있는 것이 다 보일 겁니다."

능청스레 충고까지 해가며. 뭐가 문제냐는 듯 가까이 끌어당기는 손짓에, 처음에는 당황하던 연리였지만 결국 환한 웃음이 번졌다. 그렇게 앞뒤로 선 두 사람은, 옷자락에 숨긴 맞잡은 두 손으로 서로를 느끼며 기분 좋은 아침을 걸었다.

마침내 대문에 이르자, 둘은 아쉬웠지만 손을 놓을 수밖에 없었다. 어느새 달려온 행랑아범이 금방이라도 문을 열 수 있게 충실하게 서 있는 탓에, 연리와 주원은 여느 때보다 따뜻한 시선을 주고받는 것으로 만족했다. 언제나 반듯하던 주원의 눈빛에서 이전보다 훨씬 더 풍부한 감정이 느껴졌다. 마음이 간질간질하면서 동시에 벅찼다. 이게 정말 꿈이 아닌 걸까? 연리는 애정을 담뿍 담아 방긋 웃어 보였다.

예쁜 미소를 본 주원의 눈빛이 티 나지 않게 흔들렸다. 안 되겠다. 아무래도 이대로 보내기는 아쉬웠다. 주원은 이미 완곡하게 사양한 연리에게 억지로라도 아침을 먹고 가라고 이를 참으로 입을 떼었다.

쾅쾅쾅!

주원이 말을 하기도 전에 난데없는 문 두드리는 소리가 요란하게 울려 퍼졌다. 대문 앞에서 대기하고 있던 행랑아범이 의아한 표정으로 소리쳤다.

"누구요?"

"주인마님 도착하셨습니다!"

대문을 단숨에 뛰어넘는 우렁찬 목소리에 분주히 오가던 하인들의 걸음이 뚝 멈추었다. 그러고는 십수 명이 순식간에 대문 가까이 몰려들어 질서 정연하게 늘어섰다.

"아이구!"

행랑아범이 순박한 웃음을 지으며 얼른 빗장을 풀었다. 화들짝 놀란 연리가 뒷걸음질 쳐 하인들 틈에 섞이려는데, 주원이 손을 뻗어 제 옆에 세웠다. 연리가 다급한 얼굴로 주원을 올려다보는데, 끼익 소리가 나며 거대한 대문이 활짝 열렸다.

"주인마님!"

반가움이 담긴 행랑아범에게 고개를 끄덕이는, 강인한 인상의 중년 사내가 안으로 들어섰다. 눈매가 날카로워 상냥해 보이지는 않았으나 강단이 있어 보였다. 사내는 훤칠한 얼굴에 위엄이 있고 진중한 풍채를 지닌 사람이었다. 무엇보다, 곧게 뻗은 코와 귀가 주원과 닮아 부자 관계임을 여실히 보여주고 있었다. 도열한 하인들을 찬찬히 훑은 그의 시선이 곧 주원에게 멈추었다. 주원이 한 걸음 앞으로 나서 고개를 숙이며 말했다.

"아버님."

존경과 신뢰가 깃든 목소리였다. 사내가 다가와 주원의 어깨에 손을 얹었다.

"상한 곳은 없느냐."

"없습니다. 염려 놓으십시오."

"다행이구나."

사내가 옅은 미소를 띠고 점잖게 말했다. 주원의 어깨를 두어 번 토닥인 사내는 곧이어 주원 바로 뒤에 선 연리에게 시선을 주었다. 허리를 숙이고 선 하인들과 다르게, 주원과 함께 엉겁결에 고개를 들고 있던 연리가 머뭇거렸다. 뭐, 뭐라고 말해야 하지?

"아버님."

주원이 연리에게 한 걸음 다가서며 말했다. 사내의 시선이 주원에게로 옮겨갔다.

"제 목숨을 구해준 분입니다."

주원의 말에 놀란 듯 사내의 눈이 크게 떠졌다. 사내는 주원과 연리를 번갈아 보다가, 연리에게 말을 건넸다.

"내 아들을 구해주었다니, 마땅히 감사를 해야겠구려."

"아…… 아닙니다. 마땅히 해야 할 일을 했을 뿐입니다."

"한데 이리 아침부터 주원이를 찾아온 걸 보면 꽤 가까운 사이인가 보오. 어느 댁 규수인지……."

사내가 유심히 눈을 빛내며 물었다. 연리가 난처해하는 찰나, 주원이 쓱 끼어들어 상황을 무마했다.

"아버님, 오시느라 피곤하셨을 터인데 안으로 드시지요. 그 일은 나중에 제가 상세히 말씀드리겠습니다."

주원을 물끄러미 쳐다본 사내가 이내 고개를 끄덕였다.

"하면, 살펴 가시오."

사내가 인사를 건네자 연리도 얼결에 고개를 숙여 예의를 갖추었다. 고개를 든 연리에게 고개를 끄덕여 인사를 받은 사내가 사랑채로 걸음을 옮겼다. 그 뒤를 몇몇 하인들이 따라가고, 나머지는 자신의 위치로 돌아갔다.

"가시지요."

주원이 다가와 얼굴을 마주 보며 말했다. 갑작스레 주원의 부친을 본 터에 놀란 연리가 말했다.

"부친께서는 정오에 오신다고 들었는데……."

"제가 걱정되어 조금 빨리 오셨나 봅니다."

주원은 대수롭지 않다는 듯 어깨를 으쓱했다. 연리는 혹여나 제가 잘못 보이지는 않았나 걱정하며 옷매무새를 살폈다. 면경, 면경을 다시 보고 왔어야 하는 건데! 연리는 몹시 안타까워하며 도톰한 입술을 살짝 물었다. 어느새 고운 하얀 뺨이 복숭앗빛으로 물들어 있었다.

그 모습을 빤히 바라보고 있던 주원은 소리 죽여 웃었다. 얼굴만 봐도 무슨 생각을 하는지 알 것만 같아, 그 모습이 더할 나위 없이 사랑스럽게 느껴졌다. 주원은 아까처럼 보드랍고 여린 손을 잡으려 한 걸음 앞으로 다가섰다.

"자네!"

손님방 쪽에서 걸어온 석윤이 크게 주원을 부르며 다가왔다.

"아버님 오셨다면서?"

어깨가 결리는지 어깨를 주무르며 다가온 석윤이 연리에게 눈짓으로 인사를 해 보였다. 연리도 석윤에게 가볍게 마주 인사를 하자, 석윤이 씩 웃으며 주원에게 말을 건넸다.

"새벽부터 자넬 옥에서 집까지 모셔온 이 벗은 내버려 두고, 이 아침부터 뭘 하나?"

석윤이 넉살 좋게 말하며 주원에게 어깨동무를 했다. 아쉬움을 접고 오갈 곳 없어진 손을 원위치로 돌려놓은 주원이 대답했다.

"비원에 항아님을 바래다 드리고 오겠네. 먼저 아버님 뵈러 가 있어. 좀 있다가 사랑으로 갈게."

"그러지 뭐. 아버님도 꽤 오랜만에 뵈니 그간 쌓인 회포나 풀어야겠어."

대수롭지 않다는 듯 승낙한 석윤이 이내 고개를 슬쩍 기울이며 주원에게 은근히 속삭였다.

"어때, 잘했지? 내 자네가 도착하자마자 항아님을 뵙고 싶어 할 거라 생각해 모셔다 놨는데."

연리의 깜빡이는 눈에 드리운 길고 고운 속눈썹을 바라보며 주원이 단호하게 말했다.

"오늘부터 제갈공명이 조씨라고 해도 믿을걸세."

푸하하! 석윤이 한껏 유쾌한 소리로 크게 웃었다. 갑작스러운 포복절도에 어리둥절한 연리가 설명을 요하는 눈빛으로 주원을 바라봤지만, 주원은 아무 일도 없다는 듯 태연한 얼굴로 석윤의 어깨를 탁 치고는 연리에게 나가자며 손짓해 보였다.

"조심히 가십시오! 앞으로도 자주 뵙지요."

배를 그러안은 석윤이 입가에 웃음을 매단 채로 손을 흔들어 보였다.

"아, 연의에게도 안부 전해주십시오. 주원이와 항아님이 워낙 가까워 보이니, 앞으로 저는 연의와 어울려야겠습니다."

석윤은 장난기 어린 음성으로 지나가듯 말을 던졌다. 연리가 저 말이 진심일까 아니면 그저 농일까 가늠하는 사이, 어느새 석윤은 사랑채를 향해 멀어져 갔다.

"그럼, 가실까요."

주원이 손을 내밀어 보였다. 연리는 잠깐 멀어져 가는 석윤에게 머물러 있던 시선을 거두고 주원을 돌아보았다. 저에게 내밀어진 손이 얼굴만큼이나 준수했다. 다만 수려한 얼굴과는 다른 느낌으로, 균형 있게 길게 뻗은 손가락 덕에 주원의 손은 누구보다도 늠름했다.

이 손은 이제 온전히 내 것일까. 연리는 가만히 시선을 올려 주원을 바라보았다.

시선이 마주치자 주원이 눈을 휘며 다정하게 웃음 지었다. 연리는 손을 뻗어 주원의 손을 살며시 잡았다. 따뜻하게 닿아오는 손길이 포근했다.

자연스럽게 마음이 편안해지고 다시 한 번 기분 좋은 두근거림이 시작되었다. 제 보폭에 걸음을 맞추는 주원과 나란히 걸으며 마침내 연리는 확신했다. 틀림없이, 이제 이 사내는 내 것이라고.

꽃을 노니는 나비처럼 가녀린 손과 팔이 가볍게 날았다. 날씬하게 뻗은 다리는 옷에 가려 보이지는 않았으나, 풍성한 옷자락이 부드럽게 곡선을 그리는 것으로 보아 가히 절경임이 분명했다. 사뿐한 한 걸음 한 걸음마다 여체(女體)의 아름다움이 꽃잎처럼 만개하기 시작했다.

둥근 어깨에서 섬세한 손끝까지 이어지는 선이 더할 나위 없이 황홀했다. 배경에는 가야금 선율이 풍부하게 흐르고, 음악과 하나 된 춤사위가 관중들의 시선을 남김없이 앗아갔다. 그 순간, 또 다른 여체가 하늘하늘 매력을 뽐내며 찾아들었다. 조금은 빠른 움직임으로 공기를 가르는 하얀 손이 불빛을 받아 매혹적으로 빛났다. 보일 듯 말 듯 얇은 천 여러 겹을 덧대어 만든 치마가 휘날리며 아찔한 경치를 선사했다. 화려하지만 가볍게 차려입은 옷자락이 유연하게 휘날릴 때마다 신체가 슬쩍슬쩍 드러나며 보는 이들의 애간장을 태웠다. 전자가 우아한 춤사위라면, 후자는 고혹적이라 할 수 있을 것이었다. 보는 이들의 취향은 각각으로 갈려, 마침내 좌중의 시선은 거의 절반 대 절반으로 나뉘어 여체들을 탐닉했다.

두 대의 가야금이 사뭇 다른 느낌의 곡을 연주했으나 절묘하게도 둘은 잘 녹아들어 완벽한 합주를 만들어냈다. 그에 따라 두 여체도 합을 맞추어 환상적인 묘무를 선보였다. 한쪽은 바람에 흩날리는 눈송이를 탄 선녀의 아름다움이요, 한쪽은 취기 오른 미녀가 흘리는 유혹적인 아름다움이었다.

점점 속도가 빨라지고, 두 여체가 마치 하나인 듯 속도를 올려 합무를 추었다. 마침내 좌중은 우아와 고혹을 구분해 내지 못할 정도로 하염없이 빠져들었다. 지금까지 이렇다 할 춤을 구경하지 못한 자들은 믿지 못하겠다는 듯 눈을 비비거나 입을 헤 벌리고 정신없이 구경할 정도였다. 수많은 기루에 들락거려 어느 정도 견문이 있는 자들은 애써 헛기침을 해대며 점잖은 척했으나, 눈은 날아다니는 두 여체에 영락없이 못 박혀 있을 따름이었다.

모두들 정신을 빼앗겨 있을 때, 빠르게 퉁겨지던 현이 어느 순간 절정을 울리며 끝을 맺었다. 동시에 두 여체도 사뿐히 동작을 마무리 지었다. 음률을 느끼지 못하고 멍하니 두 여인만 바라보고 있던 자들이 그제야 퍼뜩 망상에서 깨어나며 열심히 박수를 쳤다. 환호 소리와 함께 하룻밤을 노골적으로 청하는 휘파람 소리도 섞여 들려왔다. 하나 약속이라도 한 듯이 두 여인은 눈길조차 주지 않고 상석으로 돌아갔다.

"과연 내 보배로다."

상석에 앉은 능양군이 왼쪽에 앉은 모란의 어깨를 끌어안았다. 부끄럽다는 듯 수줍은 미소를 띤 모란이었으나, 은근하게 안겨드는 양이 이미 익숙한 관계인 듯 보였다. 오른쪽에 놓였던 수자를 들어 잔을 채우자, 그를 들어 단숨에 들이켠 능양군이 오른쪽에 앉은 연리를 흘깃 바라보았다.

"네 재주는 날로 일취월장하는구나. 못하는 게 없어."

"과찬이시옵니다."

연리가 눈을 내리깔며 부드럽게 대답하자, 진한 웃음을 띤 능양군이 약하게 입매를 비틀며 말했다.

"셈속에도 밝으면 좋으련만. 여인은 고집이 너무 세면 매력이 없는 법이다."

"새겨듣겠사옵니다."

회심의 일격에도 연리는 태연하게 웃어 보일 뿐 이렇다 할 반응을 보이지 않았다. 빈정이 상한 능양군은 짧게 혀 차는 소리를 내었다. 그는 곧 여봐라는 듯 왼쪽으로 몸을 돌려 모란을 품에 안았다.

　"가보아라."

　서른 명이 넘게 함께한 큰 주연에는 새로 보는 이의 면면도 눈에 띄었다. 능양군은 그들 중 아무나를 향해 거만하게 턱짓했다. 요사이 모두의 연심을 사로잡는 일인자는 단연 연리였다. 때문에 당연하게도 그 누구도 연리에게 섭섭하게 대하지 않았다. 오히려 어찌하면 말이라도 한 번 더 나눠볼까, 어찌하면 제게 미소라도 보여줄까를 고민하며 전전긍긍 애쓰는 사내들이 태반이었다. 따라서 모르는 이들이 보기엔 능양군의 태도가 자못 연리의 자존심을 건드리는 것이 아닌가 걱정할 정도로 냉담했다. 안 보는 척 힐끔거리고 있던 사내들은 능양군이 연리에게 거만하게 턱짓하자 안타까운 마음이 들어 너 나 할 것 없이 연리의 반응을 살폈다.

　"편히 즐기시옵소서."

　하지만 정작 본인은 아무렇지 않게 웃어 보이는 것이었다. 연리는 공손하게 말을 건넨 후 고운 자태로 일어났다. 조금만 수가 틀리면 앙탈을 부리는 다른 동기나 기녀들과는 다른 모습이었다. 기루의 여인이라기보다 양갓집 규수와도 같은 음전한 모습은 사내들의 정복욕에 불을 지폈다. 그에 반한 뭇 사내들이 더욱 마음을 끓였음은 물론이요, 무엄하게도 능양군에게 야속한 심정을 품을 정도였다.

　하나 안타까움에 입맛을 다시던 사내들은 곧 우르르 들어오는 십수 명의 기녀들과 함께 만찬에 빠져들었다. 산발적인 악기 소리, 술 붓는 소리, 기녀들과 사내들의 웃음소리가 섞인 왁자지껄한 축제였다. 마침내 밤에도 해가 뜬 것 같이 밝다는 불야성이 이루어지고, 일 년 중 가장 휘황찬란한 잔치가 시작되었다.

"소녀가 시중을 들어도 되올는지요?"

들썩대는 좌중을 가로질러 다가간 연리는 능양군이 가리켰던 한 젊은 선비의 옆에 서서 물었다. 선비는 고개를 들지도 않은 채 술잔을 집어 들며 대답했다.

"그러지."

한 끗발 한다는 벼슬아치들이 차지하고 앉은 상보다는 좀 한미한 태가 났다. 한 해가 가기 전 마지막으로 능양군이 주최하는 만찬이라 그러한지, 난다 긴다 하는 자들은 물론 어찌 눈에 들어보려는 자들까지 죄다 모인 자리였다. 주요한 이들 십수 명은 이렇게 따로 상을 차려놓고, 나머지 자들은 옆방에 따로 상을 차려놓았다. 이 방에 앉아 있을 정도면 그래도 대우받을 위치는 된다는 것인데.

동기 한 명이 옆에서 술을 따르고 있다가 연리가 다가오자 냉큼 눈을 빛냈다. 별 볼 일 없어 보이는 자보다 비단옷을 입고 재물깨나 있어 보이는 자에게 눈도장을 찍어보겠다는 심산이었다. 이미 자자하게 명성을 날리는 연리야 누구 곁에서 시중을 들든 문제가 없겠지만, 자칫 끈 떨어진 뒤웅박 신세가 될 팔자는 오늘 밤이야말로 기둥서방을 구할 수 있는 마지막 기회였다. 간절한 표정을 해 보이는 동기를 향해, 연리는 웃음을 지으며 고개를 끄덕였다. 그러자 동기는 살았다는 얼굴로 안색을 확 펴고선 쏜살같이 자리를 떴다. 연리는 그 자리에 옷자락을 갈무리해 앉으며 슬쩍 반대편을 건너다보았다.

석윤과 함께 반대편에 앉아 있던 주원이 줄곧 이쪽을 보고 있었는지 눈을 마주쳐 왔다. 나란히 앉은 그들 사이에는 연의가 끼어 석윤과 이야기를 나누고 있었으나, 어느새 주원 곁에는 소희가 붙어 재잘대며 말을 걸고 있었다. 연리는 소희를 본 순간 자신도 모르게 부루퉁한 표정을 지었다. 쟤는 왜 저기 있는 거야? 휙 고개를 돌려 보니 모란은 능양군에게 안겨 애교를 떨고 있었다. 보나 마나 모란이 꾸민 짓일 터였다. 연리의 마음을 아는지 모르는지 주원이 미소를 보냈다.

빙긋 녹는 듯한 웃음에 연리는 잠시 기분이 좋아졌지만, 주원이 잡은 잔에 술을 따르는 소희를 보자 다시 기분이 아래로 곤두박질쳤다. 물론 저건 주원이 원해서 그런 것도, 소희를 좋아해서 그러는 것도 아니란 건 알지만 싫은 건 싫은 거였다. 능양군의 심술만 아니었으면 연의처럼 저 자리에 앉아 재미있게 연회를 즐길 수 있었을 텐데. 능양군 때문이기는 하여도 다른 이성의 곁에 앉아 있는 것은 자신 또한 매한가지였지만, 결국 연리는 속 좁은 행동이란 것을 알면서도 살짝 토라져 고개를 돌리고 말았다.

"따르올까요?"

연리가 잠자코 주자를 집어 들며 묻자 선비가 건성으로 고개를 끄덕였다. 연리는 잔에 술을 따르며 생각했다. 점잖은 걸 보니 경위 없는 자는 아니겠구나. 선비는 시끄럽게 떠들며 간혹 옆에 앉은 기녀들을 끌어안는 다른 사내들과는 달리, 연리가 챙기는 시중을 군말 없이 받으면서 간간이 근처의 자들과 이야기를 나눌 뿐이었다. 덕분에 연리는 마음 놓고 주원 쪽을 살필 수 있었다.

연리는 숙련된 솜씨로 선비를 챙기면서 주원을 주시했다. 연의와 석윤은 무엇이 그리도 재미있는지 웃음을 터뜨리며 이야기를 나누고 있었고, 주원도 그들과 어울리고 있었다. 옆에 앉은 소희가 제게로 시선을 끌려 열심히 말을 걸었지만 주원은 예의 있게 대답만 해줄 뿐 별 반응을 보이지 않았다. 쳇바퀴를 돌듯 계속되는 상황에 소희는 짜증이 나는 모양인지 얼굴이 조금씩 붉어지고 있었다. 정작 주원은 소희를 신경도 쓰지 않는 모양이었지만. 마음이 놓인 연리는 아까보다 훨썬 기분이 나아져 그들을 향한 시선을 거두었다.

어느새 만찬은 파장을 향해 무르익어 갔다. 연리는 빈 잔을 채우며 옆에 앉은 말수 적은 선비를 바라보았다.

'특이한 사람이네.'

여기 앉아 있는 것이나 품위로 볼 때는 신분이 낮은 자는 아닌 것 같은데, 옷차림이나 술상을 보면 그다지 화려해 보이지 않았다. 거사의 중역들과도 말을 섞기는 했지만 주로 담소를 나누는 자들은 평범한 지위의 자들이 더 많았다. 무례한 자가 아니라 편하긴 하지만. 연리는 속으로 의문스럽게 중얼거렸다.

'뭐 하는 사람일까?'

중요한 사람이면 내가 모를 리가 없는데. 거사에 합류한 지 얼마 안 된 사람인가? 연리가 고개를 갸웃하던 찰나, 옆에 앉은 자와 이야기를 나누던 선비가 무심코 고개를 돌렸다. 엉겁결에 정면으로 시선이 마주치자, 연리는 혹여나 선비가 불쾌해할까 싶어 얼른 시선을 내리깔았다.

"송구합니다. 소녀가 실례를……."

"괜찮네."

고개 들지. 선비는 별 신경 쓰지 않는다는 듯 무심하게 대답했다. 연리는 살짝 고개를 들어 호기심 어린 눈빛으로 그를 다시 응시했다. 선비가 술잔을 집으며 말을 건넸다.

"그래, 그대가 바로 비원에서 명성이 자자하다는 동기라지? 능양군께서도 총애하는 듯 보이고 말이야."

아까 뛰어난 춤사위도 잘 보았네. 비아냥거리는 어조는 아니었으나, 놀랍게도 보통의 다른 이들처럼 선망이 아닌 무관심한 어조였다. 연리는 의아하게 느끼면서도 얌전하게 대답했다.

"어여쁘게 보아주시니 감사할 따름이지요. 연이라 하옵니다."

잔을 들어 술을 넘기던 선비는 눈을 굴려 자신을 소개하는 연리의 낯을 보았다. 옆에 앉은 후 처음으로 정면을 자세히 보는 것이었다. 사내에게 궁금증이 일었던 연리도 불손해 보이지 않게 조심스럽게 그와 눈을 맞추었다.

평범하기 그지없는 얼굴. 오가며 보았다 해도 기억하지 못할 법하다. 깔끔한 인상이긴 했으나 이렇다 할 특징은 없었다. 능양군이나 김경징, 김류 같은 자들과도 인사 몇 마디를 제외하곤 딱히 교류하지는 않는 듯했다. 하긴, 중요한 인물이었다면 진즉에 능양군이 자리를 마련했을 것이었다. 누군가의 자제쯤 되나 보지 뭐. 그렇게 결론지은 연리는 선비에게 가진 흥미를 접었다.

그러나 선비는 그렇지 않은 모양이었다. 시선이 마주치자 조금 놀란 듯 커진 눈이 똑똑히 보였다.

"이름이 뭐라고?"

서둘러 잔을 내려놓은 선비가 물었다. 조금 거친 듯한 동작이 갑작스러웠지만, 연리는 순순히 대답했다.

"연이라 합니다."

"본명인가?"

"예?"

뜻밖의 말에 연리는 멈칫하며 되물었다. 왜 물어보는 거지? 하지만 사내는 속을 알 수 없는 표정으로 대답을 종용했다.

"기녀들은 본명 대신 기명을 쓴다 하던데. 그대도 그러한가?"

"그러하온데……."

이름을 묻는 자는 있어도 본명이냐 묻는 자는 처음이었다. 연리는 갑자기 떠오른 경계심을 숨기며 유심히 선비를 살폈다.

"본명이 뭔가? 혹 집은 어디인지 물어도 되겠나?"

"방침상 손님들께 개인적인 것은 알리지 않습니다."

어겨도 딱히 문제가 될 것은 없는 방침이었지만, 그렇다고 사실대로 밝힐 수야 없는 노릇이었다. 그것도 난생처음 보는 낯선 이에게는 더더욱. 거리를 두는 태도로 정중한 거절의 답을 내놓자, 선비가 아차 하는 얼굴로 말했다.

"아니, 자넬 난처하게 하려는 건 아니었네. 그저……."

왠지 모르게 황급한 어조였다. 연리가 조금 미간을 좁히며 말에 귀 기울이려는 찰나, 곧 순라군의 순찰을 미리 알리는 종소리가 어렴풋이 들려왔다. 한창 시끌시끌하던 만찬도 끝을 향해 달리고 있었기에, 새로 들어온 기녀 몇몇이 파장을 알리자 아쉬움을 토로하면서도 다들 자리를 정리하는 분위기였다. 연리는 아직도 묘한 눈빛으로 저를 보는 선비를 향해 말을 건넸다.

"만찬이 끝난 모양이에요. 나리께서도 이만 일어나셔야 할 것 같습니다."

선비는 무어라 더 말을 이으려는 듯 입을 벙긋했지만, 잠깐 망설이더니 입을 다물었다. 연리는 그가 하다 만 말이 무엇이었는지 궁금했으나 아무렇지 않은 척 고개를 숙였다.

"살펴 가세요. 오늘 모시게 되어 즐거웠습니다."

선비는 여전히 묘한 눈빛으로 저를 볼 뿐 붙잡지는 않았다. 연리는 곧 자리에서 물러났다. 썰물처럼 사람들이 방을 빠져나갔다. 개중에는 사내를 부축하여 사라지는 동기들도 있었다. 모란이 술에 취한 능양군을 모시고 스쳐 갔다. 일부러 자신을 향해 여봐란 듯 픽 웃음을 흘리며 지나가는 모란이 우스워 연리는 간신히 터지려는 웃음을 눌러 참았다. 하나도 안 부러운데. 사라지는 모란의 뒷모습을 보며 작게 중얼거린 연리는 복도에서 눈을 돌려 연의를 찾았다.

마침 반대편 복도로 향하던 연의가 고개를 두리번거리다 연리를 발견했다. 연리는 돌연 긴장감이 덮쳐 오는 것을 느끼며 얼른 연의에게 다가갔다.

"어떻게 할 거야?"

"글쎄……. 나는 그냥 사실대로 말씀드릴래. 그리고 도와달라고 하지 뭐. 다른 방법도 없구."

넌 어쩌게? 연의가 호기심 어린 눈으로 웃었다. 짓궂은 입매가 평소 같았으면 즐거워 보였겠지만 지금은 꽤 난처했다. 연리는 너무하다는 표정을 지으며 연의와 아옹다옹했다.

"왜 그래! 너 지금 나 놀리는 거지?"

"야아, 내가 뭘? 그냥 어떻게 할 건지 묻기만 했는데!"

억울하다는 표정으로 항변하던 연의는 쿡쿡 필사적으로 웃음을 참으며 외쳤다. 따라서 웃음이 터진 연리도 실없는 웃음을 지으며 다짐하듯 말했다.

"나도 사실대로 말할……."

"어, 공자님이다!"

말을 끝내기도 전에 연의가 꺅 탄성을 질렀다. 그래, 꼭 성공하고 내일 만나! 한쪽 눈을 찡긋해 보인 연의는 곧 문 근처에 선 석윤과 주원을 향해 달려갔다. 그리고는 석윤에게 무어라 속닥이며 자신과 주원을 가리켜 보이고는, 석윤을 끌고 반대편으로 사라지는 것이었다. 처음 보는 석윤의 당황해하는 표정이 꽤 유쾌하게 느껴졌다. 그가 가까이 다가오기 전까지는.

연리는 어느새 사람들을 헤치고 눈앞으로 다가온 주원을 어색한 표정으로 맞이했다. 그, 그래. 난 사실대로 말할 거야. 이런 건 거짓말하면 안 되는 거잖아? 하지만 반듯한 그의 얼굴을 마주하니 도저히 입이 떨어지지 않았다. 연리는 마른침을 삼키며 애꿎은 치맛자락만 구겨 쥐었다.

"오늘도 잘 끝났습니까?"

웃는 낯으로 다가온 주원이 물었다.

"그, 그럭저럭이요."

연리는 반사적으로 서둘러 외쳤다.

아, 망했어. 연리는 입술을 잘근 깨물었다. 목소리가 고르지 않고 들쑥날쑥 튀어 이상하다는 것을 눈치챘을 것이다. 혹시 연의가 말한 걸 옆에서 들었을지도 모른다. 민망함이 배가되는 것 같아 연리는 땅이라도 파고 들어가 숨고 싶었다.

"무슨 일이 있었습니까?"

역시나 주원은 눈치가 빨랐다. 연리의 태도가 평소와 사뭇 다른 것을 눈치챈 주원이 부드럽게 어르듯 말하며 한 발짝 더 다가왔다.

"왜요. 제게 말 못 할 일입니까."

감미로운 눈빛을 한 그가 고개를 갸웃했다. 연리는 주원이 제가 할 말을 알고 있는지, 아니면 아예 모르는 것인지 가늠해 보기 위해 열심히 그의 표정을 살폈다. 들었나? 아님 못 들었나?

"아."

갑자기 알았다는 듯 주원이 고개를 끄덕였다. 연리는 침을 꿀꺽 삼키며 긴장된 얼굴로 다가온 주원을 마주했다.

"아까 일로 기분이 상하셨나 봅니다."

아까 일? 뜻밖의 말에 연리는 잠시 기억을 뒤졌다.

"그 여인에겐 하나도 마음 주지 않았으니 걱정하지 마십시오."

아, 소희 말이구나. 연리는 진지하게 말하는 주원이 우스워 살며시 입꼬리를 올렸다. 제 입매를 본 주원이 한결 마음을 놓은 듯 잔잔하게 웃었다. 글쎄, 그건 이미 알았지만. 공연히 장난기가 돋은 연리가 얼른 다시 입꼬리를 내리고 입을 삐죽였다.

"그걸 제가 어떻게 믿어요. 아까 보니 소희가 공자님께 바짝 가까이 앉아 있던데요."

"사실인데."

주원이 짐짓 난처한 척하며 더 가까이 다가왔다. 치맛자락을 쥔 연리의 손을 가볍게 풀어내 잡은 주원이 수려한 얼굴로 한 번 더 웃어 보였다. 아마 이 사내는 제 용모가 뛰어나다는 것을 잘 알고 있음이 틀림없다.

'그렇지 않고서야 매번 이렇게……'

순간 연리는 흔들릴 뻔했으나 꽉 정신을 붙들었다. 연리가 토라진 얼굴로 가만히 있자 주원의 표정이 정말로 곤란하다는 듯 바뀌었다.

"정말 기분 상하셨습니까? 하지만 그건 능양군께서 지시하셔서 어쩔 수 없었습니다."

그랬지, 나도 그랬으니까. 하지만 연리는 쩔쩔매는 주원의 모습이 보고 싶어 일부러 표정을 풀지 않았다. 조금만 방심했다간 웃음이 터져 나올 것 같아 연리는 몰래 이까지 앙다물었다.

"몰라요. 그래도 속상한걸요."

흠. 곤란하다는 듯 약하게 눈썹을 찡그린 주원이 다른 손으로 맞잡은 손을 쓰다듬으며 말을 이었다.

"어떡하면 그대 마음이 풀리겠습니까?"

짙은 밤색 눈이 빤히 시선을 맞추어왔다. 더없이 진지한 모습에 연리는 비어져 나오는 미소를 참지 못하고 장난이었다 고백하려 했다. 하지만 그 순간, 반짝하고 절묘한 생각이 떠올랐다.

"제 청 하나만 들어주세요."

눈을 깜빡이며 말하자, 잠깐 멈추었던 밤색 눈이 곧 의아한 빛을 띠었다.

"청이라면, 어떤."

"그게……."

됐다! 자연스럽게, 민망하지 않게 말을 꺼낼 궁리를 하던 찰나에 아주 좋은 수였다. 연리가 한 번 심호흡을 깊게 하고 말을 이으려던 찰나였다.

"잠깐만, 나 좀 보세."

등 뒤에서 낯선 목소리가 들렸다. 연리는 의아한 얼굴로 뒤를 돌았다.

"물을 것이 있네."

아까 만찬 자리에서 시중을 들었던 선비였다. 바로 제 앞에 멈춰 선 그는 뭐라 표현하기 모호한 표정이라, 연리는 이자가 왜 저를 따라왔는지 알아차릴 수 없었다.

"무슨 일이시온지……."

선비의 시선이 주원과 맞잡은 손에 머물렀다. 왜인지 그 시선이 신경 쓰인 연리는 슬며시 손을 놓았다. 물론 그 순간 주원이 묘한 표정을 한 것은 알아차리지 못한 채였다.

"내 이름은 김군석이라 하네."

"네?"

다짜고짜 이름을 말하는 갑작스러운 행동에 연리는 당황한 표정을 지을 수밖에 없었다.

"내 형님께서는 김 천 자, 석 자이고."

"어찌 그런 함자를 제게 말씀하시는지요."

연리는 그제야 어렴풋이 알 것 같았다. 선비는 아마도 가문을 무기로 자신의 환심을 사려는 모양이었다. 별로 가문에 기대어 여인을 꾈 사내로는 보이지 않았는데. 연리는 꽤 자신 있다 여겼던 자신의 안목이 틀린 것에 아쉬움을 느꼈다. 그나저나 난다 긴다 하는 벼슬아치들의 이름은 대부분 들어 아는 자신에게 영 낯선 이름인 걸 보니, 권세가라거나 그다지 높은 벼슬에 있는 가문은 아닌 것 같았다.

"모르는 이름인가? 하면 이것은? 내 아버님 함자는 김……."

"실례되는 줄은 압니다만."

주원이 이어지려는 말을 부드럽게 끊었다.

"제가 이분과 긴한 이야기를 나누던 중이라서요. 시급한 일이십니까?"

정중하지만 딱딱한 말투로 주원이 물었다. 그에 멈칫한 선비가 연리와 주원을 번갈아 보았다.

"그런…… 것은 아니오만. 한데 그대는 누구시오?"

선비가 경계하는 투로 물었다.

"이 여인 기둥서방입니다만."

주원이 한 치의 망설임도 없이 툭 말을 던졌다. 놀란 듯 일그러진 표정의 선비와는 대조되게 주원은 뻔뻔하게도 태연한 얼굴이었다. 연리는 화끈 얼굴이 달아올라 자신을 향하는 두 사내의 시선을 피했다.

"……실례했소이다."

연리가 아무 부정하는 말도 없자, 선비는 사과의 말을 남기고선 멀어져 갔다. 복도 반대편으로 걸어가는 선비의 뒷모습을 바라보고 섰던 주원은 그의 모습이 사라지자 천천히 고개를 돌렸다.

"그럼."

이젠 익숙해질 법도 한데. 연리는 또다시 달아오르고 만 얼굴을 식히려 손부채질 했다. 주원이 아기 새처럼 파닥이는 연리의 손을 잡아 내리며 그윽하게 말했다.

"그 청이란 게 뭔지 들어볼까요?"

❖

"다들 앉아라."

곰방대를 입에 문 매향이 하나둘 들어오는 동기들을 향해 손짓했다. 일과를 마치고 이제야 휴식을 취하나 싶던 차에, 뜬금없이 모두 모이라는 소식을 들어 동기들은 어리둥절한 얼굴이었다. 어느새 스무 명의 동기들이 모두 자리를 찾아 앉자, 매향이 만족스럽게 강당 전체를 둘러보았다.

"그래, 수련을 시작한 지도 시일이 꽤 흘렀구나. 이젠 다들 어엿한 기녀 태가 나는 것도 같고."

오랜만의 소집도 그렇고, 스승님이 이 늦은 밤에 오실 정도면……. 매향의 말에 어렴풋이 이어질 말을 짐작해 낸 동기들이 반짝 눈을 빛냈다. 설마 오늘 수련 결과를 발표하시려는 걸까? 열띤 소녀들의 목소리가 소곤소곤 들불처럼 번져 나갔다.

누가 예기일까? 내가 기녀 언니들한테 들었는데, 저번엔 삼분지 일 정도만 예기가 됐댔어! 뭐? 그럼 안 되는데! 난 지금 십 위란 말이야.

재미있다는 듯 떠드는 동기들의 말을 듣고 있던 매향이 곰방대를 내려놓으며 눈을 빛냈다. 관록 있는 퇴기인 매향은 사냥감을 잡은 범처럼 여유 있는 태세로 동기들을 훑었다. 그 모습에 흥분하여 떠들던 동기들이 눈치를 보며 입을 다물자, 매향이 픽 웃음을 흘렸다.

"보아하니 짐작들은 하고 있는 모양이구나."

꿀꺽. 바늘 떨어지는 소리도 들릴 정도로 묘한 흥분을 품은 침묵이 강당을 채웠다. 매향의 손짓 하나, 눈짓 하나에 신경을 곤두세우고 있던 동기들은 곧이어 매향이 밖을 향해 손짓하자 일제히 시선을 돌렸다.

밤낮없이 자리를 지키고 있던 점수판들이 줄줄이 계집종들의 손에 들려 들어왔다. 초반에는 하루에도 서너 번 점수를 세며 비교해 보기 일쑤였지만, 점점 연회에 참석하여 진 빼는 나날이 많아지자 대부분은 점수 헤아리기를 잊은 지 오래였다. 재빨리 기억을 더듬으며 제가 몇 점을 얻었는지 떠올려 보는 소녀, 이미 체감상 예기는 글렀다며 머리를 감싸며 좌절하는 소녀 등 제각각이었다. 빠뜨리지 않고 하루에 한 번씩 점수를 헤아리며 순위를 파악해 두었던 모란만이 어깨를 쫙 펴고 기세등등하게 앉아 있었다.

이윽고 계집종들이 열 개의 점수판을 순서대로 늘어놓았다. 모두의 눈길이 제일 선두에 선 판으로 집중되었다. 붓으로 적힌 점수가 판이 보이지 않을 정도로 빼곡하니 들어찬 판 두 개가 선두에서 우열을 다투고 있었다.

"이미 눈치챈 듯하니 자세히 설명하지 않아도 알겠지. 오늘부로 두 번째 수련을 종료한다. 그리고 지금까지 얻은 점수를 합산해 순위를 매길 것이야."

우와! 누군가의 기대 만발한 탄성이 곳곳에서 터졌다. 흐뭇하게 웃은 매향은 곧 곰방대를 쫙 펴 가리키며 나무판에 적힌 점수들을 세기 시작했다.

정(正) 자로 적힌 점수를 따라 곰방대가 흔들릴 때마다 동기들의 시선도 따라 움직였다. 마침내 막상막하를 다투는 선두의 판 두 개를 정산한 매향이 흥미롭다는 표정으로 장부에 점수를 기록해 넣었다. 그리고는 곧이어 나머지 판들의 점수도 꼼꼼히 세어 적기 시작했다.

이각쯤 되었을까. 그리 길지 않은 시간임에도 소녀들은 도저히 못 참겠다는 듯한 표정이었다. 이리저리 몸을 비틀며 힐끔힐끔 장부를 훔쳐보려 목을 빼기도 했다. 그럴 때마다 어허, 나지막한 소리로 주의를 주던 매향은 마침내 기록을 마치고 붓을 내려놓았다. 반짝이는 눈들이 죄다 자신을 뚫어져라 바라보고 있자, 매향은 뿌듯함을 느끼며 목소리를 가다듬었다.

"너희가 이렇게 수련에 열과 성을 다했으니 스승으로서 흡족하기 그지없구나. 뭐, 지금까지 스승이랍시고 가르친 게 없기는 하지만…….그거야 정식 기녀가 되면 새로운 스승들이 생길 테니!"

약간은 아쉬운 듯 모두를 둘러보던 매향이 진하게 웃으며 즐거운 듯 목소리를 높였다.

"일전에 말했다시피 상위 점수를 얻은 아이들은 예기가 될 것이요, 나머지는 화기가 된다. 이번에는 너희 스무 명 중 약 삼분지 일 정도 되는 여섯 명만이 예기로 배속될 것이다."

여섯 명? 너무 적잖아! 운명을 결정지을 말과 동시에 좌중에서는 투덜거림이 터져 나왔다. 그에 조용히 하라는 듯 시선을 보낸 매향이 말을 이었다.

"나머지는 모두 화기가 될 거고, 예기와 짝을 지을 나머지 여섯 화기는 예기가 직접 정하는 것으로 한다. 기억하지? 예기를 마음에 들어 하는 손님이 하룻밤을 주문할 때, 화기가 대신 그 수청을 든다고."

상세한 내용을 잊은 동기가 있을까, 매향이 친절히 사실을 되짚어 주자 동기들이 고개를 끄덕였다. 그중 아직 이해가 가지 않은 한 소녀가 잽싸게 손을 들고 질문했다. 그럼 예기는 평생 수절을 지키는 건가요? 소녀의 질문에 기특하다는 듯 미소 지은 매향이 칭찬했다. 그래,

모르는 것이 있으면 그때그때 질문하도록 해라. 나중에 기녀가 되어서도 모르는 것보다 훨씬 나으니.

"그렇지는 않아. 기녀가 어디 비구니인 줄 아니? 보통 화기들은 손님들의 수청을 자의적으로 든다. 그렇다고 아무나 함께 밤을 보내는 건 비원의 격을 떨어뜨리는 짓이니 미리미리 유의하거라."

잘 들어두라는 듯 매향이 곰방대를 피우며 천천히 말했다.

"하나 예기는 달라. 하룻밤을 원하는 손님이 있으면 짝인 화기가 대신 수청을 든다. 이는 예기가 대접할 손님이 대부분 지체 높으신 나리들이나 왕족이기 때문이다. 신분 높으신 분들을 대접할 때 치정 싸움으로 얽히면 훗날 일이 어떻게 될지는 너희도 어렴풋이 알겠지?"

매향의 눈길이 허리를 곧추세우고 앉은 모란에게 머물렀다. 으쓱해진 모란이 태연하게 매향의 눈길을 받아냈다. 앙다문 붉은 입술, 고양이같이 날카로운 눈매를 훑은 매향이 곧이어 조금 뒤에 앉은 연리를 향했다. 흐트러짐 없이 바른 옷차림을 하고 담담히 눈길을 받아내는 연리를 뜯어본 매향이 속으로 웃음을 흘렸다. 고것 참, 볼수록 특이한 아이란 말이지.

"예기가 모시는 손님들은 주로 높으신 분들이니 수청 드는 분이 정해져 있을 게야. 보통 한 명일 게다. 높으신 분들은 제 여인을 남과 공유하길 원치 않으시니까 말야. 하니 예기는 그분만의 수청을 들고, 혹여 다른 분이 수청을 청하시면 짝인 화기에게 넘겨야 한다. 그리고 그 화기는 일정 기간 그 한 분만의 수청만을 받아야 하는데, 이는 훗날 있을지 모를 불미스러운 일을 방지하기 위함이야. 알아들었느냐?"

긴 매향의 말이 끝나자, 동기들은 알쏭달쏭하면서도 이내 고개를 끄덕였다. 연리는 말을 새겨 넣으면서 생각했다. 아무래도 보통 기루와 다를 수밖에 없겠지. 드나드는 사람들의 신분을 보면 멀리 생각하지 않아도 이해가 갔다. 능양군 같은 거물급 인사가 여럿인데, 기녀들이 동시에 수청을 받았다가는 혼란의 도가니가 될 게 뻔하니 말이다.

뭐야. 화기도 한 분만 모신다며? 처음이랑 말이 다르잖아. 소곤대는 목소리로 누군가 투덜거렸다. 애는, 넌 그럼 화기가 평생 딱 한 분만 모시는 줄 알았어? 그럼 그게 양갓집 규수지 기녀겠니.

퉁명스레 곁에 앉은 소녀가 면박을 주자, 아쉬운 듯 우는 소리가 뒤따라 들려왔다.

"화기가 된다고 그리들 실망할 것 없다. 내 말하지 않았느냐? 우리 비원은 한양 최고의 기루라, 노류장화처럼 아무 손님의 수청이나 다 드는 게 아니라고. 수청은 어디까지나 너희들 자의적으로 드는 거니 풀 죽지 말아라."

오히려 패물 얻어내기에는 화기가 훨씬 유리할 게다. 높으신 분들은 체통 때문에 직접 패물을 지니고 다니시진 않거든. 웃으며 매향이 달래듯 말을 던지자, 풀 죽어 있던 소녀들 몇이 눈에 띄게 생기를 되찾았다.

그럼 됐어, 난 뭐니 뭐니 해도 패물이 좋거든. 맞아, 맞아! 분위기가 살아나자 매향이 곰방대로 앞에 놓인 서안을 탁탁 소리 나게 쳐 시선을 집중시켰다.

"좋아, 그럼 이제 예기 자격을 얻은 아이들을 발표하마!"

호명된 사람은 앞으로 나오너라. 매향의 말이 떨어지자 모든 소녀들이 숨을 멈추고 이어질 결과를 기다렸다.

"모란, 소희!"

우아아! 강당에 부러움으로 가득 찬 목소리들이 울려 퍼졌다. 일위로 불린 조는 단연 모란의 조였다. 모란은 으스대며 일어나 점수가 빼곡히 적힌 제 판 옆으로 가 섰다. 두 번째 수련 점수는 모시는 손님의 신분에 따라 더 높게 받는다고 했으니, 매일 능양군을 모시다시피 한 모란의 일 위는 모두들 이견이 없어 보였다.

남은 건 이제 네 명. 초조하게 소녀들은 다음 호명을 기다렸다.

"연리, 연의!"

우와! 곳곳에서 탄성이 터져 나왔다. 그동안 모란과 함께 선두를 달렸으며, 그림이면 그림, 춤이면 춤 기녀로서 모든 방면에 뛰어난 재주를 보였던 연리였다. 오늘 아까 전 연회에서도 높으신 양반 나리들의 지명을 한 몸에 받지 않았는가. 게다가 동기들 중 제일 먼저 기둥서방을 만든 이력 덕분에 연리의 명성은 더욱 자자했다. 때문에 동기들은 아쉬움을 감추지 못하면서도 자연스레 결과를 받아들였다.

연리와 연의가 모란과 소희 곁에 서자, 매향은 나머지 두 명의 예기 후보를 불러내었다.

"소윤, 미화!"

제 이름들이 불리자 두 소녀가 깜짝 놀라더니 기쁨의 비명을 질렀다. 주변 소녀들이 그런 두 소녀를 향해 부러움 반, 시기심 반 섞인 야유를 보냈다. 모란과 연리의 조가 워낙 선두를 달리며 각축을 벌였기에 나머지 조들과는 큰 차이가 났다. 따라서 나머지 여덟 조가 근소한 차이로 엎치락뒤치락하는 형세였으므로, 소윤과 미화 두 소녀는 간발의 차로 예기가 된 것이었다. 둘이 입을 다물지 못하고 함박웃음을 지으며 앞으로 나가 섰다.

"축하한다, 이제 너희 여섯 명이 새 예기가 될 것이야."

매향이 웃으며 짧게 축하를 건넸다. 매향의 말로 그제야 생생하게 실감이 난 앞에 선 여섯 소녀는 서로 포옹하며 기쁨을 나누었다. 매향은 나머지 열네 명의 소녀들에게 화기가 되었다 이르고는, 특별히 더 갖춰야 할 점과 앞으로 더 유의해야 할 점을 설명해 주었다.

"그럼, 이제 드디어 기녀 수련의 마지막 단계를 알려주어야겠구나."

매향은 열네 명의 소녀들에게 며칠 뒤 이루어질 시험이 있다며, 각자 제일 뛰어난 재주를 준비토록 해 기녀의 자질을 알아보겠다 일렀다. 노래, 춤, 악기 등 그 어떤 재주라도 가능하며 심지어는 장난스레 주량과 방중술(房中術)도 허한다 말하는 바람에 강당에는 약간의 소란이 일었다.

알림 사항이 끝나자, 매향은 나머지 동기들에게 각자 방으로 돌아가도 좋다 허락했다. 시원섭섭한 기녀 수련이 거진 끝났음을 아쉽게 여긴 열네 명의 소녀들은 그간의 일을 재잘재잘 떠들며 폭풍같이 강당을 나갔다.

"자, 그럼 예기 후보인 너희 여섯에게도 마지막 수련을 알려주어야겠구나."

화기가 될 동기들을 남김없이 내보낸 매향이 여섯 소녀들에게 가까이 오라 손짓하며 말했다.

"어, 아까 말씀하신 수련과 다른 건가요?"

모란, 연리의 조보다 훨씬 들떠 있던 소윤이 황급히 물었다. 아슬아슬하게 예기가 된 지라 혹여나 모란과 연리네 조에 떠밀려 탈락하게 될까 봐 걱정하는 모양새였다. 매향은 긴장한 듯한 소윤의 머리를 쓱쓰다듬어 주고는 고개를 끄덕였다.

"너희는 앞으로 예기가 될 몸. 당연히 다를 수밖에 없지."

"그럼 저희는 어떤 걸……."

연리의 옆에 서 있던 연의가 조심스럽게 물었다. 뿌듯하게 여섯 명을 하나하나 뜯어보고 있던 매향이 연의의 물음에 시선을 떼고는 흠흠 헛기침을 했다. 그런데 뜸을 들이는 매향의 입가에는 곧이어 진한 미소가 떠올라, 일순 여섯 소녀들은 서로 어리둥절한 시선을 교환했다.

"마지막 수련으로, 너희는 화초를 올릴 것이다."

청천벽력 같은 단어에 여섯 소녀들은 입을 쩍 벌렸다. 너무나 갑작스러운 말이라, 찰나의 정적 속에 가장 먼저 정신을 차린 모란의 목소리가 또랑또랑하게 울렸다.

"그럼 다른 애들은요? 저희가 먼저 하는 건가요? 상대는요?"

소희가 민망한 눈빛으로 모란의 옆구리를 찔렀다. 잠깐 짜증스럽게 그녀를 흘겨본 모란이 작게 답했다. 왜 그래? 기녀가 되려면 머리를 올려야 한다는 것 정도는 알고 있었을 거 아냐?

행수를 고모로 두고 어려서부터 기루에서 지냈던 모란은 기녀의 생리에 대해 잘 알고 있었다. 정식으로 기녀가 되려면 사내와의 하룻밤을 통해 머리, 즉 화초를 올려야 한다는 것도. 하지만 한 번도 들어보지 못한 바는 아니지만, 기녀 수련의 마지막 단계가 화초일 줄은 몰랐던 터라 다른 소녀들에겐 꽤 갑작스러운 일이었다.

"다른 아이들은 화기가 될 것이라 머잖아 자연스럽게 머리를 올릴 것이다. 하나 너희는 예기가 될 것이니, 미리 좋은 손님을 골라 너희들의 뒷배가 되어줄 사내의 손으로 화초를 올려야 한다."

매향이 혼란스러운 소녀들을 쭉 훑으며 딸을 보는 듯한 온화한 미소를 지어 보였다.

"예기가 되면, 너희에게는 좀 더 수준 높은 교육과 물품들이 지급될 거다. 행수께서도 예기에게 들어가는 투자는 아끼지 말라 하셨거든. 무슨 뜻인지 알겠지?"

되묻는 목소리는 자상하면서도 더없이 진중했다.

"너희들의 인생을 위해서도, 이 비원의 건실함을 위해서도 꼭 좋은 사내를 골라보도록 해라."

시일은 앞으로 삼 일 주겠다. 그 안에 너희 여섯은 한 명도 빠짐없이 화초를 올려야 한다. 그렇지 못하면 화기로 강등될 것이야.

무심한 듯 나머지 사항을 알려주고, 매향은 잘해보라며 한 명씩 어깨를 두드려 주고는 자리를 떴다. 매향이 나가고 강당에 덩그러니 남은 소녀들은 서로의 눈치를 보고 섰다가, 주춤주춤 생각 많은 머리를 이고 각자의 방으로 돌아갔다.

연리와 연의도 방으로 돌아와 취침을 위해 소세를 하고 옷을 갈아입었다. 모란을 빼고는 미리 예상조차 해보지 않았던 터라 나머지 아이들도 꽤 싱숭생숭한 모양이었다. 연리는 도무지 어찌해야 할지 감이 잡히지 않아 혼란스러울 따름이었다.

'화초를 올려? 사내와 밤을 보내야 한다고?'

지아비도 아닌 사내와 어떻게……. 연리는 옷을 갈아입다 말고 얼굴을 손에 묻었다. 생각할수록 한숨만 절로 나왔다. 그렇다고 화초를 못 올리면, 당장에 화기로 떨어질 게 분명했다. 행수가 예기로 올려주겠다 한 약속을 들먹인다 해도, 그건 점수가 낮아도 감안해 주겠다 한 뜻이었지 아예 화초를 올리지 못한 기녀 따윈 가능할 리가 없었다.

연리가 이러지도 저러지도 못하는 깊은 고민에 빠져 있을 때, 자리옷으로 갈아입은 연의가 뒤에서 안겨왔다.

"무슨 생각해?"

"그냥 좀……."

연리가 풀 죽은 목소리로 중얼거리자, 연의가 알겠다는 듯 콧소리를 내며 웃었다.

"마지막 수련 때문에 그러는 거지? 걱정돼?"

"응."

연리가 고개를 들어 근심 가득한 얼굴로 연의를 마주했다. 연의는 연리 옆에 앉아 어깨동무하며 골똘히 생각하는 표정을 지었다.

"하긴, 나도 우리가 예기가 된 건 정말 기쁘지만……. 마지막 수련이 화초를 올리는 것일 줄은 생각도 못 했어. 갑작스럽긴 하다."

갑작스러운 정도가 아냐, 난 지금 벼락이라도 맞은 기분이라구. 연리가 차마 소리 내 하지 못한 말을 삼키며 울상 지었다. 어떻게 기녀가 될 생각을 하면서 이런 중차대한 걸 떠올리지 못했을까!

능양군과 거사에 집중하느라 화초에 관한 일은 생각도 못 했다. 그리고 예기로 만들어준다는 말 때문에 수청 드는 일을 피할 수 있겠다만 생각했지, 사내와의 첫날밤이 필요할 줄은 생각해 보지도 않았던 것이다.

"근데 넌 걱정할 필요 없잖아."

"응?"

연리가 무심코 대답하며 연의를 보았다. 연의는 고개를 갸웃한 채 자신을 뚫어져라 응시하고 있었다.

"그냥 네 서방님께 말씀드리면 되는 거 아니야? 나도 그냥 조 공자님께 부탁드리려고 했는데."

"뭐?"

불에 덴 듯 연리가 소리쳤다.

"깜짝이야!"

난데없이 귀를 괴롭힌 소리에 연의가 황급히 귀를 막았다.

"뭘 그렇게 놀라? 당연히 서방님께 부탁드려야지! 안 그래? 그럼 다른 사내를 생각했던 거야?"

"그, 그런 건 아닌데!"

다른 사내라니! 연리는 세차게 고개를 저었다. 그래, 분명 다른 사내들보단 공자님이 낫겠……. 아니, 내가 지금 무슨 생각을 하는 거야! 연리는 제가 중얼거린 말에 놀라 날카로운 비명을 질렀다.

"아이, 참!"

연의가 왜 그러냐는 듯 눈살을 찌푸리며 다시 한 번 귀를 막았다.

'안 돼, 안 된다고! 정말로 밤을 보낼 수는 없어!'

설사 누가 목 앞에 칼을 들이민다 해도, 혼인도 하지 않은 몸으로 사내와 밤을 보내는 일은 절대 할 수 없을 것 같았다. 기녀로 생활하며 사내들에게 거짓된 웃음을 흘리고 가무를 선보이는 일은 그렇다 쳐도, 그런 일까지 정말로 할 수 있을 리 없었다!

연리는 심각하게 고민한 나머지 당장 기루에서 뛰쳐나가 애린이 사는 집으로 들어갈까 하는 생각마저 들었다. 그래, 이제 거사도 거의 막바지에 다다랐으니 어쩌면 내가 없어도 잘할 수 있지 않을까?

연리는 강당으로 들고 갈 이불 위에 누워, 한참 고민하다가 팔다리를 휘둘러 팡팡 소리를 내며 이불 때리기를 반복했다. 그를 지켜보던 연의는 도무지 이해할 수 없다는 표정으로 절레절레 고개를 흔들었다. 얘, 나가자 나가. 바닥에 쓰러져 있는 연리의 등을 찰싹 때린 연의는 이불을 들어 올리고는, 발버둥 치는 연리를 잡아끌고 잠자리를 펴기 위해 강당으로 걸음을 옮겼다.

'이번 한 번만, 정말 정중하게, 오해하지 않게 부탁하는 거야.'

이틀 밤을 새우며 머리가 터져라 고민한 결과 연리는 주원에게 부탁하는 것 외에는 별 도리가 없다는 사실을 인정했다. 그렇지만 아직 여전히 큰 난관은, 자신이 주원을 좋아하긴 했지만 그렇다고 해서 밤까지 함께 보낼 수는 없다는 데 있었다. 지금까지 형성되어 온 가치관이 그래서는 아니 된다 열심히 경고를 보내고 있었다. 정말 평생을 기녀로 살 작정이라면 모를까, 언젠가는 다시 궁으로 돌아가야 하는데 어떻게 그럴 수 있겠는가! 그래서 이제 연리는 머리를 싸매고 고민했다.

첫째, 어떡하면 함께 밤을 보내지 않고도 화초를 올릴 수 있는가? 둘째, 어떻게 이를 주원에게 설명할 것인가? 밥을 먹다가도, 청소를 하다가도, 잠을 자다가도 꼬박 이틀을 고민한 결과 연리는 마침내 한 가지 답을 찾아냈다.

제가 아는 주원은 절대 기녀와 하룻밤을 함께 보낼 사람이 아니었다. 성품도 그렇고, 술과 여인도 즐기지 않는 성미이니. 서로 연모하는 사이이긴 하지만 제가 만약 부탁한다 해도 주원은 제게 손끝 하나 대지 않을 것이었다.

따라서 연리는 주원에게 있는 그대로 사실을 털어놓고, 그저 딱 하루만 저와 함께 한 방에서 밤을 새워줄 것을 부탁하기로 마음먹었다. 그렇게 한 후 머리만 올리면 사정을 알지 못하는 다른 이들은 저와 주원이 함께 밤을 보냈다 여길 터였다. 말만 그렇게 하면 사실인지 거짓인지 누가 알 텐가?

'그래, 그렇게 하자. 그렇게 하는 거야, 이연리!'

연리는 제 손을 잡은 주원을 잡아먹을 듯한 태세로 열심히 노려보았다. 마음속으로 필사적으로 같은 말을 외치느라 연리는 제가 주원을 그런 눈빛으로 보고 있다는 것을 알아차리지도 못하고 있었다. 청이 무어냐 물었는데 답은 않고 풀어져라 보고만 있는 연리를 보고 주원은 수상하다는 듯 눈을 굴렸다.

"이상하군요."

얼굴을 식히겠다며 손을 파닥일 때만 해도 평소와 다르지 않은 모습이었는데. 갑자기 예민한 새끼 고양이처럼 바짝 긴장한 연리의 눈빛을 피하지 않으며 주원이 툭 말을 걸었다. 연리는 그 목소리에 화들짝 놀라 숨을 들이켰다.

"뭐, 뭐가요?"

"청이 있다 하기에 무엇인지 물었을 뿐인데, 어찌 갑자기 저를 노려 보시는 것인지."

"제가요?"

주원의 말에 연리는 공연히 속을 들킨 것처럼 뜨끔했다. 연리가 되 묻자 주원이 고개를 끄덕이며 찬찬히 제 얼굴을 살폈다.

"무슨 중대한 청인가 봅니다."

어서 말해보시지요. 흥미가 동한다는 목소리로 주원이 말했다. 눈 이 반짝거리는 것이 제가 망설이는 것을 재미있어 하는 듯했다. 연리 는 눈을 질끈 감았다. 여기서 더 망설이면 우물쭈물하다가 결국엔 아 무 일 아니라며 주원을 돌려보낼 것만 같았다. 연리는 눈을 번쩍 뜨고 는 잡힌 손을 풀고, 도로 주원의 손을 꼭 잡았다.

"여기선 말씀드리기 어렵구요, 잠시 자리를 옮겼으면 해요."

"어디로……."

연리는 주원의 말이 끝나기도 전에 주원을 끌고 뛰었다. 얼결에 주 원은 지나가는 사람들과 가볍게 부딪칠 때마다 사과를 건네며 연리의 손에 끌려갔다. 큰 건물의 복도 모퉁이를 거의 두 번이나 꺾어 뛴 연리 는 마침내 건물의 깊은 안쪽 방 앞에 도착해서야 간신히 멈추었다.

모두들 만찬이 끝나고 비원을 나서는 터라 건물은 허전했다. 더구 나 깊은 안쪽에 있는 방이라 멀리서 웅성거리는 소리만 들려올 뿐 주 위는 고요했다. 주원은 주위를 살피다 방문 앞에서 숨을 고르고 있는 연리에게 의아하게 물었다.

"여기서 말씀하시겠단 말입니까?"

왜 굳이. 주원이 고개를 갸웃했다. 잠깐 숨을 고른 연리는 될 대로 되라는 심정으로 벌컥 눈앞의 방문을 열었다.

"아뇨, 여기서요!"

주원이 뭐라 대답하기도 전에 연리는 주원을 방으로 밀어 넣었다. 떠밀려지듯 주원이 방으로 들어가자마자 연리는 저도 방 안으로 후다닥 들어가고는 문을 탁 닫았다.

크지도 작지도 않은 방 안은 따뜻했고, 근사한 병풍과 자기 등으로 꾸며져 보기 좋은 미관을 자랑했다. 한쪽에는 술과 약간의 다식, 물이 놓인 소반도 놓여 있었다. 얼떨결에 방의 경관을 살펴보던 주원은 아랫목에 잘 펼쳐진 비단 금침을 본 순간 고개를 돌려 말했다.

"항아님, 장소를 잘못 찾으신 것 같습니다. 여긴 누군가의 침소인 듯한데……."

주원이 몸을 돌려 문 쪽으로 다가오려 하자, 연리는 빠르게 도리질하고서 말했다.

"바로 보셨어요."

"예?"

주원이 도통 영문을 모르겠다는 얼굴을 하고 뚫어져라 시선을 보냈다. 연리는 시선을 발치로 떨어뜨리며 더듬더듬 입을 열었다.

"제, 제가 기녀 수련에 통과하여 정식 기녀가 되었어요."

"정말입니까? 잘된 일이군요."

감축드립니다. 주원이 수고했다는 듯 웃으며 다가왔다. 연리는 슬쩍 반걸음 뒤로 물러나 주원을 피했다. 그를 알아차린 주원이 멈칫하며 다가가던 걸음을 멈추었다.

"그런데, 정말로 기녀가 되려면 꼭 해야만 하는 일이 있어요. 저 혼자 힘으로는 할 수 없는 일이라, 불가피하게 공자님께 청을 드려야만 해서요."

"말해보십시오."

대체 무슨 일이길래 이렇게 망설이는 걸까. 주원은 미심쩍은 표정으로 등 뒤의 비단 금침을 흘깃 살폈다.

"그, 그, 그러니까⋯⋯."

"그러니까."

주원은 참을성 있게 기다렸다. 어쩐지 말을 꺼내는 것조차 힘겨워보여, 주원은 어르듯 부드럽게 말하며 연리가 그 청이란 것을 꺼내길 기다렸다.

"공자님께서 제 화초를 올려주셔야 해요!"

연리는 두 눈을 꼭 감고 소리쳤다. 목소리가 두 단계는 족히 높아져 새된 소리가 튀어나왔다. 창피해 죽을 것 같았다! 연리는 곧이어 찾아든 정적에 파묻혀서 연기처럼 사라져 버리길 기도했다.

연리는 말없이 잠잠한 주원의 태도에 더욱 몸 둘 바를 몰랐다. 어찌할 수 없어 제 입으로 내뱉기는 했지만 정말 맨정신으로는 할 수 없는 말이었다. 연리는 구석에 놓인 술을 통째로 입안으로 쏟아붓고 싶다고 간절히 생각했다.

"농이 지나치십니다. 그럼 저는 바빠서 이만⋯⋯."

묘하게 빨라진 목소리로 주원이 명백한 거절을 말하고는 앞으로 다가왔다. 연리는 주원이 손을 뻗어 문을 열려는 것을 감지하고는, 후다닥 문을 등지고 막아서서 외쳤다.

"안 돼요!"

고개를 번쩍 들고 외치자 주원이 한 손을 들어 문을 열려던 지세 그대로 멈춰 있었다. 연리는 온몸으로 문을 막은 채 누가 쫓아오기라도 하는 듯 술술 말을 이었다.

"저, 이런 말씀 드리는 게 정말 예의가 아니란 건 알아요. 하지만 이

일을 해내지 못하면 저는 예기가 될 수 없어요. 그동안 예기가 되려고 정말 노력했는데, 그래서 드디어 그 자격을 얻었는데 오늘 화초를 올리지 못하면 모든 게 물거품이 되고 말아요."

연리는 부끄러움과 간절함이 뒤섞인 심정으로 열심히 주원에게 설명했다.

"하는 척만 해주시면 돼요! 음, 이 방에서 주무셨다가 날이 밝으면 나가시기 전에 제 머리만 올려주시면 돼요! 아니다, 머리도 제가 할게요! 그냥 비녀만 꽂아주시면 돼요!"

연리는 소맷자락에 숨겨온 예쁜 비녀까지 꺼내 보이며 열성적으로 말했다. 절대 이상한 걸 요구하지도 않으며, 그럴 생각도 없고, 오늘 밤 이 방에선 전혀 아무 일도 없으리란 것을!

하지만 주원은 묘한 얼굴로 연리의 얼굴에서 비녀로 시선을 옮기기만 했을 뿐, 무어라 말을 하지 않았다. 예쁜 밤색 눈동자가 자신을 빤히 바라보는 것이 느껴지자 연리는 점차 주눅이 들었다.

그래, 역시 이건 미친 짓이었어. 연리는 열심히 들어 보인 비녀를 차차 내리며 시선도 함께 방바닥으로 떨어뜨렸다.

연리는 마음속으로 이런 바보 같은 짓을 한 자신에게 열 번도 넘게 자책을 퍼부었다. 공자님이 얼마나 날 이상하게 생각할까. 궁녀라는 사람이 제 입으로 화초를 올려달라 얘기하질 않나, 억지로 방에 밀어넣지를 않나! 게다가 바르기 그지없는 사람에게 기녀와 밤을 보냈단 얘기를 듣게 만들려 하다니! 그냥 기루 생활은 청산하고 애린이네 집으로 나가야겠다. 기루에서 살지 않고 일하러 오가는 기녀도 있다던데 행수님께 부탁해 봐야겠어. 연리는 주원이 나가고 나면 저 구석의 술 한 병을 그 자리에서 몽땅 비워 버리고 기절해 버리겠다는 심정으로 입을 열었다.

"죄송합니다, 제가 실언을······."

하지만 말이 끝나기도 전에 손에 쥔 무엇인가가 빠져나갔다. 연리는 반짝 고개를 들었다. 가지고 있던 비녀가 빠져나가 주원의 손에 들려 있었다.

"처음부터 그리 말씀하시면 될 일을, 무어 그리 고민하셨습니까."

주원이 비녀를 요리조리 살피며 말했다. 그의 말에 화색이 돈 연리가 흥미롭다는 듯 비녀를 살피는 주원의 안색을 살폈다. 다행히도 그는 입술을 조금 물고 있다 뿐이지 별다른 기색은 보이지 않았다. 곧 주원이 안쪽으로 걸음을 옮겼다. 연리는 환한 얼굴이 되어 얼른 주원을 따라갔다.

주원이 금침에서 조금 떨어진 곳에 자리를 잡고 앉았다. 연리는 얼른 옆에 놓인 농에서 방석 두 개를 꺼내 하나는 주원에게 놓아주고, 나머지 하나는 맞은편에 깔고선 그 자리에 앉았다. 주원은 그런 연리를 유심히 바라보고 있다가 피식 웃음을 흘렸다.

"재미있네요. 대체 무슨 청이길래 이리 말을 못 하시나 하였습니다."

다행히 주원은 기분이 나쁘다거나 무례하다고는 생각지 않는 모양이었다. 연리는 속으로 안도의 한숨을 내쉬었다.

"그래서 이건 어떻게 하면 되는 겁니까?"

주원이 손에 든 비녀를 들어 보이며 물었다. 아! 연리는 눈을 반짝이며 하나로 땋아 늘어뜨렸던 제 머리칼을 앞으로 넘겼다. 끝에 매인 댕기가 팔랑이며 뺨을 간지럽혔다. 연리는 긴 머리칼을 잡아 둥글게 말아 보이며 말했다.

"제가 머리를 이렇게 만들면, 그때 비녀로 고정시켜 주시면 돼요."

혼인한 여인의 쪽을 찐 머리처럼 머리를 말아 보이자, 물끄러미 바라보고 있던 주원이 이해했다는 듯 고개를 끄덕였다. 됐다! 제 설명이 성공한 듯 보이자 연리는 속으로 쾌재를 불렀다. 이제 된 거야! 어느새 신이 나 경쾌한 손길로 머리를 도로 펴서 등 뒤로 넘기는데, 연리는 주원의 눈길이 아직 움직이고 있는 제 손에서 떠나지 않는다는 걸 알아차렸다.

순간 연리는 인적 없는 주위와, 조용한 이 방에 주원과 자신 단둘만이 오롯이 있음을 인지했다. 그것을 머리로 떠올리자마자 제게 머무는 눈길이 갑작스레 민감하게 느껴졌다. 연리는 갑자기 이리저리 눈을 굴리다, 뻣뻣해진 손길로 머리를 정리하고는 발딱 자리에서 일어났다.

그제야 주원이 손에서 시선을 떼고 고개를 들어 눈을 맞추어왔다. 마주친 눈은 평소와 그다지 다를 것 없어 보였지만 어쩐지 계속 그 눈길을 받고 있으면 어색해질 것만 같았다. 그냥 여기서 아침까지 시간만 보내면 되는 건데, 왜 스스로 긴장하고 있는지 모를 일이었다. 연리는 혹여 실수라도 할까 봐 침을 꼴깍 삼킨 후 재빨리 소반이 있는 방 한쪽으로 달려갔다.

"저기, 제가 담근 술인데 한번 드셔보시겠어요?"

연리는 주원의 대답을 듣기도 전에 소반을 들고 와 내려놓았다. 의외라는 듯 살짝 커졌던 눈이 부드럽게 휘어졌다. 연리는 조용한 주위 때문에 자꾸만 어색해지려는 느낌을 필사적으로 물리치려 했다. 연리는 재빨리 술병을 가리켜 보이며 말했다.

"음, 동기가 되고 나서 얼마 안 되었을 때 만든 건데요. 누구나 다들 기루에 처음 들어오면 각자 술을 빚어 간직한다고 하더라구요. 그래서 특별한 날이나 귀한 손님들께만 대접한다고 해요."

"그렇군요. 처음 들어보는 이야기입니다."

"그렇죠? 저도 기루에 들어오기 전까지는 몰랐어요."

주원이 고개를 끄덕였다. 연리는 평소와 다를 바 없이 대화를 나누는 상황에 마음을 놓았다. 방긋 웃어 보이며 연리는 주원 앞에 놓인 잔에 술을 따랐다.

"제가 좋아하는 과일이 유자라서 그걸로 담가봤어요."

찰랑거리는 투명한 연노랑 액체가 잔을 채웠다. 때아닌 과일 향이 피어나 방 안을 감미롭게 맴돌았다. 다른 건 몰라도 음식 만드는 건 그다지 재주가 없어 여러 번 시행착오를 겪은 끝에 성공한 것이었다. 비록 연의가 옆에서 많이 도와주긴 했지만. 땀과 노력이 수없이 들어간 만큼 결과는 예상보다 훨씬 좋았다. 계절을 그대로 담아낸 향도 일품이었고, 빛깔도 곱고 목 넘김도 무척이나 부드러웠다.

"그걸 만들 때 처음에는 여러 번 실패해서, 결국 제대로 성공할 때까지 대체 뭐가 잘못된 건지 하나하나 다 마셔봤어요. 하도 마셔서 나중엔 연의랑 같이 낮에도 취해 있을 정도였다니까요."

연리는 유쾌한 지난날 기억이 떠올라 명랑하게 웃었다. 그러다 문득, 주원이 저를 주당으로 오해할까 덜컥 걱정되었다. 물론 그 일로 워낙 술을 마신 터라, 의도치 않은 면역이 되어 웬만한 술에는 잘 취하지 않는 것이 사실이긴 하지만.

"그래도 과일주라서 그렇게까지 독한 편은 아니에요."

변명 아닌 변명을 조심스레 덧붙인 연리는 제 술에 대한 평가가 어떠할지 기대에 찬 눈으로 주원을 바라봤다. 연리는 그만큼 제 유자주에 자부심과 애정이 남달랐다. 반짝이는 눈으로 주원이 무어라 할까 열심히 바라보고 있는데 왜인지 주원은 술잔을 들지는 않고 엉뚱한 말을 했다.

"특별한 날이나 귀한 손님들께만 대접하는 술이라고요."

의아했지만 네, 하고 대답하려는 순간 말의 뜻이 이해되기 시작했다. 사실 진짜는 아니지만 알려진 대로라면 오늘은 초야를 치르는 특별한 날이고, 마주 앉은 사람은 서로 마음을 확인한 정인이 아닌가! 연리는 함께 예기가 된 소윤과 미화가 첫날밤을 잘 치러야 한다며 기녀들에게서 얻어온 춘화를 구경하던 모습이 떠올랐다. 너도 볼래? 당연하게 물어오는 말에 자신은 괜찮다며 거절한 터라 춘화가 무엇을 그린 그림인지는 몰랐지만, 어떤 용도로 사용하는 그림인지 모르지는 않았다. 주원의 입가에 연한 웃음이 맺힌 것도 모르고, 연리는 연지에 푹 빠졌다 꺼내진 것처럼 붉게 물든 얼굴로 시선을 피하며 답했다.

"그, 그렇다고 들었어요. 공자님께 어려운 부탁을 드렸으니, 약소하지만 이 정도는 해드려야지요."

연리는 필사적으로 아무렇지 않은 척했다. 연리의 그런 상태를 흘깃 곁눈질한 주원은 짐짓 알았다는 듯 고개를 끄덕이고선 술병을 들었다.

"비록 진짜는 아니지만, 그래도 그대에게 중요한 날이니 그에 맞게 격식을 차리는 것이 좋겠습니다."

연리는 눈을 동그랗게 떴다. 주원은 연리 앞에 놓인 잔에도 술을 따른 후, 병을 내려놓고 제 앞의 잔을 들어 올렸다.

"합환주라 하지요."

연리가 가만 바라보고 있자 주원이 한쪽 눈을 찡긋해 보이며 말했다. 흔한 자기 잔이 혼례식에 쓰이는 근배(졸杯)가 되는 순간이었다. 제가 어색해하는 것을 알고 배려해 주는 듯했다. 연리는 은은하게 웃고 있는 그의 눈을 말끄러미 바라보았다. 긴장하여 어질어질 부산스러웠던 머리가 말끔하게 개었다. 연리는 어느새 밝은 웃음을 환히 띠웠다. 유자주가 담긴 잔을 살짝 잡아 들어 올리니, 주원이 잔을 들어

가볍게 부딪쳤다. 맑게 잔 부딪치는 소리가 울리자 둘은 향기를 담은 술을 가볍게 넘겼다.

적당히 새콤달콤한 유자 맛이 깔끔하게 우러난 술이었다. 연리는 역시나 성공한 술맛에 기쁘게 웃었다.

"어떠세요?"

주원이 비운 술잔을 내려놓으며 음미하듯 한 번 눈을 감았다가 떴다.

"좋은 술이군요. 끝맛이 번잡하지 않고 말끔해 누구나 즐기기에 좋을 듯싶습니다."

대궐에 진상하는 술이라 해도 믿겠습니다. 다정한 말에 연리는 기분이 좋아져 방긋 웃었다. 연의 외에 다른 사람에게 시음을 부탁한 적이 없는지라 주원이 첫 번째였는데, 극진한 칭찬을 받으니 앞으로 영 자신 없던 요리에도 한번 도전해 볼까 하는 생각이 불쑥 들었다.

연리는 생긋 웃으며 병을 들어 주원의 술잔을 한 번 더 채웠다. 그리고 제 앞의 잔에도 술을 따르려는데, 주원이 병을 가져가더니 조심스럽게 잔을 채워주었다. 연리는 기분 좋게 그 모습을 지켜보고 있다가 잔을 들었다. 주원이 연리의 높이에 맞추어 자신의 것을 들어 살짝 부딪쳐 왔다. 찰랑이는 액체의 표면을 바라보며 연리는 망설임 없이 한 잔을 비웠다. 입안에 상큼한 향을 머금으며 잔을 내리는데, 주원의 잔이 그대로인 것이 보였다. 연리는 고개를 갸웃하며 물었다.

"안 드셨네요."

"아, 내일이 새해라 아침 일찍 차례를 지내야 해서요. 혹 정신이 탁해질까 술은 조금만 마시려 합니다."

아까 만찬에서도 마셨던지라. 연리가 안주로 밀어주는 다식을 하나 집은 채, 연리에게도 다식을 내민 주원이 이어 말했다.

"그래도 되겠지요?"

예의 바르게 물어오는 말이 왠지 더 마시고 싶어 하지 않는 것 같이 들렸다. 담금주가 독한 게 아니라 두 잔 가지고는 심한 숙취도 없는데. 연리는 완전히 잔을 내려놓은 주원을 보며 생각했다. 이상하다, 정말 맛있어 하는 것 같았는데. 하지만 싫다는 사람에게 억지로 술을 먹이는 악취미는 없는지라, 연리는 아무렇지 않게 대답했다.

"그럼요."

그래도 처음 꺼낸 술인데, 조금만 더 함께 즐겨주면 좋을 텐데. 조금의 아쉬움을 뒤로하며 연리는 소반을 정리했다.

"그러고 보니 올해도 오늘이 마지막이네요."

새해를 비원에서 맞을 줄은 몰랐다. 그간 적잖은 일이 가득 찼던 터라 한 해가 생각보다 빨리 흘러간 것 같이 느껴졌다. 갑자기 두고 온 모후와 김 상궁, 서궁의 모습과 제 방의 풍경이 왈칵 그리워져 연리는 묘하게 감성적으로 물들어가는 마음을 다독였다.

"그리우십니까."

소반 위를 정리하는 사이, 귀신같이 제 감정을 읽어낸 주원이 등 뒤에서 말을 건넸다. 연리는 정확하게 들킨 제 마음에 놀랐다가 이내 담담하게 말했다.

"그럴 수밖에요."

앉았던 자리를 정리하는 듯, 주원이 방석을 치우는 부스럭거리는 작은 소음이 들려왔다. 연리는 혼잣말하듯 작게 중얼거렸다.

"그래도 내년에는 돌아갈 수 있을 테니까요."

넘어져 쏟아지지 않게 잘 가다듬은 소반을 한쪽 구석으로 밀어두었다. 연리는 굽혔던 무릎을 펴고 뒤를 돌며 분위기를 바꾸려 밝은 목소리로 말했다.

"그럼 내일 아침 일찍 가셔야겠네요. 자리를 보아드릴……."

어느새 주원이 눈앞으로 다가와 있었다. 연리는 예상치 못한 상황에 흠칫 놀라 하던 말을 멈추고 눈을 크게 떴다. 주원은 저를 올려다보는 연리를 가볍게 품에 가두어 안았다. 뜻밖에 주원의 품에 안겨든 연리는 영문을 모르고 눈을 깜빡였다.

"그대가 왜 이곳에 있는지 모르지 않는데, 그래서 언젠가는 궁궐로 돌아가야 한다는 걸 알면서도."

조그만 잔에 가득 찬 정도로 적은 양이었음에도, 진한 유자 향은 어느새 배어든 모양이었다. 저를 감싸 안은 따뜻한 품에서는 쌉싸름한 차향과 함께 은은한 유자 향기가 깃들어 있었다.

"그대를 보내고 싶지 않습니다."

두근. 갑자기 가슴이 벅차게 뛰어올랐다. 가라앉았던 열기가 다시금 온기를 품고 목덜미와 얼굴로 몰려들었다. 북을 울리는 것처럼 가슴이 끊임없이 진동을 전하며 뛰는 것이 느껴졌다. 귓가에 들린 다정한 그의 목소리가 마음속을 파고드는 것 같았다. 연리는 가만히 두었던 팔을 올려 그의 허리를 살며시 안았다.

뭐라 대답해야 할지 몰라서였다. 저도요, 라고 말하는 순간 정말로 궁궐로 돌아가기 싫어질 것 같아서. 그와 헤어지는 것은 상상조차 할 수 없는 고통이겠으나, 줄곧 제가 그리던 미래는 비원이 아니라 궁궐이었으니까. 그래서 연리는 말없이 그를 안아줄 수밖에 없었다.

무거운 겨울이 아닌, 풍성한 가을 향기가 감도는 밤이었다. 달기도 하고 쓰기도 한 유자 향은 얼룩덜룩 뒤섞인 마음을 다독거려 주었다. 얼마간 연리와 주원은 서로의 온기를 담고 있다가, 연리가 먼저 팔을 풀고 몸을 살짝 떼어냈다.

"주무셔야죠."

속삭이는 말에 주원이 천천히 팔을 내렸다. 품에서 나온 연리는 예쁘게 웃어 보인 후 금침으로 다가갔다.

'두 사람 용이긴 한데.'

베개는 두 개였지만 당연히 이불은 하나였다. 연리는 내일 자신보다 훨씬 바쁠 주원을 위해 이불을 양보하고 밤을 새워야 하나 심각한 고민을 시작했다. 새해라고 해도⋯⋯. 어차피 난 낮에 아무것도 안 하니까.

'그래, 난 낮에 자면 되지 뭐.'

그렇게 마음먹은 연리는 고개를 끄덕이고선 주원에게 혼자 결론 내린 생각을 말하려 했다.

"한데 그분은 누구입니까?"

이불은 생각지도 않는 듯 주원이 다가와 물었다. 뜻밖의 물음에 연리는 잠시 말을 이해하지 못해 살짝 눈썹을 찡그렸다.

"누구 말씀이세요?"

주원이 손을 들어 찡그린 연리의 눈썹을 톡 건드렸다. 그의 손길에 얼른 인상을 편 연리가 눈을 굴리며 말했다.

"아까 저와 함께 있을 때 오셨던 분. 이름이 김군석이라 했던 그 사람 말입니다."

"아."

연리는 만찬 자리에서부터 제게 이상한 관심을 보였던 선비를 떠올리며 흥미로운 표정을 지었다. 확실히, 내게 관심이 있어 보이긴 했어. 물론 본명이랑 집을 묻는 걸 보니 다른 사내들이랑은 미묘하게 다른 것 같았지만. 하지만 다가와 형님이나 아버님 함자까지 말하는 것을 보면 그 선비도 뭇 사내들과 별반 다를 바가 없어 보였다. 연리는 빠르게 흥미를 접으며 주원에게 대답했다.

"모르는 사람이에요."

"모르는 사람……."

주원이 제 말을 되풀이하며 시선을 마주했다. 어리둥절한 연리가 시선을 피하지 않으며 빤히 주원을 바라보았다.

"네. 아까 만찬에서 능양군께서 제게 그분에게 가 시중을 들라고 하셔서 처음 뵈었던 분이에요."

"흠."

놀랍게도, 주원이 가볍게 미간을 좁혔다. 무언가 마뜩잖아 보이는 표정이었다. 더더욱 영문을 알 수 없어 연리는 살짝 고개를 기울였다. 주원은 바로 편 연리의 눈썹을 가볍게 쓰다듬다, 부드럽게 손을 미끄러뜨려 얼굴을 감쌌다.

"그대를 마음에 들어 하는 것 같던데요."

놀란 연리는 이리저리 눈을 굴렸다. 얼굴을 감싼 손의 온기가 여실히 느껴져, 도무지 지금 상황이 실감이 나지 않았다.

"그, 그런가 보죠."

연리는 제가 무슨 말을 하는지도 모르고 아무렇게나 대답했다. 별로 중요하지도 않은 그 선비 이야기는 왜 꺼내는 것인지, 그 이야기를 하며 왜 이런 자세를 하고 있는 건지. 연리가 상황을 파악하려 열심히 머리를 굴리는데, 주원이 살짝 입매를 비트는 것처럼 웃었다. 연리는 제가 본 것을 믿을 수 없어 자신도 모르게 입을 딱 벌렸다.

"제 옆에 다른 여인이 앉아 있었다고 기분이 상했다 하시더니, 그대는 제게 다른 사내가 그대를 마음에 들어 한다는 사실조차 숨기지 않는군요."

"그게 무슨……."

오히려 묻지 않았으면 영원히 잊고 지나갔을 일을. 연리는 굳이 먼저 기억을 들춰내어 서운하다는 듯 말하는 주원에게 당황스러움을 감출 수 없었다. 왜 그걸 숨겨야 하는 거예요? 연리는 주원이 이러하는 이유를 도통 몰랐기 때문에 그렇게 화급히 물으려 했다.

그러나 그 순간 주원이 얼굴을 감싼 손에 가볍게 힘을 주었다. 그의 손길에 연리는 턱이 살짝 들려 시야가 올라갔다. 이어 짙은 밤색 눈이 달려들듯 가까워지는 짧은 순간, 불현듯 입술에 제 것이 아닌 뜨거운 온기가 내려앉았다.

연리는 크게 눈을 떴다. 처음도 아닌 입맞춤이었지만 마치 처음인 것처럼 생소했다. 조금의 틈도 없이 맞물린 접촉이 저번과 다른 느낌이었다. 그의 성품처럼 부드러운 입맞춤이 아니라 무언가 화라도 난 것처럼 성급했다. ……화가 났다고? 왜? 머릿속에 반짝 의문이 떠올랐지만, 답을 찾기도 전에 깊게 파고드는 입술에 곧 머릿속이 하얗게 날아가 버렸다. 어느새 시야가 까맣게 닫히고 생생하게 와 닿는 감촉만이 모든 감각을 사로잡았다.

그가 뜨거운 것인지, 아니면 제 온기와 그의 온기가 합쳐져 뜨겁게 느껴지는 것인지 모르겠다. 연리는 가늘게 떨려 자꾸만 어긋나려는 제 입술을 조금의 거리도 허용하지 않겠다는 듯 붙드는 그의 움직임에 주춤주춤 뒷걸음질 쳤다.

발끝에 비단 금침이 가볍게 쓸리는 소리가 났다. 첫 입맞춤 때는 이 정도면 끝났던 것 같은데, 지금은 잦아들기는커녕 점점 더 조급해하는 것 같이 느껴졌다. 생전 처음 맞이하는 생경한 느낌에 연리는 어찌할 바를 몰랐다.

누군가 지금이 싫으냐고 묻는다면 그런 건 아니라고 대답할 것이다. 그런데 정말, 연리는 제가 느끼고 있는 감각을 뭐라고 설명해야 할지 몰랐다. 그저 자꾸만 정신이 까마득해질 뿐이었다. 가슴이 터질 것 같이 세차게 뛰었다. 연리는 움칠움칠 조금씩 뒷걸음질 치다, 어느 순간 다리에 힘이 스르르 빠졌다. 자칫 주저앉을 뻔하던 찰나 주원이 다른 손으로 허리를 받쳐 주었다. 그러나 다정하게 살짝 허리를 끌어안은 손길과는 다르게 움직임은 여전히 격정적이었다. 마침내 연리는 털썩 소리 나게 힘없이 금침 위로 주저앉았다. 다행히 주원이 몸을 지탱해 주고 있어 아픈 충격은 없었다. 하지만 두 명이 함께 주저앉은 충격으로 어느새 연리는 금침 위에 모로 넘어가 있었다.

놀란 연리가 눈을 반짝 뜨자, 위로 올라온 주원이 어느새 다치지 않게 연리의 머리를 받치고 있던 손에 힘을 주어 제게로 끌어당겼다. 이제 성급함은 사라지고 이전처럼 다정함이 가득했다. 연리는 다시 눈을 감았다. 부드러운 입맞춤이 계속되자, 저도 알아차리지 못한 사이 스르르 입술이 열렸다. 기다렸다는 듯이 억세지 않은 부드러운 낯선 감촉이 황홀하게 넘어왔다. 달콤 쌉싸름한 유자 향이 입안을 가득 채워 생경한 감각임에도 거부감 없이 나른해졌다. 아기 새가 창을 두드리는 것처럼, 녹녹한 혀가 가지런한 치아를 톡톡 두드리며 미끄러졌다.

조심스러우면서도 농밀한 입맞춤이 이어졌다. 처음 겪는 상황에 얕은 두려움이 깔렸었으나, 이제는 포근하고 풍부한 무언가에 둘러싸여 보호받는 느낌이었다. 한껏 긴장해 있던 몸에서 조금씩 힘이 빠져나갔다. 어느덧 부드럽게 몸이 풀리자, 연리는 팔을 들어 올려 느낌으로 주원의 몸을 찾았다. 손끝에 따스한 체온이 닿자 연리는 두 팔로 그의 목을 살며시 끌어안았다.

갑작스러운 움직임을 느낀 주원이 멈칫했다. 그러고는 와 닿은 손길이 자신을 밀어내는 것이 아니라 품었다는 것을 알아차렸다. 웃음기를 가득 담아 곱게 휜 주원의 눈이 아주 잠깐 떴였다가 다시 감겼다. 곧,

연리는 코끝에 감돌던 유자 향이 더욱 아찔하게 진해졌음을 깨달았다.

"저를 투기하게 하지 마십시오."

"투기라구요?"

연리가 놀랍다는 듯 목소리 끝을 올리며 맑은 웃음을 터뜨렸다. 짐짓 진중한 어조로 말했던 주원의 입술도 둥근 호선을 그렸다. 연리는 주원과 함께 마루에 앉아 아득한 밤하늘을 올려다보며 말했다.

"공자님께서 그만한 일로 투기라니요."

"투기도 인간의 감정 중 하나일진대, 어찌 제겐 없겠습니까."

주원이 장난스럽게 대답했다. 연리는 키득거리며 주원의 어깨에 얼굴을 기대었다.

"정말, 그분께는 아무 생각도 없다니까요. 공자님께서 말씀하지만 않으셨으면 까맣게 잊었을 거란 말예요."

연리가 탓하듯 핀잔을 주자, 주원이 작게 웃었다. 곧 훤칠하지만 견고한 손이 작고 부드러운 손을 찾아 겹치듯 마주 잡았다. 연리는 찾아든 온기에 기분 좋게 미소 지으며 맞잡은 손에 힘을 주었다. 꼭 감겨오는 손이 든든하게 마음을 채웠다.

"어!"

갓 자정을 넘긴 맑은 밤하늘, 밝게 빛나던 별들 사이로 희끄무레한 것들이 나타나더니 점차 소담스럽게 내렸다. 낭만에 젖은 연리가 탄성을 지르며 맞잡은 손을 들어 눈송이를 가리켰다.

"첫눈이 내리는군요."

주원은 연리가 가리킨 눈이 마당에 떨어져 녹아드는 것을 지켜보며 나직하게 말했다. 연리는 고개를 끄덕이며 곧 소복하게 쌓이려 하는 눈에서 시선을 떼지 못했다. 감성에 젖은 연리의 얼굴을 물끄러미 바라보던 주원은 새하얀 눈꽃 하나가 연리의 이마에 내려앉아 반짝이는 물로 사라지자, 그 위로 부드럽게 입맞춤했다.

가볍게 와 닿는 느낌에 연리가 까르르 웃음을 터뜨렸다. 주원이 따라서 자상하게 웃음 지었다.

"며칠간은 비원에 오지 못할 겁니다. 차례도 지내야 하고, 그 후는 아버님께서 김포로 돌아가셔서 그 전에 몇 가지 집안 대소사를 살펴야 해서요."

"알았어요."

"그렇게 쉽게 허락하시는 겁니까?"

"전 투기하지 않고 너그럽게 허락해 드린 건데요."

"그런 건 조금 투기해도 되는데."

"거짓말."

장난스럽게 말을 끝내자 주원이 소리 내어 웃었다. 그런 주원을 웃음기 담은 눈으로 보던 연리는 작은 눈송이가 주원에게 내려앉은 것을 발견했다. 불쑥 손을 뻗어 주원의 옷깃을 잡은 연리는, 천천히 그를 제 쪽으로 끌어당겼다. 주원은 아무런 저항 없이 연리의 손길에 끌려왔다. 눈이 마주친 순간이었다. 살며시 웃은 연리는, 주원의 입술 위에 내려앉은 눈송이가 녹아내리기 전 그 위로 입을 맞추었다.

"이홍립?"

여러 사람들과 모여 차근차근 계획을 세우던 능양군의 입에서 의문스러운 물음이 던져졌다. 각자 자신이 맡은 사안에 대해 두셋씩 따로 모여 열심히 머리를 맞대고 있던 방 안의 시선이 상석으로 모였다. 멀지는 않았으나 상석에서 조금 떨어진 자리에서 다른 이들의 시중을 들고 있던 연리도 일순 그쪽으로 시선을 주었다.

"예. 거사 시에, 도성으로 군사를 들여 기세를 잡은 후 필히 창덕궁을 점거해야 합니다. 그러려면 무엇보다 훈련도감과 무예청의 인물을 우리 쪽으로 끌어들이는 것이 제일 중요하다고 사료되옵니다. 한데 현재 훈련도감에서 도성과 궁궐의 수비를 총괄하고 있지 않습니까? 하니 그 수장인 훈련대장 이흥립을 끌어들인다면 그야말로 도성과 궁궐로의 무혈입성이 가능할 것입니다."

능양군 곁에 앉은 사내가 펼친 문서를 짚어 보이며 능양군에게 천천히 설명하고 있었다. 그의 설명을 귀담아들은 능양군은 흥미로운 얼굴로 고개를 끄덕여 동의의 뜻을 나타내었다.

"분명 그렇군. 반드시 필요한 인사야."

"한데 그자가 영의정 박승종과 사돈지간이라 웬만한 확신 없이는 회유하기 쉽지 않을 듯합니다. 간자에 의하면 아예 생각이 없는 것은 아닌 것 같다 하나 아무래도 관계가 그러하니……."

결코 녹록지 않아 보이는 조건을 들은 능양군의 얼굴에 곤란하다는 빛이 서렸으나, 그는 곧 천천히 말을 이었다.

"그래. 하지만 그렇기에 더 필요할 것 같군. 감히 훈련대장이자 영의정의 사돈이 역천에 동참하리라고 어느 누가 예상하겠나?"

말을 마치고 잠시 깊게 생각하던 능양군이 자신을 주시하고 있는 방 안을 주욱 둘러보더니 모두를 향해 입을 열었다.

"하면 누가 가서 이흥립에게 내 뜻을 전하겠는가?"

능양군의 시선이 방 안을 중후하게 채운 좌중을 훑었다. 연리는 능양군의 시선이 저를 지나가자 잠깐 고개를 숙였다가, 시선이 모두를 훑으러 멀어지자 고개를 들어 흘깃 좌중을 보았다. 누구 하나 쉽사리 나서지 못하고 망설이고 있었다.

모두들 눈치를 보며 조용히 지원자를 기다리고 있는데, 방의 곁문이 열리더니 작은 소음과 함께 모란이 나타났다. 모란은 작은 반상을 들고 방해가 되지 않게 사뿐히 걸어 능양군의 곁으로 나아갔다. 새로운 이의 등장으로 잠깐 긴장된 공기가 흐트러졌으나 곧 분위기는 탄력 있게 이전처럼 모여들었다. 연리는 미간을 좁히며 생각했다. 왕족의 신분으로 한갓 동기의 화초까지 올려줄 정도로 몹시 총애한다고는 하지만, 이런 은밀한 자리에까지 부르다니? 아무래도 이에 관해 능양군에게 따로 말을 올려야 할 것 같았다. 연리는 자연스럽게 모란을 곁에 앉히고 시중을 받는 능양군을 마뜩잖은 눈빛으로 응시하다 다시 시선을 거두어들였다.

나서기 어려울 것이다. 그럴 것이었다. 다른 이도 아니고, 손녀를 세자빈으로 둔 영의정의 사돈이다. 회유하다 실패하면 능양군은 그 즉시 맞잡은 손을 흔적도 없이 놓아버릴 것이고, 그러면 남아 있는 가족과 가문을 위해서라도 나선 이는 조용히 죄를 자신의 녔으로 짊어져야만 했으므로. 연리는 과연 이러한 위험을 무릅쓰고 역천에 운명을 걸 자가 있을까 궁금해졌다.

"제가 하겠습니다."

누군가의 목소리가 적막을 깼다. 연리는 혹시나 침묵이 계속 이어지는 것은 아닐까 예상했던 것이 의외로 빨리 깨어지자 흠칫 놀라며 고개를 돌렸다.

"골자를 정리해 주시면, 제가 가서 그자를 설득해 보겠습니다."

김군석이었다. 방의 가장자리 쪽에서 조용히 있기에 지금까지 이 자리에 있었다는 것도 눈치채지 못했다. 연리는 전혀 예상치 못한 인물이라 놀라 자신도 모르게 눈을 크게 떴다.

"오, 잘되었습니다."

"무슨 묘책이라도 있으시오?"

눈치만 보던 자들이 옳다구나 나섰다. 조용히만 있던 낯선 얼굴이라 이름은 무엇인지, 신분은 무엇인지 그를 제대로 아는 자는 아무도 없었으나 혹시나 제게 차례가 돌아올까, 능양군이 무어라 허락을 내리기도 전에 좌중은 그가 완전히 내정된 것처럼 분위기를 부추겼다.

"이흥립의 사위 되는 이와 개인적인 친분이 있습니다. 그러니 그를 통해 말을 넣으면 이흥립과 만날 수 있을 것입니다."

본인이 자신이 있으니 망정이지, 그전까지 능양군에게 잘 보이려 알랑거렸던 이들이 김군석에게 책임을 미룬 채 맞장구만 치고 있는 상황을 보고 있으려니 연리는 도무지 시원치 않은 기분이었다. 아마 이 자리에 주원이 있었다면 그도 저와 같은 생각이었을 것이다. 연리는 불참한 주원의 빈자리를 자연스레 느끼며 무심코 김군석에게 시선을 던졌다.

'왜······.'

불현듯 그와 시선이 정면으로 마주친 연리는 당황스러움을 감추며 흔들리는 눈빛으로 시선을 비켜 내렸다. 왜 날 보는 거지? 그사이 능양군이 어쩐지 떨떠름한 기색이 느껴지는 목소리로 천천히 허락을 내렸다. 떨떠름해하다니······. 능양군은 어찌 또 저러는 걸까? 대체 저자가 누구기에? 연리가 최대한 담담한 척하며 이리저리 생각을 뻗쳐 보고 있을 때, 또다시 김군석의 목소리가 귓가로 날아들었다.

"마마, 한데 이 일과 관련해 청이 있습니다."

"······말해보시오."

여전히, 억지로 내키지 않음을 밀어둔 듯한 능양군이 대답했다.

"저 아이와 동행할 수 있도록 명을 내려주시지요."

불길한 느낌에 연리는 자신도 모르게 번쩍 고개를 들었다. 불행하게도, 김군석의 시선은 제 쪽을 향해 있었고 어느새 능양군 또한 저를 주시하고 있었다. 당연히 좌중의 시선들도 함께.

"이흥립과 도성 진입에 적합한 경로와 궁궐 진입로를 의논해 보려고 합니다. 훈련도감과 무예청의 지도를 빼돌리기는 어려울 테니 따로 문서를 작성해 오는 것이 수월할 듯하여, 그림에 능통한 저 아일 데려가면 일이 한결 편할 듯합니다."

'뭐?'

여기서 제가 무어라 호불호를 나타낼 수는 없는 상황이었다. 전적으로 능양군의 결정에 달려 있는 일이었지만 가능하다면 연리는 그자와 동석하고 싶지 않았다. 저 이유가 사실이라면 다행이나 합당하게 느껴지는 저 말조차 다른 목적을 위한 핑계일 수도 있었다. 연리는 저를 응시하는 김군석의 눈빛이 어쩐지 불안하게만 느껴졌다.

"그리하도록 하시오."

허락이 떨어졌다. 이윽고 김군석에게서 시선을 떼어낸 능양군이 저를 응시하며 무언의 명령을 내렸다. 연리는 하는 수 없이 공손히 손을 모으고 고개를 숙였다.

가벼운 드르륵 소리와 함께 문이 열리고 두 사람이 모습을 드러냈다. 어서 오시옵소서. 연리는 공손히 인사를 건네며 손을 모으고 허리를 숙였다. 흠흠 헛기침을 하며 낯선 사내가 방 안으로 걸음을 옮겼다. 잔잔한 미소를 띠고 있던 연리는 문을 닫고 사내의 뒤를 따라 안으로 들어서는 김군석에게 잠깐 눈길을 주었다.

당당하게 나서기에 뭔가 수완이 있으리라고는 짐작했지만 이렇게

빨리 성사시킬 줄은 몰랐다. 하루. 딱 하루가 지났을 뿐인데 김군석은 이홍립을 데려왔다. 대체 뭐라 설득했기에 영의정의 사돈이라는 자가 이리 쉽게 마음을 정한 걸까. 연리는 의문에 가득 찬 눈길로 김군석을 살폈다.

"편히 앉으시지요."

"아, 예."

자연스럽게 이홍립에게 말을 건넨 김군석이 자리에 앉았다. 그보다 먼저 이홍립의 곁에 다가가 앉은 연리가 차 한 잔을 따라 올렸다. 잔뜩 긴장한 듯 이홍립이 제게 잔을 건네는 연리를 흘깃 쳐다보았다. 그를 본 김군석이 말했다.

"걱정하지 않으셔도 됩니다. 이 아인 능양군께서 거사에 요긴하게 쓰고 있는 아입니다. 이번 일도 특별히 도우라 하명하셨지요."

"아아, 그렇소이까?"

김군석의 설명을 들은 이홍립은 그제야 딱딱한 표정을 한결 누그러뜨리며 따끈한 차를 들었다. 연리는 다소곳이 눈을 아래로 내리깔고 있다가 생각했다. 지금까지 제가 본 김군석은 다소 딱딱하고 격식을 차려 말하긴 했으나 군더더기 있는 말은 하지 않았다. 경망스럽지도 않고 지나치게 무뚝뚝하지도 않았다. 음, 가벼운 사람 같지는 않은데.

그에 대한 궁금증이 갑작스레 눈덩이처럼 불어나, 연리는 슬쩍 시선을 올려 김군석을 보았다. 마침 자신을 보고 있었던지 연리는 그 잠깐의 순간에 김군석과 시선이 마주쳤다. 전과 같이 속을 알 수 없는 깊은 눈빛이다. 연리는 도로 시선을 불러들이며 그의 눈빛을 피했다. 불쾌함은 아니지만 그렇다 하여 유쾌한 느낌은 아니었다. 어쩐지 탐색당하는 것만 같은 저 시선. 아무래도 저자가 누구인지 확실히 알기 전까지는 가까이하지 않는 것이 좋을 것 같다는 생각이 들었다.

"그럼 이제 말씀을 나누어볼까요."

예의 바르지만 단단한 목소리가 가볍게 목적을 환기했다. 마침 차한 잔을 깨끗이 비운 이홍립이 잔을 내려놓으며 고개를 끄덕였다.

"그럽시다."

연리는 뒤쪽에 갈무리해 두었던 먹과 붓, 종이와 벼루를 끌어왔다. 이미 먹까지 다 갈아둔 벼루에 붓을 적시고, 종이를 문진으로 눌러 구김 없이 반듯하게 펴자 김군석이 대화를 주도하기 시작했다.

"그러면 우선 도성부터 시작해야겠군요. 맨 처음 집결지는 어디가 좋겠습니까?"

"홍제원이 적절할 것이오. 장단과 평산에서부터 군사가 온다 하니 그곳에 모여 전열을 가다듬은 후, 능양군께서는 사소문 중 북소문인 창의문에서 기다리고 계셨다가 합류하는 것으로 합시다."

"창의문이라. 특별히 그곳을 선택하신 이유가 있으신지요."

"사소문 중에서는 창의문이 가장 수비가 취약하오. 게다가 지대가 높아 한양 중심부가 한눈에 보이는 곳이기도 하지. 하니 그곳을 뚫는다면 창덕궁까지 진격하는 것은 식은 죽 먹기일 것이오."

이홍립이 확신에 찬 목소리로 말하자, 김군석이 수긍하며 고개를 끄덕였다. 이홍립의 말을 빠짐없이 받아 적은 연리가 글자로 가득 찬 종이를 한쪽으로 치웠다. 팔랑 종이가 넘어가는 소리에 김군석의 시선이 머무르는 것이 느껴졌다.

"다 적었는가?"

"예."

차분한 목소리가 확인하는 듯 말을 건네자, 연리는 고개를 들지 않은 채 새 종이를 앞에 놓으며 대답했다. 이홍립이 흘끔 연리를 돌아보고는, 반듯한 글씨로 잘 적은 종이를 확인하는 듯하더니 다시 김군석과 대화를 나누었다.

"장단 부사가 이끄는 군사가 칠백 정도라 했지요. 그럼 평산의 군사와 능양군께서 준비하시는 군사를 합하면 도합 천 정도 됩니까?"

"아마 천오백은 될 것입니다."

"하면 창의문은 무리 없이 점거할 수 있을 겁니다. 문제는 창덕궁이지요."

"바로 그 때문에 대장을 모신 것이 아닙니까."

담담한 음성이었으나 묘하게 상대를 추켜올리는 의도가 담긴 어조였다. 과하지 않으면서도 은근히 상대에게 안심과 자랑스러움을 주는 화법이라 이흥립은 곧 벙싯 입이 벌어졌다. 연리는 물 흐르듯 자연스러운 그의 수완에 감탄하며, 제 역할에 충실하여 붓을 들어 이어지는 그들의 대화에 따라 궁궐 지도를 그리기 시작했다.

과연 작금 도성과 궁궐 수비를 손안에 쥔 자다웠다. 궁궐 구조를 속속들이 자세히 설명하였을 뿐만 아니라, 그는 훈련대장으로서의 경험을 십분 발휘해 진입로를 궁궐의 정문인 돈화문이 아니라 신하들이 드나드는 금호문으로 할 것을 추천했다. 정면에 있는 돈화문은 모두의 이목을 끌기 쉬우니 서쪽의 금호문으로 입성한 후 돈화문을 여는 것이 수월할 것이라는 주장이었다.

이흥립은 완전히 제 운명을 걸기로 마음먹었는지 아낌없이 지식을 전수했다.

"금호문 서쪽으로는 훈국군파수직소, 위장소, 무비사, 수문장청 등이 있소. 또, 금천교를 지나면 나오는 진선문의 동쪽에는 결속색, 정색이 있어 궐내 수비에 총력을 기하니……."

연리는 길게 이어지는 이흥립의 설명에 따라 꼼꼼하고 자세하게 지도를 그렸다. 궐내각사, 금천교, 인정전, 선정전, 희정당, 대조전뿐만 아니라 중문인 진선문 등을 포함하여 주요 관청들, 밖과 안을 연결하는 크고 작은 여섯 문까지 창덕궁의 모든 것이 상세하게 지도에 녹아들었다. 마지막으로 창덕궁의 호위를 담당하는 금군들의 이동 경로까지 두세 가지 색의 안료로 눈에 띄게 표시해 적어 넣자 흰 종이 면이 거의 보이지 않을 정도로 빼곡한 지도가 완성되었다. 그러나 균형 있게 적절히 위치를 조정해 가며 그린 덕분에 지도는 복잡하다기보다 정교했다. 연리가 완성한 지도를 둘의 앞에 내어놓자, 이홍립의 감탄이 이어졌다.

"빠진 것은 없는지요?"

연리가 공손히 묻자, 꼼꼼하게 지도를 훑던 김군석이 고개를 들어 짧은 미소를 지어 보였다. 호의인지 악의인지 가늠할 수 없을 만큼 순식간에 스쳐 간 표정이었다. 연리가 미미하게 미간을 좁혀 보이는 사이, 김군석은 이홍립에게 확인을 부탁하듯 지도를 밀어주었다. 손으로 그림들을 짚어가며 구석구석 지도를 확인하던 이홍립이 곧 고개를 끄덕였다.

"완벽하오."

솜씨가 제법이구먼. 이홍립이 만족스럽게 치하하자, 연리는 수줍은 듯 고개를 숙여 보였다.

"이리 성심을 다해주시니 감사할 따름입니다."

"무얼, 이 정도야 당연한 것 아니겠소."

결코 간단한 작업이 아니었음을 증명하듯 어느새 시간은 두 시진이 훌쩍 지나 있었다. 후련하다는 듯 굳은 어깨를 주무르며 기지개를 켜는 이홍립에게 김군석이 미소를 지으며 말했다.

"시간이 늦었는데 여기서 함께 저녁을 들고 가심이 어떻겠습니까? 비록 미리 말씀드리지 않아 능양군께서는 오늘 오시지 않겠으나, 이곳

음식 솜씨가 꽤 일품이더이다."

"아, 아니오. 오래 자리를 비워 더 늦어지면 의심을 살지도 모르니 나는 이만 돌아가 보겠소이다."

"아쉽군요. 하면 다음에 날을 잡아 능양군 마마와 함께하는 자리를 만들어보겠습니다."

"그래주면 나야 고맙지요."

이흥립이 끙 소리를 내며 자리에서 일어났다. 김군석과 연리도 그를 배웅하려 따라 일어섰다. 그런데 갓끈을 고쳐 묶던 이흥립이 별안간 앓는 소리를 내며 김군석을 돌아보았다.

"어찌 그러십니까?"

김군석이 의아한 얼굴로 물었다. 그에 어쩐지 낭패라는 듯 곤란한 표정을 지으며 이흥립이 말했다.

"깜빡 잊은 것이 있소. 내 돈화문이 아니라 서쪽의 금호문으로 군사를 진입하라 말했지 않소?"

"그러셨지요."

"그 금호문의 수문장이 박효립이란 자인데, 피해를 최소한으로 하고 무혈입성하려면 필히 그자가 자발적으로 금호문을 열어주어야 하오. 한데 그자는 북인이라 섣불리 회유했다가는 필시 조정에 밀고하고 말 것이외다."

믿을 만한 보상을 제시해 반드시 거사에 가담하도록 확답을 받아야 하오. 이흥립이 고민스럽게 말하자, 유심히 그를 듣던 김군석이 고개를 끄덕였다.

"걱정마십시오. 능양군께 말씀드려 적절한 방법을 찾아보도록 하겠습니다."

"그래요, 모쪼록 성공하길 빌겠소. 내 도움이 필요하면 연통하도록 하고."

그제야 조금 안심하는 표정을 지은 이홍립이 김군석과 함께 방을 나섰다. 그린 지도를 잘 갈무리해 정리한 연리도 그들을 배웅하러 따라 나갔다. 둘이 짧게 한담을 나누는 것을 들으며 뒤에서 긷던 연리는 비원의 정문에 다다른 이홍립이 떠나가자 공손하게 인사를 올려 배웅했다.

이홍립은 또 연락하겠다는 김군석의 말에 기쁘다는 듯 연신 고개를 끄덕여 환영의 뜻을 나타내더니 이윽고 문을 나서 멀어져 갔다. 연리는 한시바삐 김군석을 보내고 오늘 당장 그에 대한 조사를 시작하려 마음먹었다. 만날 때마다 뜻 모를 기미를 비치는데 당최 무슨 의도인지 알 수가 없으니 답답했기 때문이었다.

"살펴 가시옵소서."

그러나 연리가 인사를 건넸음에도 김군석은 문을 나서지 않았다. 그는 지금 당장 비원을 떠나 집으로 돌아갈 생각이 없어 보였다. 평온한 표정의 그가 다가오자, 연리는 괜스레 불편한 느낌에 한 발짝 뒤로 물러섰다.

"볼일이 있으신 듯하오니 마음껏 더 즐기다 가십시오. 소녀는 아까 그린 지도를 몇 장 더 베껴 그려야 하오니 이만 물러가겠나이다."

연리는 서둘러 물러남을 고하고 돌아서려 했다. 하나 김군석이 덥석 팔을 잡는 통에 뜻을 이루지 못하고 멈춰 설 수밖에 없었다. 무슨 일이냐, 놓아달라 목소리를 높이려 했으나 김군석은 불안한 작은 짐승을 다독이듯 검지를 들어 입술에 갖다 붙였다.

명백하게 목소리를 낮추라는 의미의 행동에 연리는 잠시 망설였다. 사람됨이나 품성을 보아 난봉꾼은 아닌 듯했으나 그렇다고 믿기에는 석연치 않은 구석이 있었다. 주저하는 사이, 연리가 큰 소리를 내지 않자 김군석이 팔을 잡았던 손을 풀었다. 그리고는 가까운 건물을 가리키며 나직하게 말했다.

"할 말이 있네. 잠시 자리를 옮기지."

"……여기서 하시면 안 되는 이야기인가요?"

연리가 불안한 눈빛을 애써 잠재우며 말하자 김군석이 피식 웃음을 흘렸다.

"나에겐 상관이 없으나, 혹여 누가 엿듣기라도 하면 자네가 손해일 텐데."

이유 모를 즐거움이 느껴지는 목소리였다. 연리는 그 말에 멈칫하면서도 유쾌한 그의 기분이 느껴지자 궁금증이 일어났다. 먼저 걸음을 떼는 김군석의 뒷모습을 보던 연리는 꿀꺽 침을 삼키고 발을 떼었다. 혹여 무슨 일이 일어난다 하더라도 여긴 비원이니 누군가의 눈에 띄겠지. 연리는 제 옆을 스쳐 가는 종들과 기녀들, 객들을 곁눈질하며 김군석의 뒤를 따랐다.

그를 따라 한 건물로 들어선 연리는 주위를 살폈다. 여러 방에서 주연이 벌어지고 있어 주위는 시끌벅적했다. 다행히 복도는 불이 켜져 환했고 인적만 드물 뿐 그다지 위험스러운 장소는 아니었다. 연리가 이리저리 주위를 살펴보고 있는데, 김군석이 앞서던 걸음을 멈추고 복도의 한 모퉁이 앞에 섰다.

"어찌 자네 같은 이가 이런 일을 하고 있는지 궁금하군."

그가 반듯한 얼굴에 빙글 웃음을 띠며 말했다. 왜 저렇게 기분이 좋아 보이는 거지?

"무슨 말씀이신지."

연리가 경계하는 빛을 띠우며 조심스레 대답했다. 만약을 대비해서 한 발짝 뒤로 물러선 채였다.

"아까 보니 그림도 잘 그리고, 글도 잘 쓰던데 어찌 기녀 노릇이나 하고 있는가?"

김군석의 반듯한 얼굴에는 미미한 웃음과 함께 묘한 감정이 떠올라 있었다.

"내 누이께서."

연리는 제 귀를 의심했다. 아무래도 정신이 조금 이상한 것 같았다. 아니면 초저녁부터 약주를 한 사발 했던지. 그렇지 않고서야 이런 말을 할 리가 없지 않은가. 기억하지 못하는 수많은 후궁 소생 중 하나인 이복 오라비인가 잠깐 생각해 보았으나 그것도 아니었다. 능양군이야 조카뻘이니 몰랐다 치더라도, 이렇게 연령대가 엇비슷한 오라비라면 모를 리가 없었다.

"착각하신 듯합니다. 어찌 그리 생각하셨는지는 모르겠으나, 소녀는 나리의 누이가 아닙니다."

농이시라면 그만두어 주십시오. 은근히 신경을 건드리던 그의 언행이 점점 불쾌해진 연리는 딱 잘라 말하고는 자리를 뜨기 위해 몸을 돌렸다.

"아니, 틀림없을 텐데."

뭐야, 저 사람? 연리는 황당한 발언으로 자신을 끈질기게 물고 늘어지는 김군석을 향해 약한 짜증이 서린 얼굴로 마주한 후, 마지막으로 일침을 가했다.

"분명 아니라 말씀드렸습니다. 제겐 오라비가 없고, 제 형제는 남동생 하나뿐입니다."

"영창대군 말인가?"

차분한 목소리가 과녁을 향하는 화살처럼 내리꽂혔다. 일시에 사고가 멈추었다. 경악해 굳어버린 연리에게, 김군석은 한 손을 불쑥 내밀었다.

"처음 뵈옵니다, 공주자가."

폭포수처럼 순식간에 떨어진 말이 사고를 가로막았다.

공주자가.

언제, 어떻게, 왜 따위의 정황은 모두 제쳐 두고 저 단어 하나만 쏟아지는 비처럼 머릿속을 온통 채웠다. 연리는 경악에 물든 눈으로 제 앞에 선 자를 보았다.

"무…… 무슨 말씀을……."

쩍 굳어버린 혀를 간신히 움직여 연리는 말을 뱉어냈다. 하나 더듬더듬 간신히 방어하는 연리의 말을, 앞으로 건넸던 손을 도로 불러들이며 김군석은 간단히 끊어냈다.

"그리 말씀하실 것 없습니다, 자가."

그의 목소리에는 확신이 깃들어 있었다. 다독이듯 부드러운 어조로 말한 김군석은 한 걸음을 떼어 가까이 다가오려 했다. 연리는 흠칫 놀라 뒤로 물러섰다. 제가 눈에 띄게 경계하는 태세를 보이자, 웃음을 지운 김군석은 설핏 미간을 좁히더니 진중한 태도로 말했다.

"제가 결례를 하였습니다. 혹 크게 놀라실까 하여 무겁지 않게 다가간다는 것이, 본의 아니게 자가께 무례를 범한 모양입니다."

확신하고 있다. 이자는 내가 공주란 걸 알고 있어. 연리는 떨리는 눈을 들어 그를 보았다. 연리는 제가 이 자리에서 더 발뺌해 보았자 소용없으리라는 것을 알아차렸다. 공식적으로는 이미 죽어 땅에 묻힌 공주를 거론할 정도라면, 분명 무언가 확언할 만한 증거를 잡았다는 뜻이리라. 하지만, 대체 어떻게?

"누구십니까."

연리가 가라앉은 목소리로 물었다. 눈에는 경악과 경계, 두려움이 혼잡하게 뒤섞여 있었다. 그를 알아차린 김군석은 안타깝다는 듯 선연하게 인상을 찌푸렸다.

"소신, 김군석이라 합니다."

"이름은 이미 들었습니다."

연리가 차갑게 대꾸했다. 멈칫한 김군석이 조금 속도를 내어 말했다.

"제 형님은 김천석이라 말씀드렸습니다."

"네."

"제 아버님 함자는……."

김군석은 한 조각 온기도 없는 눈빛으로 자신을 보는 연리에게 흘깃 시선을 주었다가, 이내 담담히 말을 이었다.

"김내."

짧게 떨어진 이름을 들은 연리의 눈썹이 꿈틀했다. 얼핏 무언가 떠오를 듯 말 듯했다.

"둘째 작은아버님 함자는 김규입니다."

"……아."

첫 이름에 이어 두 번째 이름까지 듣자 연리의 입에서 억눌린 탄성이 새어 나왔다. 경악에 물든 눈빛은 차츰 깨달음과 안도로 변해갔다. 그를 알아챈 김군석이 환한 낯빛이 되어 마지막 이름을 입에 올렸다.

"셋째 작은아버님 함자는 김선이라 합니다."

"흑……."

마침내 연리는 새어 나오는 울음을 삼켰다.

"소신은……."

반짝이는 눈물이 하나둘 볼을 타고 흐르자 김군석은 안도한 표정과 함께 다가왔다. 가늘게 떨며 얼굴을 묻은 채 크게 터지려는 울음을 눌러 참는 연리에게 다가선 김군석은 안도, 기쁨 그리고 복잡함이 뒤섞인 표정으로 중얼거렸다.

"자가의 사촌 오라비이옵니다."

눈이 쓰렸다. 연리는 군석이 건넨 차가운 수파에 얼굴을 묻었다. 찬물을 들고 온 계집종이 나가는 소리가 들리자, 군석은 수파를 적셨던 물잔을 치웠다.

"이제 좀 진정되셨습니까?"

군석이 걱정스레 물어왔다. 연리는 목이 잠겨 차마 말은 하지 못하고 고개만 끄덕였다. 이대로라면 분명 내일 눈이 부을 것이란 느낌이 들었다. 연리는 후, 하고 얕은 한숨을 내쉬었다.

"내일은 나오지 말고 쉬십시오. 어차피 내일도 능양군께선 안 오시지 않습니까."

"네……."

걱정스러운 어조에 연리는 제가 너무 추태를 보인 것이 아닌가 하는 생각에 민망해져 작은 목소리로 대답했다. 그를 눈치채기라도 했는지 군석이 웃는 기척이 났다. 연리는 화끈 얼굴이 달아오르는 것을 느끼며 흠흠 헛기침을 하고는 서둘러 입을 열었다.

"어떻게…… 아셨어요?"

망설이면서도 주저하는 목소리였다. 지금의 이 상황이 도저히 믿어지지 않아 연리는 왈칵 두려워졌다. 혹시 지레짐작으로 내 정체를 캐내려 거짓말을 하는 협잡꾼은 아닐까.

"세 가지가 있었지요."

제 심정을 눈치채기라도 한 듯 군석이 따뜻한 목소리로 말문을 열었다.

"처음 자가를 뵈었을 때 용모를 보고 혹 공주자가가 아니신가 생각 했습니다. 똑 닮은 것은 아니나, 생김이 얼핏 제 기억 속의 고모님을 닮은 면이 있었거든요."

물론 고모님보다 자가께서 더 아름다우십니다만. 장난 반, 진담 반 섞인 말에 연리가 작게 웃음을 지었다. 연리는 차가운 수파를 한결 가 라앉은 눈에서 떼어내고 군석을 보았다.

"눈매는 부왕을 닮으셨겠지요."

"잘 아시네요."

"눈은 고모님을 닮지 않으셨으니까요."

장난스레 대답하자 당연하다는 듯 말을 받은 따스한 눈길이 얼굴 구석구석을 훑었다. 그동안 뭇 사내들이 그러했던 것처럼 거침과 무례 함으로 점철되지 않고, 온기와 애정을 담은 온전한 혈육의 눈길이었 다.

'변을 당하신 줄 알았는데.'

모후의 세 오라비, 외숙들은 주상의 손에 명을 달리했다. 지금 제 눈앞 오라비의 부친 되는 첫째 외숙도 변을 피하지 못했다 들었기에, 상세히 알지 못하는 나머지 외사촌들도 모두 유배를 가거나 명을 달리 한 줄로만 알았다. 생각지도 못했던 혈육의 생존에 연리는 뛸 듯이 기 쁘면서도 울컥 목이 메어왔다. 이대로 있다가는 또 한바탕 눈물을 쏟 을 것 같아 연리는 얼른 입술을 뗐다.

"다음은요?"

"다음은……."

자애롭게 바라보던 군석이 그런 연리를 모른 척해 주며 찬찬히 말을 이었다.

"고모님께서 아버님, 할아버님께 말씀해 주셨던 자가의 함자를 알고 있었지요. 두 분께서 말씀하시는 것을 들은 적이 있어 기억하고 있었습니다. 한데 자가께서는 이름이 연이라 하더이다. 분명 얼굴을 보니 고모님과 닮았는데 이름까지 비슷하지 않습니까. 그래서 제가 자가를 처음 뵈었던 자리에서 본명이 무어냐 질문했었지요."

기억난다는 표시로 연리는 가볍게 고개를 끄덕였다. 듣고 보니 그럴 만도 했다. 지금까지 들키지 않은 게 천운이라 여겨야 할까. 분명 부왕과 모후의 생김, 그리고 제 본명까지 아는 사람이 궁밖에 흔하지는 않을 테지만 아예 없다고는 할 수 없으니 말이다. 기명을 바꿔야 하나? 연리가 생각지도 못한 개명을 고민하는 사이, 군석은 진지한 연리의 표정을 보고 단정한 얼굴에 슬쩍 웃음을 지었다.

"하지만 그보다 분명한 확신은 오늘 얻었습니다."

"오늘이요?"

연리는 고개를 갸웃하며 물었다. 오늘? 도통 모르겠다는 연리의 표정을 본 군석이 즐거운 목소리로 말했다.

"오늘 글씨를 쓰신 것, 그리고 그림 그리신 것을 보고 알았습니다. 필체와 화풍이 고모님을 꼭 닮으셨더군요."

"어머."

정말 그런가? 연리는 아까 전 대화를 적었던 종이와 빼곡히 그려진 지도를 꺼내 펼쳐 보았다. 모후는 오래전부터 줄곧 그림이나 글씨 연습을 하곤 했지만 몇 년 전부터는 상황이 상황인지라 절필하셨던 터라 기억이 흐릿했다.

"어제까지만 해도 아닐 거라는 생각이 더 강했습니다. 분명 조정에서는 자가께서 이미 서거하셨다고 공표하여 장례까지 치렀으니까요."

신기하다는 듯 제 글씨와 그림을 눈여겨보는 연리에게 군석이 조심스레 말했다.

"한데 어떻게 살아 계시는 겁니까? 대체 공주이신 자가께서 어찌 이런 곳에서 지내시는 것인지……."

그것도 기녀의 신분으로. 흐려지는 물음 뒤 차마 묻지 못한 말이 전해졌다. 잠깐 사이 갈등에 빠진 연리가 아랫입술을 사려 물자 군석의 눈길이 그곳에 머물렀다.

"밤은 깁니다."

걱정할 것 없다는 듯 군석이 느릿한 어조로 말했다. 시간이 얼마나 걸리든 상관없이 기다리겠다는 뜻이었다. 그 말과 모습에 앙금이 풀리듯 마음속 깊이 묻어두었던 가족사 아닌 가족사의 빗장이 풀리기 시작했다. 얼굴 한 번 보지 못했던 핏줄이라 하여도 혈육의 정이란 무시할 수 없이 강력한 모양이었다. 연리는 그동안 누구에게도 말하지 못했던 사실을 하나둘씩 털어놓기 시작했다. 나직한 목소리를 배경으로 굽이굽이 서린 감회가 녹아나는 긴긴밤이 흐르고 있었다.

"어떻게 그런 일이."

믿지 못하겠다는 듯 군석의 얼굴은 묘하기 이를 데 없었다. 화가 난 듯도 하고 괴로운 듯도 했다. 분명한 것은 현재 그가 자신만큼, 아니 어쩌면 자신보다 더 통한의 감정을 느끼고 있다는 사실이었다. 연리는 제 상황을 속속들이 아는 누군가가 자신과 똑같은 심정이라는 사실에 가슴이 먹먹해졌다. 그간 누구에게도 털어놓지도 위로받지도 못했던 것이 은연중에 외로움으로 남아 있었던 모양이었다. 연리는 괜스레 먹먹해지려는 것을 꾹 참았다.

"그래도 잘 지내고 있습니다. 좋은 인연들도 많이 만났고요."

아무 말 없이 손마디가 하얘질 정도로 주먹을 꼭 쥔 군석을 안심시키려는 듯 연리가 부드럽게 말했다. 초연한 자세의 연리를 본 군석은 한숨을 내쉬었다. 위로받아야 할 당사자가 도리어 자신을 달래듯이 하니 격렬한 반응을 보일 수도 없었다. 연리는 작게 웃으며 다시 한 번 말했다.

"정말이에요."

"……다행입니다."

군석이 서글픔이 묻어나는 음성으로 애써 담담하게 대답했다. 아직 감정이 완전히 정리되지는 않은 듯했으나 진정하려 노력하는 것 같았다. 연리는 제 걱정은 하지 말라는 의미로 한층 더 환하게 웃어 보였다. 그에 군석은 어쩔 수 없이 얕게나마 웃음을 되돌려 주었다.

"오라버니께선 그간 어찌 지내셨어요?"

그다지 희망적인 이야기는 아닐 것을 알지만, 서궁에 갇힌 후 외가에 관한 소식이 끊겨 아는 바가 없었던 터라 연리는 조심스럽게 물었다. 평범한 안부 인사에 지나지 않지만, 그에 담긴 의미를 알아차리지 못할 리가 없는 군석이 잠깐 속으로 말을 고른 후 입을 열었다.

"아시다시피 아버님과 숙부님들께선 몇 년 전에 돌아가셨고, 형님과 할머님은 목숨은 건지셨으나 제주에 유배를 가셨습니다. 현재 연락이 닿는 가족은 출가하신 누님 두 분과 둘째 숙부님의 독자인 어린 사촌 뿐입니다."

연리는 지난날의 옥사로 죄 없이 수많은 친족들이 역모로 몰렸다는 것은 어렴풋이 알고 있었지만, 그 결과가 이토록 처참하다는 것을 직접 확인하자 속이 편치 않았다. 아무 말도 하지 못하는 연리에게 군석이 천천히 설명을 풀어놓았다.

"계축년의 옥사로 아버님과 숙부님, 친척 어른들이 모두 돌아가신 후 혹여 주상이 또다시 반역의 싹이 보인다며 꼬투리를 잡을까 염려되었습니다. 하여 혹여 생존한 친척이 있어도 연락하지 않고 살아남은 이들은 서로 연락을 끊고 모두 숨죽여 지내왔습니다."

"고충이…… 많으셨겠어요."

얼굴 한 번 보지 못한 외가 친척들이 살아도 산 것이 아닌 삶을 버렸을 생각을 하니 눈시울이 뜨거워졌다. 군석이 손을 뻗어 어깨를 토닥여 왔다. 연리는 고개를 숙이고 심호흡을 했다. 진정하자. 속으로 여러 번 되뇌어 심기를 가다듬은 후 연리는 다시 고개를 들었다. 연리가 진정하기까지 어깨를 토닥여 주던 군석은 손을 거두어들이고는 말을 이었다.

"그러던 터에, 얼마 전 이귀를 비롯한 어떤 세력이 반역을 꾀했다가 풀려났다는 소문을 들었습니다. 하여 알아보니 몇몇 인사들이 연관되어 있지 않겠습니까. 그때부터 은밀하게 이귀와 관련된 자들에게 접촉하기 시작했습니다. 그렇게 차근차근 연결 고리를 찾으니 마침내 이곳까지 오게 되더군요."

그리고 능양군까지 말입니다. 군석이 씹어뱉듯 말하며 눈썹을 꿈틀거렸다.

"반정을 도모한다는 확신이 들어 능양군과 접촉했습니다. 하나 그는 외척이 있으면 왕권을 온전히 휘어잡을 수 없다 여겼는지 저를 반기지 않았습니다. 불행 중 다행으로 제가 이미 거사에 관한 것을 알고 있었던 덕분에, 그는 대비마마와 영창대군마마의 복수를 한다는 명분이 있어 저를 당숙으로 받아들일 수밖에 없었습니다."

"하늘이 도우셨어요. 오라버니께서 거사를 알지 못하셨더라면 능양군은 필히 오라버니를 제거하려 들었을 거예요."

"틀림없이 그랬을 겁니다. 비록 명분 때문에 저를 건드리지는 못했으나, 능양군은 거사에 참여하게 해달라는 제 청을 받아들이는 대신 나서서 공을 탐하지 않겠다 약조하라 하였습니다. 그 때문에 제게 자신의 최측근 몇 명을 제외하고 다른 이들에게는 신분을 함구하라고도 하였고요."

"철두철미하네요."

연리가 냉소적으로 말하자 군석이 동의한다는 듯 조소를 머금었다.

"왕이 되겠다는 의지나 거사를 준비하는 수완은 나름대로 훌륭하다 할 만하나, 인품은 그다지 믿을 만하지 않은 인물이란 생각이 듭니다."

"저도 그리 생각하고 있습니다."

의가 자랐으면 이러했을까. 나이는 저보다 많지만 자신과 꼭 같은 생각을 비추는 군석을 마주하니 자연히 의가 생각났다. 사촌 간에도 이리 닮았는데 친동기인 의는 얼마나 나와 닮았을까. 의식이 깊숙이 묻어두었던 우울한 기억에까지 닿으려 하자, 연리는 고개를 흔들었다.

"하지만 지금으로서는 그가 유일한 희망이니 믿을 수밖에요."

침착한 연리의 말에 군석은 내키지 않았지만 고개를 끄덕여 동의를 표했다. 불편한 구석이 있는 사실이었으나 부정할 수 없는 진실이었다. 군석은 잠자코 두어 번 주먹을 쥐었다 펴며 잠깐 생각에 잠겼다가, 나지막하게 말을 꺼냈다.

"앞으로 공주께서는 더 이상 나서지 않으셨으면 합니다. 무탈하게 있으시면 거사는 능양군이 필히 성공시킬 터인데, 귀하신 몸으로 굳이 위험을 감수할 필요가 있겠습니까. 자가 몫까지 제가……."

걱정이 가득한 눈빛으로 조심스레 말하는 군석을 가만히 마주 보던 연리가 나긋하게 고개를 저어 보였다. 부드러운 몸짓에 군석은 멈칫하며 말을 멈추었다.

"모두들 목숨을 걸고 위험을 무릅쓰고 있어요. 하온데 공주라 하여, 여인이라 하여 혼자 뒤로 물러나 있고 싶지 않습니다."

여린 음성이었으나 사내 못지않은 의지가 꼿꼿하게 느껴졌다.

"도움이 되지 않는다면 모를까, 지금 저는 한 사내 이상의 몫을 해내고 있지 않은가요."

휘어지는 눈매가 반달처럼 은은했다. 공주다운 위엄이 어엿하게 느껴져, 결국 군석은 말리려던 굴뚝같은 마음을 한풀 누그러뜨릴 수밖에 없었다. 한동안 말없이 수려하게 웃는 연리를 물끄러미 보던 군석이 불쑥 물었다.

"이곳에서 좋은 인연들을 많이 만드셨다 하셨지요."

"네? 아, 네."

연리가 해맑은 얼굴로 고개를 끄덕였다. 음, 동기였을 때부터 함께 지낸 연의라는 친구가 있는데…… . 마치 어머니나 아버지에게 오늘 하루 있었던 일을 조잘조잘 털어놓는 어린아이처럼 이야기를 꺼내는 연리를 군석은 흐뭇하게 바라보고 있었다.

"그래서 지금까지도 가장 친한…… ."

"그럼 그 사내도 좋은 인연입니까?"

별안간 군석이 아무렇지 않게 말 한마디를 불쑥 던졌다. 막 연의와 함께 창덕궁에 갔다 온 사실까지 열심히 이야기하고 있던 연리는 청천벽력 같은 말에 입을 딱 벌렸다. 웃음기를 담은 눈이 자신을 빤히 바라보자, 연리는 입을 꼭 다물고 이리저리 눈만 굴렸다. 군석은 일부러 그를 못 본 체하며 태연자약하게 물었다.

"지난번에 기둥서방이라 하셨지 않습니까. 손까지 잡으신 걸 보니 꽤 사이가 깊어 보였는데요."

"그, 그건……!"

그분은 예전부터 절 많이 도와주셨던 분인데…… . 연리는 허둥지둥 변명을 더듬거리더니 별안간 다급하게 손사래 치며 외쳤다.

"절대! 저는 오라버니께서 생각하시는 도리에 어긋난 행동은 절대 하지 않았어요!"

"……제가 무어라 생각했기에요?"

"네?"

엉겁결에 연리는 당황한 티를 고스란히 드러내고 말았다. 토끼 눈을 뜬 표정이 순진하여 군석은 빙긋 웃음이 배어 나왔다. 그러나 얼른 태연하게 웃음기를 숨긴 군석은, 벌떡 일어나고선 팔짱을 끼고 짐짓 심각한 표정으로 말했다.

"아무리 공주자가시라는 것을 몰랐다고는 하지만 이는 엄연히 삼강오륜을 어긴 강상죄가 아닙니까?"

"뭐라고요?"

"제가 비록 자가의 친오라비가 아닌 사촌 오라비이긴 하나, 어찌 이를 그냥 두고 보겠습니까. 당장 감히 공주를 희롱한 그자의 죄를 물어야겠……."

"안 돼요!"

결국 군석은 연리가 낯빛이 사색이 되어 다급하게 소리치자마자 한바탕 파안대소했다. 울어야 할지 웃어야 할지 연리는 입을 딱 벌리고 유쾌하게 웃는 군석을 멍하니 바라보았다.

그 후로 군석은 대체 공주가 직접 간택한 부마가 어떤 사람인지 보아야겠다는 말을 입에 달고 다니며 연리의 혼을 쏙 빼놓더니, 정말로 비원에 찾아온 주원에게 나타나 달려들었다. 불쑥불쑥 말을 던져 대는 그의 행동에 난데없는 봉변을 당한 주원이 당황해하고, 그런 군석을 말리랴 주원에게 해명하랴 연리가 울 뻔했다는 것은 장장 이틀 후의 일이었다.

"의남매라니요?"

"어찌 그러시는가, 매제?"

지금까지 살면서 자신을 지칭하는 여러 단어 중 가장 심오하고 오묘한 단어를 들은 주원은 소태라도 씹은 것처럼 떨떠름한 눈치였다. 성격상 웬만한 상황이 아니고서야 노골적으로 불쾌함을 드러내지 않는 주원은, 죽마고우라도 되는 것처럼 너무나 자연스럽게 잔을 내들어 건배하는 군석에게 예의 바르게 행동을 맞춰주면서도 갑작스러운 상황에 적잖이 혼란스러워 보였다.

연리가 제발 그만하라는 양으로 눈총을 주자, 군석은 그제야 태연하게 알았다는 듯 가볍게 고개를 끄덕였다.

"농이네, 농. 혹여 불쾌하였다면 내 사과하겠네."

"오라버니, 이제 정말 짓궂은 농은 그만두시어요. 공자님께서 곤란해하시잖아요."

"알았다, 알았어. 누가 제 서방 아니랄까 봐 그러느냐."

"오라버니!"

마침내 연리가 비명처럼 숨죽여 외치자 군석이 냉큼 입을 다물었다. 연리는 얕은 신음 소리를 내며 이마를 짚었다. 그를 지켜보고 있던 주원의 눈이 놀랍다는 듯 가늘어졌다. 대체 무슨 일이 있었길래 두 사람이 이토록 친밀해진 걸까.

'대비마마의 조카라 하니 여느 사람보다 가깝게 느껴지기는 하겠다만……'

대비의 지밀나인과 조카가 친해질 수 있다는 사실이 신기하기도 하고 묘하기도 했다. 궁녀라는 숨겨왔던 신분까지 밝힐 수 있을 정도로, 대비라는 단 하나의 연결고리가 대단히 신뢰감 있는 것 같았다. 주원은 정말로 남매처럼 가까워 보이는 둘을 흘깃 바라보았다. 고작 이런 것으로 미덥지 않은 시기심 따위를 느끼지는 않았지만, 미묘하게 신경이 쓰이는 건 어쩔 수 없었다.

"죄송해요, 오라버니께서 과하셨지요?"

"괜찮습니다. 사실 아주 틀린 말도 아니니까요."

하지만 걱정스럽게 물어오는 연리의 목소리에 주원은 어느새 미묘함 따위는 지운 채 태연하게 대답했다. 언제나처럼 부드러운 음성에 웃음 지으려다, 한 박자 늦게 말의 의미를 알아챈 연리의 뺨에 홍조가 더해졌다. 그 모습에 주원은 자연스레 품속에서 합죽선을 꺼내어 연리에게 살랑살랑 바람을 보내주었다.

그러자 옆에 앉아 다른 이들과 담소를 나누고 있던 석윤이 군석에게 장난스레 곁눈질해 보였다. 석윤의 눈길을 따라 술을 마시던 군석이 슬쩍 시선을 돌렸다. 하지만 연리와 주원은 군석이 자신들을 술잔 너머로 빤히 지켜보고 있다는 사실도 알아차리지 못할 정도로 둘만의 봄기운을 한창 풍기고 있을 따름이었다.

그때 왈칵 문이 열리며 몇 사람이 방 안으로 들어왔다. 인기척에 무심결에 고개를 돌린 사람들이 벌떡 자리에서 일어났다. 능양군이 허리 숙이는 사람들을 양 사이에 두고 방을 가로질러 걸어오고 있었다. 군석과 석윤, 그리고 연리와 주원이 서둘러 자리에서 일어나 인사를 올렸다. 어느새 상석에 당도한 능양군이 함께 온 이귀, 김류와 함께 자리에 앉았다.

"다들 앉게."

자애로운 낯을 하며 능양군이 가볍게 손짓했다. 그에 따라 사람들이 아까의 북적북적한 분위기를 정리하며 모두 착석했다. 군석과 주원, 석윤이 나란히 앉은 자리 중 군석과 주원 사이에 앉아 있던 연리는 살짝 뒤로 반걸음 물러나 앉았다. 방 안을 가득 채운 인원에 능양군이 만족스럽게 좌중을 둘러보았다. 하나하나 앉은 이들의 얼굴을 뜯어보던 꼼꼼한 시선이 마침내 연리가 앉은 자리에 닿는 순간, 별안간 날카롭게 변해 머물렀다. 하지만 애석하게도 그 자리에 앉은 네 명도 다른 이들과 함께 가볍게 고개를 숙이고 있던 터라, 그 시선을 알아차린 자는 넷 중 아무도 없었다.

쯧. 잠깐 능양군의 미간에 못마땅하다는 짜증이 어리었다. 하지만 금세 아무 일도 없었다는 듯 시선을 거두어들인 능양군은 모두에게 고개를 들어도 좋다는 손짓을 하고는 곧 옆으로 고개를 돌렸다.

"옥여 대감, 긴한 사안이 있다 했소?"

"예, 마마. 실로 중차대한 사안이옵니다."

이귀가 조심스레 말했다. 한데 그 음성에는 어쩐지 희열 같은 것이 깃들어 있는 모양새라, 그를 눈치챈 눈치 빠른 자들은 무어라 옆 사람에게 작게 소곤거렸다. 뭔가 대단한 소식이라도 있는 모양이구먼! 그래? 대체 뭐길래 옥여 대감이 이런 회합까지 모집해 가며 직접 말씀을 올리는 걸까?

재빨리 서로 시선을 주고받은 네 사람도 궁금하기는 매한가지였다. 평산에 있어야 할 이귀가 몰래 한양까지 직접 올 정도라면……. 연리는 능양군과 이귀를 번갈아 보다, 어느새 나타나 능양군의 곁에 자리를 붙이고 앉은 모란의 존재에 불편함을 느꼈다. 아무래도 능양군에게 모란이에 대해서 단단히 충고해야겠어. 그리 짧게 생각한 연리는 곧 잡념을 털어내고 저들에게 귀를 기울였다.

"하하하, 옥여 대감이 그리 말씀하니 정말로 심상치 않은 것인가 보오. 하면 어서 들어볼까요?"

능양군이 짐짓 여유 있는 태세로 허락하자, 이귀가 꿀꺽 침을 삼키더니 입을 열었다.

"실은 얼마 전에 제조상궁 김씨가 제게 은밀히 접촉해 왔습니다."

"뭐라?"

능양군이 크게 소리쳤다. 반듯한 눈썹이 일그러지고 눈이 휘둥그레졌다. 순식간에 좌중이 쥐 죽은 듯 고요해졌다. 갑작스레 더해진 적막과 중압감에 이귀가 슬쩍 주변을 돌아보더니 곧장 말을 이었다.

"며칠 전 김씨로부터 비밀리에 연통이 왔습니다. 내용인즉, 자신이 생각하기로 작금 주상의 치세가 얼마 남지 않은 것 같으니 이제라도 새 둥지를 찾아 한평생을 편안히 의탁하고 싶다 하였습니다."

"하!"

짧은 헛웃음이 터졌다. 저도 모르게 바짝 긴장했던 것이 한순간에 탁 풀려 나온 소리였다. 능양군이 한쪽 입꼬리를 삐뚜름하게 올리며 가소롭다는 듯 웃자 갑작스러운 소식에 술렁거리던 좌중에서도 와르르 비웃음이 흘러나왔다.

"큭, 정말 그 계집이 그리 말했단 말이오?"

"그렇습니다."

비소 가득한 어조로 조금 들뜬 듯 보이는 능양군과 다르게 이귀는 처음과 같이 진중한 태도였다. 그제야 비스듬히 기대어 앉았던 능양군은 그가 할 말이 더 남았음을 알아채고서 품에 안겨든 모란을 밀쳐 내고 자세를 고쳐 앉았다.

"제조상궁 김씨는 무슨 일이 있어도 주상을 배반할 인사가 아닙니다."

"하지만 본인이 직접 연통을 보냈다 하지 않았소? 그럼 그게 진짜가 아니란 소리요?"

"아닙니다. 확인해 보니 연통은 분명 김씨에게서 온 것이 맞았습니다."

"하면?"

반듯한 눈썹이 천천히 다시 일그러지기 시작했고 미간에도 작은 주름이 아로새겨졌다. 되묻는 천천한 물음에도 약간의 짜증이 담겼다.

"일전에 거사가 발각되어 모든 일이 수포로 돌아갈 뻔하지 않았습니까? 다행히 무사히 풀려났으나, 김씨는 성정이 교활하니 분명 그때의 일을 개운치 않게 여기고 뿌리 뽑으려 접근한 것임이 분명합니다. 제가 제의에 응하면 그때 반역의 죄로 옭아매려는 술수가 아니겠습니까?"

이귀가 날카로운 눈빛을 보내며 말했다. 찬찬히 그의 말을 듣던 능양군이 상 위로 손가락을 똑똑 부딪치며 생각에 잠겼다.

"그 계집이 주상의 총애를 받아 중전에 견줄 만한 권세를 휘두르고 있다고는 하나, 어찌 한낱 제조상궁의 주장만으로 반역의 죄를 입에 올릴 수 있겠는가?"

"하나 김씨는 내명부뿐만 아니라 조정의 일에도 관여하고 있습니다. 지난 몇 년간 김씨가 뇌물을 받고 관직을 팔아넘긴다는 풍문은 공공연한 사실이 아닙니까. 뿐만 아니라 요즘에는 상소문들까지 먼저 받아보고 제 구미에 맞는 것들만 주상에게 올린다고 합니다."

"요망한 계집이로고."

골치 아프게 됐다는 듯 표정을 찌푸린 능양군이 씹어뱉듯 말했다.

"제 소견에는."

힐끗 그의 심기를 살핀 이귀가 말을 이었다.

"김씨의 제안에 응하는 척하며 경계를 허무는 것이 좋을 것 같습니다. 모두가 제 손안에 있다는 착각에 빠뜨려 필요한 정보를 얻고, 우리에게 유리한 정황을 만든 후 토사구팽 하는 겁니다. 어차피 자신의 안위도 함께 묶인 일이니 김씨는 우리를 완벽히 옭아매기 전에는 함부로 이 일을 발설하거나 무모한 짓은 하지 않을 것입니다."

조목조목 읊는 청산유수 같은 언변에 이곳저곳에서 감탄사가 흘러 나왔다. 그렇게 모두는 오늘에서야 어찌 능양군이 그토록 이귀를 거사에 끌어들이고자 했는지를 완벽히 납득했다. 어느새 부드럽게 풀린 표정으로 능양군이 고개를 끄덕였다.

"좋은 생각이오, 내부의 적만큼 효과적인 패는 없는 법이지. 게다가 자신이 패가 되었다는 사실조차 모른다면 더욱 효과는 클 터이니."

"옳으신 말씀입니다."

조심스럽게 꺼낸 의견에 동의가 이어지자 이귀가 황송하다는 듯 공손히 고개를 숙여 보였다. 그에 기분이 좋아진 듯 능양군이 어느 쪽을 향해 손짓했다. 그러자 좌중 가운데서 김자점이 얼른 일어나 다가왔다.

"옥여 대감은 곧 평산으로 돌아가야 하니, 자네가 대신 맡아 만나도록 하게. 분명 그 계집은 새로 옹립하고자 하는 이가 누구인지 알아내려 혈안이 될 터이니 나에 관한 이야기는 반드시 함구하고."

"예, 마마."

"관직도 재물에 팔아넘기는 계집이니 금은보화라면 사족을 못 쓸 걸세. 재물을 듬뿍 안겨주며 경계를 허물도록 해."

"분부 받잡겠습니다."

깊숙이 허리를 굽히며 하는 말에 능양군이 흡족한 표정을 지었다.

"하면 이제 모두 해결된 것으로 알아도 되겠소?"

예, 마마! 짧게 대답한 이귀가 물러나자 눈치 빠르게 모란이 가득 술잔을 채웠다. 기쁜 기색이 얼굴에 만연한 능양군이 술잔을 번쩍 들었다. 사람들이 그를 따라 일시에 술잔을 높이 치켜들었다. 대의를 위하여! 힘찬 외침이 울림과 동시에 다시 왁자한 분위기가 살아났다. 밀실에서 나누어도 될 이야기를 부러 회합에서 공개한 것은 지난번 일로 일면 사그라진 투지를 다시 지피기 위함이 분명했다.

연리는 주변을 죽 훑어보았다. 예상대로 좌중은 흥분을 품고 마시며 즐겁게 떠들기 시작했다. 개시는 조선 사람이라면 삼척동자도 알 정도로 명실공히 주상의 사람이었다. 그런 개시가 능양군의 뜻대로 쓰인다면 전세는 이쪽으로 기울었다고 봐도 무방했다. 그도 그럴 것이, 불구덩이인 줄도 모르고 달려드는 부나방치고는 워낙에 얻어낼 거리가 쏠쏠했으니까.

"어찌 그러느냐?"

돌아보니 군석이 걱정스러운 얼굴로 쳐다보고 있었다. 연리는 네? 하고 되물으려다 입술을 가리키는 군석의 눈짓에 저도 모르게 입술을 물었던 이를 뗐다.

"정말 제조상궁이 거사를 눈치채고 접근한 걸까요?"

"그렇겠지, 이귀에게 직접 뜻을 밝혀왔다 하지 않느냐. 들키면 제아무리 총애가 하늘을 찌른다 하여도 역모의 죄를 지지 않을 리가 없는데."

"그건 그렇지만……."

이귀가 내놓은 방책이 절묘하기는 했지만, 까딱 잘못하다가는 연루된 모든 일이 줄줄이 발각될 위험이 너무 큰 것 같았다. 연리는 고개를 돌려 조금 전 능양군이 지시를 내렸던 김자점을 바라보았다.

"아무래도 이리 쉽게 결정할 사안이 아닌 것 같습니다. 하루만이라도 더 신중히 생각해 달라고 말해봐야겠어요."

중얼거리듯 말한 연리가 자리에서 일어났다. 조금 놀란 군석이 잠깐 기다리라는 의미로 연리의 팔을 살짝 잡아 저지하자, 옆에 앉은 석윤과 담소를 나누고 있던 주원이 돌아보았다.

"무슨 일이십니까?"

연리의 팔을 붙든 군석에게 잠깐 눈길을 준 주원이 의아한 빛으로 물어왔다. 연리는 군석의 손길에 도로 자리에 앉으며 빠르게 말했다.

"능양군께서 중대한 일을 너무 빨리 결정하신 것 같아서요. 한 번만 더 재고해 달라고 말씀을 올리러 가려고……."

말끝을 흐린 연리가 어서 팔을 놓으라는 듯 아직도 저를 잡은 군석에게 눈치를 주었다. 동시에 제게로 두 눈길이 쏟아지자 군석은 알았다는 듯 그제야 살짝 손을 뗐다.

"성급히 그리 나서지 말거라. 지금 저리 들뜬 걸 보면 능양군은 네가 그리 말해도 신경 쓰지 않을 게야."

"그래도 일단 말은 해봐야죠. 아무도 말하지 않았다가 나중에 혹여 잘못되기라도 하면……."

고집스럽게 뜻을 굽히지 않는 연리의 모습에 군석이 장난 반, 진심 반으로 한숨을 쉬었다. 그러자 둘의 모습을 빤히 지켜보고 있던 주원이 불쑥 끼어들었다.

"그럼 저와 함께 가시지요. 같이 말씀을 올리면 능양군께서도 무시하시지만은 않을 겁니다."

완곡하게 말리던 군석과는 다르게 주원이 명쾌하게 연리의 편을 들며 자리에서 일어나자, 연리의 얼굴이 환해졌다.

흠. 앞장선 주원을 얼른 따라나서는 연리를 보며 픽 웃음을 흘린 군석이 막 걸음을 떼는 두 사람을 쫓아 자리에서 일어났다.

"고집하고는. 좋아, 하면 같이 가보자꾸나. 어차피 박효립 일로 물을 것도 있으니."

"고맙습니다, 오라버니."

두 사람이나 저를 도와주겠다 나서자 연리는 기쁘게 웃었다. 가뿐한 걸음으로 나서는 연리를 흐뭇하게 본 군석은 옆에서 자신을 응시하는 주원의 눈길을 못 본 척하며 천천히 연리를 따라 걸음을 옮겼다.

모란을 끼고 즐겁게 주연을 즐기던 능양군 앞에 세 사람의 인영이 다가와 섰다. 막 모란이 집어주는 안주를 입에 넣던 능양군이 고개를 들어 그들을 확인하고는 미미하게 이맛살을 찌푸렸다.

"무슨 일인가?"

심기가 뒤틀린 듯 보이면서도 능양군은 재빨리 손짓으로 주위에 앉은 자들을 물렸다. 어김없이 자신을 죽일 듯 노려보며 물러나는 모란을 보며, 연리는 드러내지 않으려 하면서도 군석을 과도하게 경계하는 능양군의 태도에 탐탁지 않음을 느꼈다.

"드릴 말씀이 있어 찾아뵈었습니다."

군석이 앞으로 나서며 먼저 시선을 받아냈다. 셋을 쭉 훑으며 날카롭게 노려보던 능양군이 애써 조금 시선을 누그러뜨리며 앉으라 손짓했다. 군석과 주원은 능양군 맞은편에 앉았고, 연리는 그들 옆 조금 떨어진 자리에 조심스레 자리 잡고 앉았다.

"당숙······ 께서요?"

혹여 다른 이들이 들을까 작게 목소리를 낮춘 능양군이 억지로 굳은 미소를 띠며 물었다. 그에 태연한 표정으로 군석은 고개를 끄덕였다.

"예. 지난번에 이흥립을 끌어들이는 일을 제게 맡겨주셨지 않습니까?"

"그랬지요."

"이흥립을 만나 대화를 나누었더니 바로 우리 편에 서겠다 하더군요."

그를 만나기가 쉽지 않다, 아무래도 내 능력으로는 벅찬 일인 것 같다 하는 말을 기대하기라도 했던 듯 능양군의 미소가 일그러졌다.

"벌써…… 그를 설득하셨단 말입니까?"

"이흥립의 사위가 저와 인연이 있다 하지 않았습니까. 그 사위를 구슬렸더니 쉽게 넘어오더군요."

"큰일을 하셨습니다. 이 조카가 당숙께 은혜를 입었군요."

"이만한 일로 은혜라니요."

지도와 함께 문서로 정리해 두었으니 넘겨드리지요. 대수롭지 않다는 듯 군석이 받아치며 품에서 족자 두 개를 꺼내 내밀었다. 그를 받은 능양군이 입매를 끌어 올리며 하하 마른 웃음을 뱉었다.

"다만 한 가지 상의드릴 게 있습니다."

"무엇입니까?"

"이흥립이 말하길, 창덕궁 금호문의 수문장으로 있는 북인 박효립을 반드시 회유해야 승산이 있을 거라 하더군요. 하여 어찌하면 좋을지 여쭙니다."

진지한 군석의 말에 긴장하며 듣던 능양군이 대수롭지 않게 웃음을 흘리며 대답했다.

"그까짓 수문장 따위야 무어 대수겠습니까? 벼슬이나 재물로 회유하면 되겠지요."

"그렇기는 하나, 그자가 북인이라 하니 특별히 신중하셔야 할 겁니다."

"걱정 마시지요, 당숙. 이 조카가 잘 알아서 처리하겠습니다."

당숙께서도 이만 가서 즐기시지요. 능양군은 능청스럽게 말하며 은근한 축객령을 내렸다. 고개를 주억거린 군석이 연리를 흘끔 돌아보았다. 없는 듯 있던 연리가 그의 신호에 아래로 깔았던 시선을 위로 올리자, 귀신같이 그를 알아챈 능양군이 빤히 시선을 부딪쳐 왔다.

"달리 할 말이라도 있느냐?"

성가심을 억지로 눌러 참는 목소리였다.

"송구합니다, 마마. 외람되오나 아까 옥여 대감과 나누신 말씀에 대해 한 가지 조언을 올려도 되겠는지요?"

"조언?"

기가 차다는 듯 작은 웃음이 터져 나왔다. 순간 연리는 노골적으로 적대심을 나타내는 듯한 그의 태도에 놀라 눈을 동그랗게 떴다. 놀란 듯한 표정의 연리와 시선이 마주치자 능양군이 마지못해 표정을 갈무리했다.

"무엇이냐?"

군석과 주원도 자신과 같은 표정이었는지, 능양군이 가까이 다가오라 손짓하며 아까보다 한층 누그러진 목소리로 물었다. 연리는 그의 손짓대로 군석과 주원을 지나 능양군의 정면으로 다가가 앉았다.

"제조상궁 김씨를 역으로 이용한다는 방법이 이치에 맞지 않는 것은 아니나, 다만 사안이 사안인 만큼 신중을 기해주셨으면 합니다. 제조상궁은 친성이 음험하고 눈치가 빠르니 섣불리⋯⋯."

"내가 그런 것도 고려하지 않을 성싶으냐."

조심스럽지만 조목조목 요지를 짚어내던 연리의 말에 급작스레 능양군이 저지를 걸었다. 당장 불쾌한 티가 드러나지는 않았지만, 사냥감을 눈앞에 둔 범의 그것처럼 깊은 곳에서 꿈틀거리는 감정을 숨기는 듯한 목소리였다. 제 등에 가려 목소리를 걸러 듣는 군석과 주원은 알아차리지 못했으나, 연리는 가까이 들려오는 낮은 목소리에 깔린 미묘한 감정의 발현을 눈치채고 멈칫했다.

"송구하옵나이다. 다만 소녀는⋯⋯."

"그래서 이번에도 네가 나설 셈이냐? 내 분명 김자점에게 일을 맡겼거늘, 김자점 대신 그 계집을 만나겠다 청하려느냐?"

다른 이들이 눈치채지 못하게, 몸을 붙여 더욱 낮은 목소리로 빠르게 뱉는 말이 숨통을 옥죄어오는 것 같았다. 숨이 턱 막혀 오는 중압감에 연리는 피부에 와 닿는 적개심을 읽었다.

"아니옵니다. 소녀가 말씀 올리려는 것은……."

왜 내게 이런 반응을 보이는 거지? 불현듯 불안함이 싹텄다.

"너는 그냥 내 지시에만 따르면 돼. 다른 이들과 굳이 친분을 쌓으려 들지도 말고, 내 판단에 이래라저래라 조언하지도 마. 너는 네가 꽤 쓸모가 있는 인재라 자화자찬하는 것 같다만, 그래보았자 한낱 궁녀에 불과하다는 사실을 잊지 마라."

씹어뱉듯이 하는 말에 희번득 두터운 감정이 스치고 지나간 것도 같았다. 짧게 물들다 사라지는 경계심에 연리는 몸을 떨었다. 군석과 주원의 시선이 뚫어져라 자신을 지켜보고 있는 것이 느껴졌다. 그를 느낀 연리는 애써 마음을 진정시켰다.

"말씀 깊이 새기겠사옵니다."

차분히 말하려 애쓰며 담담하게 눈빛을 마주하자, 능양군이 물러나며 삐뚜름하게 웃었다.

"내 뜻을 곡해하지 않았으면 좋겠구나. 모두 너를 위해 하는 말이니."

입안이 착잡하게 말랐다. 경계가 너무나 날카로워 당황스럽기 그지없었다.

"그래, 또 할 말이 남았느냐?"

당황해하는 제 기색을 알아차렸는지, 능양군이 여전히 냉담하지만 얼핏 만족스러운 어조로 말을 던졌다. 이제 이대로 고개를 숙이고 몸을 낮추라 하는 겁박이었다. 없다 대답하고 물러나는 것이 잔뜩 가시를 세운 그를 진정시키는 최상책이겠지만, 물러나겠다 입을 떼려던 연리는 퍼뜩 떠오른 생각에 잠깐 고민하다 결심하고 입을 열었다.

"외람되오나 마마, 모란이는 이런 자리에까진 부르지 않으시는 것이 어떨는지요. 아무래도 외부인이고, 저번 제 숙소에서 벌어졌던 불미스러운 일을 생각하면 외부인은 경계하심이 옳······."

"네가 그리 말하니 우습구나."

반기지 않는 태도라, 지금이 아니면 영 말을 올리기가 어려울 것 같아 구태여 이 자리에서 꺼낸 말이었다. 하지만 능양군은 피식 비소를 흘리며 삐뚜름하게 자세를 흘렸다.

"내 신변은 내가 잘 다스린다. 넌 네 부주의도 다스리지 못하는 판에 타인의 일에 신경을 쓰는 것이 취미이냐?"

"······."

"쓸데없는 참견 말고, 다시는 그런 불미스러운 일이 발생하지 않도록 네 정신이나 제대로 챙기고 다녀라. 그때는 무슨 일이 있어도 용서란 없을 것이니."

물러나야 할 때다. 연리는 심기가 꼬인 능양군에겐 어떤 말도 다 고깝게 들릴 것임을 알아차렸다. 무지한 자는 아니니, 나중에라도 제 말을 곱씹어보길 바랄 뿐이었다. 아무 말 없이 깊이 몸을 숙인 연리는 원래의 자리로 돌아가고, 군석과 주원이 도로 능양군과 마주 앉았다. 능양군이 아까와는 정반대의 기꺼운 얼굴을 하며 힘주어 말했다.

"저 아이가 꽤나 이 일에 열심입니다. 사내들도 하지 않는 조언을 종종 하는군요."

"그렇습니까, 그것참 기특한 일이군요. 마마께서 듣기엔 어떠하신지요?"

"언뜻 눈치로 보아하니, 저 아이와 당숙께서 상당히 가까워 보이시던데요. 당숙께서는 저 아이 말을 미리 들으신 모양입니다."

"하하하, 가만 보니 총명하고 재주 많은 아이가 사내보다도 이 일에 열심이더이다. 기특하고 누이동생 같은 느낌이 들어 가까이 두었습니다."

은근히 날을 들이미는 능양군의 말에 군석이 지지 않고 기를 세웠다. 아직은 이르다 싶었는지 능양군이 가볍게 혀를 차며 한발 물러섰다.

"좋은 조언입니다만, 이 조카가 그런 것도 신경 쓰지 않았겠습니까. 당숙께서도 괜한 걱정은 마십시오."

"그리…… 말씀하시니 안심이 되는군요."

하지만 더 이상 물러나지 않겠다는 능양군의 태도에 군석이 어쩔 수 없이 대답했다. 개운치는 않은 느낌이었으나, 저리 벽창호 같은 태도를 보니 이 상황에서 더 밀어붙이기에는 벅찰 듯했다. 하지만 주원이 포기하지 않고 무어라 능양군에게 말을 올리려는데, 군석이 작게 고개를 저으며 이만 물러나자는 눈짓을 해 보였다. 그를 알아차린 연리가 나서려는 주원의 옷자락을 가만히 잡았다. 괜찮아요. 연리의 눈빛을 읽은 주원이 하는 수 없이 뒤로 물러섰다.

이만 물러나 달라는 기색에 세 명이 인사를 올리고 돌아서려는데, 문득 생각난 듯 능양군이 그들을 불러 세웠다.

"아 참, 아까 말씀하셨던 박효립 말입니다."

군석이 의아해하며 돌아서자, 능양군이 자애롭게 웃으며 말을 건넸다.

"원래는 심기원이나 김자점을 보낼 생각이었는데, 생각해 보니 수문장 하나 설득하는 것이 그리 중한 일도 아닐 듯해서. 하여 그 일은 저자에게 맡기려 하는데 어떻게 생각하십니까?"

능양군의 손이 가리키는 쪽으로 군석과 연리의 시선이 돌아갔다. 그 끝에는 주원이 서 있었다.

"이 일에 네 염려가 대단한 듯하여 대견하기 이를 데 없으나, 네 뜻대로 제조상궁의 일을 맡기지 못해서 미안하구나. 대신이라 하긴 뭐하다만, 네 충정이 기특하여 기회를 주는 것이다. 너도 네 기둥서방과 함께 박효립에게 다녀오련?"

선심 쓰듯 능양군이 연리에게 시선을 돌리며 말했다. 물음이었으되 명령과 다름없는 말임을 그 자리의 누구도 모르지 않았다. 차마 무슨 속셈이냐 캐내어 물을 수도 없었으니, 연리는 고개를 숙여 명령을 받아들였다. 그러자 곧, 화색을 띤 얼굴로 능양군이 자리에서 일어났다.

"그럼, 좋은 소식 기대하지."

격려의 말과 함께 어깨에 얹힌 손이 무게를 실어 내리눌렀다. 주원은 가라앉은 심해와 같은 눈에 맞섰다. 끝을 알 수 없는 검은 파도가 묵직하게 출렁였으나 주원은 피하지 않고 견고히 대답하였다.

"예."

"어때요?"

겉에 두른 장옷을 풀며 연리가 물었다. 옷을 가리던 장옷이 들춰지자 흰색 민무늬 당의와 푸른 치마가 드러났다. 좋은 비단옷도 아니었고 화려하게 장식된 옷도 아니었지만, 실로 오랜만에 익숙한 당의를 입는 것이라 연리는 괜스레 기분이 좋았다.

연리는 대답을 기다리며 흑색 사모를 쓰고 암녹색 관복을 입은 주원을 뚫어지게 바라보았다. 평범한 도포를 입어도 빛나는 얼굴이었는데 관복을 입으니 더욱 광채가 나는 것 같았다. 홀린 듯 반듯한 눈썹과 시원시원한 눈, 다른 사내들과는 다른 날렵한 콧마루를 훑어 내리던 연리는 살짝 굴곡진 입매까지 남김없이 눈에 담고서야 시선을 올렸다.

"잊으신 게 있는 것 같은데요."

잘 어울린다는 칭찬을 기대했던 연리는 감탄의 기색도 없이 평이한 그의 어조에 조금 뾰로통하게 물었다.

"뭐가요?"

안 어울리나? 시무룩해져 이리저리 장옷 안을 살피는데 주원이 성큼 다가와 연리의 손에 들린 보따리를 가져갔다. 갑작스러운 행동에 의아하게 보는데, 주원은 척척 보자기를 풀더니 안을 살피다 약첩들 사이에서 물건 하나를 꺼내어 건넸다.

"이것도 쓰셔야지요."

"아."

의녀들이 머리 위에 쓰는 가리개인 차액이었다. 연리는 주원에게서 차액을 받아 이리저리 살펴보며 말했다.

"크기가 안 맞는지, 앞부분이 자꾸 흘러서 얼굴을 가려서요. 어차피 장옷도 있고, 알아보니 항상 쓰는 것도 아니라 해서 그냥 뺐어요."

연리가 차액을 보며 대수롭지 않게 말하자, 주원의 눈썹 끝이 살짝 올라갔다.

"그래서 권하는 것인데."

"네?"

스치듯 지나간 말에 연리가 시선을 떼며 되물었다. 하지만 주원은 대답 없이 연리의 손에서 차액을 빼앗아 들고는, 도로 연리에게 보따리를 맡기고 손수 차액을 씌워주었다.

숨결이 닿을 정도로 가까워진 거리에 눈앞은 암녹색 비단으로 가득 찼다. 불편해서 쓰기 싫다고 말하고 싶었지만, 두근두근 울리는 심장 소리가 목소리에 묻어 나올 것만 같아 연리는 항의하기를 그만두었다. 그러는 사이 어느새 끈까지 묶어 차액을 완전히 씌워준 주원이 한 발짝 물러섰다.

"됐습니다."

떨어지지 않게 잘 쓰고 계십시오. 만족스럽다는 듯 연리의 모습을 한눈에 담은 주원의 유려한 입매가 곡선을 그렸다.

"당의가 무척이나 잘 어울리십니다."

주원이 아름다운 그림이나 도자기를 감상하는 듯 자연스러운 찬사를 보냈다. 다른 사내들의 칭찬이 자신의 얼굴이나 몸매에 대한 노골적인 것이었다면, 한 부분을 특정하여 말하지 않으면서도 순수한 진심이 느껴지는 주원의 칭찬은 정말로 제 존재 자체를 귀하게 아껴주는 느낌이었다.

불편한 차액을 만지작거리던 연리는 방싯 걸리는 웃음을 숨기느라 애썼다. 어린아이도 아닌데 칭찬 하나 들었다고 좋아하는 모습을 보이기는 어쩐지 부끄러웠기 때문이었다. 그런 연리의 노력을 아는지 모르는지, 주원이 은은한 미소를 머금은 채 연리의 손에서 보따리를 부드럽게 가져갔다.

"그럼 이만 가볼까요."

이제는 약첩만 든 보따리를 한 손에 든 주원이 앞의 길을 가리켜 보였다. 얼른 고개를 끄덕인 연리가 장옷을 쓰고 걸음을 떼자, 주원이 옆에서 보폭을 맞추어 걸었다. 골목을 나와 대로를 걸으니 지나치던 행인들이 종종 신기한 듯 시선을 보내는 것이 느껴졌다. 장옷에 가려져 연리의 의녀 복식은 보이지 않았으나 주원이 입은 의관의 관복이 신기해 보였던 모양이었다. 궁 밖에서 문관이나 무관보다 의관은 상대적으로 덜 보이는 편이기에 그럴 만도 하였다. 하지만 궁궐 근처라 품계 높은 당상관들도 심심찮게 출몰하는 길이었기에, 그보다 보잘것없는 말단직 의관에 대한 호기심 어린 시선들은 길게 이어지지 않고 사그라들었다.

"이홍립이 언질을 주었다고 하던데, 박효립은 어째서 궁 밖이 아니라 위험하게 직접 수문장청으로 오라고 하는 걸까요?"

궁궐 가까이 위치해 인적이 드문 길에 들어서자 연리가 혼잣말하듯 질문을 건넸다. 고운 이마와 눈썹이 고민으로 가볍게 찡그려지자, 주원의 손이 자연스레 올라와 그를 쓰다듬으려다 차액에 손이 부딪쳤다. 아무래도 주원은 자신이 인상을 찡그리는 것이 걱정되는 모양이었다. 연리가 얼른 인상을 펴자, 주원이 싱긋 웃어 보였다.

"인정받고 싶은 모양입니다."

점점 가까워지는 금호문 앞에 열 명이 조금 넘는 군사들이 서 있었다. 주원이 구군복에 전립을 쓴 한 사내를 눈짓해 보이며 말했다.

"자리가 자리인 만큼, 이홍립의 언질을 들었으니 저자도 전세는 우리 쪽이 유리하다는 것을 알 겁니다. 한데 아무리 북인이라 하나 변변한 권세를 가진 이가 아닌데도 강짜를 부리는 걸 보면, 우리가 그를 중히 여기는 입장을 친히 나타내 주기를 원하나 봅니다."

다른 쪽을 보고 있던 박효립이 이쪽으로 힐끔힐끔 눈길을 주었다. 다가갈수록 딴청을 피우며 시선을 피하는 것이 기다리고 있었다는 낌새를 숨기려는 것 같았다. 연리와 주원이 마침내 금호문 가까이에 다가가자, 출입하는 관리들의 신분을 확인하던 한 군졸이 장부를 들고 다가왔다.

"이름과 관직이 어찌 되시오?"

입궐이나 퇴궐 시각이 아닌 애매한 시간대에 나타난 이들이 수상하다는 눈치였다. 어느새 연리를 등 뒤로 보낸 주원이 앞으로 나섰다.

"입궐이 아니라, 수문장 나리를 뵈러 왔소."

"수문장 나리?"

군졸이 등 뒤의 박효립을 돌아보았다. 인기척에 그제야 모른 척 박효립이 이쪽을 바라보았다.

"무엇이냐?"

"저, 이자가 나리를 뵙겠다 합니다."

얼굴에 번지는 환한 기운을 완전히 지우지 못하며 박효립이 얼른 걸어 다가왔다. 숨기려 했으나 어쩔 수 없이 드러나는 기쁨을 눈치챈 연리가 장옷 아래로 안도의 한숨을 쉬었다. 다행이다, 많이 어렵지는 않겠는걸.

"무슨 일인가?"

"일전에 부탁하셨던 보약입니다. 워낙에 귀한 약재라 내의원에 들어오기를 기다리면 늦을 듯하여 아예 지방에서 바로 구해왔습니다."

"그, 그렇지 참! 내 요새 기운이 없어 약방에 부탁했던 것을 깜빡 잊었구먼, 허헛."

주원이 보따리를 들어 보이자 박효립이 눈치챘다는 듯 산발적으로 고개를 끄덕였다.

"안에 복용법을 적은 종이를 넣긴 했습니다만, 아무래도 이해하시기 어려울 듯하여……. 혹 가능하다면 안에서 자세히 설명드리고 싶습니다."

"아…… 그래, 그래. 그게 좋겠네."

박효립이 어서 따라오라며 앞장서 걸음을 뗐다. 공손히 고개를 숙여 보인 주원이 연리에게 눈짓하고선 그의 뒤를 따랐다. 연리가 주원의 뒤로 걸음을 내딛는데, 지나가도록 길을 비켜주던 군졸이 장옷 아래를 힐끔 살피며 물었다.

"이 여인은 누구요?"

"약방에서 내 일을 돕는 내의원 의녀요."

주원이 걸음을 멈추고 연리를 비호했다. 아아, 난 또 누군가 하고. 군졸이 길을 비키자 연리는 침을 꼴깍 삼키고는 재게 걸음을 놀려 주원의 뒤로 따라붙었다. 바로 제 곁에 계십시오. 작게 속삭인 주원의 말에 연리는 고개를 끄덕였다. 그렇게 앞장선 박효립을 따라 걸은 둘은 금호문 안쪽의 수문장청으로 수월히 입성하였다. 그가 입직한 두어 명의 군졸들에게 가서 볼일 보라는 듯 휘휘 손을 내저어 쫓아 보내자, 흔히 있는 일인 듯 하품을 쩍 한 군졸들이 어슬렁어슬렁 어딘가로 자리를 떴다.

"자, 어서 들지."

짐짓 얄팍한 위엄을 차리며 박효립이 문을 열고 들어가 탁자의 상석으로 다가가 앉았다. 주원이 그의 아래 왼쪽 의자를 빼어 앉고, 그 옆에 나란히 연리가 앉으며 장옷을 벗었다.

그런데 아무래도 사내의 손이라 익숙지 않아 그러했던지, 아니면 세게 묶으면 혹여 아플까 그랬는지 느슨하게 묶였던 차액이 장옷에 걸려 옆 의자로 떨어졌다. 연리가 얼른 손을 뻗어 차액을 주워 드는데, 작은 소음에 기대감 가득한 눈으로 주원을 살피던 박효립의 눈길이 무심코 옆으로 기울었다.

"호오, 그것참."

의도치 않은 감탄사가 뽑아져 나왔다. 길게 늘인 눈이 잠깐 음험하게 반짝였다. 그를 곧바로 눈치챈 연리가 탐탁지 않은 기색을 보이자, 주원이 탁 소리를 내며 탁자를 쳐 주의를 환기시켰다.

"나리."

서늘함마저 느껴질 듯한 어조에 박효립이 멋쩍은 듯 헛웃음을 냈다.

"미안하이. 저 계집이 얌전하게 반반한 것이 딱 내 취향이라."

주절주절 변명이 늘어지려 하자, 예의 바르지만 딱딱한 음성이 말을 끊었다.

"함부로 그리하셔서는 아니 될 겁니다."

"왜 그러는가? 고작 계집 하나일 뿐인⋯⋯."

"고작 계집 하나가 아니라, 대비마마의 지밀나인입니다."

"뭐?"

억울하다는 듯 항변하려던 박효립이 튀어나올 듯 크게 눈을 떴다. 입이 떡 벌어진 꼴이 여간 놀란 것이 아닌 듯했다.

"저, 정말인가? 정말? 그럼 설마 대비마마께서도⋯⋯?"

"중한 일에 어찌 허황된 언사를 하겠습니까."

허어⋯⋯. 믿기지 않는다는 듯 박효립이 정신없이 위아래로 연리를 훑다 간신히 시선을 떼어 주원을 보았다.

"하면 얼마 전 내가 은근히 들은 것이 있는데 말이야. 내가 짐작하는 것이⋯⋯ 그것이 맞는가?"

흥분 어린 박효립의 음성이 미약하게 떨렸다. 승기를 잡은 주원이 자신 있게 말했다.

"평산 부사가 거사를 도모하고 있다는 사실 말입니까?"

헙! 급하게 숨을 들이켠 박효립이 캑캑 받은 숨을 뱉었다. 유심히 그를 지켜보던 연리는 겹치는 기억의 잔상에 잠겼다. 그간 중도파를 포섭할 때마다 이귀의 이름을 내놓으면 모두들 하나같이 고개를 끄덕였다.

왕으로 추대할 능양군의 존재를 언급하지 않아도, 아니 심지어는 왕이 될 이가 누구든 안중에도 없는 듯했다. 제가 직접 나서거나 옆에서 지켜보았던 경우만 해도 압도적이었거늘, 하물며 알지 못한 다른 수많은 순간이라 해서 크게 다르지 않았을 것을 쉽게 예상할 수 있었다. 그렇게 지금도, 익숙한 그 장면이 어김없이 재현되려 하고 있었다.

"좋네. 내 기꺼이 뜻을 함께하지."

십수 년이 넘는 오랜 세월 동안 서인뿐만 아니라 온 당파에 명성이 자자했던 이귀의 저력이란 과연 이토록 대단한 것이었다. 만약 이귀를 끌어들이지 못했다면, 그가 이귀를 설득시키지 못했더라면 결코 이 거사는 탄탄한 세력을 갖추지 못했으리라. 연리는 벅찬 눈길로 통문(通文)을 꺼내 박효립의 수결을 받는 주원을 바라보았다.

수결을 받고 나서 말을 전하자, 박효립은 단번에 내일 있을 회합에 참석하겠다 대답을 들려주었다. 또한 들고 간 몇 가지 의논거리는 박효립의 조건 없는 승인 아래 일사천리로 이루어졌다.

"하면 이만 물러가겠습니다."

"허허허, 그러지. 살펴 가게!"

박효립은 입이 귀에 걸릴 정도로 너털웃음을 터뜨리며 금호문 밖까지 나와 연리와 주원을 배웅했다. 나리, 얼마나 좋은 보약을 얻으셨길래 그리 기분이 좋으십니까요? 아첨하듯 건네는 물음에도 멈추지 않는 웃음소리가 점차 등 뒤로 가물가물 희미해졌다.

장옷을 두른 손에 차액을 쥐고 걷던 연리가 살풋 웃으며 말을 건넸다.

"걱정했었는데 생각보다 쉽게 해결되었네요. 단지 이귀도 함께한다 말했을 뿐인데, 늑장 부리던 태도가 이렇게 금방 바뀔 줄은 몰랐어요."

"수월하게 해결되었으니 잘된 일이긴 하나, 그다지 좋은 일만은 아닙니다."

어느새 사잇길을 지나 비원 대문으로 이르는 담장을 따라 걷던 주원이 걸음을 멈추었다. 바로 오른쪽으로 꺾기만 하면 도착인데, 무슨 중요한 말을 하려기에 걸음까지 멈추는가 싶어 연리는 갸웃하며 장옷을 내려 어깨에 걸치고는 주원의 옆에 멈춰 섰다.

"능양군이 아니라 이귀라서요?"

연리는 담장에 걸린 등롱 빛을 받아 담갈색으로 변한 눈동자를 담으며 물었다. 눈을 마주한 주원이 부드럽게 고개를 끄덕였다.

"효과적인 수단인 만큼, 치명적인 단점이 될지도 모릅니다."

"그 또한 군주가 품어야 할 과업이겠지요."

연리가 요요한 눈빛으로 또렷하게 말했다.

"일전에 공자님께서 이귀에게 말씀하셨지요, 능양군은 차악이라고. 그러니 그가 왕이 되어 군주의 자질을 펴지 못한다면 공자님이 충직하게 간언하셔서 바로잡아 주세요."

그때는 공자님께서도 높은 관직에 오르셨을 테니까요. 진지한 말에 장난기 어린 목소리로 덧붙이자 주원이 짧게 소리를 내며 웃었다.

"제가 한 말을 그렇게 잘 기억하고 계시는 줄 몰랐습니다."

주원의 말에 연리는 곱게 눈을 접으며 말없이 웃었다.

"한데……."

"네?"

읊조리듯 조용한 음성이 들려오자, 나눈 웃음에 기분이 좋은 연리는 청아한 목소리로 되물었다.

"아까 제가 한 말은 어찌 잊으셨습니까?"

주원이 유연하게 몸을 돌렸다. 갑자기 장옷까지 떨어뜨리고 담을 등지고 서게 된 연리는 제 어깨를 가볍게 쥔 손의 온기를 느끼며 눈을 깜빡였다. 갑자기 왜 이러냐며 물어야 할지, 아니면 내가 무슨 말을 잊었냐며 물어야 할지 고민하던 연리는 일단 먼저 주어진 의문을 해결하고자 입을 열었다.

"무슨 말을요?"

하나 잘못된 선택이었던지, 언젠가 보았던 것처럼 주원이 입술 끝을 비틀듯이 올려 웃었다. 처음 보았을 때는 잘못 본 것이 아닌가 여겼는데, 벌써 두 번째 저런 표정을 보니 의문이 샘솟았다.

"왜요?"

연리는 진심으로 궁금하다는 듯, 아니 진심으로 궁금했기에 미묘한 표정의 주원을 빤히 바라보며 물었다. 그러자 물음이 끝남과 동시에 주원이 입술 끝을 살짝 물었다 놓는 것이 눈에 들어왔다. 순간 깊어진 그의 눈빛이 진하게 박혀와 연리는 점점 정신이 아득해짐을 느꼈다.

"왜 그러시는……."

"떨어지지 않게 잘 쓰고 계시라고 했지 않습니까."

의문과 아득해짐이 한데 섞여 간신히 이어지던 말 사이로 주원이 단숨에 치고 들어왔다. 그제야 주원이 말하는 것이 차액임을 알아차린 연리가 손에 든 것을 살짝 들어 보였다.

"아까 장옷을 벗을 때 걸려서 떨어졌어요. 걱정 마세요, 차액을 쓰지 않아도 제가 의녀라는 걸 의심하는 사람은 없었던 것 같아요."

걱정이 되어 이러는구나. 그제야 주원의 생각을 짐작해 낸 연리가 열심히 그의 걱정을 덜어주려 재빨리 말을 이었다.

"의녀로 보이라고 쓰라 한 것이 아닙니다."

하지만 주원의 목소리는 여전히 나직했다.

"그럼 왜……?"

그건 얼굴을 자꾸 가려서 불편하단 말이에요. 불만스레 대꾸한 연리는 손에 든 차액을 만지작거렸다. 제가 놓친 무언가가 있었는지 기억을 되짚던 연리는 습관처럼 자신도 모르게 가지런한 눈썹을 찡그렸다. 쉬, 어르는 소리를 내며 어김없이 주원의 긴 손가락이 와 닿았다. 와 닿는 감촉에, 연리가 표정은 그대로 두고 반사적으로 눈썹만 제대로 펴는 순간이었다.

"그래서입니다."

"네?"

"얼굴을 가리니까."

그게 대체 무슨 말……. 중요한 것은 잘라내고 드문드문 이어지는 말에 연리가 못마땅하게 되물으려는 찰나에 비스듬히 살짝 고개를 기울인 주원이 와락 다가들었다.

눈꺼풀을 단 한 번 깜빡인 짧은 순간, 입술의 따뜻한 감촉이 파고들었다. 빈틈없이 단번에 맞물리는 느낌에 이성을 이루던 머릿속의 끈이 흔적도 없이 사라졌다. 분명 부드러웠지만, 거칠게도 느껴지는 모순적인 움직임으로 주원이 내리누르듯 겹쳐 왔다. 그렇게 두 번 세 번 자세를 바꾸던 입맞춤이 마침내 점차 한 자리에 녹아들기 시작했다.

반복된 진한 황홀경에 의도하지 않았음에도 스르르 발꿈치가 들렸다. 반 척도 넘게 차이 나는 둘의 높이가 조금이나마 메워지자, 주원이 한쪽 팔로 허리를 받쳐 왔다. 흔들림 없이 자신을 지탱하는 주원을 느낀 연리가 작게 웃음을 흘리며 마침내 온전히 몸을 맡겼다.

발밑에서 툭 하고 무언가 떨어지는 소리가 불청객처럼 아득하게 울렸다. 그러나 다행히도 음률과 웃음소리로 가득한 밤의 거리가 눈치 빠르게 아스라이 불청객을 덮어주었다. 담장 아래 어스름함에 몸을 숨긴 은밀한 연인은, 서로를 향한 매혹에 그렇게 천천히 잠식되고 있었다.

어느새 밤의 장막이 내린 하늘 아래, 저 높은 곳 총총히 박힌 별들이 무색할 정도로 비원은 찬란하게 빛을 밝히고 있었다. 연리는 쌀쌀한 밤공기로부터 손을 포근히 감싸 쥔 온기에 발그레한 뺨으로 발걸음을 맞추어 걸었다.

주원은 격정적이었던 입맞춤의 여운은 온데간데없이 여느 때처럼 잔잔한 모습으로 돌아와 있었다. 아무 말 없이 가만히 함께 걷는 느낌도 좋았지만, 연리는 주원의 쭉 뻗은 턱선을 따라 준수한 옆얼굴을 감상하다 장난기가 돌아 불쑥 입을 열었다.

"왜 이제 차액 쓰라고 더 안 하세요?"

당황하는 모습을 보려 던진 말이었는데, 주원은 그저 연리의 부드러운 손을 쓰다듬듯 다시 한 번 쥐어보기만 할 뿐 조금도 당황하는 낌새가 없었다.

"여기는 다른 사내들이 없지 않습니까."

피. 입을 삐죽인 연리가 종알거렸다.

"그래도 이따가 능양군께서 오시면 시중을 들어야 할 텐데요. 의녀들도 궁중에서는 기녀처럼 연회에 불려가 춤을 춘다던데, 그럼 기녀도 의녀처럼 차액을 써도 되는 거 아니에요?"

무슨 말까지 하는가 싶어 피식 웃은 주원이 별다른 대꾸 없이 슬쩍 고개를 돌려 시선을 마주하자, 연리가 명랑하게 웃었다.

"쓸까요?"

연리가 장난스러운 말을 건네는 동시에 기녀 숙소 바로 앞에 다다른 주원이 걸음을 멈추었다. 꼭 잡고 있던 손에서 온기가 떨어져 나가자 연리는 진한 아쉬움을 느꼈다.

"사람을 놀리시면 못 씁니다."

"이게 왜 놀리는 거예요, 다른 사내들이 이상한 눈길로 제 얼굴을 보는 게 싫다고 차액을 쓰라고 하신 건 공자님이시잖아요."

연리가 지지 않고 대답하자 주원이 후 가벼운 한숨을 쉬었다.

"마음 같아서는 차액이 아니라 더한 것도 하고 싶습니다만."

모르는 이가 잘못 들으면 오해의 소지가 다분한 말을, 주원은 태연한 얼굴로 시원스럽게 던졌다. 더한 거요? 누가 보아도 분명한 장난에 알쏭달쏭한 진심이 돌아오자 연리는 고개를 갸웃했다.

"그게 뭔데요?"

하지만 주원은 연리의 물음에 친절하게 대답해 주는 대신 빙그레 웃으며 숙소 쪽으로 연리를 살짝 밀었다.

"가서 옷 갈아입고, 쉬다 오십시오. 아직 능양군께서 오시려면 조금 시간이 있으니까요."

저도 잠시 집에 들렀다 와야겠습니다. 말을 마친 주원이 관복 품에서 박효립의 수결을 받았던 통문을 꺼내 연리에게 내밀었다.

"어차피 바로 능양군께 드려야 하니, 그대가 맡아두었다가 가지고 와주십시오."

연리는 주원이 건넨 통문을 받아 들었다. 살짝 엿보니, 제일 먼저 적힌 능양군을 필두로 빼곡하게 적힌 이름들 끝에 박효립의 이름자가 새로 적혀 있었다.

"그럴게요. 그럼 잠시 뒤에 봬어요."

연리가 통문을 꼭 쥐고 눈매를 접어 웃으며 가벼운 인사를 건넸다. 그리고 몸을 돌려 숙소로 걸어 들어가려는데, 불쑥 주원이 손을 잡아 걸음을 멈춰 세웠다. 붙잡힌 연리는 제 손을 눈앞까지 들어 올려 무언가 찾듯이 이리저리 살펴보는 주원에게 어리둥절하여 물었다.

"왜 그러시는……."

"일전에 운종가에서 제가 사 드렸던 가락지는 안 끼시는 겁니까? 그 날 이후로 도통 보지 못한 것 같은데요."

주원이 문득 생각났다는 듯 물어오자 연리가 새초롬한 눈빛으로 빤히 쳐다보았다.

"네."

"왜요?"

"흐음."

연리는 대답은 않고 뜻 모를 비음을 냈다. 그러자 순진한 성정 속에서도 호락호락하지 않은 기운을 읽은 주원이 눈을 가늘게 늘이더니 도로 손을 놓아주고선 팔짱을 끼었다.

"잃어버리셨는지요?"

"글쎄요."

어디 있더라? 앙증맞은 혀를 쏙 빼내 보인 연리가 유쾌하게 말하며 소리 내어 웃었다. 종이 울리듯 맑은 소리에 저절로 입가에 미소가 지어졌으나 주원은 온기가 묻어나는 표정과는 반대로 심각하게 목소리를 꾸몄다.

"전 그대에게 받은 단산오옥을 귀중히 잘 간직하고 있는데, 그대는 가락지가 어디 있는지조차 기억이 안 나신단 말씀입니까?"

"음, '차액보다 더한 것'이 뭔지 알려주시면 기억이 날 것 같은데요."

주원의 짐짓 진중한 태도에도 이제 연리는 마음 졸이지 않고 태연하게 말했다. 그에 못 말리겠다는 듯 주원이 바람 빠지는 소리로 웃으며 가볍게 절레절레 고개를 저었다. 연리는 다시 한 번 까르르 웃고는 손을 흔들어 보였다.

"이따 봬어요!"

다다다 뛰어가며 연리는 바람결에 목소리를 실어 보냈다. 천진한 어린아이 같은 모습에 주원은 멀어지는 뒷모습에서 눈길을 떼지 못했다. 아무래도, 하루빨리 기쁜 소식을 전하기 위해서는 지금의 배로 노력해야만 할 것 같았다.

달음박질해 숙소로 돌아온 연리는 화기 숙소 맞은편의 예기 숙소로 다가섰다. 그리고 후다닥 신을 벗고 이제는 독방이 된 제 방문을 힘차게 열었다. 연의가 미리 불을 밝혀두었는지 방이 환했다. 끝이 아슬아슬한 몽당 초에 잠깐 눈길을 준 연리는 오늘 돌아오는 길에 새 초를 얻어 와야겠다고 생각하며, 손에 들었던 통문을 서안에 올려놓고는 농을 열어젖혔다. 가지런히 정리해 둔 옷가지를 이리저리 빼며 연리는 가락지를 찾았다. 분명 이쯤 여기에 넣어뒀었는데.

"찾았다!"

비단 주머니에 넣어둔 백옥 가락지를 찾은 연리가 탄성을 질렀다. 부드럽게 새겨진 무늬가 변함없이 뽀얀 광택을 내뿜었다. 연리는 혹여 상하거나 잃어버릴까 귀중히 보관만 해두었던 가락지를 살며시 손가락에 끼워보았다. 하얀 피부과 백옥의 유백색 빛깔이 맞춘 듯 잘 어울렸다.

두 개의 지환으로 이루어진 가락지를 낀 제 손을 이리저리 살펴보던 연리는, 배시시 웃음을 지은 채 조심조심 도로 가락지를 빼어 서안 위 통문 곁에 나란히 올려놓았다. 충분히 복수해 준 것 같으니까 이제 그만 놀려야지. 연리는 조금 후에 가락지를 끼고 나갈 생각으로 백옥 가락지에 어울리는 옷을 고르려 심사숙고했다.

마침내 은은한 자수가 놓인 하얀색 저고리에 붉은 치마를 고른 연리는 걸쳤던 의녀 복식을 훌훌 벗어 내리고 옷을 갈아입었다. 반듯하게 고름을 매고 구김이 가지는 않았는지 치맛자락을 정리한 후 연리는 간단하게 화장을 했다.

　피부는 진줏빛에, 뺨은 자연스러운 혈색을 돌게 해주는 분을 바르고 눈썹용 먹으로 버들잎 같은 눈썹을 결을 살려 그렸다. 잘 익은 사과색의 연지를 입술에 톡톡 두드려 바른 후, 좋은 향이 나는 동백기름을 꺼내 흑단 같은 머리칼에 바르고 윤기가 돌게 빗었다. 그리고는 상자에 따로 담아 보관해 두었던 가체를 꺼내 머리에 얹었다. 아직 익숙지 않은 가체에 장신구까지 꽂으니 무게가 꽤 묵직하여 목이 뻐근했다.

　동기일 때는 하나로 땋은 머리에 댕기를 드렸거나 간단하게 틀어 올렸지만, 이제 정식으로 기녀가 되었으니 가체를 착용해야만 했다. 가체 자체도 워낙에 가격이 나가는 것이고 거기에 꽂는 비녀 같은 장신구를 더하면 평범한 이들은 언감생심 탐내지도 못할 정도로 값이 나갔다. 그렇기에 예기보다 크기가 작거나 질이 떨어지는 가체를 착용하는 화기들이나, 아예 가체를 만져보지도 못하는 계집종들은 연리를 비롯한 몇 안 되는 예기들의 가체를 선망하듯 바라보곤 했다.

　그렇지만 무거운 가체를 이고 몇 시진씩 연회에 참석해 보니 차라리 예전처럼 하나로 땋은 머리가 낫겠다는 생각이 저절로 들었다. 연리는 면경을 꺼내 용모가 어떠한지 살펴보며 뻐근한 목을 조심조심 주물렀다. 그런데 순간 환하던 방 안이 암흑으로 물들었다. 문이 열려 바람에 꺼진 것도 아니요 제 손으로 직접 끈 것도 아니건만 불꽃은 완전히 사그라들어 되살아날 기미를 보이지 않았다.

　화들짝 놀라 숨을 멈춘 연리는, 곧 아슬아슬했던 몽당 초를 떠올리고는 더듬더듬 자리에서 일어나 촛대 가까이 손을 가져다 댔다. 예상대로 따스한 온기가 남아 있는 촛대에는 촛농만 일부 남아 사라진 초의 흔적을 나타내고 있었다. 연리는 조심스럽게 걸음을 내디뎌 문을 열고 밖으로 나왔다. 단장은 얼추 다 되었지만, 아직 능양군이 오려면 시간이 남았으므로 연리는 막간을 이용해 새 초를 가져올 요량이었 다.

신을 신고 숙소와 조금 떨어진 거리의 창고로 간 연리는 지나가던 계집종을 붙잡고 새 초를 가져다줄 수 있겠느냐 물었다. 화려한 가체 와 옷차림, 곱게 꾸민 얼굴을 본 계집종이 반짝이는 눈빛으로 얼른 고 개를 끄덕이고는 안으로 사라졌다.

"연리야!"

잠시 기다리는 사이 예기 숙소 쪽에서 연의가 다가왔다.

"오늘 볼일 있다고 나가더니, 언제 왔어?"

"응, 방금. 얼마 안 됐어."

연의가 다가오더니 샐샐 눈웃음치며 말했다.

"조 공자님이 그러시는데, 너 또 네 서방님 만나러 나간 거라며? 거 의 맨날 여기서 뵈면서 밖에서도 만날 만큼 그리 좋으니?"

이번엔 어딜 갔다 왔어? 연의가 못 말린다는 듯 과장하여 말했다. 화끈 얼굴이 달아오른 연리가 얼른 질 수 없다는 듯 맞섰다.

"능양군께서 하명하신 일이 있어서 그랬다, 뭐! 그러는 닌 조 공자 님께서 머리도 올려주셨다고 했으면서, 왜 그분은 서방님이라고 안 부 르니?"

"아이, 조 공자님은 지어미 될 여인 말고 다른 여인은 가까이하지 않는다고 하셔서 그날 밤새워서 이야기만 했다니까! 저번에 말했는데 도 그러…… 어, 근데 내가 그랬어?"

조금 당황한 듯 눈을 깜빡거리던 연의가 곧 아무렇지 않게 말했다. 그럼 이제부터 서방님이라고 부르면 되지. 연의가 덧붙이듯 중얼거리 자 픽 웃음을 터뜨린 연리가 물었다.

"근데 여긴 왜 온 거야? 난 초가 다 돼서 얻어가려고 왔는데."

"정말? 나도 아까 네 방에 불 켜두고 나올 때 보니 초가 없길래, 너 대신 좀 가져다 두려고 왔는데."

계집종이 창고에서 찾아 나온 새 초를 받은 연리가 가볍게 감사를 건네자 계집종이 별일 아니라는 듯 손사래 치고는, 마지막으로 가체를 흘깃 눈에 담고 총총 멀어져 갔다. 덕분에 헛걸음하게 된 연의와 함께 연리는 불붙인 새 초를 나누어 들고 대화를 나누며 숙소로 돌아왔다. 무슨 말을 해도 자꾸만 말꼬리를 잡아 밖에서 뭘 하고 왔느냐는 말로 장난을 거는 연의 때문에, 연리는 일부러 위아래 입술을 겹쳐 물고는 아무 말도 하지 않겠다 버렸다. 아랑곳하지 않고 짓궂은 질문을 계속 하던 연의가 입을 딱 닫은 연리를 장난스럽게 노려보았지만, 연리는 모른 척하며 고개를 척 들고 걸어갈 뿐이었다.

우스운 침묵이 감돌았지만 둘은 누가 먼저 항복을 하나 견주느라 서로만 흘겨볼 뿐 입을 열지 않았다. 모두들 연회에 나갔는지 그렇잖아도 인기척 없이 불 꺼진 숙소가 조용했다. 유일하게 있는 두 명조차 입을 열지 않으니 숙소는 텅 비어 아무도 없는 것 같았다. 하지만 연의가 더 이상 침묵은 용납지 않겠다는 듯 눈을 치켜뜨며 달려들려 하자, 연리는 참았던 웃음을 흘리며 순식간에 도망쳐 제 방문을 열고 뛰어들었다.

"꺅!"

연리가 제 방의 문을 열고 우당탕 달려들어가는 순간, 높은 비명이 하늘을 찢을 듯 안쪽에서 크게 울렸다. 비명의 주인과 엉겁결에 정면으로 부딪친 연리도 깜짝 놀라 작은 비명과 함께 바닥에 주저앉았다. 손에 들었던 초는 불빛이 사그라들어 방 안은 여전한 암흑이었다. 뒤따르던 연의가 그 소리를 듣고 놀라 신을 신은 채로 헐레벌떡 달려왔다. 그러자 어둠에 묻힌 침입자는 급하게 몸을 빼 문밖으로 뛰쳐나가려 했다. 상대가 여인임을 알아챈 연리는 본능적으로 침입자를 붙들었다.

"놔!"

당황한 듯 뻣뻣이 굳은 침입자가 벗어나려 끙끙대며 연리와 엎치락 뒤치락 몸싸움을 벌였다.

"연의야, 불!"

얼굴을 할퀴고 옷자락을 잡아 뜯어 겨우 침입자를 꽉 붙잡은 연리가 비명 지르듯 소리쳤다. 응! 마침내 연의가 불붙인 초를 들고 방 안으로 들어섰다. 환한 빛이 그리 넓지 않은 방에서 어둠을 몰아냈다. 그리고 연리는, 사나운 눈빛으로 제 앞에서 씨근덕거리는 모란을 발견했다.

"네가 왜……."

놀라 말끝을 흐리는 연리를 모란이 거칠게 밀쳤다. 꼭 붙잡고 있던 팔이 세게 부딪쳐 알싸한 고통이 밀려들었다. 한데 몸끼리 부딪친 둔탁한 타격음에 이어 무언가가 바닥에 떨어지는 소리가 났다. 연리는 반사적으로 눈길을 옮겼다.

데구루루 굴러간 백옥 가락지가 벽에 부딪쳐 그리던 궤적을 간신히 멈추었다. 또르륵 소리를 내며 주저앉은 가락지 옆에는 낯익은 작은 두루마리가 풀려 주르륵 속내를 내보이며 멈추었다. 단단한 소재로 갈무리한 겉면과 다른, 이름들이 빼곡한 안쪽의 흰색 종이가 눈에 들어왔다.

"통문……."

차갑게 식은 머리로 착착 맞아떨어지는 실마리를 맞춘 연리는 천천히 시선을 올려 모란을 쏘아보았다.

"너."

붉은 입술을 사정없이 세게 물은 모란의 얼굴에는 틀림없는 낭패감이 서려 있었다.

"연의야, 가서 사람들 좀 데려와 줘."

연리와 모란, 그리고 모란의 손에서 떨어진 가락지와 통문을 번갈아 본 연의가 상황 파악을 끝내고 재빨리 방 밖으로 뛰쳐나갔다.

"마마, 마마! 살려주세요!"

우락부락한 사내종들에게 양팔을 붙잡힌 모란이 소리 질렀다. 기녀 숙소 앞마당은 예사롭지 않은 광경이 펼쳐져 있었으나 단순한 호기심으로 기웃거릴 수 없을 만큼 기세가 흉흉했다. 어느새 마당을 가득 채운 사람들이 경악한 얼굴로 차림이 엉망이 된 모란을 쳐다보았다.

자꾸만 속박된 팔을 풀려 몸부림치는 모란을, 단단히 붙잡으라는 명령을 내린 능양군이 뒷짐을 지며 노려보았다.

"네 이년. 내 너를 그토록 아꼈거늘, 이렇게 보란 듯이 뒤통수를 쳐?"

"마마!"

억눌린 잇새로 분노의 감정을 드러낸 능양군이 성큼성큼 다가가 모란의 뺨을 내리쳤다. 삽시간에 고운 뺨이 손자국을 따라 벌겋게 부풀어 올랐다. 무언가 말하려던 모란이 입을 벌린 채 잔뜩 충격받은 눈빛으로 능양군을 응시했다. 살짝 치켜 올라간 맵시 있는 눈매에서 벌건 뺨을 따라 투두둑 흘러내리는 눈물이 처량했다.

"끌어내라!"

능양군이 이글거리는 눈빛을 고정한 채 거칠게 손짓했다. 예! 고개를 숙여 외친 사내 종들이 곧 우악스럽게 양쪽에서 모란을 붙들고 끌고 갔다.

"잘못했습니다! 살려주세요, 마마! 마마!"

안 되겠다 싶었던 모양인지 모란이 능양군 옆에 선 연리에게 눈길을 주었다가 그 옆 연의의 옷자락을 냅다 잡고 매달렸다. 연리는 지푸라기라도 잡는 심정으로 그러는 것인가 생각하며 차가운 눈길로 모란을 보았다. 능양군도, 마당을 메운 사람들 중 단 한 명도 간자를 동정하는 자는 당연히 없었다. 곧, 끌려가지 않으려 질질 온몸을 늘어뜨린 모란의 비명이 서늘하게 공기를 찢으며 사라졌다.

연의와 함께 서서 일을 지켜보던 연리 곁에 어느새 주원이 다가와 어깨를 감쌌다. 석윤도 뒤에서 다가와 연의 곁에 서 괜찮으냐 짤막하게 물었다. 고개를 끄덕인 연의가 몸을 돌려 물었다.

"연리야, 괜찮아?"

그 말에 연리가 작게 고개를 끄덕이며 반사적으로 손을 펴 손안에 든 백옥 가락지를 확인했다. 옆에 섰던 주원도 백옥 가락지에 잠깐 눈길을 주었다.

"잘들 보아라! 감히 나를 배신하는 자는 이처럼 목숨을 부지하지 못할 것이다!"

능양군이 격분과 함께 좌중을 향해 포효하듯 소리쳤다. 꿈에도 예상치 못했다는 듯 흔들리는 눈빛으로 비명과 함께 멀어지는 모란을 보던 자들이 화들짝 놀라 깊숙이 허리를 숙여 충성과 복종을 드러냈다. 연리와 주원, 연의와 석윤도 함께 허리를 숙였다.

"연아."

분노의 잔재가 남은 목소리였으나 애써 너그러운 목소리로 연리를 부르며 능양군이 발치로 다가왔다. 연리는 착잡한 심정으로 허리를 펴고 고개를 들었다.

"너의 말을 간과하였구나. 내 실책이다."

의외로 망설이지 않고 단번에 모란을 처리함에 이어 담백하게 실수를 인정하는 능양군의 태도에, 착잡했던 연리는 그나마 안심이 되었다.

"앞으로는 주의하마."

"황송하옵나이다."

예상 밖의 말이었지만, 마땅히 반길 만한 말이었기에 연리는 통문을 들어 바치며 다시 허리를 숙였다. 그에 만족스럽게 통문을 받아 든 능양군은 좌중에 안으로 모이라 지시하며 자리를 떴다. 혹여나 늦을세라 사람들이 썰물처럼 기녀 숙소 앞마당을 빠져나갔다. 주원은 석윤에게 먼저 가 있으라 눈짓하고서 한 손을 들어 천천히 허리를 펴는 연리의 고개를 부드럽게 자신의 쪽으로 돌렸다.

"괜찮으십니까? 다치신 곳은요?"

"괜찮아요."

힘없이 중얼거린 연리가 백옥 가락지를 손안에 꼭 쥔 채로 주원의 품에 안겼다. 갑작스레 품에 파고든 연리를 두 팔로 둘러 안은 주원이 말없이 가볍게 다독여 주었다. 줄곧 물증이 없어 의심만 하던 이를 말끔하게 잘라내니 후련하기는 했으나, 끌려가던 모란의 모습이 마냥 즐겁지만은 않았다. 그러한 연리의 심정을 눈치챈 것인지 어느새 주원의 다정한 음성이 들려왔다.

"마음 쓰지 마십시오. 끄나풀을 잘라냈으니 잘된 일입니다."

"네……."

그래, 이제 걸리던 방해물은 해결되었으니 모든 것이 순조로울 일만 남았다. 연리는 주원의 가슴에 얼굴을 묻으며 훌훌 묵은 걱정거리를 털어냈다.

다행히도 시간과 상황은 이변 없이 순탄히 흘러갔다. 찬바람과 눈송이를 몰고 다니던 동장군이 물러가고, 어느새 계절은 훈훈한 봄기운이 감도는 봄날을 목전에 맞이하고 있었다.

11장
꿈

헉. 번쩍 뜬 눈에 어스름한 빛의 천장이 비쳤다. 연리는 눈을 깜빡이는 것도 잠시 잊고 멍하니 천장을 보고 누워 있었다. 가슴이 두근두근 빠르게 뛰었다. 가만히 손을 들어 왼쪽 가슴을 누르고 있으니 천천히 맥이 풀렸다. 연리는 몇 번 눈을 깜빡이다가 손을 이불 위로 툭 떨어뜨렸다.

무슨 꿈을 꾸었는지는 기억나지 않는다. 벌써 닷새째였다. 내용도 기억나지 않는 꿈에 시달려 자꾸만 새벽에 잠을 설치다 깨어나는 피곤한 일이 반복되었다.

"환절기라 그런가……."

혼자 쓰는 독방이 오늘따라 허전했다. 연의랑 같이 자면 좋을 텐데. 연리는 힘없이 중얼거리다 다시 얕은 선잠에 빠져들었다.

❖

"만나 뵈어 영광입니다, 마마. 소인 김치라 합니다."

"하하하, 반갑소이다. 그대가 바로 그 유명한 점술가라지요?"

"소인 함경도 병마절도사 이괄입니다."

"오, 내 병마절도사의 명성은 익히 들었소. 어서 오시오."

시끌시끌한 주연이 시작되었다. 속속들이 도착한 사람들이 능양군에게 인사를 올리러 왔다. 그간 거사를 함께 모의했던 이들은 물론이요, 이귀를 포함해 사정상 연통으로만 연락을 주고받았던 이들도 여럿 참석해 분위기는 여느 때보다 무르익고 있었다.

툭.

"몸이 안 좋은 게냐? 기운이 없어 보이는데."

떨어뜨려 깨어질 뻔한 술잔을 군석이 재빨리 잡아채며 말을 건넸다. 연리는 눈짓으로 감사를 표현한 후 살래살래 고개를 저었다.

"그냥, 잠을 좀 못 자서요."

하지만 돌아온 대답이 영 맘에 들지 않았던지, 군석은 연리가 다시 술을 따라 건넨 잔을 들지 않고 도로 상 위에 올려놓았다.

"잠이야말로 만병의 약이니, 불면이 그리 쉽게 생각할 것은 아니지. 아니 그런가?"

"지당하신 말씀이지요."

"옳은 말씀입니다."

군석의 물음에 석윤과 함께 즉각 장단을 맞춘 주원이 걱정스레 연리의 낯빛을 살폈다.

"며칠 전부터 줄곧 피곤해 보이십니다. 오늘은 이만 쉬시는 것이 어떻겠습니까?"

"괜찮아요. 오늘 연회는 중요한 인사들이 많이 오는 자리인데, 제가 빠질 수야 있나요."

애써 밝은 티를 내며 연리가 씩씩하게 말했다. 하지만 며칠 새 홍조
돌던 뺨이 희어지고, 그러잖아도 가녀렸던 몸이 점점 수척해진 것은
눈썰미 있는 자라면 누구나 눈치챈 변화였다. 지금도 맞은편에서, 막
피어난 봄꽃처럼 화사한 미인에게 처연함이 더해지니 애수 어린 미모
가 더욱 빛난다 수군거리는 이들의 대화가 생생히 들려오고 있으니 말
이었다.

"무리하시지 않는 것이 좋을 듯한데요. 하루쯤 빠진다고 하여 큰일
이야 있겠습니까."

석윤이 주원을 거들며 걱정스럽게 말을 건넸다. 연리는 걱정이 한가
득한 세 사내의 똑 닮은 눈빛을 찬찬히 둘러보며 미소를 지어 보였다.

"무리하지 않으니 정말 걱정하실 것 없어요."

"많이 불편하시면 말씀하십시오. 함께 나가 드리겠습니다."

일부러 생기 있게 꾸민 말에도 안심하지 못했는지 주원이 재차 당부
했다. 연리는 당장 온몸이 녹아내릴 것만 같은 피곤함에도 괜히 걱정
을 끼치고 싶지 않아 방긋 웃으며 고개를 끄덕였다.

"그래, 그대는 조정에서 대사간, 부제학, 병조 참지를 포함해 많은
요직을 역임했다지요? 그대가 틀림없이 북인인 줄로만 알았는데, 두문
불출하더니 어찌 이리 내게 와준 것이오? 듣기론 기원 자네가 모셔왔
다던데."

능양군 곁에 있던 심기원이 넙죽 고개를 숙였다. 자애롭게 웃으며
궁금해하는 능양군에게 김치가 허허 웃어 보였다.

"주상의 포악이 날로 더해가니, 아무리 몸이 편해도 마음까지 편하
겠습니까? 그동안 나라의 녹을 심심찮게 먹었으니 이제 진정으로 나
라에 보답하는 길을 찾아야지요."

"원, 그 사람 말발하곤! 머리로 점을 치는 게 아니라 입으로 점을 치는가 보오."

파안대소와 함께 좌중을 둘러보며 하는 말에 떠들썩한 웃음이 터졌다. 능양군은 한가득 술을 따른 잔을 김치에게 건네주고는, 잔을 두 손으로 공손히 받는 그의 어깨를 툭툭 두드려 보였다. 그리고는 곧 옆으로 고개를 돌려 이괄에게 말을 건네었다.

"내 백규 그대가 임진년의 왜란 때 혁혁한 무공을 세웠음을 알고 있소. 하여 이 자리에서 선봉대장직을 제의하고 싶은데, 어찌 생각하시오?"

백규라 불린 이괄은 능양군의 말에 자로 잰 듯 절도 있게 고개를 숙여 제안을 수락했다.

"더없는 광영입니다."

표정과 언변이 능수능란한 김치와 달리 이괄은 말수가 적고 담담했다. 연리는 능양군의 손짓에 자리에서 일어나 이괄에게 다가가 술을 따라 올리며 그를 관찰했다. 이름난 무장이라 해서 혹여 성정이 괄괄하지는 않을까 걱정했는데, 진중한 것을 보니 대장직을 맡아도 손색이 없어 보여 마음이 놓였다.

"하하하, 다행이오! 실전 경험이 많은 그대가 대장을 맡아준다니 걱정할 것이 하나도 없겠구려. 다만 유일한 우려는, 그대가 함경도에 기거하다 보니 도성 지리에는 다소 낯설지 않을까 싶은데."

"임지가 그렇게 되어 몇 년간 지냈을 뿐, 본디 무과 급제 후에는 한양에서 오랫동안 지냈으니 걱정하지 않으셔도 되옵니다."

"그렇소?"

차분한 대답에 능양군은 고개를 끄덕였으나, 어조에는 어쩐지 흡족스럽지 않다는 기운이 묻어 나왔다. 이괄도 흘끔 눈짓으로 능양군을 살피는 것이 그 기색을 눈치챈 듯 보였다.

"음, 그러해도 일단은 임지가 함경도니 한양 내에 한동안은 없겠구려. 하니 저기 관옥과 함께 대장직을 맡음이 어떻겠소? 두 분이 함께 군사를 통솔하면 규합도 한결 수월할 것 같은데."

모처럼 많은 인원에 바깥 날씨도 풀려 분위기는 더할 나위 없이 흥겨웠다. 임진년 왜란 때 항우라는 별칭으로 종종 불릴 정도로 무공이 뛰어난 이괄이 자리함에, 거사의 구체적인 윤곽이 잡혀가니 모두들 묘한 흥분을 품고 잔뜩 들떠 있던 차였다. 하지만 능양군이 이괄에게 내건 제안에, 모두들 얼굴 위로는 웃음을 띠고 담소를 나누었으나 신경은 온통 이쪽으로 쏠리기 시작했다.

하나의 거사에 대장이 둘이라. 제안에는 두 명이 함께라고 했지만, 나이로 보나 위치로 보나 더 유리한 고지에 있는 관옥 김류가 우위에 설 것임은 너무나 분명했다. 조금 떨어진 자리에서 이쪽을 바라보며 유심히 눈빛을 보내는 김류를 보니 이미 능양군과는 사전에 말을 맞춘 듯 보였다. 어쩌자고 어렵게 끌어들인 무장에게 이런 제안을 하는 걸까.

연리는 어김없이 인사에 욕심을 부리는 능양군을 잠자코 날카롭게 바라보았다. 실전 경험이 없는 문관이 대부분인 거사의 중역들에게는 이괄과 같은 장군이 반드시 필요했다. 하나 그렇잖아도 이름 높은 이괄에게 홀로 대장직을 맡겼다가는 혹 제 뜻대로 일이 처리되지 않을까 염려해, 분명 일부러 제 수족인 김류를 끼워 넣겠다는 심산일 것이다.

어쩐다, 이괄이 거절하면 다른 이를 찾느라 계획에 차질이 생길 텐데. 연리는 옆에서 술잔을 부서져라 꽉 움켜잡은 이괄의 손을 보며 입술을 잘근 물었다.

"그리하겠습니다."

이괄이 미세하게 떨리는 음성을 잡아 누르며 단조로이 말했다. 하하, 그래! 그럼 우리 앞으로 잘해보세. 능양군은 단번에 환한 얼굴이 되어 다가와, 아까 김치에게 했던 것처럼 이괄의 어깨를 힘차게 두드렸다. 작세 안도의 한숨을 내쉰 후, 의기투합한 그들에게서 자리를 비키던 연리는 상 아래로 감춘 이괄의 새하얗게 변한 주먹 쥔 손마디를 발견했다. 들끓는 분노를 삭이는 명백한 모습에, 불안하게 뛰던 가슴이 한결 진정되려다 다시금 심장이 쿵 떨어지는 것 같았다.

하지만 이괄은 아무렇지 않다는 듯 내색하지 않고 담담한 얼굴로 능양군과 담소를 나누기 시작했다. 그에 엉거주춤 자리에서 일어나 있던 연리는 불안한 얼굴로 이괄과 능양군을 번갈아 보다가, 흘긋 무슨 일이냐는 듯 응시하는 능양군의 시선에 서둘러 꾸벅 인사를 하고 제자리로 돌아왔다. 이괄의 승낙에 좌중의 분위기도 아까와 같이 흥겹고 유연하게 돌아갔다.

"그리 점을 잘 치신다면서요? 학식만 뛰어난 것이 아니라 점술에도 조예가 있으신 모양입니다. 이리 만난 것도 인연인데, 제 사주 좀 봐주시면 안 되겠습니까?"

"허허, 원래 아무에게나 봐주는 게 아닌데……. 오늘은 좋은 날이니 내 특별히 봐드리리다. 복채나 두둑이 내시오!"

"와하하하!"

진한 술 내음에 기름진 안주 냄새까지 섞이니 입맛이 없어 거른 빈속이 거북해져 왔다. 잠이 부족한 탓인지 머리까지 띵 울렸다. 그래도 반 시진 정도면 파할 텐데, 조금만 더 버텨봐야지. 연리는 잘게 고개를 흔들어 정신을 차린 후 군석과 주원, 석윤이 앉아 있는 자리로 돌아왔다.

"이런, 얼굴이 더 창백해지지 않았느냐? 안 되겠다, 너는 이만 물러나 쉬어라."

가까이 다가오는 제 얼굴을 유심히 보던 군석이 단호하게 말했다. 그러자 주위에 앉은 몇몇 사내들이 자신을 돌아보는 것이 느껴져, 괜한 시선이 거북했던 연리는 서둘러 군석을 저지했다.

"아닙니다, 소녀 정말 괜찮……."

다급하게 고개를 휘젓는 찰나, 너무 급하게 움직인 탓인지 갑자기 하늘이 빙글 돌았다. 아찔해지며 눈앞이 하얗게 변해 연리는 순간 휘청거리며 중심을 잃었다.

"연아!"

어수선한 소음에 군석의 목소리가 묻힘과 동시에 누군가 제 몸을 붙들었다. 따스하고 견고한 손이었다. 힘이 풀려 주저앉는 다리에 맞추어, 자신을 품에 안은 채 천천히 바닥에 앉는 상대 덕에 차가웠던 손끝에 잠시나마 온기가 돌았다. 연리는 천천히 심호흡했다. 두어 번 숨을 들이마셨다가 내쉬는 동안, 부드러운 손길이 천천히 등을 쓸어 주었다. 어지럽던 머리가 가라앉고 빠르게 뛰던 가슴이 진정되자 연리는 살며시 눈을 떴다. 다행히 하얗게 바랬던 시야는 갖가지 색채로 다시 돌아와 있었다.

"괜찮으십니까?"

살짝 찡그린 눈썹 아래로 그윽한 눈동자가 또렷하게 자신을 보고 있었다. 천천히 눈을 깜빡이며 부드러운 눈을 한가득 시야에 담은 연리는 이윽고 한 박자 늦게 고개를 끄덕였다.

"네, 괜찮……."

콜록, 콜록! 갑작스레 마른기침이 터져 나와 연리는 몸을 들썩이면서도 황급히 한 손으로 입가를 막았다.

"안 되겠네, 자네 어서 연이를 데리고 나가게. 마침 능양군께선 바쁘시니 지금 나가면 모를 게야."

"그럼 이만 물러나겠습니다."

"그러게."

어서 가라는 듯 군석이 자리를 비켜주며 재촉했다. 석윤도 더할 나위 없이 걱정스런 얼굴로 배웅했다. 주원은 능양군이 이귀와 김류, 김치와 이괄에 둘러싸여 무언가 열심히 의논하고 있는 것을 확인하고 조심스레 연리를 부축했다. 연리는 끝까지 남아 있고 싶었지만, 격렬한 기침으로 온몸에 힘이 쭉 빠져 버릴 수가 없었다. 이대로 더 있다간 모두에게 걱정만 끼칠 것 같아 연리는 주원의 팔에 기대다시피 하여 방을 나갔다.

답답한 안 대신 탁 트인 밖으로 나오니 신선한 공기가 폐부를 가득 채웠다.

"숙소로 가시겠습니까?"

머리 위에서 듣기 좋은 음성이 울려왔다. 연리는 가만히 고개를 저었다.

"조금 걷고 싶어요. 요즘 계속 방에만 있었거든요."

고개를 끄덕인 주원은 연리가 고개를 기대자 팔을 둘러 편히 의지할 수 있게 안아주었다. 포근한 밤공기를 맞으며, 둘은 언젠가 왔었던 자그만 연못가를 산책했다. 계절이 바뀌어 모습은 사뭇 달랐지만, 연못 가장자리에 놓인 크고 평평한 바위나 연못을 빙 두르고 자란 등심초만은 그대로였다.

"잠을 못 주무신다고 하셨는데, 몸이 특별히 안 좋은 것이 아니라면 혹 걱정이 많아 그러십니까?"

사려 깊은 주원의 말에 연리는 눈동자를 굴렸다. 걱정이라고?

"이제 필요한 인사들은 다 모았으니, 그야말로 날만 잡으면 되는 게 아닙니까. 거사가 가까워지니 이런저런 생각이 많아 밤잠을 설치시나 하였습니다."

"그런가 봐요."

단순히 환절기라 피곤해서 그런 것이라 여겼던 제 몸 상태를, 자신보다 더 정확히 짚어내는 주원의 말에 연리는 놀라면서도 기분이 좋았다. 그만큼 이 사내는 나를 신경 쓰고 생각하고 있다는 거니까.

"아무 걱정도 하지 마세요. 힘든 일은 제가 다 할 것이니, 그대는 그저 안전한 곳에서 마음 편히 있기만 하시면 됩니다."

다정하게 다독여 주는 목소리에 연리는 눈물이 핑 돌았다. 일이 잘못되면 어떻게 하나, 혹여 들키기라도 하면 나는 어떻게 해야 하는 걸까 무의식적으로 꼬리에 꼬리를 물고 이어졌던 부정적인 생각들이 주원의 말 한마디에 물거품처럼 퐁 사그라들었다.

도란도란 이런저런 얘기를 나누며 자그마한 연못을 한 바퀴 돌아오던 도중, 다리에 힘이 풀려 주저앉으려던 연리를 주원이 재빨리 잡아주었다. 고마워요. 주원의 품에 기댄 채로 연리가 생긋 웃으며 말을 건네는데, 잠깐 미간을 좁힌 주원이 갑자기 가뿐하게 연리를 안아 올렸다.

"꺅!"

두둥실 허공에 뜬 다리에 놀라 연리가 외마디 비명을 질렀으나 주원은 쉿, 하는 소리와 함께 성큼성큼 연리를 안고 앞으로 걸었다. 연리는 두근두근 뛰는 가슴을 진정시키며 물끄러미 생각했다. 어린아이일 때도 체통을 지켜야 한다며 누군가에게 업히거나 안겨본 기억이 별로 없었다. 떼를 써서 김 상궁에게 한두 번 업혀본 적은 있었지만, 그마저도 공주의 품격이 아니라며 모후에게 야단을 맞아 금방 내려오기 일쑤였다. 부왕이나 모후에게 업혀보았더라면 이런 기분이 들었을까.

아냐, 그분들은 절대 체통을 어기실 분들이 아니셨지. 실없는 생각을 한 연리가 쿡쿡 웃었다. 그런 제게 주원이 무엇이 그리 재미있느냐 눈으로 묻고 있었다. 등롱 빛에 비쳐 어김없이 담갈색으로 변한 눈을 가만히 바라보며 연리는 생각했다. 그럼 김 상궁 말고 누가 날 업어줬더라…….

주원의 눈동자에 비친 제 모습을 발견한 순간, 연리는 섬광처럼 떠오른 기억에 딱딱하게 굳고 말았다. 지금 제 곁에서 나는 차향이, 마음속 깊이 묻어두었던 어린 날의 기억을 수면 위로 끄집어 올리고 있었다.

갑작스레 흐려진 연리의 표정을 본 주원의 눈동자가 흔들렸다. 하지만 연리는 아무 말도 하지 않고 팔을 뻗어 주원의 목을 끌어안고 품에 얼굴을 묻었다. 주원은 제 품에 파고든 연리를 물끄러미 보다가, 이내 시선을 떼어 말없이 앞을 걸었다.

연못을 한 바퀴 돈 주원은 연못 가장자리의 큰 바위 앞에 멈췄다. 그리고는 한쪽 무릎을 꿇고 품에 안긴 연리를 떼어내 조심스럽게 바위에 앉히고 아래에서 시선을 맞추었다.

"이곳이 기억나십니까."

"네……. 기억나요."

어느새 촉촉이 젖은 눈가를 하고 연리가 대답했다. 주원이 손을 뻗어 눈가를 닦아주자 멋쩍게 웃은 연리가 주위를 둘러보았다.

"그날 이곳에서, 공자님께서 제게 사람의 가치는 마음으로 결정되는 거라고 말씀해 주셨지요."

"역시 총명하십니다. 오래전 일인데 똑똑하게 기억하고 계시는 걸 보니."

주원이 고운 눈매를 반달처럼 휘며 잔잔하게 말했다.

"그리고…… 제게 쉬어가라고도 하셨어요."

오늘처럼. 조용한 연리의 말에 주원이 고개를 끄덕였다. 연리는 조각 같은 그의 얼굴로 손을 뻗었다. 조그맣고 부드러운 손이 제 뺨으로 다가오는 것을 빤히 보고 있던 주원은 곧 따뜻한 온기 가운데 자리한 차가운 기운이 느껴지자, 제 뺨을 감싼 연리의 한쪽 손을 부드럽게 잡아 내렸다.

"이제 끼고 다니시나 봅니다."

주원이 선물한 백옥 가락지가 가지런히 약지에 끼워져 있었다. 연리가 고개를 끄덕이자, 주원이 갸웃하더니 물었다.

"한데 나머지 하나는 어디 있지요? 두 짝이 하나를 이루지 않습니까."

그의 말에 연리가 주원에게서 손을 잡아 빼더니 목에 걸었던 가는 실을 잡아 벗었다. 연리가 하는 양을 가만히 보던 주원은 연리가 나머지 한 짝의 지환은 목걸이를 만들어 걸고 있다는 것을 알아차렸다.

"왜 두 개 다 끼지 않으시고."

연리가 주원에게 목걸이를 내밀자 주원이 그를 받아 들며 중얼거렸다. 그의 물음에 연리는 살풋 웃더니 도로 목걸이를 가져가며 말했다.

"이러려고요."

연리는 지환으로 만든 목걸이를 주원에게 걸어주었다.

"두 짝이 원래는 하나인 것처럼, 이렇게 하면 언제나 당신과 함께 있을 수 있으니까요."

여인이나 할 법한 목걸이를 사내에게 걸어놓고 연리는 만족스럽다는 듯 웃었다. 해사하게 웃는 연리의 얼굴 위로 은은한 달빛이 반짝이며 부서져 내렸다.

월궁항아가 있다면 꼭 저렇게 생기지 않았을까. 버들잎 같은 눈썹,

우아한 눈매와 오뚝한 코, 부드러운 붉은 입술과 쭉 뻗은 목덜미를 지나, 여리고 가녀린 몸체를 주원은 빠져들듯 감상하고 있었다. 그러다 문득, 아까 품에 안았던 몸이 너무나 작고 가벼웠던 것이 떠올랐다.

홀로 짊어진 것이 많은 여인인데, 그토록 많은 걱정에 잠도 제대로 이루지 못하고 원래 가녀린 몸이 더 여위는 것도 모르고 있었다는 미안함이 물밀듯이 밀려왔다. 말뿐인 정인인 것 같아 더욱 그러했다. 그래서 주원은, 더는 미룰 수가 없었다.

'조금 더 준비가 되면 말하려고 했는데.'

반쯤은 충동적이었다. 아직 완벽하게 마무리된 것이 아니었으니까. 그러나 충동적인 만큼, 차가운 이성을 누르고 올라선 감정이 그만큼 강렬히 그녀를 원했다. 주원은 연리가 걸어준 목걸이를 도로 벗었다. 실망한 듯 연리의 맑은 눈망울이 동그랗게 변했다.

"왜……."

주원은 제 입술에 검지를 가져다 댔다. 토끼 눈을 한 연리는 주원이 시키는 대로 물으려던 것을 얌전히 삼켰다. 웃음기가 담뿍 담긴 눈으로 웃어 보인 주원은, 목걸이의 끈을 한쪽으로 모아 정리한 후 지환의 양옆을 가볍게 잡았다. 연리가 궁금한 얼굴로 고개를 한쪽으로 기울이는데, 주원이 끈을 정리한 지환을 나머지 한 짝의 지환이 끼워진 연리의 손가락에 끼워주었다.

본래의 짝을 찾은 가락지가 달빛 아래 영롱하게 빛났다. 금은보다 더 아름다운 백옥이었다. 연리는 약지에 나란히 끼워진 가락지를 자랑하듯 펼쳐 살펴보았다. 그런 연리의 손을, 아직도 바위 아래 무릎을 꿇고 있던 주원이 포근하게 감싸 잡았다.

연리는 생글 웃으며 그를 보았다. 백옥보다 더 아름다운 사내가 자신을 보고 있었다. 그리고 그는, 마침내 달콤한 연가(戀歌)를 불렀다.

"저와 혼인해 주시겠습니까?"

나긋한 산들바람이 귀밑머리를 스치고 지나갔다. 그에 가지런한 머리칼이 살짝 흔들리며 부드럽게 감겨들었다. 지금 이 자리에서 움직이고 있는 것은 막 저를 쓰다듬고 간 바람과, 온유한 미소의 준수한 사내와, 뜀박질하고 난 후처럼 고르지 못한 심장박동뿐이었다. 깜빡일 때마다 꽃잎처럼 팔랑이는 긴 속눈썹도, 생기 있는 영롱한 눈동자도, 물기 머금은 앵두 빛깔의 고운 입술도 예쁘게 웃던 그대로 함께 멈추어 섰다.

"그대를 지어미로 맞아, 평생을 함께하고 싶습니다."

흔들림 없는 목소리가 다독이듯 귓가로 다가왔다. 동시에 음성만큼이나 따스한 온기가 두 손을 감쌌다.

"허락해 주시겠습니까?"

매혹적일 만큼 달콤한 물음이 주어졌다. 그러자 비로소 현실임을 자각한 눈꺼풀이 파르르 떨려왔다.

혼인······.

연리는 복받치는 감정을 누르며 더듬더듬 입을 열었다.

"제가······. 그러니까 전······."

자꾸만 말이 무엇인가에 걸려 문장을 이루지 못하고 조각났다. 연리는 분명하게 말하지 못하는 자신의 아둔함을 원망하며 입술을 꼭 깨물었다. 수많은 물음과 생각들이 떠올랐다 사라졌다. 흔들리는 시선에 티 없이 맑은 진심이 가만히 눈을 맞추어오자, 기어이 눈가에 울컥 뜨거운 기운이 몰려들기 시작했다.

"저는······."

속삭임과 함께 어느새 뺨 위로 흐른 한 방울 물줄기가 달빛에 반짝 빛났다. 은은하게 웃은 주원이 몸을 일으켜 연리를 안았다.

"지금이 아니어도 됩니다. 천천히, 말씀하고 싶으실 때 대답해 주십시오."

그래도 너무 늦으면 아니 됩니다. 낭랑하게 덧붙인 말과 함께, 여전한 포근함과 편안함이 몸을 감쌌다. 연리는 눈시울이 뜨거워지는 것을 느끼며 너른 품의 옷자락을 붙잡고 얼굴을 묻었다.

머리는 이미 불가능하다고 말하고 있었지만 연리는 차마 거절의 말을 할 수 없었다. 아니, 그러고 싶지 않았다. 할 수만 있다면 금방이라도 그리하겠다 대답하고 싶었다. 하지만…….

'그럴 수 없다는 걸 알잖아.'

청명한 밤하늘 아래, 각각의 생각으로 물든 두 남녀가 하나의 달빛에 물들고 있었다.

"이제 와?"

숙소 앞으로 걸어가니 기다리고 있었던 듯 연의가 반색하며 다가왔다.

"응."

"이제 오셨는지요. 늦으시길래 걱정했습니다."

자네 어딜 갔다 오는 건가? 연의 뒤에서 걸어오던 석윤이 걱정스러운 눈빛으로 알은체를 해 보이며, 이어 주원에게 살짝 핀잔을 주었다.

"자네와 항아님이 나간 걸 능양군께서 눈치채셨는지, 갑자기 찾으셔서 둘러대느라 진땀을 뺐다고. 까딱하면 아주 난처하게 될 뻔했어."

"하지만 자네라면 완벽하게 둘러댔겠지?"

절친한 친우의 과장을 아주 잘 안다는 듯, 주원이 느긋하게 대답했다. 장난스레 주원의 어깨를 툭 친 석윤이 곧 팔을 두르며 말했다.

"하면 몸조리 잘하십시오. 저흰 이만 가보겠습니다. 연의 너도 푹 쉬어."

"네, 걱정해 주셔서 감사해요."

석윤의 말에 고마움을 표시하며 작게 미소 지은 연리는 주원과 작별의 눈빛을 주고받았다.

"그럼 내일 뵙겠습니다. 아, 혹시 그때 답변을 기대해도 되겠는지요?"

그대로 헤어질 줄 알았는데, 주원이 불쑥 가볍게 말을 던졌다. 연리는 당황하여 눈만 깜빡거리다 머뭇머뭇 말을 흐렸다.

"그, 글쎄요…… 그럼 살펴 가세요."

망설임을 여실히 내놓고 연리는 등을 돌려 숙소로 뛰어갔다. 고개를 갸웃거리던 연의가 꾸벅 인사를 해 보인 후 연리를 따라갔다. 그런 연리를 바라보고 있던 주원이 피식 웃으며 등을 돌렸다.

"무슨 답변?"

석윤이 궁금하다는 듯 물어왔다. 주원은 웃음기를 지우지 않은 채 고개를 저었다.

"나중에. 지금은 안 돼."

"뭐길래 그리 꼭꼭 숨겨? 싱겁기는……."

곧 자네가 기뻐할 만한 소식을 들을 수 있을 걸세. 알쏭달쏭한 말로 석윤을 어리둥절하게 만들며, 주원은 희망에 부푼 걸음을 옮겼다.

"뭐?"

석윤에게서 연리가 몸이 좋지 않다는 소식을 듣고, 간호해 준다며 부득부득 졸라 연리의 방에 자리를 펴고 누운 연의가 빽 소리를 질렀다.

"그래서 뭐라고 했어?"

생각보다 격렬한 연의의 반응에 연리는 난처하게 웃었다.

"말 못했어. 그랬더니 생각해 보고 천천히 대답해 달래."

"아니, 왜? 당연히 그러겠다고 해야지!"

답답하다는 듯 연의가 제 쪽으로 몸을 돌리며 다그치듯 말했다.

"너, 이 일이 끝나면 다시 궁궐에 가서 살 생각이야? 어차피 궁녀로 돌아가면 혼인도 못 하고 평생을 수절해야 하는데…… 너 좋다는 사내와 백년해로하는 게 훨씬 낫지 않아?"

잠자코 고개만 끄덕이는 잠잠한 연리의 반응에, 머쓱해진 듯 연의가 도로 천장을 보고 누웠다.

"혹시 네가 기녀라서 망설이는 거면, 그분은 그런 걸로 널 고깝게 여기지 않으실 거란 사실은 누구보다 네가 잘 알잖아. 그런 얘길 하신 걸 보면 집안의 반대도 다 짐작하고 하신 말일 거구."

"나도 알아."

나직하고도 짧은 대답에, 잠시 무어라 말이 없던 연의가 어느 순간 읊조리듯 말했다.

"네가 그분과 혼인했으면 좋겠어. 뭘 망설이는지는 모르겠지만…… 나는 네가 부디 행복하길 바라."

그리고는 뒤척이며 반대편으로 돌아누웠다. 불 꺼진 방에는 고요가 내려앉았고, 이각 정도 시간이 흐르자 색색거리는 숨소리가 방 안을 채웠다.

무얼 망설이냐는 연의의 말이 머릿속에서 자꾸만 되풀이되었다. 연리는 수마가 덮쳐 오기 전까지 멍하니 천장을 보며 수많은 생각 사이를 부유했다.

❖

그날 이후로, 주원의 청혼에 뭐라 대답해야 할지 결정하지 못한 연리는 알게 모르게 주원과 단둘이 있을 만한 자리를 피했다. 주연에서 마주치는 것은 어쩔 수 없었지만, 그 자리에서도 혹여 청혼에 대해 말을 꺼낼까 싶어 주연 외의 사적인 얘기는 꺼내지 않았다. 주연이 끝나도 다른 때와 다르게 재빨리 인사를 하고 쏜살같이 숙소로 사라지기 일쑤였다.

몇 번은 그런 연리를 멈춰 세우던 주원이었지만, 연리는 그럴수록 슬며시 시선을 피하며 어쩔 줄 몰라 했다. 혹시 신분이 마음에 걸려 그러는 걸까, 주원은 연리에게 그런 건 아무래도 괜찮다고 무어라 더 말하려 했다. 하지만 연리는 어쩐지 간절한 눈빛으로 가만히 고개를 저을 뿐이었다. 이유는 모르지만, 연리가 청혼에 대한 답을 망설이는 것을 눈치챈 주원은 가슴이 답답했지만 필요 이상으로 말을 걸지 않고 그대로 두었다. 그렇게 며칠이 흐르자, 어쩐지 데면데면해진 둘 사이가 이상하다는 것을 눈치챈 군석과 석윤만 어리둥절할 뿐이었다.

오늘도 네 명이 함께 앉은 연회에서 석윤이 대놓고 어찌 그리 서먹하냐 농을 섞어 물었으나, 연리는 입을 꾹 다물었고 그런 연리를 본 주원이 석윤에게 그만하라는 눈치를 주었다. 머쓱해진 석윤은 화제를 돌렸고, 곧 석윤은 주원과 함께 다른 이들과의 대화에 끼었다.

"자자, 쭉 마시자고!"

주원은 주량이 늘었다고는 하나 여전히 술이 세지는 않았다. 그러나 거사에 새로 합류한 자들과 술자리를 갖던 주원은 평소 같았으면 거절했을 정도의 술도 받아들이기 시작했다.

"하하하, 이러다 오늘 비원의 술은 저희가 다 마시겠습니다."

옆에서 함께 술을 마시던 석윤이 주원이 취해 가는 것을 눈치채고는, 재치 있게 말솜씨를 뽐내며 슬쩍슬쩍 주원의 잔을 상 아래로 내려놓았다.

그런 주원을 걱정스러우면서도 복잡한 눈빛으로 보고만 있는 연리를, 군석은 아무래도 이상하다는 눈빛으로 살폈다. 결국 연리와 주원은 자리가 파할 때까지 특별히 대화를 잇지 않았고, 의례적인 작별 인사만을 교환하고 자리를 떴다. 그를 지켜보던 군석은 미간을 좁혔다. 대체 왜 저러는 거지? 마침내 팔짱을 끼고 힘없는 걸음으로 숙소로 멀어지는 연리를 심각하게 보던 군석은, 마음을 단단히 먹고 뛰어가 연리를 멈춰 세웠다.

"자가, 소신과 이야기 좀 하시지요."

"오라버니, 밤이 늦었어요. 다음에……."

"밤이 늦었으니 인적도 없겠지요."

능숙한 언변으로 발을 빼려는 연리를 붙든 군석이 등롱이 여럿 걸린 정자를 향해 손짓했다. 날씨가 풀려 선선하였으나 아직 밖에서 연회를 갖기에는 이른 시기이고, 이미 주연은 끝나가는 시간이라 사람이 없는 정자였다. 연리가 뭐라 대답하기도 전에 군석이 정자를 향해 걸음을 옮겼다. 연리는 할 수 없이 군석의 뒤를 따라갔다.

"무슨 일이 있으십니까? 며칠간 통 평소와 같지 않으십니다만."

군석이 따뜻한 음성으로 말을 건넸다. 요사이 정신을 빼어놓고 다니는 것처럼 주의가 산만했던 연리를 꼼꼼히 살펴보았기에, 군석은 오늘 기필코 무슨 문제가 있는지 알아내리라 마음먹었다.

불면증을 핑계로 대충 둘러대고 자리를 뜨려던 연리는 자신을 빤히 응시하는 군석의 눈빛에 멈칫했다. 단순한 궁금증이 아니라, 가족이자 오라비로서 진심으로 자신을 걱정하는 기색이 읽혔기 때문이었다. 잠시 갈등하던 연리는 마침내 천천히 말문을 열었다.

"며칠 전에…… 공자님이 제게 청혼하셨어요."

"예?"

군석의 눈이 휘둥그레 커졌다. 생각지 못했던 반응은 아니었기에 연리는 살풋 웃으며 말을 이었다.

"그런데 아직 대답하지 못했어요."

담담한 연리의 목소리에 군석은 놀라움을 가라앉히고 점차 평정을 찾았다. 재빨리 연리의 얼굴을 살핀 군석은, 웃음 아래 그늘이 진 것을 알아챘다. 잠깐의 침묵이 흐르고, 그 속에서 생각을 정리한 군석이 조심스레 물었다.

"홍주원과의 혼인을…… 바라지 않으십니까?"

짧은 시간이었지만, 군석이 본 연리는 언제나 홍주원과 함께였다. 그리고 그와 함께 있을 때 무엇보다도 편안하고 행복해 보였다.

"바라요."

군석의 말에, 속삭이듯 연리는 대답했다. 하지만 가슴 깊이 진 응어리에 눈에는 그렁그렁 눈물이 고이기 시작했다. 그럼 왜……. 군석이 무어라 말하려 했지만 연리는 고개를 저으며 말을 계속했다.

"하지만 지금의 저는 기녀예요. 제가 그분과 혼인하겠다고 하면, 제 신분은 흠이 되니 집안에서 반대가 클 거예요."

"하지만 그가 자가와의 혼인을 염두에 두었을 때는 집안의 반대를 설득할 결심을 하지 않았겠습니까?"

어쩐지 자기 비하 조로 이어지는 말에 군석이 안타까움을 느끼며 반문했다.

"물론 자가께서는 거사가 성공하면 궁으로 돌아가 다시 공주가 되실 몸입니다. 자가의 영예를 생각한다면 응당 그리하는 것이 마땅합니다. 소신도 얼마 전까지만 해도 그리 생각했고요."

잠시 말을 끊은 군석은 신중하게 말을 골랐다.

"하지만, 아시다시피 왕가의 혼례는 열한 살 즈음으로 보통의 혼사보다 일찍 이루어집니다. 외람된 말이나, 자가께서는 이미 혼기를 지나셨으니 능양군이 등극하면 대비마마와 공주자가께 예를 다한다는 명분을 철저히 지키려 할 겁니다. 그리고 그것은 제일 먼저 자가의 길례가 되겠지요."

힘 있는 말에 연리가 그렁그렁한 눈으로 군석을 보았다. 군석은 품에서 수파를 꺼내어 건넸다.

"소신은 왕이 된 능양군이 자가의 의사나 행복은 고려하지 않을 것이라 생각합니다. 그의 숙명은, 반정으로 용상에 오른 중종대왕이 그러했듯 막강해지는 공신 세력을 막는 것이 되겠지요. 능양군은 그들을 온전한 제 편으로 끌어들이기 위해 제 수족 중 한 명을 골라 자가와 그의 자제를 맺어주려 할 것이 분명합니다."

상황을 정확하게 짚어내는 군석의 말에, 연리는 멍하니 군석을 바라보았다. 가차없는 말이었으나 틀림없는 예측이었다. 적어도 제가 샅샅이 보고 들었던 능양군의 본성은 충분히 그럴 법했다. 명석하기는 했으나 음험하고 권력욕이 지독한 사람이 아니었던가. 제 편이 되겠다 찾아온 이괄이 저보다 더 많은 영향력을 차지할까 견제하여 김류를 끼워 넣기까지 했으니.

"다시 공주로 복권되어, 높은 자리에 앉아 주상으로부터 겪은 수모를 갚겠다 하시면 소신은 자가의 선택을 지지할 겁니다. 하지만 자가께서 원하는 것이 그저 주상을 향한 복수에서 그치는지, 아니면 주상이 망가뜨린 자가의 행복을 되찾는 것까지인지 깊이 생각해 보시오소서."

이질적이도록 상반된 두 단어에 연리는 아랫입술을 꾹 물었다. 복수와 행복 둘 중에서 하나만을 택할 수는 없었다. 복수를 향해 지금까지 버텨오지 않았던가. 그를 향한 복수를 이루면 행복은 자연히 따라오는 것이라 생각했다. ……조금 전까지는.

연리는 스스로를 향해 물었다. 내가 원하는 게 복수라면, 그러면 주상을 끌어내리는 것으로 완성되는 것이 아닐까? 다시 공주가 되어, 폐주가 된 주상을 발밑에 두고 그가 내게 용서를 빌고 굴복하는 것까지 보는 것이 복수일까? ……원치 않는 사내와의 혼인까지 감수할 만큼?

제가 혼란스러운 생각을 말끔히 정리할 때까지 말없이 기다려 주는 군석을 보며, 연리는 지금까지 지녀왔던 지향이 바뀌어가는 것을 느꼈다. 군석의 말은 굳건히 의심조차 해보지 않았던 자신의 목표를 확실히 흔들고 있었다.

흔들리는 눈빛으로 반론 없이 침묵하는 연리를 보며, 군석은 연리가 제 말을 곰곰이 고민해 보고 있음을 눈치챘다. 하지만 연리는 여전히 남은 걸림돌에 차마 마지막 결정을 내리지 못하고 있었다.

"오라버니 말씀이 옳아요. 능양군이 주상을 폐주로 몰아내고, 어마마마를 대비로 복권시킨다면 굳이 저까지 그를 짓밟지 않아도 제 복수는 거기서 마무리할 수 있겠지요."

연리가 젖은 눈을 들어 밤하늘을 보며 선선히 군석의 의견에 동의했다. 군석이 고개를 끄덕이며 환한 낯빛으로 무언가 말하려는데, 연리가 고개를 내려 군석을 보며 말을 이었다.

"하지만 공주가 되지 못하는 저는 한낱 기녀일 수밖에 없어요. 공자님이 아무리 집안의 반대를 무마한다 하더라도, 천한 기녀와 혼인한다면……."

가는 목소리로 말하던 연리는 이윽고 심호흡한 후 꺼질 듯한 목소리로 말했다.

"반정에 가담한 보람도 없이 구설에 오르게 될 거예요. 양반의 긍지를 저버린 사람이라고, 벼슬에 오를 가치가 없는 사람이라고. 그렇게 되면 제가 그분의 앞길을 막은 셈이 될 거예요."

저는 그분의 짐이 될 수 없어요. 마지막 말을 토해낸 연리는, 울컥 넘치는 눈물에 군석이 주었던 수파에 얼굴을 묻었다. 괴로웠다. 결국 내 행복은 악몽 같았던 그 순간에 모두 동난 것일지도 몰랐다. 이곳에서 잠시나마 있었던 달콤함은 한낱 미몽에 불과할지도 몰랐다.

'그럼 난, 나는……. 앞으로 어떻게 살아야 하는 걸까.'

다행히 먹고살 정도의 능력은 되니 이곳에서 연의와 함께 지내며 평생을 의탁할 수도 있을 것이다. 춤을 추고, 악기를 연주하고, 그림을 그리면서. 벼슬길에 오른다고 기루에 오지 말란 법은 없으니, 운이 좋으면 가끔 군석과 석윤을 만나 추억을 이야기하며 웃을지도 모른다. 그들과 함께하는, 업무를 마치고 퇴청해 찾아온 주원을 만날 수 있을지도 모른다. 다른 여인을 지어미로 맞은 그를.

이름 모를 여인이 그의 곁에 있을 것을 생각하니 가슴이 저미듯 아파왔다. 하늘이 원망스러웠다. 왕은 하늘의 복을 타고난 존재라는데, 공주로 태어난 나는 왜 이렇게 행복할 수 없는 걸까.

"자가."

슬픔이 강해지니 오히려 눈물이 말랐다. 발개진 눈가로 축축하게 젖어든 수파에 얼굴을 묻고 있는데, 군석이 다가와 손에서 수파를 빼내어갔다. 연리는 힘없이 군석을 올려다보았다. 슬픔이 묻은 자신을 보는 군석은, 왜인지 입꼬리를 올리고 있었다.

"그와 혼인할 수 있다면, 정말 공주가 되시는 것을 포기하시겠습니까?"

이미 혼인할 수 없다 말했는데, 분명 그를 들었으면서도 말을 반복하는 이유가 뭐란 말인가. 연리는 힘없이 고개를 저었다.

"그리할 수 없습니다. 저는 그분께 짐이 되기 싫……."

"혼인할 수 있다면, 이라 여쭈었습니다."

군석이 눈높이를 낮추며 힘주어 말했다. 그의 말에서 무언가 다른 의도를 읽은 연리가 눈을 깜빡이며 군석과 시선을 맞추었다.

"제 누이동생이 되십시오. 지금처럼 사촌 누이가 아니라, 친누이 말입니다."

확신 있는 말에 연리는 잠깐 할 말을 찾지 못하다가 떨리는 목소리로 물었다.

"그게 무슨……."

"아버님과 어머님은 이미 돌아가셨고, 집안의 어른이신 할머님과 형님은 유배를 가셨습니다. 손위이신 두 누님은 여인이시고 이미 출가하였으니, 현재 집안을 이끄는 가장은 소신입니다. 족보에 막내 누이 하나가 생긴다 하여 반대한다거나 이상하다며 지적할 사람은 없다는 말을 드리는 것입니다."

청산유수같이 빠르게 말을 쏟아낸 군석이 눈을 빛내며 두 손으로 연리의 어깨를 짚었다.

"자가께서 공주가 되지 않겠다는 약속을 하신다면, 소신이 직접 족보에 자가를 넣어드리겠습니다. 그리되면 기녀가 아니라 명문가인 연안 김씨 가문의 삼녀로 홍주원과 혼인하는 것입니다."

군석이 눈으로 말하고 있었다. 오라비는 네가 행복했으면 좋겠다, 네가 행복한 길을 선택하거라. 연의의 말도 떠올랐다. 나는 네가 부디 행복하길 바라. 눈물겹게 다정하던 주원의 목소리가 곁에 있는 듯 생생하게 들려왔다. 그대를 지어미로 맞아, 평생을 함께하고 싶습니다.

"약속하시겠습니까?"

군석이 천천히 물어왔다. 연리는 이 질문이 자신의 운명을 결정지을 마지막 물음이라는 것을 깨달았다. 궁에서 지냈던 짧은 시간들. 그 안의 기쁘고 따뜻했던 시간들. 그리고 피맺히고 싸늘했던 시간들이 스쳤다. 부왕, 모후, 의, 김 상궁, 그리고…… 주상의 얼굴이 떠올랐다.

이제는 닿을 수 없는, 너무나 깊고 잔혹한 간극의 옛 오라비.

마지막으로 보았던 그의 무너진 모습이 떠오르는 찰나, 자신에게 청혼하던 주원의 모습이 나타나 아팠던 기억을 덮었다. 마음을 확인했던 순간, 함께 임무를 수행했던 순간, 그리고 뜨겁게 나누었던 입맞춤들이 떠올랐다.

연리는 군석의 눈을 똑바로 바라보았다. 그리고 천천히 고개를 끄덕였다.

"약속…… 하겠습니다."

그날 밤, 마침내 연리는 공주 정명으로 돌아가기를 포기하였다.

"다음 달 스무이틀이라. 어림잡아 한 달 후가 아닌가?"

"그러게. 이제 정말 얼마 남지 않았네그려."

두세 명씩 짝을 지어 나온 사람들이 열띤 흥분을 주고받았다. 드디어 오늘 회합에서 능양군이 거사일을 발표했기 때문이었다. 얼마 전 새로 합류한 김치의 점술과 주요 인사들의 의견을 종합해, 최종적으로 다음 달 스무이틀이 낙점되었다. 모두들 끊임없이 이야기를 나누며 이런저런 기대감 혹은 긴장감을 보이고 있었다. 각양각색의 반응들이었지만, 그동안 열심히 인재를 영입하고 군사를 훈련시키는 등 만반의 준비를 해왔던 만큼 하나같이 열의에 차 있었다. 구름처럼 몰려나와 자리를 뜨는 사람들을 향해 연리는 일일이 허리를 숙여 그들을 배웅했다.

"왠지 아쉽구먼. 거사가 성공하면 넌 군 마마를 따라 입궁할 것이 아니냐? 그동안 네 가무가 꽤 맘에 들었는데."

"아이, 아니옵니다. 소녀는 입궁하지 않으니, 생각나실 때마다 종종 찾아주시어요."

마지막으로 얼근히 취한 사내의 농을 천연덕스럽게 받아넘긴 연리는 후련한 표정으로 텅 빈 마당을 둘러보았다. 이제 정말 끝이 다가오고 있었다. 한 달 정도 뒤면 모든 일이 순리대로 풀릴 것이다. 그리고 나는 그동안 정들었던 이곳을 떠나게 되겠지. 연리는 잠깐 감상에 젖어 그리워질 것만 같은 비원을 여기저기 눈에 담았다.

"앗, 늦겠다."

별이 가득한 하늘을 올려다보고 있던 연리는 감상에서 깨어나 얼른 걸음을 옮겼다. 연리는 오늘 주원에게 청혼에 대한 답을 줄 생각이었다. 제가 며칠간 피했던 것 때문인지, 회합이 없어도 들르곤 했던 주원은 평소와는 다르게 그동안 비원에 뜸하게 걸음했다. 그러다 오늘 중요한 회합이 열리자 참석하여 드디어 얼굴을 보인 것이다.

쪽지를 건네 회합이 끝난 후 정자에서 잠깐 보자고 일러두었으니 주원은 이미 기다리고 있을 것이었다. 연리는 정자를 향해 종종걸음을 쳤다.

정자에 도착해 이 층 누각의 계단을 올랐다. 혹시 계단 오르는 소리에 지나가던 누군가가 다가와 알은체를 할까 싶어, 연리는 소음이 나지 않게 사뿐사뿐 층계를 올랐다.

환히 뜬 달빛이 장관으로 비치는 정자 누각에는 주원이 계단을 등지고 홀로 서 있었다. 폭넓은 옥색 도포 차림이 달빛을 받아 두말할 나위 없이 황홀해 보였다. 아니, 달빛 때문만은 아닌가. 빠져들듯이 주원의 뒷모습을 바라보던 연리는 자신도 모르게 풋 웃음소리를 냈다. 그러자 작게 들린 소리를 기민하게 눈치챈 주원이 뒤를 돌아보았다.

"오셨습니까?"

"네."

며칠간 제가 데면데면하게 대했던 것은 신경 쓰지 않는 듯 주원이 여상한 목소리로 물어왔다. 혹여나 마음 상하지 않았을까 걱정했는데, 딱딱하기는커녕 여느 때처럼 부드러운 목소리가 돌아오니 미안함이 더했다. 연리는 걸음을 조금 빨리하여 앞으로 걸어갔다.

연리는 주원과의 사이에 한 걸음을 남겨두고 멈추어 섰다. 힐끔 얼굴을 살펴보니 주원은 웃고 있지도, 그렇다고 인상을 쓰고 있지도 않았다. 목소리는 분명 괜찮았는데 미소 짓지 않고 담담한 그의 얼굴을 보니 더럭 긴장이 되었다. 오늘 보자고 한 것은 청혼에 답하기 위함임을 알 텐데도, 어째 기다리는 이보다 말하는 이가 더 조마조마한 상황이었다.

연리는 그동안 격조하여서 미안하다, 잘 지냈는지 궁금하다 등의 말을 건넬까 생각하다가 그만두기로 했다. 피차 지금이 어떤 순간임을 모르지 않는데, 괜히 다른 말을 먼저 꺼냈다가는 잘못하여 어색함이 배가될지도 몰라서였다. 연리는 자신을 빤히 바라보는 주원을 마주 보며 살짝 입술을 물었다가, 크게 심호흡을 한 후 입을 열었다.

"제게 하신 청혼, 받아들일게요."

살짝 떨리는 어조로 연리는 숨도 쉬지 않고 단숨에 승낙을 끝맺었다. 하지만 연리는 입을 다문 즉시 속으로 한가득 비명을 질렀다. 받아들인다니! 방금 제가 한 말은 고마움이나 애정보다는 도도함이 느껴지는 말투였다. 이건 마치 '혼인하겠다'가 아니라 '혼인해 주겠다' 같잖아!

연리는 제가 말해놓고서 뜨악한 표정을 지었다. 어젯밤 잠까지 설치며 머리를 싸매고 어떻게 말할지 고민까지 했는데 정작 중요한 순간에는 아무렇게나 말해 버린 것이었다. 청혼을 받아본 적이 있어야 알지⋯⋯. 벌써 속으로는 수십 번 자신의 머리를 쥐어박은 연리는 울상을 지었다.

그 순간, 주원이 허리를 숙이더니 연리를 안았다. 갑작스레 따스한 품이 자신을 감싸오자, 익숙한 포근함에 편안해지면서도 연리는 눈을 동그랗게 떴다.

"허락해 주셔서 감사합니다, 낭자."

미미한 웃음기가 서린 목소리였다.

"낭자⋯⋯?"

어색한 호칭에 연리가 주원의 끝말을 따라 하자, 가벼운 진동이 느껴질 정도로 웃은 주원이 팔을 풀었다. 곧 준수한 이목구비가 한눈에 들어왔고, 연리가 귀애해 마지않는 눈이 담뿍 따스함을 담고 둥글게 휘어 있었다.

어리둥절함이 가득 담긴 눈을 본 주원이 한층 더 짙게 웃었다. 연리가 무어라 물으려는 찰나 재빨리 고개를 살짝 튼 주원이 가볍게 입을 맞추었다.

눈송이처럼 가볍게 와 닿았다 사라진 느낌에 연리의 얼굴은 화르르 달아올랐다. 처음도 아니건만, 할 때마다 팔딱팔딱 가슴이 뛰는 건 도무지 막을 방법이 없었다. 엉겁결에 뒤늦게나마 손으로 입술을 가리는 연리를 본 주원이 다시 한 번 소리 내어 웃었다. 그리고는 연리의 손을 끌어 누각의 난간에 앉히고, 자신도 바로 그 옆에 자리를 잡고 앉았다.

"엄연한 연안 김씨 가문의 여식이니 이제는 낭자라 불러드려야 옳겠지요."

은근한 목소리에 연리는 아까의 말실수로 인한 자책도 잊고 어리둥절한 얼굴로 물었다.

"어떻게 아셨어요?"

오늘 만나서 말하려고 했는데. 연리가 영문을 모르겠다는 순진한 얼굴로 고개를 갸웃하자, 주원은 한 번 더 입 맞추고 싶은 충동이 불쑥 솟아 짧게 헛기침하며 말했다.

"어제 형님께서 집으로 찾아오셨습니다."

"형님…… 오라버니께서요?"

놀란 연리의 얼굴에 주원이 부드럽게 고개를 끄덕였다.

"사랑으로 모셨더니, 하시는 말씀이 갑자기 며칠 후에 중매인을 보내신다 하더이다. 누이의 의혼(議婚)을 상의하신다면서요."

벌써 군석은 저보다 먼저 움직이고 있었던 모양이었다. 지난 계축년의 일로 외가에는 족보에 관여할 만한 장성한 사내가 없다는 사실은 알고 있었으나, 일이 예상보다 훨씬 수월하게 진행되고 있는 것 같았다.

"그럼 제가 입적되기로 한 거, 오라버니께 들으신 거예요?"

조심스레 묻자 주원이 입꼬리를 올려 웃었다.

"형님께서, 그동안 그대의 공로가 공신(功臣)에 비할 정도로 높으니 마땅히 보답하는 의미로 그리 결심하였다 하셨습니다."

피. 연리는 괜스레 아쉬운 기분이 들어 난간에 앉은 채 다리를 대롱대롱 흔들었다.

"제가 직접 말씀드리고 싶었는데."

"그간 저만 보면 도망가셨지 않습니까."

"그건⋯⋯."

정곡을 찌르는 말에 연리는 꿀 먹은 벙어리가 되어 입을 다물었다. 이유도 말하지 않고 피했던 것이 미안해 도르르 눈만 굴리고 있자, 주원이 손을 들어 꼭 다문 입술을 톡 건드렸다.

"혹시 신분 때문에 걱정하셨습니까."

무엇 때문에 자신을 피했는지 알고 있다는 듯, 천천하고 나긋한 목소리가 물었다. 연리가 가만히 주원을 바라보자 그가 고요한 눈빛으로 마주했다.

"그런 것쯤, 걱정시켜 드리지 않으려고 이미 몇 달 전부터 아버님을 설득하고 있었습니다. 그러니 그대가 혼자 그렇게 고민할 필요는 없었는데요."

주원의 목소리에서 안타까움이 묻어났다. 말하지 않아도 제가 마음고생을 했다는 것을 다 아는 듯했다. 그러나 연리는 고마움보다 놀라움이 먼저 밀려왔다.

"설득이라구요? 아버님께 제 이야기를 하셨다는 말씀이세요?"

"예."

당연하지 않냐는 듯 주원이 고개를 주억거렸다.

"일전에 옥에서 풀려났을 때, 아버님께 그대에 대해 말씀드렸지요. 제 은인이라고. 그때 뵈셨지요?"

"네⋯⋯."

연리는 주원의 집에서 보았던 그의 부친을 떠올렸다. 주원과 닮은 인상이었지만 부드러운 귀공자풍의 그와는 다르게 조금 딱딱해 보이는 인상이었던 기억이 났다.

"하나하나 설명을 드리며, 이러하니 혼인을 허락해 달라고 말씀을 올렸습니다. 제게 도움을 많이 준 여인이고, 이미 마음을 주고받은 정인이라고."

"그래서 뭐라고 하셨어요?"

침을 꿀꺽 삼키며 연리가 조심스레 물었다. 잔뜩 긴장한 모습이 마치 야단을 들을까 겁을 내는 소녀 같았다. 주원은 또다시 머리를 쳐든 충동을 슬그머니 눌렀다.

"반대를……."

주원이 짐짓 심각한 표정으로 말꼬리를 흐리자 연리가 그럴 줄 알았다는 듯 풀 죽은 표정을 지었다. 명문가에 입적된다고 해도, 지난번에 만난 적이 있으니 내가 기녀 출신이라는 걸 알고 계실 텐데. 모른 척 숨기고 혼인을 한다 해도 얼굴을 마주하는 순간 이게 무슨 모욕이냐며 혼인을 도로 무르자고 할지도 몰랐다.

연리가 힘없이 시선을 떨어뜨리고 마주 보던 자세에서 난간 쪽으로 몸을 돌려 앉으려는데, 갑작스레 주원이 팔을 뻗어 몸을 돌리지 못하게 막았다. 그리고는 손을 들어 턱을 쥐더니 그대로 입술을 겹쳤다. 촉 소리가 끝난 후 지척에서 주원을 마주한 연리는 황당하다는 얼굴로 그의 옷깃을 잡고서 눈을 흘겼다. 두 번까지 찾아온 충동의 방어에는 성공했으나, 세 번째에는 굴복하고 만 주원이 아무 일도 없다는 듯 태연하게 시선을 마주했다.

"……하셨으나."

이어진 말에 반전의 여지가 남아 있었다. 연리는 갑작스레 찾아든 희망에 흘겨보던 것도 잊고 얼굴에 환한 빛을 띠우며 그의 말을 기다렸다.

"제 의견을 존중해 주셨습니다. 대신 맏며느리가 될 여인이니, 직접 보시고 마지막으로 결정하겠다 하시더군요."

"직접이요?"

끝까지 반대하시지 않은 게 어디냐만은, 그래도 직접 만나보아야 한다는 말에 긴장되는 것은 어쩔 수 없었다. 시모도 아니고, 시부가 될지도 모르는 분을 만나는데 긴장되지 않는다면 여인이 아닐 것이다. 아니, 여인이 시부모님을 미리 뵙고 혼인을 허락받는 경우가 애초에 있기나 할까?

연리는 그 순간부터 주원의 부친에게 어떻게 하면 잘 보일까를 고민하기 시작했다. 일단 옷도 새로 사고, 차림도 단정히 하고. 서책도 읽고 갈까? 기녀 출신으로 아실 테니 반가에 맞는 학식을 갖추지 못하면 반대하실지도 몰라. 책 읽은 지가 좀 오래된 것 같으니까 공부를 하고 가야겠다.

"걱정하시는 겁니까?"

"당연한 걸요. 아버님께 잘 보여야 혼인을 허락해 주실 테니까요."

"그렇게 저와 혼인하고 싶어 하시는 줄은 미처 몰랐습니다."

"아이, 정말!"

능청스러운 말에 연리가 맑은 웃음소리와 함께 다시 눈을 흘겼다. 빙그레 웃은 주원이 연리의 손을 잡아 손등에 입을 맞추고 살며시 끌어당겨 꼭 안아주었다.

"아버님께서는 그대를 마음에 들어 하실 겁니다. 연안 김씨 가문의 규수로 입적되었다는 사실을 아시고, 또 그 때문이 아니더라도 아버님께서는 신분만으로 사람을 판단하시는 분은 아니니까요."

"믿어요. 분명 공자님처럼 좋으신 분일 것 같아요."

코끝에 스미는 싱그러운 차향이 마음을 잔잔하게 안정시켜 주었다. 연리는 팔을 뻗어 그의 허리를 감싸 안으며 생각했다. 부디 이 사내와 함께, 영원토록 다복하고 평화롭게 살 수 있었으면 하고.

연리는 언젠가 온 적이 있었던 기와집 앞에 멈추어 섰다. 지난번 석윤을 따라왔을 때는 그저 별채에 하루 묵었을 뿐이었지만 오늘은 목적 자체가 다르니 자연히 몸이 뻣뻣하게 경직되었다. 더구나 부친이 김포의 현령이신 연유로 본가에는 자주 들르지 못하시는데도, 저 때문에 어제 한양으로 올라오셨다는 주원의 말을 들으니 한층 더 긴장되었다.

연리는 마음을 가다듬으며 눈앞에 당당하게 버티고 선 대문을 두어 번 두드렸다. 침을 꼴깍 삼키는 사이, 금방 안쪽에서 뛰어오는 소리가 들리더니 문이 열렸다.

끼익-

"어서 오시…… 엇."

지난번에 보았던 행랑아범이 대문을 열며 공손히 인사를 하다가 방문자가 여인임을 알고 의외라는 듯 눈을 둥그렇게 떴다. 꾸벅 인사를 하니, 엉거주춤 허리를 굽히며 안으로 들어오라는 동작을 해 보인 행랑아범의 기색이 꽤 얼떨떨해 보였다.

"오셨습니까?"

기다리고 있었던 듯 주원이 사랑채 쪽에서 걸어 나왔다. 귀하신 도련님이 공대를 하는 걸 보면 지체 높은 규수가 틀림없다고 판단하였는지, 행랑아범의 호기심 어린 눈빛이 와 닿았다. 지난번에 찾아왔던 것은 잊어버린 듯, 그는 그저 반가의 여인이 혈혈단신으로 타인의 가택에 찾아온 것이 흥미로운 모양이었다.

"도련님, 뉘십니까? 손님 맞을 준비를 하라시기에 쇤네는 석윤 도련님인 줄로만 알았는데요."

하인들에게 필요 이상으로 기강을 세우는 가풍은 아닌 듯, 희끗한 머리의 노인인 행랑아범이 주원에게 말을 건네왔다. 연식은 있음 직해 보였지만 여전히 정정한 그는 주원을 마치 제 손자를 대하는 것처럼 꽤 친근하게 대했다.

"아버님을 뵈러 오신 귀한 손님입니다. 사랑채로 다과상을 좀 준비해 주세요."

"예, 예. 바로 준비해 올리겠습니다."

주원은 어찌 보면 무례하다 생각할 수도 있음직한 행랑아범의 물음에 서글서글하게 대답하였다. 그의 말에 한 치의 망설임도 없이 바로 부엌으로 사라지는 행랑아범의 모습이 보통의 주인과 하인의 관계보다 푸근해 보여, 연리는 살며시 입가에 웃음을 머금었다. 과도한 예는 차리지 않으면서도 하인은 주인에게 정성을 다하고, 연소한 자는 나이 지긋한 자에게 도리를 갖추는 모습이 정다워 보였다. 참으로 흔흔한 가풍이었다.

살짝 주위를 둘러보니, 고래 등같이 크게 화려하지는 않아도 깔끔하고 반듯한 기와집이 단아한 멋이 있었다. 그러고 보니 잠깐 묵었던 별채도 단정하여 지내기에 편안했던 기억도 났다.

"이쪽입니다."

주원이 손을 겹쳐 잡아오며 부드럽게 이끌어 길을 안내했다. 고개를 끄덕이며 주원과 함께 걷던 연리는 평화로운 집의 풍경과 정겨운 분위기의 일하는 하인들을 구경하며 걸음을 옮겼다.

'큰일이네.'

연리는 속으로 유쾌하게 중얼거렸다. 벌써부터 이 집이 마음에 쏙 들기 시작했으니. 일러도 한참 이르지만 어쩔 수 없었다. 연리는 밝은 목소리로 주원에게 물었다.

"오늘 어머님도 함께 뵈는 건가요?"

"아니요. 어머님은 혼인 후에 뵙게 될 겁니다."

"어째서요?"

아버님과 함께 뵈면 좋을 텐데. 연리가 동그랗게 눈을 뜨며 물었다. 그 모습에 주원이 사랑스럽다는 듯 미소를 지어 보이며 내답했다.

"어머님은 집에 아니 계십니다. 기일이 되면 만나 뵐 수 있지요."

상냥한 말에 담긴 무게에, 잠시 눈을 크게 떴던 연리는 곧 표정을 되돌리며 선선히 웃었다.

"어머님께서도 저를 마음에 들어 하시면 좋겠어요."

주원이 말없이 마주 웃어주었다. 이윽고 연리는 주원과 함께 사랑채에 당도했다. 댓돌에 신을 벗고 마루에 오르자, 주원이 닫힌 문을 향해 말을 넣었다.

"아버님, 소자 주원입니다."

"들어오너라."

방 안쪽에서 묵직한 음성이 들려왔다. 그에 연리가 바짝 긴장하자 따뜻한 웃음을 지어 보인 주원이 들어가자는 눈짓을 해 보였다.

드르륵.

주원이 문을 열고 앞장서 들어갔다. 재빨리 그 뒤를 따라 방 안으로 발을 들여 넣은 연리는 시선을 아래로 하고 천천히 안쪽으로 걸어갔다. 햇볕이 따스하게 비치는 방 안은 단출하면서도 위엄이 있었다.

힘찬 필치로 글자가 쓰인 병풍이 정면의 벽을 두르고 있었고, 취향대로 멋스럽게 장식한 그림과 자기 몇 점이 방을 아늑하게 꾸미고 있었다. 책 몇 권, 벼루와 붓이 놓인 서안이 문사적 기질을 엿보이게 했지만, 동시에 옆에 놓인 받침대에는 검 한 자루가 당당하게 위용을 뽐내고 있었다. 까맣고 반질거리는 검집에는 금 입사로 이름인 듯한 두 글자가 새겨져 있었다.

홍영(洪霙).

연리는 치우치지 않고 문무가 적절히 섞인 그의 기상이 마음에 들었다. 아니, 사실은 어느 쪽이라도 마음에 들었겠지만 말이다.

"앉거라."

근엄한 음성이 자리를 권했다. 연리는 조심스러운 몸짓으로 예의를 갖춘 큰절을 하고, 주원과 함께 나란히 맞은편에 자리하고 앉았다.

"아버님, 제가 말씀드렸던 여인입니다."

"그래."

주원이 존경이 깃든 목소리로 부친에게 말을 올리자, 담담한 목소리가 짧게 대답했다. 긴장한 탓인지 짧은 단어조차도 다소 딱딱하게 들려왔다. 그때까지 차마 부친과 시선을 마주하지 못하던 연리는 긴장감으로 쿵쿵 울리는 심장 소리를 들으며 다시 한 번 꼴깍 침을 삼켰다.

어색한 침묵이 깔렸다. 고개를 들라거나, 이름이 무어냐 하는 말을 예상했던 연리는 조금 당황했다. 주원이 했던 말로는 부친이 제게 그다지 부정적인 생각을 갖고 있는 것 같지는 않았는데. 연리가 스스로 먼저 소개를 해야 하나 생각하며 고민하는데, 마침내 영의 점잖은 목소리가 침묵을 걷어냈다.

"독대를 청해도 되겠는가?"

예상치 못한 말에, 연리는 흠칫 놀라 낮추었던 시선을 엉겁결에 번쩍 들었다. 정중하나 면밀함이 엿보이는 시선이 자신을 똑바로 바라보고 있었다. 주원도 예상하지 못한 듯, 조금 놀란 목소리로 서둘러 말했다.

"아버님, 제가……."

"물을 것이 있어 그러하니, 잠시 자리를 피해주면 좋겠구나."

낮은 음성이 지그시 주원의 말을 눌렀다. 범의 그것처럼 거부할 수 없는 위엄이 여실히 드러나는 목소리였다. 주원이 무어라 말을 이으려다 고민하는 시선으로 연리를 바라보았다. 어렵지 않게 허락이 내릴 것으로 예상했던 모양인지 복잡한 심경인 듯했다. 주원 못지않게, 아니 훨씬 더 복잡하고 당황스러웠지만 연리는 굳게 마음을 먹고 고개를 끄덕였다. 자신의 확고한 의사를 전달한 연리가 곧 고개를 돌려 영을 마주 보고는 잠자코 시선을 깔았다.

"하면 잠시 후에 들겠습니다."

사락거리는 옷자락 스치는 소리와 함께 주원이 조심스레 물러났다. 탁 가벼운 소리와 함께 문이 닫히고 방에 단둘만 남자, 연리는 긴장감이 배가되어 치맛자락에 숨겨진 발을 꼼지락거렸다. 영이 무어라 할지 한 치도 예상할 수가 없어 입안이 말랐다. 내가 맘에 안 드신 걸까? 왜 독대를 하자 하시는 거지?

"고개를 들어도 좋네."

영의 잠잠한 목소리가 머리맡에서 울려왔다. 다행스럽게도, 다정다감하지는 않았지만 그렇다고 영 쌀쌀맞은 목소리는 아니었다. 연리는 부정적인 생각으로 치달으려는 예감을 지워 버리고는 살며시 고개를 들어 시선을 마주했다.

검은 정자관을 쓴, 깊은 눈매를 지닌 중년의 사내가 맞은편에 있었다. 이미 한 번 보았던 것처럼 깊고도 날카로운 눈매에 서린 강단도 여전했다. 다른 점이 있다면 지난번은 단순한 호기심, 혹은 호의라고 부를 만한 것이 서려 있었다면 지금은 별다른 심정이 엿보이지 않아 무표정한 정도라는 것이다. 가까이서 시선을 마주하니 영은 하늘의 제왕이라는 매가 어렴풋이 떠오르는 사람이었다.

"여기까지 오느라 힘들었겠군."

무심한 듯 들리는 목소리가 담담하게 대화를 열었다. 어조야 어쨌든 내용은 호의적이라 연리는 내심 안심하며 말문을 열었다.

"아니옵니다. 소녀······."

"나인의 몸으로 기녀가 되었는데 어찌 힘들지 않았다 하겠는가."

"······."

대화의 초점이 미묘하게 어긋났다는 것을 눈치챈 연리는 말없이 영을 응시했다. 고요한 연리의 눈빛을 진득하게 보던 영이 천천히 말을 이었다.

"기녀와 혼인하는 사내가, 필히 포기해야만 하는 것이 있다는 걸 아는가?"

무슨 뜻일까. 연리는 영의 날카로운 말에 당황스러움을 느끼며 생각했다. 기녀라니. 공자님께선 분명 내가 반가에 입적되기로 한 사실을 부친께서 아신다 했는데······. 아니면 아무리 명문가의 여식으로 입적되어도 본질은 바꿀 수 없다는 의미일까?

짧은 순간에 복잡한 심경이 스친 연리는 아마도 영이 오해하고 있는 것 같다는 결론에 이르렀다. 하여 혹 입적을 전해 듣지 않으셨냐 입을 열려는 찰나, 속내를 알 수 없는 영의 묵직한 눈빛이 깊숙이 꽂혔다. 심중을 꿰뚫는 듯한 느낌이었다. 연리는 달싹이던 입술을 천천히 도로 다물었다.

"예."

간결한 대답과 함께 연리는 시선을 피하지 않았다. 그러자 영의 낯에 어떠한 기색이 짧게 스쳤다 사라졌다. 어떠한 것인지 채 알아차리기도 전에 사라진 민첩한 반응이었다. 서로를 탐색하는 듯 겹치고 겹치는 시선에, 연리는 지금 이 순간 눈앞에 나타난 것은 반듯한 평지가 아니라 험준한 태산이라는 생각이 들었다. 동시에 긴장으로 쿵쾅이던 가슴이 차분하게 가라앉았다.

"나는 나라와 내 자식들에게 더 나은 미래를 만들어주고 싶어서 능양군과 손을 잡았네. 주원이를 위해 그리했다 해도 과언이 아니고. 하나 안타까운 것은, 장남이면서도 그 아이는 당상관(堂上官)보다 성균관의 스승이 되길 원했지."

의외의 말에 연리는 놀란 표정을 지었다. 그리고 보니, 장난으로 높은 벼슬에 오르지 않겠냐 농을 주고받은 적은 있어도 주원은 제가 원하는 벼슬에 대해 상세하게 얘기한 적은 없었다.

"학문을 아끼는 아이라 그러려니 했으나, 목숨을 걸고 거사에 참여하는 국면에 응당 받아야 할 보답을 자의로 포기하는 것과 타의로 포기하게 되는 것은 다르다 생각하네만. 아니 그런가?"

"지당한 말씀이시옵니다."

연리는 순순히 현실을 인정했다. 자신도 외가에 입적되기 전까지는 똑같은 고민을 하지 않았는가. 기녀 신분으로 양반가의 자제와 혼인하겠다는 여인을 상대로 충분히 할 수 있는 말이었다. 하지만 이성과는 반대로 마음이 텅 빈 듯 쓸쓸해져 오는 것은 막을 도리가 없었다. 가장 고귀한 신분인 자신이 신분으로 고민하고 있다는 사실이 지극히 모순적으로 느껴졌다.

연리는 어수선한 마음을 무감각으로 덧발랐다. 그간 시리고 아팠던 일에 비하면 이 일은 스쳐 가는 통과의례에 불과하지 않은가.

"그 아이의 미래를 포기해도 좋을 만큼, 자네가 가치 있다 생각하나?"

그래, 이런 건 아무것도 아니다.

"당연히……."

엉겨오는 미묘한 감정에 목이 메었다. 연리는 말을 잠시 멈추고 목을 가다듬었다. 영의 심오한 시선이 끊어지지 않고 자신을 살피는 것이 고스란히 느껴졌다.

"당연히 아닙니다. 그분의 꿈보다, 미래보다 어찌 제가 더 중요하다 하겠습니까."

망설임 없이 흘러나오는 뚜렷하고 분명한 목소리에 영의 눈썹이 흥미롭다는 듯 꿈틀거렸다. 의외라는 호의일지, 아니면 주제넘다 발칙하게 생각하는 것일지 알 길은 없었다.

"하면 이 혼사에 대한 자네의 생각은 어떤가? 혼례를 허락할 것으로 알고 왔을 테니 이런 말을 하기엔 미안한 마음이 드네만, 혹 그 아이를 진심으로 생각한다면 과감히 놓아줄 수는 없겠는가 묻겠네."

아비 된 심정으로 부탁하는 것일세. 영의 말이 동굴처럼 묵직하게 울렸다.

'놓아준다고.'

출렁이던 감정이 잠잠하게 가라앉았다. 변방을 건드리던 것이 정면으로 쏘아 들어오자 엉키던 생각들이 오히려 말끔하게 정리되었다. 연리는 영민한 눈빛으로 영을 마주 보았다. 그리고 천천히, 낭랑한 목소리를 열었다.

"소녀가 그분의 족쇄가 되어, 그분의 날개를 꺾는다 하시면 주저 없이 포기하겠습니다."

강단 있는 눈매가 가늘어졌다. 내면에 감춰진 의도가 내비칠 듯했지만 연리는 그것을 살피지 않고 말을 이었다.

"단, 소녀의 귀로 그분에게 직접 걸림돌이라고, 떠나라고 듣게 될 때 그리하겠습니다."

제 말이 영의 심기에 어떻게 들릴지 알 수 없었다. 실로 완연한 도박이었다.

"그 전에는 떠날 수 없습니다. 그분의 미래보다는 하찮겠지만, 소녀에게는 목숨보다 그분이 더 소중하니까요."

연리는 고운 입술을 꼭 다물었다. 조용하면서도 쓸쓸한 미소가 깃들었지만 야무진 눈빛은 굴복 없이 꼿꼿한 그대로였다. 주원의 것보다 한층 짙은 색의 눈과 시선이 조용하게 맞물렸다. 이것으로 영이 자신을 미워하게 된다 해도 물러날 생각은 없었다. 그러기에는 제게 자리 잡은 주원의 크기가 너무나 컸으므로, 연리는 끝까지 버티어내겠다고 마음먹었다.

하나 두렵지 않다고 하면 거짓일 것이었다. 숨 막히는 정적 속에서 연리는 떨리려는 손끝을 힘을 주어 참았다. 한데 굳세게 마음을 먹는 순간, 빈틈없이 팽팽하게 맞물린 시선이 느슨하게 풀리고 짙은 색의 눈이 미미하게나마 호선을 그렸다. 갑작스러운 변화에 연리는 놀란 기색으로 눈을 깜빡였다.

"닮았구나."

"……예?"

불쑥 읊조리듯 말한 영이 호선을 그린 눈을 지우지 않은 채 연리에게 가까이 다가오라 손짓했다. 어리둥절했지만 연리는 앞으로 조금 당겨 앉았다. 놀랍게도 아까보다 훨씬 부드러워진 눈빛이 내려앉았다. 연리는 조심스레 영을 살폈다.

"네 어머니와 닮았다는 말이니라."

모후를 말하는 것은 아닐 텐데. 영의 말을 이해하지 못한 연리가 얼떨떨하게 눈을 굴렸다. 혹시…….

"네가 연안 김씨 가문에 입적되기로 한 것을 아느니라."

확연히 달라진 말투에 불현듯 희망이 조그만 불씨처럼 머금어졌다. 갓 돋은 새싹처럼 희망이 자라나고 있었다.

"네가 주원이를 생각하는 것만큼, 나도 그 아이를 아끼기에 이기적이게 굴 수밖에 없었다. 용서하거라."

"어찌 그런 말씀을 하시나이까."

연리가 상냥하게 대답하자, 그 안에 숨은 조그만 떨림을 잡아낸 영이 입가에 희미한 미소를 올렸다.

"아비의 욕심에 불과하나, 나는 그 아이가 중앙에서 재능을 빛내길 원했다. 하나 기녀와 혼인하면 영영 그 길은 요원하지. 하여 반대했느니라. 한데 주원인 네가 연안 김씨 가문에 입적된다는 사실을 알리며, 이 혼사를 허락하면 성균관을 포기하고 조정으로 나가겠다 하더구나."

이 아비의 말보다 정인이 더 소중했던 모양이지. 덧붙이는 말이 얼핏 원망이면서도 책망은 아니었다. 연리는 가슴 전체로 퍼지는 뭉근한 온기에 마주 미소 지었다.

"아무리 대비를 모시던 지밀이라 하나, 기녀가 된 후로 처신이 올바르지 않았다면 입적되지 못했을 테지."

올곧은 그 아이가 마음을 주었으니, 더 묻지 않아도 잘 알겠구나. 여전히 깊은 눈매로 영은 청아한 얼굴을 하나하나 훑었다. 깨끗하고 맑은 눈에 자신이 오롯이 담겨 있다는 것을 안 영의 표정이 한층 푸근해졌다. 강인한 매를 닮은 인상은 이제 연리에게 더 이상 부담으로 다가오지 않았다.

"하여 다시 생각해 보았고, 널 만날 생각도 생긴 것이다. 하나 외척의 가문은 영광스러우면서도 항상 위험한 자리지. 아무리 연안 김씨 가문의 규수라 하여도 내 판단이 아니라 했다면 이 혼사는 사라질 것이었다."

"그럼 소녀가 아버님의 심중에 들었다 여겨도 되올까요?"

연리가 용기를 내어 물었다. 나긋하게 다가오는 사근사근한 목소리

꿈   271

에 마침내 영의 고개가 부드럽게 끄덕여졌다. 예쁜 눈매와 입가에 환한 웃음이 걸리자, 담담한 영의 얼굴에도 미미한 온기가 피어나기 시작했다.

"무작정 떠날 수 없다 알량한 순정을 보였으면 허락하지 않았을 게다. 지아비의 미래가 저당 잡히는데도 막무가내로 내달렸다면 부귀영화를 노렸다 여겨 오히려 진심인지 의심하였겠지."

빈틈없이 세밀한 판단이었다. 의도한 것은 아니었으나, 연리는 아까 전 자신의 행동이 알맞게 들어맞았음에 안도감을 느꼈다.

"나는 내 아이가 마냥 순진하기보단 소신이 있기를 바란다. 아들뿐만 아니라 딸도 마찬가지야."

주원처럼 확연히 상냥한 말씨는 아니었으나 따뜻함이 물씬 묻어났다. 딸이라는 단어에 물을 붓듯 든든하게 채워지는 애정이 느껴져 연리는 눈시울이 시큰해졌다.

"주원이를 그렇게 키웠지. 네 어머니가 아주 열성이셨다."

"어머님이라 하시면……."

연리는 깃드는 확신을 조심스레 살피며 망설이는 목소리로 물었다.

"똑 부러지는 것이 고부간에 닮았다 한 게다. 하니 마음에 들 수밖에."

정겨운 말에 결국 뺨이 촉촉하게 젖어들었다. 이 집에서 더 이상 자신은 이방인이 아니었다. 그렁그렁 눈물이 맺혀 시야가 흐렸으나, 연리가 예쁘게 웃어 보이자 영이 천천히 한 손을 내밀었다. 연리는 또 다른 물기가 뺨을 타고 흐르는 것을 느끼며 그 위에 살며시 손을 올려놓았다.

"그럼 다시 보자꾸나."

텅 빈 안채에 이제야 온기가 돌겠구나. 겹친 손에서 따뜻한 정이 전해졌다. 마침내, 깨어지지 않을 꿈이었다.

일은 일사천리로 진행되었다. 영과 군석이 양가의 주혼자가 되었고, 중매인을 통해 하루 만에 첫 단계인 의혼(議婚)을 성사시켰다. 의혼이 형식적인 단계이기는 하나, 혼인에 대한 첫 의사를 밝히는 과정이라 보통은 사나흘을 훌쩍 넘기게 마련이었다. 하나 이들은 서로 혼인의 의사가 있음을 충분히 알고 있으니 굳이 다른 이들처럼 시간을 끌 필요가 없었다.

다음은 납채(納采). 풍산 홍씨 가문에서 사주단자와 납채문을 연안 김씨 가문으로 보내왔다. 본디 납채는 신랑 측에서 보낸 이 사주단자를 받는 것으로부터 시작했다. 그리하여 신랑과 신부의 궁합을 보고 신부 측에서 혼례일을 택해 택일단자를 신랑 집으로 보내는 과정이었다.

군석은 둘의 사주를 가져가 길일을 받아왔다. 날을 받아왔다며 연리를 불러낸 군석은 묘한 웃음을 건 채, 날짜가 아주 묘하게 나왔다며 날짜가 적힌 종이를 내밀었다.

"자가께서 마음에 드시는 것으로 고르십시오."

후보는 공교롭게 딱 둘이었다. 다음 달 열이틀, 그리고 섣달 열하루.

"선택의 여지가 없지요?"

날짜를 읽은 연리가 무어라 말하기도 전에 군석이 빙그레 웃으며 도로 종이를 가져갔다.

"다음 달 열이틀로 정해 택일단자를 보내겠습니다."

척척 종이를 접어 옷소매에 도로 넣는 군석을 보며, 연리가 어색하게 말했다.

"제 마음에 드는 걸로 고르라 하셨으면서, 어찌 오라버니께서 고르시나요?"

그러자 군석은 연리를 흘끔 보더니 끌끌 혀를 차며 다시 종이를 꺼내는 것이었다.

"소신이 잘못하였습니다. 그럼 섣달 열하루로 히지요. 지금이 봄이니 섣달이 되려면 아직 한참 남았기는 합니다. 하긴 혼인은 인륜대사이니 시일을 두고 천천히, 아주 천천히 이루어져야 하는……."

"아주 잘 고르셨다는 뜻이었어요."

연리가 군석의 손에 든 종이를 쏙 빼내어갔다. 재빨리 종이를 뒤로 숨긴 연리의 뺨이 홍조로 물들어 있었다. 그런 연리를 환한 웃음으로 마주한 군석은, 손을 뻗어 살며시 하나밖에 없는 누이동생의 머리를 쓰다듬었다. 뜻밖의 부드러운 온기에 연리가 놀란 표정을 지었다가 차츰 잔잔하게 미소했다.

"온 힘을 다해 준비하겠습니다. 공주로서의 길례는 차리지 못하겠지만, 못지않게 명문 연안 김씨 가문의 규수에 걸맞는 예를 갖출 것입니다."

"그리 호화롭게 준비하지 않으셔도 되어요. 아참, 그동안 소녀가 모은 재물도 꽤 많으니 혼인 준비에 그것도 보태서……."

"필요하다면 대들보라도 뽑아야지요. 하나밖에 없는 누이가 시집가는데 오라비가 되어 변변찮게 해 보냈다가 나중에 무슨 원망을 들으려고요?"

장난기 어린 어조였으나 군석은 딱 잘라 단호하게 말했다. 하지만 아무리 명문가라고는 하나, 작금 외가의 가세가 호화롭지는 않다는 것을 아는 연리는 지지 않고 군석을 회유하려 들었다. 풍산 홍씨 가문과 정혼을 맺고, 마침내 약혼의 구속력을 담은 문서까지 나눈 후에도 둘의 다툼은 소소하게 계속되었다. 소신이 그 정도도 해드리지 못할 것 같으시냐, 그런 게 아니라 무리하기보단 힘을 합쳐 준비하는 게 좋지 않겠느냐, 자가께서 모으신 재물은 그대로 지니고 계셨다가 나중에 혼인 후 급하게 필요하실 때 쓰시라, 어차피 시댁에서 사는데 급하게 재물이 필요할 일이 무엇이 있겠느냐······.

끝나지 않고 되풀이되던 은밀한 논쟁은, 우연히 이를 들은 주원이 성대하게 혼수를 준비할 필요가 전혀 없다고 말려도 소용이 없었다. 사흘을 가던 치열한 우애는 결국 주원에게서 이를 전해 들은 영이 보낸 안부 편지와 함께 일단락되었다. 혼취이론재 이로지도야(婚娶而論 財 夷虜之道也), 혼인에 재물을 논함은 오랑캐의 도이다. 부귀보다는 사돈 될 이와 돈독한 정을 쌓기를 원한다는 내용 아래 따뜻하게 적어 넣은 글귀에 깊은 성품이 그대로 녹아났다.

이후 군석은 연리의 주장에 항복하는 척했고, 연리는 기뻐하며 그날로 그동안 모았던 재물을 거의 모두 담아 군석에게 건네주었다. 물론 그를 받은 군석이 혼수로 마련한 농 속에 몽땅 그 재물들을 도로 넣어두었다는 사실은 철저한 비밀이었다.

그러는 사이 혼례는 시시각각 코앞으로 다가왔다. 본디 혼례의 절차는 주자가례에 따른 사례(四禮)를 신중하게 따르기 때문에, 의혼과 납채를 지나 정혼을 하더라도 마지막 남은 절차인 납폐와 친영까지 빠른 시일 내에 이루어지는 일은 드물었다. 하지만 거사를 앞둔 특별한 경우이므로, 양가는 인륜대사를 빨리 치러 안정을 찾기로 뜻을 모았다.

혼수를 준비하고 신혼부부가 지낼 공간을 새로 짓는 등 양가에는 즐거운 숨 가쁜 나날이 이어졌다. 또한, 이제 연리가 기녀 생활을 완전히 청산해야 한다는 판단에 따라 군석과 주원이 나서 비원의 행수와 담판을 지었다. 지난번에 행수의 조카인 모란이 사주를 받아 내통한 일로 비원은 꽤 심각한 타격을 받은 터였다. 능양군은 모란이 행수의 조카이니 행수도 적들과 연결된 것이 아니냐며 대노했었다. 그리하여 능양군은 기어이 비원 전체를 와해시키려 들었으나, 행수가 몸을 던져 빌고 그동안 비원이 요긴하게 쓰였지 않느냐며 앞으로도 이만한 요새는 찾기 힘들 것이라 설득하자 간신히 화를 가라앉혔다. 단, 용서와 행수에게서 대가 명목으로 어마어마한 금액을 얻어낸 것은 별개의 일이었지만.

그러한 연유로, 행수는 군석과 주원이 제시한 연리의 어마어마한 몸값을 울며 겨자 먹기로 받아들 수밖에 없었다. 비원의 명성을 드높이던 명기를 내준다는 것에 행수는 가슴을 치며 안타까워했으나, 능양군에게 넘긴 재물로 재정이 휘청이는 터에 손에 굴러들어 온 천금을 거부할 수는 없었다.

그렇게 연리는 기적에서 말끔히 삭제되었다. 하지만 기적에서 사라졌다 하여 하루아침에 기루에서도 사라지면 자연히 이상하게 생각될 것이므로, 연리는 건강을 핑계로 서서히 연회에 나가는 날짜를 줄이다 외가로 거처를 옮기기로 했다. 연리는 하나밖에 없는 벗 연의를 빼고는 기루의 모두에게 이 사실을 비밀에 부쳤다.

"정말 잘됐다."

기루에서 나가 주원과 혼인하기로 했다는 말을 들은 연의가 두 손을 꼭 잡아오며 말끝을 흐렸다. 아마 기쁘지만 적잖이 섭섭하기도 한 모양이었다. 따뜻한 눈빛이었지만 표현할 수 없이 복잡한 얼굴이었다. 연리는 동고동락을 함께했던 친우를 두고 가는 것이 못내 안타까웠다.

"혼례는 다음 달 열이틀이야. 너도 꼭 와."

조 공자님도 오시니까. 장난스럽게 덧붙인 말에 연의가 피식 웃으며 연리를 흘겨보았다. 숨죽이며 가세를 죽여온 외가보다는, 영을 비롯한 주원이 저를 기적에서 빼내는 데 재물을 비롯해 많은 공을 들였다는 것을 모르는 바는 아니었다. 이미 혼례에서부터 자신을 많이 배려해 주는 영이었다. 하지만 연리는 친우를 기루에 그대로 두고 싶지 않았다. 연의는 보통 기녀들과 비슷한 수준이니, 자신보다는 몸값이 훨씬 싸지 않을까. 연리는 연의의 손을 마주 잡으며, 염치 불고하고라도 주원에게 부탁해 보아야겠다고 마음먹었다.

계획대로 천천히 연리는 몸이 좋지 않다 둘러대며 주연에 참석하는 횟수를 줄여 나갔다. 사람들에 뇌리에 기억되기 쉬운 춤이나 악기 연주는 철저히 피하고, 되도록 술 시중이나 그림 그리기에 열중했다. 그리고 그러한 활동들도 서서히 줄이며, 가끔 열리는 능양군의 회합에만 드문드문 참석했다. 처음에는 연리의 부재에 애타게 목말라하던 사람들이었지만 원래 기녀란 마르지 않는 샘과 같은 존재였다. 마침내 쾌락의 기루를 좇는 그들은 끊임없이 나타나는 화려한 새 기녀들에 파묻혀 점점 연리를 잊어갔다.

그렇게 순조롭게 존재를 지워가고 있을 즈음이었다. 마침내 혼례가 열흘 하고도 하루 남은 날, 오늘 기루에서의 마지막 하루를 마친 후 새벽 일찍 군석의 집으로 떠나기로 한 연리는 오랜만에 열린 회합의 객들을 맞이하고 있었다.

"마마, 오셨습니까?"

"그래, 그래. 오랜만일세."

"허허, 풍문에 경국지색 새 첩을 맞이하셨다던데 그래선지 오늘 안색이 아주 훤칠해 보이십니다."

"하하하, 그런가?"

"어느 안전이라고 거짓을 고하겠습니까요?"

능양군이 기분 좋게 웃다가 옆에서 다른 이들에게 인사를 하는 연리를 힐끗 곁눈질했다. 눈이 마주치자 짐짓 빠르게 시선을 돌리는 것이, 혹 군석이나 아니면 나중에 모후에게 말을 옮길까 염려하는 것은 아닐까 하는 생각이 들었다. 연리는 속으로 고개를 절레절레 흔들며 마저 객들을 맞았다. 얼마나 첩을 끼고돌았으면 가족 아닌 이들까지도 다 안담.

"계집이란 참 요물이지요. 기를 쪽 빨아먹으면서도 기력 회복에 그만큼 좋은 것이 또 없더이다."

"맞습니다. 참! 제 딸자식도 미색이라면 둘째가라면 서러운 미인인데, 마마께서 거두어주시면 아니 되겠습니까? 그 애가 감히 마마께로 시집보내 주지 않으면 노처녀로 늙겠다 버티는 통에 제가 아주 골치입지요."

"하하, 예끼! 자네가 내 장인이 되고 싶어 그러는 것이 아니고?"

"아이고, 제까짓 게 감히 어찌! 그저 첩이라도 감사할 따름이지요."

능양군의 재미있다는 듯한 농담에 말을 주고받던 사내 중 하나가 펄쩍 뛰며 부정했다. 아니긴, 어쨌든 지금은 첩이라 해도 나중엔 후궁이 되니 자네가 이기는 장사인데? 뼈 있는 농담을 하며 유쾌하게 웃음을 터뜨린 능양군이 그의 어깨에 팔을 두르고 층계를 걸어 이 층 정자로 올라갔다.

근데 무슨 일인가? 오늘은 예정했던 회합 날이 아닌데.

그러게 말일세, 아마 새로 합류한 인사라도 발표하려나 보네.

연리의 인사를 받으며 정자로 다가서던 사내 둘이 즐거워 보이는 능양군의 뒷모습을 보며 수군수군 말을 주고받았다.

정말로 중요한 새 인물이라도 합류하였는지, 한양 내 거사의 참가
자들이 얼추 다 속속들이 모여들고 있었다. 군석과 주원, 그리고 석
윤도 도착해 정자로 올라가고, 마지막으로 연리도 객들이 더 오지 않
는 것을 확인하고 올라가자 연회가 시작되었다. 상석에 앉은 능양군의
말을 들으니, 김치가 오면 본격적인 회합이 시작될 것이라 했다. 요즈
음 김치는 북인이며 고관직이었던 과거를 요긴하게 활용하여 귀중한
정보를 물어왔고, 사주나 길흉화복 등을 점치는 점술 실력도 뛰어나
능양군의 신뢰가 하늘로 치솟고 있었다.

연리는 여전히 주위에 앉은 사내들과 첩이니 계집이니 이야기하는
능양군을 은근히 지켜보고 있다가 손을 잡아오는 감촉에 고개를 돌렸
다. 주원이 술잔을 밀어놓고 저를 빤히 보고 있었다. 연리가 시선을
마주쳐 오자, 그제야 주원은 예의 단정한 미소를 지으며 상 아래로 숨
겨 겹쳐 잡은 손 위에 나머지 손을 덮었다.

"오늘이 마지막 날이지요?"

시끄러운 대화에 숨긴 물음이 속삭이듯 전해졌다. 연리는 고개를
끄덕였다.

"오늘 새벽에 떠날 거예요. 짐은 다 챙겨졌구요."

"언제 출발하실 겁니까? 함께 가드리겠습니다."

"아니에요, 괜찮아요. 오라버니께서 오신다고 하셨어요."

피곤하니 그러지 말라며 연리가 고개를 가로저었다. 그러자 주원의
눈썹이 치켜 올라갔다. 이윽고 손을 푼 주원은 술잔을 들어 연리가 따
라주는 술을 받는 척하며, 가까이 다가온 연리의 귓가에 대고 속삭였
다.

"본가에 들어가시면, 이제 혼례 날까지 뵙지 못할 텐데요. 괜찮으시
겠습니까?"

그러니 한 번이라도 더 봐야 하지 않겠느냐는 의도의 말을 태평한 얼굴로 던지고는, 주원은 여상스러운 얼굴로 연리를 빤히 보았다. 아. 그제야 고개를 끄덕인 연리가 작게 웃음을 터뜨렸다. 덕분에 건강을 핑계로 병약한 척하고 있던 연리는, 몰래 몸을 뒤로 빼고 떠오른 생기 있는 웃음을 필사적으로 숨기려 노력해야만 했다.

"마마."

이제야 늦게 도착한 김치가 쿵쿵 발소리를 울리며 정자를 가로질러 상석으로 걸어왔다. 시끄럽던 좌중이었으나, 바닥을 울리는 무거운 발걸음과 은근한 실세로 떠오른 김치를 알아본 이들의 집중으로 어느 정도 상황은 정돈되고 있었다.

"오, 이제 오시는군. 왜 이리 늦었소? 그대가 오늘 회합을 열어야 한다고 그리도 주장했으면서."

능양군이 어느새 시나브로 취한 어조로 말했다. 어서 와 앉으라며 능양군은 제 옆자리를 툭툭 쳐 보였다.

"송구합니다. 급하게 확인할 것이 있어 늦었습니다."

허리를 숙여 보인 김치가 고개를 들었다. 연리는 웃음을 정리하고 다시 주원의 옆에 다가가 앉으면서 김치를 흘깃 건너다보았다.

'어?'

김치의 안색이 창백하게 굳어 있었다.

"왜, 무슨 일인데 그러오? 일단 거기서 그러지 말고 여기 앉으시오."

술을 넘기며 대수롭지 않게 말을 뱉은 능양군이 연리를 손짓해 불렀다. 자동으로 자리에서 일어난 연리가 능양군의 곁에 다가가 안주를 집어주었다. 그를 받아먹은 능양군이 다시 술잔을 들어 보였다. 연리는 여전히 못 박힌 듯 그 자리에 딱딱하게 굳어 능양군을 보는 김치를 곁눈질하며 주자를 들었다.

"마마."

"이리 오라니까."

능양군은 연리가 채운 술잔을 단숨에 들어 입에 털어 넣었다. 능양군이 크으 하는 소리와 함께 약하게 미간을 찡그리자 연리는 다시 젓가락을 들어 안주를 집었다.

"마마, 거사일을 변경해야겠습니다."

김치가 천둥 같은 목소리로 고함치듯 말했다. 돌연 청천벽력 같은 발언을 한 김치에게로 온 시선이 쏠렸다. 순식간에 주위가 고요해진다.

"그게 무슨 말이오? 얼마 남지도 않은 거사일을 왜 바꾸……."

"반드시 그리해야 합니다!"

갈라진 목소리가 성급하게 능양군의 말을 가로막았다. 능양군이 미간을 찌푸렸다. 연리도 놀라 안주를 집던 동작을 그대로 멈추고 크게 뜬 눈을 깜빡였다.

"열흘을 앞당겨야 합니다, 마마."

스르르 힘이 풀린 손에서 안주를 집었던 젓가락이 치마 위로 떨어져 얼룩을 만들었다. 연리는 제가 있어야 할 곳으로 고개를 돌렸다. 일동 경악한 군석과 석윤, 그리고 굳어버린 주원이 보였다. 연리는 익숙한 부드러운 밤색 눈과 시선을 마주했다.

"다음 달, 열이틀로 말입니다."

"열이틀이라니?"

능양군이 딱딱한 얼굴로 물었다. 한 손을 들어 수군거리는 좌중을 정적에 빠뜨린 능양군은, 어느새 앞으로 다가와 무릎을 꿇은 김치를 날카롭게 노려보며 되물었다.

"갑작스레 열흘이나 거사를 앞당기자는 연유가 무엇이오?"

살벌한 눈빛을 직격으로 받은 김치가 크게 심호흡을 했다. 이윽고 조용한 주위의 시선이 모두 저를 집중하고 있다는 것을 확인한 김치는 천천히 입을 열었다.

"거사의 날을 스무이틀로 정한 이후부터, 소신은 매일같이 그날의 하늘을 읽고 있었습니다. 운명이란 정해져 있는 것이 아니니 언제든 바뀔 수 있기 때문입니다."

김치는 어디서부터 설명해야 좋을지 모르겠다는 듯 두어 번 머뭇거리며 입을 열었다가 닫더니, 곧 결심한 듯 또박또박 힘주어 말하기 시작했다.

"하늘이 명하기를, 자미성(紫微星)을 곧 왕이라 하였고 그 주위 일곱 개의 두성(斗星)을 대신들이라 하였습니다."

"지금 설마 자미두수(紫微斗數)를 얘기하는 것이오? 송나라 진희의?"

반쯤은 힐난하는 듯한 어조였다. 이 중요한 자리에서 그까짓 점성술 따위를 말하냐는 듯 심기가 불편한 능양군의 태도에, 김치는 애타는 목소리로 조금만 더 들어주십사 애원하며 말을 이었다.

"본디 두성은 자미성을 보좌하는 별입니다. 이들은 모두 왕을 보좌하는 신하들로, 한 자리에 고정된 자미성을 중심으로 주위를 돌게 됩니다. 한데 소신이 며칠 전 하늘을 읽던 와중, 일곱 두성 중 하나가 조금씩 자리를 이탈하는 것을 보았습니다. 혹 착각은 아닌가 하고 매일 밤 하늘을 지켜보았지요. 한데 착각이 아니었습니다. 하여 불길한 예감에, 이탈한 두성이 만드는 별들의 짜임새를 분석해 거사일인 스무이틀의 하늘을 예측해 보았습니다. 놀랍게도 스무이틀 날, 그 두성이 완전히 제자리를 이탈하여 끝내는 자미성의 빛까지 꺼뜨리게 된다는 하늘의 경고를 받았습니다."

김치는 엄중한 목소리로 기나긴 설명을 나열했다. 두성이니 자미성이니 하는 이야기는 불가에서 말하는 무간지옥만큼이나 현실성이 없었지만, 왕인 자미성의 빛을 운운하는 중대함은 모두에게 일촉즉발의 긴장감을 고조시켰다.

감히 왕좌를 입에 올렸다. 자칫 오판하면 능양군에게 반기를 들었다 해석할 수도 있는 상황이었다. 조금 전까지만 해도 많은 사람들이 와글와글하게 떠들던 정자의 분위기가 을씨년스러워졌다. 꽃샘추위라도 찾아들었는지 별안간 시린 바람 한 줄기가 그들을 훑고 지나갔다.

"일곱 개 중 단 하나의 두성이라도 제외되면 자미성은 존재할 수 없는 것이 하늘의 이치이옵니다. 해서 소신은 스무이틀로부터 하루씩 날을 되돌려 보았고, 마침내 이탈이 최소화되는 날을 찾은 것입니다."

"열이틀."

미간을 찌푸리며 능양군이 무겁게 말을 뱉어냈다. 예. 고개를 주억거린 김치는 서둘러 능양군을 납득시키려 애를 썼다.

"열이틀에도 두성이 여전히 자리를 이탈하긴 하나, 미미하여 자미성을 위협할 수 있는 위치는 아닙니다. 하나 유의하여야 할 점이 하나 있습니다. 본래 두성과 함께 자미성을 보좌하는 수많은 뭇별들이 있사온데, 열이틀에 그중 하나가 완전히 빛을 잃는 순간이 있을 것입니다. 그때 이탈하던 두성이 일시적으로 제자리에 돌아올 것이니, 마마께오선 반드시 그때를 노려 거사를 일으키셔야 합니다."

"그때가 언제요?"

"이경(二更)이옵니다."

"고작 한 시진이란 말이오?"

순라군의 순찰이 시작되는 한밤중이다. 칠흑같이 어두운 밤, 한 시진 안에 거사를 일으켜야 한다는 사실이 못내 마음에 들지 않는 듯 능양군은 찌푸린 미간을 펴지 않았다. 그에 김치가 답답하면서도 간절한 얼굴로 다시 한 번 능양군을 설득하려 나설 때였다. 능양군의 심기가 불편함을 잡아낸 누군가가 섣불리 목소리를 높였다.

"그런 점술이 무에 대단하다고 이미 정한 거사일을 앞당기자는 말씀입니까? 차라리 미뤘으면 미뤘지, 하루 이틀도 아닌 열흘을 앞당겼다가 사달이 나면 사정 선생께서 책임지실 수 있으십니까?"

경박한 타박이 터져 나오자, 김치는 제게 목소리를 높인 사내를 향해 휙 고개를 돌렸다.

"무에 대단하냐고 하였소?"

노려보는 눈빛에 불꽃이 이글이글 타오르는 듯하였다. 그 눈빛에 주춤한 사내가 어물거리며 대답을 미루자, 김치는 그 옆의 누군가를 향해 시선을 돌렸다.

"자네."

그리고 자네도. 그렇게 그 옆의 너덧 명을 차례차례 시선으로 짚어내는 것이었다.

"내 점술이 하찮은가? 내가 일러준 것들이 그리 허섭스레기 같았는가 묻는 걸세."

지목당한 사람들이 서로 시선을 교환하다 재빨리 능양군의 눈치를 살폈다. 여전히 반신반의하는 듯한 얼굴의 능양군은 미간에 내 천자까지 새겨질 정도로 인상을 쓰며 거칠게 고개를 끄덕여 보였다.

"어…… 처의 태중에 든 아이가 사내아인지 계집아인지 보아달라고 하였더니, 해산도 전에 득남할 것을 사정 선생께서 맞춘 일이 있었습니다."

"소, 소신도 그러합니다. 좋은 묏자리가 났는데 노모께서 언제 돌아가실지 몰라 당장 사두어야 하나 말아야 하나 고민이라 했더니, 머지

않았다고 당장 사두라 하였습니다. 긴가민가했는데 정정하시던 노모
께서 급작스레 나흘 뒤 세상을 뜨신지라……."

신통한 점괘의 증언이 속속들이 이어지자 김치를 타박했던 사내가
깨갱 하며 꼬리를 내렸다. 대표로 호되게 반격을 받은 그가 꿀 먹은
벙어리라도 된 듯 시선을 떨어뜨리며 침묵하니, 더는 그 누구도 김치
의 의견에 반박하는 이가 없었다.

"이미 장단 부사와 평산 부사에게 스무이틀에 거병할 것이라 전했
소. 하니 그들은 그날에 맞춰 계획을 세웠을 것인데, 그 많은 군사를
데리고 어찌 열흘이나 앞당겨 내려올 수 있겠소?"

하나 능양군은 여전히 미덥지 않다는 듯 문제를 제기했다. 하기야
도합 천오백의 인원 중 절반을 훌쩍 넘는 규모가 장단과 평산 지역에
분산되어 있다 보니, 한날한시에 규합하는 일도 좌시할 수 없는 문제
였다.

"이미 며칠 전 소신이 장단과 평산에 연통을 보냈습니다. 불가피한
연유로 거사를 열흘 앞당겨야만 하는데 시일을 조정할 수 있겠느냐고
말입니다. 난색을 표하기는 하였으나, 천만다행으로 장단과 평산 양쪽
다 불가능한 일은 아니라 하였습니다. 지금 막 그 연락을 받고 오는 길
이옵니다."

김치는 숨도 쉬지 않고 빠르게 말했다. 하면 남은 것은 이제 단 하
나뿐이었다. 예견된 수순처럼 시선이 사방에서 한 곳으로 모여들었다.
눈을 감은 능양군의 빛깔 짙은 입술이 비틀렸다.

"좋소, 사정 그대의 말대로 하지."

긍정을 담은 묵직한 음성이 떨어져 내렸다. 주먹을 꽉 쥐고 초조하
게 대답을 기다리던 김치의 얼굴에 화색이 피는 순간이었다. 놀란 얼
굴로 김치와 능양군을 번갈아 보던 군석이 홀연 끼어들어 말을 내놓

았다.

"마마, 하오나……!"

좌중의 시선이 다급한 목소리의 군석에게 쏠리려는 찰나, 능양군이 술상을 거칠게 쾅 내리쳤다. 상 위에 놓였던 잔이 비틀비틀 흔들리다 바닥으로 떨어져 데구루루 굴러갔다. 더 이상의 반기는 용납하지 않겠다는 뜻이리라. 확연한 무언의 경고에 흠칫 떤 사람들이 꿀꺽 침을 삼키며 눈치를 보았다.

"하나."

눈을 번쩍 뜬 능양군이 조소 비슷한 것을 머금고 김치를 보았다. 얼굴이 밝아지던 김치는 능양군의 심기가 결코 편안하지 않음을 깨닫고 긴장감 서린 눈빛으로 표정을 굳혔다.

"일이 틀어지면, 내 직접 검을 들어 적병보다 그대의 목을 제일 먼저 칠 것이외다."

"뜻대로 하소서."

살기까지 느껴지는 목소리에 김치는 큰절을 올려 자신을 낮추었다. 허락이 있기 전 제멋대로 계획을 바꾸어 우두머리의 권위에 도전한 죄를 스스로 인정하지 않는다면 자연히 눈 밖에 날 것이었고, 김치는 그 당연한 이치를 모를 만큼 어리석지 않았다.

"훈련대장."

"예."

이흥립이 앞으로 나와 고개를 조아렸다.

"열이틀. 염두에 두도록 하시오."

"유념하여 실시토록 하겠나이다."

이흥립을 필두로 능양군은 박효립, 이확 등 주로 궁궐 수비의 책임자들을 하나하나 호명해 확인했다. 김류, 이괄 등 중역들과 변경할 사안들을 한참 동안 심도 있게 논의한 그는 마지막으로 이이반을 불러 장단 부사 이서와 평산 부사 이귀와의 연락책을 맡기고 회합을 파하노라 선언했다.

"다들 한 치의 흐트러짐도 없어야 하오. 시일이 촉박해진 만큼 조금의 실수도 재앙으로 귀결될 것이니!"

"예!"

"오라버니, 어찌 되셨어요?"

자리를 나서던 능양군의 뒤를 급하게 따라갔던 군석이 되돌아오자 연리는 다급히 물었다. 하나 군석은 굳은 얼굴로 고개를 저을 뿐이었다. 그의 고갯짓에 사색으로 물든 연리가 입술을 꼭 깨물자, 주원이 가만히 어깨를 감쌌다.

"다시 날을 잡으면 됩니다. 너무 상심하지 마세요."

주원이 하얗게 질린 연리의 얼굴을 보며 애써 안심시키려는 듯 달래었다. 그런 둘의 모습을 석윤이 안타깝게 바라보았지만 뾰족한 수가 없어 발만 동동 구를 뿐이었다. 복잡한 심경으로 그들을 보던 군석이 어쩔 수 없이 입을 열었다.

"연리 너는 이곳에 계속 있는 것이 좋겠구나."

"그게 무슨 말씀이십니까? 오늘 형님 댁으로 가신다 하지 않았는지요?"

석윤이 깜짝 놀란 듯 되물었다. 함께 놀란 연리가 석윤과 같은 눈빛으로 고개를 들어 군석을 보는데, 주원이 손을 내려 차가운 연리의 손을 가만히 감싸주었다. 연리가 물끄러미 제 손을 잡은 주원을 바라보는 사이 군석이 나지막이 말했다.

"국면이 이리되었으니, 만약의 사태에 대비해야 하지 않겠는가. 그

럴 리는 없지만, 만약에라도…… 혹시라도 일이 어렵게 되었을 시에
는."

연리가 주원의 손을 잡은 채 흔들리는 눈빛으로 군석과 시선을 마
주했다.

"외척인 우리 가문이 제일 먼저 표적이 될 테니, 이곳에 있는 편이
훨씬 안전할 게다. 풍산 홍씨 가문도 마찬가지야. 거사에 연루된 가문
은 어느 곳이라도 위험할 것 같구나. 그나마 이곳은 기루라 조정에서
도 별다르게 주시하지는 않을 거다."

현실을 직시하는 군석의 말에 연리의 고개가 무겁게 떨어졌다. 가
슴에 바위를 올려놓은 듯 답답하여 편히 숨을 쉬기조차 어려웠다. 하
지만 어쩔 수 없었다. 연리는 불안함을 애써 숨기고 군석의 의견에 동
의했다. 밤이 깊어 곧 기루를 떠나야만 하는 주원과 석윤이 사려 깊게
위로를 해주는 통에 연리는 아무렇지 않은 척 기운을 낼 수밖에 없었
다. 하지만 군석은 자리를 뜨면서도 연신 뒤를 돌아다보았다. 연리는
그린 군석에게 괜찮다는 듯 웃어 보였으나 흔들림이 묻어 나오는 것은
막을 도리가 없었다.

사정을 모르는 이가 보기엔 혼례를 못 치르게 된 것이 아쉬운가 얼
핏 생각할 정도였다. 정인인 주원 또한 그러했고, 자초지종을 들은 벗
연의도 그렇게 생각하였는지 따뜻하게 위로해 주었다.

"아무 일 없을 거야, 걱정하지 마. 일이 다 끝난 다음에 멋지게 혼례
올리면 되지!"

"그래…… 그럴 거야. 고마워, 연의야."

하지만 그날 이후, 연리가 전전반측하며 잠을 이루지 못했던 것은
염정소설에 나올 법한 그러한 이유 때문은 아니었다. 이제야 겨우 보
금자리를 찾았는데, 떠난 가족 대신 텅 빈 마음속을 채워줄 새로운

가족을 만났는데, 하루아침에 외줄에 매달린 것처럼 위태롭게 되고 말았다.

어렴풋이 그러한 연리의 증세를 알아차린 군석이 자주 찾아와 희망적인 말을 반복해 들려주었음에도 특별한 호전은 없었다. 자신을 걱정하는 오라비가 신경이 쓰일까 억지로 밝은 표정을 만들어내곤 했지만, 군석과 헤어져 이제는 기녀 숙소에서 나와 홀로 묵는 외딴 방으로 들어와 앉으면 두려움이 온몸을 잠식했다.

머리로는 그러지 않을 것을 알지만, 반드시 성공해야만 한다는 걸, 그리고 반드시 그리되리라는 걸 알지만 이미 한 번 겪은 상실감은 업보처럼 자신을 놓아주지 않았다. 죽은 의가 자꾸만 꿈에 찾아와 연리는 매일같이 눈물로 축축한 베개 위에서 잠을 깼다. 울부짖으며 숨을 놓아가던 의가 어느새 주원으로 바뀌어, 그토록 따스하고 생기 있던 눈이 텅 비어 자신을 바라볼 때면 연리는 잠에서 깨어서도 눈물을 흘렸다.

하지만 자신을 걱정하는 이들 앞에서 약한 모습을 보일 수는 없었다. 자신보다 훨씬 힘든 일을 맡아 동분서주하는 소중한 사람들 앞에서, 두려움이나 불안함도 이겨내지 못하는 자신이 보잘것없게 느껴지고 한없이 미안했기 때문이었다. 혼자 삭이면 될 감정을 다른 사람에게 내보여 우울함을 옮기고 싶지도 않았다. 그렇잖아도 버거울 사람들에게 제 걱정까지 얹어주고 싶지 않았다.

그래, 도움이 되지는 못할망정 도리어 짐이 될 수는 없었다. 연리는 눈물로 젖어들고 부어오른 얼굴을 매일매일 찬물로 식혔다. 가슴 깊은 곳을 파고든 막연한 공포도 찬물로 씻어냈다. 잦아진 회합 때문에라도, 그렇게 연리는 혼자 여름날을 일찍 맞은 것처럼 찬물을 찾았다.

누구에게도 마음 편히 털어놓을 수 없는 괴로운 나날들도 성큼성큼 뜨고 졌다. 더는 기녀도 아닌 몸으로 기루에 머물던 연리는, 어느덧 마지막 회합이 열리는 열하루의 밤이 뜨자 마음을 다독이며 밀실의 방에 들었다.

스릉―

"누구냐?"

방문 앞에 입직하고 선 군사 하나가 검을 빼 목에 가져다 댔다. 며칠 사이 기루 내에도 가벼이 무장한 군사 몇몇이 호위와 보안 명목으로 나타나는 것이 보였다. 연리는 서느런 기운을 내뿜는 검신을 바라보며 조심스레 대답했다.

"소녀, 연이라 하옵니다."

"연?"

군사가 여전히 검날을 들이댄 채 미심쩍다는 듯 고개를 갸웃했다. 그러자 옆에 있던 동료가 아아 하는 소리를 내며 검을 치우라는 손짓을 해 보였다.

능양군께서 총애하시는 아이가 아닌가. 아, 그 계집인가?

고개를 주억거린 군사가 검을 치우고 들어가도 좋다며 고갯짓했다. 연리는 호기심 어린 낯선 눈빛이 제 얼굴을 뚫어지게 보는 것을 무시하며 꾸벅 인사를 하고 안으로 들어갔다.

"집결지는 지난번 정했던 것처럼 홍제원이 좋겠소. 나도 이경까지 거기로 가지."

"장단과 평산, 김포 등 도성 밖에서 진입하는 병력은 그리하는 것이 옳으나 마마께서도 굳이 그곳에 가실 필요는 없지 않겠습니까? 창의문에서 대기하고 계셨다가 합류하여도……."

"아니, 그리하면 모양새가 좋지 않을 것이오. 그저 안전히 있다가 왕좌만 낚아채는 인물로 보이느니 홍제원에서 다 함께 모여 가는 것이 여러모로 나을 거요."

"알겠습니다. 하면 소신이 백규에게 전하여 호위를 좀 더……."

"병장기는 잘 은닉했소?"

"걱정 마시오. 달구지에 실어 농기구인 척 속이고, 그도 여의치 않으면 뇌물을 먹였으니 썩은 탐관오리들이 무얼 눈치챘겠소이까."

내일 밤이 깊으면 거사가 시작될 것이었다. 모두들 그 사실 하나로 달아오르는 흥분을 품고 열렬하게 준비하고 논의했다. 연리는 능양군은 물론이고 그동안 안면을 익혔던 많은 사람들이 저마다 맡은 일에 몰두하는 것을 죽 둘러보았다. 일각이 여삼추라더니 어쩜 성현들께선 그런 주옥같은 말을 남기셨을까. 내일이면 모두의 운명이 결정된다는 사실이 도무지 실감이 나지 않았다.

거사가 막바지에 다다르니 이제 자신이 할 일은 딱히 없었다. 조정에 자리하고 있는 이들 사이를 옮겨 다니며 정보를 캐내는 일도, 궁궐에 잠입할 일도 이제는 없었으니까. 물론 자신이 힘들게 일했을 때 그들이 지금의 제 상황이었으니 결국은 같은 셈이지만. 그래도 뭔가 더 할 일이 있으면 좋을 텐데. 시원함과 함께 아쉬움을 느끼며, 연리는 능양군의 시중을 들며 거사 내용을 속속들이 알 수 있다는 것에 만족하기로 했다.

"참으로 수고했소. 드디어 내일 이 시간이 생사를 건 대의를 이룰 때이니, 다들 필승의 결의를 다지길 바라오. 홍제원에서 봅시다."

"예, 마마!"

"예!"

우렁찬 다짐, 그리고 능양군의 만족스러운 웃음과 함께 깊은 밤의 마지막 회합이 끝을 맺었다. 바깥의 눈을 피해 밀실 밖으로 조금씩 빠져나가던 인원들이 거의 줄어들자 연리와 주원, 군석과 석윤이 밖으로 나섰다.

"드디어 내일입니다. 어느덧 날이 이리되었군요."

"그러게 말이네. 오늘 밤 잠 이루기가 쉽지 않겠구먼."

군석과 석윤이 말을 주거니 받거니 하며 알게 모르게 내려앉은 긴장을 풀었다.

"형님께서도 내일 홍제원으로 가십니까?"

"가고 싶다만, 능양군께서 은밀히 불러 나는 올 것 없다고 신신당부를 하시더군."

바쁘신 와중에도 빈틈없이 신경을 쓰시는 모양이지. 주원의 말에 군석이 혀를 내두르며 말했다. 그 모습에 세 사람은 동시에 웃음을 터뜨리며 바짝 조인 분위기를 느슨하게 풀어갔다. 연리도 이들과 함께 있을 때만은 진심으로 편안했기에 환하게 웃었고, 그런 자신을 본 군석이 안심하듯 미소하는 것을 보고 더욱 예쁘게 웃어 보였다.

"그럼 나는 이만 가보겠네. 연리 너도 안전하게 잘 있거라. 혹여 위험할 수도 있으니 내일은 밖에 나오지 말고."

"네, 오라버니. 오라버니께서도 조심하세요."

군석의 단단히 이르는 듯한 어조에 연리는 순순히 대답하며 생긋 웃어 보였다. 그러자 안심한 듯 군석이 머리를 쓰다듬어 주고는 먼저 대문을 나섰다.

"그럼 항아님, 나중에 뵙지요. 아 참, 그리고 보니 이제는 제수씨라고 불러야겠지요?"

"제수씨라니? 형수님이라 불러야지."

연리에게 넉살 좋게 인사를 해 보인 석윤이 주원과 가벼운 입씨름을 했다. 몸조심하라는 연리의 애정 어린 당부를 받은 석윤이 정인끼리의 회포를 나누도록 자리를 비켜준다며 냉큼 손을 흔들며 자리를 떴다. 군석과 석윤이 떠나는 것을 웃으며 보고 있던 연리는 어느새 텅 빈 곁이 느껴지자 쓸쓸해졌다. 입가에 머문 미소는 그대로였지만, 외로움이 찾아든 얼굴이 달빛을 받으니 애수에 빛났다. 그를 본 주원이 말없이 얼굴을 손으로 감싸 부드럽게 시선을 맞추었다.

매일매일 보아도, 불 꺼진 방에서 홀로 있으면 어김없이 생각나는 사람. 가만히 자신을 눈에 담고 있는 연인을 보며, 오늘 밤에도 찾아올 악몽이 떠올라 연리는 망설이면서도 충동적으로 속삭였다.

"무서워요."

조금씩 떨려오는 음성이 들킬까, 연리는 그 짧은 말을 하고서 입을 꼬옥 다물어 버렸다. 그러자 주원이 깊은 시선을 보내며 말했다.

"걱정 마세요. 반드시 잘될 겁니다."

정말 그럴까요. 속으로 중얼거린 연리는 어김없이 머릿속에 떠오르고 만 의의 모습에 깊은 한숨을 쉬며 주원에게 안겼다. 아무 말 없이 품으로 찾아든 보드라운 온기에 주원이 낮게 웃으며 팔을 둘러 안아 주었다. 한 손으로 등을 토닥여 주는 손길에 불안하게 뛰던 가슴이 조금씩 안정되어 왔지만, 그래도 여전히 씻어낼 수 없는 감정이 스멀스멀 밀려오는 것 같아 연리는 더 깊이 주원에게 안겨들었다.

"안 하던 어리광을 피우시니, 꼭 어린아이 같으십니다."

놀리듯 하는 말에도 연리는 미동이 없었다. 그저 규칙적으로 얕은 숨을 제 가슴팍에 고르게 내쉬며 안겨 있을 따름이었다. 잠시 고개를 갸웃한 주원은 연리가 생각보다 많이 긴장하고 있음을 알아챘다. 주원은 연리의 어깨를 좀 더 다독여 주다가, 안정된 듯 연리가 품에서 떨어져 나오자 따뜻하게 웃어주었다.

"거사가 끝난 후 모레 찾아오겠습니다. 그때까지 안전히 계십시오."

"공자님도, 부디 몸조심하세요."

잔잔하지만 진한 감정이 눌러 담긴 말이었다. 짧은 말의 끝에 물기가 어린 듯도 하여, 주원은 잠깐 생각하다가 성큼 다가서 연리를 안아 들었다. 발이 둥실 떠오르자 놀란 연리가 토끼 눈을 뜨며 주원의 옷깃을 부여잡았다.

"모셔다드리겠습니다."

밤도 깊었는데, 오늘따라 어린아이 같으시니 안심이 되질 않아서요. 주원이 한쪽 눈을 찡긋해 보이며 걸음을 옮겼다. 저쪽이에요. 피식 웃어 보인 연리가 품 안으로 안기며 홀로 묵는 건물을 가리켰다.

외딴 작은 건물 속 외로운 방 하나만이 덩그러니 둘을 반겼다. 무거울 테니 내려달라는 말을 못 들은 척하며 방 안까지 연리를 안고 들어온 주원이 펼쳐 둔 이부자리 위로 연리를 내려주었다.

"어찌 기녀 숙소에 묵지 않으시고."

"기적에서 삭제되었고, 연회에도 나가지 않는데 기녀 숙소에 있었다간 말만 더 나와서요. 이곳이 더 편하기도 해서 그냥 제가 그렇게 해달라고 했어요. 가끔 낮에 연의도 놀러 와서 괜찮아요."

기녀 숙소와 크기는 비슷했지만, 주위에 아무것도 없어 외로울까 걱정하는 듯했다. 걱정스러운 눈빛으로 방을 둘러보는 주원을 안심시키려 연리는 길게 말을 덧붙였다. 제 말에 얼른 변명 아닌 변명을 붙이는 연리에게 씩 웃어 보인 주원이 몸을 기울여 가볍게 뺨에 입맞춤했다.

"이만 가보겠습니다."

따스한 온기가 뺨에 닿았다 사라졌다. 동시에 눈앞 시야로 돌아온 주원이 부드러운 눈가를 휘며 웃어 보였다. 순간, 방을 밝힌 불이 일렁였다. 잔잔했던 진갈색이 빛을 머금고 매혹적인 담갈색으로 바뀌었다.

'내게 다시 돌아올 수 있을까.'

불현듯 그런 물음이 들었다. 당연하지. 마음 저편에서 즉각적으로 대답이 들려왔지만 반대편에서 또 다른 목소리가 의문을 제기했다. 아니면?

목이 메어왔다. 돌아오지 않을 것 같아서 두려웠다. 지금 이 순간, 내 앞에서 이렇게 웃고 있는 그 대신 텅 빈 그를 보게 될 것 같아서. 잡아두고 싶었다. 한 번만이라도 완전히 내게 속박해 두고 싶었다. 그런다면 내일 하루, 그가 없는 하루를 견딜 수 있을 것 같았다. 어쩌면 반드시 돌아온다는 믿음이 생길 수도 있을 것 같았다.

연리는 저를 눕히고 이불을 끌어 올려준 후, 몸을 일으켜 나가려는 주원의 옷자락을 붙잡았다. 정확히는 옷고름을.

답삭 와 닿은 손길에 주원이 멈칫하며 돌아다보았다. 연리는 의문스럽게 저를 바라보는 주원의 시선을 똑바로 마주하며 손에 힘을 주었다. 단정하게 맨 고름이 스르르 풀렸다. 고름으로 옷자락을 여미고, 가슴께에 세조대를 둘러 고정시킨 터라 고름이 풀렸다고 해서 옷이 흘러내리지는 않았다. 하지만 자신이 준 힘에 주원이 도로 자리에 풀썩 주저앉자, 연리는 조금 더 손에 힘을 주어 주원을 가까이 끌어당겼다.

주원은 살짝 눈썹을 찡그린 채였지만 저항 없이 순순히 다가왔다. 숨결이 닿을 정도로 거리가 가까워지자 매혹적인 그의 눈동자가 자신을 오롯이 담고 있었다. 연리는 빠져들듯 그를 자신의 눈으로 담으며 말했다.

"원래는 내일이 혼례일이잖아요."

"……예."

"그럼 우리는 부부나 다름없는 거예요."

변함없던 눈동자가 살짝 흔들렸다. 주원은 말없이 몸을 기울인 자세 그대로 살짝 고개만 한 번 끄덕였다.

"그러니까……."

연리는 잠시 말을 멈추고 입속으로 할 말을 굴려보았다. 망설여지지 않는 것은 아니었지만, 그보다는 이 사내를 잃고 싶지 않다는 마음이 더 컸다. 마치 곁에 두지 않으면 이 밤이 그를 사라지게 할 것처럼.

"같이 있어주세요."

나직하게 속삭이자 마주한 눈동자가 다시 한 번 흔들렸다. 그러나 주원은 아무 말도 하지 않고 단지 미미하게 미간을 좁힐 따름이었다.

"혼자 있기 싫어요."

금방이라도 그가 떠날 것만 같은 두려움에 목소리가 미약하게 떨렸다. 연리는 더 말했다가는 울먹거리게 될 것만 같아 입술을 앙다물었다. 눈물을 흘리는 모습도 보이기 싫어, 촉촉해지려는 눈가에 힘을 주고 고개도 숙이지 않았다. 연리는 손을 뻗어 얼어붙은 듯 멈춘 주원의 세조대를 사륵 풀어냈다. 단정하고 바르게 여몄던 옷은 이제 느슨하게 풀려 있었다.

연리는 미동도 않는 주원의 눈을 가만히 바라보며 자신의 옷고름으로 손을 가져갔다. 맵시 있게 묶인 것을 한 손으로 잡아당겨 풀고, 속 저고리의 가슴께 옷자락을 걷어내자 그 아래 입은 속적삼이 드러났다. 그제야 주원이 손을 뻗어 막 저고리를 벗어 내리려는 연리의 손목을 움켜잡았다.

"이러시면."

"후회 안 해요."

연리는 무언가 말하려는 주원의 말문을 대번에 멈추게 하였다. 이제 목소리는 더 이상 떨리지 않았다. 당신만큼 소중한 건 없으니까요. 마음속의 목소리가 전해지길 바라며, 연리는 천천히 입술을 움직였다.

"사랑해요."

청아한 목소리가 노래하듯 고운 말을 전하니 굳었던 얼굴이 서서히 봄기운을 품기 시작하였다. 눈을 깜빡이는 짧은 순간, 투명한 눈물 한 줄기가 흘러내리자 보드레한 손길이 다가와 그를 앗아갔다. 그리고 마침내 뜨거운 숨결이 찾아들었다. 머리와 뺨을 감싸는 손길과 함께 등 뒤로 푹신한 이불의 감촉이 느껴졌다. 두 번, 세 번 깊게 입술을 나눈 그가 고개를 들어 말했다.

"은애합니다."

제가 했던 말이 배는 더 따뜻하게 들려오자 연리는 살풋 웃었다. 곱게 반달을 그리는 눈매를 손가락으로 살짝 쓸어보던 주원도 이내 미소 지었다. 그리고 다시 길게 이어지는 접문. 연리는 온유한 손길이 옷자락 위로 닿는 것을 느끼며 천천히 눈을 감았다.

밤의 찬결이 와 닿은 나신에 자릿함이 퍼졌다. 이따금 꽃샘바람이 질투하듯 문틈으로 스며들었지만, 도리어 불꽃을 일으키는 풀무처럼 피부 위로 미끄러지는 열락을 더해줄 뿐이었다. 익숙하지만 낯선 손길은 거침없이 전신을 스쳤다. 보드랍고 연약한 몸을 아이 달래듯 나긋하게 어루만지었으나, 점차 배어 나오기 시작한 정염에 마침내 피부에는 열꽃이 피어오르기 시작했다.

"훗······."

휘몰아치는 고통과 쾌락에 미약한 신음이 흘러나왔다. 그러자 다시금 온유하게 화한 손길이 얼굴로 다가와, 고개를 살짝 들어 올리곤 신음성이 섞인 숨결을 삼켰다. 얼마 후 맞물린 입술이 떨어지고 연리가 천천히 눈을 뜨자, 은은하게 웃은 주원이 약하게 찡그려져 있던 수려한 이마에 입을 맞추었다.

인장을 찍듯 가볍게 내려앉은 부드러운 입술이 두려움을 앗아갔다. 변함없는 정인의 다정다감이 심중에 고였던 불안함과 낯섦을 다독여 주었다. 연리는 일렁이는 그의 눈을 가지고 싶다는 생각이 들었다. 손을 들어 뺨을 감싼 채 살며시 끌어당기니 주원이 버팀 없이, 어쩌면 기다렸다는 것처럼 가까이 다가왔다. 스르르 눈을 감음과 동시에 다시 한 번 온기가 찾아들었다.

달콤하게 섞이는 숨결을 주고받는 감촉이 천상과도 같아 눈물이 흐를 것 같았다. 깊고 깊게 정을 탐하던 연인은 한쪽의 숨이 다할 때가 되어서야 비로소 간격을 두었다. 연리가 촉촉해진 눈가로 가빠지는 호흡을 가다듬는 사이, 주원이 턱선에 가볍게 입맞춤했다.

입술, 턱선, 목 아래, 어깨를 차례로 스친 숨결이 조금 더 아래로 내려갔다. 흠칫한 연리가 주원의 어깨에 올렸던 손을 내려 그의 가슴을 살짝 밀어내자, 그가 사뿐하게 두 손을 잡아 거두어 내렸다.

"두려워 마십시오."

다정한 음성이 가슴께에 닿았다.

"언제나 그대 곁에 있을 테니."

왼쪽 가슴, 두근두근 빠르게 뛰는 박동 위로 진한 입맞춤이 내려앉았다. 이어 예민한 피부 위로 뜨거운 감촉이 느껴진 순간이었다. 눈앞에 터지는 섬광과, 등줄기를 타고 흐르는 강한 전율.

마침내, 꺼지지 않을 밤이 타오르기 시작했다.

경쾌한 새들의 지저귐이 귓가에 울렸다. 숙면에서 선잠으로 반쯤 깨어난 연리는 가지런한 눈썹을 한 번 움직였지만 여전히 꿈결을 헤매고 있었다. 그렇게 일각쯤 있던 연리는 어느새 창호지를 뚫고 비쳐 온 맑은 햇살이 얼굴 위로 쏟아지자 천천히 눈꺼풀을 들어 올렸다.

밝게 개인 방 안이 한눈에 들어왔다. 선잠에서 깨었음에도, 찌뿌드드하기보다 나른함이 전신을 휘감았다. 구름 위로 붕 뜬 것처럼 현실감 없는 느낌에 연리는 두어 번 천천히 눈을 깜빡이다가 안개처럼 서서히 걷힌 기억에 홍조를 띠웠다.

까무룩 잠이 들었던 새벽, 따스했던 손길이 정성스레 보듬어주던 것이 어렴풋이 기억났다. 잠에 빠진 자신이 무어라 칭얼댈 때 낮게 웃으며 입을 맞추어주던 것도 떠올랐다. 다시금 떠오른 황홀경에, 자리에서 일어나 앉은 연리는 갑작스레 찾아온 허리께의 찌르르한 통증에도 미소를 지우지 않았다.

옷을 찾아 농 쪽으로 돌아앉았을 때, 머리맡에 단정하게 놓인 옷가지를 발견한 연리의 얼굴은 더욱 환하게 빛났다. 그러고 보니 한참 단잠에 빠져 있는데 주원이 무어라 자꾸만 묻던 기억이 났다. 옷을 챙겨주려고 물었던 것이었나 보다. 잠결에 무어라 대답했는지는 모르겠지만 곱게 수가 놓인 백색 저고리에 하늘빛 치마를 보니 아마 제대로 대답한 듯했다.

옷을 쓸어보며 피식 웃은 연리는 물먹은 솜처럼 무거운 팔다리를 움직여 옷 아래 입을 속곳을 꺼내려 일어났다. 그러다 잠시 다리가 휘청여 놓여 있던 옷가지를 살짝 밟아 미끄러뜨리자, 아래 있던 또 다른 하얀 천이 비죽 드러난 것이 눈에 들어왔다. 고개를 갸웃한 연리는 저고리와 치마를 들어냈다.

조심스러운 모양새로 놓인 속곳들이었다. 연리는 한층 달아오른 뺨을 만지며 찬찬히 그것들을 살폈다. 이것도 내가 대답했었나? 하지만 평소에 입던 여섯 가지 모두가 아닌 속속곳과 고쟁이, 속적삼만을 서툴게 가져다 둔 것을 보면 아마도 주원 스스로 혼자 찾은 듯했다. 부끄러움과 함께 웃음이 비어져 나왔다. 그러잖아도 속곳을 꺼내려면 몸을 숙여 농 제일 깊은 곳을 뒤져야 했기에 뻐근한 허리와 아랫배의 통증이 걱정되었던 차였다.

어떻게 이런 것까지 생각한 걸까. 휜 눈매와 입가에 잔잔한 웃음기가 어리었다. 텅 빈 방에는 아무도 없었지만 충만한 행복이 끝없이 밀려왔다. 아직도 방 안을 은은하게 채우는 차향에 곁에 있는 듯한 그를 느끼며, 연리는 천천히 그의 손길을 입었다.

배가 고프지 않아, 끼니를 거르고 과일 조금으로 입만 축인 연리는 오후 내내 따뜻한 물수건을 허리 아래에 댄 채 방 안에서 책을 읽었다. 주위를 통해 보고 배운 바로는, 밤을 보낸 후에는 영양가 있는 음식과 충분한 휴식이 필요하다고 했다. 하지만 어젯밤의 기억이 잠잠해지자 오늘 밤에 있을 일이 떠올랐고, 자연히 찾아든 긴장감에 허기가 느껴지지 않았다.

기녀 숙소로 가서 연의와 함께 있을까 했지만, 연의가 어제 하루 종일 보이지 않았던 것이 생각났다. 일이 있다며 아침 일찍부터 밖에 나간 것 같았는데, 제가 회합에 들 때까지 돌아오지 않았으니 꽤 늦게 들어왔을 것이었다. 때마침 움직이기에는 영 몸이 불편한 상태라, 연리는 아마도 몹시 피곤에 지쳤을 연의의 잠과 휴식을 방해하지 않기로 했다.

어느새 책을 읽으며 보낸 시간이 유시에 이르렀다. 서서히 노을로 물드는 저녁 빛이 방 안까지 들어와서야 연리는 책에 푹 빠져 있던 시선을 들었다. 오랜만에 읽는 책으로 긴장감을 덮으려던 것이 꽤 잘 먹혀든 모양이었다. 시간이 흐르는 것도 느끼지 못하고 있던 걸 보면. 어느새 하체를 감싸던 알알한 통증도 미약한 존재감을 빼고는 많이 가라앉아 있었다. 연리는 읽던 책과 대고 있던 물수건을 치우고 자리에서 일어나 강당으로 향했다.

"미향아, 혹시 연의 못 봤어? 방에 있나?"

"글쎄, 어딜 좀 다녀온다고 하던데."

"저녁 시간인데……."

삼삼오오 모여 앉아 저녁을 드는 강당에서 연의를 찾지 못한 연리는 옆에 앉은 미향의 대답에 걱정스레 중얼거렸다. 그러자 밥 한술을 떠 우물거리던 미향이 별걱정을 다 한다는 표정으로 핀잔을 주었다.

"어련히 알아서 할까 봐? 먹고 오는 거겠지. 걔 요즘 기둥서방이라도 생겼는지, 종종 밖에 나가더라."

"정말?"

뜻밖의 말에 연리가 눈을 반짝이며 되묻자, 미향이 음식을 삼키며 건성으로 고개를 끄덕였다.

"그렇다니까. 내가 지금까지 걔 나가는 걸 세 번이나 봤다고. 기루밖에 나갈 일이 사내가 아니면 뭐겠니? 척 보면 척이지."

넌 친하다면서 그것도 몰랐어? 미향의 핀잔에 생긋 웃어 보인 연리는 단상에 빠져들었다. 기둥서방. 연의와 연관 지어 생각할 만한 사내라면 석윤밖에 없었다. 두 명이 함께 있던 걸 여러 번 보긴 했었지. 석윤의 부친이 아들이 기루에 드나드는 것을 탐탁지 않아 한다는 이야기도 들은 적이 있었다.

'그런 거였구나.'

틀림없이 맞아들 추측에 연리는 피식 웃으며 숟가락을 들었다. 거사 때문에 바빠 눈치를 채지 못했다고는 해도, 그런 걸 나한테 말 안하다니. 나중에 돌아오면 모르는 척 캐물어봐야지.

연리는 식사를 끝낸 후 곧장 연의의 방으로 갔다. 언제 돌아올지 모르니 꽤 떨어진 자신의 방에 있기보다는 연의의 방에서 기다리는 게 훨씬 편할 것 같아서였다. 문을 닫고 방 안에 불을 밝힌 연리는 농을 열어 이부자리를 미리 펴 두고 그 위에 배를 깔고 누워 연의를 기다렸다.

밖에서는 여느 때처럼 기루의 낮이 시작되어 소란스러움이 문 틈새로 들어왔다. 정말 오늘이야말로 마지막 밤이 되겠지. 감상에 젖어 익숙한 소음을 듣던 연리는 곧 몸을 일으켰다. 연의가 없으니 심심해 제 방에서 책이라도 가져와 읽을 참이었다. 연리는 혹여 그사이에 연의가 올까 봐, 얼른 방문을 열고 나와 신을 꿰어 신고 제 방으로 종종걸음 쳤다.

가지고 있는 책은 많지 않았지만 독방을 가지게 된 후로 세책방에서 마음에 드는 책을 종종 빌려왔다. 옛 성현들의 말씀이나 고사 따위가 담긴 서적을 즐겨 읽었지만, 소설이나 명화가들의 그림을 소개한 책도 읽곤 했다. 연리는 대여섯 권의 책들 중에서 고민하다가 내훈(內訓)을 뽑아 들었다. 특별히 재미가 있는 책은 아니었지만, 혼인을 앞두고 있으니 읽어두는 것도 좋을 듯하여 구해두었던 것이다. 연리는 책을 품에 안고 방을 나서며 선명히 떠오르는 그의 얼굴에 배시시 웃었다.

근자에 매일같이 비원을 찾던 이들이 오늘은 거사 때문에 방문을 하지 않자 기루가 여느 때보다는 한산했다. 굳이 능양군과 함께 홍제원에 갈 필요가 없는 다소 한미한 위치의 인사들만이 정자에 모여 있었다. 시기가 시기이다 보니 성대한 주연을 할 생각은 없는지, 그들은 정문 가까운 곳의 정자에 모여 앉아 기녀의 가무와 함께 담소를 나누고 있었다.

연리는 제 방을 나와 너른 마당을 가로질러 있는 정자 근처를 둘러 걸어갔다. 괜히 그들 눈에 띄어 말을 나누는 피곤한 일은 피하고 싶었지만, 기녀 숙소와 가장 가까운 길이 이쪽이라 어쩔 수 없었다. 다행히 모두들 대화에 집중하느라 정자 밑을 살펴볼 사람은 없어 불려갈 일은 요원한 것 같았다. 연리는 정자 가까이에 닿자 조금 빠르게 걸음을 재촉해 기녀 숙소로 향했다.

숙소로 통하는 중문을 향해 정자 앞에서 막 왼쪽으로 걸음을 꺾었을 때였다. 갑자기 누군가 대문을 부서져라 마구 두드렸다.

쾅쾅쾅-!

"게 없느냐? 어서 문을 열어라!"

잔뜩 화라도 난 듯 높아진 고성이었다. 연회에 늦은 자가 어디서 잔뜩 술이라도 취했나 싶어, 성가심을 피하려 연리는 헐레벌떡 달려간 종이 문을 여는 것을 보자마자 재빨리 등을 돌렸다.

하지만 문 열리는 소리와 함께 성난 듯 안으로 들어선 기척이 들리더니, 이제 막 걸음을 옮기는 연리의 등 뒤로 거친 발걸음이 따라붙었다. 흠칫 놀라 바로 옆의 중문으로 들어서려는데, 누군가의 괄괄한 손길이 어깨를 낚아챘다.

"꺅!"

정신을 차릴 새도 없이 몸을 돌려세우는 손아귀에, 연리는 엉겁결에 내훈마저 떨어뜨리며 짧은 비명을 질렀다. 순간적으로 겁에 질린 연리는 흡 숨을 멈추며 시선을 던졌다.

"나…… 리?"

급하게 달려온 듯, 숨소리를 씨근덕거리며 연리의 어깨를 잡은 이는 심기원이었다. 이자가 왜 여기에? 잠시 호흡을 가다듬느라 말없이 서 있는 심기원을 마주 보며, 연리는 시간을 가늠해 보았다. 유시에 저녁을 먹고 시간이 흘렀으니 어느새 이제 막 이경을 넘겼을 시각이었다.

"어찌…… 어찌 여기에 계십니까? 홍제원은요?"

연리는 이제 막 숨을 가다듬은 심기원에게 급하게 높아진 목소리로 물었다. 마음 졸이지 않으려고 일부러 잊고 있었는데……. 갑작스레 찾아든 불청객에 신경이 바짝 곤두섰다. 지금쯤이면 이제 막 장단과 평산에서 이서와 이귀가 도착했을 텐데, 왜 이자가 이곳에 있는 거지?

"혹 김류가 여기 왔느냐?"

고저가 들쑥날쑥한 목소리로 대답 대신 심기원은 거칠게 물어왔다.

'김류?'

총대장을 여기서 왜? 연리는 관옥이라는 호칭도 버리고 마구 이름을 부르는 심기원을 뒤로하고 급하게 고개를 들어 정자를 훑었다. 낮익은 얼굴이 몇몇 보였지만…….

"아니요, 오지 않으신 것 같습니다."

"제기랄!"

제 말이 떨어지자마자 심기원이 땅을 세차게 걷어찼다. 그에 땅에 떨어뜨렸던 내훈이 그의 발에 걸려 볼썽사납게 구겨졌다. 연리는 그간 보지 못했던 그의 사나운 행동에 눈을 크게 떴다. 평소에 차분한 책략가의 면모를 보였던 자가 이토록 흥분할 만한 일이 뭐란 말인가. 설마 김류에게 무슨 변고라도 생긴…….

"이이반이 우리를 배신했다."

배신! 엄청난 발언을 이해하기도 전에 강렬한 물음이 떠올랐다. 연리는 후들거리는 다리에 힘을 주며 덜덜 떨리는 머릿속을 헤집었다. 그자가 누구…….

"아."

"장단 부사와 평산 부사에게 열이틀 이경까지 홍제원에 도착하라 전하라."

능양군이 연락책을 맡겼던 자다. 능양군의 명령에 고개를 조아리던 이이반의 모습과 함께 언젠가 얼핏 들었던 그의 내력이 줄줄이 떠올랐다. 그의 집안은 의를 지지했던 소북파로, 주상의 손에 가문이 온통 풍비박산 났다. 처음 온 자리에서 자신을 소개하는 것을 듣고 연리는 이이반이 얼마 남지 않은 소북파의 인물이라 관심 있게 보았었다.

"배…… 배신이라니요?"

연리가 경악하며 물었으나 심기원은 급하게 정자를 향해 뛰어올랐다. 거친 발걸음이 다급하게 뛰어들자 음률과 담소를 나누던 자들이 화들짝 놀라 뒤를 돌아보았다. 그에는 아랑곳하지 않고 숨을 몰아쉬며 빠르게 정자를 훑은 심기원이 도로 계단을 뛰어 내려왔다.

"나리, 배신이라니요!"

연리는 도로 대문을 향해 달려가 자리를 뜨려는 심기원의 뒤를 쫓아 옷자락을 잡으며 외쳤다. 옷자락을 잡은 손길이 덜덜 떨렸다. 정신이 없는 것은 심기원도 마찬가지인 듯했다. 평소라면 구구절절 설명해 주지 않았을 터였으나, 그는 지금 자신을 붙잡은 연리에게 아무렇게나 말을 쏟아냈다.

"이경이 다 되어가도 장단 부사께선 근처에도 오시질 않았다. 설상가상 총대장 김류도 오지 않았고! 다른 이들은 모두 모였으나 최대 병력인 장단의 군사가 없으니 일이 크게 어그러질 판국이다."

머릿속이 차갑게 굳었다.

"그게…… 그게 무슨."

"능양군께서 날 보내시어, 급하게 돌아와 상황을 알아보니 쳐 죽일 그 이이반이란 놈이 장단 쪽에 농간을 부리고 대궐에 계획을 폭로한 모양이다. 김류 이자도 필시 그놈에게 놀아나 겁을 집어먹은 게야!"

도저히 믿기지 않아 더듬거리며 묻는 연리의 말을 끊은 심기원이 이글거리며 욕지거리를 뱉었다. 폭로! 벼락같은 말에 철퇴에라도 맞은 듯 머리가 아찔했다. 눈앞이 하얗게 변하며 몸이 휘청였다. 그런 연리의 팔을 심기원이 꽉 움켜잡으며 재빠르게 말을 쏟아냈다.

"당장 홍제원으로 가서 능양군께 이 사실을 알려라. 김류 대신 이 팔을 총대장으로 삼아서, 장단 부사가 없더라도 계획대로 거병하시라 전해!"

하얗게 질린 연리의 눈동자가 흔들렸다. 그런 연리의 당황스러움과 충격을 눈치챈 듯 심기원이 느슨히 풀린 갓끈을 잡아당겨 거칠게 묶으며 씹어뱉듯 외쳤다.

"지금 여기 있는 자들은 거사가 틀어졌다는 걸 알면 단번에 대궐로 달려갈 놈들이다. 당장 믿을 놈이 하나도 없단 뜻이야! 나는 김류의 집으로 가서 그자의 멱살을 잡고서라도 홍제원으로 가야 한다. 하니 네가 가거라. 종놈이든 뭐든 돈을 주고라도 사람을 구해서 말을 타고 지금 당장 홍제원으로 가!"

그리고는 연리가 무어라 대답하기도 전에 황급히 등을 돌려 달려갔다. 이번에는 붙잡을 틈도 없이 심기원은 바람처럼 사라졌다. 착각이었나 싶을 정도로. 음률이 가득 찬 정자 위와는 반대로 아래는 고요가 감돌았다. 연리는 털썩 자리에 주저앉았다.

"일곱 두성 중 하나가 제자리를 이탈하고 있습니다."

김류.

"열이틀에 자미성을 보좌하는 뭇별들 중 하나가 완전히 빛을 잃는 순
간이 있을 것입니다."

이이반.
아귀가 들어맞았다. 턱이 덜덜 떨렸다. 숨이 막혀왔다. 무섭도록 선
명한 결론에 연리는 천근만근 무거운 손을 간신히 들어 가슴을 쳤다.
퍽퍽 소리가 나도록 두세 번 치자 부들부들 떨리는 손에서 얼얼함이
느껴지고 숨이 트였다.

"열이틀에 두성의 이탈이 최소화될 것입니다. 여전히 제자리를 이탈하
기는 하나, 다행히도 미미하여 자미성을 위협할 만큼은 되지 못합니
다."

하얗던 눈앞에 색채가 돌아오고 신선한 공기가 밀려들어 오는 동시
에 김치의 마지막 점괘가 떠올랐다.

"뭇별이 완전히 빛을 잃는 순간, 이탈하던 두성이 일시적으로 제자리
에 돌아올 것이니 반드시 그때를 노려 거병하소서."

늦지 않았다! 연리는 비척비척 자리에서 일어났다. 흙먼지에 발자
국이 찍힌 내훈은 눈길도 주지 않고 입술을 사리문 채, 후들거리는 다
리에 힘을 주고 걸음을 떼었다. 홍제원으로 가자. 연리는 심기원이 남
기고 간 말을 곱씹었다. 달려가기에는 먼 거리이나, 말을 타고 가면 금

방 도착할 거리다. 마침 오라버니께서 가까운 주막에 묵고 있겠다 했으니, 사실을 알려 함께 가는 것이 좋을 것 같았다.

연리는 군석이 말해주었던 주막과 가까운 후문을 향해 뛰었다. 밝은 정문 쪽보다는 후미진 길이긴 했지만, 정문을 통해 가는 것보다 시간을 더 줄일 수 있었다. 한시라도 빨리 도착해야 했다. 연리는 마음이 달아 발을 헛디뎌 두어 번 넘어지려던 몸을 일으켜 세우며 있는 힘껏 달음박질쳤다.

술이나 과일, 쌀가마니 따위를 지고 드나드는 머슴들이나 상인들이 주로 드나드는 후문은, 이따금 은밀히 밀회를 즐기는 남녀가 찾아들긴 했지만 보통 한밤중엔 개미 한 마리 없이 한산했다. 근처에 크게 자란 나무가 어쩐지 성황당 같은 으스스한 분위기를 풍기는 탓이었다.

연리는 치맛자락을 걷어쥐고 눈앞에 보이는 나무를 향해 젖 먹던 힘까지 뛰었다. 제발, 문이 잠기지 않아야 하는데! 다급하게 달려온 탓에 열쇠를 챙기지도 않아 다시 돌아가 열쇠를 얻어오려면 시간이 소모될 터였다.

조급하게 둥치를 둘러 나무 뒤쪽의 후문으로 뛰어가던 연리는 별안간 나타난 누군가와 세게 부딪쳤다. 숨이 차 비명도 지르지 못하고 넘어지는데, 상대방이 제 팔을 꽉 붙들어 몸을 잡아주었다. 연리는 헐떡이며 자신을 붙잡은 이를 쳐다보았다.

"연의야!"

길게 드리운 나뭇가지와 잎사귀들 사이로 새어든 달빛에 비친 반가운 얼굴에 연리는 목이 메었다.

"어디 갔었어, 조 공자님 만나고 온 거야? 왜 이렇게 늦게……. 아, 너 후문으로 들어왔어? 문 안 잠긴 거야?"

연리는 정신없이 빠르게 말을 하며 후다닥 달려가 문을 밀어보았다. 덜커덕, 하는 소리를 내며 잠긴 문이 육중한 소리를 냈다.

"하……."

진이 빠졌다. 기껏 달려왔는데 도로 열쇠를 찾으러 돌아가야 할 판이다. 연리는 혹여 담 사이로 난 구멍이라도 없나 연신 주위를 살피며 물었다.

"너 어디로 들어온 거야? 급해, 나 지금 빨리 오라버니를 만나러 나가야 해."

"왜 그래?"

연리는 물음에는 답하지 않고 엉뚱한 질문만 하는 연의에게 답답함을 느꼈으나, 지금 연리에겐 벗을 타박할 정도의 여유가 남아 있지 않았다.

"좀 복잡해, 일이 생겼어. 자세한 건 나중에 말……."

"대체 누가 배신한 거야?"

미친 듯이 구멍을 찾아 담장을 만지던 연리는 그대로 얼어붙었다. 담장에 얹어진 손이 힘없이 떨어졌다. 연리는 뻣뻣하게 경직된 몸을 억지로 돌려, 낯선 벗을 마주했다.

"그걸…… 그걸 네가…… 어떻게 알았어?"

횡설수설하며 목소리가 덜덜 떨렸다. 연리는 떨림을 누르려 애를 쓰며 간신히 말을 뱉었다. 어두운 나무에 가려 연의의 얼굴이 보이지 않았다. 그늘에 표정을 감춘 연의가 천천히 나무줄기에 등을 기대며 고개를 돌렸다.

"아. 아직 몰라야 하는 거였나?"

지독하리만치 시린 목소리였다. 여전히, 얼굴은 보이지 않았다.

"그런가요, 공주님?"

감정이란, 어쩌면 인간이 정의할 수 없는 수많은 것들 중 하나일지도 몰랐다. 부당한 일을 겪으면 화를 내고, 슬픈 일을 겪으면 눈물을 흘리며, 기쁜 일을 겪으면 웃음을 짓는 것이 당연한 수순처럼 여겨진다. 하지만 그 공식을 깨부수는 상황 또한 당연하게도 존재했다.

지금이 그러했다. 수많은 말들이 머릿속에서 돌풍처럼 몰아친다. 앞을 쏘아보고 있는 두 눈은 촛농이 흐르는 것처럼 타들어간다. 쿵쾅쿵쾅 귓가에서 울리는 박동도 금방이라도 터져 버릴 듯 흥분한다. 그러다 탁, 순식간에 누군가 억지로 찬물을 끼얹은 것처럼 가라앉았다.

'공주······.'

누군가 그랬었다. 가장 뜨겁게 타는 불은 정열적인 홍염이 아니라 냉소적인 청염이라고. 손바닥을 파고든 손톱이 손등까지 뚫을 듯 살점을 꽈악 짓이겼다. 하지만 목소리를 빌어 세상에 보인 것은 분노 대신 차갑게 얼어붙은 이성이었다.

"언제부터야?"

의외의 물음을 들은 듯, 어둠 속에서 희미하게 고개가 기울여진다. 너무도 익숙하던 것이 너무도 낯설다.

"의외네. 주저앉거나, 울음을 터뜨리거나······. 아니면 화라도 낼 줄 알았는데."

"처음부터니?"

목소리는 아무 일도 없다는 듯 담담했다. 그것이 진저리 나도록 싫어 연리는 사이를 두지 않고 냉랭하게 응수했다. 그렇게만 하면, 이미 끊긴 인연을 혹시 몰라 붙들고 있는 어리석은 미련을 잘라낼 수 있을 것처럼.

손에서 쓰린 통각이 몰려옴과 동시에 연의가 고개를 저었다. 가슴 한편엔 왠지 모를 안도가 들고 한편엔 불신이 깃든다. 그런 제 마음을 훤히 들여다보기라도 한 듯, 아무 미동도 없는 자신을 마주한 연의에게서 피식 싱거운 웃음이 터졌다.

"너다워."

연의가 밑동에 기댔던 몸을 일으켰다. 두둥실 뜬 달빛이 어둑한 이쪽을 비추어왔다. 무심한 파괴자는 타박타박 발걸음 소리와 함께 달빛 아래로 몸을 드러내다, 잎사귀 그늘에 감추어진 얼굴이 드러나기 직전 걸음을 멈추었다.

"내가 말했던 거 기억나?"

알 수 없는 얼굴로, 알 수 없는 감정을 숨기며, 혼자만 그늘 속에 숨은 채. 평소와 다름없는 음성에, 상대가 훤히 자신을 볼 수 있다는 것을 알면서도 눈가로 화한 기운이 몰려들었다. 연리는 얼른 입술을 짓씹었다. 단순한 고통이 나약한 감정을 숨기도록.

"네가 산 먹을 서방님께 선물해야 할지 고민했을 때, 내가 말했었잖아. 사랑할 수 있을 때 하라고. 아버지의 겁간으로 잉태된 나를 버렸던 어머니 얘기까지 꺼내면서 말이야."

남 이야기라도 하는 것처럼 여상한 말투가 이어졌다.

"나로 인해 인생을 망친 보상을 하라면서, 다른 어디도 아닌 기루에, 당신의 딸을 버린."

"네 출생의 비극이 나와 상관이라도 있어? 그래서 내게 대신 복수라도 하겠다는 거야?"

어렴풋한 과거를 불러내는 말에 종잡을 수 없이 혼란이 밀려왔다. 동시에, 소중하게 간직했던 기억을 이처럼 잔혹하게 끌어와 패대기치는 연의가 사무치도록 미웠다. 따갑게 가슴을 찔러대는 말에 연리는 가시 돋친 말로 방어하려 애썼다.

"아니."

그럼 왜? 광란하는 질문이 감정과 함께 마구 튀어나올 것 같아 연리는 입을 다물었다. 타오르는 시선을 어둠으로 마주하고 선 연의는, 막역한 벗답게 그러한 침묵에 답했다.

　"보답하는 중이지, 빌어먹을 어머니께."

　알아들을 수 없는 말이었지만.

　"쓰레기나 다름없는 딸자식이라도, 굴려먹을 데가 있으니 불쑥 나타나더라고. 이제 보답을 하라는 거지. 세상에 내놓고 버린 그딴 게 뭐 그리 대단한 희생이라고."

　시선은 이쪽이되 말은 이쪽을 향하지 않았다. 중얼거리는 목소리에 울분과 함께 아주 작은 떨림이 섞여든 것도 같았다.

　왜…….

　연리는 이 상황이 되어서도 말의 내용보다 기색에 집중하고 있는 자신이 아둔하게 느껴졌다.

　"그 한심한 요구를 매몰차게 거절하지도 못하고, 발밑에 엎드려 그런 필요라도 구걸하는 내가 얼마나 비참한지."

　"하고 싶은 말이 뭐야."

　섞여들면 안 돼. 생각하지 말자. 파고드는 감정을 짓누르며 연리는 냉철해지려 마음을 먹었다.

　"처음부터가 아니면, 어느 날 갑자기 네 어머니가 나타나 알려줬다는 건가? 그리고 날 배신하는 게 네 어머니에게 보답하는 거고?"

　질문의 답에 에둘러 살을 붙이는 연의의 말을 틀어쥔 연리가 딱딱하게 물었다. 잠시 입을 다문 연의가 이내 고개를 끄덕였다. 왜인지 입가에 웃음이 샌다. 강한 불신도 함께 자리 잡는다.

　"못 믿겠는데. 그동안 나를 이렇게 감쪽같이 속여와 놓고, 없는 사람 한 명 만들어내는 건 일도 아니잖아."

더 들을 가치도 없다. 지금은 배신자와 말을 섞는 일보다 더 급한 일이 있었다. 뒤통수를 잡아당기는 듯한 미련과 분노가 잔여물처럼 남았지만 연리는 피가 나도록 입술을 깨물며 몸을 돌렸다. 정문으로 가야겠다. 빨리 홍제원으로……. 하지만 낮게 들려온 목소리에 떼던 발걸음은 구속되듯 강하게 붙잡혔다.

"천한 피가 흐르는 자매의 말은 믿음이 가지 않으신가 보죠?"

툭, 터지는 소리와 동시에 벼락을 지지듯 뜨뜻한 선혈이 흘렀다. 쓰라림을 동반한 비릿함이 입안에 퍼졌다. 헝겊 인형처럼 머리가 텅 빈 느낌이다. 연리는 꼭두각시처럼 무감각한 팔다리를 움직여 뒤를 돌았다.

"지금, 뭐라고……."

탁한 목소리가 혈향과 함께 흘러나왔다. 이 상황도, 이 피도, 이 목소리도 지독하게 현실감이 없었다.

"충격받으셨나 봐. 그럼 질문을 바꾸죠, 뭐. 이 천하고 음흉한 자매를 보시니 어떤가요, 공주자가?"

거짓말.

"무슨…… 뜻이야."

잇새로 말을 뱉으면서도 제대로 말을 하고 있는 것인지 모르겠다. 모든 것이 무너져 내릴 것 같다. 거짓말이다. 저 애는 처음부터 끝까지 거짓말밖에 안 했잖아. 그러니까 저 말도…….

"내 어미를 겁간해서, 나를 잉태하게 하고, 결국엔 날 기루에 버리게 만든 원흉이 귀하신 공주님의 부왕 되신다는 말이지요."

시림, 회한, 증오 따위의 것들이 진하게 담긴 단어들이 하나하나 꾹 눌러 발음되었다. 거짓말인데, 그래야 하는데……. 애석하게도 그 깊은 감정들이 불신 위에 올라선다. 차라리 이해되지 않았으면 좋았을 것을. 원망스러운 머리는 그 칼날 같은 단어들을 악착같이 분석해 냈다.

눈물조차 말라 버린 것 같다. 온몸에서 힘이 빠져나갔다. 다리에 힘이 풀리고 휘청이며 주저앉으려는 찰나, 연리는 비틀거리며 간신히 다리를 지탱하고 섰다. 그리고 피가 엉겨 붙은 입술을 꽉 물어 정신을 차리려 애썼다. 평소의 청아하던 목소리는 온데간데없고 버석거리는 음성만이 비릿한 입을 빌려 나온다.

"그 사람…… 네 어머니라는 그 사람이 대체 누군데?"

"김개시."

말을 다 끝내기 무섭게 즉각적인 답이 돌아왔다. 이리 말하면 알 거라던데, 그래서 이 이름은 입 밖에도 내지 말랬거든요.

"진짜 아는 것 같네, 그것도 잘."

신기하다는 듯한 혼잣말과 함께.

"……어떻게."

말라 버린 강둑에 물을 붓듯 뜨겁고 뻑뻑한 눈자위에 물기가 차오른다. 이미 찢긴 입술 대신 안쪽 부드러운 살을 짓씹어보아도, 깜빡이지 않으려 눈꺼풀에 힘을 주어도 어쩔 수 없이 형용할 수 없는 감정이 흘러내린다.

"어떻게라. 그건 공주님 부왕만 아시겠죠."

"내가 모르는 게 더 있어?"

자신을 흥미롭게 보며 여상하게 대꾸하는 연의에게, 연리는 소리치듯 물었다. 목구멍에서 솟아오르는 울컥거림을 눌러 참는 음성에 연의는 잠시 말이 없었다. 답답했다. 연리는 필사적으로 숨기려 애쓰던 물기가 섞여드는 것도 아랑곳하지 않고 악을 썼다.

"당장 말해!"

이성으로 막아왔던 감정이 여실히 드러나자 비로소 이 모든 현실이 진실이 되었다. 연리는 새어 나오는 흐느낌을 거칠게 닦아내며, 여전히 어둠에 묻힌 이를 노려보았다.

"모란이가 아니라, 나였어요."

지금까지 들어보지 못했던, 연의가 한 톨도 들어 있지 않은 목소리였다.

"처음 거사를 유출한 것도 나였고, 모란이한테 통문이 어디 있는지도 내가 흘렸어요. 능양군에게 넘어가서 잘도 움직이더라고요. 시킨 대로 통문만 가져가면 될 것을, 그 가락지까지 탐내느라 결국엔 들켰지만."

느릿하게 말하던 연의가 잠시 말을 끊더니 다시 무심한 어조로 말을 이었다.

"원래 내 계획은 거사 직전까지 모란일 이용해서 첩자라는 의심을 피하고, 거사의 고변자를 만드는 거였어요. 근데 능양군이 그렇게 내 계획을 어그러뜨릴 줄 몰랐죠. 그래서 모란이한테 통문이 있는 곳을 알려줘서, 걜 치워 버린 거예요. 그동안 조심하느라 힘들었지 뭐예요. 물론 날 의심하는 건 아니었지만, 그래도 어쨌든 한 번 생긴 의심은 누굴 향할지 모르는 거니까. 다행히 모란이가 누명을 쓰고 사라진 덕에 난 의심받지 않고 어리석은 사내 하날 꼬여낼 수도 있었고."

이이반. 이제 공주님도 아시죠? 연의는 연리가 격앙된 숨을 뱉자마자 단칼에 그를 가로채며 말을 이었다.

"그래도 미안하진 않아요. 어차피 걘 그 대가로 애첩이 됐고, 물론 그럴 일은 없겠지만……. 지금쯤 후궁이 되리란 단꿈에 젖어 행복할 테니까."

"……하."

뭐가 뭔지 모르겠다. 알 수 있는 것이 아무것도 없었다. 대체 본질이 뭘까. 복수? 원한? 새어 나온 충격과 허탈함 사이로 바스러진 감정이 드러났다. 머리가 깨질 듯이 아파와, 연리는 눈을 감고 꽉 죄어오는 머리를 짚었다.

"사람을 믿지 말아요. 사람은 믿는 게 아니야."

아무 감정도 담기지 않은 목소리다. 아니다, 어쩌면 너무 진해 느끼지 못하는 걸지도.

"날 봐요. 능양군이라고 다를 것 같아?"

연리는 눈을 떠 앞을 보았다. 마침내 연의가 명암의 경계에서 한 걸음 앞으로 내디뎠다. 여전히 잔잔한 달빛이 내려앉았고, 늘어진 나무 그늘에 걸린 반쪽을 제외한 나머지 얼굴이 어둠 밖으로 나왔다. 겨우 반쪽이었지만 기억에 남은 것과 다름이 없어 왈칵 눈물이 솟았다. 그것을 참으려 입속 아무 데나 꽉 깨물자, 바깥뿐만 아니라 안쪽에서도 뜨거운 것이 솟았다.

"능양군은 공주님을 믿지 않아요. 그자 심성이 그렇기도 하시만, 자기 자신 말고는 누구도 믿지 않는 게 더 이득이니까. 그래서 그자는 모란일 시켜서 통문을 빼돌리고, 그걸 잃어버린 죄를 뒤집어씌워서 공주님을 제거하려고 한 거예요. 공주님이 위협적일 만큼 자꾸 눈에 거슬리니까. 그러면 실수한 게 한 번도 아니고, 거사를 또 그르칠 뻔한 계집을 누가 감싸주겠어요. 그렇지 않아요? 어리석기도 하지. 공주님이 능양군을 믿지만 않았더라면 충분히 눈치챌 수 있었을 텐데."

"그걸…… 그걸 왜 내게……."

짓눌린 목소리로 묻는 순간이었다.

콰앙!

"추포하라!"

와아-!

멀지 않은 곳에서 들려오는 큰 소음이 공기를 찢었다. 흠칫 고개를 들어 하늘을 건너보니 어두운 밤하늘이 불긋했다.

'들켰구나.'

아찔함에 눈앞이 핑 돌았다. 버티었던 다리에서 힘이 주르륵 빠져나갔다. 돌담이 등 뒤로 느껴지며 아래로, 아래로 시야가 낮아졌다. 자신과 같은 하늘을 바라보던 연의가 걸음을 두어 발짝 옮기다 이쪽을 건너다보았다. 이제 상대는 완전히 어둠에서 나왔으나 그 시선을 마주할 힘이 더 이상 남아 있지 않아, 연리는 담장에 고개를 기대고 미동하지 않았다.

그대로 말없이 자리를 뜰 듯했던 연의가 자박자박 다가왔다. 이제 정말로 힘이 없었다. 연리는 인기척이 턱 끝 바로 앞에 다가왔음에도 시선을 들지 않았다. 군사들의 함성을 배경으로, 앞에 서 있던 인기척이 허리를 굽혀 그림자를 드리웠다. 이윽고 딱딱하고 차가운 것이 손에 쥐어졌다.

"도망가. 서방님이랑 같이, 군사들이 창의문으로 가기 전에. 다른 건 다 거짓이라고 생각해도 좋아. 이것만, 마지막으로 이것만 믿어."

길쭉하고 홈이 파인 금속이었다. 힘이 들어가지 않아 풀리려는 손가락을 세게 움켜잡아 감기게 한 연의의 손이 금속보다 더 차가웠다. 멍하니 손을 내려다보는데 연의가 휙 자리에서 일어났다. 연리는 무언가에라도 이끌리듯 반대쪽 손으로 떠나는 옷자락을 잡았다.

"다……, 다…… 계획이었어? 다 거짓이었던 거야?"

손에 잡힌 치마 끝자락에, 매몰차게 떠날 것만 같던 이가 우뚝 걸음을 멈추었다.

"……넌 누구야?"

품위와 아름다움은 온데간데없고 새끼를 잃은 어미 짐승처럼 흐느낌이 날것 그대로 섞여 나왔다. 하나하나 따져 묻고 싶었으나 끓어오르는 울부짖음이 언어를 흩뜨렸다. 연리는 옷자락을 붙잡은 채, 가슴을 움켜쥐었다. 금방이라도 미어지고 해져서 흔적도 없이 사라질 것 같아서. 손가락 사이로 흘러 나간 열쇠가 날카로운 소리를 내며 땅으로 떨어졌다.

"나도 몰라."

툭, 걸음을 내딛자 옷자락이 힘없는 손에서 빠져나갔다. 그리고 곧, 울긋불긋한 하늘을 향해 돌아보지 않고 사라졌다.

눈꺼풀이 파르르 경련했다. 쥐어짜이듯 가슴이 아팠다. 갈 곳 잃은 손이 흙바닥을 움켜쥐었다. 채 녹지 않은 땅을 파고든 손끝이 아려왔다.

내가…… 나는……. 무엇을 보고 무엇을 알았던가. 결국에는 아무것도 제대로 아는 게 없었다. 아무것도…….

함성이 저편에서 어지럽게 뒤덮였다. 간간이 고성과 둔탁한 비명도 오갔다. 그 사이에 날카로운 병장기의 타격음이 섞여들었다. 연리는 퍼뜩 고개를 들었다. 그러자 흐트러진 균형 때문에 땅을 짚은 손바닥 아래로 딱딱한 금속성의 한기가 짚였다.

안 돼. 모든 게 수포가 되게 할 수는 없어. 연리는 한없이 절망에 빠져들려는 정신을 간신히 건져 올렸다. 피 맛이 나는 입술을 너덜너덜해지도록 다시 한 번 깨물었다. 연리는 열쇠를 주워 들고 비틀비틀 자리에서 일어났다. 이미 빈 나무 그늘을 한 번 쳐다본 언리는, 잠긴 문으로 비척비척 다가가 구멍에 열쇠를 밀어 넣었다.

철컥-

둔탁한 소리와 함께 걸쇠가 돌아가고, 지끈거리는 손목으로 미니

육중한 문이 길을 내어주었다.

'거사만은…….'

그것만은 잘못되게 둘 수 없었다. 찢기고 난도질 당한 가슴을 쥐고, 그래서 연리는 눈물길을 넘었다.

❖

"잡아!"

힘겨운 듯 말의 숨소리가 거칠었다. 뜨거운 김을 뿜으며 땅을 박차는 말발굽 소리가 어지럽게 울려 퍼졌다. 조금만, 조금만 더 힘내. 연리는 떨리는 손으로 말의 갈기를 쓰다듬었다. 제 마음을 이해하기라도 한 듯, 금방이라도 멈출 듯했던 말이 힘을 내 달리기 시작했다. 뒤를 쫓던 군사 둘과 거리가 조금 더 벌어졌다.

"자가!"

등 뒤에서 고삐를 쥐고 함께 말을 탄 군석이 조급한 목소리로 불렀다. 연리는 어깨 너머로 그를 돌아다보았다.

"이대로 갈 수는 없습니다. 지금은 둘이나 홍제원에는 몇십, 아니 몇백이 있을지 모르는 일이 아닙니까? 지금이라도 말을 돌려……."

"안 돼요, 당장 군사를 진입하지 않으면 필히 패할 거예요. 그리고 지금 능양군에게 이 사실을 전할 사람은 저밖에 없습니다!"

"그걸 몰라 이러는 바가 아닙니다! 그 아이 말을 어찌 믿고요!"

단호한 연리의 말에 군석이 귓가에 스치는 바람 사이로 크게 소리쳤다.

"이미 자가를 배신하고, 아니 처음부터 적진에 있었던 아입니다! 의금부 군사들이 도착하기 전에 도망가라 했다는 말을 믿으십니까? 이미 지금쯤 홍제원에선 혈전이 벌어졌을 것입니다!"

울분에 찬 목소리로 군석은 필사적으로 연리를 말리려 했다. 동시에 연리의 머릿속에는 마지막 말이 떠올랐다. 다른 건 다 거짓이라고 생각해도 좋아. 이것만, 마지막으로 이것만 믿어.

연리는 미련스럽게도 버리지 못한 차가운 열쇠를 부서져라 움켜쥐었다. 그러자 목구멍을 긁으며 내려가는 쓰라린 감정과 함께 순간 허리와 골반, 아랫배까지 날카로운 통증이 온몸을 휘감았다. 여전히 충실하게 앞을 달리는 말이었지만 단단하기 그지없는 말 잔등에 배려를 기대할 수는 없었다. 연리가 고통을 참느라 숨을 멈춘 사이, 대답이 없는 것을 긍정으로 안 군석이 고삐를 잡아당겨 방향을 바꾸려 했다.

"오라버니."

막힌 둑을 터뜨리듯 숨을 겨우 튼 연리가 꺼질 듯한 목소리로 군석의 손등을 잡았다. 그에 군석이 멈칫하며 연리의 낯빛을 살폈다.

"자가, 안색이……."

금방 혼절하여도 이상하지 않을 만큼 하얗게 질린 얼굴이었다. 하지만 연리는 통증을 삼키며 손을 들어 앞을 가리켰다.

"창의문이 코앞인데 불빛 하나 없습니다. 매복해 있을 수도 있지만 이미 우리 쪽 군사가 천에 가깝다는 걸 알 텐데, 그에 대적할 만한 군사들이 있다면 이렇게 잠잠할 리가 없어요."

말 사이로 신음이 새어 나올 것 같아 연리는 목소리를 높일 수가 없었다. 튀어나오려는 고통을 눌러 참으며 말을 끝맺자, 군석이 퍼뜩 고개를 들어 주위를 살폈다. 과연 주위는 고요했다. 뜻밖의 희망이 뇌리를 스쳤다.

최대 천오백, 늦어지는 장단 부사 이서의 군사를 제외해도 칠팔백에 이르는 군사를 대적하기 위해서는 매복보다 성문을 닫아걸고 공성

전을 벌이는 것이 차라리 타당했다. 그렇다면…….

무어라 말하려는 찰나, 등줄기에 서늘함이 느껴졌다. 군석은 급하게 연리를 붙잡고 몸을 옆으로 젖혔다. 간발의 차로 화살이 바람을 갈랐다. 작게 앓는 소리를 내는 연리를 잡아준 군석이 뒤를 살피며 옆의 작은 오솔길로 급하게 고삐를 틀었다.

멈춰라! 당황한 듯한 군사들의 목소리가 일시적으로 멀어졌다. 말 잔등을 짚으며 식은땀을 흘리던 연리가 그에 번쩍 고개를 들었다. 오라버니! 다급히 자신을 외쳐 부르는 연리의 입을 막은 군석은 급하게 말을 멈춰 세우더니 휙 뛰어내렸다.

"오라버니!"

"자가 말씀이 옳습니다. 하나 저들을 끌고 홍제원까지 가기에는 위험합니다. 말도 두 사람을 태우고 가기엔 지칠뿐더러, 소신은 자가를 보호하며 의금부 군사 둘을 대적할 만큼의 무예가 되지 못합니다. 다행히 저들은 왜 우리가 이곳으로 달리는지 아직 모를 테니, 따돌리면 곧 되돌아갈 겁니다. 이대로 쭉 가면 창의문을 지나 홍제원이 나오니 자가께서 먼저 가십시오. 소신은 저들을 따돌리고 바로 따라가겠습니다."

"하지만 위험……!"

빠르게 이어지는 말에 연리가 급하게 끼어들었으나, 안장에 걸어둔 검집을 풀어낸 군석은 단호하게 고개를 저으며 고삐를 단단히 쥐어주었다. 연리가 엉겁결에 그를 받자 군석이 주저하지 않고 말을 세게 때렸다. 히힝! 헐떡이며 숨을 몰아쉬던 말이 갑작스러운 충격에 앞발을 치켜들며 울음을 뱉더니 이내 쏜살같이 질주했다.

부디 무탈하시오소서. 소리도 지르지 못하고 고삐를 쥔 채 말 등에 엎드려 나아가는 연리를 지켜보던 군석은, 이내 칼을 뽑아 들고서 웅성거리며 다가오는 군사들 앞으로 뛰어들었다.

금방이라도 떨어질 것처럼 온몸이 위태롭게 흔들렸다. 군석이 팔목에 감아 쥐어준 고삐 덕분에 간신히 매달려 있기는 했지만, 등자를 지탱해야 할 하체에 힘이 하나도 들어가지 않아 자칫하다가는 말에 대롱대롱 끌려갈 판이었다. 흥분한 말을 진정시키면 나을 테지만, 연리는 말을 쓰다듬어 주는 대신 더욱 단단히 고삐를 잡았다. 조금만, 조금만 더 가면 돼. 두고 온 군석이 걱정되었지만 연리는 애써 고삐를 움켜잡으며 제게 남은 오라비의 당부를 지키는 데에 온 정신을 쏟았다.

마구 내달리는 말발굽 소리에 섞이던 자갈 튀는 소리가 사그라졌을 무렵, 저 앞에서 햇불 두어 개가 아른거렸다. 동시에 굳건히 버티고 선 창의문의 성벽도 눈에 들어왔다. 흥분한 말도 힘에 부쳤는지, 아니면 동족을 보니 진정이 되었는지 푸릉거리는 콧김 새는 소리를 내며 서서히 속도를 늦추었다. 다각다각 뛰듯이 걷던 말은 햇불을 든 사내 둘이 있는 창의문 앞에서 완전히 걸음을 멈추었다.

말 등에 엎드려 있던 연리는 날붙이가 부딪치는 소리와 동시에 허리를 곧추세웠다.

"누구냐!"

조급과 불안이 반쯤 섞인 목소리였다. 연리는 이마에 송골송골 맺힌 땀을 닦으며 일렁이는 불빛 아래로 그들의 얼굴을 살폈다.

"소녀, 연입니다."

김경징, 그리고 이름이 기억나지 않는 사내 한 명이었다. 제 말에 눈을 크게 뜬 사내들이 황급히 말을 몰아 다가왔다.

"네가 왜 여기에……."

"수지 나리께서 보내셨습니다."

"너를 왜! 아버님은 아니 모시고 그자 혼자 어딜 갔단 말이냐!"

김경징이 안절부절못하며 버럭 소리를 질렀다. 총대장을 맡은 제 아비가 종적을 감추어, 거사를 시작하기도 전에 처단될 처지이니 여간 속이 타는 게 아닌 모양이었다. 애꿎은 심기원을 연신 찾는 것을 보면. 연리는 골이 울리는 그의 욱성에 정신이 아찔했다. 손끝이 창백해져 피가 빠져나가는 느낌이었다.

"이이반…… 그자가 배반하였다 합니다. 하여 수지 나리께서 제게 이 사실을 알리라 하셨습니다. 나리는 관옥 대장을 뫼시고 곧 따라오신다 하셨고요."

숨을 한 번 들이마신 후 빠르게 말을 뱉어내니 두 사내가 얼어붙은 듯 굳었다. 특히 김경징은 횃불을 든 손까지 덜덜 떠는 것을 보니 혹제 아비가 이이반과 함께 적진에 가담한 것은 아닌지 겁을 집어먹은 듯했다. 빠르게 눈알을 굴리는 김경징을 뒤로하고, 연리는 말의 옆구리를 살짝 걷어찼다. 숨을 돌리던 말이 가볍게 뛰어가 성문을 통과했다.

"가시지요, 군 마마께 알려야 합니다."

말을 마치고 다시 한 번 등자를 걷어차니 충분히 지쳤을 말은 충직하게도 연리의 의사를 따라주었다. 멀어져 가는 연리의 뒤를 멍하니 쳐다보던 사내 둘도 이내 정신을 차리고 말을 몰아 달려갔다.

어지러웠다. 손발은 물론이고 억지로 등을 곧추세운 허리에도 감각이 없었다. 칼날로 찌르듯 날카로웠던 통증도 무뎌진 지 오래였다. 반사적으로 거세게 움켜쥐고 있는 고삐와 제 아래에서 움직이고 있는 말만이 잠길 듯한 의식을 깨워주고 있었다. 조금만, 조금만 더. 이미 몇번은 중얼거렸을 말을 연리는 주문이라도 되는 양 되풀이했다.

"저기 옵니다!"

아득한 눈을 몇 번 깜빡거리는 새, 많은 군중이 모인 곳에 도착한 말이 걸음을 멈추었다. 연리는 좌우로 머리를 휘저어 둥둥 떠다니는 의식을 붙들었다. 어느새 저를 앞지른 두 사내가 말을 멈추고 말에서 내리는 것이 보였다. 익숙한 사람들 사이에 둘러싸였던 능양군이 황급하게 달려왔고, 김경징이 달려가 연리를 손짓하며 무어라 능양군에게 말을 전했다.

연리는 후들거리는 손으로 고삐를 풀어내고 비틀비틀 말에서 내려왔다. 탈 때와는 달리 부축해 주는 이 하나 없이 혼자 내려오려니 발이 땅에 채 닿지 않았으나, 연리는 조급한 마음에 훌쩍 뛰어내렸다. 다행히 볼썽사납게 고꾸라지지는 않았으나 착지가 잘못되었는지 발목이 시큰했다. 비명이 튀어나올 뻔했으나, 반사적으로 이를 세워 입술을 문 연리는 비명을 삼켰다.

발목의 통증이 온몸의 피로와 고통을 깨웠는지 몸이 이루 말할 수 없이 무거워졌다. 하지만 연리는 스스로를 속였다. 괜찮아, 아프지 않아. 참을 수 있어. 연리는 능양군이 분노를 눌러 참는 얼굴로 빠르게 말을 주고받는 앞으로 힘겹게 다가갔다. 저마다 다급하게 이야기를 주고받는 틈에 누구도 연리를 주목하지 않았으나 이제 막 지시를 내리고 틈이 생긴 능양군이 연리를 쳐다보았다.

엉망이 된 연리의 차림을 보고 능양군이 얼굴을 찌푸렸다. 물론 말끔한 차림이었어도 그랬을 테지만.

"쯧. 꼴이 말이 아니구나. 어쨌든 애썼다, 여긴 위험하니 넌 이만 돌아……."

"전언이옵니다. 관옥 대장 대신 백규 나리를 총대장으로 삼아, 장단 부사가 없더라도 계획대로 거병하시라 전하라 하였습니다."

애써 자상하게 둘러대려는 능양군의 말을 끊으며 연리는 심기원의 말을 그대로 전했다. 분명한 그 말을 들은 와글거리던 군중 속 몇 사람이 이쪽을 돌아보았다. 당연하게도, 그 말을 들은 백규 이괄의 얼굴빛이 밝아졌다. 이괄을 돌아본 능양군의 낯에 갈등이 스쳤다.

"하지만 장단의 군사 없이는 어렵지 않겠소?"

"이 정도 병력도 충분합니다. 맡겨주소서!"

이괄이 무릎을 꿇어 외쳤다. 온몸에 두른 갑옷이 둔탁한 소리를 내며 땅에 부딪쳤다. 그에 망설이던 능양군이 이내 마음을 정한 듯 이괄에게 한 발짝 다가서는 찰나, 옆에 있던 김치가 능양군을 저지했다.

"아직 이경이 다 지나지 않았습니다. 장단 부사는 반드시 올 것입니다. 대장을 새로이 삼으시되, 연서역으로 나가 장단 부사와 합류한 후 거병하소서!"

"연서역이라니? 장단 부사가 올지 안 올지 자네가 어찌 알고 그런 말을 올리는가!"

이괄이 거칠게 외쳤다. 웅성거림이 더욱 커지는 걸 보니 주변도 그와 같은 생각인 듯했다. 공교롭게도 김치의 예언이 맞아들긴 했으나, 점괘란 원래 풀이하기에 따라 끼워 맞출 수 있는 것이 아니던가. 하여 일촉즉발의 상황에 그의 말을 곧이곧대로 믿기에는 눈앞에 닥친 상황이 너무나 위험했다. 하지만 놀랍게도 능양군은 김치의 말을 믿는 듯했다.

"연서역이라면 이곳에서 멀지 않구려. 장단 부사가 오는 것이 확실한가?"

"예, 이경이 지나기 전 틀림없이 옵니다. 지체할 시간이 없습니다, 어서 가셔야 합니다!"

"사정!"

이괄이 으르렁거리는 음성으로 김치를 향해 일갈했으나, 김치는 도리어 물러나란 눈빛을 보냈다. 어이가 없는 얼굴로 자리에서 일어난 이괄이 거칠게 그에게로 다가가려는 찰나 능양군이 몸을 돌려 말을 탔다.

"연서역으로 간다. 총대장, 이끌라!"

"마마!"

이괄이 외쳤으나 능양군은 그대로 말을 출발시켰다. 능양군이 움직이자 다른 이들이 개미 떼처럼 말에 따라 올랐다. 이를 으득 간 이괄이 하는 수 없이 제 말에 올라탔다. 그가 말을 달려 선봉으로 나아가자 능양군을 필두로 이귀, 김치, 김경징 등이 그 뒤를 따랐다. 연리도 서둘러 도로 말에 올라탔다. 매달리다시피 안장에 올라가자 이미 선두는 떠난 후였다. 숨을 몰아쉬며 고삐를 잡자 말이 얌전히 걸음을 뗐었다. 어떻게 몰아야 하는지도 몰라 서투른 주인이었지만, 다행히 따로 다루지 않아도 말은 순순히 무리를 따라갔다.

능양군의 말대로 연서역은 멀지 않았다. 이각이 지나지 않아 무리가 멈추었다. 정신없이 말에 몸을 맡기던 연리는 말이 앞의 무리를 따라 걸음을 멈추자 정신을 가다듬고 주위를 살폈다. 분명 주원도 이 무리 어딘가에 있을 텐데 도통 찾을 수가 없었다. 그도 그럴 것이 칠팔백에 이르는 군사들 틈에 끼어 있으니 아는 이를 찾기조차 힘들었다. 더구나 주원은 무관이 아니니 선두나 말미 같은 극단적인 쪽에 있지도 않을 터였다.

그렇다고 군사들 틈을 파고들어 갈 수도 없는 노릇이었다. 연리는 말을 쓰다듬어 주며 눈으로는 정신없이 주원을 찾았다. 이따금 갑옷이나 병장기 따위가 부딪치는 소리, 말들의 콧김 뿜어내는 소리 외에는 누구도 깨뜨리지 않는 고요한 긴장이 이어졌다.

"마마!"

누군가의 급한 목소리가 정적을 찢었다. 술렁거림이 순식간에 주위를 덮은 군사들 사이로 퍼져 나갔다.

그리고 그것이 기폭제라도 된 것처럼 군사들이 함성을 지르기 시작했다. 천지를 뒤흔드는 소리에 연리는 다시 한 번 김치의 예언이 맞아들었음을 깨달았다. 잔뜩 굳어 있던 주위의 군사들이 서로를 얼싸안는 것을 보며 연리는 전율을 느꼈다. 떨리는 손으로 고삐를 쥐며 주위를 돌아보는데, 빠르게 전열을 가다듬는 군사들 틈으로 말 두 필이 요란한 발굽 소리와 함께 선두로 뛰어들었다.

더욱 큰 함성이 연서역을 뒤흔들었다. 대장이다! 함성과 맞물려 입에서 입으로 전해지는 소문이 메아리처럼 섞여들었다. 군사들이 병장기를 추켜올리며 목청이 터질 듯 고함을 내질렀다. 연리는 직감적으로 거사가 목전에 다가왔음을 알았다. 상세한 정황은 모르나 빠졌던 이서와 김류가 합류했음이 분명했고, 이로써 전세는 확연히 기울었다.

선두에서 무언가 능양군이 크게 외치는 소리가 들려왔다. 어렴풋하였으나 말의 골자는 충분히 알아들을 수 있었다. 진격하라! 귀를 찢을 듯한 우레와 같은 함성이 울려 퍼지며 군사들이 양옆으로 갈라졌다. 검을 높이 든 김류와 이괄이 이끄는 선두가 가운데를 찢으며 달려 나왔고, 이윽고 모든 군사들이 창의문을 향해 달려 나갔다.

연리의 말도 크게 반원을 그리며 앞을 따라 질주를 시작했다. 터질 듯 뛰는 가슴으로 앞을 보고 있던 연리는 휘청이다 말 위에서 떨어질 뻔하였다. 황급히 말의 목을 끌어안은 연리는 고삐를 당겨 말을 멈추려 했으나, 이미 흥분한 말은 전속력으로 창의문까지 내달려 멈춰 세울 수가 없었다. 거센 바람에 머리칼이 풀려나와 채찍처럼 얼굴을 때렸다. 고삐를 낚아채려다 미끌한 몸의 중심이 바닥으로 곤두박질치려는 찰나, 연리는 간신히 갈기를 붙잡았다. 날카로운 고통에 말이 크게 울부짖으며 더욱 속도를 높였다. 갈기를 붙잡고 말의 목에 매달리다시피 몸을 숙인 연리는 발을 동동 구르면서도 폭주하듯 달리는 말이 멈추기를 기다릴 수밖에 없었다.

"창의문이다!"

쏜살같이 달리던 말들이 드디어 걸음을 조금 늦추었을 때였다. 연리는 재빨리 고삐를 움켜잡았다. 서둘러 목을 쓰다듬자 말이 고삐의 굴레에 젖혀져 씩씩거리면서도 조금 진정하는 듯했다. 모두들 정신없이 달리느라 대열이 흐트러졌는지 연리는 어느새 변방으로 밀려나 있었다. 이곳저곳에서 김류, 이괄, 이귀 등의 외침이 들려오고, 그에 맞추어 군사들이 무기를 들고 척척 열을 가다듬기 시작했다.

어느 정도 상황이 정리되었을 즈음, 차분해진 주위로 퍼지는 능양군의 목소리가 하늘을 찢었다.

"용맹을 망설이지 않는 자는 충정을 저 문에 새겨 영원토록 치하하겠노라!"

사내들 틈에 섞인 여인 하나를 흘끔거리던 군사들이 시선을 거두고 그에 우렁차게 호응했다. 연리는 투지가 불타는 군사들의 외침을 뒤로하고 말을 달래어 창의문 옆으로 난 샛길로 다가갔다. 몸을 비틀며 지시를 거부하던 말도 연리가 끈질기게 고삐를 당기고 어르자 마침내 조금씩 걸음을 옮겼다. 이제 제 역할은 다 끝났고, 이 순간부터는 모든 것이 능양군의 손에 달렸다.

전운이 감도는 분위기에 말이 흥분하려는 것을 달래며, 연리는 몸을 뒤로 틀어 선두에 선 능양군과 휘하 신하들을 눈에 담았다. 이서, 이귀, 김류, 이괄 등 모든 중역들이 자리하고 있었다. 연리는 뒤쪽으로 시선을 돌려 무리를 헤집었다. 대열의 옆쪽에서 앞으로 나가 샛길에 접어든 터라 자꾸만 시선의 거리가 멀어졌다. 재빨리 착착 정리해 나가는 대열의 다섯 열쯤 뒤로 시선을 던졌을 때, 마침내 익숙한 낯이 눈에 박혔다. 석윤이었다. 고삐를 잡아당겨 걸음을 늦춘 연리가 그 옆으로 막 시선을 돌리려는 찰나였다.

"금군이다!"

바람을 가르는 파공음과 동시에 누군가의 고함으로 일대가 살기로 뒤덮였다. 흉흉한 기운과 투지가 뒤섞이고 위쪽에서 날아오는 화살비와 함께 일시에 군사들이 창의문으로 몰려들었다. 그에 크게 놀란 말이 앞발을 치켜들었고, 고삐를 느슨하게 잡고 있던 연리는 눈 깜짝할 사이에 아래로 떨어졌다.

샛길로 접어든 입구라 바닥은 자갈 섞인 땅이 아니라 비교적 푹신한 풀밭이었다. 하지만 충격을 상쇄할 만큼은 되지 않았다. 간발의 차로 아찔한 순간을 피한 연리는 두어 바퀴 땅을 구르다 옆의 나무 줄기에 부딪친 후에야 멈출 수 있었다. 지친 몸뚱이가 고통을 온전히 느끼지 못하는 지경이라 다행이었다. 의도치 않게 전운에서 비켜 나간 연리가 몸도 일으키지 못하고 손으로 아래를 짚고는 간신히 고개를 들었다.

까맣게 주위를 둘러싼 군사들이 문을 닫아건 창의문으로 몰려들고 있었다. 샛길로 떨어진 덕분에 연리는 본격적인 전장에서는 벗어났으나 창의문에 비교적 가까이 있었다. 문루에는 한눈에 보기에도 열등한 숫자의 금군이 올라가 있었다. 어림잡아도 겨우 수십 명 남짓한 수였다. 이미 능양군에게 가담한 이홍립 대신 훈련대장을 맡은 듯 구군복을 입은 누군가가 헐레벌떡 달려오더니 당황한 기세로 한 발짝 물러나는 것이 보였다. 그리고는 황급히 고개를 돌려 옆에 선 누군가에게 소리를 질렀다.

연의였다.

연의가 딱딱하게 굳은 얼굴로 그의 시선을 피하며 아래쪽만을 내려보고 있었다. 무시하는 태도에 화가 난 듯, 그가 칼을 빼 들었다. 그러자 연의가 차가운 얼굴로 고개를 돌려 무언가 말하였다. 그가 등을 돌린 탓에 연리는 그가 어떤 표정을 짓는지 볼 수 없었다. 하지만 칼이 번쩍 빛을 뿜고 곧 연의의 목덜미로 가까워지는 것을 본 연리는 벌떡 자리에서 일어났다.

안 돼…….

말라붙은 목에서는 아무 소리도 나오지 않았으나 연리는 비척비척 걸어 전장으로 뛰어들었다. 쾅! 순간 간발의 차로 거대한 타격음이 들리고 군사들이 물밀듯이 안으로 쏟아졌다. 와아아아! 산재했던 수많은 군사들이 좁은 문으로 달려들었다. 연리는 달려드는 말들을 피해 성벽으로 몸을 붙일 수밖에 없었다.

연리는 목이 부러져라 문루를 향해 한껏 고개를 치켜들었다. 성문이 뚫린 것을 본 사내가 창백하게 질린 채 칼을 높이 치켜들고 있었다.

"안 돼!"

연리는 발악하듯 외치며 말들이 달려드는 성문을 향해 뛰어들었다. 이곳에 뛰어들면 먼저 말발굽에 짓밟힐 수도 있다는 당연한 판단조차 들지 않았다. 제 일이 아닌 것처럼 현실감은 남아 있지 않았으며 이성은 이미 산산조각 부서진 지 오래였다.

틱-

"항아님!"

누군가 거친 손길로 허리를 낚아챘다. 날카로운 격통이 온몸을 관통했다. 문루를 향했던 시선도 일순 비켜 나갔다. 눈 깜짝할 사이 몇 걸음 억지로 물러난 연리가 고통도 표현하지 못하고 자신을 낚아챈 자를 움켜잡았다.

"어찌 여기 계십니까!"

석윤이 경악한 목소리로 외쳤다. 온몸의 근육이 딱딱하게 굳고 손이 파들파들 떨렸다. 연리는 시야가 흐려지는 것을 느끼며 고개를 들고 사시나무처럼 떨리는 손으로 문루를 가리켰다. 잔뜩 놀란 눈치이던 석윤이 무어라 말하려다 연리를 따라 위로 시선을 돌렸다.

일시에 숨이 멈추었다. 언뜻, 눈이 마주쳤다 느끼는 순간이었다. 고개는 이쪽을 향한 채 연의의 몸이 아래로 무너졌다. 뒤로 몸을 피하던 자세 그대로 허수아비처럼 힘없이 몸이 넘어갔다. 동시에 칼을 내던진 사내가 황급히 문루를 내려가 시야에서 사라졌다. 연리를 잡은 석윤의 손이 힘없이 떨구어졌다. 시야가 흐려지고 팔다리에 힘이 풀렸다. 연리가 자리에 주저앉음과 동시에 풀썩 석윤의 무릎이 꺾였다.

"왜······."

꺼질 듯한 목소리가 허망하게 중얼거렸다. 제 눈을 믿을 수 없다는 심정이 여실히 묻어났다. 흐려진 시야 아래로 끝없이 볼을 타고 타들어가는 물기가 느껴졌다. 연리는 제 것이 아닌 것처럼 느껴지는 팔을 들어 석윤을 잡았다. 텅 빈 눈으로 석윤이 멍하니 연리를 돌아보았다. 연리는 넘어오는 오열과 함께 속삭였다. 데려와 주세요. 손 아래로 느껴지는 석윤이 딱딱하게 굳어 있었다. 오래 지나지 않아 흐릿한 시야로 보이는 형체가 천천히 고개를 끄덕였다. 이내 떨림이 느껴지는 손이 연리를 성벽에 붙었다.

"여기 계시다······ 적절한 때 몸을 피하십시오. 저는 무리를 따라가 보아야 해서 끝까지 살펴드릴 수가 없습니다."

울컥 울음이 올라오는 자신과 달리 석윤이 냉정함마저 느껴지는 음성으로 말했다. 하지만 그 사이에는 자신 못지않은 떨림이 섞여 있었다. 연리는 힘없이 고개를 떨구었다. 이윽고 저를 잡은 온기가 사라졌다. 연리는 부들부들 떨며 입을 막고 손등으로 눈가를 문질러 닦았다.

간신히 트인 시야로 석윤이 말에 올라타 성문 안쪽으로 사라지는 것이 보였다. 연리는 주위를 둘러보았다. 대부분의 군사들이 창의문을 통과한 것 같았다. 이미 문 안쪽에는 압도적인 수세에 몰린 금군들이 패색 짙은 국지전을 벌이고 있었고, 남은 군사들은 뚫린 길로 바람같이 말을 달리고 있었다.

'공자님……'

연리는 꺼질 듯한 정신을 붙들고 주원을 찾았다. 하지만 그는 이미 사라진 듯 주위는 낯선 얼굴들 뿐이었다. 연리는 고함과 차가운 날붙이 소리들 틈에서 비척비척 걸음을 떼었다. 멀지 않은 구석에서 제가 타고 왔던 말이 이리저리 헤매고 있었다. 이제 더는 이곳에 있을 필요가 없었다. 연리는 고개를 들어 텅 빈 문루를 보았다.

'돌아가야지……'

이제는 들을 이가 없는 말을 건네며, 연리는 문루에서 시선을 떼지 않은 채 멍하니 걸음을 떼었다. 아수라장 속에서 말이 자신을 알아본 듯 다가왔고, 연리는 고삐를 잡으려 손을 뻗었다.

핑-

막 고삐가 손끝에 닿는 순간, 누군가 쏘아 보낸 살갗을 찢는 고통이 어깨를 파고들었다. 얼음보다 시리고 벼락보다 강렬한 고통이 숨통을 죄었다. 연리는 손을 들어 어깨를 감싸려 했으나 한계에 다다른 몸은 삽시간에 종잇장처럼 무너졌다. 분명 눈을 뜨고 있었거늘 앞이 아무것도 보이지 않았다.

"아."

말을 이루지 못한 소리만이 입술 사이로 새어 나왔다. 예리한 고통이 살점을 비집었고, 이내 불꽃처럼 뜨거운 액체가 흘러내렸다. 몸 아래로 딱딱한 땅이 느껴지며 흥건히 젖어들었다. 연리는 아득해지는 정신을 붙잡으려 발버둥 쳤으나 원망스러운 하늘은 제 원을 들어주지 않았다.

안 돼……. 연리는 까무룩 잠기는 의식을 향해 간절하게 애원했다. 하지만 희미하게 흐려지는 감각을 막을 수는 없었다. 나약한 육신이 이내 축 늘어지고 붙잡은 의식 사이로 정신이 빠져나갔다. 자가! 확신할 수는 없으나 군석의 것인 듯한 목소리가 아스라이 주위를 선회했다.

'오라버니……'

한계를 극복해 내려 했으나 의지는 결국 하늘을 이기지 못하고 바스러졌다. 울컥거리며 인형처럼 늘어진 몸을 누군가 받쳐 들었고, 그를 감각하는 것을 끝으로 연리는 끝없는 수마에 빠져들었다.

"……공주라니요?"

연의는 귀를 의심하며 미심쩍은 기색으로 되물었다. 지금 무슨 말을 하는 거지. 무슨 꿍꿍이가 있나 싶어, 몇 년 만에 찾아온 어미를 저도 모르게 빤히 응시했다.

"틀림없어. 며칠 전에 공주가 여길 드나드는 걸 보았다."

드물게도 그 냉한 얼굴에는 초조함이 깃들어 있었다. 들리는 소문으로는 왕의 총애를 받아 무소불위의 권력을 휘두른다던데, 왜 뜬금없이 죽은 공주 타령이지. 아비도 죽었고 중전의 권세마저도 누를 힘을 손에 넣었으니 이제 저를 궁으로 부르려는 걸까, 어렴풋이 기대했던 바람이 산산조각이 나는 걸 느끼며 연의는 퉁명스레 응수했다.

"그런 사람 없어요, 이미 죽은 공주가 어떻게 여기 있겠어요? 그런 말도 안 되는 생각 때문에 나한테 언질도 없이 군사를 보내서 기루를 뒤집어놓은 거예요?"

"내가 네게 미리 일러줘야 할 의무가 있나?"

가시 돋친 말이 따갑게 마음을 찔렀다. 변할 리가 없다는 걸 알면서
도 매번 기대하고 상처 받는 자신이 미웠다. 괜찮아, 신경 쓰지 마. 어
차피 저런 사람이었잖아. 연의는 입술을 앙다물고 어미를 노려보았
다.

"그래야 할 텐데요? 기루에 무슨 일이 있으면 기탄없이 연락하라면
서요. 아, 신경 쓰이는 사람이 있다고 했었나."

빈정거림이 여실히 느껴지는 어조에 어미가 날카로운 시선을 보냈
다. 여느 때 같았으면 그에 찔끔하여 기세를 접었겠지만 지금 아쉬운
쪽은 제가 아니었다. 이렇게 붙잡아두지 않으면 까맣게 잊어버리다 또
몇 년 뒤에 찾아올지도 모르는 일이다. 단 한 번만이라도 따뜻한 말
한마디 해주지 않는 어미에게 무엇을 이리도 갈구하는지 스스로가 어
리석게 느껴졌으나, 연의는 가슴 깊이 자리 잡은 오래된 갈망을 구태
여 이해하지 않기로 했다.

지지 않고 한참 동안 시선을 맞부딪치자, 마침내 제법이라는 듯 어
미가 입술 끝을 비튼 채 고압적인 태도로 팔짱을 끼었다.

"수상한 자들이 여길 근거지로 삼은 것 같더군. 아직 증좌는 없으
나 자칫하다가는 역적 도당들로 변모할 수 있음이야."

역적? 탐탁지 않은 단어에 저절로 미간이 찌푸려졌다. 귀찮은 일임
에도 불구하고 종종 어미의 명령대로 지위 높은 객들 사이를 옮겨 다
니며 말을 훔쳐 내긴 했으나, 이렇게 위험하고 큼지막한 일은 아무래
도 달갑지 않았다. 오랜만에 평화로운 나날을 즐기고 있던 요즈음이라
면 더더욱.

"그래서 군사를 보낸 건가요?"

딱딱한 물음에 어미가 짧게 고개를 끄덕였다. 물어도 알 필요 없다며 대답 없이 내치던 지금까지와는 달리, 어찌 되었든 명확히 대답해 준 것만으로도 연의는 조금 기분이 들떴다.

"그럼 이번엔 그들을 주시하라는 거겠군요. 정말로 역적질을 도모하는 건지, 누가 주도하고 가담하고 있는 건지."

"그래."

요사이 거물급들이 점점 늘어나기는 하던데, 그들부터 훑으면 되려나? 연의는 머릿속으로 빠르게 몇몇 인물들을 떠올리며 곰곰이 생각했다. 어떻게 접근하면 좋을까.

"또 있다."

잠깐 생각에 빠졌던 주의를 일깨우며 어미가 품속에서 작은 두루마리 하나를 꺼냈다. 저게 무얼까 머릿속으로 가늠하는 사이, 어미가 성큼 다가와 제 손목을 잡고 손에 두루마리를 쥐어주었다. 손끝이 스친 피부가 찌릿했다.

"펼쳐 봐라."

처음이었다, 이런 건. 금방 떠나갔지만 생경한 느낌이 싱숭생숭해 다른 손으로 스친 곳을 살짝 덮어보는 사이, 어미가 평소처럼 무덤덤하게 말했다. 이런 제 모습이 들킬까 연의는 시선을 피하며 퍼뜩 손에 든 두루마리를 내려다보았다.

"공주의 용모파기다. 시신도 찾지 못하고 장례를 치렀으니 살아 있다 해도 말이 안 될 건 없지."

어미는 종종 이해 못 할 것들에 집착하곤 했다. 곱고 어린 소녀들을 제 손으로 직접 바쳐 왕을 여색에 빠지게 하면서, 외모가 상당히 특출나거나 조금이라도 성격이 대찬 소녀들은 절대 데려가지 않았다. 그뿐인가. 왕에게 하룻밤 안긴 소녀들은 가차 없이 궁 밖으로 끌어내 제거하곤 했다. 그마저도 요즘엔 왕이 무슨 수를 썼는지 실패하는 듯했지만.

그래선지 어미는 상당히 신경이 날카로워 보였다. 모두들 어미가 술과 여색에 왕을 녹여내어 권세를 틀어쥐려 하는 거라며 떠들었지만, 제가 보기에 어미는 왜인지 권세보다 왕에게 집착하고 있는 것 같았다. 그렇지 않은가, 정말로 왕의 눈과 귀를 가릴 작정이라면 여인의 외모가 얼마나 곱든 성격이 어떻든 마구잡이로 들이미는 게 훨씬 편할 텐데. 아비와 몸을 섞고 자식까지 낳았으면서, 이제 와 그 아들을 연모하기라도 하는 건가.

연의는 설핏 드는 추측에 비웃음을 머금었다. 공주가 왕의 동생이라 신경이 쓰이나? 집착이라고밖에 이해할 수 없는 집요함이었다. 그렇지 않으면 뜬금없이 죽어 없어진 공주는 왜 찾는 거람.

'왕이 바보도 아니고, 죽지 않았으면 장례까지 치렀을까. 설사 살아 있다고 해도 얌전히 궁 안에 숨어 있지, 공주가 뭐하러 죽었다고 거짓말까지 하며 궁 밖에 나온단 말야.'

하지만 머릿속에 감도는 생각을 입 밖에 냈다가는 괘씸하다며 불같이 화를 내거나 제 말을 믿지 않는 거냐며 다시는 찾아오지 않을까 봐 걱정이 되어, 연의는 잠자코 입을 다무는 편을 택했다. 저렇게 왕을 신경 쓰면서 후궁이 되지 않는 건 무슨 자존심일까. 궁 안 상황을 잘 모르는 제가 눈치챌 정도로 티를 내면서도.

'그나저나.'

동생일까, 언니일까.

"며칠 전 이 근처에서 내 눈으로 똑똑히 보았으니, 혹여 발견하면 붙들어두고 곧장 내게 알려라."

뭐, 천출도 자매로 쳐 주는지 모르겠네. 어미가 단단히 이르는 것을

한 귀로 흘리며, 연의는 눈에 들어오지도 않는 용모파기를 펼쳐 건성
으로 훑었다.

'이건······.'

"아는 얼굴이냐? 본 적이 있어?"

눈앞에 들어온 낯익은 얼굴에, 잠시 말문을 잃고 멍하니 용모파기
에 시선을 떨어뜨리자 어미가 미심쩍다는 듯 물어왔다. 연의는 엉겁결
에 목구멍까지 올라온 말을 꿀꺽 삼키고 고개를 저었다.

"아뇨."

안 되는데. 당장 말해야 하는데. 아는 얼굴이라고, 나랑 같이 방을
쓰는 그 애라고 말해야 하는데. 하지만 입을 떼려 하면 맑은 그 얼굴
이 눈앞에 너무도 또렷이 떠올라 차마 말을 할 수가 없었다.

첫눈에 맘에 들었던 그 애. 고운 얼굴에는 이질적이기만 한, 경계하
는 눈빛과 딱딱한 말투가 웃음이 나왔던 아이. 그냥, 어쩐지 친해지고
싶었던······. 그랬던 아이.

어미에게 난생처음 한 거짓말이 들킬까 쿵쾅쿵쾅 가슴이 뛰었다.
연의는 꾹 입술을 깨물며 잠자코 용모파기를 말아 쥐었다. 조금만······
조금만 더 그 웃음을 보고 싶었다. 세상에 뚝 떨어진 고아 같이 외로
워하던 아이가, 환한 웃음을 지어주었을 때 와 닿던 온기를 차마 놓을
수가 없었다. 아무도 관심 두지 않아, 있는 듯 없는 듯 살던 자신에게
웃어주고 의지하던 그 아이를 놓을 수가 없었다.

고작 반밖에 섞이지 않은, 자신은 너무도 비천하고 그쪽은 너무도
귀하여 댈 계제도 되지 않는 핏줄이었으나 어리석게도 미련이 고개를
들었다.

"공주를 찾으면 당장 연락해라. 비슷한 생김새여도 그냥 넘기지 말
고. 드나드는 이들에게서 낌새가 보이면 그것도 당장 연통하고."

"알았어요."

순순히 고개를 끄덕이자 어미가 만족스럽다는 듯 슬쩍 웃음을 지어 보였다.

"좋아. 이번 일에 공을 톡톡히 세우면, 특별히 네 청 하나를 들어주마."

"청이요?"

생각지도 못한 치하에 희망이 싹텄다. 연의는 고개를 번쩍 들고 자신도 눈치채지 못한 간절한 눈빛으로 어미를 주시했다.

"그래, 뭐든지."

정말…… 뭐든지?

"그럼…… 나도 궁에 들어가게 해주세요. 궁녀든 무수리든 아무거나 상관없어요."

"궁이라……."

예상치 못한 듯 어미가 가늘게 눈을 좁히며 무엇이라도 알아내려는 듯 산산이 자신을 훑었다. 연의는 뻣뻣한 등허리를 곧게 펴며 담담히 보이려 노력했다.

"좋다."

짧게 떨어지는 승낙에 낯이 확 밝아졌다. 드디어, 이제야 가까이 있을 기회를 잡았다. 태어나서 지금까지 쭉, 닿지도 않을 곳에서 냉가슴만 앓던 평생의 원이 이루어질 수 있다.

"확실히 해라. 완벽히 해내야 해."

"걱정 말아요."

어차피 그 앤 앞으로 쭉 기루에 머물 거잖아. 그럼 나중에, 조금만 더 나중에 말해도 될 거야.

"연리 아까 어디 다녀온다고 한 것 같던데? 좀 시간이 걸릴 것 같더라."

"그래?"

모란이 올라가려는 입꼬리를 가까스로 펴며 아쉽다는 척 반대쪽으로 걸어갔다. 눈치도 없지. 내가 둘 사이가 좋지 않다는 걸 모르는 것도 아닌데, 대놓고 물어놓고 모를 거라고 생각하나. 연의는 며칠 전 우연히 엿들었던 능양군과 모란의 대화를 떠올리며 비죽 웃었다.

모란이 곧 멀어져 자취를 감추었을 즈음, 연의는 창고를 향해 걸음을 재촉했다. 모란이 통문을 들고 가기 전에 얼른 연리를 데려와서 현장을 잡아야 했다. 통문 근처에 가락지도 같이 있으니 모란이라면 그걸 들고 가야 할지, 말아야 할지 고민하느라 시간을 더 끌 터였다. 가증스럽게, 권세에 눈이 멀어 동료를 팔아넘기려 들어?

자매이자 친우인 그 아일 지켰다는 뿌듯함에 가볍던 발걸음이 돌연 무거워졌다. 무심코 모란에 대한 비난이 떠오름과 동시에 달리듯 걷던 걸음이 찬찬히 느려졌다.

'가증스러워? 내가 다를 게 뭔데?'

그 애를 배신한 건 나도 마찬가지잖아. 지난겨울 제 손으로 어미에게 거사를 밀고해 놓고서, 그 아이를 위해 함께 궁궐에까지 들어갔던 모순적인 제 행동이 우스워 연의는 힘없는 실소를 지었다. 방금 한 짓도 도대체 뭘 한 건지 모르겠다. 모든 것이 꼬인 실타래처럼 엉망이 된 느낌이었다.

어머니야, 그 애야? 그간 의도적으로 잊으려 노력했던, 연리의 얼굴을 볼 때면 자꾸만 생각나던 물음이 튀어나와 가슴을 쿡쿡 찔러댔다. 궁궐에서 궁녀 복색을 하고 보았던, 어미의 평소처럼 냉랭하던 눈동자가 선명하게 떠올랐다.

그래도 좋았다. 그런 어머니라도 보는 게 좋았다.

어찌 여기 있느냐 하는 물음에 청을 잊은 건 아닌지 확인하러 왔다 딱딱하게 둘러대면서도 오랜만에 본 얼굴이 빈가웠다. 두 사람 사이에서 망설이는 것도 신물이 났다. 할 만큼 했으니 차라리 이제 궁궐로 데려가 줬으면 하는 마음이 굴뚝같았다. 하지만 어미는 좀 더 기다리라 차갑게 거절할 뿐이었다.

속이 헛헛했다. 연리가 밖으로 나오길 기다리며 연의는 벽에 힘없이 기대섰다. 차마 입이 떨어지지 않아 공주라는 사실은 숨겼으나, 이미 자신은 그 애를 죽이고 있었다. 고해바친 것만 몇 가지이며 방해한 것만 몇 가지던가. 본인은 모르겠지만, 자신은 그 애가 기녀인 척하며 첩자 노릇을 하는 것과 똑같이 능양군 파의 정보를 슬금슬금 캐내어 어미에게 일러주고 있었다. 요즘 들어 망설임이 심해져, 한 박자 늦게 알려주거나 고의로 살짝 틀리게 알려주기는 했지만.

어머니야, 그 애야? 똑같은 질문이 다시 한 번 머리를 맴돌았다. 이미 돌아올 수 없는 강을 건넜을지도 몰랐다. 어미를 선택했다면, 지금처럼 답답하게 굴고 있지도 않을 테지.

'바보 같아.'

정신 빠진 사람처럼 실없는 웃음이 흘러나왔다. 속은 헛헛한데 자꾸만 웃음이 입가를 비집고 나왔다. 천한 핏줄은 어쩔 수 없나 보다. 그러니 이렇게 줏대도 없고 자존심도 없는 게지. 조금만 따뜻하게 대해줘도, 조금만 정을 줘도 속절없이 온통 마음을 내어주고 마니. 절레절레 고개를 흔드는데 연리와 함께 주원의 얼굴이 떠올랐다. 괜스레 부러워져 연의는 툭툭 땅을 찼다. 내게도 그렇게 날 생각해 주는 사람이 있을까.

불쑥 석윤의 얼굴이 떠올랐다. 그 애가 죽고 못 사는 사내의 둘도 없는 벗. 몇 번 제게 도움을 주어 제법 가깝다 말할 수 있는 사람이었다. 정을 주기 싫어 처음엔 그저 적당히 말만 맞추려다 자신도 모르게 밤을 새워 이야기꽃을 피웠더랬다. 하나 결국엔 더 가까워지려는 것을 스스로 막아냈으면서 지금에 와서야 아쉬워졌다.

'잘한 거야, 어차피 나는 그들과 어울릴 수 없는 사람이니까.'

서글펐다. 이젠 궁으로 가도, 어머니 옆에서 평생을 살아도 마냥 기쁠 수 있을지 의문이 들었다. 언제부터인지, 멀리 있는 어미의 텅 빈 시선보다 항상 곁에 있는 햇살 담긴 따뜻한 웃음이 더 좋아졌다.

'난 대체 뭘 하고 있는 거지.'

어쩌면 알고 있는 걸지도 모르겠다. 끝내는 닿을 수 없는 그 애에게, 아무에게도 말하지 않은 비밀스러운 그 이야기를 다듬고 고쳐 담담하게 털어놓았을 때부터. 진심을 고백한 적도 없으면서 고상한 척 추악한 비밀을 조언으로 둔갑시켰을 때부터.

외줄 타기는 끝났다. 그저 부질없는 애정을 갈구하던 욕심에 깨닫지 못하고 있었을 뿐이었다. 이미 자신은 한쪽으로 걷고 있었다. 비록 그쪽이, 다시는 돌이킬 수 없는 절벽을 향하고 있을지라도.

"정말 여기가 맞나?"

무언가 꺼림칙하다는 목소리가 상념을 깨뜨렸다. 연의는 고개를 들어 제 앞에 선 사내를 보았다. 이름이 뭐였더라……

"곧 이경인데 개미 새끼 한 마리 보이지 않는다. 네년이 분명 능양군이 도성 내에서 모은 군사를 여기 이 숙정문으로 내보내 도성 밖 군사와 합쳐 범궐할 것이라 했지 않느냐?"

아깝네, 영의정이 이흥립만 잡아가지 않았더라면 성가시게 이자에게 붙들려 있지도 않았을 텐데. 아무리 고변이 들어왔다지만 사돈을 정말로 직접 고문할 줄이야.

잡다한 생각이 이름 대신 뭉게뭉게 솟아올랐다. 대충 일의 경과만 보고 아무도 몰래 슬쩍 몸을 숨기려 했는데 여기까지 붙들러 오고 말았다. 하기야, 이 큰일에 연루되어 놓고 편하게 살 수 있으면 기적이지. 자조와 함께 귀찮음이 저절로 얼굴에 실렸다. 그러자 사내가 험악한 인상을 쓰며 멱살을 틀어잡았다.

"내 말이 아니 들리느냐? 이 천한 계집이……. 설마 거짓을 고한 건 아니겠지?"

"좀 더 기다려 보시지요. 고변한 자가 이르지 않았습니까? 장단 부사에게 시간을 다르게 알려 그쪽 병력을 빼돌렸고, 반역 도당의 총대장도 흔들어 출전치 못하게 했다고요. 예상치 못한 변수에 능양군도 당황했을 거예요. 어차피 남은 것들은 얼마 안 되는 오합지졸일 테니 긴장하실 필요 없습니다."

"그 가벼운 입을 잘도 놀린다만, 어디 두고 보아라. 이경이 다 지나도 능양군 무리가 나타나지 않으면 가만두지 않을 것이다."

"좋으실 대로."

예상 못 한 바도 아닌데. 피식 웃음을 흘리곤 발을 까딱였다. 그냥 여기서 끝내줬으면 좋겠다. 괜히 추하게 떠나는 모습까지 보여주고 싶진 않으니까.

'마지막으로 보고 싶다면 욕심이겠지.'

시간이 흐를수록 부질없는 감정이 고였다. 미련을 털어내자고 굳게 마음먹었는데 잘 안된 모양이다. 그래도 참아내야겠지.

"나리, 저기 창의문 쪽에 누군가 있습니다!"

"뭐?"

"어머! 그러고 보니 이경이 지나기 전 창의문을 통해 선발대가 들어

와서 안에서 숙정문을 열어준다고 들은 것 같아요. 이를 어쩌, 선발대를 막아야 하는데! 송구합니다, 깜빡 잊었…….”

“이년이!”

당장에라도 모든 군사를 창의문으로 몰아 달려갈 듯한 모습에 저절로 거짓말이 술술 나왔다. 화가 머리끝까지 오른 듯한 사내가 연의의 머리채를 잡아 흔들며 욕설을 쏟아냈다. 천하다, 정말. 속으로나마 사내가 한 말을 그대로 돌려주자 머리칼이 따갑게 뜯기는 것도 그런대로 참을 만했다.

“제대로 안 해? 이게 무슨 장난인 줄 아나! 바른 대로 말해. 선발대가 얼마나 되나?”

“삼…… 삼십 명 정도.”

이쪽은 이백 명 정도. 어차피 인원은 그쪽이 훨씬 많을 테지만 무장한 금군을 맞아 싸우면 힘이 들 거다. 최대한 숫자를 줄여야 한다. 삼십이 적당한 규모인지 아닌지도 모른 채 아무렇게나 재빨리 내뱉었다.

“오십 명 차출해서 따라라!”

재빨리 외친 사내에게 끌려 함께 말 위에 올라탔다. 제조상궁 말만 없었어도 네년은 지금 이 자리에 없었어. 잇새로 나오는 목소리가 꽤나 분기탱천했다.

“이것 또한 틀릴 시에는 창의문 위에서 네 목이 떨어질 테니 각오해라.”

하늘도 참 무심하시지. 그토록 오랫동안 간절히 원했던 건 들어주시지 않았으면서, 마지막 욕심은 들어주시네.

쿵─

“이…… 이 계집이! 죄다 거짓이었구나!”

“이제 알았어요? 참 빠르기도 해라. 한데 어쩐다, 이제 곧 문이 뚫릴 것 같은데요."

숙정문에 인기척이 없을 때부터 알아챘어야지. 사내를 향해 무시하
듯 딱딱하게 빈정거리며 연의는 아래쪽만을 내려다보았다. 빠르게 아
래를 헤집었지만 이미 벌어진 전쟁터에서 그 애를 찾아낼 수는 없었
다. 돌아갔을까? 내 말대로 서방님이랑 같이 도망쳤을까?

스릉―

선연한 냉기가 목덜미로 쏟아졌다. 자신도 모르게 시선이 돌아간
다. 그때 거대한 타격음과 함께 문루까지 크나큰 진동이 올라왔다. 다
가서던 사내가 흠칫 한 걸음을 헛디뎌 칼날이 아주 조금 빗나갔다. 간
발의 차로 얻은 숨구멍에 연의는 하염없이 다시 시선을 아래로 내렸
다. 한 번만, 마지막으로 한 번만 보게 해줘.

'찾았다.'

무어라 비명을 지르고 있는 그 애와, 어쩌면 더 많이 알고 싶었을지
도 모르는 그 사람. 이내 저와 시선이 마주친 그들은 지옥이라도 마주
한 듯한 얼굴이었다. 좋아, 하잘것없는 핏줄에 비하면 썩 과분한 마지
막이네.

"천한 년!"

안녕.

❖

어지러운 의식이 하느작거렸다. 그리운 오라비가 다가와 자신을 안
는다. 방긋 웃으며 올려다보는 찰나 그는 사라지고 화염에 휩싸인 어
린 동생이 울부짖는다. 어느새 뺨 위로 폭포수처럼 눈물이 흘러내렸
다. 흐려지는 시야를 문지르며 한 걸음 앞으로 다가서자, 어느새 나타

난 손위 조카가 뺨을 올려붙인다. 아무 느낌도 없는 뺨에 멍하니 손을 갖다 대니 지난날의 벗이 나타나 제 손 위로 손을 얹는다. 비수로 찌른 것처럼 예리한 자극이 온몸을 할퀴었다. 흠칫 한 발짝 뒤로 물러서자 어느새 벗이 연기처럼 사라지고 저 멀리 그리운 이가 서 있다. 한 손을 내민 채.

연리는 천천히 다리를 움직였다. 수렁에 빠진 듯 속도가 붙지 않아, 어느새 걷던 걸음이 달음박질치고 있다. 한데 뛸수록 거리가 벌어진다. 설상가상 다리가 아래로 푹푹 빠져든다. 이를 악물어도 끝내 몸이 아래로 아래로 곤두박질친다. 연리는 뛰는 것을 포기하고 바닥을 기었다. 조금씩 거리가 좁혀들어 닿을 정도로 다가서자 연리는 그의 손을 잡으려 애썼다.

가지 말아요. 그가 고개를 끄덕이며 천천히 다가온다. 손끝이 닿으려는 찰나 날카로운 고통이 전신을 관통했다. 소리 없는 비명이 잉태되며 허리가 젖혀지는 순간 어딘가로 빨려들듯이 주위가 암흑으로 물들었다.

한 치 앞은커녕 제 손끝조차 보이지 않는 암흑이었다. 연리는 암흑에 대고 망연히 호소했다.

'이미 주셨으니, 부디 앗아가지 마옵소서……'

제발! 하나의 소망을 몇 번이고 되풀이하던 찰나, 별안간 몸이 거꾸로 처박히듯 곤두박질쳤다. 온몸의 감각이 극도로 비명을 내지르며 아래로 아래로 떨어져 내렸다. 아무리 입을 열어도 무언가에 콱 막힌 듯 목구멍이 말라붙어 소리가 나오지 않았다. 끝은 보이지 않았지만 본능적으로 차가운 바닥이 지척에 다가왔음이 느껴졌다.

'도로 앗아가신다면…… 차라리 영원히 깨지 않기를.'

팟-

천 근으로 덮어씌웠던 눈꺼풀이 와락 젖혀졌다. 짓눌린 호흡이 알을 깨고 나오듯 급격하게 숨통을 틔웠다. 하얗게 점멸하는 시선은 아무것도 투영하지 못하였고 오직 묵직한 통증만이 온몸을 속박했다. 가쁜 숨을 밭아내고 있을 즈음 누군가 와락 달려들었다. 연리는 본능적으로 손끝을 움직여 제 곁에 다가온 이를 움켜잡았다.

안 돼, 가지 마…….

애타는 마음과는 다르게 분해되고 바스러진 기력은 언어를 만들어 내지 못했다. 기력이 빠져나간 손끝도 허망하게 아래로 떨어졌다. 하나 곧이어 귓가를 파고든 목소리가 시야를 개안하였다.

내용을 알아들을 수는 없었지만, 익숙한 목소리와 함께 시야에 색채가 깃들었다. 동시에 현실에 파묻히듯 익숙한 공기가 와락 온몸을 감쌌다. 연리는 다시 천천히 눈을 감았다 떴다.

"공주자가!"

깜빡이는 시선 끝에 옛 기억의 얼굴이 닿았다. 꿈이 깨어지고…….

"정신이 드시옵니까?"

돌아왔다.

12장
연리지(連理枝)

　이건 환상일까. 연리는 넋이 나간 듯 멍하니 바라보고만 있었다. 너무나 익숙해 오히려 사실감이 하나도 없었다. 얼빠진 얼굴로 잠에서 설깬 것처럼 느리게 눈을 깜빡이고 있자, 이마에 와 닿는 감촉과 함께 다급한 목소리가 달려들었다.

　"공주자가!"

　이마에 손을 얹은 채로 김 상궁이 얼굴을 가까이 들이밀며 외쳤다. 마지막 기억보다 눈에 띄게 노쇠한 모습이지만 저를 외쳐 부르는 목소리만큼은 변함없이 쟁쟁했다.

　"이를 어쩌나, 정신을 못 차리시니 아무래도 어의를……."

　"김…… 상궁?"

　갈래갈래 갈라진 목소리로 말하자마자 목이 찢어질 듯 불타며 거친 기침이 나왔다. 허리가 활처럼 휘어지며 터져 나오는 격한 기침을 손으로 틀어막자 김 상궁이 화들짝 놀라며 투닥투닥 등을 두드려 주었다.

"어의를 불러오너라! 어서!"

"예, 마마님!"

후다닥 자리를 박찬 낯선 궁녀가 우당탕 밖으로 튀어나갔다. 조금 기침이 잦아들자 김 상궁은 저를 일으켜 앉히곤 재빨리 곁에 있던 그릇을 집어 연리의 입에 대주었다. 매끄러운 사기그릇에 닿은 버석한 입술 사이로 따뜻한 물이 흘러들어 왔다.

부드럽게 목을 감싸고 내려가는 물을 받아 마시며, 연리는 간신히 정신을 가다듬었다.

'어떻게······.'

눈을 도록 굴리며 사기그릇에서 입을 떼려 하자, 김 상궁은 어림없다는 듯 그릇을 기울였다. 강제적인 권유에 연리는 하는 수 없이 그릇에 담긴 물을 다 마시고 나서야 입을 뗄 수 있었다.

"아이고, 천지신명이 도우셨습니다. 갑자기 피투성이가 되어 나타나셔서 혹여 어찌 되실까 소인이 얼마나 마음을 졸였는지 아십니까! 사흘을 꼬박 내리 누워 계셔서 소인은 자가께서 영영 깨어나시지 않으실까 봐 걱정이 이만저만······."

"여기가 어디야?"

옷고름으로 눈물을 찍어내는 제 보모상궁이 반갑지 않은 것은 아니었지만, 초로가 섞인 말이 길어지자 연리는 다급히 말을 잘라냈다. 오랜만이다, 보고 싶었다 같은 정감 어린 말을 기대했던 김 상궁이 섭섭하다는 얼굴로 입을 삐죽 내밀었다. 그러더니 대답은 않고 구시렁구시렁 원망 어린 말을 쏟아내기 시작했다. 제가 왜 비원이 아닌 곳에서 눈을 떴는지 궁금함이 목구멍까지 치고 올라왔다.

김 상궁이 있는 걸 보니 아마도 여긴 서궁이겠지. 제 생각에 확답을 받고 싶었지만, 눈앞에서 섭섭해하는 모습에 마음이 흔들린 연리는 조급함을 밀어둔 채 결국 김 상궁을 달래기 시작했다. 손을 잡으며 그간 잘 지냈느냐, 힘들지는 않았냐 묻자 김 상궁은 오히려 자신을 걱정했다. 그렇게 궁 밖으로 떠밀어 보낸 후로 모후와 함께 한시도 걱정을 하지 않은 적이 없다며 울컥하는 바람에 연리도 글썽글썽 눈물을 쏟고 말았다.

"그래도 이제 다 잘되었습니다. 다복하실 일만 남았어요."

"그럼……."

자신의 손을 꼭 잡은 채 안심하라는 듯 김 상궁이 위로하자, 연리는 간헐적으로 떨리는 손으로 이불을 꼭 움켜쥐었다. 성공…… 했나?

"새로이 등극하신 전하께서 대비마마와 공주자가를 모셔 가신다고 하셨습니다. 몸을 추스르시는 대로 곧장……."

"마마님, 어의 영감 모셔 왔사옵니다."

바깥에서 아까 전 방을 나갔던 궁녀의 목소리가 들려왔다. 놀라지 않게 조곤조곤 말하던 김 상궁이 환한 얼굴로 재빨리 자리에서 일어나 외쳤다. 어서 드시지요, 영감!

과연 열린 문 너머로 보인 것은 의관을 잘 갖춘 어의였다. 김 상궁의 말대로 거사가 성공하였으니 응당 대비가 기거하는 서궁을 챙기는 것이 당연한 도리였지만, 성공했다 말로만 듣는 것과 이렇듯 눈으로 증좌를 보는 것은 사뭇 느낌이 달랐다. 감격과 벅참, 얼떨떨함이 한데 뒤섞인 묘한 기분으로 연리는 조심스레 방으로 들어오는 어의와 의녀를 맞이했다.

"기가 많이 쇠약하시옵니다. 체력도 상당히 많이 저하된 데다 자상(刺傷)이 깊어 출혈이 더욱 컸습니다. 다행히 첫 조치를 잘하여 출혈은 멎었으나, 상당히 통증이 크실 것으로 예상하여 일시적으로 감각을 마비시키는 조치를 취해두었습니다. 곧 다시 통증이 도지실 것이오니, 탕약을 꾸준히 드시고 수면을 충분히 하소서. 몸을 보하고 통증을 약화시키는 약재를 쓸 것이니 반드시 처방을 철저히 따르셔야 하옵니다."

진맥을 마친 어의가 정성껏 진단과 처방을 내렸다. 옆에 있던 의녀가 챙겨온 약재들을 궁녀에게 건네자, 그것들을 받아 든 궁녀가 김 상궁의 손짓에 따라 재빨리 방을 나갔다. 그사이 연리는 현기증이 돌아 눈을 감았다. 잠깐 앉아 있었을 뿐인데도 온몸이 녹초가 된 것처럼 피곤했다. 그런 자신을 눈치채고 조심스레 이불 위로 눕히는 김 상궁의 부축을 받으며 연리는 둘둘 감싸맨 제 한쪽 어깨를 조심스레 만져 보았다. 다른 곳들이 욱신욱신 아파오긴 했으나, 감각을 마비시켰다는 어의의 말처럼 과연 두툼한 천들이 겹겹이 덮여 있음에도 어깨는 부자연스럽게 아무 느낌도 들지 않았다.

"한데……."

피곤한 얼굴로 도로 자리에 눕는 연리를 곁눈질하던 어의가 의녀와 눈빛을 주고받더니 조심스레 입을 열었다.

"아무래도 자흔이 남을 것이라 흉을 없애는 연고를 제조하여야 할 듯합니다, 공주자가. 어찌 그런 자상을 입으셨는지 알려주시면……."

"어의 영감."

연리가 무어라 대답하기도 전에 김 상궁이 날카로운 음성으로 어의를 불렀다. 무심코 화살을 맞았다 대답하려던 연리는 멈칫하며 말을 멈추고 김 상궁을 응시했다.

"의녀가 상처를 직접 보지 않았습니까? 그럼 익히 연유를 짐작하실 텐데 군이 또 물으시다니요. 길례도 치르지 않은 공주께서 정신 놓은 금군의 길 잃은 화살을 맞았다 소문이 나면 괜한 말이 나돌 것을 몰라 그러십니까? 정녕 망측하게도 대비마마와 공주자가만 계신 궐 안에 외간 사내가 들이닥쳤다는 사실을 만천하에 알리시렵니까?"

카랑카랑한 소리로 김 상궁이 다다다 따지고 들자 찔끔한 듯 어의가 말을 더듬었다.

"아, 아니네. 난 단지 처방을 정확히 하려고⋯⋯."

"하면 이 일은 함구하여 주시지요. 괜히 여기저기 알려 좋을 것은 없지 않겠습니까. 처우가 좋지 않은 곳에서 오랫동안 계시어 몸이 쇠약해지셨을 뿐이라고 말씀 올려주시지요."

능양군이 생각보다 더 모후에게 깍듯이 대하는 모양인지, 김 상궁은 기세등등하게 정삼품 어의를 몰아붙였다. 그 신기한 광경에 연리는 눈을 크게 뜨고 둘을 살폈다. 하지만 더욱 신기한 것은 그런 상황을 용인함은 물론 절절매는 듯한 어의의 태도였다. 어의는 김 상궁의 지나친 어투도 지적하지 않고 냉큼 고개를 끄덕여 요구를 받아들였다. 무례를 저질렀습니다, 공주자가. 냉큼 자리에 엎드려 죄를 청한 어의는 연리가 얼떨떨한 어조로 괜찮다 말하자마자 고개를 조아려 거듭 감사를 표하고는 의녀와 함께 조심스럽게 자리를 떴다. 탁 문 닫히는 소리와 함께 연리는 설명을 요하는 얼굴로 김 상궁을 보았다.

"어떻게 된 거야?"

하지만 김 상궁은 못 들은 척 제 턱 끝까지 이불을 끌어 올려 덮어주고는 대답 없이 방을 나가려 했다. 연리는 짐짓 엄중한 목소리로 뒤돌아 걸음을 떼는 김 상궁을 붙들었다.

"김 상궁, 설명해 줘. 난 알아야 할 필요가 있을 텐데."

무시할 수 없는 묘한 위엄이 갖춰진 목소리에 김 상궁은 멈춰 설 수밖에 없었다. 도로 누워 있는 연리 곁에 말없이 다가와 앉은 김 상궁은, 성숙해진 외양뿐만 아니라 무언가 달라진 공주의 이마에 손을 올려 열을 재어보며 생각했다. 공주는 더 이상 지난날의 그대로가 아니었다. 지난날 제 곁에 있었던 공주가 상처 입은 아기 새 같았다면, 지금은 상처를 탈피하고 날아오른 매 같았다. 여인을 매에 비유하니 조금 어색하기 하지만. 싱숭생숭한 마음으로, 김 상궁은 그만큼 당당하고 곧은 눈빛의 연리를 보며 피식 웃음을 흘렸다.

"사흘 전, 거사가 일어난 날 새벽에 대비마마 조카 되시는 분이 자가를 모시고 나타났습니다. 처치를 하긴 했지만, 화살에 맞은 상처가 꽤 깊었지요. 설상가상으로 자가께선 정신도 잃으신 상태였고요. 대비마마께서 크게 놀라 이게 어떻게 된 일이냐고 물으셨지만, 도련님께서는 누가 묻거든 자가께서 이리되신 것이 서궁에 침입한 금군의 짓이라 대답하라고만 말씀하셨습니다. 그리고 자가께서 깨어나시면 찾아뵙겠다는 말만 남기고 도로 사라지셨고요. 이를 어찌해야 하나 동동발만 구르고 있는데 날이 밝자 폐주를 끌어내고 등극하신 전하께서 사람을 보내시더이다."

즉위 교서를 내려달라고 하시며요. 자상하게 이야기를 들려주는 김 상궁의 목소리는 안도에 가득 찬 목소리였다. 연리는 입을 딱 벌린 채 자리에서 일어나 앉아, 제가 정신을 잃고 있었던 사흘 전 이야기를 천천히 전해 듣기 시작했다.

용상에 오른 능양군은 그 즉시 교서를 내려달라 모후에게 청했으나, 모후는 이를 갈며 폐주의 피를 마시고 살을 씹기 전에는 절대 즉위 교서를 내릴 수 없다고 완고하게 버텼다. 안절부절못하며 한 시진 간격으로 사람을 보내 애원하던 능양군은 마침내 열사흘 저녁 직접 서궁으로 행차해 모후를 뵈었다. 그리고 간절히 모후를 달래고 애원하여 결국 즉위 허락을 받아냈다.

하지만 어서 창덕궁으로 거처를 옮기자는 말에 모후는 공주의 환후가 극심하니 환궁은 공주가 쾌차한 후로 하겠다고 거절했다. 하여 능양군은 서궁으로 어의와 의녀를 보내고 갖가지 약재를 산더미같이 가져다 나르며 모후의 환심을 사기 위해 노력 중이라는 말이었다. 그러하니 저만 자리를 털고 일어나면 창덕궁으로 모두 옮겨갈 수 있다는 말을 하며 김 상궁은 들뜬 듯 눈을 반짝거렸다. 고작 사흘 만에 천지가 뒤집히듯 상황이 이렇게 돌변하다니. 어렴풋이 예상하기는 했지만 정작 그 상황 속에 파묻히니 연리는 이것이 정말 현실인가 얼떨떨하기만 했다.

게다가……. 분명 저를 이곳에 데려다 놓은 이는 군석이었을 것이다. 하지만 왜 서궁인가? 미간을 좁히며 알 수 없는 의도를 파악하려 골몰히 생각에 잠겨 있는데, 언뜻 김 상궁의 이어지는 말 한마디가 툭 튀어나온 못처럼 신경을 건드렸다.

"……뭐?"

"예?"

"아까 한 말, 아까 뭐라고 했어?"

다급한 눈빛, 어딘가 불안하게 종용하는 연리의 눈빛을 보며 김 상궁은 천천히 했던 말을 되풀이했다.

"새 전하께서 대비마마와 공주자가께 지극정성이시라고요. 또 지금까지는 대비마마의 말씀으로 자가께서 이미 돌아가신 것으로 알려지지 않았습니까? 하나 이제 그것이 거짓임이 알려졌으니, 궁궐에서 편안히 사실 수 있을 것이라 소인이 장담한다고 말씀드렸는데……."

안 돼……. 눈앞이 아찔했다. 아이고, 자가! 휘청거리며 팔로 이불을 짚자 김 상궁이 호들갑을 떨며 자신을 잡았다. 거사가 성공했다는 사실에 들떠 덮쳐 온 불행을 미처 깨닫지 못했다. 태산을 넘고 보니 망망대해가 펼쳐진 판국이었다.

'공주가…… 다시 공주가 되면.'

공자님은? 공주가 되어 창덕궁으로 옮겨가면 다시는 공자님을 만나지 못하는 거잖아. 벼랑 끝으로 떠밀린 듯 손끝이 차가워지고 어지럼증이 돌았다. 연리는 벌떡 이불을 박차고 일어났다.

"자가, 어딜 가십니까? 그 성치도 않은 몸으로!"

김 상궁이 깜짝 놀라며 따라 일어나 방을 뛰쳐나가려는 연리의 허리를 덥석 붙잡았다.

"안 됩니다! 절대 밖으로 나가시면 안 돼요!"

"이거 놔!"

오래간 앓으며 누워 있었더니 몸에 제대로 힘이 들어가지 않았다. 게다가 화살을 맞은 어깨는 마비되어 기운도 없는 터라 도저히 단단히 허리를 붙든 김 상궁을 떼어낼 수가 없었다. 그렇다고 곧이곧대로 다 털어놓을 수도 없는 노릇이라 연리는 필사적으로 김 상궁에게 벗어나려 발버둥 쳤다.

"어딜 가시려 그러십니까? 설마 궁 밖에 나가시겠다는 건 아니겠지요?"

반신반의하는 목소리로 물었으나 연리가 반박하지 않고 여전히 제 팔을 떼어내려 끙끙대기만 하자 김 상궁은 하얗게 질린 얼굴로 큰소리를 냈다.

"안 됩니다! 그렇게 만신창이가 되어 오셔서는 위험하게 또 어딜 가신다는 말씀이세요!"

"제발, 놔줘!"

지체하다가는 정말로 궁궐에 갇혀 버릴지도 모른다. 왕이 된 능양군이 죽은 줄로만 알았던 공주의 생존을 알았으니, 제 정체를 들키는 것도 시간문제였다. 바보처럼 부정적인 생각이 자꾸만 몰려들어 목이 바짝바짝 탔다. 마침내 연리는 애타는 제 마음도 모르고 끈덕지게 잡고 늘어지는 김 상궁을 거세게 뿌리쳤다.

"공주자가!"

휙 이불 위로 내팽개쳐진 김 상궁이 뒤에서 애타게 자신을 불렀으나 연리는 뒤도 돌아보지 않고 달음박질쳤다. 마침내 밖으로 튀어나가려 손을 막 뻗는 찰나였다. 문틀에 손끝이 닿는 순간, 아직 힘을 주기도 전인 문이 드르륵 힘차게 열렸다.

"정명아!"

번쩍이는 금색 용보가 눈앞에 와락 달려들었고, 연리는 머리로 상황을 파악하기도 전에 사각거리는 비단옷 품에 꽉 안겨들었다.

"깨어났구나, 이 어미는 이러다 너마저 잃을까 두려웠다."

반사적으로 품을 밀어내리던 연리는 울먹이는 목소리에 빳빳이 들었던 팔을 스르르 떨어뜨렸다. 흥분해 팔딱팔딱 뛰던 박동이 조금 다른 느낌으로 뛰어올랐다.

"어마…… 마마."

저를 끌어안고 하염없이 등을 쓸어내리는 손길에 속이 뭉클해졌다. 연리가 떨리는 입술로 간신히 모후를 부르자, 대비는 더욱 꽉 연리를 끌어안았다. 자신을 안은 모후에게서 조금씩 떨림이 전해지고 있음을 안 연리가 조심스레 팔을 들어 대비를 마주 안았다.

"어마마마."

그래, 내 아가……. 용기 내 부른 모후에게서 지난날의 기억보다 훨씬 따스해진 목소리가 되돌아오자 삽시간에 뜨거운 물기가 차올라 시야가 흐려졌다. 가슴이 들썩이며 의도하지 않았던 반응이 솟구쳐 오르기 시작했다. 부드러운 당의 자락을 찢을 듯이 꾹 움켜쥐고 참던 연리는, 마침내 몽글몽글 올라오는 감정을 더는 참지 않고 남김없이 드러내었다.

"휴."

한참 함께 시간을 보낸 후, 몸이 다 나을 때까지 손수 거동을 도와주겠다며 곁을 떠나지 않으려는 모후를 가까스로 돌려보내자마자 저절로 한숨이 나왔다.

궁을 나간 후 무엇을 했느냐며 궁금한 듯이 이것저것 물어오는 통에 연리는 당황하며 얼기설기 대답을 지어낼 수밖에 없었다. 공주의 몸으로, 기루에서 기녀로 살며 조정 신료들과 반정 세력들 사이에서 첩자 노릇을 했다고 밝힐 수는 없는 노릇이었기에. 어쩌다 군석과 만나게 되었느냐는 물음에는 그냥 우연히 만난 것으로 둘러대었으나 모후는 흥미로워하면서도 엉성한 대답에 어딘가 미심쩍어 하는 듯했다.

연리는 모르는 척 다른 쪽으로 화제를 돌리면서도, 다시 궁으로 되돌아오리란 상황은 추호도 예상치 못했기에 자꾸만 둘러댈 말을 지어내느라 속으로 진땀을 뺐다. 그간 그리웠던 모후와 재회하고 정을 나눈 것은 좋았다. 모후는 제게 단 하나 남은 피붙이였고, 지켜야 할 어버이였으니까.

모든 일이 다 잘되어서인지 모후께선 지난날처럼 울화에만 갇혀 있지 않아 훨씬 건강도 성정도 좋아지신 듯했다. 살갑게 자신을 맞아주고 입는 것 먹는 것 하나하나 신경을 써주는 것도 따뜻하게 마음이 차올라 행복했다. 하지만, 모후 곁에 남아 있고 싶은 마음이 아주 없는 것은 아니었으나…….

'어마마마께선 이제 내가 없어도 평안하실 거야.'

자신을 이리 반기는 모후의 곁을 떠나려는 자신이 스스로도 완전히 이해가 되지 않았다. 이런 제게 어머니보다 정인이 더 중요한 불효녀라고 해도 할 말이 없었다. 하지만 이미 결심한 일이 아니었던가. 무르고

자 해서 물러지는 일도 아니었다. 연리는 자신을 감시하듯이 옆에 딱 붙어 끈덕진 시선을 보내는 김 상궁을 보며 다시 한 번 한숨을 쉬었다. 그런 자신을 못마땅하게 보는 김 상궁이었지만, 연리는 입은 딱 다문 채 깊은 한숨만 연달아 흘릴 뿐이었다.

어떻게 하지. 초조함에 연리는 꾹 아랫입술을 물었다. 아까 모후와 마주치기 전에 나갔어야 했는데. 엉겁결에 맞닥뜨렸다가 차마 자리를 박차고 나가지 못했다. 이렇게 창덕궁에 들어가게 되면 정말 손쓸 방도가 없다. 그나마 보는 눈이 적은 서궁에 있을 때가 빠져나가기 쉬울 것이다. 하지만 김 상궁이 눈을 시퍼렇게 뜬 채 제 곁을 떠나지 않았고, 무엇보다 기운도 없는 몸으로 도움도 없이 보는 눈을 피해 탈궁하기란 불가능에 가까웠다.

"공주자가, 그러지 말고 이 의복 좀 보시지요. 전하께서 공주자가께 보내오신 것입니다."

연리는 짐짓 태연한 척 반짝반짝 빛나는 장신구들과 화려한 의복들을 꺼내 보이는 김 상궁을 눈을 가늘게 뜨고 바라보았다. 갑자기 번쩍 떠오른 생각이 뇌리를 스치고 지나갔다. 지난날 제가 모후의 노리개를 능양군의 손에 들려 보낸 일로, 그 출처를 능양군에게 확인시켜 준 김 상궁은 저와 능양군이 모종의 관계가 있음을 어렴풋이 알고 있을 터였다. 한데도 어찌 저렇게 맹탕으로 구는지 도통 알 길이 없었다.

오히려 능양군과 내가 마주치지 않게 해야 하는 것 아닌가? 죽은 줄 알았던 공주가 궁 밖에서 지냈다는 거짓이 들통나면 피차 곤란해질 텐데. 하지만 김 상궁의 태도는 자신이 왕이 된 능양군과 마주쳐도 상관없다는 듯 보였다. 상황을 정확히 몰라서 별생각이 없는 걸까, 아니면 이제 능양군은 왕이고 나는 선왕의 공주로 윗사람이 되었으니 아무래도 괜찮다는 걸까. 연리는 복잡한 생각을 하며 아무것도 모르는 척 구는 김 상궁을 끈질기게 쳐다보았다.

"어찌 그렇게 보십니까."

뭐라 내화를 하려 해도 대답 없이 보기만 하는 연리에게 김 상궁은 마침내 졌다는 듯 한숨을 푹 쉬며 말했다.

"난 여기 있으면 안 돼."

보내줘. 이미 밖은 해가 졌는데도 연리는 밖으로 나가겠다는 주장을 굽히지 않았다. 아까는 뜻하지 않게 모후와 마주쳐 발이 묶였지만, 이제 시간을 끌면 끌수록 궁을 벗어날 기회가 없다는 것은 명백했다.

관심을 끌려 꺼냈던 의복들을 접어 도로 농에 넣은 김 상궁이 무겁게 고개를 저었다.

"왜······!"

속이 탄 연리는 목소리를 높여 소리치며 자리에서 일어났다. 제가 또다시 방을 뛰쳐나갈까 깜짝 놀란 김 상궁이 후다닥 달려들어 단단히 팔을 붙잡았다.

"잡지 마."

이렇다 말도 없이 무작정 막는 행동에 마침내 화가 난 연리는 거세게 김 상궁을 뿌리쳤다. 시간이 없어, 다시 담을 넘어서라도······! 하지만 그 순간 회복되지 않은 몸이 급격한 기력 소모를 견디지 못하였는지 정신이 아득해졌다. 순간적으로 온몸의 피가 마르는 느낌이 들어 연리는 이마를 짚었다.

"공주자가!"

놀란 듯 김 상궁이 흘러내리는 몸을 붙잡았으나 연리는 하얗게 질린 얼굴로 풀썩 이불 위로 무너졌다. 세상이 빙글빙글 도는 것을 느끼며, 연리는 그대로 혼절했다.

다시 눈을 떴을 때는 아침이었다. 번쩍 눈을 뜬 연리는 물먹은 솜처럼 축 늘어지는 팔다리를 억지로 끌어모았다. 양팔로 옆을 짚어 간신히 상체를 일으키고 둘러보니 정갈한 방 안에는 저 말고 아무도 없었다.

병색이 완연한 환자처럼 입혀놓은 새하얀 의복은 눈에 띄기 딱 좋은 차림이었다. 하지만 연리는 방 안은 물론 방 밖에도 인기척이 없는 것을 살피고 서둘러 이불을 걷었다. 이때다. 아직 기력이 완전히 회복되지 않았는지 피로하기 그지없었고 입안도 바짝 말라 있었지만, 연리는 옆에 놓인 탕약 그릇을 밀어내고 살짝 자리에서 일어났다.

문밖으로 나갈까? 아무도 없는 것 같은데. 아냐, 그래도 전각 밖에 누가 지키고 있을지 모르니까 차라리 창으로 몰래……

연리는 소리 나지 않게 창을 열었다. 그리 아찔한 높이는 아니지만 조심하지 않으면 발목을 접질릴 것 같았다. 연리는 뛰어내릴 만한 곳을 이리저리 찾으며, 높이를 가늠하며 심호흡했다. 아, 저기. 돌이 없고 비교적 평평한 위치를 찾아낸 연리는 뒤로 서너 걸음 물러났다. 그리고는 꿀꺽 침을 삼키고 천천히 숫자를 세며 자세를 잡았다. 하나, 둘, 세……

벌컥!

"어머!"

"공주자가!"

새된 궁녀의 목소리와 함께 자지러질 듯한 김 상궁의 비명이 합주하듯 울려 퍼졌다. 왜 하필 지금! 낭패라는 표정을 지은 연리는 냅다 창을 향해 뛰어들었다.

"아니 되옵니다!"

눈 깜짝할 사이에 창틀에 몸을 반쯤 걸친 연리가 뛰어내리려는 순간, 온몸을 던져 쏜살같이 달려온 김 상궁이 허리를 붙잡았다.

"제발, 이거 놔, 김 상궁!"

"안 됩니다, 정말 안 돼요!"

김 상궁이 울상을 지으며 질 수 없다는 듯 소리를 질렀다. 그리고는 무엇 하냐는 듯 궁녀를 향해 눈을 부라렸다. 그러자 굳어 있던 궁녀가 곧 후다닥 달려와 김 상궁의 허리를 붙잡고 뒤로 끌어당겼다. 연리는 애를 쓰며 김 상궁을 뿌리치려 했지만, 연약한 손목은 쉽게 제압당하고 말았다. 두 사람의 힘을 이기지 못한 연리는 결국 속절없이 창에서 끌려 나오고 말았다.

버둥거리는 연리의 팔다리를 잡아 누른 김 상궁이 흡사 죄인을 속박하는 것처럼 이불 속에 연리를 파묻었다. 파드득 떨쳐 내려는 연리를 두꺼운 이불로 둘둘 말아버린 김 상궁이 어림도 없다는 듯 눈에 힘을 주었다. 도저히 저 혼자 힘으로 두 사람을 떨쳐 낼 수 없음을 깨달은 연리가 지친 표정으로 김 상궁을 올려다보았다. 대체 왜 그러는 거야. 그러자 이내 눈에서 전해지는 말을 읽은 듯 김 상궁의 눈빛이 흔들렸다.

"넌 이제 나가 있거라. 자가께서 많이 피곤하신 듯하니."

축객령을 내리자 궁녀가 호기심 어린 눈빛을 애써 잠재우고 물러났다. 연리가 물끄러미 자신을 보는 것을 담담히 받아내며, 김 상궁이 이불에 둘러싸인 연리 앞에 철퍼덕 주저앉아 팔을 뻗었다.

"그냥 계시오소서."

"……왜?"

단순한 부탁이 아닌 것을 느낀 연리가 한 박자 늦게 대꾸했다. 그냥 얌전히 있으라는 뜻이 아니었다. 묘한 눈빛이 아무래도 무언가 아는 것 같았다. 김 상궁은 잠자코 연리를 속박하듯 두껍게 두른 이불을 도로 펴고 연리를 눕히고는 턱 아래까지 이불을 끌어 올려 주었다.

"오늘 도련님께서 오실 것입니다. 어제 자가께서 혼절하신 뒤 바로 연통을 넣었으니까요."

"오라버니?"

확 트인 밝은 목소리로 되묻자 김 상궁이 살짝 웃으며 고개를 끄덕인 후 말했다.

"그러니 그때까지 제발 여기 계십시오."

"도련님께서는 자가께서 이리되신 것이 서궁에 침입한 금군의 짓이라고 대답하라 하셨습니다. 그리고 자가께서 깨어나시면 찾아뵙겠다는 말만 남기고 사라지셨고요."

갑자기 김 상궁이 했던 말이 떠올랐다. 차분히 짚어보지 못하여 눈치채지 못했던 의문이 스멀스멀 피어올랐다. 왜 그렇게 말씀하신 거지? 그것도 날 서궁에 데려다 놓고서. 연리는 미간을 좁히며 이리저리 생각에 빠지기 시작했다. 자연히 나가겠다고 몸부림치던 저항도 얌전히 잦아들었다. 그제야 김 상궁은 한숨을 돌리며 연리에게 먹일 탕약과 환약을 준비하기 시작했다. 그리고 미시가 되었을 즈음.

"자가, 소신이옵니다."

"들어오세요!"

연리는 문 너머에서 군석의 목소리가 들려오자마자 벌떡 일어나 외쳤다. 문이 열리고, 반듯하게 차림을 갖춘 군석이 들어왔다.

"오라버니!"

"공주자가."

반가운 듯 연리가 성큼 앞으로 다가갔으나 군석은 시립한 궁인들을 의식한 듯 반걸음 뒤로 물러났다. 그를 발견한 연리가 멈칫하며 군석을 바라보았다. 군석이 살짝 고개를 숙이며 연리에게 눈짓했다.

"다들 물러나 있거라."

눈짓의 의미를 알아차린 연리가 궁녀들에게 물러나라 손짓했다. 그러자 문 앞에 서 있던 궁녀 둘이 옆에 선 김 상궁의 눈치를 살폈다. 김 상궁이 자가를 지키라 단단히 일러두었기 때문인지 궁녀들은 연리의 명령을 곧바로 따르지 않고 미적거렸다.

"물러나 있으라 하시지 않느냐."

다행히 김 상궁이 궁녀들을 모아 등을 떠밀었다. 그리고 손수 문을 닫은 후, 궁녀들과 함께 멀찍이 물러났다. 인기척이 완전히 사라지자 군석이 예를 갖추었던 고개를 들었다. 걱정했다는 듯 염려가 담긴 따뜻한 눈빛이었다.

"오라버니, 어찌……."

"묻고 싶으신 것이 많으실 줄 압니다."

성급한 제 질문을 부드럽게 막으며, 군석은 우선 자리에 앉자는 듯 손짓해 보였다. 쉽사리 대답해 줄 것 같지 않은 별스러운 태도에 답답하였지만, 연리는 수십 가지 물음이 달려 나오려는 것을 꾹 참고 걸어가 자리에 앉았다.

연리가 자리를 잡고 앉자 맞은편에 군석이 자리하고 앉았다. 군석이 흐트러진 옷자락까지 정돈하는 것을 침착하게 기다리며 속으로 말을 고르던 연리는, 마침내 군석이 고개를 들어 자신을 보자 입을 열었다.

"저를 어찌 여기로 데리고 오셨어요?"

제게 신분을 버리고 외가로 입적되라고 한 건 오라버니시잖아요. 차분한 연리의 말에 군석이 잠자코 고개를 끄덕였다. 순순한 그의 태도에 연리는 더욱 갈피를 잡을 수 없었다.

"말씀해 주세요."

진지한 말에, 군석의 진중한 눈에 무언가 복잡한 빛이 스치고 지나갔다. 더불어 주저하는 듯한 태도에 연리는 눈에 힘을 주고 군석의 눈빛을 놓치지 않았다. 아주 잠깐 얼굴을 찡그린 듯도 했다. 짧은 무언의 대치 끝에, 마침내 군석은 입을 열었다.

"후퇴해! 창의문은 틀렸다, 숙정문 쪽에도 궁궐로 돌아가라고 전해!"

"나리, 이미 대세가 기울었습니다! 궁궐도 틀렸습니다, 분명 이서와 김류는 없을 거라 했는데 저기 있질 않습니까!"

"누가 그걸 모르나? 투항해도 궁궐에서 해야 명분도, 살 구멍도 있을 거 아냐!"

급박한 실랑이를 끝낸 사내가 서둘러 문루를 내려갔다. 요란한 발걸음들이 사라지고, 정적에 휩싸였던 공간은 잠시 후 무언가 툭 떨어지는 소리와 함께 인기척을 드러냈다. 텅 빈 문루 아래로는 병장기 부딪치는 소리가 첨예하게 이어지고 있었다. 군석은 서둘러 몸 위에 엎었던 시체를 던져 치웠다.

비릿한 피가 여기저기 묻어 불쾌했으나 목도한 불편한 진실에 비하면 미미한 것이었다. 군석은 빼앗아 걸친 금군의 옷을 벗을까 하다가 필요가 있을까 싶어 일단은 두기로 했다. 주위를 살피며 조심스레 짧은 층계를 올라 아까 두 인영이 머물렀던 곳으로 다가서니 채 멎지 않은 피가 새는 시신이 넘어져 있었다. 그것도 꽤 낯익은.

"숙정문이라고."

허탈한 혼잣말이 비어져 나왔다. 말을 섞어본 적은 많지 않았지만 연리가 올곧게 믿었기에 의심 한 점 없었던 아이다. 배신감을 느낄 만큼 깊은 인연은 아니었지만…….

나름의 속죄였나. 군석은 미묘한 감정에 손을 뻗어 차마 감기지 못한 눈을 감겨주었다. 저항 없이 닫히는 눈꺼풀을 확인하고 군석은 빠르게 상황을 살피며 아래로 향하는 층계로 돌아섰다. 썰물같이 꽁무니가 빠져라 달려가는 수뇌부와 군졸 몇을 제외하고는 죄다 반정군에 짓밟혀 스러지고 있었다. 대항하는 수가 너무나 열등해 파죽지세라고 하기에도 민망할 정도였으나, 확실히 기세로는 학살을 방불케 했다. 핏물이 튀는 참상에 얼굴을 찌푸리며 층계를 뛰어 내려가려는데 밑에서 누군가의 급한 발소리가 느껴졌다. 군석은 급하게 아까 은신했던 층계참에 다시 몸을 숨겼다.

급하게 문루로 뛰어 올라간 발걸음은 무언가 툭 내려앉는 소리와 함께 잠시 멈추어 있었다. 군석은 입안이 마르는 것을 느끼며 초조해졌다. 빨리 연리를 데리고 이곳을 떠야 했다. 아니, 이미 이곳을 떴는지 확인해야 했다. 여인이 전투에서 할 수 있는 건 없으니 당연히 알아서 몸을 피했겠지만, 아까 능양군에게 곧바로 달려갔으니 전장인 이곳 창의문은 아니더라도 어쩌면 근처에 남아 있을지도 몰랐다. 만약을 위해 확인을 하고 돌아가야 했다.

조급함을 견디지 못하고 군석이 문루로 올라간 이 몰래 뛰어 내려갈까 생각하던 찰나, 둔탁해진 걸음이 급하게 층계참을 스치고 지나갔다. 군석은 재빨리 몸을 숨겼다. 마침내 일정하게 이어지던 층계의 진동이 사라진 것으로 보아 떠난 것 같았다. 주위에 사람이 없는지 살피려 슬쩍 몸을 빼 층계 아래를 살피는데, 그 아이를 안아 내려놓는 석윤이 시선에 잡혔다. 구태여 인적이 닿지 않는 안쪽 구석에 시신을 잘 눕힌 석윤이 멍하게 아래를 내려다보다, 이내 입술을 깨물고 돌아섰다. 그리고 곧 말을 타고 도성 안쪽으로 사라졌다.

소통이 잘못되었는지, 막 숙정문에서 지원을 온 듯한 얼마 남지 않은 금군들이 반정군과 소규모 국지전을 벌이고 있었다. 하나 이미 반정군 모두는 문 안쪽으로 진입한 상태였고, 금군들도 예견된 승패를 인지하였는지 거의 무너진 상태였다. 군석은 위로 둘렀던 금군의 복식을 던져 버리곤 층계를 밟아 내려왔다.

군석은 칼을 나누고 있는 군사들을 재빨리 스쳐 창의문을 넘으려다, 성문 바로 앞에서 금군 하나와 대치하고 있는 능양군을 보고 우뚝 멈추었다.

왜 여기에? 이미 궁궐로 달려간 게 아니었던가?

막 길게 베어내는 칼의 끄트머리가 보이고 이어 금군이 무릎을 꺾으며 쓰러졌다. 그와 거의 동시에 반정군과 대치하고 있던 마지막 금군들이 모두 쓰러졌다. 군석은 활짝 젖혀진 성문 뒤쪽으로 급히 몸을 숨겼다.

"마마, 어서 창덕궁으로 가셔야 합니다! 어찌 여기서 시간을 지체하시옵니까!"

안절부절못하며 능양군을 재촉하는 목소리가 귀에 꽂혔다. 김경징이었다.

"어차피 이흥립도 박효립도 모두 우리 편이니 궁 쪽은 걱정하지 않아도 된다. 계획이 어그러지는 바람에 내 위신이 깎였으니, 손수 적과 싸우는 걸 보여주어야 명망이 도로 솟을 것이 아니냐."

김경징과 측근 군사 두어 명만 거느린 능양군이 저벅저벅 말을 향해 걸어갔다. 군석은 멀어지는 능양군의 뒷모습을 탐탁지 않게 좇았다. 한데 김경징과 나머지 군사들이 말에 오르는 사이, 뿌듯한 얼굴로 창의문을 돌아보던 능양군의 얼굴이 순간 크게 뒤틀렸다.

"마마, 오르십시오!"

애달픈 김경징이 재촉했으나 능양군은 번쩍 한쪽 손을 들어 조급함을 일축시켰다. 좀 더 몸을 안쪽으로 숨긴 군석은 이상행동을 보이는 능양군을 눈을 가늘게 뜨고 주시했다.

"저 아이가 왜 아직도 여기에 있는 것이냐!"

"예? 소, 소신도 잘……."

당황한 김경징의 낯이 수상쩍었다. 저 아이?

"기어이 방자하게 관여하려 드는구나! 감히 외척이 권세를 탐내?"

분노가 서린 어조로 외친 능양군이 거칠게 안장에 매인 활을 끌어내렸다. 언뜻 보이는 얼굴이 몹시도 붉게 달아올라 있었다. 그가 눈 깜짝할 사이에 화살을 메기고 이내 문밖으로 힘껏 시위를 당기는 것이 군석의 눈에 크게 확대되어 들어왔다.

설마!

가슴이 철렁 내려앉음과 동시에 시위를 떠난 화살이 날렵하게 공기를 찢었다. 어찌할 틈도 없이, 사람의 살가죽을 뚫는 섬뜩한 소리가 퍽 하고 곧바로 날아들었다.

"가자!"

거칠게 말에 올라탄 능양군이 소리치며 궁궐 쪽으로 향했다. 김경징과 군사들도 재빨리 말을 달리며 그를 따라 사라졌다. 이윽고 그들이 있던 자리에는 흙먼지만이 남았다. 군석은 서늘한 가슴을 이고 문밖으로 달음박질쳐 나갔다. 아니다, 설마 그럴 리가……!

"자가!"

인형처럼 땅에 쓰러져 경련하는 연리가 확장된 동공에 잡혔다. 군석은 크게 소리치며 급히 뛰어가 연리를 들쳐 안았다.

"자가, 공주자가! 정신 차리십시오!"

정신을 놓은 몸에서 뜨뜻한 피가 질척하게 묻어 나왔다. 군석은 군은 머리를 필사적으로 움직였다. 안 된다, 이대로 두었다가는 위험하다. 군석은 제 옷자락을 거칠게 찢어 화살이 꽂힌 어깨를 고정해 묶었다. 의술에 조예가 없는 자신이라도 이가 치명상이라는 것은 한눈에 알아볼 수 있었다. 군석은 연리 곁에 있던 놀란 말의 고삐를 낚아챘다. 날뛰려던 말이 강한 힘에 잡혀 강제로 진정을 되찾았다.

조금만 참으십시오. 애써 차분한 말을 내뱉은 군석은 연리를 신속하게 말에 태우고 자신도 따라 올랐다. 말 위에서 떨어지려는 연리를 간발의 차로 잡은 군석이 제 품에 연리를 기대게 한 후 고삐를 잡아 성 안쪽으로 달리기 시작했다. 푸르릉거리며 헛발질을 몇 번 하던 말이 속도를 내기 시작했다.

다그닥 다그닥 발굽 소리 너머로 붉게 물든 창덕궁의 밤하늘이 시끄러웠다. 망설임 없이 집 근처 의원으로 말을 몰던 군석이 순간 다급하게 말을 멈춰 세웠다. 히히힝! 전속력으로 달리다 급정거한 말의 울음이 사방에 시끄럽게 울렸으나, 그는 고삐를 움켜쥐고 가만히 정지해 있을 따름이었다.

등골이 서늘했다. 바짝 세워진 감각이 노기를 띠었던 어조를 떠올리며 경고를 보내왔다. 아까 전 능양군은 연리를 대비의 궁녀로 알면서도 죽이려 했다. 외척이라고, 궁녀인 존재에게 분명 그리 말하면서. 하면……. 이것이 뜻하는 바는 무엇일까?

그는 연리가 연안 김씨 가문으로 입적된 것을 알고 있음이 틀림없었다.

'대체 어떻게…….'

몸이 차갑게 식어가고 있었다. 얼굴이 백지장처럼 창백해지고 입술도 빛을 잃었다. 군석은 축 늘어진 연리를 지탱해 안으며 흔들리는 주먹을 꽉 쥐었다. 냉정함을 되찾으려 노력하자 천만다행으로 빠르게 생각이 정리되기 시작했다.

그가 생각하는 연리는 대비의 측근이며 외척의 일원이다. 처음 능양군이 세웠던 계획은 어그러졌고, 연리가 달려가 전한 덕에 깨지려던 반정은 간신히 접합될 수 있었다. 여기서 능양군은 불안함을 느꼈을 테다. 인망이든 능력이든, 이제 제 취약점을 연리는 모두 알고 있었으니까. 혹여 대비에게 왕의 자질이 없다 속살거릴까 겁을 냈을지도 모른다. 그러나 대비와 연안 김씨 가문에게 능양군은 생명줄이다. 그리고 능양군에게 대비는 패륜을 저지른 폐주에 대항하는 절호의 명분이다. 그러니 그에게 대비와 연안 김씨 가문은 떼려야 뗄 수 없는 존재이므로 경계할 필요가 없었다.

하나 그는 대비를 진정한 불가침의 명분으로 생각한다면 입에 담을 수 없는 외척의 권세를 거론했다. 또한 외척이며, 자신의 약점을 틀어쥐고 있으며, 반정을 일으키기까지 지대한 공이 있는 연리를 죽이려 했다.

'예외를 두지 않겠다는 것인가!'

대비를 제외한 모든 연안 김씨에게. 오직 명분이 되는 대비만을 받들고 외척의 개입은 털끝만치도 허용치 않겠다는 야망이었다. 음산하게 숨겨 감추었던 생각을 간파해 내자 눈앞이 아찔해졌다. 하면…… 이대로 데려가도 되는 것일까? 너무도 많은 진실을 품어, 존재만으로도 이미 반감을 사버린 이 아이를?

군석은 수없이 흔들리는 시선으로 연리의 얼굴을 내려다보았다. 금방이라도 꺼질 듯이 간신히 버티고 있는 숨결이 위태로웠다. 앞날에는…… 이제 이 아이의 삶은 그저 행복하리라 생각했는데. 이대로 연리가 연안 김씨의 사람이 되고, 공신이 된 풍산 홍씨 가문과 사돈을 맺으면 능양군은 필히 반역의 결탁이라 옭아매 피바람을 낼 것이다.

고금을 막론하고 권력을 탐낸 외척이 온전히 살아난 적은 없었다. 게다가 그것이 공신과의 결합으로 증명된다면, 아무리 아니라 주장한들 수면 위로 떠오른 증좌들이 너무도 명백하게 된다. 자칫 잘못하다가는 혈육의 피를 손에 적신 폐주의 전적이 되풀이될 수 있음이다. 그리고 이 아이의 존재가 그 도화선이 될 것이었다.

연리의 뺨을 감싼 군석이 괴로운 감정을 삼켰다. 제 손으로 이은 것과 다름없거늘 이제는 제 손으로 끊어내야 하는가. 이루 말할 수 없이 참혹하고 또 비참하였으나 그는 더 망설일 여유가 없었다. 차가운 연리의 손을 꾹 쥔 군석이 입술을 짓이기듯 깨물고는 거세게 말머리를 돌렸다.

집이 아닌 서궁을 향해서였다. 있는 힘껏 등자를 박차자 말이 힘차게 길을 내달리기 시작했다. 어렴풋한 밤하늘 너머의 창덕궁에는 붉은 불길이 넘실거리고 투지가 차오른 군사들의 함성으로 천지가 진동했다. 고개를 돌려 그를 확인한 군석이 손톱이 손바닥에 박혀들 정도로 세게 고삐를 움켜쥐었다. 용상을 탈환하는 즉시 서궁에 사람이 올 것이다. 하니 그때까지만 버티면 된다.

'부디 조금만 버텨주옵소서.'

격통이 잇따를 것이 분명한 상처를 고정하며, 군석은 말을 재촉했다.

❖

나지막하게 이어지던 목소리가 끊기자 긴 시간이 침묵 속에서 지나갔다. 또랑또랑 말갛고 강단 있던 눈에서 생기가 사그라들었다. 온갖 심경이 뒤섞여 차마 아무 말도 하지 못하는 시선을 마주히지 못하고 군석은 억지로 침묵을 깼다.

"파혼은 소신이 잘 처리하겠습니다. 피치 못할 사정으로 혼인을 무르게 되었으며, 풍산 홍씨 가문의 위신이 있으니 그쪽에서 파혼하는 것으로 말을 맞추겠습니다. 당사자에게는 자가께서 도로 궁녀가 되어 대비마마를 모시게 되었다고 전하려 합니다."

천천히 군석이 말을 꺼냈으나 연리는 말이 끝날 때까지 아무 대답도 하지 않았다. 멍하니 빛을 잃은 시선이 가슴 아파, 군석은 그 마음이 오죽할까 싶어 굳이 대답을 기다리지 않고 말을 이었다.

"이제 궁 밖의 일은 잊으십시오. 그리고 하루빨리 대비마마와 함께 능양군을 뵈십시오. 자가께서 궁녀가 아닌 공주시라는 것을, 이제는 국왕의 손윗사람이라는 것을 확실히 각인시켜야 자가의 안전을 보장받을 수 있습니다."

"오라버니."

연리가 떨리는 목소리로 입술을 열었으나 군석은 깊이 허리를 숙여 예를 올렸다.

"그리고 그것이 우리 가문도, 그이도, 모두가 안전해지는 유일한 길이옵니다. 외척의 판도란 그런 것이옵니다."

하여 소신도 이제 더는 홀로 자가를 뵙지 않을 것이니, 오늘을 끝으로 기녀 연을 잊으시길 간청드리옵니다.

말을 마친 군석이 자리에서 일어났다. 연리가 벌떡 자리를 박차고 일어났으나 군석은 눈도 마주치지 않고 물러나 방을 나갔다.

"오라버니!"

떠나려는 군석을 부르며 연리가 뒤를 따라 달려갔으나 서서히 닫히는 문틈 사이로 군석이 고개를 저었다. 강한 눈빛이었다. 그에 멈칫하는 사이 군석이 망설임 없이 굳게 문을 닫았다. 볕이 드는 조용한 방 안에는 이제 연리 혼자였다.

연리는 자리에 털썩 주저앉았다. 누가 멱이라도 잡고 흔들어댄 듯 머리가 아프고 눈앞이 어지러웠다. 불이라도 난 듯 눈시울이 화끈해지며 푸석해진 뺨 위로 방울방울 눈물이 끝없이 흘러내리기 시작했다.

감옥이었다. 열쇠를 빼고는 모든 것이 다 들어 있는 감옥에 갇힌 것이었다. 이곳만 벗어나면 그리던 이와 평생을 함께할 수 있는데, 한 발만 내디디면 갈 수 있는 곳이 넘을 수 없는 벽으로 가로막힌 셈이었다. 저 자신이야 어떻게 되든 아무래도 상관없었지만, 자신으로 인해 가문과 주원까지 위험에 빠지게 할 수 없었다. 그럴 수는 없었다.

연리는 비집고 나오는 울음을 숨죽이며 참았다. 하지만 마음을 저미는 애수는 손 틈으로 속절없이 흘러나와 처연함을 더할 뿐이었다. 이미 주어버린 마음을 어떻게 잊을 수 있을까. 지금도 손을 뻗으면 닿을 것 같은 그 사람인데. 나를 보던 다정한 그 얼굴이, 눈빛이, 손길이 생생한데.

연리는 그렁그렁한 눈을 들어 방문을 붙들었다. 하지만 차마 문을 열어젖히지 못하고 힘없이 손을 떨어뜨렸다. 어쩌지도 못하고 발목이 묶여 버린 이 상황이, 이 상황에 갇혀 버린 자신이 한심했다. 차라리 만나지 않았더라면, 궁에서 나가지 않았더라면. 그러면 아무에게도 상처를 주지 않았을 텐데.

힘없는 다리를 그러모아 무릎에 얼굴을 묻고 눈을 감았다. 이대로 다시 잠들어 버리고 싶었다. 깨어나지 않을 행복한 꿈에 영원히 잠겨 그 속에서 살고 싶었다. 잠시 후 밖에서 두런거리는 소리와 함께 문을 연 김 상궁이 들어와 달래고 다시 이불에 눕힐 때까지 연리는 눈을 뜨지 않았다.

시름시름한 모습에 밤낮으로 대비가 안절부절못하였으나 연리는 눈물로 짓무른 얼굴로 열병을 앓을 뿐이었다. 나갈 수 없다면 차라리 창덕궁이 아닌 서궁에서 평생 지내고 싶었다. 몸이 나아지면 창덕궁으로 옮겨가자 할까 봐, 일부러 어의가 처방한 몸을 보하는 약재도 입에 대지 않아 자상의 치유도 더디게 만들었다. 몸은 피곤하고 아팠지만 그렇게 하는 것이 마음은 편안했다. 그러자 가녀렸던 몸이 날이 갈수록 말라가고 기운은 날로 연약해져, 연리는 하루 중 대부분을 자리에 누워 잠들어 있었다.

그래서 연리는 모후가 어떤 생각인지, 자신의 방 밖에서 무슨 말이 오가는지를 미처 눈치채지 못하였다. 그저 지난 며칠간과 똑같이 몽롱한 정신으로 눈을 감고 있다가 시끄러운 바깥의 동향을 알아챘을 때는 행동하기에 한발 늦어 있었다.

"싫, 싫어. 난 안 갈 거야……."

인형처럼 등에 업혀 팔인교(八人轎)에 오르면서도 연리는 힘없는 저항을 계속했으나 당연하게도 그는 받아들여지지 않았다. 가마 안으로 들어가지 않으려 안간힘을 썼으나 김 상궁이 냉정하게 연리의 손을 떼어 안으로 들여보냈다.

자가, 부디 명민하게 판단하시오소서. 김 상궁이 작게 속삭이고는 가마를 닫았다. 어둑함이 시야를 가리고 곧 바닥이 기우뚱하더니 둥실 들렸다. 이제는 뛰쳐나갈 힘도 남아 있지 않아 연리는 헛웃음을 흘리며 가마 벽에 머리를 떨어뜨렸다.

사방이 가로막힌 어둑한 가마처럼, 공주 정명으로 되돌아간 제 앞날도 이제는 알 수 없었다.

❖

"그럴 수는 없습니다."

판이한 두 시선이 충돌했다. 줄곧 평화롭게 잔잔하던 바다는 거센 해일처럼 휘몰아쳐 올랐다. 맞이한 상대가 대응을 않았기에 본격적인 격전으로 점화되지는 않았으나, 본디 잠잠한 질풍이 더 극렬함은 당연한 이치였다. 그리고 바다는 결코 이 극렬을 가라앉힐 생각이 없었다.

"이 사람도 유감이지만……. 어찌할 도리가 없지 않은가. 포기하게."

"성혼을 앞두고 정혼자를 잃었는데 어느 사내가 그를 순순히 받아들이겠습니까?"

더는 여지를 주지 않으려 부러 짤막하게 끊어 말하는 군석에게, 주원은 애매하게 피해가려는 쟁점을 정확히 짚어 끌어 올렸다.

"이미 사주단자까지 주고받고, 반가의 족보에까지 오른 여인이 어떻게 다시 궁녀가 된다는 말씀이십니까."

군석은 매서운 빛을 뿜는 주원의 시선을 빗겨 내리며 신중하게 말을 골랐다. 처음부터 이 상황을 예상하지 못했던 바는 아니었으나, 반정이 성공하자마자 비원으로 찾아간 주원이 연리가 사라진 것을 보고 당장 집으로 찾아왔기 때문에 말을 정리할 시간이 부족했다. 며칠 피하긴 했으나 끊임없는 방문에 결국 납득할 만한 근거를 궁리해 내지 못한 채, 그저 다시 대비마마의 궁녀가 되었으니 안타깝게도 파혼을 해야 할 것 같다는 말에 주원은 전혀 승복할 기미를 보이지 않았다.

"갑작스러운 발병으로 요절했다 처리했으니 족보는 문제없을 것이네. 자네에겐 말로 다할 수 없을 만큼 미안하나, 이미 창덕궁에 들어갔으니 어쩔 수가 없다네. 그 아이 생각도 같아. 연리도 직접 말을 전하지 못하는 것에 괴로워하며 떠났으니, 피치 못할 사정을 고려해 염치없지만 너그러이 양해해 주지 않겠는가."

"절대 그럴 리가 없습니다, 대체 그 피치 못할 사정이 뭐란 말씀입니까!"

몇 번이고 되풀이되는 말에 초조함을 참지 못한 주원이 목소리를 높였다. 평소의 평정심을 잃은 그의 눈빛이 단정치 못하게 헝클어져 있었다. 그날 이후 매일같이 찾아와 사실을 요구하는 주원에게 군석은 안타까움을 느꼈으나, 차마 사실을 말할 수는 없었기에 진실을 함구했다.

"정말 미안하네. 하나 이만 그 아이를 잊어주게. 입궁한 이상 다시는 볼 수 없는 아이니……."

"그렇게는 안 되겠습니다."

군석이 조심스럽게 말을 잇는데 차가운 음성이 단호하게 말을 끊었다. 군석이 멈칫하며 주원을 보자, 굳은 얼굴로 자리에서 일어난 그가 똑바로 시선을 맞부딪쳐 왔다.

"파혼은 없을 것입니다."

"자네……!"

충분히 상황을 알아들었을 것임에도 조금도 물러서지 않는 주원에게 군석이 당황하여 외쳤으나 주원은 완강한 태도를 고수했다.

"아직 조정이나 궁궐 안팎이 정비되지 않았습니다. 폐주가 폐위되면서 궁인들 또한 모두 물갈이하였으니 명부(名簿)도 아직은 혼란스럽겠지요."

"그러니 무엇인가, 그 아이를 궁에서 빼내기라도 하겠다는 말인가! 그런 무모한!"

"제 여인이니, 제가 되찾아올 것입니다."

경악스러운 발언에 군석이 입을 딱 벌리고 소리쳤으나, 주원은 냉담하게 고개를 숙여 보이고는 방을 나설 뿐이었다. 군석은 급하게 자리에서 일어나 주원을 뒤쫓아 가려다, 도로 털썩 자리에 주저앉았다. 어차피 주원은 대비전에 들어갈 명분도 없을뿐더러, 연리는 공주전에서 거처하니 주원이 그 아이를 찾을 길은 없을 것이다. 어쩌다 대비전에서 마주친다 하여도, 궁녀가 아닌 공주는 감히 낯을 마주할 수도 없을 테니.

씁쓰레함이 가슴을 스쳤으나 더는 이 혼약을 그대로 유지할 수는 없었다. 군석은 천천히 벼루를 끌어당겨 먹을 갈았다.

'분명 자의가 아니다.'

그럴 리가 없다. 절대로. 자신을 그토록 강렬하게 사로잡았던 그날 밤의 눈빛은 영원할 이별을 앞에 둔 사람의 의지가 아니었다. 아직도 곁에 있는 것만 같은 온기에 주원은 두어 번 손을 쥐었다 폈다.

상세한 연유를 설명하지 않고 자꾸만 파혼을 종용하는 군석의 태도가 주원은 못내 마음에 걸렸다. 분명 모종의 까닭이 있음이다. 피치 못할 사정이라는, 정혼의 당사자인 제게도 말할 수 없는 그늘진 이유가.

능양군일까. 주원은 연의의 시신을 묻고 멍하게 돌아서던 석윤의 얼굴을 떠올렸다. 석윤이 연의의 배반을 알았다면 당연히 능양군도 알았을 것이다. 그러니 연의가 연리의 친우라는 사실을 아는 능양군이 그를 빌미로 협박을 했을지도 모른다. 그 결과가 어떻게 환궁이 되었는지는 모르겠으나, 대비의 조카인 군석이 속절없이 수용하였다면 능양군의 짓이 분명했다.

그러나 설령 그러하다 할지라도, 절대로 물러서지 않을 것이다. 주원은 뼈가 하얗게 질리도록 꽉 주먹을 쥐었다. 이미 제 여인이었고 무슨 일이 있어도 놓지 않을 제 인연이었다. 주원은 타는 듯한 그리움에 저절로 거칠어진 발걸음으로 가택을 향했다.

스스로 나올 수 없다면 들어가 데려오면 된다. 주원은 굳은 시선으로 생각에 잠겼다. 궁궐에 들어갈 기회는 내일이 유일했다. 내일 반정 공신들에게 벼슬을 내리고 치하하는 연회가 예정되어 있었다. 처음이자 마지막으로 편전이나 정전이 아닌 곳에 발을 들일 유일한 기회.

차가운 머릿속에 계획의 형체를 세우며 주원은 걸음을 옮겼다. 누구나 보기만 해도 다정하다 느끼던 옥면을, 지나치던 아낙네들이 힐끔 돌아볼 정도로 더없이 딱딱하게 굳힌 채.

"자가, 오늘도 전하께옵서 대비전에 납신다고 하옵니다. 문후도 받을 겸 자리하시는 것이 어떻겠냐고 대비마마께서……."

"몸이 안 좋다고 해."

김 상궁의 조심스러운 말에 연리는 아무렇게나 대꾸하고는 책장을 넘겼다. 무심하기 그지없는 태도에 궁녀들까지 조바심을 내었으나 연리는 눈길도 주지 않았다. 푹 한숨을 쉰 김 상궁은 가까이 다가와 허리 쪽에 푹신한 안석(案席)을 하나 더 대어주며 다시 한 번 말을 건넸다.

"몸이 안 좋으신 것이야 압니다만, 그래도 이제 창덕궁에 오셨으니 새로 등극하신 전하를 만나 뵈어야 하지 않겠습니까. 함께 말씀 나누시기가 불편하시면 잠깐 문후만이라도 받으시고……."

"김 상궁."

건조한 목소리에 찔끔한 김 상궁이 잠자코 입을 다물었다. 호기심 가득한 눈빛의 궁녀들이 힐끔힐끔 곁눈질하는 것이 느껴지자 연리는 읽던 책을 탁 소리가 나게 덮었다.

"피곤해, 다들 나가줬으면 좋겠어."

왕이 신신당부하며 성심성의껏 모시라 한 공주는 심기가 몹시 불편해 보였다. 창덕궁에 공주전이 생기고 새로 배속받은 지 오늘로 꼭 나흘이 되었건만 한 번도 밝은 얼굴을 본 적이 없었다. 게다가 공주는 몸이 불편하다는 핑계로 처소에만 틀어박혀 왕의 문후도 받지 않았다.

서궁에 오랫동안 갇혀 있었다더니 골병이라도 든 걸까. 왕의 고모라던데, 나라면 떠받들어질 때 맘껏 누리겠구만. 속으로 질투 어린 말을 중얼거리던 궁녀들은 김 상궁의 엄한 눈빛에 서둘러 방을 나갔다.

온종일 책만 읽었더니 눈이 피로했다. 연리가 뻑뻑한 눈을 꾹꾹 누르자 김 상궁이 얼른 농에서 이불을 꺼내 자리를 깔았다.

"누우시오소서."

자리에서 일으키는 김 상궁의 손길에 몸을 맡기면서도 연리는 의미 없는 타박을 던졌다.

"다 나가라고 했는데."

"눕혀 드리고 나가겠습니다."

어렸던 아이 시절처럼 능숙하게 연리를 달랜 김 상궁은 부드러운 손길로 자리에 이끌어 눕히곤 이불까지 살며시 덮어주었다. 얌전히 누워 손길을 받던 연리는 몸을 돌려 물러나려는 김 상궁의 치맛자락을 슬며시 붙들었다.

"자가?"

고집스레 꾹 다문 소담한 입술에 생기가 돌아와 있었다. 아직 완전히 낫지는 아니하였으나, 처음보다는 얼굴에 혈색이 도는 것을 보니 얼마 지나지 않아 기력은 회복될 듯했다. 어깨야 완전히 나으려면 시간이 좀 걸릴 터였지만 말이다. 무언가 고민거리가 있음을 알아챈 김 상궁이 부드럽게 연리를 부르며 다가와 앉았다.

이제 이 나라에서 두 번째로 귀한 여인이 된 자신을 어린아이 대하듯 하는 푸근한 보모상궁의 태도에 연리는 왈칵 울음을 터뜨리고 싶어졌다. 자신도 모르게 찡그리고 있던 이마와 미간을 쓸어주는 손길을 느끼자 누군가가 생각나 더욱 그러했다.

"어떻게 해야 할지 모르겠어."

"무엇을요?"

촉촉해져 오는 눈가를 한쪽 팔로 가리며 웅얼거리듯 말하자 김 상궁이 나직하게 되물었다. 그냥, 다. 미주알고주알 설명을 듣지는 못했으나 군석에게 들은 이야기와 움츠러들어 있는 연리의 모습을 보니 대충 무슨 상황인지 짐작이 갔다. 그래도 어쩌겠는가. 소리 나지 않는 한숨을 푹 내쉰 김 상궁은 손을 옮겨 머리를 쓰다듬으며 말을 이었다.

"하실 수 있는 것을 하시지요. 도련님도 자가께서 그리하시도록 도우라 하시었습니다."

"내 안위를 지키는, 그런 거?"

연리가 얼굴을 가렸던 팔을 떨어뜨리며 말했다. 동시에 고운 긴 속눈썹이 풀잎처럼 파르르 떨렸다. 슥 손을 뻗어 흘러내리는 이슬을 훑어준 김 상궁은 못내 가슴이 아렸으나 군석의 말을 떠올리며 마음을 굳게 먹었다.

"자가께서 하셔야 할 일이고, 하셔야만 하는 일입니다. 그래야 대비마마도, 외가도, 궁 밖에서 맺으신 인연들도 안심하실 것이 아닙니까."

"누군지도 모르면서."

작게 핀잔을 주면서도 피식 웃는 연리의 얼굴에 조금 생기가 돌았다. 자신도 모르지 않았다. 이렇게 시간을 죽여보았자 아무것도 좋을 게 없다는 사실을. 이건 그냥 화풀이에 불과했다. 향한 대상이 모든 것을 어그러뜨린 능양군인지, 아니면 속절없이 포기해 버린 자신인지도 모르는 의미 없는 반항.

어차피 잊어야 하니 상관없는 걸까. 공자님은 어찌 지내고 있는지, 연의의 마지막은 어떻게 거두었는지 알고 싶은 것, 묻고 싶은 것이 너무나 많았으나 제게 유일하게 대답해 줄 사람인 군석은 그 후 궁궐에 그림자도 비치지 않았다. 아니, 오고 싶어도 오지 못하는 것이겠지.

"상세히는 모르오나 당연히 그러겠지요. 누군들 자가께서 이리 시들시들 말라가는 것을 바라겠습니까."

"그래…… 언제까지나 틀어박혀 있을 수는 없겠지."

입맛이 썼다. 끙 소리를 내며 일어나 앉으려 하자 김 상궁이 허리를 받쳐 주었다. 찌릿하게 번져 오는 어깨의 통증을 참으며 연리는 능양군을 떠올렸다. 마주치면 무어라 해야 하나. 그냥 아무것도 모르는 척? 하긴 어마마마가 계시니 별일이야 없겠지.

하루가 멀다 하고 얼굴도 보지 못한 고모에게 약재며 의복이며 패물이며 보내오는 물건들이 꽤 휘황찬란했다. 모후에게는 이보다 훨씬 더한 정성이 날마다 찾아든다 한다. 아직 정돈되지 않은 조정을 관리하기에도 바쁠 텐데, 문안은 단 한 번도 빼놓지 않아 궁 안팎에 효성을 칭찬하는 소문이 자자하다고도 했다.

하니 이미 궁에 완전히 자리 잡아 머무는 공주를 뜬금없이 기녀로 매도하면 아무리 왕이라도 광인 취급을 받을 터였다. 그렇다고 해서 대비가 싸고도는 공주를 다른 사내들 앞에 끌고 가 기녀가 맞지 않느냐며 동의를 구할 수도 없는 노릇이고. 아무렴 어떠랴 싶었다. 어찌 되었든 자신은 명실상부한 공주이고 왕의 고모였다. 그 의심을 입 밖에 내기만 해도 능양군은 패륜을 저지른 조카가 되는 셈이다.

이제 우위에 있는 것은 능양군이 아니라 자신이었다. 제가 능양군에게 어떻게 대하든지 간에, 반정의 명분이 있는 이상 오랜 유폐 생활로 심약해진 탓이라 저절로 이해가 따라올 것이었다. 하지만 반대로 능양군은 조그만 결례로도 효심이 부족하다며 트집이 잡혀도 할 말이 없었다. 그렇게 생각하니 기분이 한결 나아졌다. 자가? 김 상궁이 조심스레 부르며 대답을 바라는 듯하자 연리는 한숨을 폭 내쉬면서도 고개를 끄덕였다.

"내일, 아니 모레부터는 문후 받을게."

잘 생각하셨습니다! 반가이 맞는 싱글벙글한 목소리에 연리는 싱겁게 웃었다. 그래, 아무렴 어때, 이제 눈치 볼 것도 없는데. 연리는 바깥 외출을 하려면 기력이 나야 한다며 약재며 보양식이며 부산을 떠는 김 상궁과 어울리며 조금씩 기분을 바꿔보려 애썼다. 오래간 외출을 삼갔으니 급작스럽게 움직였다가는 혹 탈이 날지도 모른다는 걱정에, 가벼운 산책까지 먼저 제안하면서.

해서 연리는 반색하는 김 상궁과 함께 저녁 전까지 공주전 주변을 가볍게 산책했다. 궁궐 일부가 불에 타 궁 전체를 다녀보지는 못했지만 보이는 부분은 나름대로 정갈하게 치운 태가 나 흡족했다. 만족스럽게도 산책이 과연 효과가 있었는지, 갑갑하던 몸도 마음도 꽤 개운해져 무심하던 얼굴에 미미한 웃음기가 감돌 정도였다. 단지 그것이,

저녁을 함께하러 공주전을 찾은 대비가 그 말을 꺼내기 전까지였다는 점이 안타까웠지만 말이다.

"위리안치…… 라구요?"

가위로 천을 잘라내듯 싹둑 제거된 존재를 수면으로 끌어 올린 대비가 고개를 끄덕이며 골이 난 얼굴로 말했다.

"분명 그놈의 목을 가져오지 않으면 즉위 교서를 내리지 않겠다 했건만. 그놈을 끌고 와 무릎까지 꿇으며 응당 천벌을 내리겠다고 약속에 약속을 하길래 마음을 풀고 즉위를 시켰거늘 이제 와서 말을 바꾸는 게 아니냐?"

뿌드득 이를 갈며 분노를 성토하는 목소리에 연리는 잠시 말을 잇지 못했다. 당연히…… 당연히 유배를 간 줄 알았는데. 아무도 제게 폐주에 대한 이야기를 꺼내지 않았고, 으레 폐위된 왕들은 당연한 수순으로 유배를 갔기에 폐주 또한 그리되었을 것이라 은연중에 생각하고 있었다. 그곳에서 세월을 보내다 조정의 논의에 따라 목숨을 근근이 이어가든 사약을 받든 하는 것이었고 자신은 굳이 그에게 더 이상 신경을 쓰고 싶지 않기에 잊으려 노력하고 있었다.

"그럼…… 아직 한양에 있다는 말씀이신가요?"

"그래! 갈아 마셔도 시원치 않을 그놈을 한성부 옥사씩이나 되는 곳에 두고, 오늘 와서 하는 말이 폐비와 폐세자와 함께 강화로 위리안치시키겠다고 하는 것이 아니냐. 처음과 말이 다르지 않냐며 당장 능지처참을 하든 사약을 내리든 하라고 노발대발하였더니 중론이 그러하지 않다며 발을 빼더구나. 무조건 그놈의 명줄을 끊지 않으면 내 얼굴볼 생각은 말라고 쐐기를 박았다만, 대답을 우물쭈물하는 것이 당최 마음에 들지가 않아."

계속 이렇게 나오면 내일 공신들을 치하하는 논공행상에도 참여하지 못하도록 아침 일찍부터 주상을 대비전 앞에 꿇어앉혀 놓을 작정이다. 지그시 주먹을 쥐며 이글거리는 어조로 말하던 대비가 언뜻 안색을 살피며 물었다.

"참, 정명아. 이제 좀 괜찮은 것이냐? 안색이 많이 나아진 것 같은데. 창덕궁에 온 이후로 계속 공주전에만 있고 주상의 문후도 거절하니 이 어미는 네 걱정이 태산이란다."

"송구하옵니다, 소녀 이제 많이 좋아졌으니 걱정하지 않으셔도 되어요. 모레부터는 소녀도 아침에 문후 여쭈러 들르겠사옵니다."

"그러겠니? 다행이구나, 어미는 이제 너만 잘되면 바라는 게 없단다. 하니 무엇보다도 건강에 힘쓰고……."

무어라 끝없이 걱정을 늘어놓는 모후의 말이 하나도 귀에 들어오지는 않았으나 연리는 의무적으로 고개를 끄덕였다. 식사를 재개하면서도 수저를 든 모후가 이것저것 반찬을 집어 제 밥술에 올려주었으나 연리는 혼란스러운 상념들을 건사하느라 어떻게 식사를 끝냈는지도 기억이 나지 않았다.

얼빠진 채로 지녁을 끝내고, 몇 시진 후 모후가 대비전으로 건너간 뒤에야 취침할 준비를 마친 연리는 촛불이 일렁거리는 어둑한 사위 속에 홀로 남아 생각했다. 한성부 옥사……. 강화로 위리안치되면 다시는 얼굴을 볼 일이 없을 것이다. 모후의 반대가 저리 거세니 사약까지는 아니더라도 최소한 남쪽 멀리 험로로 평생 유배를 떠나게 되겠지.

어렴풋이 아까 전 모후가 흘렸던 말이 떠올랐다. 내일 공신들을 위한 논공행상이 있다 했으니 늦게까지 궁중에서 연회가 열릴 것이었다. 그러면 드나드는 이가 많아 궁궐 경계도 느슨해질 테고, 그러면…….

한 번. 마지막으로 한 번만 얼굴을 보고 묻고 싶었다. 결국 그렇게, 원하는 대로 왕이 되어 행복했는지.

"공주자가, 꼭 가셔야겠습니까?"

지난날의 기억이 떠오르는지 김 상궁이 발을 동동 구르며 팔을 붙들었다.

"마주하여 좋을 것이 무어 있다고 거길 가신답니까!"

옥색의 궁녀 옷을 금방이라도 벗겨낼 듯 손아귀에 힘이 들어갔다. 연리는 다른 손으로 가볍게 김 상궁의 손을 떨쳐 냈다. 달라진 줄 알았더니 똑같잖아! 속으로 울상을 지은 김 상궁이 필사적으로 고개를 저었으나 연리는 꿋꿋이 앞만 가리켜 보였다.

"먼저 한성부에 가서 일러줘. 대비전에서 폐주에게 전할 말이 있어 올 거라고."

한성부 판관까지는 보지 않아도 될 것이다. 연리는 옥사를 지키는 관원들에게 내보일 서찰을 내밀며 조급하게 손짓해 보였다. 제 이름을 대어도 되겠지만, 공주보다야 대비의 이름이 더 적합할 테니까.

몰래 빼돌려 찍은 대비의 직인까지 얇은 종이 너머로 비쳐 보이자 결국 김 상궁은 질렸다는 얼굴로 두 손을 들었다. 궁이 혼잡하니 다행이지, 그렇지 않았으면 엄두도 못 낼 일입니다! 조심, 또 조심하라 침이 마르도록 잔소리를 한 김 상궁은 서찰을 받아 들고 주위를 살피더니 후다닥 사라졌다.

아무래도 제 보모상궁으로 잘 알려진 김 상궁과 함께 움직였다가는 시선을 모으기 더 쉬울 것이었다. 조심스럽게 주위를 살피며 멀어지는 김 상궁의 뒤를 바라보던 연리는, 김 상궁의 변함없는 모습에 꼭 예전으로 돌아간 것만 같아 피식 웃음을 흘렸다. 그러다 눈앞으로 궁녀 무리가 지나가자 얼른 옷매무시를 바로 하고 시선을 아래로 깔았다.

어느덧 유시였다. 이제 막 연회가 시작된 터라 음식을 나르랴 주위를 정돈하랴 주위가 혼잡하기 이를 데 없었다. 끊임없이 오가는 수라 간 궁녀들과 무수리들을 보며 연리는 눈을 굴렸다. 연회의 규모가 꽤 근사한지 술이며 음식들이 끊임없이 연회장으로 날라졌다. 오래는 불가하겠으나 지금 나가면 연회가 끝나기 전 시간을 맞춰 환궁할 수 있을 것이다. 속주머니에 챙긴 전낭을 쥐어보며 연리는 아예 말을 한 필 사서 다녀와야겠다고 생각했다. 말을 다루는 법 따위는 모르지만 지난번에 한 번 타보았으니 괜찮을 거라고 생각하며.

금호문이 나을까, 요금문이 나을까. 연회 준비로 정신이 없는 지금은 궁녀들이 다니는 요금문이 시선을 피하기에 좋겠지만, 후원과 가까운 서북쪽에 있는 터라 한성부와는 거리가 멀었다. 아무래도 빠른 시간 내에 다녀오려면 금호문이 더 적절했다. 대비마마의 명이라 하면 무리 없이 드나들 수 있을 테지.

한데 금천교를 지나 금호문을 통과하려면 한 가지 문제가 있었다. 바로 연회가 열리는 인정전 근처를 지나야 한다는 것이었다. 지금은 연회가 한창이라 금호문에 관리들이 많이 드나들지는 않겠지만, 혹시나 제 얼굴을 아는 누군가와 마주치기라도 한다면 낭패가 아닐 수 없었다.

그래도⋯⋯. 연리는 요금문까지 걸리는 시간을 가늠해 보며 고민했다. 아무래도 지금 있는 곳에서도 금호문이 더 가까웠고, 무엇보다 요금문으로 나가면 말을 사러 한참을 아래쪽으로 더 걸어가야 했다. 그래, 이미 연회는 시작했으니까 주요 인물들은 다 연회장에 착석해 있을 거야. 오늘 같은 중요한 자리에 늦을 리가 없지. 빠르게 결론을 내린 연리는 바쁘게 그릇 여러 개를 들고 나르는 궁녀를 멈춰 세우고 같이 들어주겠다며 손에 들린 것을 넘겨받았다. 그리고는 재빨리 궁녀들 사이에 파고들어 짐짓 함께 허드렛일을 하는 척 걸음을 옮겼다. 희정당을 지나고, 선정전을 지나 풍악이 들리는 인정전 담을 끼고 빙 둘러 걸었다. 연회로 다들 정신이 없어서 다행이었다. 서둘러 빈청을 지나다 예기치 않게 마주친 상궁과 내관들도 바쁜 척 손에 그릇을 들고 걸음을 옮기는 연리를 제지하지 않았다. 연리는 대비전에서 언뜻 본 듯한 상궁이 옆을 지나가자 잽싸게 고개를 콕 박았다.

두근두근 방망이질 치듯이 심장이 뛰었다. 휴, 십년감수했네. 바쁜 듯 종종걸음으로 사라지는 상궁을 돌아보며 연리는 가슴을 쓸어내렸다. 그리고는 누가 볼세라 멈추었던 걸음을 다시 재촉했다. 이제 눈앞의 숙장문을 지나면 인정전으로 들어가는 인정문이 나온다. 그를 지나쳐 똑바로 걸어가면 금천교로 통하는 진선문이 나올 것이고, 금천교를 지나면 궁 밖으로 나갈 수 있는 금호문이 코앞이었다.

연리는 아무도 자신을 주시하고 있지 않다는 것을 살피고 날래게 발걸음을 놀렸다. 손에 든 그릇들이 달그락거리며 존재감을 일깨웠기에 겉으로 보기엔 아무것도 의심할 만한 구석이 없었다. 연리는 긴장으로 두근거리는 심장 소리를 들으며 인정전 담에 바짝 붙어 숙장문을 향해 걸었다.

그러다 언뜻, 담 너머의 풍악 소리가 귓가로 흘러들었다. 음악 소리 사이로 어렴풋한 주연의 소리들이 섞여와 너무나 익숙한 흥겨운 분위기가 눈앞에 그려졌다. 얼마나 있었다고 이런 게 익숙하담. 실없이 미소 지으며 아렴풋한 기억을 떠올리던 연리는 갑자기 떠오른 단상에 우뚝 걸음을 멈추었다.

"논공행상……."

공신. 오늘의 공신에는 그도 포함되어 있었다. 그를 볼 수 있을지도 모른다는 생각에 그리움이 폭발하듯 몰려들었다. 하지만…… 하지만 그래도 될까. 사정없이 박동하는 심장과는 반대로 그릇을 든 손이 차갑게 굳어왔다. 마음대로 혼약을 깨고, 말 한마디 없이 궁궐로 사라져 버렸는데. 내가 무슨 염치로 그를 다시 볼 수 있을까. 텅 빈 비원의 제 방을 보고 절망하는 주원의 모습이 그려져 연리는 가슴을 비수로 찌르는 것처럼 속이 아려왔다.

이기적이다. 헛된 욕심일 뿐이다. 불쑥 나타나 마음을 흔들어놓기보다 이대로 잊혀져 사라지는 것이 그의 앞날을 위해서는 훨씬 좋은 일일 것이다. 연리는 저미는 고통을 참으려 가슴을 꾹 내리눌렀다.

참자, 참아야만 해.

억지로 참아보려 애썼지만, 그래도 나아지지 않자 답답함에 연리는 손바닥으로 세차게 뛰는 심장 위 가슴을 쳤다. 그러면 당장에라도 인정문을 넘어 잠깐이라도 그의 얼굴을 담고 싶은 속내의 욕심이 가실까 하여.

하지만 뜻대로 바람은 이루어지지 않고 빗나간 손이 상처가 덜 아문 어깨를 건드려 고통만 찌르르 울렸다. 연리는 신음성을 흘리며 어깨를 쥐었다. 그나마 다행이라면 날카롭게 찾아온 고통이 흔들리던 마음을 다잡아주었다는 것일까. 시름 싶인 한숨을 크게 내쉰 연리는 금방이라도 연회장으로 뛰어들고 싶은 마음을 간신히 동여맸다. 지금도 간간이 주위로 사람들이 지나가고 있었다. 여기서 더 망설이면 수상하게 보일뿐더러 어디로 가냐고 물어오는 사람들이 있을지도 몰랐다. 연리는 아픈 가슴을 꼭 누르며 서둘러 세 개로 난 문중 오른쪽으로 발을 옮겼다.

"이봐, 자네 지금 어디로 가는 건가? 그쪽은 연회장으로 가는 길이 아니잖아!"

눈앞의 숙장문을 막 넘으려는 순간, 등 뒤에서 낯선 내관의 목소리가 쏟아졌다. 멈칫하던 연리는 그대로 멈춰 서는 대신 빠르게 걸음을 뗐다. 잡히기 전에 문을 통과해 어디로든 숨어버릴 생각이었다.

"이봐!"

그러자 수상하다는 목소리의 외침과 함께 서둘러 걸어오는 발소리가 들려왔다. 연리는 허둥지둥 달음박질치려 했으나 거리가 짧아 금방이라도 잡힐 것만 같았다. 쨍그랑- 거치적거리는 치맛자락을 들어 올리다 손에 들었던 그릇이 미끄러지며 요란한 소리로 깨졌다.

'대, 대비마마의 심부름이었다고 할까? 이유는 극비라 말할 수 없다고……!'

떠들썩한 연회에 깨지는 소음은 묻혔으나 뒤쫓는 자에게는 틀림없이 수상하게 비쳤을 것이 분명했다. 연리는 정신없이 숙장문의 돌바닥을 밟으며 뛰는 와중에도, 붙잡혔을 때 둘러댈 효과적인 변명을 생각해 내려 애썼다.

"거기 서!"

목덜미를 잡아챌 정도로 인기척이 가까이 따라붙었다고 느낀 순간, 문을 넘어 황급히 내디딘 발이 비스듬한 층계 턱을 빗나갔다. 평평하던 시야가 기울고 순식간에 기우뚱 몸이 무너졌다. 균형을 되찾을 기회도 없이 자비 없는 딱딱한 땅이 눈앞에 와락 달려드는 순간이었다.

속절없이 눈을 꽉 감음과 동시에 부드럽게 허리를 감싼 팔이 유영하듯 몸을 낚아챘다. 반사적으로 눈을 떠 상황을 파악하기도 전에 익숙한 향내가 스며들었고, 재빠르면서도 살며시 등 뒤로 좁은 벽이 와 닿았다.

"감쪽같이 어딜 간 거야!"

당황스러워하는 내관의 말소리가 등 뒤 좁은 벽 너머로 생생히 들려왔다. 하나 그 짧은 순간 완벽히 몸을 숨겼다는 안도를 느낄 새도 없이, 울컥 물기가 몰려들었다.

쉿. 무음에 가까이 속삭이는 그리운 음성을 담으며, 연리는 입술을 꾹 사리문 채 그에게로 손을 뻗었다. 손에 닿은 감촉이 깃털처럼 보드랍다. 사내치고는 드물게 기분 좋은 매끄러운 피부가 감겨들었다. 눈꺼풀은 말없이 처마를 드리우고, 가만 기울인 뺨이 기대듯 손을 어루만졌다.

"자네 거기서 뭐 하나?"

"아니, 분명 아까 어떤 궁녀 하나가 이쪽으로 달아나는 걸 봤는데 감쪽같이 사라졌지 뭔가!"

"인정문 통해서 연회장에 가려던 아이 아닌가? 바빠 죽겠는데 왜 그런 걸로 시간 낭비를 해."

"연회장은 저쪽으로 들어가야지, 왜 인정문으로 들어가나! 수상하잖아. 게다가 멈춰보라고 하니까 그릇까지 깨고 도망을……."

"아, 자네가 냅다 소리부터 지르니까 그렇지! 나라도 자네 같은 이가 버럭버럭 외쳐 대면 엉겁결에 도망부터 치겠네. 급하게 필요한 건 종종 인정문을 통해 나르기도 하잖아. 그러니 군소리 말고 얼른 가기나 하자고, 일손 부족해서 난리인 거 몰라?"

두 목소리는 옥신각신 승강이하더니, 곧 멀어지는 발소리와 함께 천천히 인기척을 감추었다. 마침내 주위엔 숨을 죽인 둘 외에는 아무도 없었지만, 연리와 주원은 유량한 풍악 소리에 숨어든 그대로 서로를 맞대고 있을 뿐이었다.

해거름 빛으로 이제 막 물들려는 하늘을 인 주원이 반짝 눈을 들어 시선을 맞춰왔다. 위에서 쏟아져 내리는 빛이 벅차도록 눈부셨다. 연리는 촉촉하게 젖은 눈을 가만히 휘어 웃어 보였다. 물끄러미 그를 바라보던 주원의 눈빛이 한순간 울렁였다. 주원은 제 얼굴을 감싼 손을 잡고 왈칵 끌어당겼다. 담쏙 품으로 안겨든 몸이 아이처럼 여리고 봄

볕처럼 싱그러웠다. 머뭇머뭇 제 가슴에 기대었던 손이 천천히 허리를 감싸자 텅 비었던 마음이 이제야 가득 채워진 느낌이다. 주원은 품 안의 온기가 신기루처럼 사라져 버릴 것만 같아, 더 좁힐 공간도 없는 틈을 없애며 더 가까이 연리를 끌어안았다.

"아⋯⋯."

꼭 안은 품에서 약한 신음과 함께 가벼운 떨림이 전해졌다. 의도하지 않게 흘러나온 듯하여 주원은 얼른 팔을 풀고 연리를 살폈다. 주원은 한쪽 어깨를 감싸 쥔 연리의 손을 떼어내고 살며시 보듬었다. 그러자 움찔하는 움직임과 함께 두툼하게 동여맨 천이 옷자락 아래로 느껴졌다. 그를 눈치챈 주원의 미간이 확연하게 찌푸려졌다.

괜찮아요. 익숙지 않은 딱딱한 표정에, 작게 속삭인 연리는 주원이 제게 그랬듯 손을 뻗어 좁아진 그의 눈썹 사이를 톡 건드렸다. 그러자 주원이 천천히 표정을 되돌리고는 제 손을 잡고 천천히 아래로 끌어내렸다.

미끄러져 내리는 손 틈으로 가려졌던 눈빛이 다시금 부딪쳐 왔다. 그러자 이기적이게도 다시금 감정이 북받쳐 올랐다.

"나갑시다."

아무것도 묻지 않고, 그가 그렇게 말했다. 아무 말도 하지 못하고 흔들리는 눈빛으로 바라보고만 있자, 주원은 허리를 잡고 자신을 일으켜 세우더니 곧장 손을 잡아끌었다.

"잠깐, 잠깐만요."

당장에라도 궁궐을 나가 버릴 것만 같은 거침없는 기세에, 휩쓸리듯 따라가던 연리가 걸음을 붙박고 주원을 멈춰 세웠다.

"이러시면 안 돼요⋯⋯."

"저는 알지도 못할 이유에 맞서다 화를 당하는 것보다, 눈앞의 정인이 사라지는 것이 더 견디기 어렵습니다."

굳세게 잡은 손을 여전히 놓지 않은 채 주원이 말했다. 많은 것을 참고 견디는 목소리였다. 그 심정이 너무나 아프고 시리게 전해져 왔기에 연리는 죄인이 된 것처럼 아무 변명도 할 수 없었다.

"아무 말도 하지 마십시오. 책임은 모두 제가 지겠습니다."

완곡한 강제가 깃든 어조로 말한 주원이 숨었던 벽 사이를 나와 성큼성큼 걸음을 뗐다. 저항할 수 없는 매혹에 매료되어, 단단히 깍지를 낀 손에 몇 걸음 끌려가던 찰나 연리는 퍼뜩 정신을 차리고 다른 손으로 주원의 팔을 붙잡았다.

"지, 지금 나가면 모두가 눈치챌 거예요."

"지금이 아니면, 언제 사라질지 모르는데."

언제나 제게는 다정하기만 하던 주원이 냉담하게 말했다. 언뜻 두렵게만 느껴지는 낯선 고요함에서 애원이 느껴졌다. 머리는 그래선 안 된다고 경고음이 울리기 시작하였으나 단단한 손의 온기에 자꾸만 마음이 기울었다.

"벼슬도 부귀영화도 필요 없습니다. 그대만 곁에 있으면, 그것으로 충분합니다."

"저 때문에…… 평생 세상을 피해 사셔야 할지도 몰라요."

그럴 수 없다고, 미안하다고 말하고 떠나야 하는데 의지와는 반대인 말이 입술 사이로 흘러나왔다.

"그대 없는 세상은 살고 싶지 않습니다."

한 조각 망설임도 없는 목소리에 아슬아슬 붙들었던 이성이 무너져 내렸다. 감정을 내보이지 않으려 힘을 주었던 눈꺼풀이 격정을 이기지 못하고 떨렸다. 곧 떨림이 파르르 팔을 타고 내려가자 주원이 다가와 손을 놓고 한가득 품에 가두어 안았다.

"주상전하의 보복이 걱정되는 거라면 이대로 혼서를 물리고 파혼을 한 후 함께 아무도 모르는 시골로 가면 됩니다. 학문과 심신의 수양을 이유로 낙향한다 하면, 아무리 왕이라 한들 증좌도 없이 궁녀인 그대와 저를 엮어 가문에 피해를 입히지는 못할 겁니다."

그의 옷자락을 꼭 잡고 품에 기대어 올라오는 감정을 누르려 노력하던 연리는 잠시 갈등에 휩싸였다. 주원은 감싸 안은 팔에 힘을 주며 묵묵히 초조한 침묵이 끝나기만을 기다렸다. 이내 길고도 짧은 침묵을 깨고, 연리는 잠긴 목소리로 말문을 열었다.

"저는 대비마마의 명으로 한성부에 다녀와야 해요. 연회가 끝나기 전에 돌아올 테니, 금호문 밖에서 만나요."

"함께 가겠습니다."

"그러지 마세요."

당연하다는 듯 말을 받은 주원을 부드럽게 저지한 연리가 표정을 갈무리하고 얼굴을 들어 예쁘게 웃어 보였다.

"세우신 공에 마땅한 치하는 받으셔야지요. 아버님께서도 오셨을 텐데, 불효자가 되시면 안 되잖아요."

"이미 불효자가 되기로 마음먹지 않았습니까. 아버님도 이해하시겠지요."

조금 풀린 목소리로 주원이 여상하게 대꾸했다. 픽 웃음을 터뜨린 연리는 그의 옷깃을 잡아 끌어 내리곤 가까이 눈을 맞추었다. 콧잔등이 닿을 정도로 바짝 좁혀진 거리에 주원이 예상치 못했던 듯 눈을 깜빡였다.

"한 시진 안에 돌아올게요, 금호문에서 봐요."

얕은 숨을 뱉으며 연리가 소곤거렸다. 마주한 주원의 낯에는 잠시 갈등이 스쳤으나, 믿어달라는 듯 바라보는 말간 눈에 마침내 고개를 끄덕였다. 오래 걸리지 않을 것이다. 그냥, 정말 마지막으로 작별을 고하려는 것뿐이다. 대화를 주고받을 시간도 그리 필요치 않을 것이다. 금호문에서 말을 타고 가면 그리 멀지 않은 한성부와의 거리를 가늠해 본 연리는 그때쯤이면 연회가 아직 끝나지 않으리라 생각했다. 다른 일도 아니고, 반정의 공신들을 치하하는 자리이니 출궁 시각은 평소의 퇴궐 시각보다 분명 늦어질 테니까.

그의 동의에 살풋 입꼬리를 끌어 올린 연리는 서서히 손을 풀어 주원을 놓아주었다. 그리고 천천히, 가볍게 뒷걸음질 치며 걸음을 옮겼다. 빨리 다녀오겠다는 뜻으로 살짝 손을 흔든 후, 몸을 돌리기 전 마지막으로 뒤를 보니 주원이 그 자리에 우뚝 서 자신을 지켜보고 있었다. 연리는 배꽃처럼 환하게 웃어 보이곤 서둘러 금호문을 향해 달려갔다.

"대비전?"

관부 앞을 지키던 군사가 고개를 갸웃하자, 함께 일직(日直)하던 다른 군사 하나가 옆구리를 툭 치며 말했다.

"왜, 조금 전에 상궁마마님 한 분이 대비전의 명이라며 오시지 않았나?"

"아아."

그제야 기억이 났다는 듯 그들이 자리를 비켜 길을 열어주었다. 연리는 눈을 아래로 깔고 서둘러 그 사이로 걸어 들어갔다.

"오늘 같은 날에 당직이라니, 정말 억울해서 팔짝 뛰겠구먼."

"그러게나 말이야. 하필이면 제비뽑기에서 질 게 뭐람?"

"다른 놈들은 죄다 기루에 몰려가 기녀들 끼고 술이나 마실 터인데…… 에잇, 농땡이 친 거 싹 다 상부에 걸렸으면 좋겠네."

"예끼, 배 아프다고 그러면 쓰나?"

농을 주고받으며 홍연대소하는 군사들의 말이 멀어졌다. 고위 관료들 대부분이 궁궐의 연회에 참석한 탓에 축제 분위기가 하부에까지 퍼진 모양인지, 한성부도 아까 그들의 말처럼 확연히 느슨한 분위기였다. 지나다니는 이들조차 거의 없는 탓에 혹여 아는 이가 있을까 바짝 긴장한 것이 무색할 정도였다. 연리는 더 안쪽으로 들어와 옥사를 찾으려 이리저리 주위를 둘러보았다.

"자가!"

조금 떨어진 곳에서 작지만 분명한 목소리가 들려왔다. 소리 나는 곳으로 고개를 돌리니 김 상궁이 손을 머리 위로 붕붕 흔들며 자신을 부르는 것이 보였다. 연리는 재빨리 주위를 살핀 후 그쪽으로 빠르게 달려갔다.

"얼른, 얼른 다녀오세요. 옥사를 지키는 이들에게 재물을 쥐어주고 한 식경만 자리를 비켜달라 부탁했으니 반드시 그 전에 나오셔야 합니다."

"응, 알았어."

제 손을 잡아오는 김 상궁에게서 긴장이 전해져 왔다. 연리는 김 상궁의 손을 꼭 맞잡으며 걱정 말라는 듯 고개를 끄덕여 보았다. 그러자 한숨과 함께 희미한 웃음을 지어 보인 김 상궁이 어깨를 감싸고 옥사 안으로 연리를 들여보냈다.

옥사는 어둡고 눅눅했다. 간간이 매달린 횃불만이 암흑을 조금 몰아내고 있을 뿐, 음지의 어두침침과 침울함을 밝히지는 못했다. 밖은 완연한 봄이거늘 이곳은 아직 한겨울인 듯해 저절로 움칠 몸이 떨렸다. 어디선가 빗물인지 무엇인지 떨어지는 소리도 작게 들려와 오싹함을 풍겼다.

연리는 어두운 층계에서 발을 헛디디지 않으려 조심하며 바닥을 디뎠다. 벽에 매달린 불빛에 의지해 걸음을 옮기며 연리는 쭉 늘어선 안을 살피기 시작했다. 꽤 큰 옥사임에도 불구하고, 약속이라도 한 듯 하나같이 텅 비어 있어 그렇잖아도 가라앉은 분위기에 을씨년스러움이 더했다. 으슬으슬 올라오는 한기에 연리는 자신도 모르게 팔을 감싸며 안쪽으로 들어갔다.

텅 빈 옥사들을 살펴보며 걷던 도중, 몇 걸음 떼지 않아 가장 안쪽에 있는 옥사에서 인기척이 났다. 흠칫 놀란 연리는 얼어붙은 듯 걸음을 멈추었다. 쿵, 쿵. 무언가 둔탁하게 부딪치는 소리가 낮고 천천히 여러 번 울렸다.

'무슨…… 소리지.'

입안이 바싹 말라붙는 느낌에 연리는 초조하게 목을 축였다. 단숨에 자신을 집어삼킬 것만 같은 암흑에 들불같이 두려움이 일었으나 시간을 지체할 수는 없었다. 고개를 들어 앞을 살펴보니, 다행히도 막힌 벽 쪽에 횃불이 걸려 있어 주위의 어둠을 희미하게나마 몰아내고 있었다. 연리는 거세게 뛰어대는 박동에 딱딱하게 굳은 채, 치맛자락을 움켜쥐고 걸음을 뗐다.

쿵─

둔탁한 타격음이 다시 한 번 들렸을 즈음 연리는 횃불 아래 멈추어 섰다. 그리고 동시에, 한성부의 가장 깊은 옥사 앞을 마주하였다.

희미하게 일렁이는 불빛 아래, 두툼한 창살의 그늘진 틈으로 그가 보였다. 눈을 감은 모습 그대로 딱딱하고 습기 찬 벽에 이마를 댄 채였다. 검붉게 물들고 형편없이 뜯긴 망건이 아슬아슬하게 상투를 지탱하고 있었으나, 이미 갈래갈래 풀린 머리칼 탓에 형태를 유지하고 있는 것이 소용없을 정도였다.

더럽혀진 옷자락에는 누구의 것인지 모를 핏자국과 시큼한 악취가 나는 오물이 묻어 있었다. 저잣거리에서 뒹구는 천한 빈민들과 다를 것이 없는 차림이었다. 짚이 깔린 바닥에 앉은 그는, 누군가 제 앞에 서 있는 인기척도 느끼지 못하는 듯 아무 반응도 없이 그저 목을 뒤로 젖혔다. 그리고는―

쿵.

무상한 태도로 머리를 짓찧었다. 공기를 타고 울리는 진동에 연리는 흠칫 몸을 떨었다. 하지만 정작 당사자는 아픔조차 느끼지 못하는 인형처럼 몇 번이고 더 행동을 반복했다. 어찌해야 할지 몰라 망연히 바라보는 사이 불편한 소리가 이어졌다.

쿵.

'왜……'

쿵.

불쾌함과 메스꺼움이 꾸역꾸역 올라왔다. 모든 사태를 초래한 건 자신이면서, 이까짓 자해로 동정을 구하려 하는 작태가 역했다. 이까짓 걸로, 이런 알량한 행동으로 약해 보이려 하는 게 고까웠다. 연리는 털썩 소리가 나도록 무릎을 세워 바닥에 주저앉았다. 그리고 창살 안으로 손을 뻗었다.

"그만해."

제 것이라고는 믿어지지 않을 만큼 탁한 목소리가 목구멍을 긁으며 올라왔다. 차갑게 식은 이마가 닿고 진득한 액체가 손끝에 묻어나는 순간, 또다시 벽을 향해 치닫던 머리가 허공에서 멈추었다. 연리는 목소리를 가다듬고 시린 어조로 다시 한 번 말했다.

"그만하라고."

바랐겠지. 이런 걸 바랐겠지. 비난 어린 조소가 머물렀다 사라졌다.

연리는 벽과 완전히 멈춘 머리 사이에 끼어들었던 손을 거칠게 빼냈다. 닿기도 싫다는 듯 세차게 치우던 손이 창살 틈에 빗맞아 살갗이 쓰렸지만 아랑곳하지 않았다.

천천히 더듬거리며 손이 올라와 차례로 벽, 바닥, 그리고 창살을 훑더니 퉁퉁 부은 손가락이 흐린 불빛 아래로 드러났다. 그리고 그 손은 다신 없을 구명줄이라도 잡듯 창살을 세차게 휘어잡고 있었다.

"너……."

혹시. 믿을 수 없다는 듯 떨림이 여실히 느껴지는 음성이었다. 연리는 자리에서 천천히 일어나, 이제는 자신보다 낮은 그를 차갑게 내려다보았다.

"연리야, 정말…… 정말 네가……."

"날 그렇게 부르지 마."

구역질이 날 것 같으니까.

"암흑에 갇힌 기분이 어때?"

"……."

"그게 내 삶이었는데."

당신이 만든.

"의를 죽이고, 어마마마와 날 가두고, 피 묻은 용상에 앉은 감회가 어땠는지 듣고 싶네."

지독하리만치 악독한 목소리가 고요한 공기를 타고 옥사 곳곳에 맴돈다. 이 상황이 사무치도록 짜증이 솟았다. 꼭 옛이야기에 나오는 것처럼 힘없고 연약한 본처의 자리를 뺏으려 핍박하는 첩이 된 느낌이었다. 아, 여긴 아무도 없었지. 그럼 악녀가 된들 누가 뭐라 하겠어?

"아무도 없는 곳에서, 이제야 피를 흘리며 반성하는 척 구는 게 위선적이라고 생각하지 않아? 그런다고 누가 동정해서 용서라도……."

"기뻤다."

할 수 있는 만큼 신랄하게 말을 쥐어짜던 연리는 툭 튀어나온 말에 크게 눈을 떴다.

"내가, 내가 왕이니까……. 드디어 왕이 되었으니까."

"……뭐?"

"그러면 아니 되느냐? 누구나 갖고 싶어 하는 그 자리, 어찌 내가 가져서는 안 되는 자리더냐? 모두가 내 것이라, 그러라 등짐 지울 때는 언제고."

"미쳤어."

힘 빠진 중얼거림이 새어 나왔다. 그리고 조소와 함께 허탈함이 흘렀다. 그래도 이제는 잘못했노라, 권세에 눈이 멀어 인륜을 저버렸노라 입바른 참회라도 할 줄 알았는데. 연리는 한 걸음 뒤로 물러났다. 이대로 옥사를 떠나, 옥사를 벗어나는 순간 이렇게 가치 없는 인간 따위 새까맣게 잊어줄 작정이었다.

"그래서……."

흐리터분한 음성이 떨려와 발길을 붙들었다.

"지킬 수 있을 줄 알았다."

턱이 덜덜 떨렸다. 연리는 있는 힘껏 이와 혀를 내리눌렀다. 싫어! 세차게 마음속으로 외치며. 어차피 그것을 볼 수 있는 사람은 아무도 없었지만.

"이제 모든 것을 할 수 있을 줄 알았다. 내가 왕이니까. 지긋지긋한 다툼과 악연 따위 정리할 수 있을 줄 알았어."

한 줄기 싱거운 웃음과 함께 초연한 말이 이어졌다.

"……미안, 하다."

그리하지 못해서. 흐린 혼잣말이 침묵 속에 스며들어 자취를 감추었다. 연리는 반대편 텅 빈 옥사의 창살을 뒤로 짚은 채 주룩 미끄러져 내렸다. 털픽 소리와 함께 뾰족한 돌조각들이 맞닿은 몸을 찔러왔다.

해일에 휩쓸리듯 어깨가 요동쳤다. 앙다문 턱이 다시금 덜덜 흔들렸고 오싹한 오한이 짓누르듯 온몸을 덮쳐 왔다. 억눌린 흐느낌이 끅끅 볼썽사나운 소리와 함께 몸을 벗어나려 했다. 연리는 있는 힘껏 주먹을 쥐고 바닥을 쳤다. 거친 바닥에 부딪친 부드러운 피부가 찢어지며 화끈함과 함께 곧장 쓰림이 몰려왔다.

넘어가면 안 돼, 절대 안 돼. 안 되는 거잖아.

수십 번 외쳤으나 한 번 터진 감정은 폭포수처럼 끝없이 꾸역꾸역 밀려 나왔다.

"의도, 개시도, 너도……. 아무도 지키지 못하였어."

그러니 폐주라는 이름조차 아깝구나. 응답 없이 새어 나오는 오열을 향해 혼이 더듬더듬 손을 뻗었으나 당연히도 사이의 거리를 좁히지는 못했다. 하지만 혼은 손을 거두지 않았다. 그러면…… 지난날의 제 빛에 다시 닿을 것만 같아서.

"나…… 나는……. 당신을 믿었는데. 정말로 믿었는데!"

덜덜 떨며 제게로 뻗어진 손을 아득하게 바라보던 연리는 울음을 누른 채 더듬더듬 말을 이었다.

"그러니까 용서 못 해……. 안 할…… 거야."

표독스럽게 외치고 싶었는데, 어린아이의 막무가내 억지 같게만 들렸다. 힘 빠진 울대가 원망스러웠다.

"용서하지 말거라."

"……."

"네 삶을 암흑으로 만든 죄로…… 이제 내가 평생을 암흑에서 살게 되었으니…….”

“그만!”

자리에서 벌떡 일어나자 끝까지 차오른 흥분 때문인지 머리가 아찔했다. 울부짖듯 외친 연리는 제 것이 아닌 것처럼 마구잡이로 주저앉으려는 다리로 걸음을 옮겼다. 당장에라도 달음박질쳐 벗어나고 싶었으나 힘이 쭉 빠진 다리는 후들거려 좀처럼 속도가 붙지 않았다. 연리는 원수의 살이라도 씹듯 미친 듯이 입술을 깨물었다. 투둑 소리와 함께, 흘러내린 물기와 선혈이 섞여 비릿함과 찝찔함이 입안에 가득 차올랐다.

“정명아……. 연리야.”

수년 전 마지막을 고했었던 목소리와 이름이 뒤를 붙잡았으나 멈추지 않았다. 곧게 뻗은 짧은 거리였으나 어두컴컴하고 끝없고 복잡한 미궁을 헤매는 것 같았다. 연리는 질끈 눈을 감고 감각 없는 다리를 움직여 필사적으로 어둠을 헤치고 층계를 밟았다. 끝이다, 이제 다 끝이다!

짧은 층계를 마구 밟아 올라가자, 어느 순간 갑갑하고 어둑하던 공기가 사라지고 선선한 공기가 폐부를 쑤시고 들어왔다. 그제야 여태까지 제가 숨을 참고 있었음을 자각한 연리는 갈증에 휩싸인 걸인처럼 헉헉대며 공기를 들이마셨다. 저무는 하늘이건만 암흑 같던 옥사에 비하면 바깥은 온통 눈이 부셨다. 옥사 입구에 털썩 주저앉은 연리는 씨근덕거리며 오르내리는 앞섶을 움켜쥐고 김 상궁을 찾으려 고개를 돌렸다. 넘어가는 태양의 주홍빛 햇살에 반쯤 눈을 감은 채 정면을 보니 김 상궁이 다급히 다가오고 있었다.

“돌아…….”

돌아가자고, 그리 말하려 했는데. 햇살에 익숙해진 눈이 완전한 시야를 되찾은 순간 김 상궁이 균형을 잃고 앞으로 넘어졌다. 짧은 비명 소리를 내며 땅에 내동댕이쳐진 김 상궁의 모습에 연리는 벌떡 일어났다.

"김 상……."

"이게."

그리고 김 상궁의 뒤에 가려졌던 이가 형체를 드러냈다.

"누구신가."

비틀린 입매와 함께 뻗은 손에 휙 멱살이 잡혀 딸려 올라갔다. 컥 숨 막히는 소리와 함께 연리는 땅에서 떨어진 발을 버둥거렸으나 능양 군은 코웃음과 함께 손에 힘을 주었다.

"네년 명운도 쥐새끼처럼 질기구나. 꼼짝없이 죽은 줄로만 알았더니……."

'어떻게…….'

연회장 상석에 앉아 있어야 할 사람이! 가까스로 공기를 채워 넣던 폐부가 또다시 갈증에 아우성을 쳤다. 연리는 손을 들어 제 멱을 틀어 쥔 능양군의 팔을 쳤으나, 픽 웃음을 터뜨린 능양군이 여봐란 듯 더 높이 손을 쳐들었다.

혁. 목줄기를 틀어쥔 듯 턱 막혀오는 숨통에 연리가 손을 떨어뜨리자 김 상궁이 엉금엉금 기어와 능양군의 다리를 붙잡았다.

"전하! 내, 내려주시옵소서!"

애원하는 목소리에도 능양군은 귀찮다는 듯 발을 툭 차 밀어뜨리며 뒤에 선 호위 둘에게 고갯짓했다. 그러자 즉시 호위들이 다가와 김 상궁의 양팔을 잡고 단단히 속박했다. 그를 확인한 능양군이 연리를 잡은 손을 잠시 느슨하게 풀어 내리며 다른 손을 까딱해 김 상궁과 함께 나란히 세웠다.

"보자……. 알아볼 필요도 없이 네년들 다 대비전 소속이겠구나. 감히 대역 죄인을 가둔 옥사에 허락도 없이 몰래 스며들어?"

뱀처럼 교활한 음성과 함께 능양군이 번뜩한 안광을 빛냈다.

"대비전에서 시켰느냐? 아니면 연안 김씨 가문에서?"

팔에 힘이 들어가며 다시금 땅에서 발이 떨어져, 연리는 급하게 숨을 들이켜며 힘겹게 고개를 가누었다.

"대체 뭘 하려고……!"

쨍그랑-

"주상!"

귀를 찢는 듯한 비명과 함께 누군가 달려들었다. 갑작스러운 충격에 엉덩이 아래로 딱딱한 땅이 부딪쳐 왔다. 정신을 차리지 못하고 허겁지겁 맑은 공기를 들이켜는데, 다급한 손길이 어깨를 껴안았다.

"이게 대체 무슨 짓이오!"

격렬하게 분노에 찬 음성과 함께 온기가 덥석 얼굴을 감쌌다. 연리는 자신을 구원한 자의 정체를 인식하려, 바르르 떨리는 눈꺼풀을 힘겹게 치떴다.

"어마…… 마마."

"아가! 세상에, 이게 무슨 변고인가!"

뜻밖의 조우에 떨리는 목소리로 미약하게 속삭이자 대비가 경악하며 목청을 높였다. 크게 확장된 동공을 하고 눈물과 핏물로 젖은 연리의 얼굴을 살펴 내리다, 마침내 찢기고 피가 맺혀 부어오른 손을 확인한 대비는 분기탱천하여 벌떡 일어섰다.

"할마마마, 여긴 어쩐 일로……."

짜악!

살과 살이 부딪치는 신랄한 소리에 주위가 물을 끼얹은 듯 조용해졌다. 효손(孝孫)인 양 공손함을 차리려던 능양군이 뺨을 움켜쥐고 당황한 표정을 띠웠다.

"하…… 할마마마."

도무지 사태파악을 하지 못한 듯, 능양군은 손을 파들거리며 떨리는 음성을 뱉었다. 얼마나 세게 때렸는지 어느새 손자국을 따라 뺨이 부어오르고 있었다. 곧, 새빨갛게 달아오른 낯에서 치미는 화를 억지로 누르는 것이 여과 없이 드러났다.

"취하셨소? 연회에서 약주를 동이째로 들이키기라도 하셨냔 말이오!"

"그게 무슨 말씀……."

"이 사람이 본 것이 있는데 감히 발뺌하시는 거요?"

저는 아무것도 모른다는 듯한 목소리로 능양군이 묻자, 대비가 기가 차다는 얼굴로 연리를 가리키며 되물었다. 그제야 땅에 주저앉은 연리에게 잠깐 눈길을 준 능양군이 억울하다는 말투로 항변했다.

"이유 없이 그런 것이 아닙니다! 할마마마께서 아끼시는 아이란 건 알지만 이 아이가 폐주의 옥사에 몰래 들어간 바람에……."

"뭐요?"

당당하기 그지없는 변명에 대비는 어처구니없다는 표정과 함께 눈을 부릅떴다. 그 모습 뒤로 대비가 데려온 대비전 상궁의 도움을 받아 일어난 김 상궁이 연리에게 불안한 눈빛을 보냈다. 예기치 못한 상황에 양쪽에 어떻게 둘러대야 할지 갈피가 잡히지 않아, 이제 어찌해야 좋을지 묻고 있었다. 손자를 향한 치죄와 딸을 향한 추궁이 첨예하게 부딪치는 찰나였다. 꼴깍, 연리는 마른침을 초조하게 삼켰다.

"하면 주상께선 우리가 저놈을 보지 못하게 막겠단 소리요?"

카랑카랑한 불호령이 벼락처럼 떨어졌다.

"······예?"

"왜, 혹여 저놈을 죽이기라도 할까 봐 그러시오?"

틀림없이 대비가 제게 그것이 정말이냐며 당황할 것을 예상하였는지, 능양군은 영문을 모르겠다는 표정으로 되물었다. 그 모습에 또다시 변명하는 것이라 느낀 대비가 분개하며 소리쳤다.

"내금위!"

"예, 대비마마."

"가서 옥사 안에 아직 죄인이 있는지 확인하라!"

창덕궁으로 이궁한 직후, 능양군은 불안해하는 대비를 위해 선심 쓰듯 내금위 군사들 일부를 대비전 호위로 내려주었었다. 대비의 말에 능양군이 아차 하며 내금위 군사 둘을 쳐다보았으나, 이미 대비전의 하명은 절대 망설이지 말라고 지시받은 그들은 망설임 없이 걸음을 옮겨 옥사로 사라졌다.

"내 이럴 줄 알았소이다. 극악무도한 죄인을 절대 못 죽이겠다 하더니, 하루아침에 갑자기 태도를 바꾼 것이 수상하다 하였소! 이제 보니 우리가 눈치채지 못하는 사이에 몰래 그놈을 강화로 빼돌리려던 했던 게요?"

대비는 어리둥절한 능양군이 이해할 틈도 주지 않고 몰아붙이기 시작했다.

"내 그럴 줄 알았지요, 알았습니다! 해서 주상이 움직이기 전에 확실히 처리하려고 손수 사약까지 들고 한성부까지 행차했어요. 한데 이제 보니 거짓은 그것뿐이 아니었구려? 이 사람에 대한 효심도 죄다 거짓이었어요!"

"마마, 오해이십니다!"

다다다 쏟아지는 공격에, 능양군은 쏟아져 땅바닥을 적신 사기그릇을 보며 눈을 좁히다 당황하며 서둘러 둘러댔다.

"그것이 아니오라, 폐주가 사사로이는 소손의 백부가 되는지라 더 이상 폐주와 같은 패륜을 자행해서는 안 된다는 조정의 중론이……."

"그럼 사사로이는 아들 되는 이를 죽이자 하는 이 사람의 행동은 패륜이란 말이오?"

대비가 날카롭게 따져 묻자 능양군은 얼른 고개를 내저었다.

"그런 뜻으로 드린 말씀이 아니옵니다!"

말이 떨어지자마자, 아래에서 층계를 밟고 올라온 내금위 군사들이 대비 앞에서 무릎을 꿇고 복명(復命)했다.

"죄인은 그대로 투옥되어 있나이다."

그를 들은 대비가 거칠게 손을 저었다. 내금위 군사들은 절도 있게 고개를 숙여 보이더니 도로 대비의 뒤에 가서 섰다.

"잘되었습니다, 주상의 효심이 진정이라면 지금 당장 사약을 가져와 죄인을 처단해 보시지요! 그 효심, 내 두 눈으로 똑똑히 지켜봐 드리리다."

대비는 거칠게 쏘아붙이며 연리에게 손을 뻗었다. 연리는 망설이며 제 앞의 모후와 그 뒤에 선 능양군을 빠르게 번갈아 보았다. 뭐 하냐는 듯 내민 손을 까닥이며 잡으라 재촉하는 모후는 당장에라도 옥사 안으로 위풍당당하게 쳐들어갈 기세였다.

"마마, 그건……."

그 기세에 능양군이 재빨리 눈짓해 호위들에게 옥사 앞을 가로막도록 시켰다. 그를 본 모후의 눈이 샐그러지며 가시 돋친 음성이 튀어나왔다.

"왜, 못 하겠습니까? 이래도 효심이 거짓이 아니라 발뺌하시렵니까? 대체 주상이 생각하는 우리는 무엇이기에 이리 손바닥 뒤집듯 말도 행동도 바꾸냔 말입니까!"

쉴 새 없이 다그치는 목소리가 끝없이 이어졌다. 이제야 묵힌 한을 풀 수 있게 되었는데 틀림없이 제 말을 들을 것이라 여겼던 능양군이 가로막고 나서자 대비는 분노한 염라대왕처럼 고성을 질러댔다. 물러남 없이 하도 격렬하게 따져 대는 통에, 언짢음이 치밀면서도 주위의 시선을 고려해 차마 화를 낼 수 없는 능양군의 얼굴이 우스꽝스럽게 일그러졌다.

"정녕 내 다시 서궁으로 돌아가 주상을 인정치 않겠다 공언해야 정신을 차리시겠습니까? 그리도 도리를 중요하게 따지시면서, 어찌 폐주에 대한 예만 차리고 우리에 대한 예는 차리지 않으시오!"

분풀이라도 하듯 거친 일갈이 터졌다. 그러자 아까 전부터 당최 이해하지 못하겠다는 혼란스러운 얼굴을 하던 능양군이 고개를 탈탈 흔들었다.

"대체 무슨 말씀을 하시는지 이해가 아니 되옵니다. 물론 할마마마의 원을 풀어드리지 못한 것은 원통하오나, 소손의 힘으로도 어쩔 수 없는 일입니다. 한데 그 외에 소손이 언제 효심을 저버렸으며 예를 어겼다는 말씀이십니까!"

참고 참던 불만이 얼핏 새어 나와 어조가 높아졌다. 그에 입을 쩍 벌리며 눈을 부라린 대비가 마침내 회심의 일격을 날렸다.

"이 아이라면서요! 이 아이! 주상이 정녕 효심이 지극정성이라면 어찌 고모 되는 이에게 손을 대며 함부로 말을 낮춥니까? 지금 주상보다 연치가 어리다 하여 얕보는 것입니까!"

"그게⋯⋯! 그게 무슨⋯⋯."

능양군은 뒤통수를 호되게 얻어맞은 표정으로 말을 되뇌었다.

"죄인과는 씹어 먹어도 분이 풀리지 않을 원수지간이거늘, 나어린 고모가 원수에 대한 노여움에 그깟 어명 좀 어겼다고 조카 되는 이가 이리 위해를 가하다니! 억지로 저 옥사 안에 들어간다 하면 이 사람도 저리 만드시렵니까? 턱없이 연소한 조모라서요? 주상은 폐주에 대한 패륜이 아니라 공주와 나에 대한 패륜 먼저 걱정하시지요!"

명석한 이답게 순식간에 쏘아져 나간 말에서 골자를 알아들은 능양군이 얼빠진 채로 자신과 모후를 번갈아 보았다. 그리고 마침내, 정신없이 두 얼굴을 훑는 능양군의 얼굴에 서서히 경악이 물들었다. 이제야, 연리의 얼굴에서 언뜻 느껴지는 대비와의 공통점을 알아차리고 선왕과 똑 닮은 눈매를 깨달은 모양이었다.

숨죽이며 둘의 설왕설래를 빠짐없이 듣고 있던 연리의 얼굴에 화색이 깃들었다. 이미 한 번 자식을 잃은 어미가 손자 대신 딸을 택하는 것은 너무나 굳건한 이치였다. 모후는 당연하게도 자신을 향해 한 치의 의심도 드리우지 않았다.

승리자의 후련함과 패배자의 당혹감이 극명하게 갈렸다. 눈에서 흘러내린 물기와 입술에서 솟은 핏방울로 엉망이 된 얼굴이었지만, 연리는 넋을 잃고 망연히 자신을 바라보는 능양군에게 희미한 웃음을 지어 보였다.

"이……!"

그에 참혹하게 얼굴을 일그러뜨린 능양군이 발끈하려 했으나, 연리는 재빨리 선수를 쳤다.

"어마마마……. 소녀가 잘못하였습니다. 주상전하께서 아니 된다 하신 것을 알면서도 사무친 원한이 너무도 깊어 어명을 어기고 옥사를 드나들었사옵니다……."

여기서 틈을 주면 다시 반격해 올지 모르니 재기할 수 없도록 기세를 제압해야 했다. 굳게 결심을 하고 전면에 나서니, 그렇잖아도 고여 있던 눈물이 흔들리며 뺨을 타고 내렸다. 목소리도 가냘프게 떨리며 물기에 젖어들자 모후가 단박에 달려들어 자신을 품에 안았다.

"어찌 네가 잘못이 있겠느냐, 네 동생을 잃은 아픔에 그런 것일진대 어찌 잘잘못을 따져."

의가 언급되자 억지로 흘리던 눈물이 순간 울컥해 올랐다. 거기에 더해, 옥사에서의 갈무리되지 않은 감정이 다시금 떠오르자 연리는 대비의 품에 안겨 오열하고 말았다. 엉엉 울음을 터뜨리자 딸의 이러한 모습을 난생처음 목격한 대비가 멈칫하더니 어쩔 줄 모르며 연리를 더욱 세게 끌어안고 토닥였다. 그리고는 홱 고개를 돌려 우두커니 서 있는 능양군을 향해 쏘아붙였다.

"내 결코 이 일을 그냥 넘어가지 않을 겁니다, 두고 보세요!"

"할마마마!"

"내금위! 가마를 준비하라!"

한발 늦은 능양군이 다급하게 외쳐 불렀으나 대비는 들은 척도 않고 고개를 돌렸다. 김 상궁과 대비전 상궁까지 다가와 연리를 부축하는 사이, 내금위가 번개같이 가마꾼들을 데려와 가마 두 틀을 대기시켰음을 전했다. 상궁들과 내금위에 둘러싸여 대비와 함께 한성부를 떠나며, 연리는 노을이 가라앉는 하늘 아래 선 능양군을 돌아다보았다. 언제나 자신만만한 광채가 자리 잡았던 얼굴에, 시각 이른 어둠이 꺼멓게 내려앉아 있었다.

이젠 끝난 걸까. 망연자실한 능양군의 얼굴을 스치고 한성부 출입문을 넘는 순간 지난날의 기억이 빠르게 지나갔다. 따뜻한 궁궐에서의 추억, 차가웠던 서궁의 슬픔, 비원에서 살며 겪었던 수많은 일들과 매일 또 매일 달구었던 복수심, 그리고……

세월 저편으로 사라진 따스함 대신 그보다 훨씬 강렬하게 자리 잡은 온기가 퍼뜩 떠올랐다. 대비가 먼저 상궁의 부축을 받아 가마에 오르는 틈에 연리는 얼른 고개를 들어 김 상궁에게 손짓했다. 의아한 표정으로 가까이 다가온 김 상궁에게, 연리는 소곤소곤 은밀한 전언을 전했다.

다음 날.

"어마마마, 소녀는 이제 아무렇지 않습니다, 이만 노여움을 푸시옵소서. 전하께 그리하시다가 혹여 어마마마께서 좋지 않은 소리라도 들으시면……."

"그러라지! 감히 누가 대비에게 반할 수 있단 말이냐? 그랬다가는 내 당장에 폐주와 같은 죄로 엮어 물고를 낼 것이니라."

결국 폐주를 강화로 위리안치하겠다는 교지를 내린 능양군 때문에 대비의 태도는 철옹성 같았다. 그는 대비의 마음을 달래겠다며 개시를 참수형에 처했으나, 대비는 당연한 일이 아니냐며 돌아앉은 채 콧방귀도 뀌지 않았다. 거짓으로 투항해 반정을 망치려다, 결국엔 역으로 당해 형장의 이슬로 사라진 개시의 이야기에 연리는 누군가가 떠올라 잠시 말을 잇지 못했다. 그러다 가라앉은 제 표정에 모후가 한층 더 길길이 화를 내는 바람에 연리는 사태가 더 격화되지 않도록 모후를 진정시키느라 애썼다.

다행히 대비의 말대로 조정 대신들은 명분 때문인지 대비전을 비판하는 대신 조용히 입을 다물었고, 따라서 대비의 마음을 푸는 것은 오롯이 능양군의 몫이 되었다. 매일같이 받던 문후도 거부하고 나서는 모후의 강경한 태도에 연리는 안심이 되었다. 혹여나 능양군이 모후에게 거세게 대들어 모후가 굴복했다면 궁궐에서의 삶이 평탄치 않을 것은 불 보듯 뻔했기 때문이었다.

그래도 일방적으로 밀어내기만 하면 아니 되겠지. 따스한 차를 한 모금 넘기며 차분하게 생각을 정리한 연리는 손을 내밀어 모후의 손을 잡았다. 약을 발라 상처를 치료한 손이 와 닿자 모후가 무슨 일이냐는 듯 자애로운 시선을 보내왔다.

"어마마마, 이만 마음을 푸시지요. 기실 조정의 의견이 모두 그러한 것을 소녀도 들었는걸요. 저도 어마마마와 같은 생각이지만……."

요즈음 자신을 위해 뭐든지 물불 가리지 않는 모후에게 하기엔 미안한 거짓말이요 생각이었지만, 위리안치되어 평생을 암흑과 가시덤불 안에 갇혀 살 그를 떠올리자 연리는 조금 목이 메어왔다. 큼큼 목을 가다듬자 억울함과 서글픔에 그러할 것이라 짐작한 모후가 맞잡은 손을 따스하게 토닥여 왔다.

"하지만 명분이 그러하니 전하께서도 어쩔 수 없겠지요. 용상을 얻은 명분을 스스로 깰 수야 없지 않겠습니까. 어마마마께서 조금만 이해해 주시면 전하께서도 크게 반성하시고 감복하실 거예요."

"아가, 주상이 네게 그리 모질게 대했는데도 넌 어쩜 그리 아량 넓게 생각하느냐. 도량으로 따지면 주상보다 네가 훨씬 낫구나."

조곤조곤한 말씨에 대비는 기특하다는 듯 연리를 살짝 끌어안았다.

"너까지 그리 말하니, 영 마음에 들지는 않는다만 이만 봐주어야겠구나."

어쩔 수 없다는 듯 대비가 불만스럽게 중얼거렸다. 그에 연리가 활짝 웃자 대비가 따라 웃으며 연리의 뺨을 쓰다듬었다.

"마음 같아서는 아예 더 말 잘 듣는 새 인물로 바꾸어 버리고 싶다만. 왜, 흥안군 같은 네 이복형제들도 많지 않으냐? 꼭 능양군일 필요는 없지."

"어마마마도 참, 농을 다 하시네요."

대비는 누가 들으면 경천동지할 말을 아무렇지 않게 중얼거렸다. 그에 혹여나 누가 들을까 재빨리 저지한 연리가 사근사근하게 말을 붙였다.

"전하께 들어오시라 전할까요?"

"그러거라."

따뜻하게 짓던 웃음을 거두어들이곤 대비가 부러 얼굴을 굳히며 대답했다. 연리는 싱긋 웃으며 자리에서 일어나 대비전 앞뜰로 나갔다.

"들어오시지요, 전하."

상궁나인들을 여럿 거느리고, 연리는 층계에서 내려오지 않은 채 앞뜰에 무릎을 꿇은 능양군을 내려다보며 말을 건넸다. 천천히 고개를 들어 자신을 보는 능양군의 눈빛이 분연하였으나, 칼자루가 제게 있음을 모르지 않는 연리가 순진무구한 눈빛으로 응수했다.

"아니 드실 건가요?"

일어나지 않으면 그냥 가버리겠다는 듯 몸을 돌리자 거칠게 옷자락이 스치는 소리가 들려왔다. 아무 말도 하지 못하는 능양군을 보며 살짝 미소를 머금은 연리는 층계를 오르는 능양군을 뒤로하고 앞장서 다시 안으로 들었다.

"예까지 무슨 일이십니까?"

굳이 연리를 끌어당겨 옆에 앉힌 대비가 능양군과 마주 본 자세 그대로 차갑게 하문했다. 명백히 기세를 내리누르려는 태도에, 차마 대비에게 대항하지 못한 능양군이 연리에게로 눈을 돌려 떨떠름한 눈빛을 쏘았다. 감히 군왕을 정면으로 마주하고 있다는 것이 마음에 들지 않는 모양이었다. 썩 달갑지 않은 눈빛이었지만, 연리는 꿋꿋이 모르는 척 고개를 들고 모후와 함께 능양군을 쳐다보았다.

강약이 정해진 구도에서의 싸움은 제 살 깎아 먹기나 진배없다. 결국 연리의 시선을 슬쩍 피한 능양군이 용포 아래로 두어 번 주먹을 쥐었다가 펴더니, 이내 살가운 표정을 꾸며내고 입을 열었다.

"손자 된 이가 할마마마를 뵙고 문후를 드리는 일이야 당연한 도리이지요. 소손의 방만으로 할마마마께 큰 근심을 끼쳐 드린 일, 가슴 깊이 통감하고 반성하였으니 어리석은 소손을 용서해 주시옵소서."

한껏 몸을 사리는 자세였다. 대전과 대비전의 알력을 눈치챈 대신들이 편전에 들어 은밀하게 압박을 넣는다 하더니, 결국은 능양군이 그에 항복한 모양이었다. 신분을 이용해 아랫사람을 찍어 누르던 그가, 반정으로 왕위에 오른 후에는 명분 때문에 어질고 너그러운 사람으로 보이려 노력하는 상황이 꽤 재미있게 느껴졌다. 생각처럼 조정을 휘어잡지 못하는 그 속이 얼마나 안타까울까. 그나마 마음대로 다루던 이들도 벼슬에 올려놓고 나니 제 생각처럼 움직이지 않을 테니 말이다. 충신이라 생각했던 이들과 못마땅한 얼굴로 설전을 벌이는 능양군을 상상하다, 연리는 저도 모르게 피식 웃음을 흘렸다.

"공주…… 자가. 무어 좋으신 일이라도 있으십니까?"

대비와 인사 및 안부를 천천히 주고받던 능양군이 입가를 떨며 물어왔다. 간신히 존대하는 말투와 한껏 끌어 올린 입매가 어색하게만 느껴져, 다소곳하게 눈을 내리깔면서도 도무지 웃음기를 말끔히 지울 수가 없었다.

"주상, 호칭은 제대로 하셔야지요?"

툭툭거리며 짤막한 대답만 내뱉던 대비가 말꼬리를 잡았다. 공주자가라는 호칭에도 존재하던 망설임은, 피하고 싶었던 주제가 부닥쳐 오자 더욱 커졌다. 하지만 대비는 이 자리에서 그 문제를 결판내고 말겠다는 듯, 뚫어지게 능양군을 주시하며 무언의 독촉을 보냈다.

"……고모님."

못 할 말이라도 한 듯 능양군이 간신히 단어를 뱉어내곤 질끈 눈을 감았다. 그제야, 마음에 들지는 않지만 봐주겠다는 듯 대비가 만족스러운 표정을 지었다.

"이제야 왕가의 위엄이 바로 서겠습니다. 암, 왕실에서부터 모범을 보여야 조선 팔도에도 예가 세워질 것이 아닙니까."

"지당하신 말씀이십니다."

참을 인자를 수백 번, 수천 번 그리는 듯한 능양군이 간신히 맞장구를 쳤다. 어쩔 수 없이 모후의 말은 어떤 것이든 넙죽 찬성하는 모습이 신기하기도 하고, 도무지 실감이 나지 않아 연리는 반짝 눈을 빛내며 능양군을 쳐다보았다.

공손한 낯을 보이기 싫은 것인지, 어처구니없음과 분기를 참지 못할 것 같아서인지 능양군은 연리의 시선을 애써 피한 채 대비와 말을 나누었다.

"소손이 할마마마의 근심을 덜어 드리려 고심하던 차에, 마침 매듭지어야 할 시급한 사안이 있어 찾아뵈었습니다."

"시급한 사안이요?"

대화 내내 줄곧 시큰둥하던 대비가 관심을 내보이며 되묻자, 능양군이 반색하며 그렇다 대답했다. 궁금증을 자아내는 말에 잠자코 경청하던 연리는 살짝 고개를 기울였다. 어마마마께 시급한 사안이 뭐가 있지? 한데 그 순간 능양군의 눈길이 슬쩍 와 닿았다. 어리둥절한 표정으로 시선을 마주치자, 곧바로 시선을 돌린 능양군이 사람 좋은 척 함빡 웃으며 대비에게 말을 건넸다.

"고모…… 님의 길례 말입니다. 이제 정국도 어느 정도 안정되었고, 고모님도 혼기가 찼으니 하루빨리 치러야 하지 않을까 사료되옵니다."

역시 탐탁지 않은 듯 잠시 주저하던 능양군이 단숨에 말을 뱉어냈다. 어색하게만 들리는 고모님이란 호칭에 배어 나오는 웃음을 참으려던 연리는 말의 뜻에 놀라 눈을 크게 떴다. 뭐라구?

"오, 맞는 말입니다. 내 그간 정신이 없어 우리 공주의 길례는 까맣게 잊고 있었구려."

얼음같이 막아내던 것도 어느새 잊은 대비가 반갑게 맞장구를 쳤다. 그러자 얼굴에 화색이 돈 능양군이 얼른 말을 이었다.

"예, 마마. 혼인은 소홀히 할 수 없는 지대한 인륜대사이니, 조카된 도리로 어찌 챙기지 않을 수 있겠습니까? 소손이 하루빨리 좋은 부마를 간택하여 절대 부족하지 않게 길례를 준비토록 하겠습니다."

"그리하시오, 내 잊고 있었던 것을 이리도 세심히 챙기니 주상이 참말로 마음 깊이 반성하신 것이 맞나 보오. 마음이 흐뭇합니다."

"과분한 말씀이십니다, 당연히 그리해야지요."

연리는 안절부절못하며 주거니 받거니 화기애애하게 대화하는 모후와 능양군을 번갈아 보았다. 어떻게 끼어들어야 하지? 아직은 너무 이르다고? 아니, 조금만 더 정국이 안정되면 하겠다고 할까? 불안해하는 것이 들통날까 애써 심호흡을 하며 두근거리는 심장을 눌러 참는데, 가볍게 담소를 나누던 능양군이 이만 가보겠다며 자리에서 일어나 공손히 인사를 올렸다.

"저녁 문후 때 찾아뵙겠사옵니다, 할마마마."

"그래요. 그때 봅시다, 주상."

어찌할 틈도 없이 능양군이 방을 나갔다. 슬쩍 뒤로 눈길을 보내며 올라가는 입꼬리가 시선에 잡혔다. 속을 태우던 연리의 눈길이 그를 본 즉시 가늘어졌다. 동시에, 우왕좌왕 머릿속을 떠다니던 생각의 갈피가 잡혔다.

"정명아, 네가 어느새 어미 품을 떠날 때가……."

"송구합니다, 어마마마! 소녀 너무 갑작스러워, 신경 써주신 주상전하께 감사의 인사도 드리지 못한 것이 마음에 걸려서요. 얼른 인사드리고 다시 오겠사옵니다!"

아련한 목소리로 말을 거는 모후를 쳐다보지도 않은 채, 연리는 후다닥 자리에서 일어나 능양군을 쫓아갔다.

원, 저리도 기쁠까? 금쪽같은 딸에게 훤칠한 짝을 맺어줄 생각에 대비는 다행히도 당황한 연리를 알아차리지 못하고 소리 내 웃음 지었다.

"전하!"

숨가쁘게 달려오는 발소리를 들었음에도 불구하고 능양군은 걸음을 멈추지 않았다. 숨이 차 헉헉거리면서도 연리는 부아가 치밀어 더 빠르게 발을 놀렸다. 드디어 능양군을 앞질러 길을 막아서자, 그제야 능양군이 과도하게 깜짝 놀란 얼굴을 하며 천연덕스럽게 물었다.

"어이쿠, 어찌 체통도 지키지 않고 이리 달려오시나이까?"

"잠시 물러나 있게, 내 전하께 올리고픈 말이 있으니."

오르내리는 호흡을 가라앉히며, 연리는 능양군의 물음을 무시한 채 늘어선 상궁나인, 내관들에게 일렀다. 그러자 그들이 곧바로 물러날 태세를 취하며 잠깐 능양군의 눈치를 보았다. 대전 소속이면서도 공주의 말에 한 치의 망설임도 없이 따르려 하는 수족들의 태도에 능양군이 와락 이맛살을 구겼으나, 이내 손을 내저어 그들을 물렸다. 곧 늘어선 이들이 빠르게 자리를 피하자 능양군은 위선이 배인 미소를 띠며 말을 꺼냈다.

"그리 도도하게 앉아 있더니, 길례라 하니 마음이 다급해졌던 모양이지? 걱정하지 말거라. 과인이 대비마마를 생각해서 네게 걸맞은 혼처를 생각해 두었느니라."

능양군은 제가 당황하여 애걸하러 왔다 생각하였는지, 아무도 듣지 않는 틈을 타 한껏 빈정거리며 말을 이었다.

"얼굴 한 번 보지 못한 사내보다 안면 있는 자와 백년해로하는 것이 낫겠지? 하여 과인이 일등 공신 김류의 장자이자 이등 공신으로 책록된 김경징을 낙점……."

"호칭은 바로 하시지요, 전하."

"……뭐라?"

턱 끝을 살짝 들고 시선을 내리깔며 거만하게 말하자, 여유 있게 입을 열던 능양군의 얼굴빛이 확 바뀌었다.

"과인이 대비마마 앞에서 네년에게 한 번 고개를 숙였다고, 그것으로 내 머리 위에 눌러앉으려는 심산이라면……."

"호칭, 바로 하시라 했습니다."

으르렁거리며 씹어뱉는 어조를 단칼에 끊어내자 능양군의 눈썹이 크게 꿈틀했다. 참 신기하기도 하지. 예전 같았으면 틀림없이 두려움이 물씬 들었을 상황인데, 제가 우위에 있다는 것을 알자 어쩜 이리도 사람이 쉽게 느껴지는지 모를 일이었다.

"네년이 그리 기승을 부리면 과인이 겁이라도 먹을 줄 아느냐?"

"그리하셔야 할 텐데요. 그렇지 않으면 제가 기분이 상해 어마마마께 말씀드리게 될지도 모르지 않습니까."

"허, 과인이 말을 낮출 때마다 쪼르르 달려가 일러바치겠다는 것이냐?"

"그것도 그렇지만……."

코웃음을 치며 가소롭다는 듯 능양군이 비웃자, 연리는 삐뚜름하게 입술을 끌어 올려 웃어 보였다. 그러자 입가에 걸린 비웃음이 조금씩 잦아들기 시작했다. 연리는 굳은 능양군의 얼굴을 마주하며 천천히 손을 들어 천을 동여맨 어깨 위에 갖다 대었다.

"어의에겐 기억이 나지 않는다 말했었는데, 이젠 알 것 같거든요."

이 상처가 왜 생겼는지. 당의 아래로 두툼하게 느껴지는 환부를 쓰다듬듯 가리켜 보이자 능양군의 표정이 와락 얼어붙었다. 어느새 불량하게 끼고 있던 팔짱도 스르르 풀려 있었다.

"사실은 분란을 만들고 싶지 않아서 덮어두었는데, 전하를 마주하니 자꾸만 그 기억이 떠올라 견딜 수가 없다고 말하면 어떨까요."

"그, 그 말을 믿을 거라 생각하나? 그러려면 네가 궁 밖에서 지냈다는 사실을 실토해야 할 텐데. 정녕 만천하에 공주가 기녀로 살았다는 걸 알릴 작정이냐?"

"아뇨. 저와 함께 나왔던 궁녀가 궁 밖에서 살고 있으니, 그 아이와 함께 지내다 반정일에 우연히 전하를 만났다 할 겁니다."

거침없이 이어지는 말에 능양군이 팔을 부들부들 떨며 턱을 앙다물었다. 팽팽하게 당겨지는 턱이 위협적이긴 했으나, 연리는 이쯤에서 더 세게 당겨야 영원히 판을 휘어잡을 수 있음을 알고 있었다.

"아, 오라버니도 있군요. 오라버니께서는 화살을 맞은 저를 서궁에 데려다주셨던 훌륭한 증인이시니, 모후께서 궁녀의 말은 믿지 못하여도 조카 되시는 오라버니의 말은 믿지 않으실까요?"

맑은 눈동자를 반짝이며 순진무구하게 묻자, 뿌득 하는 소리와 함께 능양군이 느릿하게 억눌린 목소리를 뱉었다.

"원하는 게 무엇이냐?"

"부마는……. 도량이 넓은(洪) 성정이면 좋을 것 같네요."

연리는 어려울 것 없지 않느냐는 느긋한 태도로 툭 던지듯 제안했다. 고양이 앞에 선 쥐처럼 무조건 고개를 숙이던 과거와는 달리, 나른하게 완연한 윗사람의 태도로 자신을 대하는 연리의 모습에 능양군은 금방이라도 찢어발길 듯 부들거리며 쏘아보았다.

"풍산(豊山)에 그런 사내가 많다고 들었습니다, 전하."

눈을 깜빡거리며 천연덕스럽게 마지막 말을 발음하자 능양군이 이마를 짚으며 입술을 깨물었다. 자신을 죽일 듯이 노려보는 능양군에게, 연리는 방긋 웃으며 쐐기를 박아 넣었다.

"그렇지요, 조카님?"

"……그렇다고들, 합니다."

눈까지 질끈 감으며, 능양군은 현실이 아니기를 바란다는 듯 허망히 말을 맺었다.

"그럼, 간택은 문제없겠네요."

연리는 명랑하게 결론을 내리고 가볍게 걸음을 내디뎠다. 번쩍 눈을 뜬 능양군이 휙 바람 소리가 날 정도로 크게 몸을 틀었으나, 연리는 신경도 쓰지 않고 날 듯한 걸음으로 모후가 있는 대비전을 향했다.

왜냐하면, 이제 정말 모두 끝났으니까.

❖

팔랑―

님 그리워하여 꾸는 꿈속
귀뚜라미 넋이라도 되어
길고 긴 깊은 밤 님의 방에 들어가서
구름 사이 깊이 든 잠을 깨워볼까 하노라.

연리는 한 손으로 턱을 괸 채 펼쳐진 종이를 읽고 또 읽어보았다.

"풋."

문장 실력이야 익히 알고 있었지만 이런 연시도 잘 쓰는 줄은 미처 몰랐다. 언문 시라니. 여인들이야 궁중은 물론이고 민가에서도 익히 언문을 쓴다지만, 사대부 사내가 언문으로 연시를 쓴다는 이야기는 거의 들어본 적이 없었다. 무릇 사대부라면 유학의 도를 익혔으니 한시를 쓰는 일이 바람직하게 여겨졌기 때문이었다. 지켜야 할 선이 있는 한시보다는 가감 없이 마음을 표현할 수 있는 언시가 연시에 더 적합하다고 인정되긴 했지만, 어디까지나 여인들 사이에서나 그러했지 언문이 속되다고 여기는 사대부 사내들은 거의 쓰지 않았다.

한데 주원은 그러한 억제나 편견 따위에 얽매이지 않는 듯했다. 글자깨나 아는 이들이 보면 선비의 도리에 어긋난다며 이러쿵저러쿵 떠들 법함에도. 물론, 그래서 좋은 거지만. 연리는 고스란히 마음이 전해지는 시를 가슴에 꼭 안고 배시시 웃었다. 맞은편 구석에서 열심히 청소를 하던 궁녀는 혼자서 무언갈 읽으며 자꾸만 웃는 공주를 보며 혀를 내둘렀다. 아유, 어지간히 들뜨신 모양이네.

효심이 지극정성이라 궁 내외에 파다하게 퍼진 소문처럼, 왕은 등극한 지 얼마 되지 않아 공주의 길례를 결정하고 전국에 금혼령을 내렸다. 하기야 연치가 연치이시니 하루빨리 속행해야겠지. 공주를 흘끔 곁눈질한 궁녀는 멈추었던 손을 다시 부지런히 움직이며 막연히 소망했다. 아, 하가(下嫁)하실 때 나도 데리고 가셨음 좋겠다.

한성부에서 나온 직후, 연리가 김 상궁을 시켜 은밀히 금호문으로 보낸 전언은 며칠만 더 기다려 달라는 것이었다. 예상치 못하게 소속을 공주전으로 옮기게 되었고, 조만간 다시 연락할 테니 걱정하지 말라고. 그리고 곧 좋은 소식이 있을 거라고 말이다. 모후를 먼저 보내고 자신은 따로 금호문으로 가 자초지종을 설명할까 했으나, 여유도 마땅치 않았고 그러기에는 상황이며 장소가 적합하지 않았다. 게다가 능양군이 제 정체를 눈치채지 못했다면 모를까, 모든 것이 알려졌다면 기왕지사 안전하게 모든 일을 마무리함이 좋지 않겠는가.

하여 우선 능양군과 담판을 지은 것이었고, 주원에게 가장 확실하고 효과적인 방법으로 제 신분을 알릴 생각이었다. 덧붙여, 이제는 몰래 도망치지 않아도 함께할 수 있다는 사실도 함께. 다만, 모든 상황을 아는 자신과는 다르게 주원은 다시 한 번 되풀이된 이별에 속이 까맣게 탔을 터였다. 본의 아니게 약속을 어긴 연리는 미안함과 함께 조급함에 마음을 졸였다. 하지만 능양군을 눌렀다 해서 성급하게 행동하다간 혹여 꼬투리가 잡힐지도 모르는 일이었으므로, 연리는 신중에 신중을 기해 움직였다.

공식적으로 금혼령이 내리고 이틀 후, 그렇잖아도 채 정리되지 않은 데다 길례 준비까지 더해 궁내가 혼잡해진 틈을 타 연리는 군석에게 연통을 보냈다. 지금까지 벌어진 모든 상황을 알리고, 주원이 은밀히 입궁할 수 있도록 도움을 주었으면 한다는 내용이었다. 군석이 서둘러 보내온 답신에는 글자에서부터 축하와 기쁨이 물씬 묻어났다. 제 이름으로 공주전을 방문하겠다 알리고 대신 주원을 보내겠다는 긍정의 답변과 함께, 주원의 시가 동봉되어 왔다. 연정과 함께 절절한 그리움이 묻어나는 시를 받은 연리는 몇 번이고 읽고 또 읽으며 두근거림에 부풀어 군석이 일러준 날이 오기만을 기다렸다.

그리고 드디어.

"공주자가, 김 상궁이옵니다."

퍼뜩 고개를 드니 김 상궁과 함께 궁녀 두엇이 장막을 들고 들어왔다.

"설치하올까요?"

김 상궁이 궁녀들 손에 들린 장막을 가리켜 보이자, 연리는 얼른 종이를 접어 서랍에 넣고는 고개를 끄덕였다. 궁녀들이 낑낑거리며 긴 대를 세워 고정한 후, 그를 잡고 양옆으로 갈라지자 하늘하늘한 천으로 이루어져 희끄무레한 장막이 길게 펼쳐졌다. 보여? 연리가 자리에 그대로 앉은 채 묻자, 반대편으로 자리를 옮겨 장막을 통해 정면을 본 김 상궁이 고개를 저었다.

"아니옵니다, 외형이 어렴풋이 보이기는 하나 옥안이 보이지는 않습니다."

그럼 다 된 거네? 연리가 웃으며 만족스럽게 고개를 끄덕이자, 김 상궁이 방 안의 궁녀들을 모두 물리고 연리 곁에 다가와 은근하게 물었다.

"한데 그분이 누구기에 장막을 설치하라 하시는지요? 며칠 전에 자가께서 직접 만나시려고 했던 분인데 굳이 옥안을 가리시는 연유가 무엇인지……."

"그냥, 최대한 충격받지 않게 알리려고."

"예? 뭘 말입니까?"

제일 중요한 '무엇'을 쏙 뺀 연리의 말에 김 상궁은 순간 어리둥절하게 되물었다. 그러던 찰나에 번개같이 무언가를 깨달았는지 의문 가득하던 눈은 곧 가느스름하게 길어졌다.

"설마. 하면 소인에게 전하라 하신 소속을 옮긴다 어쩐다 하신 말씀이……."

연리는 짐짓 모른 척 딴청을 피우며 해맑게 물었다. 시간은 얼마나 남았어?

"반 시진 후면 입궐하실 겁니다."

즉답을 회피하는 연리에게 밉지 않게 눈을 흘긴 김 상궁이 시간을 일러주었다. 벌써? 생각보다 얼마 남지 않은 시간에 연리는 이미 한참 전에 완벽하게 끝낸 단장을 확인해야겠다며 부산을 떨었다. 갑자기 경대에 얼굴을 비춰보고는 의복 색이 칙칙해 보이지 않냐며 풀이 죽더니, 화려하게 치장하고 있던 머리꽂이와 노리개들이 너무 꾸민 것 같다며 획 풀어냈다.

평소에는 궁녀들이나 자신이 꾸며주는 것에 별 토를 달지 않던 연리가 갑작스레 옷이니 장신구니 수선을 피우자 김 상궁은 입을 떡 벌렸다. 하지만 연리는 그런 김 상궁은 신경도 쓰지 않고서 열심히 의복과 패물함을 뒤적거릴 뿐이었다. 마침내 연리는 한 식경이나 더 김 상궁을 얼빠지게 만들다, 봄꽃 색의 당의와 초록 치마로 갈아입고 장신구로는 주원에게 받았던 백옥 가락지를 낀 후에야 얌전해졌다. 겨우 차분해진 방 안에서 연리는 잠시 후에 있을 상황을 머릿속으로 그려보았고, 김 상궁은 잔뜩 들뜬 탓에 흐트러진 연리의 머리칼을 단정하게 빗어 정리했다. 그리고는 호기심 가득한 눈으로 연리를 곁눈질하며, 잠깐 보았던 주원을 떠올려 둘의 관계에 대해 무럭무럭 상상의 나래를 펼치기 시작했다.

마침내 기다리고 기다리던 입궐 시각이 되었다. 흥분하여 발그레하게 달아오른 뺨을 한 연리를 진정시키려, 김 상궁이 길례 전 준비해야 할 것들을 이것저것 이야기해 주는 사이 문밖에서 궁녀가 알려왔다.

"공주자가, 도련님이 찾아오셨습니다."

흥미로운 얼굴로 눈을 반짝이며 열심히 경청하던 연리가 돌연 딱딱하게 굳었다. 한눈에 보기에도 잔뜩 긴장한 태세였다. 그렇게 오매불망 기다리서 놓고는 왜 이리 굳어 계십니까, 장난스레 속삭인 김 상궁이 자리에서 일어났다. 연리는 덜컥 겁이 나 방 밖으로 나가려는 김 상궁의 옷자락을 부여잡았다.

"그……. 주, 준비시킨 건 다 됐지?"

"그럼요, 제가 나가면 바로 들어올 겁니다. 하면 손님도 이만 듭시라 전하지요."

긴장 풀라는 듯 부드럽게 연리를 토닥인 김 상궁이 눈을 찡긋해 보이며 방을 나갔다. 그러자 문밖에서 대기하던 궁녀가 곧바로 들어왔고, 장막이 가른 공간 옆에 자리를 잡고 앉았다. 방을 나간 김 상궁이 말을 전했는지 곧 진중한 발걸음이 바닥을 울리며 가까워져 왔다. 두근거리는 긴장과 흥분에 연리가 질끈 눈을 감았다 뜨는 사이, 마침내 발걸음은 방문 앞에서 멈추어 섰다.

"공주자가, 도련님이시옵니다."

문이 가로막고 있는데도, 익숙한 숨결이 지척에 다가온 것을 느낀 가슴이 쿵쿵 뛰어오르기 시작했다. 한 번 심호흡을 한 연리가 조금 떨어져 앉은 궁녀에게 눈짓했고, 공손하게 고개를 숙여 보인 궁녀가 일어나 방문으로 다가가 망설임 없이 문을 열었다.

사르락 옷 스치는 소리와 함께 조심스러운 발걸음이 한 발 한 발 앞으로 다가왔다. 눈을 내리깐 익숙한 얼굴이 점점 가까이 오며 장막에 가려졌다. 연리는 열어두었던 경대에 번개같이 얼굴을 비춰 단장을 확인한 후, 혹여 주원이 저를 알아보지 않을까 하는 두근거림에 빤히 그를 바라보았다.

"공주자가를 뵙습니다."

주원은 한 치의 어긋남도 없이 예를 갖추었다. 두 손을 포갠 후 절을 올리는 동작이 망설임 없이 깔끔했다. 갑작스레 안면도 없는 사이인 공주가 부른다 하면 사내된 호기심에 살짝 눈이라도 올려 볼 법하거늘, 주원은 흔들림 없는 단정함으로 칼같이 선을 지켰다.

오랜만에 듣는 차분한 음성에 기분 좋게 가슴이 두근거렸다. 연리는 고개를 숙이고 바르게 앉는 주원을 장막 틈으로 훔쳐보았다. 그러고 보니 어쩐지 조금 수척해진 것도 같았다. 언제나 다정다감한 그의 눈을 보지 못하고 마주하는 건 처음이라서 그렇게 느껴지는 걸까.

연리는 서안 위 벼루를 끌어당겨 붓을 쥐었다. 슥슥 단숨에 흰 종이 위에 언문을 써 내린 연리는 다시 제자리로 돌아와 앉은 궁녀에게 손짓해 종이를 넘겨주었다. 그를 받은 궁녀가 순조롭게 주원에게 종이를 전했다. 얼굴이 가려져 표정은 볼 수 없었지만, 어리둥절한 듯 주원이 잠시 머뭇거리다 내밀어진 종이를 받는 것이 장막 아래 틈으로 보였다.

건강상의 이유로 직접 목소리를 낼 수 없음을 양해해 주길 바랍니다. 만나서 반가워요.

"……홍가 주원이라 하옵니다."

언문이 쓰인 종이를 든 채 당황한 듯 잠시 대답에 사이를 두던 주원은 곧 아무렇지 않지 않게 법도를 지켰다. 꼭 재미있는 연극을 눈앞에서 지켜보는 느낌이라, 연리는 해사하게 웃으며 얼른 다시 붓을 쥐었다.

그간의 자초지종은 들었습니다. 반정을 도우신 것도 그렇고, 그 아이를 살펴주신 것도 그렇고 여러모로 활약하신 바가 많으시더군요. 진정 군자란 그대를 두고 하는 말이 아닌가 싶었습니다.

"과찬이시옵니다. 마땅히 그러해야 하기에 하였을 뿐, 소신이 특별히 의로운 사람은 아닙니다."

의인은 아니어도 정인은 맞겠지요? 궁 안에 앉아 있으면서도 봄내음 나는 이야기를 들으니 공연히 내가 다 설레었어요.

원래는 궁녀 연리를 잘 아는 공주인 양 물 흐르듯 자연스럽게 이야기를 이어가려 했지만, 불쑥 장난기가 돈 연리는 짓궂은 글을 적어 넣었다. 순진한 여인에게 수작을 거는 한량이 된 기분이었지만……. 언젠가 운종가에 함께 갔을 때 공주에 대한 칭찬을 늘어놓고도 원하는 반응을 끌어내지 못했던 기억이 떠올라, 연리는 괜한 호승심에 뻔뻔하게 종이를 넘겼다.

분명 종이를 받고 단숨에 읽었을 것이 분명한데도 주원은 말이 없었다. 분명 눈썹을 꿈틀하며 제 눈을 믿지 못하고 있을 게다. 장막 너머 어렴풋이 주원이 종이를 가까이 들어 다시 한 번 읽는 것이 보였다. 입가에 미소가 한가득 맺힘과 동시에 소리 내어 웃을 뻔한 연리가 간신히 입을 손으로 막아 참았다. 종이를 전달하던 궁녀가 의아한 표정으로 바라보자 연리는 재빨리 손을 내저으며 쳐다보지 말라 눈빛으로 일렀다.

그 애가 참으로 부럽습니다. 이야기를 들으면서 나도 그대 같은 부마를 맞으면 참 좋겠다고 생각하였지요.

"……공주께서 그런 저희의 사정을 어여삐 여기시고 살펴주시니, 그저 감읍할 따름이옵니다."

분명 공주는 좋은 사람이라고 들었으니, 주원은 공주가 언제 어떻게 제 정인을 빼내어줄지 언급할 것이라 짐작했을 테다. 하지만 뭔가 기대했던 것과는 일이 다르게 흘러가자, 주원은 드러나는 당혹감을 애써 담담히 감추려는 것 같았다.

금지옥엽 공주가 노골적으로 호감을 드러내는데도 주원은 견고하게 성벽을 세웠다. 군석이 알면 이만 사실을 밝히라 틀림없이 제게 잔소리를 했을 터였다. 입장을 바꾸어놓고 보면 제 행동이 꽤, 아니 많이 짓궂다는 걸 모르지 않았다. 하지만 연리는 혼인 전인 지금, 꼭 대답을 듣고 싶은 충동에 휩싸여 조금 더 장난을 연장했다.

그래요, 내 친동기처럼 아끼던 아이라 그대와 백년해로하도록 도와주겠다고 했지요. 그러니 한번 물어보고 싶군요. 그대는 연리의 무엇이 마음에 들었기에 집안도 벼슬도 포기하려는 건가요?

당사자가 아닌 제삼자가 하기에는 확실히 무례한 질문이었다. 하지만 연리는 이 모든 상황을 해결할 수 있는 절대자의 권위를 빌려 그의 진심을 물었다. 물론 굳이 이러하지 않아도, 사실을 밝힌 뒤 얼굴을 마주하며 직접 물어도 주원은 분명 진심을 이야기해 줄 것이었다. 하지만 지금 듣고 싶었다. 처음이자 마지막으로 오롯이 마음을 준, 앞으로 영원히 함께할 제 반려의 진심을. 때로는 당사자보다 제삼자에게 더 진실할 수도 있는 법이니 말이다. 뜻의 차이를 말하는 것이 아니다. 직접 들으면, 같은 뜻의 말이라도 훨씬 부드럽고 감미롭게 들려주겠지. 그는 그런 사내이니까.

그러니 그의 진심을 의심해서, 믿을 수 없어서가 아니다. 연리는 그간 함께해 온 시간 속에서 주원이 제게 준 신뢰는 혈육의 것보다도 더 강하다고 생각했다. 그래서였다. 그의 말은 너무도 따뜻해서, 그에 취해 진의만을 따로 온전하게 받아들일 수가 없었다. 그래서 항상 그 점이 행복하면서도 아쉬웠다. 그가 하는 말은 책 속 성현의 말보다도 믿음이 갔고 어버이인 모후의 말보다도 사랑이 넘쳤다. 그래서 연리는 담백하게 받아들이고 싶었다. 과연 자신이 받아도 될지조차 망설여지는 귀한 그 마음을. 부드럽고 따뜻하고 정다운 수식이 없어도 온전할, 순수한 그 마음을.

장막 너머로, 주원이 손에 종이를 든 채 고개를 들어 자신을 똑바로 바라보는 어렴풋한 외형이 비쳐 왔다. 연리도 고개를 들었다. 비록 장막에 가로막혀 있지만, 언제 어디에 있든 항상 이어져 있는 동심(同心)을 느끼며 그렇게 둘은 서로를 바라보았다.

"그분은."

쿵, 쿵, 쿵. 더 이상 급박할 수 없게 가슴이 뛰었다. 너무 세게 뛰어 마치 심장이 몸 밖에서 뛰고 있는 기분이었다. 연리는 혹여 밖까지 이 소리가 들리는 것은 아닐까 걱정하며 가슴을 쥐고 그에게 귀 기울였다.

"제 전부입니다. 제 삶이고, 제 의지이고, 제 생명이기에. 그러하여 연모합니다."

아. 잔잔한 그의 음성이 울리고, 거세게 뛰던 박동이 평온하게 가라앉았다. 연리는 삽시간에 시야가 그렁그렁 흔들리는 것을 느끼며 소리 내어 웃음을 터뜨렸다. 활짝 웃는 수려한 얼굴에 방울방울 눈물이 뺨을 타고 떨어지자 궁녀가 당황하여 눈치를 살폈다. 연리는 흠뻑 얼굴을 적시는 물기를 닦지도 않은 채, 더없는 충만함으로 인해 떨리는 손으로 글을 써 건넸다.

그대의 그 마음, 들으니 너무도 고결하고 고매하여 탐이 납니다. 다른 이에게 주기 싫어졌어요.

바스락. 제 웃음소리를 듣고 의문스럽게 고개를 갸웃하던 주원이 궁녀가 건넨 종이를 읽고서 천천히 구겨 쥐었다. 얼굴은 보이지 않았지만 화가 났다는 것을 여실히 알 수 있었다. 주원은 처음부터 끝까지 완벽히 단정하게 앉아 있던 자리에서 일어나 말했다.

"그분은 공주자가께서 참으로 좋은 분이라 하시었는데, 어찌 공주께선 신의를 배반으로 갚으려 하십니까?"

공주께서 은혜보다 사욕을 우선하시는 분인 줄 미처 몰랐습니다. 허망함이 담긴 목소리는 여차하면 당장에라도 공주전을 박차고 나갈 것만 같았다. 연리는 주원이 자리를 벗어나기 전에, 여전히 눈물과 웃음을 반쯤 섞은 채 서둘러 글을 써 넘겼다.

금혼령이 내려진 것은 아시지요? 간택단자는 넣었습니까?

거칠게 궁녀의 손에서 종이를 빼앗아 든 주원이 헛웃음을 흘리며 딱딱하게 대답을 내놓았다.

"넣지 않았습니다. 엄연히 정혼자가 있는 사내에게 부마는 가당치도 않은 자리지요."

탐이 나면 갖고자 하는 것이 자연스러운 이치라지요. 얼굴 한 번 보지도 못한 사내와 백년해로할까 노심초사했는데, 최악과 차악을 고민하다가 최선을 찾았네요.

회심의 말을 적어 넣은 보람도 없게 와그작, 종이가 손안에서 구겨지는 소리가 들렸다. 고개를 갸웃한 연리가 슬쩍 상황을 살피는 사이,

주원이 잔뜩 낮아진 목소리로 말했다.

"제게는 최악의 선택지로군요."

글쎄, 과연 최악일까요? 이 공주의 미모를 보면 생각이 달라지실 겁니다.

"만용이십니다."

장담하죠. 만에 하나 그래도 생각이 바뀌지 않는다면, 당장 그 아이를 그대와 함께 보내드리겠습니다.

기분 좋게 적은 언문을 궁녀를 통해 전하니, 그를 읽은 주원이 종이를 팔랑 발 아래로 떨어뜨렸다.

"어디 한 번, 해보시지요."

잇새로 새어 나오는 분기에도 연리의 얼굴엔 웃음기가 가시지 않았다. 연리는 손등으로 쓱 얼굴을 훔치곤 궁녀에게 이만 나가라 손짓했다. 궁녀가 총총 서둘러 문을 닫고 밖으로 나가자, 연리는 자리에서 일어나 천천히 장막을 향해 다가갔다.

천천히 내딛는 걸음이 이제껏 걸어왔던 여정을 끝내는 것처럼 홀가분하고도 가벼웠다. 금방이라도 꺼풀을 벗고 나갈 듯 가까이 다가선 연리는 손을 뻗어 장막을 걷었다.

그리고 마침내, 제 마음이 기다리는 장막 바깥으로 나갔다.

"어때요, 생각이?"

아직도 최악이에요? 방긋 웃으며 한 걸음 다가서자, 서늘하게 쏘아 보던 시선을 퍼뜩 거두어들인 주원의 눈이 화등잔처럼 커다래졌다.

"어떻게……."

성큼성큼 다가온 주원에게 연리가 아무 말 없이 품에 안겨들자, 영문을 모르면서도 주원은 반사적으로 연리를 감싸 안았다. 이윽고 재빨리 텅 빈 장막 너머를 확인한 주원이 혼란스러운 눈으로 연리를 부드럽게 품에서 떼어 놓았다.

"혹…… 공주께서 그대에게 이리하라 시키셨습니까?"

아, 이 반듯한 사내를 어찌하면 좋을까.

"아뇨?"

"그럼……."

몸에 맞춘 듯 꼭 맞는 당의와, 전혀 어색하지 않은 기품 있는 자태를 보고도 여전히 상황 파악을 하지 못하는 주원이었다.

"공주자가, 대비전 최 상궁이옵니다. 오늘은 저녁 문후를 조금 일찍 듭시라는 대비마마의 전갈이옵니다."

장난기가 가득 담긴 또랑또랑한 눈빛으로 막 입을 열려는데, 절묘한 적기에 대비전 상궁이 말을 올려 왔다. 연리는 어깨를 살짝 으쓱하고서, 주원의 눈에 시선을 고정한 채 문밖을 향해 말했다.

"오늘은 오랜만에 오라버니께서 오셨으니, 어마마마께는 송구하지만 조금 후에 뵙겠다 전해 드리게."

"예, 공주자가."

위엄 있는 말에 대비전 상궁이 공손하게 대답을 하고 물러났다. 입꼬리를 올려 웃음을 함빡 머금고, 연리는 까치발을 들어 두 손으로 주원의 옷깃을 잡았다.

"그래서, 이 공주의 미모가 어떤가요?"

크게 떴던 주원의 눈이 이제야 서서히 사태를 파악한 듯 아주 조금 안정을 찾았다. 하지만 아직도 머릿속은 혼란 그 자체인 듯했다.

한 번도 그리한 적 없었던 손을 타고, 저에게까지 떨림이 전해지는 걸
보면.

"하지만…… 도무지 이해가……."

자상하고 부드러운 모습도 좋지만, 멍하니 자신만 바라보는 모습도
온 정신을 꽉 휘어잡듯 매력적이었다. 쉿, 연리는 그대로 옷깃을 잡은
채 한쪽 검지를 입술에 갖다 대며 천천히 까치발을 내렸다. 반대로,
주원의 허리가 느릿하게 숙여졌다.

"이해 못 해도 돼요."

제게로 다가드는 주원을 더욱 가까이 끌어당기며 연리는 속삭였다.

"시간은 많으니까."

그리고 공주는 부마에게 입 맞추었다.

연리는 궁궐의 제 방보다 두 배쯤은 더 큰 신방을 홀로 지키고 있었
다. 어젯밤 뜬눈으로 밤을 새우고, 아침 일찍부터 이어진 강행군에 정
신이 하나도 없어 시각이 어떻게 되었는지도 가늠이 되지 않았다.

'날이 저문 지 좀 되었으니 술시, 아니 해시인가?'

골똘히 생각하던 연리는 겹겹이 껴입은 옷들이 묵직하게 몸을 눌러
오자 한숨을 폭 내쉬었다. 빛깔 좋은 비단에 고운 자수며 화려한 금
박이 돋보이는 호화로운 활옷이었지만, 몇 시진 동안이나 잔뜩 긴장
한 채 입고 있으려니 공연히 피로하기만 했다. 그렇다고 신부가 직접
혼례복을 벗어 던질 수도 없었기에 연리는 속수무책으로 노곤한 눈만
깜빡일 뿐이었다. 금혼령이 내린 직후부터 몇 달간 모후가 침방(針房)
을 닦달해 탄생시킨 최고의 역작이 골칫덩이가 되는 순간이었다.

문틈으로 찾아든 선선한 가을바람과 뭉근하게 덥혀진 신방의 구들이 달콤한 졸음을 청해왔다. 고단한 몸을 꼿꼿하게 세우고 반듯하게 합환상 앞에 앉아 있던 연리는, 노곤하게 풀어지는 의식을 필사적으로 부여잡으려 노력했다. 하지만 무겁게 내려앉는 눈꺼풀은 사람의 의지로 이겨 낼 수 있는 것이 아니었고, 연리는 너무나 당연하게 스르르 찾아드는 선잠에 젖어들고 있었다.

달카닥. 덮쳐 오는 수마에 반쯤 빠졌을 즈음, 잠잠하던 사위에 희미한 소음이 섞여들었다. 그 소리에 반사적으로 무거운 눈꺼풀을 살짝 들어 올린 연리의 시야에 목이 빠지게 기다리던 이의 모습이 비쳤다.

길례 준비로 한참 동안 만나지 못했다가, 낮에는 혼례 진행 때문에 정신이 없다 이제야 단둘이 만나게 된 것이다. 문을 열고 들어온 주원이 곧 걸음을 옮겨 다가오자, 연리는 잠이 덜 깨어 비몽사몽 하면서도 얼른 떨어뜨렸던 고개를 들고 허리를 곧추세웠다. 김 상궁이 입에 침이 마르도록 일러주었던 초야의 절차가 머릿속에서 빙빙 떠다녔다. 그러니까 제일 먼저…….

"피곤하십니까?"

맞은편에 앉은 주원이 다정하게 건네는 말에 연리는 느리게 눈을 깜빡이며 고개를 끄덕였다. 아, 기억이 안 나. 어제 들뜨고 긴장한 저를 잡고 김 상궁이 무언가 계속해서 일러주기는 했는데, 녹아내릴 듯 피곤하고 스멀스멀 졸음이 덮쳐 오니 머릿속이 흐리멍덩하여 아무것도 기억이 나지 않았다.

청량한 웃음이 듣기 좋은 종소리처럼 울렸다. 그에 간신히 졸음을 몰아낸 연리가 세차게 두어 번 고개를 저은 후 반짝 눈을 떴다. 주원이 입가에 미소를 매단 채로 주자를 들어 합환주를 따르고 있었다.

"아, 그건 제가!"

찬물이라도 뒤집어쓴 듯 정신이 번쩍 들었다. 어떡해, 반드시 내가 해야 한다고 했는데! 연리는 안절부절못하며 허겁지겁 덤벼들듯 상으로 다가갔지만, 주원은 이미 잔에 맑은 술을 따라낸 후였다.

망했다. 울상이 된 연리가 찰랑대는 술잔을 보며 허망히 속으로 중얼거리는 사이, 주원이 제 몫의 잔을 밀어두고 유려한 손길로 다른 잔을 들어 내밀었다. 중요한 날, 중요한 순간 실수를 한 자신이 바보 같아 연리는 풀 죽은 얼굴로 잔을 받으려 손을 내밀었다. 그런 연리를 본 주원이 다시 한 번 짧게 소리 내어 웃었다.

연리는 비죽 입술을 내민 채 몸을 기울여 잔을 받다가, 언뜻 희미하게 풍기는 주향에 눈을 동그랗게 떴다.

"공자님, 혹시……. 밖에서 술 드셨어요?"

합환주는 신랑신부가 표주박을 둘로 나누어 만든 잔으로 마시는 술로써, 일심동체인 부부를 상징했다. 이미 낮에 합근례(合卺禮)를 치렀지만 통상 초야의 술은 함께 마시는 것이 관례였다. 하지만……. 주원은 평온하게 웃기만 할 뿐 이렇다 말을 하지 않았다. 연리는 조심스럽게 묻는 밀에도 돌아오는 대답이 없자, 후다닥 잔을 든 채로 상 너머로 돌아갔다.

그동안 기루인 비원에서 살다시피 한 주원이었지만, 연리는 주원이 술을 마시는 모습을 거의 본 적이 없었다. 언젠가 몹시 취했을 때 한 번을 빼고는 취한 모습도 본 적이 없었다. 연리는 무심결에 그 이유가 주원이 술을 즐기지 않아서 그런 것이라 생각하고 있었다. 그런데 한 달쯤 전, 만나지 못했던 동안 서찰을 전해주러 둘 사이를 왕래하던 군석에게서 마침내 술에 얽힌 주원의 비밀을 들었던 것이었다.

군석은 흥밋거리라도 된다는 양 박장대소하며, 놀라며 걱정하는 연리에게 혼인 전까지 자신이 책임지고 주량을 늘려놓겠다 호언장담했다. 하지만 연리는 주량이 늘리겠다 해서 좀처럼 마음대로 늘려지지 않는다는 사실을 기녀 생활을 통해 잘 알고 있었다. 그렇기에 연리는 안절부절못하며 주원에게 가까이 다가갔다.

혼인 첫날밤 신랑을 골려주기 위해 지인들이 억지로 신랑에게 술을 마시게 한다는 이야기는 들었지만, 여염집에서나 그러했지 감히 일국의 부마에게 그럴 것이라곤 생각도 못 했는데!

질질 끌리는 무거운 활옷을 잡고 힘겹게 다가오는 연리를 보는 주원의 입꼬리가 반달을 그렸다. 그에 연리가 걱정이 가득한 얼굴로 안색을 살피더니, 더 가까이 다가와 한 손을 주원의 이마에 가져다 댔다. 부드럽고 흰 손이 불쑥 피부에 닿는 느낌이 흡사 불꽃이 튄 것처럼 찌릿했다. 차분하게 웃고 있던 주원은 눌러두었던 열기가 훅 피어올라 슬쩍 입술을 사리물었다.

취한 건 아닌 거 같은데……. 왜 말이 없지? 연리는 안색은 그대로이나 손바닥 아래로 느껴지는 뜨거운 기운에 고개를 갸웃했다. 그러는 사이 주원이 천천히 손을 올려 이마를 덮은 연리의 손을 끌어 내렸다.

"마셨습니다."

"역시! 괜찮아요?"

주원의 대답에 연리는 걱정이 몰려들어 다급하게 소리쳤다. 주량 약한 사람이 과음을 하면 정신을 잃는다던데! 연리는 어찌할 바를 모르다 다급하게 합환상 위에 올려두었던 주원의 것까지 잔 두 개를 양손에 들었다.

"드시지 마세요, 제가 대신 마실게요."

의도치 않게 세진 주량이 이렇게 요긴하게 쓰일 줄 몰랐다. 처음으로 기루에서 억지로 마셨던 그 많은 술들이 기껍게 느껴졌다. 합환주가 그다지 독한 술은 아니었지만, 술에 약한 주원이 또 음주하게 둘수 없었던 연리는 함께 마신 셈치고 자신이 한 번에 다 마셔 없애리라 마음먹었다.

망설임 없이 잔을 든 양손을 들어 올리는 순간, 갑자기 팔이 허리께를 두르더니 쑥 몸이 앞으로 당겨졌다.

"어⋯⋯."

눈 깜짝할 사이 바짝 다가온 얼굴에 연리는 숨을 멈추었다. 도자기처럼 고운 피부에 헌헌한 눈썹, 보석처럼 영롱한 눈이 또렷하게 자신을 보고 있었다. 자신도 모르게 높은 콧마루와 꽃잎같이 홍조를 띠는 입술까지 멍하니 시선을 훑어 내리는데, 허리를 감싼 팔에 힘이 들어가 몸이 자연스럽게 젖혀졌다.

"드시면 안 돼요!"

주원이 살짝 고개를 숙이더니 제 손에 들린 잔 하나를 말끔히 비웠다. 정신이 팔린 사이에 순식간에 가벼워진 잔의 무게를 느낀 연리가 노심초사하며 주원을 살폈다. 걱정이 한가득한 예쁜 눈이 자신을 살피는 것을 마주 보며, 주원은 흘린 술방울도 없이 멀쩡한 얼굴로 천천히 입을 열었다.

"지금 저를 걱정하시는 겁니까?"

"그럼요, 오라버니께 그 얘길 들었는데 어떻게 걱정을 안⋯⋯."

"그럼 그 뒷이야기는요?"

"⋯⋯네?"

잔잔하게 띠고 있던 미소가 사라지고 없었다. 어느새 온데간데없이 사라진 웃음에 연리가 어리벙벙하게 되묻자, 주원이 다시 고개를 숙여 나머지 잔 하나를 비웠다.

악! 틀림없어, 취한 거야! 연리가 발을 동동 구르는 사이, 잔이 가벼워짐과 동시에 주원이 고개를 들었다. 혹시나 삽시간에 정신을 잃는 건 아닌가 하고 애타는 마음으로 주원의 얼굴을 살피려는데, 불쑥 찾아든 손이 살짝 턱을 잡더니 그대로 입술이 겹쳐졌다.

따뜻하면서도 물기에 젖은 입술이 와 닿았다. 예상치 못한 전개에 채 닫지 못해 살짝 벌어진 틈 사이로 무엇인가가 찰랑거리며 넘어왔다. 차가운 감각에 연리가 움찔하자, 괜찮다는 듯 허리를 안은 팔이 부드럽게 등허리를 토닥였다. 주원에게 포근하게 안긴 채 연리가 엉겁결에 넘어온 것을 삼키자 닿은 입술이 호선을 그리며 떨어졌다.

달콤한 맛이 입안에 남았다. 연리는 눈을 깜빡이며 방금 목을 타고 부드럽게 넘어간 것의 정체를 가늠해 냈다. 합환주?

"그게 언제 적 일인데."

생소한 느낌에 입술을 만지작거리는데 주원의 낮아진 목소리가 들려왔다. 어느새 손에서 벗어나 넓은 옷자락 위에 떨어진 잔을 주워 올리던 연리가 무심코 고개를 드는 순간이었다. 허리를 감싸고 있던 팔이 가볍게 몸을 돌리더니, 다른 쪽 팔이 무릎 아래로 들어와 휙 몸을 안아 들었다.

"꺅!"

손에서 놓친 잔이 데구루루 구석으로 굴러갔다. 연리는 갑자기 확 높아진 시야에 놀라 반사적으로 주원의 목을 끌어안았다. 짧은 비명에도 아랑곳하지 않은 주원은 방 안을 가로질러 몇 걸음 성큼성큼 걸어가더니 이내 원앙금침 위에 연리를 내려놓았다.

급격하게 바뀐 장소에 연리가 놀란 눈을 하고 앉은 채 주원을 보았다. 평소와는 사뭇 다른 분위기인 것이 연리의 눈에는 틀림없이 과음을 해서 그런 것으로만 보여 걱정을 거둘 수가 없었다.

"공자님, 정말 괜찮……."

그래서 다시 한 번 확인하려 말문을 여는 순간, 손을 뻗어 머리를 감싼 주원이 연리를 끌어당기며 다시 입을 맞추었다. 가벼웠던 방금과는 달리 한 치의 틈도 없이 농밀하게 이어지는 접문이었다. 숨이 차 얼굴을 틀려 할 때도 방향을 바꾸어가며 입을 맞추던 주원은 연리가 가슴을 도닥댄 후에야 비로소 놓아주었다.

"하아, 하아……."

술기운 때문일까. 처음 하는 입맞춤도 아닌데 얼굴이 화끈거렸다. 연리가 호흡을 가다듬으며 달아오른 얼굴을 식히려 노력하면서 주원을 쳐다보았다. 빤히 보는 눈길에 묘하게 웃은 주원이 두 팔 사이에 연리를 가두고 천천히 몸을 숙여왔다. 넓은 옷자락을 주원이 누르고 있는 바람에 연리는 몸을 뺄 수도 없어 꼼짝달싹 못하는 판국이었다.

"괘…… 괜찮으시면서 왜 대답을 안 하셨어요."

사방을 막은 팔과 몸 때문에 오로지 위에서 내려오는 시선 외 다른 쪽의 시야는 차단당하자 어쩐지 민망함이 증폭되었다. 마침내 등에 푹신한 이불이 닿아 완전히 눕혀지자, 연리는 애써 말을 건네며 슬쩍 시선을 돌리고 물었다. 그러나 들려오는 목소리는 그런 제 심정을 아는지 모르는지 태연하기만 했다.

"예뻐서요."

맥동이 쿵쾅쿵쾅 폭발할 듯 뛰었다. 이러다 머지않아 터질 것만 같았다. 연리는 제 귀가 잘못된 것인가 하고 화들짝 놀라 시선을 들었다, 자신을 내려다보고 있던 주원과 눈이 마주치자 호랑이에게 잡힌 사슴처럼 그대로 얼어붙었다. 과장이 아니라, 정말로 잡아먹힐 것 같은 눈빛이라 연리는 이상한 기분에 사로잡혔다.

"그…… 그럼 이제 공자님도 술을……."

당황한 연리는 사로잡힌 초식동물처럼 눈을 굴리며 아무 말이나 횡설수설 꺼내어 말했다. 주량을 물어서 어쩌겠다는 거야, 초야에 대작이라도 하려고? 마음속에서 어리석은 자신을 원망하는 목소리가 들려왔으나, 말을 멈추지 못하는 것은 이대로 가만히 있다가는 한입에 꿀꺽 삼켜질 것만 같았기 때문이었다.

"공자님?"

그런 노력이 무색하게도, 숨결이 닿을 정도로 가까이 다가든 주원이 말끝을 올리며 연리의 마지막 말을 되짚었다. 다시 눈을 맞춘 연리가 토끼 눈을 뜨고 말을 얼버무렸다.

"아, 그게……."

"서방님이라 하셔야지요, 부인."

사근사근한 목소리가 부드럽게 말꼬리를 잡아 이었다. 당연한 말인데도 낙하하는 별똥별을 삼킨 것처럼 속이 우르르 떨려왔다. 반짝, 금침 곁에 켜둔 촛불이 일렁이며 양귀비 같은 담갈색 눈동자가 빛났다. 연리는 홀린 듯 입술을 떼었다.

"서방님."

고요하게 흐르는 청아한 목소리에 주원이 눈매를 접으며 만족스럽다는 듯 웃었다. 동시에 기다렸다는 듯 훅 하는 소리와 함께 화촉이 꺼졌다. 연리는 시각이 사라지자 모든 신경이 나머지 감각에 모여들기라도 한 모양이라고 생각했다. 그리 크지도 않을 소리와 그리 심하지도 않은 자극들이 벌써부터 예민하게 반응을 틔워내기 시작했기 때문이었다.

어느새 몸을 누르고 있던 무거운 활옷이 벗겨져 나갔다. 연리는 쿡 웃으며 가벼워진 팔을 들어 살며시 주원의 목에 둘렀다. 보이지는 않으나 손끝에 감겨드는 온기가 그도 저와 함께임을 알려주었다.

그렇게, 신방은 저물지 않을 아득한 환희의 장을 열었다.

❖

"부인, 또 글씨를 쓰십니까?"

감미로운 음성이 들려왔다. 열심히 붓을 잡고 글을 쓰던 연리는 고개를 들어 뒤를 돌아다보았다. 주원이 섬돌 위에 올라선 채 뒷짐을 지고 자신을 바라보고 있었다. 연리는 한마디 변명도 않고 방긋 웃으며 고개를 끄덕였다.

피로하니 당분간은 쉬시라 하였는데. 당당한 태도에 피식 웃음을 흘린 주원이 시원스럽게 보폭을 내디뎌 마루 위로 올라왔다. 연리는 한 시진이나 잡고 있던 붓을 내려놓고 뻐근한 어깨를 톡톡 두드렸다. 요 며칠 일이 바빠 좀처럼 보기가 쉽지 않은 터라, 오랜만에 본 낭군에게 당장에라도 달려가 품에 안기고 싶었으나 몸이 무거워 연리는 다가오는 주원을 빤히 보기만 했다.

아쉬움이 담긴 눈을 본 주원이 소리 내어 웃으며 다가와 뒤에서 연리를 안아주었다. 그제야 만족스러운 빛을 띤 연리가 고개를 돌려 주원의 입술에 입맞춤했다. 아이에게 하듯 달콤하고 조심스럽게 입 맞춘 주원이 따스한 눈빛을 교환하고는 고개를 돌렸다. 서안에 펼쳐진 네 장의 종이를 본 주원은 곧 고개를 갸웃하며 천천히 쓰인 글자를 읽어내렸다.

"태영(台英), 태연(台然), 태화(台華), 태정(台政)……."

별을 뜻하는 태 자에 글자 하나씩을 더 붙여 만든 단어들이었다.

"무얼 쓰신 겁니까?"

"아이 이름이요."

키득거리며 아이처럼 웃은 연리가 자랑스럽다는 듯 종이들을 바로 나열하며 말했다.

"태영은 별처럼 재주가 뛰어나다는 뜻이고, 태연은 별을 닮은, 태화는 별처럼 찬란한, 태정은 밝은 별처럼 부정한 것을 바로잡는다는 뜻이에요."

연리의 어깨에 무겁지 않게 고개를 올려놓고 설명을 들은 주원이 빙그레 웃으며 고개를 끄덕였다. 좋은 이름이군요.

"그런데 어떤 것이 제일 좋을지 모르겠어요."

폭 한숨을 내쉰 연리가 한가득 자신을 감싸 안은 주원에게 고개를 돌려 물었다.

"당신은 어떤 이름이 제일 마음에 들어요?"

순진하게 묻는 물음에 주원이 흠 소리를 내며 종이들을 집어 들었다.

"한데 왜 다 사내아이 이름이지요?"

다시 한 번 주의 깊게 글자들을 살피며 중얼거리는 소리에 연리가 웃음을 터뜨렸다.

"첫 아이는 사내아이면 좋을 것 같아서요. 당신을 닮은."

천연덕스러운 연리의 말에 주원이 가볍게 콧잔등을 찡그렸다.

"전 부인을 닮은 여자아이였으면 좋겠는데."

"안 돼요! 제가 며칠 동안 고민해서 지어놓은 이름이란 말예요. 꼭 이 중에서 정해야 해요!"

연리가 도리질을 치며 종이를 든 주원의 손을 답삭 잡았다. 하지만 주원은 모른 척하며 골똘히 생각에 잠긴 척했다.

"하면 부인이 지은 이름들에서 한 자씩 떼어다 새로 만들면 되겠군요. 영연(英然), 화정(華政)……."

제가 자나 깨나 고민하며 만들어놓은 이름들을 갈라내 여자아이를 위한 새 이름을 조합해 내는 주원의 행동에 연리가 입을 딱 벌렸다.

"무…… 무슨 이름이 그래요!"

"왜 그러십니까? 꽃잎처럼 예쁜, 바로잡아 환하게 빛나는……. 뜻은 얼추 맞아드는데."

능청스럽게 글자의 다른 여러 뜻까지 찾아내 끼워 맞추는 주원의 말에, 무조건 결사반대하려 벼르고 있던 연리는 까르르 웃음을 터뜨렸다.

"좋아요, 어차피 아직 성별은 모르니까. 그럼 우리 사내아이 거 하나, 여자아이 거 하나 골라요. 음, 저는……."

"하나만?"

심사숙고해서 네 후보 중 하나를 골라내려는데, 주원이 묘한 목소리로 되물었다. 네, 왜요? 태영이 나을까, 태연이 나을까……. 막상막하인 호감을 열심히 마음속으로 재어보고 있던 도중, 연리는 순진무구한 눈빛으로 왜 그러냐는 듯 주원을 바라보았다.

"부인께서 공들여 지어놓은 이름이니, 다 써야 하지 않겠습니까?"

아까운데. 여상하게 말하는 주원의 어조에 연리는 고개를 끄덕이면서도 어리둥절하게 대답했다.

"그야 그렇지만……. 한 사람 이름이 네 개일 수는 없잖아요."

"네 명이면 되지요."

"……네?"

"아니, 제가 지은 이름들도 있으니 여섯 명이어야 되겠군요."

이 사람이 지금 무슨 말을! 경천동지할 만한 발언을 아무렇지도 않게 하는 주원의 뻔뻔스러운 얼굴에 연리는 입을 딱 벌렸다. 진심이냐는 듯 당혹스럽게 묻는 연리의 시선을 피한 채, 주원이 느긋하게 서안으로 다시 고개를 돌렸다.

얼마나 많은 연습을 했는지, 익숙한 서체로 적힌 종이들이 여럿 마루에 떨어져 있었다. 주원은 먹물이 얼룩덜룩 묻은 사랑스러운 손을 잡아 입을 맞추며 서안 위에 놓인 낯선 서책을 가리켜 보였다.

"못 보던 것 같은데, 새로 구하신 책입니까?"

먹물이 물든 자국마다 닿아오는 입술에 얼굴을 붉히던 연리가 얼른 손을 빼내었다. 입술도 아닌 손이고 주위는 아무도 없었지만, 밝은 대낮에 노골적으로 이곳저곳 입을 맞추는 행동이 아직은 부끄러웠다.

"비망록(備忘錄)이에요."

"비망록……. 일지 같은 겁니까?"

"음, 네."

서책을 집어 든 연리가 빠르게 팔랑팔랑 책장을 넘겼다. 기분 좋은 음성으로 웃은 주원이 봉긋 솟은 배를 따뜻하게 감싸며 서책에 눈길을 주었다.

"꽤……. 오래전부터 시작하는군요."

책장이 중간쯤까지 넘어갔음에도, 얼핏 서궁(西宮)이란 글자가 보이는 것을 보고 주원이 조심스럽게 물었다. 그러나 연리는 아무렇지 않게 고개를 끄덕였다. 그에 잠잠히 연리가 하는 양을 보고 있던 주원의 눈썹이 놀란 듯 일순간 들썩였다.

"비원?"

언뜻 스쳐 간 익숙한 글자를 읽어낸 주원이 확인하듯 되물었다. 네. 추억에 잠긴 듯 연리가 나지막하게 대답했다. 주원은 그런 연리의 목소리에 잠자코 책장이 끝을 넘어갈 때까지 기다렸다.

"아직 다 쓰지는 못했어요. 하나하나 기록하려면 기억을 좀 더 정리해야 할 것 같아서."

"이걸 다 기록하셔서서 어디에 쓰시려고요?"

혹여나 좋지 않은 기억을 떠올릴까 걱정이 된 주원이 서책을 잡은 연리의 손 위에 제 손을 겹쳐 잡으며 다정하게 물었다. 그런 주원이 마음을 알아차린 연리가 가볍게 웃으며 그의 품에 몸을 기대며 말했다.

"앞으로 저는 영안위(永安尉) 홍주원의 아내이자, 풍산 홍씨 가문의 며느리로 남을 테니까요. 공주 정명도, 비원의 기녀 연도 사라질 걸 생각하니 아무래도 섭섭해서요."

회임을 하면 감수성이 풍부해진다더니, 그동안 거의 언급하지 않던 비원의 이야기를 요즘 부쩍 꺼내기 시작하는 연리였다.

"사라지다니요. 공주 정명도, 기녀 연도, 영안위의 아내도, 그리고 궁녀 연리도……."

모두 그대인데요. 부드럽게 말하며 주원은 연리 대신 서책을 받아들었다. 주원의 말에 연리가 살짝 고개를 들어 눈을 마주쳐 왔다. 주원이 그 달빛 같은 시선에 가만히 눈을 맞추어주는데, 겹쳐 잡은 손이 꼬옥 온기를 더해왔다.

"도와드리지요. 한 사람의 기억보다는 두 사람의 기억이 더 정확하지 않겠습니까."

자상한 목소리에 연리가 몸을 돌려 주원의 품에 안기며 대답했다. 고마워요, 정말로. 눈을 감은 채 제게 파고드는 온기를 가만히 안고 있던 주원은, 갑자기 품을 벗어나는 연리의 행동에 도로 눈을 떴다.

"그렇게 갑자기 일어나시면 몸에 좋지 않……."

제가 일어나려는 줄 알았는지, 팔을 잡고 진지하게 눈을 맞추며 말하는 주원에게 연리가 방긋 웃으며 대뜸 서책을 품에 안고서 외쳤다.

"이름 지어주세요!"

"이름이요? 그건 아까……."

"아이, 그거 말고요! 이 비망록 이름 말이에요."

이름이 있으면 좋을 것 같다는 생각이 들어서요. 초롱초롱한 눈빛을 보내는 얼굴이, 몇 달 후면 어머니가 될 여인으로는 도무지 보이지 않아 주원은 피식 웃음을 흘렸다.

"얼른요."

보채듯 채근하는 연리의 뺨에 가볍게 입 맞추며, 주원은 연리를 품에 안은 채 벼루를 끌어당겨 붓을 쥐었다. 신이 난 연리가 서책을 덮어 이름을 쓸 겉면을 냉큼 내어놓은 후 벼루 옆에 가져다 놓았다.

잠시 고민하던 주원은 곧 언문 몇 글자를 일필휘지로 적어 넣었다. 화색이 돈 연리가 얼른 글자를 확인하려 하자, 붓을 내려놓은 주원이 대뜸 연리의 얼굴을 부드럽게 잡고 눈을 맞추었다.

"왜요?"

곱게 난 속눈썹을 깜빡거리며 연리가 천진난만하게 묻자, 주원은 슬며시 잠식해 오는 열기를 내리누르며 천천히 말했다.

"생각해 보니, 여섯으로는 부족할 것 같군요. 비망록 이름까지 지어 드렸으니 말입니다."

"네?"

"여덟은 어떻습니까? 공평하게 사내아이 넷, 여자아이 넷으로."

"뭐라구요?"

깜짝 놀란 연리의 대답은 아랑곳하지도 않은 채, 주원이 쿡쿡 웃으며 입술을 겹쳐 왔다. 무슨 말을 하는 거예요! 어이가 없어진 연리가 어깨를 콩콩 두드렸지만, 주원은 낮게 웃음을 흘릴 뿐 입맞춤을 멈추지 않았다.

아니, 정말 진심이에요? 머릿속으로 황당함과 물음이 가득 찼지만 입술을 떼지 않아 말은 자꾸만 안으로 먹혀들 뿐이었다. 웬만해서는 떨어지지 않을 것 같은 태세에, 어느새 매혹에 빠져든 연리가 그의 주도에 몸을 맡기고 그의 목을 감쌌다.

　서서히 등 뒤로 서안이 닿고, 주원이 연리의 등이 아프지 않게 그 사이에 제 팔을 받쳤다. 단시간 내에 끝나지 않을 것 같은, 한 연인의 진한 입맞춤이 이어지는 옆으로 부드러운 바람이 찾아와 종이들을 간질였다.

　이름들이 적힌 종이들이 팔랑 몸을 움직이고, 서안 위에 있던 비망록도 겉장을 살짝 들었다 놓았다. 채 먹물이 덜 말랐던 글자는 찾아든 바람 덕에 마침내 물기를 없애고 진득하게 흔적을 새겨 넣었다.

　이어 적기에 찾아든 햇빛이 고루고루 마루를 비추었다. 마침내, 자리를 잡은 글자가 반짝이는 햇살에 어엿하게 자태를 드러내 그림 같은 정취를 마무리했다.

　「비원이야기」

외전
공주는 잠 못 이루고

"으음……."

"좀 더 주무세요."

촉. 이마에 내려앉은 가벼운 감촉이 금세 사라졌다. 비단 금침이 쓸리는 소리와 함께 곁에 자리했던 온기가 자리를 뜨는 것이 느껴져, 꿈속을 헤매고 있던 연리는 비몽사몽한 와중에도 서둘러 팔을 뻗어보았지만 아무것도 잡히지 않았다. 축지법이라도 쓰는 양, 방금 자리에서 일어난 것 같은데도 탁 하고 문 닫히는 소리가 바로 들려왔다. 그제야 방 안에 저 혼자만 남았음을 안 연리는 의문스럽게 중얼거리며 끈질긴 수면에 다시 빠져들었다.

"또야……."

❖

"자가, 오늘도 늦게 기침하셨어요."

"알아."

연리는 애린이 가져다준 따뜻한 차를 마시며 천천히 대답했다. 그에 쟁반을 들고 빈 잔을 가져가려 기다리던 애린이 도통 모르겠다는 표정으로 핀잔을 주었다.

"그러게 어찌 매일 그리 늦게 주무세요? 그렇게 늦게 주무시고 늦게 기침하시면 건강에도 안 좋고, 또 김 상궁 마마님이 제게 자가를 제대로 못 모신다고 꾸중을……."

"알았어. 김 상궁한테 널 혼내지 말라고 말해둘게."

"아, 아니…… 꼭 그래서가 아니라요……."

찻물을 홀짝거리며 무심하게 대꾸하는 연리에게 애린이 눈치를 보며 우물쭈물 말을 흐렸다.

"어…… 어찌 되었든 일찍 주무셔요. 매일 이렇게 늦게 기침하시니 부마 나리 등청도 못 보시고……."

"늦게 오시니 자꾸만 밀리는 거잖아."

"예?"

작게 중얼거린 말을 듣지 못한 애린이 무심코 되묻자, 연리는 여상한 목소리로 알았다 대답하고선 빈 잔을 넘겨주었다. 애린이 반신반의한 표정으로 잔을 받아 들고는 그럼 쉬세요, 하며 문을 닫고 나갔다. 애린이 나가고 혼자 남겨진 방 안에서 연리는 골이 난 표정으로 털썩 보료 위에 누웠다.

벌써 며칠째 얼굴을 제대로 보지 못했다. 넉 달 전 일어났던 이괄의 모반 당시 우의정, 예조판서 등과 호종(護從)의 명을 수행한 일로 주원은 모반이 종료된 후 혼란스러운 정국을 정리하는 데 협조하라는 명을 받아 매일같이 등청하며 업무를 맡았었다. 그러나 지금은 일이 거의 마무리되었을 시기가 아닌가? 아무리 모반이라지만, 이렇게 끝난 지 석 달이 넘은 지금도 새벽같이 등청하고 한밤중에 퇴청할 정도로 시간이 오래 걸릴 만한 사건은 아니었다.

같이 아침 햇살 아래 눈을 뜨고, 도란도란 이야기를 나누며 식사를 하고, 책을 읽거나 그림을 그리며 취미를 함께하고, 종종 혜민서(惠民署)에 나가 백성들을 돌보기도 했던 둘만의 평온하고 다정했던 생활이 훼방받고 있었다. 대체 역모 관련자들을 처벌하고 치죄하는 일을 왜 의빈(儀賓)인 부마에게 맡긴단 말인가? 열심히 할라치면 조정의 일에 간섭한다며 업무를 빼앗고, 그렇다고 조금이라도 일을 천천히 한다 싶으면 어명을 쉬이 여긴다고 경고하며 피를 말렸으면서.

연리는 그런 주원이 안쓰러워, 밤늦게 오는 그를 맞이하고 함께 잠자리에 들려고 꿋꿋이 자지 않고 버텼다. 오늘 하루는 어땠냐, 힘들지는 않았냐 물으며 밀렸던 이야기를 나누고 하루를 마무리할 생각이었다. 하지만 주원은 늦어도 한참은 늦은 한밤중에 퇴청함은 물론, 귀가한 후에는 못다 한 일을 하는지 곧바로 사랑채로 들어가 한참 동안 도통 나오질 않았다. 그래서 연리는 주원이 안채에 올 때까지 하염없이 기다렸으나, 그 시각은 쉬이 자정을 넘기곤 했다. 거의 수마에 빠지다시피 한 연리가 떠나려는 의식을 붙잡다 인기척에 겨우 정신을 차리면, 어느새 바람같이 제 곁으로 온 주원이 늦게 와 미안하다며 안고 이부자리에 드는 바람에 그의 품에 안겨 그대로 잠에 빠지게 되는 것이었다.

수면을 하기는 하는 것인지, 새벽같이 일어나 등청 준비를 마친 주원은 잠에 빠진 자신을 깨우지도 않았다. 오히려 자신이 자리에서 일어나 등청 준비를 도우려고 하면, 도로 이부자리에 눕히며 더 자라 달래는 것이었다. 도리도리 고개를 저으며 일어나려 애를 썼지만 그러는 것도 하루 이틀. 계속되는 늦은 퇴청과 이른 등청에 연리는 잠이 부족해 아침 일찍 등청하는 주원을 배웅하지도 못하고, 한밤중 퇴청하여 새벽에야 안채로 오는 주원을 제대로 맞이하지도 못했다. 마치 부부가 아니라 동거인이 된 느낌이었다.

열심히 나랏일을 하는 낭군을 두고 저는 잠조차 이기지 못하는 아내가 된 것 같아 속상하기 이를 데 없었다. 분명 저번 달까지만 해도 이러지는 않았던 것 같은데. 얼마 전부터 부쩍 눈코 뜰 새 없이 바빠진 느낌이었다. 아무리 생각해도 능양군의 농간이 분명했다. 업무를 얼마다 과하게 주면 하루종일 매달리는 것도 모자라 그걸 집에까지 가져와 할 정도인 걸까. 연리는 못마땅한 표정을 지으며 천장을 노려보다가, 주먹을 불끈 쥐고는 자리에서 벌떡 일어났다.

"어마마마, 요즈음 지내시는 것은 어떠시옵니까?"

"나야 무슨 일이 따로 있겠니. 주상의 효심이 지극하니 평화롭기 그지없을 뿐이지."

대비가 편안한 얼굴로 여상스레 대답하며 후룩 차를 마셨다. 연리는 슬쩍 눈썹을 올리며 따라 찻잔을 드는 동시에 속으로 투덜거렸다. 그래, 어마마마께만 잘 보이면 된다 이거지.

"참, 영안위는 잘 있느냐? 내 영안위방에 한번 가보고 싶거늘, 어찌 상황이 되지 않는구나."

오늘 반드시 이 문제를 해결하겠다는 요량으로 무작정 궁궐로 찾아온 연리는 대비가 주원에 대해 묻자 이때다 하고 말을 틔웠다.

"잘 있지요. 한데 요사이 일이 너무 바쁜지 통 얼굴도 보지 못하여 걱정이 이만저만이 아니에요. 별이 저물 즈음에 일어나 별이 돋을 즈음에 돌아오는 터라……."

"그래?"

모후라면 간이라도 빼어줄 듯 받들어 모시는 능양군의 태도에, 모후는 능양군에 대한 신뢰가 나날이 높아가고 있었다. 속이야 들춰 보일 수도 없으니 그럴듯하게 대하면 대접받는 사람이 어찌 의심할 수 있겠는가. 그 상황에서 제가 능양군을 경계하라거나 완전히 믿지 말라 말하기라도 하면 모후는 네 기우이다 대답할 게 뻔했다. 연리는 하는 수 없이 문제를 에두르는 방법을 택했다. 다행히 모후는 자신 다음으로 주원을 아꼈으니까.

"조정에 일이 많나 보구나. 그러잖아도 지난날의 모반과 요즈음의 가뭄으로 농사가 안 되어 봄에 받아야 할 춘등(春等)이 걷히질 않는다고 선혜청이 고민이라 하더니, 그 일인가 보다. 오죽하면 영안위까지 불려갔을꼬."

주상이 힘드시겠어. 쯧쯧 혀를 차며 안타깝다 하는 대비의 말에 연리는 예상과는 다른 반응이 나오자 떨떠름했다. 능양군이 주원에게 일을 시키는 것은 능력을 인정해서가 아니라 심술이나 착취에 더 가깝다는 것을 알 만한 사람들은 아는 사실이었다. 다만 제게 호화로운 집을 지어주고 재물을 넘치도록 부어주는 그 행동에 속아 넘어간 모후만 모를 뿐. 연리는 주원을 착취하는 능양군의 행동을 대비가 말려주길 바라며 무어라 더 말을 넣으려다, 괜스레 사이좋은 왕실 간의 불화를 지피게 될까 봐 입을 다물었다. 아무래도 제가 직접 만나 말해야 할 것 같았다.

"대비마마, 주상전하께옵서 문후 드셨사옵니다."

"오, 주상께서. 어서 드시라 해라."

어찌 만나면 좋을까 고민하며 대비와 한담을 주고받던 중, 적기에 능양군이 대비전에 찾아왔음을 알렸다. 잘됐다. 반가운 듯 목소리를 높이는 대비의 옆으로 자리를 옮기며, 연리는 반짝 눈을 빛냈다.

"할마…… 마마."

활짝 핀 낯을 하며 성큼 걸어들어오던 능양군이 제 얼굴을 보고 슬쩍 탐탁지 않다는 눈빛을 보내왔다. 능양군과는 길례를 올리고 영안위방으로 하가한 이후 실로 오랜만에 낯을 마주하는 것이었다.

"어서 오세요, 주상. 마침 공주도 와 있으니 오랜만에 가족 모임이 되었군요."

"고모님께서 어인 일이십니까?"

능양군이 표정을 갈무리하고 다가와 앉으며 태연하게 말을 건넸다. 연리도 모르는 척 반갑다는 듯한 낯빛으로 능양군에게 인사했다. 곧 예의와 화목함으로 차린 셋은 하하 호호 웃으며 평범한 가족처럼 이야기를 나누었다.

"참, 요즈음 조정이 매우 바쁜가 봅니다. 전하께서 너무 과로하시는 것은 아닐까 걱정이 되어요."

연리가 짐짓 걱정스럽다는 표정을 지으며 능양군에게 선수를 쳤다. 최대한 모후와만 이야기를 나누며 제게는 시선도 잘 주지 않던 능양군이 고개를 돌려 자신을 바라보았다.

"마땅히 해야 할 일이지요. 고모님의 걱정이 태산이시니 이 조카가 몸 둘 바를 모르겠습니다."

입에 발린 말이 청산유수다. 벌레 씹은 얼굴로 느직느직 말을 흐리던 처음과는 달리 마음에 없는 말도 이제는 술술 나온다. 연리는 여러 가지 의미로 새삼 대단하다 느끼며 능양군과 마주 보았다.

"정말 걱정이 되어 그러지요. 부마도 밤낮을 가리지 않고 다망한데, 전하께서는 얼마나 더 바쁘실까요. 낭군이 다망하여 아내가 낭군 얼굴을 보지 못한 지가 며칠째가 되어가니, 중전께서도 바쁘신 전하를 뵙지 못하여 애태우실까 주제넘게 걱정이 되네요."

"영안위 말씀이십니까?"

가시를 숨겨 말하자 톡 쏘는 의미를 알아차렸는지 능양군이 즉각 반응해 왔다.

"부마도위는 그리 바쁠 일이 없을 텐데, 무슨 말씀이신지."

저 인간이. 연리는 안색 하나 변하지 않고 시치미를 떼는 능양군에게 화를 발칵 내고 싶은 것을 간신히 내리눌렀다. 시기적절하게도 모후가 입을 열며 주의를 돌리는 통에 능양군을 쏘아볼 뻔한 것을 피할 수 있어 다행이었다.

"그래요, 내 듣자 하니 춘등의 일로 며칠 전부터 사헌부에서 주상께 아뢰었다던데. 그 일은 잘 해결되었습니까?"

"아직 고민하고 있습니다. 공문을 보내어 쌀 대신 보리쌀을 바치라 하였는데 그리하여도 성토가 줄지를 않아서요. 백성의 사정을 보아주는 것도 군주의 도리이지만, 수취하는 조세의 양이 줄면 국가의 재정 또한 기우니 적잖이 곤란합니다."

능양군이 수심 가득한 얼굴로 대답했다. 저런, 하며 대비가 쯧쯧 혀를 찼다. 정녕 방도가 없습니까? 되묻는 말에 능양군이 좀 더 방도를 고민해 보겠노라 답했다. 연리는 빤히 답이 나와 있는데도 미적대는 능양군의 태도가 못마땅하여 끼어들었다.

"가뭄이 극심하여 자라던 작물이 마르는 판국인데 보리쌀이라고 해서 있을까요. 재정이야 좀 더 긴축하고 아끼면 될 터이니 조세는 가을에 바치라 조처하심이 어떻겠습니까."

조언을 올리자 능양군이 눈을 가늘게 뜨며 입을 벙긋하려다 이내 꿀꺽 말을 삼켰다. 그리고는 목소리를 가다듬어 천천히 입을 열었다.

"그럼 재정이 필히 빌 수밖에 없지 않겠습니까. 아무리 아낀대도 들어오던 것이 들어오지 않으면 구멍이 생길 수밖에 없는 노릇인데."

제가 끼어든 것이 매우 불쾌하다는 듯, 숨기고 숨겼지만 더는 관여하지 말라는 듯 빤히 보며 말하는 어조가 달갑지 않았다. 하지만 연리는 물러나는 대신 당당히 입을 열었다.

"제게 내려주신 쌀과 무명, 그리고 재령(載寧)에 있는 제 곡물들을 국고로 환수토록 바치겠습니다. 빈 조세를 다 충당하기는 부족하겠지만 모자란 재정에 도움이 되겠지요. 망극하옵게도 너무 과도하게 주셨던 터라 항상 신경이 쓰였는데, 이리 좋은 일에 쓸 수 있으니 광영입니다."

"……."

잠자코 눈을 내리깔며 황송하다는 듯 말하자 능양군이 할 말을 잃은 듯 조용했다. 자발적으로 재산을 내놓겠다는데 무어 더 할 말이 있을까. 능양군은 조정에서 말이 나올 정도로 어마어마한 물건과 재산들을 제게 베풀었다. 물론 진정으로 저를 생각해서가 아니라, 효도한다는 명분과 모후의 환심을 위해서였지만. 그러나 주는 것은 왕이었으되 결과적으로 호화로워지는 것은 공주와 부마였으므로, 불만 어린 시선들이 제게로 모여드는 것은 막을 도리가 없었다. 연리는 이로써 과도하게 주어지는 이면적인 호의와 그로 인한 잡음을 정리하고, 신음하는 백성들에게 한 줄기 숨통을 틔워주리라 마음먹었다. 그리고 주원에게도.

제 말이 끝나자 능양군이 강렬한 시선을 보내왔다. 깔았던 시선을 들어 능양군을 마주 보자 맞부딪치는 기세가 꽤 대찼다. 하지만 언제나 아쉬운 건 능양군이지 제가 아니었다. 연리는 무엇이 문제냐는 듯 눈에 힘을 주며 능양군을 채근했다.

"어머. 참으로 절묘한 대안이 아닙니까. 우리 공주는 어쩜 이리 너그럽기도 한지."

아무것도 모르는 대비가 기특하다는 어조로 연리의 손을 끌어다 토닥거렸다.

"……예, 소손의 생각도 같사옵니다. 곧 선혜청에 일러 조처하라 하지요."

능양군은 잠시 한숨을 내쉬는 듯하더니, 심기를 다스리려 노력하며 한 자 한 자 힘주어 대답했다. 그에 두 마리 토끼를 모두 잡은 연리는 모두를 향해 활짝 웃어 보였다. 그에 사랑스럽다는 듯 딸을 본 대비가 자애롭게 능양군에게 말을 더했다.

"영안위가 요즈음 그 일로 바쁜 것 같던데, 일이 바쁜 것은 이해하나 본디 부마를 쓰는 일은 세간의 말을 부르기 쉬운 법입니다. 주상과 영안위 모두에게 좋을 것이 없지요. 가능하면 유능한 이를 천거하여 쓰시고 영안위는 이만 공주에게 돌려보내 주세요."

공주가 저리 안절부절못하지 않습니까. 호호 웃으며 모후가 눈웃음을 치고는 찻잔을 들었다. 연리는 제가 어린아이처럼 모후를 졸라 말을 전한 것같이 되어버린 상황이 민망했으나, 이왕 이렇게 된 거 끝장을 보자 생각하고 당당히 고개를 세웠다. 이렇게까지 했으니 더 이상 데려다 부려먹지 못하겠지.

"그, 영안위 말입니다."

심기를 다스렸는지, 금세 능란한 표정으로 바뀐 능양군이 저와 모후를 번갈아 보며 입을 열었다.

"아까부터 궁금하였는데, 부마의 이야기는 왜 나오는 것입니까? 그는 이번 춘등의 일과는 아무 상관이 없습니다만."

뭐? 연리는 눈을 동그랗게 떴다. 어머, 그렇습니까? 대비도 놀란 듯 말하며 연리를 쳐다보았다.

"맡겼던 업무도 이제 거의 소강상태이니 뒤처리를 하는 것 외에는 딱히 손이 갈 일도 없을 텐데요. 고모님께서 걱정하시는 것이 대체 어찌 일어난 일인지 이 조카도 참으로 궁금합니다."

능양군이 빙글빙글 웃으며 능글거리는 눈빛으로 말했다.

"밤낮으로 다망하다라. 낮이야 등청을 하니 그렇다 치는데, 밤은 어찌⋯⋯."

잡았다 여겼던 두 마리 토끼 중 한 마리가 깡총깡총 저 멀리 도망쳤다. 느긋하게 늘어지는 말꼬리가 심히 불쾌하다. 제 기분을 망치려 작정하였는지 능양군이 짐짓 안되었다는 눈빛을 지어 보이며 입꼬리를 스윽 올려 웃고선 말했다.

"영안위도 참. 아무리 그래도 부마의 몸으로 공주께 걱정 끼칠 정도로 유흥을 즐기면 아니 되지요. 이 조카가 조만간 부마를 불러 이야기해 보도록 하겠습니다."

"자상하기도 하시지. 그래, 사내가 유흥을 즐기는 것이 못 할 일은 아니나 그래주시면 우리 공주의 걱정이 한결 가시겠습니다."

제 속도 모르고 모후가 맞장구를 쳤다. 너그럽게 웃으며 저에게 여봐란듯이 고개를 끄덕여 보인 능양군이 모후와 다시 도란도란 정겨운 대화를 나누기 시작했다. 이따금 모후가 제게도 무어라 말을 건네었으나, 뒤죽박죽된 머릿속에 이미 정신은 집으로 날아간 지 오래인 연리는 간신히 건성으로 대답할 뿐이었다.

'그럼 대체 왜?'

대답 없는 질문을 던지며.

❖

알아낼 것이다. 무엇 때문인지. 나랏일이 아니면 그가 제게 말도 없이 오랫동안 밖에 나가 있을 일이 대체 무어란 말인가. 서로에 대한 믿음이 굳건하였기에 묻지 않았다 뿐이지, 자신과 주원은 항상 모든 일을 공유했다. 굳이 주원이 하는 모든 일을 알아야 할 필요는 없었고 의무는 더더욱 없었지만, 하루 이틀도 아니고 이리 오랜 시간이 소요되는 일이 생겼다면 엄연히 언급을 해주어야 옳았다.

연리는 제 방에 틀어박혀 서안을 손가락으로 똑똑 치며 골똘히 생각에 잠겼다. 능양군이 이간질하려 유흥이니 뭐니 했던 말은 당연히 사실이 아니다. 유흥을 즐기는 성격이 아닐뿐더러, 혼인 전부터 약했던 주량은 이제 저와 비슷하거나 더 좋을 정도로 늘긴 했으나 딱히 술 마시는 것을 즐기지도 않았다.

'오늘은 무슨 일이 있어도……'

혼자 지레짐작하지 말고 본인에게 직접 물어 이야기를 들어야겠다는 생각으로 연리가 서안을 탕 치며 다짐했다. 오늘은 허벅지를 바늘로 찌르는 한이 있어도 잠들지 않으리라.

"자가."

연리가 굳은 결심을 불태우고 있을 때, 애린이 문밖에서 자신을 불러왔다.

"채비가 다 되었습니다. 준비가 다 되셨으면 이만 출타하실까요?"

벌써 시간이……. 뜻밖의 소식에 얼마 후에 있을 시어머니의 기일을 챙기기 위해 직접 장을 보러 나가기로 했던 것을 잊고 있었다. 상념에 빠져 있던 연리는 곧 나가마 밖을 향해 소리치며 얼른 자리에서 일어났다.

"자가, 어디를 먼저 가시겠어요?"

"청과점에 가자꾸나. 어물이나 황육은 먼저 사면 물러질 수도 있으니."

열심히 종이에 적어온 것을 보며 연리는 정성스럽게 제물(祭物)을 챙겼다. 따라 나온 애린이 옆에 서고, 물건을 들러 동행한 사내종이 뒤서며 시전을 누비는 연리를 따랐다. 평소에 직접 요리를 하거나 장을 보는 것은 아니었지만, 시어머니의 기일만큼은 제 손으로 처음부터 끝까지 준비하고 싶은 마음에 연리는 서투르나마 열정을 불태웠다. 혼인 후 처음으로 뵙는 자리이니 진심을 다하고 싶었기에, 연리는 집안일이라면 저보다 훨씬 아는 것이 많은 애린에게 물어가며 장을 보았다.

같아 보이는 물건도 빛깔과 상태를 꼼꼼히 따지며 고민하는 모습에 애린은 의외라는 듯 놀라며 연리를 거들었다. 한 번도 이런 걸 직접 해보지 않았으니 아무것도 모를 줄 알았는데, 나름대로 준비는 철저히 해왔구나 싶어서. 애린은 의욕이 넘치는 연리에 덩달아 적극적으로 장보기에 참여했다. '이 과일은 겉보기엔 싱싱해 보이지만 수확한 지 오래된 것 같으니 다른 것을 고르는 게 좋다, 요즘 어물은 어떤 것이 맛이 좋은데 이것으로 바꾸는 것이 어떻겠냐, 고기는 이쪽은 별로 싱싱한 것 같지 않으니 옆에 있는 다른 상점을 가는 것이 좋겠다'와 같은 조언을 곁들이며. 그렇게 장보기에 푹 빠져 시간을 보내니 어느새 다리가 피곤해져 오고 뒤에 선 사내종의 품엔 얼굴을 가릴 정도로 수북한 짐들이 쌓였다.

"자가, 이만 가셔도 될 것 같아요. 혹여 부족한 건 다른 이들을 시켜 사 오도록 하시지요."

애린이 쑤시는 다리를 주무르며 간절한 눈빛으로 말했다. 연리는 손에 든 초를 주의 깊게 살피며 대충 고개를 끄덕였다.

"그러자꾸나. 이것만 사고."

"아유, 초는 이미 준비해 두셨잖아요. 얼마 전 궁궐에서 좋은 초를 내려주셔서 그것을 쓰면 되겠다 하셨잖습니까."

"아 참, 그랬지!"

아무리 보아도 마음에 쏙 드는 것이 없어 이대로 집에 돌아가야 하나, 아쉬운 마음에 이리저리 초를 살피던 연리가 탄성을 지르며 환한 얼굴로 고개를 돌렸다.

"잘됐다. 그럼 오늘은 이만 집에 돌아가도 되겠……."

"예? 설마 내일 또 나오실 생각이세요?"

입을 떡 벌린 애린이 다급히 물었으나 돌아오는 것은 대답 대신 제 발밑으로 떨어진 초뿐이었다.

"에구머니."

연리의 손에서 흘러나온 초가 데구루루 바닥에 떨어져 매끈한 몸뚱이를 구겼다.

"아이고, 우리 마님께서 손이 미끄러지셨나 보아요."

그를 발견한 상점 주인이 눈을 크게 뜨자, 애린이 미안하다는 표정으로 상점 주인에게 사과하며 값을 치렀다. 그리고는 아까운 초가 떨어졌다며 허리를 숙여 그를 주워 들고는 흙먼지를 닦아 보이며 연리에게 말했다.

"자가, 좀 구겨지긴 했지만 멀쩡합니다. 흠이 나서 쓰시기엔 뭐할 테니 이건 제가 써도 되겠지요?"

같이 따라 나와 장보기를 도운 몫으로 새 초를 하나 챙겨가려던 애린이 신나게 입을 떼었으나 연리는 눈을 크게 뜬 채 아무 말도 하지 않았다. 아니, 아예 이쪽으로 시선을 주지도 않았다. 애린은 놀란 토끼 눈을 한 채 굳어 어딘가를 보고 있는 연리를 발견하고는 의아해하며 시선을 따라 고개를 돌렸다.

'뭐지? 아무것도 없는…….'

잠깐! 갸우뚱하며 도로 고개를 돌리던 애린이 질겁하며 연리의 팔을 덥석 잡았다.

"자, 자가! 또 저기에 신경을 쓰시면 어떡해요!"

기루라니! 혹여 들키면 어쩌시려고……. 혹여나 다른 이에게 들릴까, 낮게 소리치며 애린이 열심히 연리의 팔을 잡아끌었다. 생각만 해도 아찔했다. 애린은 이마를 짚고선 웬일로 횡재한다 했어, 중얼거리며 손에 힘을 주며 연리를 데리고 걸음을 옮겼다. 공주의 혼인 후로 이제는 마음 놓고 살 수 있겠다 안심했던 과거의 속단을 취소하며.

이만 돌아가셔요! 끙끙대며 납치하듯 자신을 데려가는 애린에게 끌려 걸음을 옮기며 연리는 고개를 빼고 뒤를 돌아보았다. 어느새 뉘엿뉘엿 넘어가는 하늘 아래, 등롱을 환히 밝히고, 당당하고 큰 솟을대문을 인, 하하 호호 웃음 짓는 사람들이 모인, 너무도 익숙한 비원 앞의…….

'서방님?'

주원을.

연리는 입도 다물지 못하고 털썩 방 안에 주저앉았다. 기루라니! 비원이라니! 어안이 벙벙하여 무얼 어떻게 해야 할지도 떠오르지 않았다. 그럼 지금까지 기루에 다니느라 집에도 잘 들어오지 않았던 거야? 유흥이라곤 좋아하지도 않고 즐기지도 않는 그가 저 몰래 기루에 가다니. 그것도 본인 입으로 들은 것도 아니고 직접 두 눈으로 목격하기까지 했다!

'미쳤나?'

제정신이 아닐지도 몰랐다. 연리는 초조함에 입술을 꼭 깨물었다.

너무도 당연하게 비원 입구를 넘어가던 주원의 모습이 떠올랐다. 그리고 누구인지는 모르지만, 자연스레 섞여 함께 들어가던 사내들과 그들 옆에 딱 붙어 있던 기녀들도. 그럴 사람이 아닌데, 분명 아닌데! 얼마나 믿기지 않았는지 배신감이 아닌 걱정이 밀려들었다. 누가 협박이라도 했나? 무슨 꼬투리를 잡아 기루에 가지 않으면 가만두지 않겠다고 위협했을 수도 있다. 그간 쌓아온 깊은 신뢰가 섣불리 그에 대한 배신감이 고이는 것을 막았다. 하지만……

'어떻게 나한테 말도 안 해줄 수가 있지.'

섭섭함이 드는 것은 막을 도리가 없었다. 분명 그의 성격이라면 제가 속상해할까 봐 함구했을 것이었다. 하지만 공주로 돌아가기 전이나 혼인을 하기 전이라면 모를까, 엄연히 혼례를 치렀고 한집에서 살며 한 이불을 덮고 지내는 부부인데 감쪽같이 속였다는 사실이 못내 서운했다.

"그래도, 무슨 일이냐고 물어보면 대답해 주겠지."

혼란스러운 정신을 가다듬으며 연리가 혼잣말했다. 오늘 어머님 기일 준비를 하러 시전에 갔다가 비원에 들어가는 당신을 보았는데 혹 그간 기루에 갔던 거냐고, 무슨 사정이 있길래 밤낮으로 그리 바빴느냐고 꼭 물어봐야지.

"조정의 일이 워낙 바빠서요."

"……네?"

주원의 겉옷을 받아 걸던 연리가 한 박자 늦게 되물었다. 혹시나 졸음이 올까 봐 저녁마저 거르고 아예 사랑에서 주원을 기다린 연리는 오늘도 어김없이 별이 뜬 늦은 시각에 귀가한 주원에게 어쩜 이리 바쁘냐고 걱정을 담아 물었다. 혹시 같이 일하는 관리들이 당신을 탐탁지 않게 여겨, 업무의 연장선이라며 감히 부마에게 술을 억지로 권하는 것은 아니냐 물으려고 바로 다시 입을 여는데.

"그…… 래요?"

관복을 받아 반듯하게 걸던 손이 조금 떨렸다. 거짓이다. 이 사내는 지금 거짓말을 하고 있다.

"예. 요즈음 춘등의 일도 있고 해서 시국이 복잡해졌습니다. 그래서 요즘 업무가 가중된 터라……."

망설이는 기색도 없이 주원이 술술 대답을 하더니 옷을 걸고 막 돌아서는 제 손을 잡아왔다. 연리는 흠칫 놀랐지만 내색하지 않고 최대한 아무렇지 않게 주원을 올려다보았다.

"미안합니다. 부인을 혼자 두어서."

가만히 시선을 맞추어오는 눈동자가 언제나처럼 아름다웠다. 아무 말 없이 그 부드러운 눈을 보고 있자니, 연리는 아까 전 시전에서 보았던 그 모습이 제 머릿속의 망상은 아닐까 하는 생각마저 들었다.

"마음 상하셨지요. 일이 마무리되면 한동안 조정에서 손을 떼고 둘만의 시간을 보냅시다."

"네……."

포근하게 자신을 안아오는 주원의 품에 안기며 연리는 혼란스러운 눈을 꼭 감았다. 넓은 품이며 풍기는 차향, 달콤한 눈빛과 자상한 말투까지 달라진 것은 하나도 없지만 주원이 멀게만 느껴졌다. 원래도 그러했지만, 초야를 지낸 날부터는 더더욱 한 몸이 된 것 같았던 사람이었는데. 모후보다도 더 가까이 느껴졌던 가족이었는데. 그런데, 대체 왜 내게 거짓말을…….

"피곤하십니까? 말이 없으신데. 혹 어디 몸이 상한 것은……."

"네. 조금…… 피곤해서요."

차마 왜 내게 거짓말을 하느냐는 말이 떨어지지 않아, 연리는 피곤하다는 말로 얼버무리며 제 얼굴을 살피는 주원을 피해 시선을 바닥으로 떨어뜨렸다. 그에 정말이냐며 주원이 걱정스러운 얼굴로 손을 들어 제 뺨을 감싸오자 연리는 자신도 모르게 슬쩍 고개를 돌리며 한 발짝 물러나 그의 손길을 피했다.

"부인?"

이전에는 한 번도 보인 적 없었던 행동에 주원이 놀란 목소리로 자신을 불렀다. 하지만 연리는 그와 눈을 마주치면 왜 내게 거짓말을 하느냐며 따지거나 제풀에 못 이겨 추태를 보일 것 같아 고집스레 시선을 피했다.

"어쩐지 심히 피곤해서……."

"고뿔이 드신 것은 아니고요?"

주원이 다시 걱정스레 다가왔지만, 연리는 다시 한 걸음 뒤로 물러나 그의 손길을 거부했다.

"얼굴을 보았으니 되었어요. 괜히 공무로 바쁘신데 제게서 피곤이 옮으시면 안 되니, 오늘은 여기서 주무시는 것이 좋겠습니다."

묘하게 딱딱해진 말투에 의아했으나, 표정이 정말로 어두웠기에 진심으로 몸이 안 좋은 줄로만 안 주원이 안타깝게 연리를 보았다.

"괜찮으십니까? 많이 불편하시면 지금이라도 내의원에 연락해 진맥을……."

"아닙니다. 그냥 하루 푹 쉬면 나아질 거예요."

그럼 소첩은 이만 나가보겠습니다. 연리가 서둘러 인사를 하고 주원의 곁을 벗어났다.

"편히 주무십시오, 부인."

문을 닫기 직전 주원의 상냥한 목소리가 들려왔다. 평소 같았으면 애교 있는 목소리로 대답했겠지만, 지금은 전혀 그럴 기분이 아니었다. 연리는 잠자코 고개만 끄덕여 보이곤 탁 소리가 나게 문을 닫고 밖으로 나왔다.

아무래도 오늘 밤은 잠을 이루지 못할 것 같았다.

❖

"아가?"

귓가에 들려오는 모후의 목소리가 정신을 일깨웠다. 아. 연리는 한참 다른 곳에 팔고 있던 정신을 차렸다. 시선을 들어 보니 모후가 의아한 얼굴로 자신을 보고 있었다.

"무슨 일이 있니? 영 얼굴에 수심이 가득해 보이는구나."

"아, 아니에요. 그냥 어젯밤 잠을 잘 못 잤더니……."

"호호. 왜, 영안위가 잠을 못 자게 하더냐?"

"어마마마!"

삽시간에 얼굴이 화르르 달아오른 연리가 자신도 모르게 빽 소리를 질렀다. 어머? 놀란 듯 눈을 크게 뜬 대비가 곧 큰 웃음을 터뜨렸다. 신혼이 좋긴 좋은 모양이구나. 재미있다는 얼굴로 대비가 찻잔을 들었다.

"며칠 전 네가 영안위의 일로 마음고생 하는 것 같아 신경이 쓰여 너희 내외를 불렀는데, 오늘 보니 이 어미의 괜한 걱정이었구나."

"예……."

주원이 비원에 들어가는 것을 목격하고, 그가 제게 거짓말을 한 이후로 연리는 혼인 이후 처음으로 주원과 각방을 쓰고 있었다. 그리고 그날들은 죄다 꼴딱 밤을 새웠다. 연리는 그렇잖아도 집에 머무는 시간이 짧은 주원을 몸이 좋지 않다는 핑계로 피했고, 그로 인해 생긴 벌써 삼 일째의 괴리는 둘도 없는 부부 사이에 어색함을 불어넣고 있었다. 처음에는 걱정하며 안채에 찾아오던 주원이었지만, 제가 방문도 열어주지 않은 채 그저 피곤하다는 말만 되풀이하자 어제부터는 애린을 통해 아침과 밤에 인사를 전해올 뿐이었다. 하지만 모후에게 이런 사정을 털어놓을 수야 없는 일이었다. 분명 모후라면 사내가 기루에 드나드는 게 뭐 그리 실망할 일이냐며 도리어 저를 유난스럽다 취급할 테니까. 물론 공주이자 딸인 제가 싫다 하면 사위에게 잔소리야 좀 하시겠지만.

하지만 연리는 주원이 저 아닌 다른 여인과 접촉하는 게 싫었다. 특별한 의도가 아니더라도 말을 나누고 웃음을 나누는 것이 내키지 않았다. 그 다정한 눈빛, 자상한 목소리, 넓고 따스한 품은 다 제 것이어야 했다. 다른 누구도 아닌 저만 독점할 수 있는 것이어야 했다. 그러려고 혼인하는 것이 아니던가? 아무리 사내가 마음대로 첩을 두고 기루에서 여인을 주무를 수 있는 조선이라지만, 생사를 함께하며 서로만을 마음에 두고 혼례를 치른 사이에서 몰래 기루에 드나들었다는 것은 질투를 넘어 인간적인 배신감마저 느껴질 사건이었다. 기실 기루에 드나든다고 하여 반드시 기녀와 접촉하고 어울리는 것이 아니란 것은 알지만, 그렇다면 굳이 제게 숨겨야만 하는 이유가 뭐란 말인가? 다른 누구보다도 기루의 생리를 잘 아는 자신에게!

눈물이 날 것 같았다. 차라리 이렇게 혼자서 속을 끓이느니, 지금이라도 당장 희정당에 쳐들어가 대체 왜 기루에 몰래 간 거냐고 묻고 싶었다. 독대 때문에 함께 있는 능양군이 들어도 상관없었다. 또 공무 때문이라고 발뺌할 수 없게 아예 차라리 능양군 앞에서 묻는 것이 더 나을지도 몰랐다. 연리는 서서히 고개를 드는 충동에 진심으로 고민

했다. 아무것도 모르는 대비 앞에서 연리가 당장 희정당으로 달려갈
까 말까 반쯤 홀린 듯 발을 움찔거리고 있을 때, 문밖에서 대비전 지
밀상궁의 목소리가 들려왔다.

"대비마마, 영안위 들었습니다."

독대가 끝난 모양이구나. 연리에게 눈웃음을 보낸 대비가 어서 들
어오라 점잖게 말했다. 곧, 문이 열리고 어느새 서먹하게만 느껴지는
주원이 안으로 들어왔다.

"대비마마를 뵈옵나이다."

"어서 오게, 영안위."

금학 흉배가 수놓인 단령이 눈에 들어오자마자 연리는 주원 쪽으로
짧게 던지던 시선을 거두어들였다. 반갑게 맞이하는 대신 슬쩍 고개
만 숙여 보이곤 조금 옆으로 비켜 앉자, 주원이 유려한 동작으로 모후
에게 단정하게 절을 올리고서 제 옆에 다가와 앉았다.

"주상과의 독대는 잘 마쳤소?"

"예, 마마."

주원이 변함없는 나긋한 목소리로 대답했다. 대비가 오랜만에 보는
사위에게 안부를 포함해 이것저것 묻기 시작하며 대화하는 사이, 연
리는 주원 쪽으로는 시선도 주지 않은 채 못마땅하게 속으로 중얼거렸
다. 능양군은 왜 진짜로 부르고 난리야? 설마 정말로 유흥을 자제하
라 이르려는 건 아닐 텐데. 아까까지만 해도 희정당으로 달려갈까 고
민했던 것은 까맣게 잊고, 연리는 아무래도 약점을 하나 잡힌 것 같아
탐탁지 않은 마음으로 투덜거렸다.

다정하게 하나뿐인 사위와 담소를 나누던 대비는, 아까까지만 해도
소리를 빽 지르던 연리가 갑자기 조용해진 것을 깨달았다. 흘끔 보니
입을 닫고 시선을 피한 채 딴청을 피우는 것이 딱 사랑싸움을 한 모습

이었다. 틀림없다 혼자 결론 내린 대비는 곧 짐짓 목소리를 꾸며내 입을 열었다.

"영안위, 너무한 것 아니오?"

"예?"

갑자기 엄한 꾸중을 하는 대비의 태도에, 주원이 영문을 모르고 대답했다. 그에 퍼뜩 정신을 차린 연리가 고개를 들어 무심코 대비와 눈을 마주쳤다. 무언가 재미있는 것을 찾았다는 듯 곡선을 그리며 휘어진 눈에 심상찮은 웃음기가 진하게 서려 있었다. 불현듯 불안한 느낌이 엄습한 연리는 뭔지 몰라도 저 말을 막아야 할 것 같다는 생각에 급하게 입을 열었다.

"저기, 어마……."

"아무리 신혼이라지만 공주를 저리 괴롭혀서야 되겠소? 밤마다 얼마나 시달렸으면, 잠도 한숨 못 잔 사람처럼 낮에 피곤이 아주 그득하질 않소."

으악! 연리는 경악하며 소리를 질렀다. 물론 마음속으로. 누가 다가와 얼굴에 뜨거운 화롯불이라도 얹어놓은 듯 후끈한 열기가 달아올랐다. 모르긴 몰라도 얼굴은 이미 제철 사과처럼 잘 익어 있을 것이 틀림없었다. 입을 떡 벌린 채 경악이 묻어나는 얼굴로 굳어 있는데, 주원이 흘깃 자신을 보는 것이 느껴졌다.

평소라면 모를까, 데면데면한 이런 상황에 모후가 저런 낯부끄러운 농담을 하니 부끄럽다 못해 민망하고 눈물마저 고일 지경이었다. 이미 창피함은 저질러졌지만, 무슨 말이냐며 주원이 모후에게 되묻기라도 한다면 족히 각방 한 달 치의 망신이 폭발할지도 몰랐다. 연리가 어찌할 바를 모르며 촉촉이 젖어드는 눈꼬리를 한 채 고개를 푹 숙이는데, 사근사근한 음성이 부드럽게 흘러들었다.

"송구합니다. 소서(小壻)가 공주자가의 건강을 고려치 못하고 과하였습니다. 앞으로는 걱정하시지 않게 성심성의껏 모시도록 하겠나이다."

"오호호, 그렇다고 너무 독수공방시키진 마시오. 하루빨리 손주를 안아보고 싶은 이 장모의 소망도 생각해 주시고."

"예, 대비마마."

아……. 절로 입에서 한숨이 밭아져 나왔다. 예상했던 최악의 상황이 일어나지는 않았지만, 이것저것 감정이 뒤섞여 금방이라도 빵 터질 것만 같았다. 그로부터 연리는 주원과 함께 반 시진이나 더 담소를 나누고서야 대비전을 벗어날 수 있었다. 그것도 모후의 환후 때문에 어의가 들 시각이 되어 빠져나올 수 있었던 것이지, 모후가 자꾸만 자신들을 엮어 짓궂은 말을 던지는 통에 조금만 더 있었다간 예의고 뭐고 자리를 박차고 나올 뻔했던 것이다.

연리는 대비에게 대충 인사를 해 보이고는 쌩하니 층계를 걸어 내려왔다. 뒤따라 나온 주원이 층계를 내려오는 소리가 들렸지만, 연리는 뒤도 돌아보지 않고 가마가 있는 출입문을 향해 종종걸음 쳤다. 너무나도 창피하고 복잡한 심경이라 지금은 도저히 얼굴을 맞대고 말을 나눌 수가 없을 것 같았다. 연리가 얼른 가마를 타고 집으로 돌아가 제 방에 틀어박혀야겠다고 생각하는데, 눈앞에 가마가 보임과 동시에 어느새 따라온 주원이 딱 앞을 가로막고 섰다. 엉겁결에 우뚝 걸음을 멈춘 연리는 저를 응시하는 진중한 눈동자를 마주하고, 입술을 깨물며 시선을 떨어뜨렸다.

"대체 어찌 그러시는 겁니까?"

화가 나지는 않았지만 담담하면서도 묘한 목소리가 들려왔다.

"몸이 불편하신가 했는데, 피로하신 것은 사실인 듯하나 그렇다고 그게 저를 피하시는 이유가 될 수는 없는 것 같습니다만."

"말씀해 드릴 테니, 그 전에 제 물음에 대답해 주세요."

무슨 일이 있어도 절대 자리를 비키지 않을 것처럼 주원이 땅에 발을 붙박고 물어왔다. 그에 저도 모르게 연리는 북받쳐 오르는 감정을 담고서 고개를 들어 말했다. 격한 어조에 주원이 이상하다는 듯 미간을 모았지만, 곧 선선히 고개를 끄덕였다.

"무엇이든지요."

"요즈음 왜 아침 일찍 등청하시고, 밤늦게 귀가하시며, 오셔서는 한참 동안 사랑에 틀어박혀 계시는 거예요?"

"아시지 않습니까. 전하께서 맡기신 지난날 변란의 공무며, 최근 날이 가물어 기우제까지 고려할 정도라 선혜청과 춘등의 문제를……."

"정말이에요? 정녕 그것뿐이십니까?"

"……예."

한 박자 늦게 대답이 돌아왔다. 연리는 왈칵 눈물을 쏟을 것 같아 얼른 손으로 이마를 짚어 손바닥으로 눈가를 가렸다. 눈앞에서 눈물을 보이려는 건 결단코 아니었는데, 마침내 파도처럼 몰려오는 배신감에 어깨가 떨려왔다. 어떻게 끝까지 모른 척을. 분명 능양군이 이미 선혜청에 춘등을 가을로 미루라 어명을 내렸을 텐데, 그것도 모르고 아직도 춘등을 이야기하는 걸 보면 틀림없는 변명이었다. 주원이 울컥하는 제 모습에 놀라 손을 뻗었지만, 연리는 얼굴을 가렸던 손을 내려 그의 손길을 밀어냈다.

"먼저 가겠습니다."

"부인!"

마침내 주원이 어조를 높였다. 그를 알고 난생처음 겪는 화난 표정과 화난 목소리였다. 더더욱 그것이 저를 향하는 때가 있으리라곤 상상조차 해보지 못했었다. 하지만 새삼 그런 것에 충격받을 여유도 정신도 없었다. 연리는 주원의 말은 들은 척도 않고, 자신 못지않게 적잖이 충격받은 듯한 주원의 옆을 홱 스쳐 가마로 다가갔다.

"공주자가!"

애린이 열어주는 가마의 안으로 들어가 앉으려는데, 주원이 마침내 딱딱한 호칭을 외치며 제 손목을 잡아 걸음을 멈춰 세웠다.

"아직 말씀해 주지 않으셨습니다. 왜 저를 피하십니까?"

대답하십시오. 그러기 전엔 절대로 놓아주지 않겠다는 듯 동시에 손과 목소리에 힘이 들어갔다. 아프지는 않았으나 붙잡힌 것이 답답했다. 연리는 애린과 가마꾼들이 당황해하며 푹 고개를 숙인 사이 말없이 그를 쏘아보다 천천히 입을 열었다.

"얼마나 공무에 지치셨으면 본인도 모르는 새에 천관녀(天官女)의 집까지 가신답니까? 화랑 김유신은 정신 잃은 새에 말이 그리로 데려갔다지만, 서방님의 다리는 인식도 없이 서방님을 그리로 인도했으니 참으로 대단한 일입니다."

천관녀에 힘을 주어 발음하고서 말을 마치자 어느새 손목을 옥죄었던 주원의 손에서 스르르 힘이 빠졌다. 동시에, 그런 게 아니라고 반박하며 어찌 그랬는지를 말해주기 바랐던 바람이 흔적도 없이 조각났다.

"부마께서는 공사가 다망하시니, 이 공주는 방해되지 않게 사라져 드리겠습니다."

쏘아붙이려 했는데 잘 되었는지는 모르겠다. 연리는 마침내 흐려지고 만 시야를 필사적으로 흘리지 않으려 노력하며 주원의 손을 뿌리치고 가마 안으로 들어갔다.

"부인, 내려보십시오."

주원이 조용한 목소리로 힘주어 말했다. 무언가 더 할 말이 있는 눈치였으나 지금 심정 같아선 아무 말도 듣고 싶지 않았다. 어차피 변명일 것을. 아니라 부정하지도 않는데 더 들어 무엇 하겠는가. 연리가 그대로 자리에 앉자 쩔쩔매던 애린이 얼른 가마 문을 닫지 못하고 주원의 눈치를 보았다. 연리가 그렁그렁한 눈으로 무엇 하냐는 듯 매섭게 노려보자, 애린이 후다닥 달려와 문을 닫고 가마꾼들에게 눈치를 주었다. 답답한 가마 속에 어둠이 덮이고, 묘한 표정을 하고 선 주원이 서서히 가려졌다. 곧 가마가 지상에서 들리고 천천히 움직여 대궐 문을 벗어나는 것이 느껴졌다. 아무도 없는 가마 안, 그제야 홀로 있게 된 연리는 서러움에 소리 죽여 울음을 터뜨렸다.

"뭔가 잘못됐어."

연리는 방 안에 누워 중얼거렸다. 아무도 다가오지 말라 엄포를 놓은 덕분에 안채는 사람이 텅 비어 고요했다. 연리는 눈두덩이 위에 얹었던 차가운 수건을 집어 바닥에 던지듯 내려놓으며 멍하니 단조로운 천장을 응시했다. 아까 있었던 모든 일을 무념무상으로 되짚어보니 자신이 필요 이상으로 급작스레 흥분한 것 같기도 했다. 내가 왜 그랬지? 무슨 말을 하는지 다 들어보고 화를 냈어도 되잖아.

"물론 화를 낼 만한 상황이었지만."

정당성을 부여하듯 당당하게 읊조려 보았으나 기분은 나아지기는커녕 더 찝찝해졌다. 그리고 동시에, 궁궐 출입문 앞에서 주원이 가마에서 내려보라고 했던 장면이 자꾸만 떠올랐다. 무슨 말을 하려고 그랬을까? 가만히 생각해 보자니 꼬리에 꼬리를 물고 궁금증이 끝없이 번져 갔다. 아예 일어나 곰곰이 여러 예상을 떠올려 봤지만 답답해지기만 할 뿐 명확해지는 것은 없었다. 그리고…….

'미안하잖아.'

언제부터 우리 사이가 이리 의심하는 관계였던가. 나중에 가서 화를 내기는 내더라도, 일단은 거기서 그렇게 소리치고 와버리는 게 아니었는데. 연리는 갑작스레 몰려오는 죄책감에 입술을 슬쩍 사리물었다. 그리고 천천히 사실과 사실이 아닌 것을 구분해 보기 시작했다. 매일 무슨 일을 하느라 집을 오래 비우는 것, 이건 사실. 나 몰래 기루에 간 것, 이것도 사실. 능양군이 준 공무에 시달려 바쁘다는 건……. 연리는 그런 것 시킨 적 없다 당당히 발뺌하던 능양군의 얼굴을 의심스레 떠올려 보았다.

'근데 서방님은 일을 하고 있다고 하셨단 말이지.'

능양군이 음흉하긴 하지만, 나랏일을 가지고도 한 입으로 두 말을 하는 사람일까? 연리는 긴가민가하여 고개를 갸우뚱했다. 어쩐지 주원과 능양군을 양쪽에 두고 재어보는 느낌이었다. 이건 모르겠다, 보류. 그럼 기루에 가서 기녀들이랑 접촉하고 어울린 건…….

'뭐야?'

이것도 보류잖아. 정황이 의심스럽기는 했지만 결국 사실이 아닌 거짓이라고 단정 지을 수는 없었다. 연리는 급작스레 초조해져서 자리에서 벌떡 일어나 발을 동동 구르기 시작했다. 만약에, 정말 만약에 무슨 이유가 있었다면? 비원에서 나랏일을 하는 건 아니더라도, 정말 피치 못하게 가야 할 만한 이유가 있을 수도 있잖아.

그러면 자신은 제대로 해명을 듣지도 않고 벌컥 화를 내버린 셈이었다. 그것도 평생 유흥이라곤 즐기지도 않는 사내를 상대로, 기루에 가서 기녀와 어울렸다는 것을 주된 이유로. 아까 천관녀 운운했던 자신의 입을 틀어막고 싶은 심정이었다. 자꾸 무언갈 숨겼던 것이나, 정말 나랏일 때문에 바쁜 것이냐는 말에 한 박자 늦게 대답한 것에 흥분해 날카로운 언행을 하고 말았다. 게다가 눈물까지 보이고서는…….

'혼자서 북 치고 장구 치고 다 한 셈이잖아.'

연리는 기운이 빠져 푹 한숨을 쉬며 바닥에 주저앉았다. 이리저리 엉켜 있는 일에 제가 감정을 쏟으며 더 엉켜 버리게 만든 느낌이었다. 어떻게 하면 좋지. 진실이 무엇인지 궁금하다는 생각이 강하게 고개를 쳐들며 또다시 뭉게뭉게 상상이 피어올랐다. 멍하니 자신도 모르게 이 것저것 상상해 보던 연리가 흠칫 정신을 차리곤 고개를 세차게 흔들었 다.

그래, 일단은 해명을 듣는 게 먼저다. 연리는 고개를 끄덕이며 자리 에서 힘차게 일어났다. 지금까지 제가 보았던 심성, 마음, 가치관을 보 았을 때 주원은 결코 일부러 거짓말을 하며 잘못된 일을 저지르고 다 닐 사람은 아니었다. 물었을 때 과연 무슨 말을 할지는 모르겠지만, 그의 말을 반드시 들어보아야겠다는 생각이 강렬하게 심중을 파고들 었다. 연리는 그대로 제 방의 문을 힘차게 열어젖히고 뛰어나가 사랑 채를 향해 빠른 걸음을 옮겼다.

"뭐?"

"오늘은 워낙 중요한 일이 있어 관청에서 숙직하실 거라고……. 혹 자가께서 찾으시면 기다리지 말고 먼저 침수 듭시라고 전갈이 왔었어 요."

애린이 제 눈치를 보며 조심스럽게 말했다. 연리는 믿기지 않아 몇 번이고 되물었다.

"관청? 숙직?"

"예에."

아니, 누가 부마한테 숙직을 시켜? 연리가 어이가 없다는 말투로 혼잣말했다. 여전히 제 눈치를 보던 애린이 그러게요, 하며 조심스럽게 제 말에 동의한다는 의사를 비쳤다. 뭔가 이상한데. 연리가 미간을 좁히며 골똘히 생각에 잠기는데, 애린이 그럼 저녁상은 자가 것만 준비하올까요, 하며 물어왔다. 연리가 건성으로 고개를 끄덕이자 애린이 얼른 고개를 숙여 보이곤 부엌으로 사라지려 걸음을 떼었다. 그 순간 무심코 스쳐 가는 애린을 눈에 담은 연리가 와락 애린의 팔을 붙들었다.

"잠깐만!"

"네?"

그렇잖아도 오늘 낮의 일로 슬슬 제 눈치를 보고 있던 애린이 화들짝 놀란 목소리로 되물었다. 그러거나 말거나 연리는 신경도 쓰지 않고 애린을 한적한 구석으로 끌고 가 소곤소곤 귀엣말을 건넸다.

"너, 네 옷 좀 내게 빌려다오."

"네?"

애린이 못 들을 말을 들었다는 듯 똑같은 어조로 똑같은 말을 되풀이했다. 아이참, 네 옷 말이야. 연리가 답답하다는 듯 눈짓을 하며 다시 말했다. 아니, 그건 어찌……. 어안이 벙벙한 애린이 황당하다는 투로 중얼거리고만 있자, 연리는 왼손에 낀 은지환 하나를 빼어주며 말했다.

"옷값. 얼른 뛰어가서 아무거나 한 벌 가지고 오거라."

"아무거나랬더니, 정말 아무거나잖아."

애린은 공주전 궁녀의 형식을 갖추어 데려온 터라, 입는 의복이 그다지 거칠지는 않았지만 저보다 키도 품도 큰 터라 옷이 크고 헐렁했다. 옷은 그다지 나쁜 류가 아닌데, 몸에 맞지 않은 것을 입으니 단박에 남의 것을 얻어 입은 사실이 티가 나 어쩐지 빈한해 보였다. 조금만 더 작았으면 좋았을걸. 중얼거리며 저고리 소매를 한 단 반쯤 접은 연리가 거추장스러운 치맛자락은 하는 수 없이 모아 쥐며 앞을 보았다. 좋아. 꿀꺽 침을 삼킨 연리는 오랜만에 땋은 머리칼을 나부끼며 총총 걸음을 떼었다.

'부마가 숙직이라니, 말도 안 되는 소리. 누가 감히 공주의 낭군을 부려먹는단 말야?'

연리는 시전 골목으로 접어들며 생각했다. 분명 또 뭔가 일이 있는 모양인데, 뭘 하는지 직접 확인해 봐야겠어. 이대로 집 안에 있으며 주원을 기다려 보았자 오늘은 숙직이라 했으니 내일 밤이나 돌아오는 모습을 볼 테고, 그러면 이미 앙금이 생겨 버린 둘 사이는 아무리 허심탄회하게 털어놓는다 해도 어색하기 그지없을 터였다. 되도록 하루 빨리 만나 감정이 묵기 전에 일을 해결하는 것이 나았다. 비원으로 사람을 보내 데려온 후 이야기를 해도 되긴 하겠지만, 아무래도 그러면 이미 그를 신뢰하지 못한다는 뜻이 되어버리니까. 사정이 있을지도 모르는데 무턱대고 사람을 시켜 끌고 오면 더 일이 악화될지도 모른다.

연리는 익숙한 솟을대문이 눈에 들어오자 걸음을 멈추고는, 문을 닫은 상점에 몸을 숨기고 비원 안으로 들어가는 객들을 열심히 염탐했다. 제가 있었던 때와 다름없이 비원은 여전히 호화롭고 성대했다. 안으로 끝없이 들어가는 사내들도 옷차림을 보아하니 꽤나 고관대작들인 것 같았다. 연리는 혹여나 아는 사람이 있을까 열심히 눈여겨보았다.

'정말 숙직이라면 할 수 없지만, 아무래도 느낌으로 봐선…….'

어! 미간을 좁히며 지나가는 한 명 한 명을 눈으로 좇던 연리의 입에서 감탄사가 톡 튀어나왔다. 연리는 얼른 손으로 입을 막아 혹여나 눈치채는 사람은 없는지 눈을 굴려 주위를 확인했다. 역시 제 직감이 맞았다.

주원이 모르는 사내 너덧 명과 함께 솟을대문을 향해 걸음을 옮기고 있었다. 대판 감정을 터뜨리고 난 후 보는 것이라, 거리가 있음에도 어쩐지 쑥스러워 조금 망설이는 사이 주원은 어느새 뒷모습만 남기고는 비원 안으로 쏙 들어가 버리고 말았다. 아이, 참! 원래 주원을 발견하면 재빨리 따라붙어 일행들 몰래 쏙 빼돌리려 했던 계획이 순식간에 어그러졌다. 연리는 발을 동동 구르다 이내 결심하고는 냅다 달려 비원으로 들어갔다.

"어머? 잠깐, 잠깐. 넌 누구니? 보아하니 우리 기루 애도 아닌 것 같은데."

호객 행위를 하던 기녀 하나가 솟을대문 안쪽으로 입성하려는 자신을 발견하곤 앞을 가로막았다. 푹 고개를 숙이고 걷다 깜짝 놀란 연리는, 놀란 것을 들키지 않으려 표정 관리를 하며 속으로 안도의 한숨을 쉬었다. 그다지 접점이 없었던 화기이거나, 아니면 제가 나간 후로 들어온 터라 서로 모르는 사이인 것 같았다. 기녀임에도 한때 이름을 날렸던 제 얼굴을 몰라보는 걸 보면. 연리는 무어라 대답해야 하나 고민하다, 갑자기 번개같이 떠오른 생각에 얼른 입을 열었다.

"저, 방금 들어가신 분이 저희 나으리신데…… 저희 마님께서 얼른 대감마님을 모셔오라 엄명을 내리셔서요."

다급하다는 말투로 대답하자 기녀가 곤란하다는 듯 인상을 찌푸렸다. 종종 대가 댁 부인들 중 남편이 기루에 가는 것을 탐탁지 않아 하는 여인들이 있었고, 그녀들이 보낸 종들이 남편들을 찾아 데려가는 일이 가끔 있었다. 물론 그런 만큼 거물을 놓치게 되어 기루에서는 피눈물을 흘렸지만, 남편을 기루에서 빼내어갈 정도의 배짱이라면 분명

세도가를 친정으로 두거나 남편을 꽉 잡고 있는 기세 있는 여인들이
므로 기루에서도 대놓고 무시하지만은 못했던 것이다. 다르지 않은 생
각이었는지 기녀가 못마땅한 눈빛으로 연리의 위아래를 훑으며 물었
다.

"너희 나으리가 어떤 분이신데?"

"호…… 호조판서 대감이요."

"뭐?"

엉겁결에 아무거나 떠오르는 직책을 대자 생각보다 높은 관직이라
그랬는지 기녀가 눈을 동그랗게 떴다. 호조판서……. 호조판서면 정이
품? 기녀가 반신반의하는 눈빛으로 물었다. 연리가 얼른 고개를 끄덕
이자 이마를 짚은 기녀가 낮게 볼멘소리를 뱉으며 손을 내저었다.

"들어가 봐."

"감사합니다!"

환한 얼굴로 고개를 숙여 보이곤, 연리는 옆을 스쳐 가는 사내들에
게 앞길을 양보한 후 얼른 대문 안쪽으로 뛰어들었다. 시끌벅적하고
여전히 문전성시를 이루는 한양 제일의 기루라, 모든 누각과 정자에
서는 주연이 벌어지고 모든 건물에 불이 밝혀져 호화로운 잔치가 열리
고 있었다. 주원이 어느 쪽으로 갔을까 열심히 눈을 굴리며 찾던 연리
는, 술상을 나르던 계집종이 비키라며 눈치를 준 후에야 깜짝 놀라 걸
음을 비켰다. 그리고선 퍼뜩 깨달은 듯 단정하게 땋은 머리에서 머리
칼을 한 움큼 삐져 나오게 매만진 후 그것으로 얼굴을 가렸다. 무언가
머리에 쓰면 더 좋을 테지만, 종으로 보이는 신분이 그런 차림으로 돌
아다니면 이상해 보일 테니까. 그래도 아까보다는 좀 더 계집종 같아
진 제 모습에 연리가 혹여 아는 이를 만나지 않게 주의하며 조심스레
발길을 옮겼다.

대체 어딨는 거야? 이각쯤 빠르게 정자와 누각을 훑었지만 주원은 보이지 않았다. 제가 속속들이 외고 있는 모든 비원의 정자와 누각을 다 누볐음에도 주원이 나타나지 않자, 잘근 입술을 깨문 연리는 한가득 차려진 소반을 낑낑대며 들고 지나가던 계집종을 멈춰 세웠다. 일을 도와주겠다며 소반을 넘겨받은 연리는 그를 요령 있게 받쳐 들며 열심히 주위를 살펴보았다.

'어디 보자. 아무래도 같이 온 사내들은 조정의 신료들이겠고, 벼슬아치들에다 부마니까 은밀한 곳으로 자리를 잡았겠지?'

나름대로 열심히 경험을 살려 추측한 연리는 제 기억 속 가장 은밀하고 조용한 방이 있는 건물로 걸음을 옮겼다. 타박타박, 걸음을 옮길수록 떠들썩한 바깥쪽보다는 조금 가라앉은 느낌이라 조금씩 긴장이 되었다. 뭐 어때, 아니면 다시 나와서 찾아보면 되는걸. 그렇게 중얼거려 마음을 다독인 연리는 맞은편에서 누군가 걸어오자 잽싸게 허리를 숙이며 시선을 피했다.

"어, 취한다."

"벌써 가게? 뭘 그 정도 마셔놓고 취하고 그러나."

"그러게, 이제 나도 나이가 들었나 보이. 어차피 이제 일도 다 마무리되었으니 오랜만에 일찍 집에 들어가 볼까 하누만."

"뭐, 하긴. 오늘은 다들 그런 생각이긴 하지. 마지막이니 얼른 철야 마치고 집에들 돌아갈 궁리만 하고 있는걸. 그럼 잘 가게, 내일 보지."

어깨동무를 한 나이 지긋한 두 명의 사내가 두런두런 말을 나누며 멀어져 갔다. 다행히 모르는 얼굴이라, 지나가는 그들을 곁눈질하며 안도의 한숨을 내쉬고 허리를 펴던 연리가 번개처럼 스친 기억에 급하게 고개를 꺾었다.

그자들이야! 아까 주원과 함께 비원으로 들어가던 이들이었다. 이 넓은 비원에서 천운으로 주원의 일행을 찾아낸 연리가 함박웃음을 지으며 기뻐했다. 좋아, 여기가 맞단 말이지? 생기가 차오르며 연리의 걸음엔 힘이 실렸다. 손에 든 소반이 무거운 줄도 모르고 연리는 건물에 들어가, 생각해 둔 방으로 향하는 복도를 씩씩하게 걸었다.

점점 바깥쪽에서 안쪽으로 들어갈수록 가무와 웃음소리가 줄어들었다. 어렴풋하게 들리는 소음들이 등 뒤로 멀어져만 가자 꿀꺽 침을 삼킨 연리가 초조하게 걸음을 재촉했다. 아까 두 명이 나갔으니 이제 방 안에는 주원까지 두세 명만 있을 것이었다. 눈앞으로 다가오는 안쪽 방을 야심차게 노려보며 걸음을 옮기는데, 갑자기 문이 덜컹하며 열리더니 불쑥 안에서 누군가 나왔다. 그에 깜짝 놀라 들었던 소반을 놓칠 뻔한 연리가 그것을 얼른 고쳐 잡으며 뒤돌아 푹 고개를 숙였다.

"하면 이만 저는 가보도록 하지요. 나리께서도 너무 늦지 않게 퇴거하소서."

"알았네. 그간 도와주어서 고마워. 조심히 가게."

젊은 사내 하나가 문을 연 채 안으로 인사를 건넸다. 그다지 특별할 것 없는 대화였지만 그를 들은 연리의 가슴은 세차게 뛰어오르기 시작했다. 그동안 하루도 빠짐없이 들어온, 이제는 그 누구보다도 익숙한 그의 목소리였기에. 무작정 단서 하나 없이 뛰어든 곳에서 드디어 낭군을 찾아낸 연리는, 환희에 가득 차 제게 흘깃 시선을 던진 젊은 사내가 지나가기만을 기다렸다. 그리고 드디어 그가 쭉 뻗은 복도를 걸어가 보이지 않게 되고, 건물 밖으로 나가 떠났음 직한 시간을 좀 더 기다린 후에야 연리는 다시 뒤를 돌아 최종 목표인 방을 향했다.

'이제 안에 몇 명이 있는 거지? 두 명?'

아까 주원이 네 명과 왔는지, 다섯 명과 왔는지 정확히 보지 못하는 바람에 긴가민가했다. 혹시 혼자 있는 건 아니겠지? 여기까지 온 걸 들키면 상황이 너무 민망하잖아. 고민하는 사이, 어느새 방문 앞에 당도한 연리는 크게 심호흡을 했다. 방은 두런거리는 말소리를 제외하면 기루인지도 모를 정도로 조용했다. 슬쩍 창호지 너머를 살펴보니 불빛에 비친 그림자가 세 개인 것이 눈에 들어왔다. 혼자 있는 것이 아니라 다행이었다. 긴장하여, 무어라 말을 넣어야 할지 이리저리 고민하던 연리는 에라 모르겠다 하는 심정으로 일부러 낮게 목소리를 깔고서 입을 열었다.

"나으리, 술상 들여도 되겠사옵니까."

두런거리던 말소리가 뚝 그쳤다. 잘못 말했나? 제일 의심스럽지 않을 만한 말을 고른 것인데 왜 하던 말을 멈추는 거야! 순간 연리가 차라리 도망갔다가 나중에 나오는 그를 낚아채는 것이 나을까 고민하는 찰나, 안쪽에서 차분한 말소리가 들려왔다.

"들어오너라."

그에 세차게 가슴이 뛴 연리는 얼굴이 달아오르지 않게 심호흡을 했다. 혹시 상을 들고 들어오는 종에게까지 시선을 주지는 않겠지? 동료들이랑 열심히 이야기하고 있었으니까. 연리는 들어가면 최대한 고개를 숙이고 주원에게서 멀리 떨어져 있어야겠다고 생각하며 슬쩍 문을 열었다.

방 안에는 한두 개의 술병을 빼고는 널찍하게 놓인 서안 여러 개와 종이들, 서책들, 공첩들이 쌓여 있었다. 기루가 아니라 마치 몰래 무언가를 연구하는 산실이라도 되는 듯한 풍경이었다. 연리는 발아래 치이는 서책을 슬쩍 발등으로 밀어내 길을 트면서 다시 말을 나누는 방 안의 사내들에게로 시선을 주었다.

"나리, 그럼 이렇게 정리하여 올리는 것으로 하올까요."

"그렇게 하세. 이정도면 전하께서도 납득하시고 윤허하실 터이니."

"예. 그럼 내일 저희가 전하께 상소를 올릴 테니 부마께서는 이만 귀택하십시오. 그간 많은 애를 써주셨으니 마무리는 저희가 하겠습니다."

무릎을 꿇고 앉아, 구석진 자리에서 소반을 내려놓고 천천히 상에 얹어진 주자와 술잔을 셋으로 분배하던 연리가 귀를 쫑긋했다. 상소? 마무리? 이 안에서 여러 명이 함께 무언가를 준비하고 있었던 것 같은데, 들려오는 정보가 모호하여 무슨 말인지 이해하기가 어려웠다.

'그래도……. 기루에서 흥청망청 유흥을 즐긴 건 아니었구나.'

비록 뭘 하고 있었는지는 모르겠으나, 가무도 기녀도 없는 이 은밀한 곳에 있는 것은 술병을 빼고는 누가 봐도 업무와 관련된 것들뿐이었다. 게다가 오늘 하루 사용한 것이 아닌 듯한 저 많은 종이와 서책, 공첩들은 모르긴 몰라도 그간 이곳을 근거지로 삼아 무언가를 의논했던 것 같았다. 아까 그가 말하려던 게 이거였을까. 아무래도 한평생 생각날 경거망동으로 꼽힐 것 같았다. 연리는 자신의 어리석은 행동에 한숨을 내쉬었다. 그리고 상석에 앉은 주원을 필사적으로 피한 채 아래쪽 좌우로 떨어져 앉은 두 사내에게 먼저 주자와 술잔을 가져다주는데, 예상치 못한 발언이 주원의 입에서 나왔다.

"그럼 이만 자리를 파하세. 자네들도 오랜만에 일찍 들어가 봐야 하지 않겠는가. 여기 정리는 내가 마지막으로 하고 가겠네."

"나리, 그건 마땅히 저희가……."

"아닐세. 내일 정전에 드는 것은 자네들이니 이건 내가 해야지."

친절하게 말하며 어서 가보라는 듯 주원이 손짓하자, 조심스레 서로를 마주 보던 사내들이 감사의 인사를 올리며 일어나 나갈 채비를 했다. 이제 막 두 명 모두에게 주자와 술잔을 주고, 주원에게도 가져다주어야 하나 말아야 하나 고민하던 연리는 한껏 당황했다. 여기서

둘이 나가 버리면 들킬 위험이 너무 컸다! 연리는 허겁지겁 소반이 있는 자리로 돌아오며 저들이 나가면 자신도 자리를 피해야겠다고 생각했다. 두 사내가 꾸벅 인사를 하며 문을 열고 나가는 순간, 연리는 얼른 소반을 받쳐 들고 휙 등을 돌렸다. 그리고 혹여나 주원이 눈치채기 전에 얼른 나가려 발을 떼는 순간.

"아, 거기."

주원의 여상스러운 목소리가 걸음을 붙들었다. 연리는 가슴이 철렁 내려앉을 뻔하여 그 자리에 뻣뻣하게 굳었다.

"나가기 전에 저 서책들 좀 정리해 다오."

부스럭거리며 주변의 종이와 공첩들을 정리하는 듯한 주원이 말을 건넸다. 연리는 너무 당황스러워 식은땀이 흘러내리는 듯한 착각까지 하며 망설였다. 어떡하지, 바쁜 일이 있어서 얼른 가야 한다고 하면 이상해 보이려나? 그냥 빨리 나가 버릴까? 하지만 부마가 얘기한 것을 못 들은 척 무시해 버리면 그게 더 수상해 보일지도 몰랐다. 입속으로 혀를 지그시 깨물던 연리는, 차라리 등을 돌린 채 대충 정리해 버리고 쏜살같이 자리를 떠야겠다 결론 내렸다. 엉거주춤하게 그 자리에 소반을 내려놓고, 조심스레 눈만 돌려 서책을 찾는 사이 주원이 부지런히 방 안의 어질러진 물건들을 정리하는 소리가 들렸다. 워낙 며칠간 머무른 곳이라 그러한지 정리는 조금 시간이 걸리는 듯했다. 가벼운 침묵이 방 안을 채우며, 종이끼리 부딪치는 작은 소음이 일정하게 들려오자 연리는 조금 마음을 놓고 서둘러 서책들을 정리했다. 무엇인지 살피지도 않고 그저 서책이면 한데 모아 반듯하게 쌓아놓고, 번개같이 둘러본 주위가 대충 정리된 듯 보이자 연리는 여전히 등을 돌린 채 목소리를 꾸며내어 말했다.

"그럼 소녀는 이만 나가보겠습니다."

"그래, 수고했다."

평온한 목소리가 곧바로 들려오자 연리는 가슴을 쓸어내리며 굽혔던 허리를 폈다. 좋아, 그럼 이제 집으로 돌아가서…….

"한데……."

여전히 종이를 정리하는 부스럭거리는 소리인 줄로만 알았는데, 바닥에 놓인 것들을 스치며 다가오는 인기척이었다. 연리는 갑자기 등 뒤로 혹 다가온 기척에 깜짝 놀라 얼어붙었다.

"오늘 밤 시간을 내어볼 용의가 있느냐."

어깨를 넘어온 손길이 슬며시 목덜미로 다가왔다. 그리고는 익숙한 긴 손가락이 살며시 살결을 쓸어내리기 시작했다. 연리는 청천벽력 같은 상황에 눈을 크게 떴다. 이게…… 무슨 상황이지?

"밤은 길고 깊으니, 예서 정을 통한다 해도 모자라지 않을 것이다. 아까 내가 부마라는 것은 잘 들었겠지?"

그러니 거절할 생각은 꿈에도 하지 말라는 듯, 뒤에서 다가든 부드러운 손길이 뺨을 쓰다듬었다. 부마를 언급하는 그의 말에 당황스러움 가운데 마침내 어처구니없는 헛웃음이 나왔다. 이 사내가……. 지금 유혹하고 있는 거야?

"부, 부마 나리께서 어찌."

흔들리긴 했지만, 아까와 같이 목소리를 꾸며낸 연리는 더듬더듬 대꾸했다. 하지만 그런 보람도 없게 천연덕스러운 대답이 돌아왔다.

"이곳엔 공주께서 없으니, 부마의 방종이 무슨 문제겠느냐."

하. 이제는 우스운 꼴이 들키든 말든 중요하지 않았다. 느긋한 대답을 듣자마자 연리는 주원의 손길을 탁 뿌리쳤다. 그리고 두 눈을 부릅뜨고서 어처구니없는 상황을 바로잡아야겠다는 생각으로 확 몸을 돌리려는 찰나.

"그렇지요?"

들려온 말을 이해하기도 전에 손이 유연하게 다가왔다. 그리고 간신히 머리가 그 말을 이해해 분석해 내었을 때는, 고개는 이미 돌려졌고 따뜻한 온기가 맞닿은 후였다. 연리가 토끼 눈을 뜬 채 다가온 얼굴을 보는데, 눈앞의 고운 눈동자가 호기롭게 구부러졌다.

'잠깐……'

도무지 상황을 이해할 수가 없어, 뒤쪽의 그를 향해 몸을 돌리며 입술을 떼어내려 했으나 그는 제 의사를 거절한 채 손을 뻗어 더욱 깊숙이 저를 끌어당겼다. 엉겁결에 버티던 연리는 곧 그의 힘에 못 이겨 함께 뒤로 넘어가고 말았다.

주원의 몸 위로 넘어져, 그의 몸을 깔고 앉게 된 연리는 살짝 입을 벌리고 말을 잇지 못했다. 제 아래의 아무 일도 없다는 듯 평온한 그의 눈빛은 더욱 이해하지 못할 것이었다. 전혀 놀라지도, 당황스럽지도 않은 모습이다.

"……뭐예요?"

연리는 떨리는 목소리로 물었다.

"제가 부인 목소리도 모를 거라 생각했습니까?"

기다렸다는 듯 대꾸한 주원이 제 뒷목을 향해 손을 뻗고 끌어당겼다. 확 몸이 당겨지고, 어느새 두 손은 그의 가슴을 짚은 채 입술이 겹쳐졌다. 소중한 것을 찾아들듯 따스한 온기가 부드럽게 입맞춤했다. 천천히, 그리고 깊게 이어지는 온기의 나눔은 지난 며칠간의 설움을 녹아내리게 만들었다. 지금은 묻고, 대답하고, 이야기를 나누어야 하지 않을까. 그리 생각한 연리가 망설이며 뒤로 조금 물러나자, 주원이 물러난 만큼 성큼 전진하며 다시 입술을 앗아갔다. 두어 번 눈을 깜빡거리며 망설이던 연리는 어느새 꿈을 꾸듯 눈을 감은 주원을 바라보았다. 그렇게 평온한 온유함을 느끼다 스르르 눈이 감겼고, 연리는 그에게 화답하듯 입술을 열었다.

"어떻게 아셨어요?"

집으로 돌아와 사랑으로 들어온 연리가 조심스레 그의 눈치를 보며 물었다. 겉옷을 벗은 주원이 스스로 벽에 옷을 정리해 걸며 담담하게 대답했다.

"말씀드렸듯, 제가 어찌 부인의 목소리도 몰라보겠습니까."

"그치만 하나도 눈치챈 것 같지 않았……."

"거기서 어찌 공주께서 이곳에 계시느냐 얘기할 수는 없지 않습니까."

"그럼 계집종한테 함께 밤을 보내자고 한 건!"

연리가 믿기지 않는다는 듯 제 눈으로 보았던 충격을 토로하려 하자, 주원이 고요한 눈빛으로 성큼 다가왔다.

"이미 부인께서 그리 생각하고 계시기에."

"그…… 그건."

몸 둘 바를 모르며 흔들리는 눈으로 그를 올려다보자 그가 천천히 말을 이었다.

"천관녀의 집에 간다고 저를 원망하시지 않았습니까?"

"……."

연리는 할 말이 없어 입술을 깨물었다. 결국, 모든 오해가 제 속단에서 비롯되었다는 결론이 도출되자 이루 말할 수 없는 미안함이 삽시간에 밀려들었다.

"미안해요."

연리는 푹 고개를 떨어뜨리며 사과의 말을 꺼내기 시작했다.

"궁에서는 맡긴 공무가 없다고 하고, 그런데 서방님께서는 매일 집에도 아니 계시고……. 그래서 걱정하고 있었는데 시전에 갔다가 비원에 들어가시는 모습을 보아서, 제가 그만 서방님께 묻지도 않고 속단하여 오해를……."

내 잘못인데 왜 눈물이 나는 걸까. 스스로에게 부끄럽기도 하고, 주원을 믿지 못한 자신이 원망스럽기도 하여 말이 자꾸만 기어들어 가며 흐려졌다. 안 돼, 잘못한 사람이 도리어 울면 어쩌겠다는 거야. 연리는 울먹이는 음성을 삼키려 노력하며 고개를 흔들었다. 그리고 그를 보며 제대로 사과하려 다시 고개를 들었다.

"부인의 오해가 아닙니다."

"……예?"

뜻밖의 말에 귀를 의심하며 되묻는데, 주원이 어느새 눈꼬리에 묻어나는 물기에 입을 맞추었다. 여전히 따스한 주원에게 안심이 되어 훌쩍이며 그의 목을 안으려는데 주원이 자신을 번쩍 들어 안았다. 엉겁결에 그의 목을 끌어안자, 주원이 걸음을 옮기더니 곧상 보료가 있는 쪽으로 걸어가 자신을 품에 안은 채 그 위에 자리 잡고 앉았다.

물기가 고인 눈을 동그랗게 뜬 채 고개를 돌려 그를 바라보니 주원이 쉬 소리를 내며 그만 눈물을 그치라는 듯 달래었다.

"처음부터 제가 설명해 드리지 않았으니 그리 생각할 법도 하지요. 어차피 머잖아 끝날 일이었고, 설마 부인께서 제가 비원에 가는 걸 보시리라곤 생각지 못해 말씀을 안 드린 것인데 일이 이렇게 될 줄은 몰랐습니다."

미안합니다. 마음 상하셨지요. 주원이 따뜻하게 말했다.

"그럼, 이제 왜 비원에 가셨는지 말씀해 주세요."

다정한 목소리에 연리가 칭얼거리듯 물었다. 그에 낮게 웃은 주원이 손을 들어 얼굴을 감싸며 말했다.

"공무(公務)의 일입니다."

"그럼, 말씀하셨던 것처럼 춘등의……."

"사무(私務)이기도 하지만."

"네?"

알쏭달쏭한 말에 미간을 모으며 되묻자, 주원이 손에 힘을 주어 제 얼굴을 들어 올리더니 찡그린 미간 사이에 입맞춤했다. 그에 얼떨떨하게 표정을 되돌리자, 주원이 시선을 맞추고 다시 입을 열었다.

"모반의 일이 다 정리되어 갈 즈음, 전하께 한 가지 청을 올렸습니다. 그랬더니 맨입으로는 들어주지 못하겠다 하시며 새로운 일을 주시더군요."

제게 아무것도 모른다는 눈빛으로 약을 올리던 능양군이 떠올라 연리는 이마를 짚었다. 새 일을 주어놓고는, 교묘하게 전의 일이나 춘등의 일과는 상관이 없다고 말한 거야? 이 인간을 정말……. 얕게 신음하는 연리를 재미있다는 듯 주원이 찬찬히 바라보았다. 그런 그의 눈길을 눈치챈 연리가 별안간 시선을 들어 그에게 물었다.

"그런데 무슨 청이요?"

이제야 묻느냐는 듯 주원이 진득한 눈길을 보내며 대답해 줄 듯 말 듯 애를 태웠다. 그에 조바심이 난 연리가 두 손으로 그의 옷깃을 채근하듯 잡았다. 그러자 그제야 주원이 못 이기는 척 입을 열었다.

"부인의 탄일이 머지않았기에."

"탄…… 일이요?"

생각지도 못했던 대답에 연리가 멍한 표정을 하며 그의 말을 따라 했다. 주원이 그럴 줄 알았다는 듯 눈을 휘며 고개를 끄덕였다.

"부인께서 요즈음 적잖이 답답해하시는 것 같기에, 탄일 선물 겸 팔도 유람을 허락해 주십사 전하께 청을 올렸습니다.”

흔들리는 눈빛으로 연리가 말을 잇는 주원을 바라보았다.

“또한, 이제 맡은 공무도 끝이 보이니 이제 조정의 일에서는 물러나
겠다고도 말씀드렸습니다. 하니 전하께서 이번 춘등과 관련한 부족한
세수(稅收)를 해결할 방도를 찾아오라고 하명하시더이다. 그를 해결하
면 제 청을 들어주시겠다 하시며.”

어쩐지 능양군이 쉽게 제 말을 들어준 게 신기했다. 이미 부족한 세
수 문제를 해결할 방도를 제 낭군에게 떠맡긴 후여서 그런 것인 줄도
모르고.

“그럼 춘등의 일이라고 하신 게…….”

주원이 고개를 끄덕였다.

“세수 이야기를 꺼냈다가는, 뭔가 다른 의도가 있다는 걸 눈치채실
것 같아서요.”

“뭐예요…….”

난 그런 줄도 모르고. 기어이 눈물이 솟아올랐다. 연리는 그의 가
슴에 얼굴을 묻고 다시금 중얼거렸다. 미안해요, 정말로……. 연리가
펑펑 울음을 터뜨리자 주원은 곤란하다는 듯 제 품에 파고든 연리를
내려다보았다. 기뻐하는 게 먼저일 줄 알았는데. 어차피 주색잡기를
한 것이 진실도 아니니 그다지 기분 상하지도 않았고, 제가 먼저 의심
받을 언행을 하였으니 딱히 불쾌할 일도 아니었다. 말도 안 하고 저를
피한 일은 좀 화가 나긴 했지만. 그래도 사람을 보내는 대신 변복까지
하고 비원에 찾아온 걸 보면 저를 끝까지 의심한 것이 아니란 뜻이니
어느새 마음이 풀린 지 오래였다. 하지만 제 부인은 자신을 의심했다
는 사실이 못내 부끄럽고 미안한 모양이었다.

‘우는 모습도 동하기는 하지만…….’

아무리 어여뻐도 웃는 것보다는 못하니. 게다가 제 밑에서 우는 것과 앞에서 우는 것은 느낌이 사뭇 달랐다. 주원은 울음이 길어지기 전에 서둘러 손을 뻗어 연리를 품에서 떼어냈다.

"그만 우십시오, 부인. 제 선물이 마음에 들지 않으십니까?"

그 말에 촉촉하게 젖어든 얼굴로 연리가 얼른 도리질을 쳤다. 얼른 울음을 삼키고 간신히 발음하는 목소리가 참을 수 없을 만큼 고왔다.

"아니요. 정말, 정말 좋아요……."

탄일 날 받은 것 중에서 제일. 연리가 손등으로 눈가를 스윽 훔쳐 내며 방긋 웃었다. 그 모습에 주원이 만족스레 빙긋 따라 웃었다.

"그럼 앞으로 체력을 기르셔야겠군요. 팔도를 유람하시려면 이렇게 우시는 걸로 기력이 다해서야 아니 되지요."

주원의 애정 어린 핀잔에 연리가 피식 웃으며 고개를 끄덕거렸다. 이제야 완전히 울음이 가시고 생기가 돌아온 모습이었다. 그에 주원이 짓궂은 웃음을 지으며 말을 던졌다.

"그럼 지금부터 시작해 보시는 것은 어떻겠습니까."

"뭘……."

무언가 체력을 단련하는 방법을 알려줄 줄로만 안 연리가 궁금하다는 표정을 짓는 찰나, 주원이 아직 옷을 갈아입지 않아 평소보다 얇은 옷깃 사이로 드러난 연리의 목에 입술을 찍었다. 예상치 못한 행동에 화들짝 놀란 눈으로 연리가 그의 입술이 닿았던 곳을 가리듯 짚자, 주원이 손을 끌어 내리며 눈웃음쳤다.

"대비께서 말씀하시기를, 제게 부인의 건강을 살펴가며 독수공방시 키라 하셨으니 지금부터 실행해 볼까 합니다."

"그, 그, 그런 뜻이 아니잖아요!"

"일맥상통하지요. 몸을 단련해야 독수공방하지 않을 체력도 기르실 것이고, 팔도 유람도 가실 것이 아닙니까."

그리고 하루빨리 손자도 뵙고 싶다 하셨던 것 같은데. 혼잣말하듯 연리의 귓가에 목소리를 흘린 주원이 다시 한 번 목덜미에 입맞춤하려는 찰나 연리가 새빨갛게 달아오른 얼굴로 그를 밀치고 일어났다. 하지만 재빨리 잡아챈 주원의 손길에 도로 잡혀 몸이 기우뚱하며 아래로 나동그라졌다.

"……."

슬쩍 부딪친 몸이 아플 틈새도 없이 현재의 상황이 한눈에 들어왔다. 아래쪽에 깔린 채 자신의 배를 타고 앉은 연리를 보며, 주원이 아무렇지 않은 듯 고개를 끄덕이며 말했다.

"감투거리도 여인이 체력을 기르기에는 더할 나위 없이 좋지요."

"그, 그게 아니라!"

연리가 다급하게 외치는 말을 못 들은 척하며, 주원은 제 위로 늘어뜨려진 저고리 고름을 잡아당기며 연리를 가까이 끌어당겼다. 당황한 와중에 연리가 제 위로 맥없이 미끄러지자, 주원이 목 아래쪽 깊은 곳에 입을 맞추었다. 여전히 파들거리며 끙끙대던 연리가 마지막 발버둥으로 속삭였다.

"여긴 이불도 없잖아요……."

"어차피 필요 없어질 것이니 괜찮습니다."

주원이 천연스레 밑에 깔린 보료를 눈짓해 보였다. 무슨 말을 해도 멈출 생각이 없어 보이는 그의 행동에 연리가 마침내 못 이기겠다는 표정을 지으며 웃었다. 그에 어느새 유려한 동작으로 위아래를 바꾼 주원이 연리를 보료 위에 부드럽게 눕혔다. 큼지막하니 몸에 맞지 않는 옷이 영 눈에 거슬렸던 터다. 능숙하게 저고리를 벗겨낸 주원이 하얗고 보드라운 어깨를 눈에 담으며 그 무구한 살결 위로 입을 맞추었다.

"제게 여인은 오직 부인뿐입니다."

영원히. 다정다감한 목소리에, 연리는 벅차고 후련한 기분으로 천천히 달콤하게 속삭였다. 알아요.

궁궐에서 벗어나, 자유로운 세상 안으로 떠나는 둘만의 여행이 참으로 기쁘고 신날 것 같았다. 연리는 한 번도 직접 마주한 적 없는 광활한 바다의 생생한 내음도, 드높고 상쾌한 산의 녹음도, 고즈넉한 평원의 부드러운 바람도 주원과 함께하면 하나도 낯설지 않을 것만 같았다. 그야말로, 주원이야말로 제가 얻은 세상 그 자체였으니까. 생각만 해도 눈앞에 풍경이 펼쳐져 가슴이 두근거리기 시작했다.

팔도 어느 곳도 빠짐없이, 구석구석 모두 함께 둘러보고 와야지. 연리는 다가드는 편안한 무게와, 옷자락을 풀어내는 봄바람 같은 손길과, 어느새 생겨난 뜨거운 열기를 받아들이며 눈을 감았다. 그리 머지 않은 어느 날, 세상을 유람하겠다는 몽글몽글한 꿈에 소중한 한 사람이 더 동행하게 될 줄은 미처 모른 채.

어느새 아늑한 방 안을 한가득 채운 정열이 깊은 밤을 불사르기 시작했다. 그리고 공주는 오늘도 잠을 이루지 못하였다.

〈完〉

작가 후기

안녕하세요, 비원이야기 작가 강버들입니다.

이런 날이 오리라고는 꿈에서밖에 상상하지 못했었는데, 정말로 제가 이렇게 후기를 쓰고 있다는 사실이 아직도 얼떨떨하네요. 기쁘기도 하고 싱숭생숭하기도 해서 오묘한 기분입니다.

〈비원이야기〉는 2014년 여름 즈음에 처음 떠올린 이야기입니다. 어렸을 때부터 좋아했던 터라, 저도 의식하지 못한 사이 어느새 읽는 책이나 자료들이 자연스럽게 역사에 관련된 것이었어요. 분야를 특별히 가리지는 않지만, 특성상 제일 많이 접하는 주제가 바로 조선 시대였고요. 그러다가 알게 우연히 된 존재가 바로 정명공주였습니다.

많은 분들이 정명공주라는 존재를 잘 모르셨을 거라고 생각해요. 저도 그랬으니까요. 어느 날 우연히 광해군과 인조에 관한 자료를 찾다가 알게 된 여인이었습니다. 이복 오빠인 광해군보다 스물여덟 살이나 어린 이복 여동생, 그리고 조카인 인조보다 여덟 살 어린 고모. 광해군이나 인조에 비해 자료는 거의 없다시피 했지만 그것만으로도 상상력을 펼칠 여지는 충분했어요. 이미 스무 명이 넘는 부모뻘 이복형제들이 있는 상황에서, 유일한 왕비 소생으로 태어난 귀하디귀한 공주였으니까요. 하지만 그렇게 고귀한 신분으로 태어난 정명공주는 아버지가 죽고 이복 오빠가 왕이 되면서 모든 행복을 잃게 됩니다.

우리가 학창 시절 배우는 역사는 어쩌면 진실과는 좀 다를 수도 있습니다. 교육 과정에 맞게 편집하다 보니, 토론할 여지가 있는 사안이나 교육적으로 적합하지 않은 사안들은 다듬고 잘라내지요. 그래서 아직 학계에서 열심히 토의하고 있는 사안들도 교과서에서는 관점이 선택되어 하나의 '사실'로 학습됩니다. 때문에 저는 우리가 아는 역사적 지식들이 '완벽한 진실'이라고는 생각하지 않습니다.

그 생각을 시작으로 〈비원이야기〉가 탄생했습니다. 누구보다도 귀한 사람으로 태어나서, 한순간에 모든 것을 잃고 나락으로 떨어진 공주의 삶은 어떠했을까 하고요. 그 누구도 정명공주가 그 긴 세월 동안 서궁에서 어떻게 살았는지 정확히 알 수 없으니까요. 어쩌면 기록에는 남지 않은 비밀스러운 사연이 있을 수도 있지 않을까? 라는 생각이 〈비원이야기〉를 그려내도록 이끌어주었습니다.

여담인데, 이러한 이유로 본편 마지막에 나온 연리의 비망록인 〈비원이야기〉가 이 책의 제목이 된 거랍니다. 사실 맞춤법상으로는 〈비원 이야기〉가 맞겠지만, 연리가 살았던 조선시대엔 한글의 띄어쓰기가 없었으니 연리의 비망록은 〈비원이야기〉가 되었을 거예요.

「하루는 영창대군이 '대권 형님이 보고 싶다'라고 보채어 정명공주와 대군을 나란히 인사시켰다. 임금은 공주에게 '이리 와보라'며 쓰다듬어 주고 '참으로 영민하고 어여쁘도다'라고 칭찬했으나, 대군에게는 말도 건네지 않고 본 척도 하지 않았다. 대군이 어려워하자 인목대비께서 '너도 가보거라'라고 일러주셨다. 대군이 일어나 임금 앞으로 다가갔으나 여전히 고개조차 돌리지 않으니, 마침내 대군이 울음을 터뜨리셨다. '대전 형님이 누님은 귀여워하시고 나는 본 척도 아니 하시니, 나도 누님처럼 여자로 태어났어야 했는데 무슨 일로 사내가 되었는가'라며 종일 우시니 불쌍하시어 차마 눈을 뜨고 볼 수가 없더라.」

계축일기(癸丑日記)의 내용입니다. 작중에도 나온 장면이지요. 이 이야기를 읽고 혼과 연리 사이의 넘을 수 없는 강을 구상해 냈고, 〈비원이야기〉의 앞부분은 이런 감정을 중심으로 쓰기 위해 노력했습니다.

이야기가 진행되면서 가장 중요한 인물이 되었던 주원이라는 캐릭터는, 선정(善政)과 정의(正義)의 결정체입니다. 작중에서 능양군, 이귀와 대적할 때의 발언에서도 주원의 심성을 엿볼 수 있지요. 현실에서 언제나 정의를 부르짖는 사람들은 대부분 실패하기 마련입니다. 흔히들 융통성 없다고 여겨져 어리석다 손가락질 받는 사람들이니까요. 정의란 말 그대로 정의인데, 왜 언제나 정의는 배반당해야만 하나 하는 생각이 들었습니다. 그래서 혼란스러운 시대에 태어나 뜻을 정하기조차 어려운 사회를 바꾸어보자 노력하는 인물이 뜻을 이루는 이야기를 만들고 싶었습니다.

주원은 현재 나라를 병들게 하는 군주인 혼을 끌어내리고, 나라를 새롭게 세우겠다 말하는 능양군을 도와 반정을 성공시킵니다. 그리고 말했죠. 자신은 차악을 선택하는 거고, 언제나 그 차악은 최악이 될 수 있으며 그럴 때 자신은 다시금 차악을 찾아 떠나겠노라고. 정의는 올바른 것이지만, 언제나 어리석고 고지식한 것만은 아닙니다.

모든 사람들이 인조가 왕이 된 것이 역사의 실수였다고들 해요. 그래서 어쩌면 주원에게 '그리 총명하다면서 인조가 왕재가 아니란 걸 어떻게 모를 수가 있었냐'는 생각을 가지실 수도 있습니다. 하지만 저는, 사람은 언제나 완벽할 수 없지만 정의를 추구하는 만큼 그에 가까이 다가가려 노력할 수 있다는 것을 그리고 싶었어요. 주원에게 능양군은 현 세태를 바꿀 수 있는 유일한 희망이었고, 설사 그가 제대로 빛을 밝히지 못한다면 제 모든 힘을 다해서라도 바로잡을 생각이었어요. 그런 주원의 올곧은 심성이, 신뢰에 배신당하고 사랑에 짓밟혀 절망에 빠져 있던 연리를 치유해 주었죠. 세상에 대한 불신으로 스스로를 상처 입히고 괴롭히던 사람이 바른길만을 원하고 올바른 것을 추구하는 사람을 만난 거예요.

저는 연리와 주원이 서로에게 없어서는 안 될 존재이자, 서로를 채워주는 존재라고 생각합니다. 연리에게 주원은 잃어버린 신뢰와 사랑이었고, 주원에게 연리는 모두가 허망하다고 생각하는 제 가치관을 공유한 운명이었습니다.

작중에서도 나왔듯, 주원의 막역한 친우였던(그리고 실제로도 그러했던) 석윤조차 주원을 완벽히 이해해 주지는 못합니다. 석윤은 죽마고우인 만큼 주원의 생각을 존중하기는 하지만, 연리처럼 동의하고 따라주지는 않아요. 외로운 혼자만의 가치관을 지켜내고 있을 때, 오로지 연리만이 주원의 생각에 동의하고 이해하며 도와주지요. 이야기 중 반정에 가담하지 않겠다는 이귀를 설득하는 장면에서 이런 둘의 관계가 잘 드러나지 않았나 생각합니다.

그렇기에 둘은 단순한 연인이나 부부보다 더 소중한 관계고, 불멸의 사랑과 함께 영원할 반려가 되었지요. 어쩌면 이 둘의 로맨스는 판타지라고 할 수 있을 정도로 비현실적이고 정석적이지만, 저는 아예 불가능하다고 생각지는 않습니다. 너무나 서로에게 꼭 맞는 연인이었고, 누구보다도 서로를 잘 이해하던 인물이었으니 실제로도 있을 법한 이야기이지 않을까요? 게다가 둘의 신혼 생활을 주제로 한 이야기를 외전으로 쓰고 나니, 저는 더욱 그런 생각이 들었답니다.

제가 광해군이나 인조반정에 관한 이야기를 다루려 했다면, 공주를 기녀로 만드는 위험한 도전보다는 좀 더 안전한 길을 택했을 거예요. 인조반정 가담 인물 중 한 명을 가상으로 설정하거나, 여자를 주인공으로 하고 싶었다면 남장을 한 여성을 주인공 삼았겠지요. 하지만 저는 '정명공주'라는 '여성'의 이야기를 하고 싶었습니다. 가장 귀하게 태어났지만 나락으로 떨어진 여성의 이야기를 알리고 싶어서요. 복권된 후의 해피엔딩보다, 그 해피엔딩을 맞기 위해 정명공주가 겪었던 상상조차 할 수 없었던 슬픔과 괴로움, 절망을 그려보고 싶었어요. 모두들 부러워하는 광영을 얻기까지 공주가 겪었을 그 고통을 지금까지는 아무도 모르고, 알고 싶어 하지도 않았고, 그럴 필요도 느끼지 못했으니까요.

부모보다 더 사랑했던 존재에게서 상처 입고, 믿고 싶지 않은 사실들까지 믿어야 했고, 오로지 스스로의 힘으로 그 절망에서 벗어나려 발버둥 쳤던 인물의 감정이 더해진다면 단순히 행복하게 살았던 공주 그 이상의 삶을 그려낼 수 있을 것 같았어요. 그리고 그 감정들이 있어야만 후일의 행복 또한 더 가치 있어질 것이라 생각이 들었고요. 오랫동안 파란만장한 삶을 살았지만, 공주였기 때문에, 여성이었기 때문에 역사의 뒤안길로 물러나 있을 수밖에 없었던 정명공주라는 인물을 그려보고 싶었습니다.

그리고 이 이야기는 처음부터 역사적 틀을 따라갔기에 결말은 혼인 후의 해피엔딩으로 닫혔습니다. 여성의 이야기를 다루고 싶어서 썼다고 해놓고, 혼인으로 끝난 것이 어쩌면 일부 독자님들께는 아쉬움으로 남았을지도 모르겠어요. 제가 그랬거든요. 아마 조금 더 현대, 아니 일제 강점기 시대의 배경만 되었더라도 결말은 혼인만으로 끝나지 않았을지도 모릅니다. 하지만 연리가 살았던 시대는 조선 시대고, 이 소설은 픽션이 아니라 팩션이니 당연하게 혼인으로 마무리하게 되었네요.

한 가지 마음에 걸리는 점은, 실재 인물을 등장시킨 만큼 제가 의도했던 것들이 잘 드러났는지 모르겠다는 거예요. 정명공주뿐만 아니라 모든 실재 인물께 누가 되지 않았어야 할 텐데 하는 마음이 듭니다. 모쪼록 이 작품이 팩션에서 머무를 수 있기를 바라봅니다. 역사 왜곡이라는 말은 정말 듣기 싫었기 때문에 적정선을 찾아 스토리를 구상했는데, 부디 제 노력이 독자님들로부터 공감을 얻을 수 있었으면 좋겠습니다.

〈비원이야기〉가 책으로 나오고, 이 후기를 독자님들께서 읽으실 때쯤이면 〈비원이야기〉가 탄생한 지 딱 2년째 되는 때네요. 사실 〈비원이야기〉를 한창 쓰던 도중 비슷한 주제의 작품이 만들어진다고 해서 마음고생도 참 많이 했는데, 신경 쓰지 않고 묵묵히 쓰다 보니 어느새 그 작품은 끝난 지 오래더라고요. 시간이 이렇게 많이 흘렀나 싶어서 감개무량합니다.

저는 요즘 마감을 끝내자마자 하고 싶었던 취미 생활을 마음껏 하면서 행복하게 지내고 있습니다. 남은 한 해 동안 뭘 더 할까 고민도 하면서요. 덕수궁, 창덕궁에도 가곤 하는데, 그때마다 〈비원이야기〉가 떠올라서 가슴이 두근거린답니다. 괜스레 제가 특별한 비밀을 알고 있는 기분이 들어요. 이제는 정말 떠나보낼 때가 왔지만 아마 제가 〈비원이야기〉를 완전히 떠나보내려면 한참은 더 있어야 할 것 같아요. 물가에 내놓은 어린아이 같아서 자꾸만 가슴에서 떠나지를 않네요.

어릴 때부터 항상 꿈이었던 작가로 데뷔하게 되어서 말로 다할 수 없을 만큼 행복합니다. 제가 만들어낸 이야기지만, 독자님들께서 읽고 즐겨주실 때 비로소 완성되는 것이니 앞으로 〈비원이야기〉가 어떤 작품이 될지 무척 기대되어요.

오랜 시간 함께해 왔던 연리와 주원이, 그리고 누구보다도 제게 힘을 주셨던 독자님들과 친구들 A, K, D, M, O, SS, 가족들과 학교에도 진심으로 감사하고 사랑한다는 말 드리고 싶어요. 그리고 〈비원이야기〉를 세상에 내보내 주신 출판사에도요.

헤어짐이 있기에 만남이 아름다운 거겠지요. 길고 길었던 후기는 여기에서 끝내겠습니다. 언젠가 〈비원이야기〉가 조금 아쉬우실 때, 광해군과 인조 시대의 기록에서 정명공주에 대해 찾아보셨으면 좋겠어요. 〈비원이야기〉에서 알았던 연리의 삶, 그리고 그와는 다른 정명공주의 삶, 둘의 같은 점과 다른 점을 찾아보시면서 정명공주이자 연리가 이렇게 살았구나, 하고 생각해 주시면 더할 나위 없이 기쁠 것 같습니다.

본편도, 후기도 많이 길었습니다. 긴 글 읽어주셔서 감사합니다.

그동안 감사했고, 지금도 감사하고, 앞으로도 감사하겠습니다.

-강버들 올림-

《참고 문헌》

1. 《선조실록》

2. 《광해군일기》

3. 《인조실록》

4. 《계축일기》

5. 《삼국사기 열전》

6. 민족문화추진회, 『(국역)대동야승』, 민족문화추진회, 1975.

7. 이긍익, 『(국역)연려실기술』, 민족문화추진회, 1984.

8. 지두환, 『선조대왕과 친인척. 1: 왕과 비』, 역사문화, 2002.

9. 신명호, 『조선왕비실록 : 숨겨진 절반의 역사』, 역사의아침, 2007.

10. 신명호, 『조선공주실록 : 화려한 이름 아래 가려진 공주들의 역사』, 역사의아침: 위즈덤하우스, 2009.

11. 함규진, 『왕의 밥상 : 밥상으로 보는 조선왕조사』, 북이십일 21세기북스, 2010.

12. 최향미, 『조선 공주의 사생활 : 조선 왕실의 은밀한 이야기』, 북성재, 2011.

13. 이준호, 『비운의 조선 프린스 : 조선왕실 적장자 수난기』, 위즈덤하우스: 역사의아침, 2013.

14. 김현숙, 「19세기 중반 양반여성의 상품 구매와 상품 구성비의 특징」, 역사와 담론 第69輯, 2014. 1.

15. 박상현(朴尙玄) 〈간화음(看花吟)〉

16. 정몽주(鄭夢周) 〈구름은 모였다 흩어지고~〉

17. 박효관(朴孝寬) 〈님 그린 상사몽이~〉

등장인물 가계도

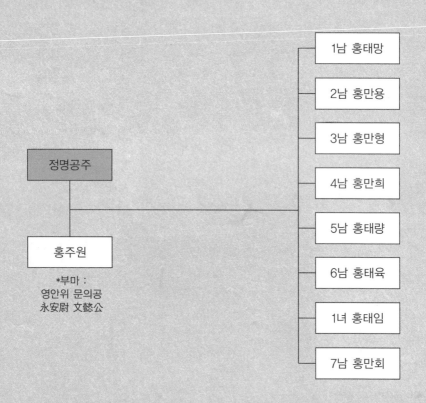

정명공주

홍주원
*부마 :
영안위 문의공
永安尉 文懿公

1남 홍태망

2남 홍만용

3남 홍만형

4남 홍만희

5남 홍태량

6남 홍태육

1녀 홍태임

7남 홍만회

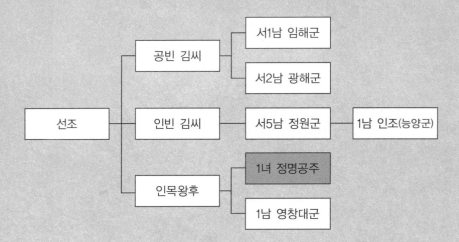

```
선조 ─┬─ 공빈 김씨 ─┬─ 서1남 임해군
      │             └─ 서2남 광해군
      │
      ├─ 인빈 김씨 ─── 서5남 정원군 ─── 1남 인조(능양군)
      │
      └─ 인목왕후 ─┬─ 1녀 정명공주
                    └─ 1남 영창대군
```

*14남 11녀 중 일부만 나이 순으로 표기하였습니다.

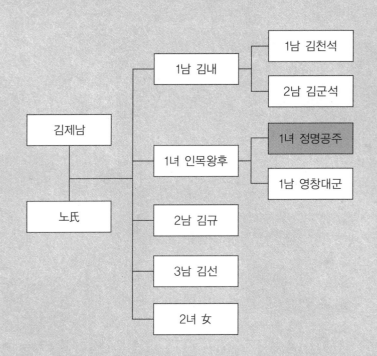

```
김제남 ─┬─ 1남 김내 ─┬─ 1남 김천석
노氏    │            └─ 2남 김군석
        │
        ├─ 1녀 인목왕후 ─┬─ 1녀 정명공주
        │                └─ 1남 영창대군
        │
        ├─ 2남 김규
        │
        ├─ 3남 김선
        │
        └─ 2녀 女
```

배꽃 이울다

이영희 장편소설

창호지문이 소리도 없이 열렸다. 지안은 고개를 들었다.
단이 지안의 방으로 들어섰다.
그가 왔다. 기척도 없이 단이 왔다.
지안의 방에 들어서는 단의 등 뒤로 배꽃이 하얗게 이울어 떨어졌다.
밤은 더 까맣고 배꽃은 더 하얗다.

"제가 아는 허 선생님이라면 아니 오실 거라 믿었습니다."
"저도 오고 싶지 않았습니다."

이울어 날리던 배꽃의 봄날의 첫 만남,
손수건 한 장에 묶여 버린 그녀의 기억.

봄마다 배꽃이 피어나듯이
우리도 다시 마주볼 수 있기를.
시린 손끝이 서로에게 가 닿을 수 있기를.